FANTASY

Buch

Der junge Safar Timura lebt in einem kleinen Dorf und erlernt das Töpferhandwerk. Doch er verfügt über magische Kräfte, und Visionen suchen ihn heim, die von dem Erscheinen eines großen Königs künden. Eines Tages taucht Iraj im Dorf auf, ein verwaister Prinz, der hier Zuflucht sucht. Die beiden Jungen freunden sich an, und schließlich erkennt Safar, daß es Iraj bestimmt ist, Protarus zu werden, der König der Könige, Herr über Menschen und Dämonen. Zunächst verlieren sich die Freunde aus den Augen, und Safar reist nach Walaria, um die Schule der Zauberer zu besuchen. Als Erwachsene treffen sich die beiden wieder, der Zauberer und der Feldherr, und gemeinsam werden sie den Lauf der Geschichte verändern ...

Der Autor der weltweit erfolgreichen Saga von den FERNEN KÖNIGREICHEN und der STEN-Chroniken (jeweils zusammen mit Chris Bunch) legt hiermit den ersten Band eines neuen und großartigen Fantasy-Epos vor.

Autor

Allan Cole ist in Europa und in Fernost aufgewachsen. Nachdem er in über dreißig Ländern gelebt hat, ließ er sich mit seiner Frau Kathryn auf einer Ranch in New Mexico nieder. In seiner Karriere als Autor und Journalist hat er bislang siebzehn Romane verfaßt, die meisten mit seinem Freund Chris Bunch. Mit ihrem Vietnam-Roman »A Reckoning for Kings« wurden sie für den Pulitzer-Preis nominiert.

Bei Goldmann sind bereits erschienen:

Allan Cole zusammen mit Chris Bunch: DIE SAGA VON DEN FERNEN KÖNIGREICHEN: **1. Die Fernen Königreiche.** Fantasy-Roman (24754), **2. Das Reich der Kriegerinnen.** Fantasy-Roman (24755), **3. Das Reich der Finsternis.** Fantasy-Roman (24756)
Allan Cole: DIE SAGA VON DEN FERNEN KÖNIGREICHEN: **4. Die Rückkehr der Kriegerin.** Fantasy-Roman (24757)

Allan Cole zusammen mit Chris Bunch: DIE STEN-CHRONIKEN: **1. Stern der Rebellen** (25000), **2. Kreuzfeuer** (25001), **3. Das Tahn-Kommando** (25002), **4. Division der Verlorenen** (25003), **5. Feindgebiet** (25004), **6. Morituri – Die Todgeweihten** (25005), **7. Vortex – Zone der Verräter** (25006), **8. Tod eines Unsterblichen** (25007)

DIE TIMURA-SAGA

Allan Cole

ZAUBERER DER LÜFTE

Aus dem Amerikanischen
von Andreas Helweg

GOLDMANN

Die amerikanische Originalausgabe erschien 1997
unter dem Titel »Wizard of the Winds«
bei Ballantine Books, New York

Umwelthinweis:
Alle bedruckten Materialien dieses Taschenbuches
sind chlorfrei und umweltschonend.
Das Papier enthält Recycling-Anteile.

Der Goldmann Verlag
ist ein Unternehmen der Verlagsgruppe Bertelsmann

Deutsche Erstveröffentlichung 5/98

Der Autor ist via Internet zu erreichen unter
http://www.acole.com
Umschlaggestaltung: Design Team München
Umschlagmotiv: Agt. Schlück/Kukalis
Satz: deutsch-türkischer fotosatz, Berlin
Druck: Elsnerdruck, Berlin
Verlagsnummer: 24720
Redaktion: Cornelia Köhler
V. B. · Herstellung: Peter Papenbrok
Printed in Germany
ISBN 3-442-24720-9

1 3 5 7 9 10 8 6 4 2

Für Danny Baror
und alle meine Freunde
in Deutschland,
besonders Sky Nonhoff.

In dieser Karawanserei,
wo auch immer sie lag,
sturmumpeitscht,
die Tore wechselten bei Nacht und Tag,
sieh, wie Sultan auf Sultan
in seinem Pomp
sich auf den letzten
schicksalhaften Gang begab.

Das Rubaiyat des Omar Chayyam,
nach der Übersetzung von
Edward Fitzgerald

PROLOG

Fremder auf einem Hügel

Die Dorfbewohner fürchten ihn.

Jeden Tag ziehen sie Lose, um den zu bestimmen, der den Napf des Bettelmannes füllen muß.

Der Verlierer kriecht zitternd den Hügel hinauf, den Talisman fest umklammert. Sie fürchten den bösen Blick, das weiß der Fremde, und so schaut er nicht auf, wenn man sich ihm nähert. Keinen Laut gibt er von sich, keine Bewegung macht er, bis es vollbracht ist und der Dorfbewohner flieht, als wäre ihm ein Derwisch auf den Fersen.

Die Dorfbewohner halten den Fremden für einen verrückten Priester und verfluchen den Tag, an dem er kam und sich in diesen Bergen versteckte.

Weder ist er verrückt, noch ist er ein Priester. Aber sollen sie doch glauben, was sie wollen. Denn gäbe er seine wahre Identität preis, würden die Schatztruhen im Dorfe schon bald vor Gold schier bersten. Ist doch der Fremde ein Flüchtling vor dem König. Safar Timura, ehedem Großwesir von König Protarus, wird nun von eben diesem gejagt.

Blutsbrüder waren sie. Safar saß zur Rechten seines Freundes, neben dem Thron, gab ihm Rat und trieb die Teufel aus, die seinen Schlaf beschwerten. Viele Male rettete er dem König das Leben. Mit Ländereien und Palästen, mit Juwelen und mehr Ehren, als sich je ein Mann erträumt hat, wurde er dafür belohnt.

Wenn einst die Geschichte von König Protarus geschrieben wird, werden sie behaupten, es wäre Lord Timura gewesen, der den König betrogen habe. Sie werden behaupten, Safar hätte gespielt und alles aus Liebe verloren.

Was das erste betrifft, hält er sich für unschuldig. In Safars Augen hat der König ihn betrogen. Den zweiten Vorwurf betreffend, muß er seine Schuld jedoch eingestehen. Und allein wegen dieses Verbrechens will Protarus seinen Kopf. Safar allerdings verlangt für die Kränkung durch den König weitaus mehr.

Und er wird es bekommen – falls ihn der König nicht zuvor gefangennimmt.

Von seinem einsamen Posten aus kann Safar die Stadt seines Feindes erblicken. Des Nachts, im Angesicht des Dämonenmondes, sieht er, wie die Lichter von Zanzair das der Sterne überstrahlen. Er sieht den Rauch, der sich an jedem Morgen von den Essen und Küchen erhebt und den Tag in Dunst hüllt. Und sogar den großen Palast des Königs kann er erkennen, seine Fenster, wie sie rötlich zart in der Dämmerung erglühen.

Er modelliert den Palast aus reinweißem Ton – formt kunstvoll die Türme zwischen den Palmen, schabt mit seinem silbernen Hexenmesser die Verzierungen auf den Brüstungen heraus. Während er die Kuppeln und Säulen gestaltet, flüstert er die Zaubersprüche der Töpfer. Haucht dem Ton seinen Haß ein.

Des Nachts bedeckt er das Modell mit feuchtem Laub und stellt es zur Seite, bis der neue Tag erwacht. Er leert den Napf des Bettelmannes und hüllt sich wegen der Kälte in einen schwarzen Trauermantel. In der Dämmerung beginnt er von neuem.

Wenn der Palast fertig und der große Zauber beschworen ist, wird Safar Timuras Rache vollendet sein.

Dann wird er diesen einsamen Hügel verlassen. Über Wüsten und Steppen und weite, steinige Ebenen hinweg wird er fliehen, bis hin zu den Bergen seiner Geburt.

Wo die Karawanen über schneeverwehte Pässe zu neuen Horizonten vordringen.

Zu jenem Ort, den er nie hätte verlassen sollen. Zu dem Ort, wo diese Geschichte ihren Anfang nimmt.

Erster Teil

Tal der Wolken

1
Tal der Wolken

Es gab eine Zeit, als die Welt noch groß und die Träume klein waren. Wenige Schiffe irrten zwischen den vier großen Schildkröten umher, die die Berge und die Ebenen über das Meer trugen. Menschen und Dämonen vermehrten sich gleichermaßen unter den zerschlissenen Bannern von Königen, deren Herrschaft schon zu lange angedauert hatte. Die Grenzen waren nie weiter entfernt, als daß man sie mit einem kurzen Marsch hätte sichern können. Alle, die sich jenseits davon niedergelassen hatten, drängten sich in befestigten Siedlungen zusammen, errichtet, um Diebe und wilde Tiere fernzuhalten.

Es war eine unruhige Zeit, eine Zeit, die nach Wandel schrie. Zauberer im Dienst von Königen studierten die Sterne und hielten nach Anzeichen Ausschau, mit denen sie ihre Herren in Sicherheit wiegen konnten. Untertanen versammelten sich im geheimen und flehten die Götter an, sie sollten sie von eben jenen Herren befreien.

Doch die Götter gaben ihre Absichten nicht kund.

Das strahlende Rad, auf dem sie in ihren zehn heiligen Reichen schliefen, drehte und drehte sich Jahr um Jahr, unerbittlich gegen alles Flehen.

Dann zeigte sich das Omen. Nicht von den schlummernden Göttern kam es, sondern aus den flüssigen Tiefen der Welt daselbst. Und es war ein Junge, nicht ein Meisterzauberer, der das Zeichen zuerst erkannte.

Dieser Junge war Safar Timura.

Er lebte in einem Land, welches man unter dem Namen Esmir kennt, die Schildkröte des Mittleren Meeres. Es war ein Land, wo die Dämonen die Menschen über die Verbotene Wüste hinweg bedrohten. Allein ein alter Fluch und die ständigen Streitigkeiten in den eigenen Reihen hielten den Erbfeind davon ab, die Menschen zu überrennen und niederzumetzeln.

In der Dämonenstadt Zanzair schmiedeten König Manacia und seine Zauberer dunkle Ränke und warteten nur auf den rechten Augenblick. Die Menschen waren ihnen an Zahl überlegen, ihre Magie hingegen war schwach, und Manacia hielt ihre Anführer für Feiglinge.

Er sehnte sich nach dem Tag, an dem er ihre Leichen zu einer Treppe aufhäufen würde, die zu seinem großen Thron führen sollte.

Um diesen Traum zu erfüllen, studierte er alte Karten und Bücher und suchte bei vielen Orakeln Rat. Dann opferte er für das größte Orakel von allen fünftausend menschliche Sklaven.

*

Der Kopf des Menschen steckte auf einem metallenen Pfosten in der Mitte von Manacias Thronsaal. Die Augen waren geschlossen. Die Lippen hingen schlaff herab. Die Haut war leichenblaß.

Manacia beschwor den mächtigsten seiner Zauber und befahl sodann: »Sprich, o Bruder der Schatten. Wo liegt der Schlüssel zu meinem Herzensbegehr? Welchen Weg soll ich einschlagen, welchen Gang muß ich hinter mich bringen, um den Thron des Königs aller Könige zu erobern?«

Der Kopf schlug die Augen auf, und in ihnen blitzten Haß und Todesqualen auf. Steife Lippen formten ein einziges Wort:

»Kyrania«, krächzte der Kopf wie ein alter Rabe, der den Schnabel voller Blut hat.

»Was für ein Ort ist das?« verlangte der König zu wissen.

»Kyrania«, röchelte der Kopf abermals. Der versammelte Hof sah zu, die Mäuler der Dämonen öffneten sich erwartungsvoll, während der König mit der langen, scharfen Kralle auf eine uralte Wandkarte der Menschenlande zeigte.

»Wo finde ich dieses … Kyrania?« fragte er.

»Im Tal der Wolken«, antwortete der Kopf. Und dann trübten sich seine Augen, und im Tode ließ er die Lippen wieder hängen.

»Sprich«, befahl Manacia und beschwor einen weiteren mächtigen Zauber. Doch ohne Erfolg. Das Orakel hatte seine Kraft verloren.

Der König der Dämonen wandte sich an seine versammelten Zauberer und Berater. »Findet mir diesen Ort«, donnerte er. »Findet mir dieses Kyrania! …

Dieses Tal der Wolken!«

*

Tausend Meilen entfernt mühten sich Safar Timura und sein Volk auf den Feldern und hüteten ihre Herden. Sie lebten hoch über allen Ärgernissen der Welt und waren im Laufe der Zeit zu der Erkenntnis gekommen, diese als unwichtig zu erachten.

Ihr Tal lag so abseits, daß es nur auf wenigen Karten verzeichnet war. Und diese wurden von den großen Kaufleuten, die ihre Waren über die Schwelle der Götter transportierten, eifersüchtig gehütet. Die Schwelle der Götter trennte die Menschenkönigreiche Walaria und Caspan, und das Tal hieß Kyrania – was in der Sprache von Safars Volk »Tal der Wolken« bedeutet.

Es war ein fruchtbares Land, und jedes Frühjahr und jeden Sommer verwandelte sich das Tal in ein Meer von Blüten, das sich hoch bis in jene zerklüftete Gebirgskette zog, die man die Braut und die Sechs Jungfern nannte. Der Name rührte von den sieben grazilen Gipfeln her, die die Form schlanker junger Frauen besaßen. Von Süden gesehen schienen sie in einer ewigen Prozession dahinzuwandeln. Die größte und gleichwohl anmutigste von ihnen war an der Spitze, und für alle Menschen von Kyrania hieß dieser Gipfel nur die Braut, weil er stets mit Schnee bedeckt und von feinem Dunst verhüllt war. Obwohl das Tal in solcher Höhe lag, daß Fremde manchmal beim Atmen ihre Schwierigkeiten hatten, schützten die jungfräulichen Gipfel es und sorgten für ein beständig mildes Klima.

Die Hälfte des Tales nahm der See der Heiligen Felakia ein, und gelegentlich reisten Pilger mit den Karawanen an, um diese Göttin der Reinheit und Gesundheit zu ehren und vom heilsamen Wasser zu trinken. Zweimal im Jahr machten große Vogelschwärme auf ihrem Zug hier halt und suchten Erholung von ihrer Reise. Niemand wußte, woher sie kamen oder wohin sie flogen, doch waren sie stets willkommene Gäste – erfüllten sie doch die Luft mit ihrem Gesang und sorgten für Abwechslung in den Kochtöpfen.

Die Menschen von Kyrania bestellten ihre Äcker mit Gerste, Mais und Bohnen und bewässerten die Felder mit Wasser aus dem See. Dann gab es da noch die großen Olivenhaine und Obstgärten. Aber die Zeit des Wachstums war kurz, und so hielten die Kyranier viel auf ihre Ziegenherden. Im Frühjahr und im Sommer führten Safar und die anderen Jungen sie in die Berge, wo sie die zarten Schößlinge abweiden konnten. Kam der Winter, brachte man die Ziegen in die Ställe unter den Häusern der Menschen, wo sie mit Getreide gefüttert wurden und die Wohnungen der Familien mit der Wärme ihrer Körper heizten.

All dies mochte einem Stadtbewohner belanglos oder gar stumpfsinnig erscheinen, doch für Safar und sein Volk war es von großer Bedeutung. Es beherrschte ihre Gespräche, ihre Träume und den Rhythmus ihres Lebens.

Auf seine eigene Weise – oder die Weise von Kyrania – war Safar von fürstlicher Herkunft. War er doch der Sohn eines Töpfers, und Männer wie sein Vater nahmen in Kyrania den zweiten Rang gleich hinter dem Dorfpriester ein. Bereits seines Vaters Vater war Töpfer gewesen, und vor ihm dessen Vater. So hatte man es im Clan der Timuras immer gehalten, und Generationen von Frauen hatten von Timuras gefertigte Wasserkrüge auf ihren Köpfen balanciert, wenn sie, mit einem leichten Wiegen in den Hüften, zum See hinunter Wasser holen gingen. Alle Speisen im Dorfe wurden in Timura-Töpfen gekocht oder für den Winter in Timura-Krügen gelagert, die dann, mit Lehm verschlossen, im Boden vergraben wurden. Weingeist gärte in Krügen der Timuras oder in Flaschen der Timuras abgefüllt, und man sagte, daß alle Getränke aus den Bechern und Schalen der Timuras am besten schmeckten.

Wenn die Karawanen ankamen, waren die Töpferwaren der Timuras begehrter als selbst die wenigen Kamele und Lamas, die die Dorfbewohner als Ersatztiere für die Karawanenführer hielten.

Zu der Zeit, als der Ärger seinen Anfang nahm, wurde Safar gerade ausgebildet, um nach seinem Vater dereinst dieses heiligste aller Handwerke auszuüben. Dies zu erreichen war Safars einziger Wunsch. Doch wie es ein weiser Mann einmal gesagt hat: »Wenn du die Götter zum Lachen bringen willst, verrate ihnen deine Pläne.«

Der Tag, der diesem jugendlichen Wunsch ein Ende bereitete, begann schon lange vor dem ersten Licht, wie alle Tage in Kyrania. Das Frühjahr war noch nicht alt, des Morgens war es noch kalt, und eine seiner Schwestern mußte mit dem Besenstiel laut gegen seine Schlafstatt pochen, um ihn aus den warmen Federn zu treiben.

Murrend erwachte er aus einem Traum, in dem er mit hübschen Jungfrauen im warmen Seewasser gebadet hatte. Safar zählte gerade siebzehn Sommer – ein Alter, in dem solche Träume bemerkenswert lebhaft sind und fast ebenso häufig vorkommen wie das Klagen über die Ungerechtigkeiten des Lebens.

Dann hörte er Naya, jene Ziege der Familie, die die meiste Milch gab, unten im Stall meckern. Sie war sein Lieblingstier, und der Gedanke, sie könne leiden, war Safar unerträglich. Er sprang aus dem Bett auf die gewienerten Bohlen, die den Fußboden des Wohnbereichs bildeten. Dort zog er die Truhe hervor, in der er seine Habseligkeiten aufbewahrte, und kleidete sich hastig an – eine weite Lederhose, Wollhemd und schwere Arbeitsstiefel. Seine Mutter stand bereits am Herd und rührte getrocknete Äpfel in den salzigen Gerstenbrei, den die Familie zum Frühstück essen würde.

Sie schnalzte mit der Zunge, um ihn zu schelten, weil er wieder so spät dran war, doch dann lächelte sie und reichte ihm einen Kanten Brot, der dick mit Pfirsichmarmelade bestrichen war, damit er etwas in den Magen bekam, bevor es ans Melken ging. Safar war der einzige Junge unter den sechs Kindern, und dementsprechend wurde er von seiner Mutter und seinen fünf Schwestern verwöhnt.

»Eil dich, Safar«, warnte die Mutter. »Der Vater wird bald zum Frühstück zurück sein.«

Safar wußte, daß sein Vater in der Werkstatt nebenan war und die Ergebnisse des Brands vom gestrigen Tage begutachtete. Der alte Timura, dessen Name Khadji war, liebte es, die Familie bei den Mahlzeiten zusammen zu haben. Und ganz besonders heute morgen. Denn gestern abend hatte sich der Rat der Ältesten getroffen, und Khadji würde begierig sein, darüber zu berichten.

Vor Neugier gespannt wie eine Bogensehne, den Mund voller Brot und Marmelade, polterte Safar die Leiter hinunter und entzündete die Talglampen. Er holte einige große Töpfe hervor, die sein Vater aus dem glücklichsten Ton gemacht und blendend weiß glasiert hatte. Wie gewöhnlich kam Naya als erste an die Reihe. Ihre Milch war köstlich, und häufig beschuldigte seine Mutter Safar, er würde mehr in seinen Mund spritzen als in den Topf.

»Warum bekomme ich immer die Schuld, wenn etwas nicht in Ordnung ist?« beschwerte er sich dann.

»Weil du noch Tropfen am Kinn hängen hast, mein kleiner Dieb«, antwortete sie.

Safar fiel stets darauf herein, indem er sich unwillkürlich das Kinn abwischte und damit die ganze Familie zum Lachen brachte.

»Du solltest dich niemals dazu entschließen, Bandit zu werden, Safar«, scherzte sein Vater in solchen Momenten. »Der Meister der ersten Karawane, die du ausraubst, wird dich bestimmt erwischen. Und dann wird von unserem Sohn nur noch ein Kopf auf einem Pfahl übrigbleiben.«

An diesem Morgen war Naya ungeduldiger, als es ein übervolles

Euter gerechtfertigt hätte. Als Safar den Leinensack entfernte, den sie der Sauberkeit wegen über ihren Zitzen trug, entdeckte er mehrere wunde Stellen. Er besah sich den Sack, der an einer Seite durchgescheuert war. Eine rauhe Kante hatte die ganze Nacht an ihrem Euter gerieben. Die wunden Stellen würden im feuchten Frühjahr rasch schwären.

»Sorg dich nicht, kleine Mutter«, murmelte er. »Safar wird es schon wieder richten.«

Er blickte sich um und vergewisserte sich, ob ihn jemand beobachtete. Seine Schwestern hatten sich aufgemacht, um Wasser vom See zu holen, also war der Stall, von den Ziegen und den anderen Tieren abgesehen, leer. Safar kratzte sich am Kopf und dachte nach.

Sein Blick fiel auf die Lampe neben dem Schemel. Er griff in den zähen, warmen Talg und verrieb ihn vorsichtig auf ihrem Euter. Während er damit fortfuhr, sprach er einen kleiner Zauber:

Sorg dich nicht,
kleine Mutter;
Safar ist bei dir.
Der Schmerz verschwindet,
und die Wunde ist nicht schlimm.
Sorg dich nicht,
kleine Mutter;
Safar ist bei dir.

Er betrachtete das Euter, und die wunden Stellen waren verschwunden. Nur eine leichtrosa Verfärbung erinnerte noch daran, und die war bald verblichen.

Die Mutter rief: »Mit wem sprichst du, Safar?«

Schuldbewußt errötete er und antwortete: »Ich habe mit niemandem gesprochen, Mutter. Ich habe nur ... ein Lied gesungen.« In jenen Tagen fühlte sich Safar genötigt, seine Begabung für die Magie vor anderen zu verbergen.

Mit der Antwort zufrieden, bohrte seine Mutter nicht weiter. Safar machte sich rasch ans Melken und an seine anderen Aufgaben, und als er damit fertig war, setzten sich sein Vater und seine Schwestern gerade an den Frühstückstisch. Ein Platz am Tisch war leer – der, auf dem Ketera, Safars älteste Schwester, gesessen hatte, solange er denken konnte. Safar bemerkte, wie seine Mutter einen traurigen Blick auf den leeren Platz warf. Seine Schwester lebte jetzt bei ihrem Ehemann und ging mit ihrem ersten Kind schwanger. Es war eine schwierige Schwangerschaft, und die Familie machte sich große Sorgen.

Seine Mutter wischte sich über die Augen, zwang sich zum Lächeln und reichte das Essen herum. Es gab Brei und über dem Feuer geröstetes Brot, dazu große Scheiben Käse, den Safars Mutter immer in der Nähe der Glut hielt, und sie spülten das Frühstück mit warmer Ziegenmilch hinunter.

»Du bist gestern abend wieder spät nach Hause gekommen, Khadji«, bemerkte seine Mutter, während sie dem Vater eine Scheibe mit Butter bestrichenen Brotes reichte. »Ihr müßt viel im Rat zu besprechen gehabt haben. Hoffentlich nichts Unangenehmes.«

Khadji runzelte die Stirn. »Nun, eigentlich nichts wirklich Schlechtes«, meinte er, »doch ein wenig lästig ist es schon, Myrna.«

Seine Frau merkte auf. »Es geht doch wohl hoffentlich nicht um die Karawane?« fragte sie.

Die Zeit der Karawanen begann gerade, und das Dorf hatte Nachricht erhalten, daß die erste Gruppe von Händlern für dieses Jahr auf dem Weg nach Kyrania war. Der Winter war lang gewesen, und das Geld und die Waren, welche die Karawane mit sich bringen würde, wurden dringend gebraucht.

»Nein, mit der Karawane hat es nichts zu tun«, beruhigte Khadji Safars Mutter. »Sie wird erst in ein paar Wochen erwartet.«

Myrna schnaubte ungeduldig. »Wenn du die zweite Schüssel Brei nicht auf deinen Kopf bekommen willst, Khadji Timura, erklär uns bitte sofort, was geschehen ist.«

Normalerweise hätte der Vater jetzt gelacht, doch statt dessen sah Safar, wie sich seine Stirn in noch tiefere Falten legte.

»Wir haben zugestimmt, einen Jungen im Dorf aufzunehmen«, erzählte Khadji. »Er wurde uns von einem der Ältesten des Babor-Clans vorgestellt, der um Zuflucht für ihn gebeten hat.«

Die Babors waren die führende Familie eines großen und kriegerischen Clans, der auf der fernen Ebene lebte.

Myrna ließ schockiert den Löffel fallen. »Das gefällt mir gar nicht!« schimpfte sie. »Das sind doch Barbaren. Ich glaube, mir wird es ganz und gar nicht gefallen, wenn sich einer ihrer jungen Raufbolde bei uns herumtreibt.«

Khadji zuckte mit den Schultern. »Was sollten wir machen? Barbaren oder nicht, die Babors haben sich auf unsere Verwandtschaft berufen. Und seinen Vettern kann man nichts abschlagen.«

Myrna rümpfte die Nase. »Ziemlich entfernte Vettern, finde ich.«

»Er scheint ein tüchtiger Bursche zu sein«, erwiderte Khadji, um den Fremden in Schutz zu nehmen. »Seine Familie ist mit dem Weib des Oberhauptes der Babors verwandt. Leute mit Einfluß, so wie der Junge aussieht. Ist ein stattlicher Kerl, ungefähr so alt wie du, Safar. Und hochgewachsen – ja, fast so groß wie du. Hat gute Manieren. Feine Kleider. Und man hört nur Gutes über ihn. Scheint sogar Diener gehabt zu haben.«

»Nun, dann sollte er schleunigst lernen, daß es in Kyrania keine Diener gibt«, erwiderte Myrna scharf. »Und warum haben sie ihn zu uns geschickt?«

»Er ist eine Waise«, erklärte Safars Vater.

Myrna war schockiert. »Eine Waise? Was für eine Waise? Nein, ich nehme das zurück. Die Götter machen Waisen. Das ist nicht die Schuld des Kindes. Es ist die Familie des Jungen, über die ich mich wundern muß. Was für Menschen sind das, die einen Waisenjungen zu Fremden abschieben? Haben sie denn keine Gefühle?«

Safar bemerkte, wie sein Vater unbehaglich auf dem Stuhl herumrutschte. »Anscheinend hat er gewisse Schwierigkeiten mit seinem Clan«, berichtete Khadji. »Es gibt da irgendeinen Streit.«

Myrnas Augenbrauen fuhren nach oben. »Bei diesen Leuten«, gab sie zu bedenken, »bedeutet Streit meist Gewalt und Blutvergießen. Das ist doch die einzige Art, wie sie ihre Meinungsverschiedenheiten auszutragen wissen.«

Khadji nickte unglücklich. »Ich glaube, du hast recht, Frau«, stimmte er zu. »Sein Onkel hat auch so etwas geäußert. Ich vermute, er fürchtet gar um das Leben des Jungen. Aus diesem Grund hat er uns ja gebeten, ihn hier im Tempel lassen zu dürfen, bis die Gefahr vorüber ist.«

Wenn man Safar gefragt hätte, so benutzte sein Vater eindeutig die falschen Worte.

»Gefahr?« fuhr seine Mutter auf. »Was für eine Gefahr, Khadji?«

»Nur für den Jungen, Myrna«, versuchte sein Vater sie zu beschwichtigen. »Nur für den Jungen.«

»Aber was ist, wenn sie hierherkommen? Wenn sie uns Schwierigkeiten machen?«

»Nur sein Onkel wird kommen«, antwortete der Vater. »Und erst, wenn der Knabe sicher zu seiner Familie zurückkehren kann. Sei doch vernünftig, Myrna. Wir müssen es den anderen erklären, und wenn du schon dagegen bist, nun, dann müssen wir womöglich von unserem Versprechen zurücktreten.

Und außerdem, wer würde schon den ganzen Weg bis nach Kyrania reisen, um uns Schwierigkeiten zu bereiten? Bei uns gibt es nichts zu holen. Jedenfalls nichts, was solchen Aufwand wert wäre.

Und, wie gesagt, hätten wir uns denn wirklich weigern können?«

»Nächstes Mal fragt ihr mich!« brauste Myrna auf, »und ich werde euch alles beibringen, was man über eine Weigerung wissen muß.«

Doch dann zeigte sie Milde, als ihre angeborene kyranische Gastfreundschaft die Oberhand gewann. »Machen wir also das Beste daraus«, schlug sie vor. »Wir können dem Jungen ja nicht die Schuld für die Schwierigkeiten geben, die seine Familie verursacht hat.«

»Wie heißt er denn?« fragte Safar.

»Iraj Protarus«, antwortete sein Vater.

Der Name traf Safar wie ein Blitzschlag.

Er hörte seine Mutter sagen: »Protarus? Protarus? Den Familiennamen kenne ich gar nicht.«

Aber Safar kannte den Namen recht gut – was ihm sofort einiges Unbehagen bereitete.

Vor einigen Tagen hatte er, während er für seinen Vater gearbeitet hatte, eine Vision gehabt. Ob sie etwas Gutes oder etwas Schlechtes bedeutete, konnte er nicht sagen. Dennoch hatte sie ihn zutiefst beunruhigt.

Die Vision war über ihn gekommen, als er gerade Steinchen und Wurzeln aus einem neuen Batzen Ton suchte, den sein Vater am See ausgegraben hatte.

Entlang des Sees fand man viele gute Tongruben. Der Ton vom See war rein und deshalb grau. Doch, wie jeder Töpfer weiß, muß reiner Ton mit anderen Sorten vermischt werden, sonst kann man ihn nicht richtig brennen. Im Umkreis eines Wochenmarsches konnten die Timuras Ton jeglicher Farbe finden – rot, schwarz, weiß, ockergelb und selbst smaragdgrün. Ton wurde seit langer Zeit als heilige Substanz betrachtet, und der Ton von Kyrania galt als besonders heilig, da man sich erzählte, Rybian, der Gott, der die Menschen geschaffen hatte, habe selbst viel Zeit im Tal der Wolken verbracht, als er die wunderschöne Göttin, Felakia, umwarb. Die Geschichte berichtete, daß sie seinen Annäherungsversuchen ausgewichen sei, und während Rybian sie mit seiner Liebe belagerte, sei es ihm langweilig geworden und er habe alle Rassen der Menschen und der Dämonen geformt. Wie es hieß, habe er für die Dämonen grünen Ton benutzt.

Während Safar arbeitete, waren seine Gedanken allerdings von solch himmlischen Mutmaßungen weit entfernt. Statt dessen dachte er an das Versteck, von dem aus man die Badestelle der Dorfmädchen so gut überblicken konnte.

Dann fand er einen ungewöhnlichen Stein im Ton. Es war ein

flacher Kiesel – glatt und blutrot. Während er den Stein untersuchte, drehte er ihn nach allen Seiten. Dabei entdeckte er eine daumennagelgroße klare Stelle. Sie sah aus wie ein winziges Fenster, und Safar fühlte sich seltsam angezogen, dort hineinzusehen.

Als er eine Bewegung darin erblickte, zuckte er zusammen ... es schien, als wäre etwas im Stein gefangen. Das Bild schien zu blinzeln, und er erkannte, daß es sich um die Spiegelung seines eigenen Auges handelte. Er sah genauer hin und wunderte sich, über welche Eitelkeiten die Menschen doch nachdenken, wenn sie allein sind und in eine spiegelnde Oberfläche starren.

Plötzlich spürte Safar, wie er fiel. Doch war das Gefühl anderes als jeder Sturz, den er je zuvor erlebt hatte. Sein Körper schien immer noch bei dem Toneimer zu knien, derweil sein Geist in das Fenster eintauchte.

Sein Geist-Selbst fiel durch dichte Wolken und brach schließlich durch sie hindurch. Safar fühlte sich seltsam ruhig, während er sich mit seinen Geist-Augen umsah. Dann bemerkte er es: Er schwebte eher, als daß er fiel. Über ihm spannte sich der helle Himmel, von dem sich die Wolken rasch zurückzogen. Auf ihn zu trieb ein weites, fruchtbares Land, durch das sich eine breite Straße schnitt.

An ihrem Ende fand sich eine prachtvolle Stadt mit goldenen Turmspitzen.

Die letzte Wolke löste sich auf und enthüllte eine mächtige Armee, deren Banner im sanften Wind flatterten, während sie über die Straße auf die Stadt zumarschierte. Es war eine überwältigende Kolonne von Fußtruppen und gepanzerter Reiterei – sowohl zu Pferde als auch zu Kamel. Zwei prächtige Abteilungen von Streitwagen breiteten sich an beiden Flanken aus. Vorneweg zog eine Phalanx von Elefanten, die Safar nur deswegen als solche erkannte, weil er sie einmal in einem illustrierten Buch in der Schule gesehen hatte. Das Tier an der Spitze war das bei weitem größte. Es war weiß und trug einen gepanzerten Turm auf dem Rücken. Über dem Turm wehte ein seidenes Banner im Wind und zeigte einen Kometen, der an einem Vollmond vorüberzieht.

Der Komet war silbern, der Mond blutrot.

Dann sah Safar die weitgeöffneten Stadttore, aus denen sich eine riesige Menge ergoß, das Heer zu begrüßen. Safar breitete seine Geist-Arme aus und flog auf die Massen zu. Niemand sah ihn, als er über den Wald aus Speeren und Lanzen hinwegflog, und es machte dem Jungen großen Spaß, unter so vielen Erwachsenen tun zu können, was ihm beliebte und dabei unbemerkt zu bleiben. Nur berechnete er seine Flugkurve falsch und wäre fast durch die Stadttore geflogen. Er berichtigte seinen Kurs, schwebte über der Menge und blickte nach unten.

Unter ihm liefen Hunderte von kreischenden Ungeheuern herum. Sofort erkannte Safar, das waren Dämonen. Angst hätte ihn ergreifen sollen. Dämonen waren die ältesten und tödlichsten Feinde des Menschengeschlechts. Doch durch den berauschten Schleier seiner Trance verspürte er lediglich ein großes Verwundern.

Die Dämonen hatten gelbe Augen und fürchterliche Krallen, ihre Münder waren eher Schnauzen, und aus ihren Gesichtern ragten Hörner hervor. Scharfe Fangzähne blitzten auf, wenn sie ihre Mäuler öffneten, und ihre Haut war schuppig und grün. Alle waren auf feinste Weise gekleidet und trugen Juwelen und Geschmeide, vor allem jedoch die großen, schlanken Dämonen an der Spitze, in welchen Safar die Obersten der Stadt vermutete.

Der größte von ihnen hielt eine Lanze. Und auf deren Spitze gespießt war ein Kopf. Nie zuvor hatte Safar etwas so Grausiges gesehen, und dieser Anblick erschütterte ihn weitaus mehr als das Getümmel der Ungeheuer unter ihm. Dennoch konnte er nicht anders, er mußte näher heran. Auf der Lanze steckte das Haupt eines Dämons. Riesig war es – doppelt so groß wie das eines Menschen. Die Schnauze klaffte auseinander und entblößte zwei Paar Fangzähne, die in der Größe an die eines Wüstenlöwen heranreichten. Die Stirn ragte weit vor, und langes blutverschmiertes Haar hing von seinem Kopf herab. Auf der Stirn saß, wie zum Spott, eine goldene Krone.

Die toten Augen des Dämonenkönigs waren aufgerissen und

starrten ins Leere. Aber Safar glaubte, in ihrer gelben Tiefe einen Funken Leben zu entdecken. Das wühlte ihn mehr auf als selbst der blutrünstige Anblick des Todes. Er breitete die Arme aus und flog davon.

Er sah den großen weißen Elefanten näher kommen und hielt auf ihn zu, um ihn zu betrachten. Auf dem Elefantenturm hockte ein großer Mann mit langem goldenem Haar, fließendem Schnurrbart und dichtem Vollbart. Sein Gesicht war so hellhäutig, daß es Safar seltsam erschien, wenngleich nicht so seltsam wie die Dämonen.

Unter den dunklen, verdrossenen Augen stach eine Hakennase hervor, die sein grimmiges Aussehen unterstrich. Seine prunkvolle Rüstung glänzte hell; der Griff seines Schwertes war aus Elfenbein und Silberdraht fein gearbeitet. Seinen Kopf umspannte ein dünnes goldenes Band, in das seltene Steine eingelassen waren.

Safar wußte, daß er den neuen König vor sich sah – der gekommen war, um jenen zu ersetzen, dessen Kopf man auf die Lanze gespießt hatte. Die Menge der Dämonen jubelte ihrem neuen König zu, und dieser winkte ihnen mit der gepanzerten Hand zurück.

Und immer wilder wurde ihr Gebrüll: »Protarus! Protarus! Protarus!«

Der König blickte hoch und entdeckte Safar. Weshalb allein dieser Mann ihn sehen konnte, verschloß sich Safar. Protarus lächelte. Er streckte die Hand aus und bat den schwebenden Geist näher zu sich heran.

»Safar«, sagte er. »Dies alles verdanke ich dir. Komm, sitz an meiner Seite. Sie sollen auch deinen Namen preisen.«

Safar war verwirrt. Wer war dieser große König? Woher kannte er ihn? Welche Dienste konnte Safar ihm geleistet haben, daß er sein Wohlwollen erlangt hatte? Erneut winkte Protarus. Safar schwebte vorwärts, und der König streckte die Hand aus, um seine Rechte zu ergreifen.

Doch gerade, als sich ihre Finger berühren wollten, verspürte Safar abermals das Gefühl des Fallens. Nur stürzte er diesmal aufwärts! Die Bewegung erfolgte so rasch, daß ihm schwindelig wurde. Dann verschwanden die Stadt, das Heer und selbst die grünen Felder, und Safar war von dichten Wolken umfangen.

Das nächste, woran er sich erinnerte, war, wie er sich über den Eimer krümmte und dann aufsprang und so schnell er konnte davonlief, damit er den Ton nicht mit dem Inhalt seines Magens besudelte.

Glücklicherweise war sein Vater nicht anwesend. Safar machte hastig alles wieder sauber, erledigte seine anderen Aufgaben und kroch, wieder zu Hause, sofort hoch in sein Bett. Das Erlebnis hatte ihn erschöpft und seine Nerven aufgerieben, und so hatte er, als die Zeit des Abendessens gekommen war, behauptet, er fühle sich nicht wohl, und die ganze Nacht aufgewühlt über diese geheimnisvolle Vision gegrübelt.

Und diese Unruhe kehrte nun zurück, als Safar seiner Familie lauschte, die über den jungen Fremden plauderte, welcher nach Kyrania kommen sollte – ein Fremder, dessen Name ebenfalls Protarus lautete. So quälte er sich, bis es Zeit für die Schule war. Danach tat er das Ganze als Zufall ab.

In seiner Jugend glaubte Safar Timura noch an solche Dinge wie den Zufall.

*

Es war ein klarer Frühlingstag, als er sich mit seinen Geschwistern zur Tempelschule aufmachte. Männer und Frauen arbeiteten auf den Feldern und bereiteten das verschlammte Land fürs Pflanzen vor. Die Jungen, die an der Reihe waren, die Ziegen zu hüten, trieben ihre Herden hinauf in die Berge. Von dort würden sie erst in einigen Wochen zurückkehren, während Safar und die anderen vom Priester unterrichtet wurden. Dann würde es an ihm sein, die müßiggängerische Freiheit der Hochweiden zu genießen.

Der kleine Markt des Dorfes schloß bereits, und einige Spätaufsteher stritten mit den Standbesitzern darum, daß sie ihre Stände noch ein wenig länger offenlassen sollten, damit auch die erst jetzt

Gekommenen noch ihre notwendigen Einkäufe erledigen konnten.

Die Timurakinder umrundeten eine Bucht des Sees und passierten die Ruinen jener steinernen Kasernen, von denen die Legende behauptete, es handele sich um Hinterlassenschaften von Alisarrian, dem Eroberer, der während seines Feldzugs die Schwelle der Götter überquert hatte, als er ein Königreich gewinnen wollte. Dieses Königreich, so wurden die kyranischen Kinder gelehrt, hatte einst ganz Esmir umfaßt, und Dämonen wie Menschen hatten sich Alisarrians Willen gebeugt. Nach seinem Tod war das Reich jedoch zerfallen, und die einzelnen Stämme und Lehensträger hatte sich gegenseitig bekriegt. Während dieser Wirren hatten Menschen und Dämonen ein Abkommen geschlossen, welchem zufolge die Verbotene Wüste die Trennlinie zwischen ihren Völkern bilden sollte – ein Land, das weder den Menschen noch den Dämonen gehören sollte.

Außenstehende beharrten stets darauf, es sei für den Eroberer unmöglich gewesen, seine riesige Armee über die Schwelle der Götter zu bringen. Doch der Geschichte von Kyrania zufolge hatte Alisarrian einen Teil seiner Truppen im Tal zurückgelassen, wo diese Soldaten einheimische Frauen geheiratet hatten. Die meisten Kyranier waren eher dunkelhäutig und von kleinem Wuchs, während Alisarrian und seine Soldaten groß und blond waren. Doch wenn gelegentlich in Kyrania ein hellhäutiges Kind geboren wurde, bestätigte es die Richtigkeit der alten Behauptungen.

Safar betrachtete sein eigenes Aussehen ebenfalls als Beweis für die Wahrheit der Legenden. Obwohl er dunkel war, waren seine Augen von blauer Farbe, und wie die alten Gefolgsleute von Alisarrian war er von höherem Wuchs als die meisten anderen. Sein Volk neigte zu schlankem Körperbau, doch mit siebzehn Jahren hatten Safars Brust und Schultern eine Breite erreicht, die alle anderen in den Schatten stellte, und an seinen Armen bildeten sich kräftige Muskeln. Wie auch immer, in jenem Alter bringt den jungen Menschen jeder Unterschied zu den Freunden in höchste Verlegenheit, und so erinnerten Safar seine Größe und seine blauen Augen auf demütigende Weise stets daran, daß er anders war als die anderen.

Während die Timuras an der steinigen kleinen Bucht vorbeigingen, wo die Frauen die Wäsche machten, geschah es, daß ein dickes altes Weib aufsah. Ihr Blick traf den von Safar, und plötzlich verdrehten sich ihre Augen vor Angst, und sie machte ein Schutzzeichen, um das Böse zu vertreiben. Dann fluchte sie und spuckte dreimal auf den Boden.

»Er ist der Teufel«, kreischte sie den anderen Frauen zu. »Der blauäugige Teufel aus der Hölle.«

»Pst, Großmutter«, mahnte eine der Frauen. »Das ist doch nur Safar, der mit seinen Schwestern zur Tempelschule geht.«

Dem Einwand schenkte die alte Frau keine Beachtung. »Hinweg mit dir!« schrie sie Safar hinterher. »Hinweg mit dir, Teufel!«

Er beschleunigte seine Schritte, hörte kaum die tröstenden Worte seiner Schwestern, die die alte Frau als verrücktes altes Weib abtaten und ihm rieten, ihr keine Aufmerksamkeit zu schenken. Nein, er fand keinen Trost in ihren Worten. In seinem Herzen glaubte er, daß die Alte die Wahrheit gesprochen hatte. Ob er tatsächlich ein Teufel war? Er fürchtete, einer werden zu können, falls er nicht mit der Zauberei aufhörte. Jedes Mal, wenn er wieder einen Zauber vollbracht oder eine Vision gehabt hatte, schwor er bei den Göttern, es nie wieder zu tun.

Doch je älter er wurde, desto schwerer fiel es ihm, der Versuchung zu widerstehen.

Denn Safar hatte die Gabe schon als kleines Kind besessen. Erregte ein glitzernder Gegenstand seine Aufmerksamkeit, konnte er ihn durch reine Willenskraft zu sich herholen. Er hatte sich alles in den Mund gesteckt und mit dem zarten Zahnfleisch darauf herumgekaut. Seine Mutter und die Tanten hatten jedes Mal erschrocken aufgeschrien und ihm den Gegenstand weggenommen, weil sie fürchteten, er könnte ihn verschlucken und daran ersticken. Safar hatte sie mit solchen Mätzchen zur Raserei getrieben, denn ganz gleich, wie gut sie die Dinge versteckt zu haben glaubten, er hatte sie entdeckt und zu sich gerufen.

Als er älter geworden war, hatte er die Gabe dazu benutzt, um Gegenstände zu finden, die andere verloren hatten. Verschwand ein Werkzeug oder verlief sich ein Tier, er entdeckte es mit Sicherheit. Dabei war er so erfolgreich, daß ihn jeder aus der Familie sofort zu Hilfe rief, wenn etwas verlorengegangen war. Safar wußte nicht, weshalb er dazu in der Lage war, dennoch erschien ihm diese Begabung ganz natürlich; vielmehr überraschte ihn das Fehlen dieser Fähigkeit bei anderen.

Diese Unschuld endete mit seinem zehnten Lebensjahr.

Eines Tages war er in der Werkstatt seines Vaters und formte kleine Töpfe, wie man es ihn gelehrt hatte. Safars Vater erledigte gerade eine Besorgung, und dem Jungen wurde bald langweilig. Eines der Gefäße hatte einen schlecht geformten Ausguß, der ihn plötzlich an die Knubbelnase des Dorfpriesters erinnerte. Der Junge kicherte und zerdrückte den Topf mit den Händen und rollte ihn zu einer Kugel. Dann schienen seine Hände wie von selbst zu arbeiten und formten aus der Kugel einen winzigen Mann.

Zuerst war Safar entzückt, dann dachte er, es würde noch etwas fehlen. Und sofort fiel es ihm auf; dem Tonmann fehlte der Penis, also knetete er einen dorthin, wo die Beine sich trafen. Er stellte die Figur auf und fragte sich, was er damit anstellen könne. Der Mann braucht einen Freund, dachte Safar. Nein, eine Frau. Wohlan, er drehte eine weitere Kugel und formte eine Frau mit kecken Brüsten wie die seiner ältesten Schwester und einer kleinen Spalte dort, wo sie hingehörte. Und abermals fragte er sich, was er mit seinen neuen Spielzeugen anfangen solle. Nun fiel ihm ein, wo sie doch Mann und Frau wären, bräuchten sie auch Nachwuchs. Der Geschlechtsakt ist für Kinder, die nahe der Natur aufwachsen, kein Geheimnis, vor allem nicht in Häusern wie denen von Kyrania, wo sich Erwachsene kaum zurückziehen können. Also legte Safar die beiden Tonmenschen in der richtigen Stellung zusammen.

»Macht Kinder«, forderte Safar sie auf. Doch nichts geschah.

Ein kindischer Zauber kam ihm in den Sinn, wenngleich er zu jener Zeit noch nicht wußte, daß es einer war. Er nahm Tonmann und Tonfrau und hielt sie eng aneinander, während er sang:

Haut und Knochen
war'n einst Lehm,
bis Rybian die Menschen machte.
Jetzt macht Safar Menschen,
also werde Lehm zu Haut,
Lehm zu Knochen.

Die Tonfiguren wurden warm, begannen sich zu bewegen, und das Kind lachte vor Freude, als die beiden sich umschlangen wie die beiden Liebenden, die er einst auf den Wiesen beobachtet hatte.

Dann erschien Khadji, und Safar rief: »Sieh, was ich gemacht habe, Vater.«

Als Khadji die Figuren sah, glaubte er, sein Sohn würde sie im Geschlechtsakt bewegen, und er stürmte zu ihm hin und verpaßte dem Jungen eine Ohrfeige.

»Was für eine Abscheulichkeit ist das?« schrie er.

Er riß Safar die Puppen aus den Händen, und alles Leben verließ sie. Dann fuchtelte er dem Jungen mit ihnen vor dem Gesicht herum.

»Wie konntest du nur so etwas Respektloses tun?« schimpfte er. »Die Götter haben uns mit dieser Freude gesegnet. Darüber macht man sich nicht lustig.«

»Aber ich habe mich nicht darüber lustig gemacht, Vater«, wandte Safar ein.

Der Vater gab ihm erneut einen Klaps, gerade als die Mutter hereinkam, um nachzusehen, was da vor sich ging.

»Was gibt es denn, Khadji?« erkundigte sie sich. »Was hat Safar wieder angestellt?«

Verärgert zeigte er ihr die Puppen. »Dieser unanständige kleine Junge hat diese obszönen Dinger gemacht«, schimpfte er. »Er benimmt sich wie einer dieser verlotterten Töpfer in der großen Stadt und nicht wie ein gottesfürchtiger Timura.«

Myrnas Blick fiel auf die Tongestalten, doch ihre Miene blieb sanft. Sein Vater wurde verlegen. Er warf sie in einen Eimer und gab dem Jungen noch einen Schlag.

»Das reicht, Khadji«, warnte Safars Mutter ihren Mann. »Du hast es ihm deutlich genug zu verstehen gegeben. Er wird es nie wieder tun ... nicht wahr, Safar?«

Der Junge weinte, doch mehr aus Demütigung. Sein Vater hatte nicht sehr fest zugeschlagen. Vielmehr schmerzte es, von jemandem gezüchtigt zu werden, den Safar für einen Helden hielt.

»Nein, Mutter«, heulte er, »ich werde es nicht wieder tun.« Safar wandte sich an seinen Vater. »Es tut mir leid, Vater«, entschuldigte er sich. »Ich verspreche, nie wieder ein unanständiger Junge zu sein.«

Der ältere Timura grollte, aber Safar sah, wie er nickte. Der Junge sandte ein Gebet an alles, was ihm heilig war, daß sein Vater nun zufrieden sein möge. Er schwor sich, ihm nie wieder Anlaß zu geben, seinem Sohn böse zu sein. Dann führte Myrna Safar fort. Sie nahm ihn mit nach oben in die Küche, wo sie ihn den Herd abschrubben ließ.

Safar gab sich der Aufgabe hin und schluchzte, während er den Stein mit all der Kraft eines kleinen Jungen scheuerte. Endlich konnte er aufhören zu weinen. Er wagte einen Blick zu seiner Mutter, die ihn, wie er bemerkte, beobachtete. Doch weder schien sie wütend noch beschämt zu sein.

»Sie waren sehr hübsch, Safar«, murmelte sie.

Der Junge erwiderte nichts.

»So hübsch, daß ich glaube, du hattest nichts Böses im Sinn. Stimmt das?«

Safar nickte. Ein weiterer großer Schluchzer drohte sich aus seiner Kehle zu lösen, doch Safar unterdrückte ihn.

»Nun, gut«, fuhr seine Mutter fort, »wenn du nichts Böses im Sinne hattest, dann soll dir die dumme Geschichte auch nicht weiter zu schaffen machen. Sei nur von jetzt an vorsichtig. Würdest du das für mich tun?«

Myrna breitete die Arme aus, und Safar stürzte in den warmen Hafen und entfloh dem Sturm seiner Gefühle. Dennoch, von jenem Tag an verband er Magie stets mit etwas Anstößigem – etwas, das unanständige kleine Jungen heimlich tun. Und diese Scham wuchs mit seinen Kräften und seiner Unfähigkeit, solchen Sünden zu widerstehen. Er fühlte sich ausgestoßen, anders als die guten Menschen von Kyrania, die Mandelaugen hatten und von kleinem Wuchs waren.

Indem das alte Weib Safar nun als blauäugigen Teufel verfluchte, hatte es unwissentlich den Finger in eine offene Wunde gelegt.

Als Safar und seine Schwestern den Tempel erreichten, hatte ihr Priester, Gubadan, die Kinder schon zu den Morgenübungen antreten lassen. Gubadan war ein fröhlicher kleiner Mann – mit eben jener Knubbelnase, die Safar damals zu seinen Schandtaten inspiriert hatte. Der enorme Bauch des Priesters drückte sich durch den Stoff seiner gelben Robe, und er hatte die Angewohnheit, die Daumen in den Aufschlägen zu verhaken, während er redete. Auch ließ er sich den Kopf stets kahlrasieren, und sein langer weißer Bart war zu jeder Zeit makellos gestutzt.

Während sich Safar zu den anderen gesellte, die die langsamen, heiligen Bewegungen und das tiefe Atmen übten, so wie Gubadan es sie gelehrt hatte, um ihren Geist von den Nichtigkeiten zu befreien, die beim Lernen behindern, blickte er sich nach dem neuen Jungen um. Als er ihn nicht entdeckte, war er ein wenig enttäuscht.

Gubadan entging Safars Unaufmerksamkeit nicht, und er schimpfte: »Richte deinen Geist auf die Übungen, oder ich helfe dir mit der Rute.«

Die anderen lachten, was ihnen ebenfalls eine Drohung mit dem Stock einbrachte. Aber das ließ sie nur noch mehr kichern, denn Gubadan war ein sanfter Mann, der keinen von ihnen schlagen würde, genausowenig, wie er den Altar der Felakia mit einer unreinen Opfergabe beschmutzen würde. Obwohl die Übungen die von Kriegern waren und noch aus der Zeit von Alisarrian überliefert waren, hielt Gubadan sie für seelenreinigend – für einen Weg, um das innere Ich zu kontrollieren. Einmal die Woche vollführten die Jungen die gleichen Übungen auf dem Drillplatz. Dort wurden sie dann von grimmigen alten Soldaten beaufsichtigt, deren Aufgabe es war, sie für den Fall eines Angriffs auf Kyrania auf die Verteidigung vorzubereiten.

Bald hörte das Gelächter auf, und alle gaben sich den verträumten Bewegungen der Übungen hin.

Als Gubadan zufrieden war, führte er sie durch die uralten Portale, die mit anmutigen Steinmetzarbeiten verziert waren, die Felakia in all ihren Gestalten darstellten: vom grazilen Schwan über die sanfte Mutter bis hin zur wunderschönen, gerüsteten Maid, die Kyrania beschützte. Der Tempel stand am Rande des Verfalls, und das Dorf hatte jedes Jahr nach der Zeit der Stürme alle Hände voll zu tun, um ihn instand zu setzen. Als Klassenzimmer diente ein kleiner Raum neben der Kammer, in der der Weihrauch aufbewahrt wurde, und so war er immer mit göttlichen Düften erfüllt, die selbst das widerspenstigste Kind seine Aufgaben ernst nehmen ließen.

Obwohl Kyrania so abgelegen war und seine Bewohner sich ihren Lebensunterhalt durch schwere Arbeit verdienen mußten, waren die Menschen nicht ungebildet. Lernen galt als heilige Pflicht, und man war stolz auf die Fähigkeit, schwierige Texte lesen, mit großen Zahlen rechnen und so sauber schreiben zu können wie in den besten Schulen von Walaria. Die Menschen von Kyrania waren insbesondere auf ihre Sprachbegabung stolz, und jeder von ihnen beherrschte ein halbes Dutzend Sprachen oder mehr. Die Tradition ihrer Gelehrsamkeit reichte zurück bis zu den Legenden von Alisarrian, der dem Rufe nach nicht nur ein mächtiger Kriegerkönig, sondern zudem ein gebildeter Mann gewesen war. Und jenen Legenden zufolge war die erste Schule von eben diesem Eroberer gegründet worden, und zwar für die Männer, die er zurückgelassen hatte. Ob das nun den Tatsachen entsprach oder nicht, alles Wissen, was in der Tempelschule gelehrt wurde, hatte seinen Sinn. Denn die Kyranier bedurften eines wachen Verstandes und der Kenntnisse fremder Sprachen, um mit den Karawanen verhandeln zu können, die durch ihr Land kamen. Sonst hätten gewitzte Händler ihnen längst alles bis aufs letzte Hemd abgenommen. Statt dessen waren es die Kyranier, die aus den zähen Verhandlungen, die die Ankunft der Karawanen im Tal mit sich brachte, ihren Vorteil zogen.

An diesem Tag allerdings konnte Safar seine Aufmerksamkeit nicht auf das Lernen richten. Mehrmals wurde er von Gubadan getadelt, und er stotterte sogar, als er das hellste Sternbild am Frühlingshimmel benennen sollte. Er wußte, es war der Tiger, doch auf die Frage von Gubadan hin war die Antwort wie weggeblasen.

»Willst du dem alten Gubadan einen Streich spielen, Knabe?« schimpfte der Priester. »Du bist mein bester Schüler, wie alle wissen. Deine Familie bezahlt mich teuer für deinen zusätzlichen Unterricht, und so darfst du sogar noch mehr lernen als die anderen. Und dennoch verspottest du mich, Junge. Und indem du mich verspottest, verhöhnst du gleichermaßen die Götter, die dir diese Begabung geschenkt haben. Glaubst du, du seist etwas Besseres als die anderen, Safar Timura?«

»Nein, Meister«, antwortete Safar und senkte beschämt den Kopf.

»Wieso gibst du dann vor, etwas nicht zu wissen, das so offensichtlich ist?« brüllte der Priester. »Kannst du mir das verraten?«

»Ehrlich, mir ist die Antwort gerade nicht eingefallen, Meister«, erwiderte Safar.

»Dann bist du ein fauler Kerl!«, schrie der Priester. »Und das ist eine noch schlimmere Sünde als der Spott. Spott könnte man mit guter Laune entschuldigen. Aber Faulheit! Unaufmerksamkeit! Das ist unverzeihlich, Junge. Du solltst den anderen ein gutes Beispiel sein.«

Safar wollte erwidern, er könnte auch nichts dafür, weil seine Gedanken bei jenem Jungen verweilten, der Protarus hieß – wie der König in seiner Vision.

Statt dessen brachte er nur hervor: »Entschuldigt, Meister. Ich will mich bestimmt bessern.«

Er gab sich alle Mühe, doch der Tag zog sich langsam dahin, und nichts besserte sich. Endlich war er befreit und jagte nach draußen, wobei er Gubadans zornige Blicke in seine Richtung ignorierte.

Safar war erleichtert, weil er für seinen Vater Arbeiten zu erledigen hatte und nicht mit seinen Schwestern nach Hause gehen und ihnen zuhören mußte, wie sie ihn mit seiner Unaufmerksamkeit im Unterricht aufzogen. Er machte sich sofort zu den Lehmkuhlen auf, wo sein Vater Eimer stehengelassen hatte, die Safar mit einer frischen Ladung Ton nach Hause bringen sollte. Sein Weg führte ihn hinter dem Tempel durch einen angenehm duftenden Wald, wo er durch die reine Luft und eine seufzende Brise schlenderte.

Gerade, als er aus dem Wald trat und sich den Lehmgruben zuwandte, die am Rande des Sees lagen, hörte er zornige Rufe. Die Stimmen kamen ihm bekannt vor, und es überraschte ihn nicht, als aus den wütenden Worten Gebrüll wurde und schließlich Kampflärm zu hören war. Er eilte den Hügel hinauf und wollte nachsehen, was los war.

Als er die Spitze des Hügels erreichte, sah er nach unten und entdeckte ein Knäuel um sich schlagender und tretender Arme und Beine.

Vier kräftige Jugendliche hatten einen fünften zu Boden geworfen und hieben gnadenlos auf ihn ein.

Die Angreifer waren die Ubekian-Brüder, die allgemein als die größten Raufbolde von Kyrania galten. Sie stammten aus einer schmuddeligen Familie, die einst halbverhungert und halberfroren ins Tal gewandert war und um Almosen gebettelt hatte. Die Ubekians beriefen sich auf gemeinsame Verwandtschaft, und obwohl sie nur sehr entfernt verwandt waren, genügte dies, ihre Bitte der kyranischen Tradition und den Gesetzen nach nicht abschlagen zu können. Und zu jedermanns Mißfallen ließ sich die Familie in einer Höhle nahe des größten Dorfes dauerhaft nieder. Und tat alles, um den anderen ein ständiger Dorn im Auge zu sein.

Safar hatte genug Gründe, die Ubekian-Brüder nicht zu mögen. Denn sofort hatten sie seine seltsamen blauen Augen bemerkt und ihn gnadenlos verhöhnt. Vor der Ankunft der Familie hatte eigentlich nie jemand etwas über sein Aussehen geäußert. Doch nun hatten auch andere als das alte Weib am See den Mut gefunden, ihn damit zu peinigen.

Einen nach dem anderen hatte Safar die Brüder allein erwischt und verprügelt. Jetzt verspotteten sie ihn nicht mehr, zumindest nicht, sobald er in Hörweite war.

Ohne Zweifel hatten die Brüder den Streit angefangen, den Safar nun von oben sah. Seine Abneigung ihnen gegenüber und dazu die unerfreulichen Ereignisse des Tages ließen sein Blut in wildem Vergnügen rauschen, als er den Hügel hinunterrannte und sich ins Getümmel warf.

Schmerzensschreie und überraschte Rufe empfingen ihn, als er angriff. Doch die Brüder rappelten sich rasch wieder auf und fielen über ihn her. Safar geriet einen Augenblick lang arg in Bedrängnis, als ihn ein Hieb traf, der vor seinen Augen hellere Sterne als die des Tigers tanzen ließ.

Dann sprang das Opfer der Brüder auf und mischte sich ein. Fäuste, Knie, Ellbogen und zustoßende Köpfe verknäulten sich miteinander.

Mit einem Mal war der Kampf vorbei, und die Brüder suchten das Weite, blieben auf dem Hügel stehen und schleuderten ihnen leere Drohungen zu, um ihren verletzten Stolz zu trösten. Doch als Safar und sein Gefährte ein paar Schritte auf sie zu gingen, jagten sie davon und riefen Beleidigungen über die Schulter zurück.

Safar drehte sich um und sah sich den an, den er gerade gerettet hatte. Der Junge war etwa so groß wie er und genauso stark. Aber dann traf es ihn wie ein Schlag: Der Junge hatte helle Haut und blonde Haare, verdrossene Augen und eine Hakennase.

Das Gesicht war ihm niederschmetternd vertraut.

Der fremde Junge verzog die geschwollenen Lippen zu einem

Grinsen und bleckte dabei blutverschmierte Zähne. »Du bist gerade rechtzeitig gekommen«, sagte er. »Einen Moment später, und ich hätte die Geduld verloren und ihnen die Köpfe eingeschlagen.«

Safar kam wieder zu sich. »Von dort, wo ich gestanden habe«, erwiderte er trocken, »sah es nicht so aus, als würdest du so bald wieder auf die Beine kommen.«

Der fremde Junge lachte. »Das liegt nur an meinem friedlichen Charakter.«

Diese Bemerkung brach das Eis, und Safar fiel in sein Lachen ein. »Nächstes Mal, wenn du die Ubekian-Brüder triffst«, sagte er, »sollte dir der Geduldsfaden so schnell wie möglich reißen. Sonst schlagen sie *dir* den Kopf ein.«

Der fremde Junge streckte die Hand aus. »Ich heiße Iraj Protarus«, stellte er sich vor.

Safar zögerte, erinnerte sich an seine Vision. Doch das Gesicht des jungen Mannes war so freundlich, daß nichts dagegen sprach, sie zu ergreifen.

Fest drückte er die angebotene Rechte. »Ich bin Safar Timura.«

Iraj blickte ihn seltsam an. »Safar, wie? Ich habe mal einen seltsamen Traum gehabt, über einen, der auch Safar hieß.«

Der fremde Junge dachte vielleicht, Safar wäre nur schüchtern. Er veränderte seinen Griff zu jenem Händeschütteln, wie es unter Brüdern üblich ist.

»Ich glaube, wir werden sehr gute Freunde werden, Safar«, erklärte er. »Bestimmt werden wir sehr gute Freunde.«

2
Die Dämonenreiter

Badawi setzte sich im Sattel zurecht und suchte eine bequemere Haltung. Seine Grauschimmelstute beschwerte sich schnaubend und stolperte unter seiner Fülle. Der fette Mann wäre beinahe heruntergefallen und hielt sich eilends am Sattel fest, um ebendies zu verhindern.

»Paß doch auf, wo du hintrittst, du fliegenumschwärmte Tochter eines Mistkäfers«, knurrte Badawi und schlug mit seiner Peitsche auf die Stute ein.

Das Tier war solcherlei Behandlung gewöhnt, zeigte außer einem schmerzlichen Wiehern keine Reaktion und quälte sich weiter über den steinigen Grund. Noch war es nicht Mittag, die ärgsten Stunden des Tages lagen noch vor ihnen, und doch brannte die Sonne der hohen Ebenen schon so heiß auf die vollbepackte Stute herab, daß sie sich erbärmlich elend fühlte. Der Boden unter den Hufen war hart, das Gebüsch am Wegrand trocken – es bot wenig, um den wachsenden Hunger und Durst zu stillen. Badawi jedoch kannte kein Mitleid, stieß ihr die Sporen in die Flanken und verwünschte sie abermals, um sie zum Weitertrotten zu bewegen.

Bald schon ging der Atem der Stute angestrengt, Schaum trat vor die Nüstern, und das Fell färbte sich vom Schweiß dunkel. Badawi achtete nicht auf ihre Not. Wenn er das Tier zuschanden ritt, mußte er seinen Weg zu Fuß fortsetzen, doch das bekümmerte ihn nicht. Sein Ziel lag in den welligen Ausläufern des Gebirges südlich von hier, nicht weiter als fünf oder sechs Meilen entfernt. Über diesen Hügeln ragten die schneebedeckten Gipfel jenes Gebirges empor, das unter dem Namen ›Schwelle der Götter‹ bekannt war. Nach Osten hin erstreckte sich die trockene Einöde, die die Grenze zur Verbotenen Wüste bildete.

Badawi trieb die Stute an, bis ihm plötzlich etwas einfiel – sofort riß er die Zügel zurück, um das Tier wieder langsam gehen zu lassen. »Du bist ein Narr, Badawi«, schalt er sich selbst. »Ein gefühlloser Narr.«

Er wandte sich um und blickte sorgenvoll auf das Tier, das hinter ihm trottete: eine schlanke, junge Kamelstute, die leichtfüßig über den steinigen Grund lief. Ein Seil führte von ihrem Hals bis hin zum Holzrahmen von Badawis Sattel.

»Vergib mir, Kleine«, rief er. »Ich habe einen Augenblick lang nicht an dich gedacht.« Er schlug auf die Stute ein. »Schuld daran ist allein diese häßliche Tochter eines schmutzigen Knochensammlers. Sie hat meine Gutmütigkeit ausgenutzt, und deshalb mußte ich ihr eine Lektion erteilen.«

Badawi zog sachte an dem Seil, und gehorsam trabte das Kamel an seine Seite. Sein gieriges kleines Herz erwärmte sich, und er lächelte das Kamel liebevoll an, das ihn aus großen, bettelnden, von langen, aufwärtsgeschwungenen Wimpern umrahmten Augen anblickte. Reinweiß war das Kamel – so weiß wie der Schnee, der, pudergleich, die Gipfel der Schwelle der Götter bedeckte, dachte Badawi in einem seltenen Anflug von Romantik.

Aus einem Beutel brachte er einige süße Feigen hervor, und der Kopf des Kamel senkte sich nach den Leckerbissen. »Dir kann ich nichts versagen, Sava«, sagte er und erschauerte, als die zarten Lippen des Kamels an seiner fetten Handfläche knabberten. »Selbst wenn ich mir das Essen vom eigenen Mund absparen müßte.« Er seufzte. »Was bin ich doch für ein glücklicher Mann. Die Götter müssen mich wahrlich lieben. Ein Wesen von solcher Schönheit zu besitzen.«

Badawi war ein Mann, der sich selbst sehr gefiel. Jeder, der ihn kennenlernte, würde augenblicklich feststellen, wie sehr sein Vergnügen zumeist auf Kosten anderer ging. Der Wahrheit entsprechend hätte ihm auch jeder zugetraut, daß er, um dieses hübsche weiße Kamel zu erlangen, einen anderen übervorteilt hatte. Viel Verstand besaß er nicht, und sein Vermögen hatte er gemacht, indem er sich in einer Gegend niedergelassen hatte, der sich sonst niemand freiwillig nähern würde und wo er Pferde und Kamele züchtete. Es war ein fruchtbares Stück Land, das ihn der Nähe zur Verbotenen Wüste wegen nichts gekostet hatte.

Vor langen Jahren hatte sein erstes Weib zunächst mit Angst, dann mit Zorn auf seine Ankündigung reagiert, er habe den richtigen Ort für ihr neues Heim gefunden. Also hatte er ihr den Gehorsam erst einprügeln müssen, bevor er wie ein guter Ehemann mit ihr hatte reden können.

»Nun stell dich nicht an wie eine dumme Kuh«, hatte er sie zurechtgewiesen. »Denn es gibt nur einen Grund, warum sich die Leute vor dieser Gegend fürchten: weil sie der Verbotenen Wüste so nahe ist. Ich sage: Pah! Bloße Narretei! Na gut, die Dämonenlande liegen also auf der anderen Seite der Wüste. Aber heißt diese Wüste denn nicht die Verbotene? Die Dämonen können sie genausowenig durchqueren wie die Menschen. Überdies hat man dort seit Hunderten von Jahren keinen Dämon mehr gesichtet. Und nur aus einem einzigen Grund liegt das Land brach, weil die Leute nämlich nicht nur dumm sind, sondern noch dazu nicht über ihre Nasenspitze hinausblicken können.

Ich hingegen bin nicht dumm. Ich sehe dort, wo andere nur von Furcht befallen werden, ein Vermögen schlummern. Und, mein liebes Weib, solltest du nicht bis zum Ende der Woche den Haushalt zusammengepackt haben, werde ich dir deinen Starrsinn aus dem Leibe prügeln. Sodann werde ich dich zu deinem Vater zurückschicken. Soll er doch sehen, ob er einer dummen Kuh etwas Verstand einbleuen kann.«

Bei der Erinnerung an dieses Gespräch vor langer Zeit kräuselten sich Badawis Lippen zu einem Hohnlächeln. Großen Wohlstand hatte er tatsächlich erlangt, indem er seine Herden auf den saftigen Wiesen des Vorgebirges weiden ließ und sie mit großem

Gewinn in den Siedlungen und Nomadenlagern der sogenannten sicheren Gebiete verkaufte. Sein erstes Weib und drei andere hatte er dabei verschlissen, und dazu viele Kinder, die sich auf seinem Land wie Sklaven hatten abplagen müssen.

Dann verwandelte sich sein Grinsen abrupt in ein mißbilligendes Stirnrunzeln, als die Stute vor Furcht schnaubte, den Kopf nach hinten warf und dabei Badawi beinahe vor die Nase gestoßen hätte.

»Was soll das«, rief er und gab ihr die Peitsche zu schmecken.

Doch dieses Mal nahm es die Graue nicht hin. Vor Angst laut wiehernd, bäumte sie sich jäh auf. Badawi stürzte zu Boden. Hart kam er auf, zischend trieb es ihm den Atem aus den Lungen, doch erstaunlicherweise blieb er unversehrt. Als ihm die Erkenntnis kam, daß die Stute vor etwas anderem als ihm selbst erschrocken sein mußte, hörte er seine geliebte Sava vor Furcht brüllen.

Das Kamel wollte das Weite suchen, verhedderte sich jedoch in dem Seil, das es mit der durchgehenden Stute verband. Die beiden Tiere brüllten und zerrten an dem Seil.

Wenn es denn sein mußte, konnte sich Badawi mit erstaunlicher Flinkheit bewegen, und so wälzte er sich zur Seite und schrie auf die aufgeregten Tiere ein, sie sollten aufhören. Dann zerriß das Seil, und Stute und Kamel rannten davon – auf das vertraute Vorgebirge und die Sicherheit der Heimat zu.

Badawi sprang auf die Füße und schrie: »Komm zurück, meine Sava! Komm zurück, meine Süße!«

Doch sein Flehen wurde nicht erhört, und bald waren Kamel und Stute hinter einem Hügel verschwunden.

Badawi verfluchte die Göttin des Schicksals, stieß einen tiefen Seufzer aus und fand sich damit ab, den Heimweg zu Fuß antreten zu müssen. Natürlich war die Graue schuld, redete er sich ein. Er schwor sich, dieses niedere Geschöpf anständig leiden zu lassen, weil sie ihm solche Unannehmlichkeiten bereitete.

In diesem Moment befiel ihn ein Schauder. Seine Gedärme krampften sich zusammen, und die Nackenhaare stellten sich steif und borstig wie die Stacheln eines Wüstenigels auf. Instinktiv drehte er sich zur Verbotenen Wüste um.

Er schützte die Augen mit der Hand und konnte dennoch nichts erkennen. Schließlich entdeckte er eine Staubwolke und fragte sich, ob da wohl ein Sturm im Anzug wäre. Seine Frage wurde auf unbehagliche Weise beantwortet, als sich der Staub teilte und eine lange Kolonne dunkler Gestalten daraus hervortrat.

Mit großer Geschwindigkeit kamen sie auf ihn zu, und er wollte sich umdrehen und fortrennen. Doch die Angst hatte seine Füße in Stein verwandelt, so stand er nur da, stierte die nahenden Gestalten an und versuchte auszumachen, wer sie wohl sein mochten.

Schon bald waren die Gestalten deutlich zu erkennen, und angesichts dieser bestürzenden Entdeckung machte sich Badawi in die Hose.

Dämonen!

Ungeheuer in Rüstungen, mit breiten Schnauzen und gesprenkelter grüner Haut. Ihre Reittiere waren sogar noch fürchterlicher anzusehen als die Herren – keine Pferde, sondern Geschöpfe, die nur vage an solche erinnerten – mit langen, geschwungenen Reißzähnen und großen Katzenkrallen anstelle von Hufen.

Badawi konnte sich endlich wieder rühren, fuhr herum und rannte auf seinen kurzen Beinen los. Er hatte kaum mehr als ein paar Schritte hinter sich gebracht, da verhakten sich seine Sporen ineinander, und er fiel der Länge nach in den Staub.

Dann hatten ihn die Kreaturen umringt und heulten, daß es einem das Mark gefrieren ließ. Weinend und jammernd flehte Badawi die Götter um Beistand an, rollte sich zusammen und versuchte, den Reittieren der Dämonen auszuweichen, die mit ihren Fängen nach ihm schnappten und mit ihren Krallen nach ihm schlugen. Speerspitzen piekten ihn, und jedes Mal, wenn sie seine Haut durchbohrten, schrie Badawi wie ein Schwein am Spieß.

Er glaubte, gebrüllte Befehle zu hören … dann plötzlich herrschte Stille, und die Qualen hatten ein Ende.

Eine Stimme forderte ihn auf: »Erhebe dich, Mensch. Ich will dich ansehen.« Die Stimme klang kalt und schrill und unbeschreiblich fremdartig.

Badawi blieb zusammengekauert liegen und winselte: »Erbarmen, Herr. Tut mir nichts. Ich bin doch nur ein armer Pferdehändler, der niemandem ein Leid tun will.«

Dann hörte er eine zweite nichtmenschliche Stimme sagen: »Warum töten wir ihn nicht einfach und kochen ihn, Sarn? Ich habe Hunger! Wir alle haben Hunger!«

Die Bemerkung zog zustimmendes Brummen der anderen Dämonen nach sich, und im Chor riefen sie: »Es-sen, Es-sen, Essen!«

Angst beflügelt die Inspiration. Badawi richtete sich auf, erhob sich auf die Knie und riß die Arme flehend in die Höhe.

Sarn, der Dämon, der zuerst gesprochen hatte, und ein zweites, kleineres Ungeheuer starrten ihn von ihren Reittieren herab an und geiferten vor Vergnügen.

»Erbarmen, Herr«, jammerte Badawi, »schont das Leben dieses unwürdigen Insektes. Ich habe Töchter, Herr. Ich habe Söhne. Ich habe ein Weib. Habt Erbarmen, Herr! Verschont den armen alten Badawi!«

Sein Flehen wurde von allen mit Hohngelächter beantwortet, außer von Sarn. Der musterte Badawi mit seinen ungeheuer gelben Augen. Dann gebot er mit erhobener Kralle Ruhe, die sofort einkehrte.

»Du willst Schonung von mir?« fuhr ihn Sarn verächtlich an. »Sarn verschont niemanden. Und vor allem keinen Menschen.«

»O Herr, Ihr habt mich falsch verstanden«, stammelte Badawi. »Ich will nicht um meinetwillen verschont werden. Sondern zu Eurem Wohl.«

»Zu meinem Wohl?« wollte Sarn wissen. »Was willst du schon für Sarn tun können, Mensch?«

»Zum Beispiel Euren Hunger stillen«, erwiderte Badawi. »Falls Euch das gefällt. Wenn ich wagen darf, Euch darauf aufmerksam zu machen ... ich bin doch nur einer. Und Ihr seid viele. Welchen

Kummer bereitet es mir, feststellen zu müssen, daß, so viel an mir auch dran sein mag, doch einige noch unter Hunger leiden werden, wenn ich schon verspeist bin. O seht doch, Herr, bei mir zu Hause – und das ist nicht weit von hier entfernt – werdet Ihr mehr als genug finden, um jeden einzelnen von Euch zufriedenzustellen.«

»Die Töchter und Söhne, die du erwähntest?« fragte Sarn und verzog die schuppigen Lippen.

»Sehr wohl, Herr«, gab Badawi zurück. »Und außerdem mein Weib. Ein zarter Bissen, wenn ich es so ausdrücken darf. Ich habe sie nur mit dem Besten gefüttert, seit sie unter meinem Dach lebt.«

Giff, ein weiterer Dämon, fauchte vor Ekel. »Du bietest uns deine Familie an, Mensch? Um dein eigenes Leben zu retten? Was für ein Geschöpf bist du eigentlich?«

Sarn gab ein häßliches Geräusch von sich – in den Ohren von Dämonen ein Kichern, ein Schrecken für Menschen. »Er hat gesagt, er wäre Pferdehändler, Giff«, antwortete er. »Das sollte doch einiges erklären.«

Badawi beachtete diese Beleidigung nicht, sondern flehte Sarn an: »Laßt mich Euch zu meinem Haus führen, Herr. Ihr werdet sehen, ich habe nicht die Unwahrheit gesprochen.«

Sarn starrte den häßlichen Fleischberg, den Badawi darstellte, lange Augenblicke an.

Zu jeder anderen Zeit wäre dieser feige Mensch längst im Kochtopf gelandet. Badawis Haus konnten sie auch allein finden. Sarn und seine Bande waren einer von vielen Räuberclans, die durch die gesetzlosen Gegenden der Dämonenlande strichen. Bis vor kurzem hatten sie nichts weiter im Sinn gehabt, als nach Belieben zu rauben und zu morden. Dann hatte König Manacia einen Abgesandten geschickt, der eine Vereinbarung vorgeschlagen hatte. Sarn wurde daraufhin bewilligt, die Verbotene Wüste zu durchqueren und jenseits davon Menschen als Beute zu jagen und sie ihrer Reichtümer zu berauben. Der König wollte als Gegenleistung nichts als Auskunft über das Land der Menschen. Die Dämonen sollten westwärts über die Schwelle der Götter ziehen und alle größeren Wege auf Karten verzeichnen. Manacia war insbesondere an einem bestimmten Ort interessiert – einer Straße, von der die Legenden behaupteten, sie führe über die Gebirgskette. Sarn fragte nicht, wofür der König solches Wissen brauchte. Doch ganz gleich aus welchem Grund, es war Sache der Soldaten – gefährlich und mit wenig Aussicht auf Beute – und von daher für Sarn und die anderen Banditen nicht von Belang. Wenn Sarn hier fertig war, würde er mit vollen Satteltaschen und Packtieren, beladen mit Schätzen, durch die Wüste den Heimweg antreten.

Während er nun abwog, welches Schicksal er Badawi zukommen lassen sollte, regte sich in ihm der Gedanke, sein Streifzug würde sich mit einem willigen menschlichen Führer um einiges einfacher gestalten. Und Badawi erschien äußerst willig.

»Sag mir, Mensch«, fragte Sarn. »Kennst du einen Ort namens Kyrania?«

»Kyrania?« heulte Badawi. »Kyrania? Natürlich, Herr, innerhalb von hundert Meilen findet Ihr keinen Mann, der den Weg nach Kyrania besser kennt als Euer verzweifelter Sklave.«

Sarn nickte zufrieden. Er wandte sich an Giff. »Lassen wir ihn einstweilen am Leben. Dieser menschliche Hund könnte uns noch von Nutzen sein.«

Badawi wimmerte erleichtert. Er erhob sich auf die Beine, verneigte sich und rief mit sich überschlagender Stimme: »Oh, ich danke Euch, gnädigster Herr. Mögen die Götter all Euren Unternehmungen günstig gesonnen sein.«

Doch selbst jetzt – als sein Leben noch immer am seidenen Faden hing – konnte Badawi seine Gier nicht im Zaum halten.

Indem er sich die Augen trocknete, brachte er hervor: »Ich, ähem, ich bin untröstlich, äh, eine kleine Sache ansprechen zu müssen, Herr. Eine Gunst, falls es Euch gefällt, für meine Dienste. Wenn wir auf den Bauernhof kommen, verfahrt, wie Ihr möchtet.« Er breitete die Arme aus. »Alles, was mein ist, sei das Eure, Herr. Außer … nun, da ist dieses weiße Kamel, versteht Ihr. Nichts Besonderes. Herr. Kein Zuchttier. Für niemanden von irgendeinem

Wert. Doch mir ist es so ans Herz gewachsen, Herr. Und falls Ihr nur –«

Sarns Kralle schoß vor und schnitt Badawi das Wort ab. Der Dämon winkte kurz, und Badawis Mund wurde trocken wie die Wüste, als er sah, wie lang die rasiermesserscharfen Krallen waren. Fügsam trat er einen Schritt vor, dann ging ein Ruck durch ihn hindurch, als eine erdrückende Kraft ihn packte. Sie fiel über ihn her wie ein Fischernetz und zerrte ihn auf den Anführer der Dämonen zu. Die Angst schnürte ihm die Kehle zu, und er konnte nicht sprechen, geschweige denn atmen. So taumelte er vorwärts, vom Zauberspruch des Dämons gezogen.

Zitternd spürte Badawi, wie die längste Kralle, krumm wie ein Säbel, seine Brust berührte. Und immer noch konnte er nicht stehenbleiben. Der Zauberspruch zog ihn weiter vorwärts, bis die Kralle zunächst sein Gewand und dann seine Haut durchschnitt. Blut trat hervor und befleckte seine Kleidung. Der Schmerz war unerträglich, doch egal, wie sehr Badawi sich anstrengte, sein Wille war zu schwach. Tiefer und tiefer schnitt ihm die Kralle ins Fleisch. Dann hörte er Sarn lachen, und plötzlich war der Zauber vorüber und Badawi frei.

Er fiel zu Boden und preßte die Hand auf die Wunde, zu verängstigt, um mehr als ein Stöhnen von sich zu geben.

»Wenn dir dein Leben lieb ist, Mensch«, fauchte Sarn, »wirst du alles tun, was ich dir befehle. Ohne zu fragen. Und du wirst mich niemals wieder um einen Gefallen bitten.«

»Sehr wohl, Herr, sehr wohl«, jammerte Badawi und schlug bei seinem Fußfall die Stirn auf den Boden. »Ich habe mich wie ein Narr benommen! Bitte, vergebt einem so törichten Pferdehändler wie mir.«

»Steh auf, Mensch«, verlangte Sarn.

Badawi tat wie geheißen, stand zitternd vor dem Dämon und fragte sich, was wohl als nächstes geschehen würde.

»Dies ist mein erster Befehl an dich, Mensch. Du wirst uns sofort zu deinem Haus bringen. Und wenn wir dort ankommen ...«

»Ja, Herr?«

Sarn grinste und bleckte dabei eine Doppelreihe fleckiger Reißzähne. »Wirst du uns als erstes zu deinem Kamel führen.«

Badawi verbarg weise seine Bestürzung und nickte eifrig, für den Fall, daß die Dämonen seine zustimmende Miene nicht verstehen sollten.

»Und dann, Mensch«, donnerte Sarn, »wenn wir damit fertig sind ...«

»Ja, Herr! Alles, Herr!«

»... wenn wir mit deiner Familie fertig sind, wirst du uns nach Kyrania führen.«

*

Nachdem die Dämonen sich in Badawis Heim gütlich getan hatten, zogen sie fast sechshundert Meilen weit an der Schwelle der Götter entlang. Viele Höfe und Siedlungen wurden überrannt, und viele Menschen starben. Manchen wurde ein ehrwürdiger Tod als ebenbürtiger Feind gewährt. Aber viele endeten im Kochtopf oder als Vorrat für die Reise.

Badawi führte sie, wählte die wohlhabendsten Dörfer aus, betrog die Oberhäupter der Menschen und machte sich auch sonst nützlich. Wann immer das Thema Kyrania zur Sprache kam, erklärte der Pferdehändler: »Nur noch ein wenig weiter, Herr. Nur noch ein wenig weiter.«

In Wahrheit hatte Badawi nicht die blasseste Ahnung, wo dieses Kyrania liegen mochte. Er wußte, die legendäre Karawanenstraße über die Schwelle der Götter befand sich ungefähr in der Richtung, in die er die Dämonen führte. Aber wo der Paß genau lag, konnte er nicht sagen. Nur wenige der reichsten Handelsherren kannten den Weg, und Badawi, wenngleich durchaus mit Erfolg gesegnet, fehlte noch die eine oder andere Schatztruhe, um sich wirklich reich nennen zu können. Also tat er, was jeder anständige Pferdehändler an seiner Stelle getan hätte.

Er log ... »Hier entlang, Herr. Nur noch ein wenig weiter ...«

Zunächst waren die Banditen höchst zufrieden und besorgten sich Packtiere, um ihre wachsende Beute mitzuführen. Anfangs nahmen sie auch viele junge Männer und Frauen als Gefangene, um sie hernach auf dem Sklavenmarkt der Dämonen zu verkaufen. Die Banditen ketteten die Opfer aneinander und banden sie an langen Stangen fest, die die Sklaven auf den Schultern tragen mußten. Auf diese Weise marschierten sie neben den Packtieren her. Doch die Anzahl der Sklaven und die Menge des Gepäcks wurden schließlich zum sprichwörtlichen Klotz am Bein, und die ganze Gesellschaft kam nur noch im Schneckentempo voran.

Und so näherte sich der Tag, an dem es den Dämonen reichte, und abermals sah sich Badawi vom Röstspieß bedroht.

Sie überfielen wieder eine dieser Siedlungen, die typisch für die menschlichen Dörfer waren und in den weiten Ausläufern des Gebirges überall zu finden sind. Der Ort lag inmitten von fruchtbaren Feldern, die Speicher waren bis zum Bersten gefüllt, doch es gab, wie sich Sarns Leutnant beschwerte, kaum ein Kupferstück, das man hätte rauben können.

Sarn und Giff nahmen ihr Essen an diesem Abend in einem großen pavillonartigen Zelt ein, das oberhalb des eigentlichen Lagers errichtet worden war. Unter ihnen hatten sich ihre Dämonenbrüder um einen großen Grillspieß versammelt, an dem über kleinem Feuer ein kreischendes Opfer langsam gedreht wurde.

Zwischen den einfachen Dämonen hatte Badawi sich hingekauert und hoffte auf eine Gelegenheit, den drohenden Krallen zum Trotz ein Stück für sich zu ergattern.

Giff lächelte bei diesem Anblick höhnisch und wandte sich seinem Anführer zu. »Das ist wirklich der abscheulichste Sterbliche, der je dieses Land mit seinem Dasein besudelt hat. Er frißt sogar seine eigene Art.«

Sarn lachte. »Als hätte er eine andere Wahl«, erwiderte er. »Wir haben ihm verboten, etwas anderes zu essen.«

»Dennoch!« gab Giff zurück. »Bei allem, was recht ist. Man sollte meinen, er hätte mehr Stolz im Leib.«

In diesem Moment beging Badawi den Fehler, vom Feuer aufzusehen und hoch zum Pavillon zu starren. Giff knurrte, als sich ihre Blicke trafen, und der Pferdehändler duckte sich rasch, um den glühenden gelben Augen des Dämons auszuweichen. Er murmelte ein Gebet in sich hinein und flehte die Götter an, Giff möge es nicht als Beleidigung auffassen. Doch das Gebet wurde nicht erhört, denn oben im Pavillon knirschte Giff vor Wut mit den Zähnen.

»Dieser Mensch hat uns angestarrt«, wandte er sich an Sarn.

Sarn zuckte nur mit den Schultern. »Was macht es schon aus, wohin der Mensch guckt?« brummte er.

»Mir macht es etwas aus«, schnaubte Giff. »Ich hasse diese niedere Kreatur. In seiner Gegenwart fühle ich mich schmutzig. Allein, wenn er mich nur anblickt, möchte ich mich schon mit Staub abreiben.«

Sarn lachte. »Das wäre allerdings ein Schauspiel, mein guter, doch unreiner Freund«, sagte er, »wenn man bedenkt, daß viele Jahre vergangen sind, seit du dich das letzte Mal zum Baden angeschickt hast.«

Giff fand diese Bemerkung nicht besonders lustig. »Darum geht es doch gar nicht. Dieser Mensch beleidigt mich. Seine Gegenwart nimmt mir meine dämonische Gelassenheit. Laß mich ihn töten, dann würde ich endlich Frieden finden.«

»Sei ein guter Dämon und lerne Geduld«, erwiderte Sarn. »Frieden kommt mit der Geduld, zumindest behaupten die Priester das. Dieser Mensch beleidigt mich sosehr wie dich. Sie beleidigen mich alle. Ihr Gestank ist übler als der Kot jedes Tieres, welchem ich je begegnet bin. Und ihre Blicke sind so scheußlich wie ihr Gestank. So schwächlich und ängstlich wie die von Würmern. Aber Würmern mit behaarten Köpfen und Körpern. Und ihre kleinen Mäuler und stumpfen Zähne mit diesen vier winzigen Fängen erinnern mich an Blutsauger.« Sarn schauderte. »Mütter, die nur halb so schreckliche Dinge gesehen haben, brachten schon Dämonenkinder mit zwei Köpfen zur Welt.«

»Warum soll ich mich dann in Geduld üben, Sarn?« wollte Giff wissen. »Machen wir die Götter glücklich und bringen wir diese fette Schnecke um.«

»Wir können den Menschen noch immer gebrauchen«, entgegnete Sarn. »Darum darfst du ihn jetzt noch nicht töten.«

Giff schnaubte vor Abscheu. »Ach, ich vergaß, welch dienlicher Sklave er uns gewesen ist«, sagte er, wobei seine Stimme von Ironie triefte. »Nun, morgen wird er uns wieder zu einem Dorf führen, das so reich ist wie dieses. Erneut werden wir Speicher voller nutzlosem Getreide, armselige Kleider, Werkzeuge, die wir nicht mitschleppen können, verrostete alte Waffen und vielleicht, nur vielleicht – wenn die Götter uns gnädig sind – zwei Silbermünzen als Beute finden.«

»Ich gebe wohl zu, unsere Beute wird keinen unserer Feinde dazu bringen, mit den Zähnen zu knirschen«, gestand Sarn ein. »Wir haben nur kleine Dörfer und Marktflecken überfallen. Und deren Wohlstand besteht zu unserem Leidwesen größtenteils aus Getreide und Tieren. Manche der Einwohner würden vielleicht sogar einen guten Preis auf dem Sklavenmarkt erzielen. Doch sind wir zu weit von zu Hause entfernt, um aus dieser Art Raub großen Gewinn ziehen zu können.«

Giff mahlte mit den Zähnen. »Großen Gewinn!« knurrte er. »Siehst du vielleicht irgendwen von uns den Dämonentanz aufführen, weil ihn das Gewicht seines Geldbeutels in Freude versetzt? Also, selbst wenn man das bißchen Gold und die paar armseligen Edelsteine rechnet, die wir erbeutet haben, bezweifle ich, ob wir überhaupt irgendeinen Gewinn herausgeholt haben. Und wir haben dafür fast ein ganzes Jahr keine Raubzüge zu Hause gemacht.«

»Daran trägt doch der Mensch keine Schuld«, wandte Sarn ein und schlug den Bogen zurück zum eigentlichen Thema, dem Schicksal von Badawi. »Laut der Vollmacht von König Manacia sollten wir nah an den Bergen bleiben, wo das Land nicht so dicht besiedelt ist. Wir können stehlen, was wir wollen, und mit jedem, den wir gefangennehmen, tun, wonach uns der Sinn steht. Wir dürfen nur keinen Menschen am Leben lassen, der die Nachricht verbreiten könnte, daß wir die Grenze überschritten haben.

Und, was unserem König das Wichtigste ist – und der einzige Grund, weshalb er uns diese Vollmacht gegeben hat –, wir sollen einen Paß über dieses Gebirge suchen. Zu einem Ort mit Namen Kyrania.«

Griff schnaubte und deutete mit der Kralle auf Badawi. »Und dieser Mensch da sollte uns zu diesem verdammten Ort führen. Ha, geführt hat er uns, und zwar in die Irre. Pah! Der Kerl ist Pferdehändler! Lügen ist seine zweite Natur.«

Sarn blickte zu Badawi hinunter und kratzte sich das hornige Kinn mit den nadelspitzen Krallen. »Vielleicht hat er gelogen«, sinnierte Sarn. »Freilich, ich war ein wenig zu sehr mit den Überfällen beschäftigt, um darüber nachzudenken.«

Er zuckte mit den Schultern. »Falls er wirklich gelogen hat, müssen wir einen anderen Führer finden. Was nicht allzu schwierig sein dürfte. Die Menschen sind ein solch verräterisches Pack.«

»Warum brauchen wir überhaupt einen anderen?« gab Giff zu bedenken. »Zum Teufel mit Kyrania.« Er schnaubte. »Tal der Wolken! Ich glaube eher, Manacia leidet unter königlicher Umwölkung des Verstandes.«

»Ohne Kyrania«, erinnerte Sarn seinen Leutnant, »besitzen wir keine Vollmacht. Wir müssen es zumindest versuchen.«

»Deine einzigartige Vollmacht vom König wird uns noch in den Ruin treiben«, gab Giff zurück. »Was haben wir davon, den Fluch der Verbotenen Wüste herauszufordern, wenn wir dabei so wenig gewinnen? Die anderen denken genauso, Sarn. Sie hatten schon Angst, diese Reise überhaupt anzutreten. Alle wissen, daß vor langer, langer Zeit ein dunkler Bann über die Wüste gelegt wurde. Jeden Dämon und jeden Menschen, der sie durchquert, trifft dieser Fluch.«

»König Manacia ist ein mächtiger Magier«, beruhigte ihn Sarn. »Die Vollmacht, die er uns gegeben hat, schützt uns vor allen Flüchen.«

»Woher weißt du das?« hakte Giff nach.

Sarn blickte ihn leer an. »Wie meinst du das?«

»Du hast uns alles über Manacias fluchabwehrende Vollmacht erzählt«, meinte Giff. »Das hat uns schließlich überzeugt. Aber inzwischen beginne ich zu zweifeln. Woher wissen wir, ob Manacia nicht gelogen hat? Und ob er wirklich die Macht besitzt, uns vor solch einem Fluch der Wüste zu schützen?«

»Aus welchem Grund hätte er lügen sollen?« gab Sarn zurück. »Der König braucht Wissen von uns. Wissen, mit dessen Hilfe er einst seine Armeen in dieses Land führen will. Wieso sonst sollten wir für ihn einen Weg über das Gebirge finden? Wieso sonst hätte er uns sogar den Namen eines Ortes gesagt, an dem er den Schlüssel vermutet?«

Giff konnte darüber nur spotten. »Was bedeutet schon ein verdammter Name?« wollte er wissen. »Kyrania? Humania? Desperadania? Zur Hölle, er hätte uns jeden beliebigen Namen sagen können, und wir wären auch nicht viel klüger als vorher gewesen!«

»Darf ich dich daran erinnern, mein getreuer Dämonenfreund«, erwiderte Sarn, »wieviel Gold uns der König für unsere Mühen versprochen hat? Wir bekommen mehr, als uns jeder Raubzug einbringen könnte. Und der König wird noch eine stattliche Prämie drauflegen, wenn wir einen Paß über dieses Gebirge finden.«

»Soll er seine Prämie behalten«, murrte Giff. »Hör mir zu. Wir sind seit unserer Jugend die besten Freunde gewesen. Du bist der Anführer. Ich berate dich. Aus diesem Grunde waren wir stets erfolgreich. Denn du weißt, auf meinen Rat kannst du vertrauen. Also höre, was ich zu sagen habe. Ich spreche von Herzen wie ein Bruder.

Laß uns diese Hölle von einem Land verlassen. Laß uns heimkehren und gute Dämonenluft atmen. Wenn wir uns beeilen, so werden wir in diesem Jahr noch genug Raubzüge unternehmen können, um unsere Geldbeutel zu füllen. Wir haben jede kleine Schlucht und jeden Weg auf einer Strecke von fast sechshundert Meilen abgesucht, Sarn. Ich glaube, es gibt einfach gar keinen Ort namens Kyrania. Oder einen Weg über die Schwelle der Götter. Und falls er doch existieren sollte, ist er so gut verborgen, daß wir ihn in hundert Jahren nicht finden. Wir würden für den Rest unserer Tage durch diese Berge ziehen. Und schließlich wären es unsere Geister, die die Prämie des Königs erhalten. Mit Gold kann ein Geist wenig anfangen.«

Sarn dachte einen Augenblick nach, dann nickte er: »Wenn das deine Meinung und die der anderen ist, will ich mich euch nicht entgegenstellen«, antwortete er. »Ich sage dir was. Wir werden morgen früh abstimmen. Wenn die Mehrheit dafür ist, nach Hause zurückzukehren, werden wir das tun. Und du wirst von mir keinen Einwand dagegen hören. Doch gleichgültig, wie die Abstimmung ausgeht, wenigstens zehn unserer Dämonenfreunde sollten mit der Beute und den Sklaven zurückgehen. Mehr kann ich nicht erübrigen, und das sollte auch reichen. Die Sklaven sind durch den Zauber, mit dem ich sie belegt habe, recht unterwürfig. Dann wird der Rest von uns schneller weiterziehen können. Und auf unserem weiteren Weg nehmen wir nur noch Gold und Silber und einfach zu transportierende Dinge mit.«

Sarn streckte die Pfote aus. »Einverstanden?« fragte er.

Giff nickte und kratzte mit seinen Krallen über die seines Anführers. »Einverstanden«, meinte er. »Unter einer Bedingung: Wenn für unsere sofortige Rückkehr gestimmt wird, möchte ich das Vergnügen zugestanden bekommen, den Menschen zu töten.«

Der oberste Dämon lachte. »Mach mit ihm, was du willst. Aber tu es vor den anderen. Es ist schon einige Zeit vergangen, seit wir uns richtig amüsiert haben.«

Sarn war ein gewiefter Anführer. Von Giffs Beteuerungen ihrer Brüderschaft ließ er sich nicht täuschen. Giff dachte stets zuerst an sich selbst. Aber Sarn wußte auch, daß der Standpunkt seines Leutnants unter seinen Dämonen sehr populär war und daß er sich damit auseinandersetzen mußte. Für einen Banditenführer hatte Sarn die einmalige Fähigkeit, sein Mäntelchen nach dem Wind zu hängen und am Ende doch das zu bekommen, was er wollte. Und wichtiger noch, er besaß eine wesentlich größere magische Begabung als die meisten anderen Dämonen.

Am Morgen versammelte er seine Bande um sich und stellte ihr die beiden Wahlmöglichkeiten vor. Er gewichtete keine Seite schwerer als die andere. Doch hatte er sich gut auf die Abstimmung vorbereitet und einen schwachen Zauber gewirkt, den keiner seiner Dämonen bemerken würde: für kurze Zeit würden sie die Gefahren und Unannehmlichkeiten, die vor ihnen lagen, schlicht vergessen.

Badawi sah dem Vorgang aus einiger Entfernung zu. Hier ging es auch um seinen Kopf, das war ihm durchaus klar. Denn die ganze Zeit, während Sarn sprach, starrte Giff Badawi an, und in seinen Dämonenaugen lauerten Haß und Hunger. Schon am Abend zuvor hatte Badawi etwas in der Art vermutet, als Sarn und Giff sich so angelegentlich unterhalten hatten. Der Pferdehändler hatte die ganze Nacht hektisch nach etwas – irgend etwas – gesucht, was ihm das Leben retten könnte.

Und jetzt hielt er diesen Gegenstand, um den er gebetet hatte und von dem er hoffte, er möge dieses Etwas sein, in den Händen, und nachdem die Dämonen ihre Stimmzettel abgegeben hatten – sie entschieden sich für die Fortsetzung von König Manacias Mission –, wartete er damit bereits am Pavillon, als Sarn dorthin zurückkehrte.

»Was willst du, Mensch?« verlangte Sarn zu wissen.

Badawi versuchte, seine zitternden Glieder ruhigzuhalten, und gab sich alle Mühe, Giffs bohrende Blicke voller unverhohlenem Haß zu ignorieren.

Er hielt Sarn eine alte, vom Feuer geschwärzte Schale hin. »Dies habe ich gefunden, Herr.«

Sarn schlug ihm die Schale aus der Hand. »Plunder!« brauste er auf. »Was soll ich damit?«

Badawi hob die Schüssel auf, die bemerkenswerterweise nicht zersprungen war. »Bitte, Herr«, versuchte er es erneut. »Das ist kein Plunder. Seht Euch die Schale an. Betrachtet nur den Glanz unter all dem Schmutz. Fühlt den Ton, Herr. Seine Güte. So alt dieses Töpferstück auch sein mag, bemerkt man nicht die Kunstfertigkeit seiner Herstellung. Nun, falls es neu wäre und wir das Pendant hätten, könnten wir dafür auf jedem Markt eine Menge Silber einstreichen.«

»Beleidige mich nicht mit Silber«, donnerte Sarn. »Ich habe von Töpfen und Gefäßen und Kleidern genug. Davon kann ein anständiger Bandit nicht leben.«

»Aber Herr«, wandte Badawi ein, »ich will Euch nicht vorschlagen, mehr davon zu suchen. Wir sollten nur herausfinden, woher es stammt. Solche Art Töpferware habe ich erst einmal in meinem Leben gesehen, Herr. Sie ist sehr selten. Und deswegen bezahlt man auf den Märkten der Menschen sehr viel dafür. Der Ort, wo diese Töpferware herkommt, ist ein Geheimnis der reichsten Karawanenmeister.

Auf den Märkten erzählt man sich, daß es eine Familie von Meistertöpfern gibt, die in einem Tal hoch in den Bergen lebt. Und zwischen diesen Gipfeln findet man einen heiligen See, der von Tonkuhlen mit reinstem Ton umgeben ist. Ton, aus dem man Töpfe und Geschirr und Braugefäße herstellt, die für Könige und ihre fürstlichen Verwandten bestimmt sind.

Diese Familie von Töpfern, Herr, kennt man unter dem Namen Timura. Und bei diesem Stück handelt es sich um eine Timura-Schale, Großmächtiger. Da ist jeder Irrtum ausgeschlossen!«

»Meine Ohren schmerzen von deinen Worten, Mensch«, murrte Sarn. »Sag, was du zu sagen hast, und dann halte den Mund. Was geht mich diese Geschichte von Seen und Tonkuhlen und schmutzigen Töpfern, die in der Erde buddeln, an?«

»Ja, Herr, ich werde mich kurzfassen, Herr«, plapperte Badawi, doch vor Furcht vergaß er diesen Vorsatz sofort wieder.

»Dieses Tal, von dem ich gesprochen habe, Herr«, begann er, »liegt an einer Karawanenstraße, die über dieses Gebirge führt. Zumindest, wenn man den Geschichten Glauben schenkt. Demnach handelt es sich bei jener Karawanenroute um den gleichen alten Weg, über den Alisarrian und seine ganze Armee so unvermittelt auftauchten, als sie aus den Bergen kamen. Man hat immer gesagt, dieser Aufmarsch sei Magie gewesen, Herr. Zauberei. Wie auch immer, dahinter steckte keine Magie, sondern ein geheimer Paß über die Schwelle der Götter.«

Badawi fuchtelte mit der Schale vor dem Dämon herum. »Und an jenem Ort wurde dieses Stück Töpferware hergestellt.«

Sarn stocherte sich mit einer Kralle einen Essensrest aus den Fangzähnen. »Falls du nicht bald auf Kyrania zu sprechen kommst, Mensch, such dir ein stumpfes Messer und schlitz dir schon mal die Kehle für mich auf. Ich bin deiner Geschichten müde.«

»Ja, Herr, sofort, Herr«, befleißigte sich Badawi zu gehorchen und verbeugte sich wiederholt. »Ich spreche tatsächlich von Kyrania. Diese Schale ist ein Beweis dafür, daß Kyrania nahe ist.«

»Das hast du schon oft genug behauptet, Mensch!« fauchte Giff.

Badawi zitterte, nahm aber noch einmal allen Mut zusammen. »Vergebt mir, Herr«, flehte er. »Dieser niedrige Wurm, den Ihr Euren Sklaven nennt, gesteht, daß er die Wahrheit ein wenig hingebogen hat, als er die ungeheure Ehre hatte, Euch kennenzulernen. Aber jetzt weiß ich wirklich, wo man Kyrania finden kann.«

Er sah, wie die beiden riesigen Dämonen einen Blick wechselten, der ihn einiges hoffen ließ. Also machte er sich rasch daran, sie endgültig zu überzeugen.

»Hört mich an, bitte«, bat er. »Ich bin Händler. Und so kommt mir allerlei zu Ohren. Eines aber weiß ich ganz sicher: Etwas von der Größe einer Karawanenstraße kann man nicht verbergen. Also müssen wir davon ausgehen, daß sie noch weiter im Westen liegt. Wie weit, kann ich nicht mit Sicherheit sagen. Wie auch immer, ich kann es wenigstens schätzen. Die Route müßte von Caspan, der größten Stadt auf dieser Seite des Gebirges, nach Walaria führen. Welches, wie Ihr wißt, das einflußreichste Königreich auf der Südseite ist.«

Badawi hockte sich hin und kratzte eine Karte in den Boden.

»Karawanenmeister sind Geheimniskrämer, doch würden sie nie Zeit verschwenden, indem sie ihre Spuren verwischen. Zeit ist Geld, und Geld ist Zeit, und so wird diese Karawanenstraße den direktesten Weg nehmen.«

Währenddessen kritzelte Badawi weiter auf dem Boden herum und malte eine Skizze der Berge und der beiden Städte Walaria und Caspan. Dann zog er einen Kreis.

»Und demnach dürfte sich der Ort, den Ihr sucht, Herr, innerhalb dieses Kreises befinden. In höchstens zweihundert, vielleicht dreihundert Meilen Entfernung.«

Sarn wandte sich an seinen Leutnant und hatte die Schnauze zu etwas verzogen, was bei Dämonen als Lächeln galt. »Siehst du, Giff«, meinte der Anführer der Banditen, »da hat sich der Mensch nach allem doch noch als nützlich erwiesen.«

Giff betrachtete den aalglatten kleinen Menschen abschätzig. «Abgestimmt ist abgestimmt«, gestand er widerwillig zu. »Ich werde ihn erst einmal in Ruhe lassen. Aber denk an dein Versprechen!«

Badawi horchte beunruhigt auf. »Versprechen? Was für ein Versprechen, o allergnädigster Herr?«

»Du suchst Kyrania für uns«, befahl Sarn. »Und vergiß nicht, allein davon hängt dein nichtswürdiges Leben ab.«

3
Die Vision am Weltenende

Ungeachtet von Irajs Vorhersage umarmte Safar ihn weder auf der Stelle, noch nannte er ihn einen Bruder der Milch.

Sie hatten wenig gemeinsam. Der eine war der Sohn eines Töpfers, der andere der eines kriegerischen Stammesoberhauptes. Safars Volk war friedfertig und gastfreundlich. Irajs bestand aus grimmigen Präriebewohnern, die niemandem vertrauten. Safar war von Natur aus nachdenklich. Selbst als Kind hatte er stets zuerst überlegt und dann gehandelt. Iraj andererseits ließ sich von der Hitze des Gefechts treiben. Er war genauso klug wie Safar, doch fehlte ihm die Geduld zum Lernen. Verstand er eine Sache nicht auf Anhieb, verlor er das Interesse und betrachtete sie mit Verachtung. Safar seinerseits war bereit, lange Stunden zu arbeiten, bis er eine Sache so gut beherrschte, wie Iraj später Menschen beherrschen würde.

Dennoch besaßen sie eine Gemeinsamkeit, die das Band schmiedete, welches sie am Ende verbinden sollte. Jeder der beiden jungen Männer hielt sich für einen Außenseiter.

Safar wegen seiner Magie.

Iraj wegen einer Blutfehde.

Wie auch immer, es ging viel Zeit ins Land, ehe jeder der Jungen das Geheimnis des anderen erfahren sollte.

Der Frühling gab sich idyllisch. Die Sonne schien warm, die ersten Ernten fielen ertragreich aus, und die Herden wurden mit zahlreichem Nachwuchs gesegnet. Während dieser lauen Tage mußte sich Gubadan anstrengen, um Wissen in die Köpfe seiner

Zöglinge zu pauken. Die jungen Leute von Kyrania trieben ihren Lehrer und ihre Familien nahezu in den Wahnsinn, da Unfug und jugendlicher Übermut sie von ihren Pflichten ablenkten.

Safar vergaß seine beunruhigende Vision bald, und auch Iraj schien nicht mehr an seinen Traum zu denken, da er ihn nicht mehr erwähnte. Obwohl Safar ihn nicht gerade für seinen besten Freund hielt, waren sie ständig zusammen.

Als Fremder und als jemand, der von außen Schwierigkeiten ins Tal bringen könnte, wurde Iraj nach Möglichkeit von allen außer dem alten Gubadan gemieden. Auf der anderen Seite benahm sich jeder in Gegenwart des offensichtlichen Prinzen so warm und süß wie eine von Mutter Timuras Pfirsichpasteten. Adel färbt ab, und manchmal zahlt sich das aus, wie die alten Mütterchen sagen. Insofern wagte es niemand, Iraj ein »Verschwinde!« offen ins Gesicht zu sagen. Und einige Eltern waren sogar so kühn, über die Heirat dieser guten Partie mit einer ihrer Töchter nachzudenken.

Um diesen Bedrängnissen zu entgehen, blieb Iraj stets in Safars Nähe. Er begleitete ihn zu den Tonkuhlen, wenn Safar neue Vorräte für den Vater holte. Aus Langeweile half er Safar selbst bei den gewöhnlichsten Arbeiten, und er nahm den Schmutz an Händen und Kleidern hin, wenn sie zum Beispiel hinter den Ziegen saubermachten. Im Gegenzug zeigte Safar Iraj die Stelle am See, von der aus man die Mädchen heimlich beobachten konnte, wenn sie nackt badeten.

So wurden die beiden unzertrennlich, und schließlich setzten sie ihren Scharfsinn ein, dem armen Gubadan Streiche zu spielen oder ihn von den anstehenden Lektionen abzulenken.

Eines Tages nahm dieses Spiel eine Wende, die für Safar sehr aufschlußreich sein sollte.

Gubadans Thema war wieder einmal die Sternenkonstellation. Es war die Stunde nach dem Mittagessen, und die Schüler konnten in dem heißen kleinen Raum kaum mehr die Augen offenhalten.

»Wir sehen hier also, wie das Löwenjunge während des Frühjahrs an der Brust seiner Mutter gesäugt wird«, erklärte Gubadan.

»Aber im Winter muß sich das Junge verstecken, während die Löwin den Jäger fortlockt. Daraus folgt, daß man, wenn man im Zeichen des Löwenjungen geboren wurde, einen anhänglichen Charakter besitzt, während in den Wintermonaten Geborene ängstlicher und zögerlicher sind. Jene, die im Zeichen des Jägers das Licht der Welt erblicken, welches unser wichtigstes Sternbild ist, sind eher kampflustig und furchtlos, lassen sich jedoch leicht durch die List der Löwin narren.«

Gelangweilt hob Safar den Griffel, um Gubadan auf sich aufmerksam zu machen.

»Verzeiht, Meister«, sagte er, nachdem er aufgerufen worden war, »ich kann das nicht ganz verstehen.«

Gubadans Stirn legte sich in tiefe Falten. »Worauf willst du hinaus, Safar?« fragte er mißtrauisch.

»Wieso halten wir das Löwenjunge für ängstlich, wenn es sich versteckt?« wollte Safar wissen. »Ist das nicht eher ein Merkmal von Weisheit? Das Junge kann sich nicht verteidigen, wenn der Jäger es aufspürt.«

Iraj fiel ein: »Safar hat eine gute Frage gestellt, Meister. Ich habe mich auch gerade über den Jäger gewundert. Warum ist er ein Narr, wenn er die Löwin verfolgt? Sie kann er schließlich sehen. An seiner Stelle würde ich sie ebenfalls jagen und das Junge links liegen lassen. Sie gibt ein viel besseres Fell ab, mit dem ich mich gegen die Kälte schützen kann.«

Gubadan blätterte ein dickes Buch auf seinem Pult durch, in dessen ledernen Einband Sterne und Planeten gestanzt waren.

»Die Antworten auf eure Fragen«, sagte er, »finden sich in diesem Buch. Es wurde vor vielen Jahrhunderten von weisen Männern geschrieben. Sterngucker folgen diesen Gesetzen seit vielen, vielen Jahren und sagen große Ereignisse und die Zukunft bedeutender Männer vorher.«

»Diese Sterngucker«, fragte Safar, »irren die sich nie?«

Gubadan räusperte sich. Für Safar das sichere Zeichen, bei dem alten Mann einen Schwachpunkt gefunden zu haben. »Nun«, erwiderte Gubadan, »ehrlicherweise muß ich eingestehen, daß Fehler immer wieder vorkommen. Aber sie beruhen stets auf falschen Auslegungen. Keineswegs liegen sie in den Gesetzen an sich. Nicht alle Sterngucker sind von den Göttern so sehr mit Weisheit gesegnet wie die besten.«

»Ich glaube, Meister«, warf Iraj ein, »daß manche sogar mit Absicht Fehler machen.«

Gubadan lief vor Wut puterrot an und griff sich in den Bart. »Das wäre eine Sünde«, knurrte er. »Warum sollte ein Sterngucker einen solch gottlosen Akt begehen?«

Safar erkannte sofort, worauf Iraj hinauswollte. »Des Goldes wegen«, behauptete er. »Die Menschen begehen viele Sünden nur aus diesem Grund.«

»Aber Sterngucker nicht!« entgegnete Gubadan entsetzt. »Sie sind heilige Männer. Dann könnte man ja gleich auch noch die Ehrbarkeit von Traumfängern anzweifeln.«

»Könnte man durchaus, Meister«, beharrte Iraj. »Wenn genug Gold geboten wird oder man den Traumfänger ernsthaft bedroht.«

»Meister«, fragte Safar, »wurde nicht auch Alisarrians Enkelsohn – König Ogden – von einem Traumfänger betrogen?«

Gubadans Miene hellte sich auf. Der Eroberer Alisarrian war sein Lieblingsthema.

»Damit bestätigst du nur meine Worte, Safar«, erklärte er. »König Ogden wurde im Zeichen des Jägers geboren. Und das Zeichen des Hofnarren war sein Aszendent, weshalb er leicht von den Scharlatanen Zanzairs übervorteilt werden konnte. Die Dämonen steckten hinter dem ganzen Verrat. Alisarrian andererseits wurde im Zeichen des Dämonenmondes geboren und hatte den Kometen als Aszendenten. So war er furchterregend und weise zugleich.«

Er begann, überaus aufgeregt auf und ab zu schreiten. Safar war nicht so dumm, Gubadan auf die Nase zu binden, daß er sich damit selbst widersprochen hatte. Der Traumfänger hatte Ogden zum Narren gehalten, darüber brauchte man nicht zu streiten. Das war Geschichte. Und somit hatte Safar recht behalten.

»Wer war dieser Mann, dieser Alisarrian?« fragte Gubadan. »War er ein Unmensch, wie seine Feinde behaupteten? Ein Ungeheuer, das uns seinen Willen mit eiserner Faust aufgezwungen hat, oder war Alisarrian ein Segen der Götter, der den Vorhang der Unwissenheit mit seinem Schwert zerteilte? Waren wir nicht ungebildete Wilde, als er über diese Berge hinwegzog wie der letzte Sturm des Winters? Doch als schließlich der Frühling der Erleuchtung folgte, welch liebliche Wiese des Lernens blühte da auf. Welch mächtiges ...«

Safar lehnte sich zurück und begann zu dösen, während Gubadan sich in aller Ausführlichkeit über den Eroberer ausließ. Allerdings bemerkte er, daß Iraj seinem Beispiel nicht folgte. Statt dessen lauschte sein Freund aufmerksam jedem von Gubadans Worten. Safar betrachtete Iraj und erinnerte sich plötzlich an das Banner mit dem roten Mond und dem silbernen Kometen, das er in seiner Vision gesehen hatte – der Dämonenmond und der Komet als Aszendent! Wie Gubadan ihm gerade in Erinnerung gerufen hatte, war dies das Zeichen des Alisarrian.

Dann hörte Safar seinen Freund Gubadan mit einer Frage unterbrechen. »Sagt mir, Meister, glaubt Ihr, es wird sich jemals wieder ein Mann von der Größe eines Alisarrian erheben?«

Der Priester schüttelte den Kopf. »Unmöglich«, antwortete er. »Die Götter haben ihn mit mehr Begabungen gesegnet, als es sich je wiederholen kann.« Gubadan zuckte mit den Schultern. »Natürlich wird es andere Eroberer geben. Esmir war stets ein geteiltes Haus, und es schreit nach Einheit unter einem Thron. Auch vor Alisarrian hat es Eroberer gegeben, und andere werden ihm folgen. Aber sie werden stets nur in seinem Schatten stehen.«

Safar bemerkte, daß diese Antwort Iraj innerlich aufwühlte. Doch der Junge beherrschte sich und bohrte weiter. »Darf ich noch eine Frage stellen? Glaubt Ihr, einer dieser zukünftigen Eroberer wird auch die Dämonenlande beherrschen? Einst waren sie Teil von Alisarrians Königreich.«

»Kaiserreich, nicht Königreich, Junge«, berichtigte ihn Gubadan. »Was deine Frage angeht … Auch diesmal muß ich mit nein antworten. Nur ein Mensch wie Alisarrian konnte die Dämonen regieren. Denn er war nicht nur ein großer Krieger und Anführer, sondern auch ein mächtiger Zauberer. So mächtig wie jeder Dämonenzauberer. Wie du weißt, besitzen nur wenige Menschen magische Fähigkeiten.«

Safar rutschte unbehaglich auf seinem Platz herum.

»Und diese Fähigkeiten sind zudem meist schwach entwickelt, verglichen mit denen von Dämonen«, fuhr Gubadan fort. »Der größte menschliche Zauberer, den ich kenne, ist Lord Umurhan, der Dekan der Universität von Walaria. Und so mächtig er auch sein mag, Umurhan selbst würde eingestehen, wie sehr ihn ein Kampf mit einem Dämonenzauberer in Bedrängnis bringen würde. Menschen haben stets ihre Überzahl genutzt, um sich gegen die Dämonen zu verteidigen. So wie die Dämonen ihre große Magie verwendet haben, um die Menschen zurückzuschlagen.

Aber Alisarrian war stark genug, um dieses Patt zu überwinden und die Dämonen zu besiegen. Warum er sie nicht alle niedergemetzelt hat, ist meiner Meinung nach eines seiner größten Geheimnisse. Er hätte Esmir für alle Zeiten von diesem Abschaum befreien können, aber er hat sich dagegen entschieden. Aus welchem Grunde er das tat, weiß man nicht. Sein Reich hätte vielleicht bis heute überdauert, wenn er anders gehandelt hätte. Dieser Zug seines Charakters ist der einzige, von dem ich wahrlich enttäuscht bin.«

Daß Gubadan zugab, sein großer Held habe einen Makel, war ein bemerkenswertes Ereignis. Den alten Priester brachte es vollkommen durcheinander, und so beendete er rasch seine Abschweifung und kehrte zum Mißfallen aller Schüler zu der langweiligen Lektion über die fernen Sternenkonstellationen zurück.

Einige Tage später schlenderten Safar und Iraj durch die Ruinen des alten Forts und blieben stehen, um kleineren Jungen beim Soldatenspiel auf den letzten Mauerresten zuzusehen.

Safar erinnerte sich daran, wie sehr sich sein Freund für Alisarrian interessiert hatte, und zeigte auf die Befestigungsanlage. »Angeblich hat Alisarrian dieses Bollwerk selbst bauen lassen, als er in unser Tal kam.«

Iraj schüttelte den Kopf. »Das glaube ich nicht. Sieh dir nur an, wie schlecht der Platz gewählt ist.« Er zeigte auf einen nahegelegenen Hügel. »Wenn der Feind jene Höhe einnimmt, können selbst miserable Bogenschützen das Fort beschießen. Alisarrian hätte das nicht gebaut. Er war ein zu umsichtiger Stratege.«

Safar betrachtete den Abhang, der sich vom Fort aus nach oben zog, mit neuen Augen und begriff, wie ausgeliefert die Besatzung einem solchen Angriff gegenübergestanden haben mußte.

»Wahrscheinlich hat hingegen«, fuhr Iraj fort, »irgendein Narr versucht, Alisarrian in diesem Fort Widerstand zu leisten. Und wurde leicht überwältigt.«

»Ich kenne Geschichten, die dir recht geben«, gestand Safar ein. »Und in diesen Geschichten heißt es zudem, Alisarrian habe das ganze Tal zu einer Festung gemacht, die Pässe mit starken Wachposten gesichert und verborgene Höhlen angelegt, wo Vorräte und Waffen gelagert wurden.«

Iraj blickte Safar mit glänzenden Augen an. »Hast du je eine solche Höhle gesehen?«

Safar nickte. »Viele. Wenn ich die Herde meines Vaters in den Bergen gehütet habe. Und eine Stelle mag ich besonders – sehr hoch gelegen, mit einem wunderschönen Fernblick.« Der Junge zuckte mit den Schultern. »Das Gras ist karg, aber ich gehe gern dorthin und denke nach.«

»Nimm mich dorthin mit!« drängte Iraj. »Ich möchte den Ort mit eigenen Augen sehen.«

Safar tat es leid, die Höhle erwähnt zu haben. Der Ort war seine private Zuflucht, wenn er sich die Wunden der Jugend lecken mußte. In der Einsamkeit hatte er schon manche Träne vergossen oder sich seinen Träumen hingegeben.

»Vielleicht später einmal«, gab er zurück. »Im Augenblick ist der Schnee dort noch zu tief.«

Er hoffte, sein Freund würde die Sache vergessen, doch jeden Tag schien die Sonne wärmer, die Bäche schwollen vom Schmelzwasser an, und ständig lag Iraj Safar in den Ohren, ihn zu seinem geheimen Versteck mitzunehmen. Schließlich, als Safar an der Reihe war, die Ziegen zu hüten, erklärte er sich einverstanden.

Zuerst veranstaltete Gubadan großen Wirbel, als er seinen Schützling für Wochen aus den Augen lassen sollte.

»Was wird Irajs Familie sagen, Khadji«, beschwerte er sich bei Safars Vater, »falls ihm etwas zustößt.«

»Sie werden auch nicht wütender sein, als wenn er beim Schwimmen im See ertrinkt«, warf Safars Mutter ein. War sie dem Jungen gegenüber am Anfang mißtrauisch gewesen – wie es dem Naturell des von der Außwenwelt abgeschlossenen Volkes von Kyrania entsprach –, so hatte sie bald eine besondere Zuneigung zu Iraj entwickelt und verteidigte den verwaisten Prinzen nun vor den anderen.

»Die Berge gehören genauso zu Kyrania wie der See«, argumentierte sie. »Laß den Jungen gehen, Gubadan. Ziegenhüten ist doch kein großes Abenteuer.«

»Es ist nur das Wissen, nicht die Gefahr, um die es mir geht, Meister«, erklärte Iraj. »Ich will mit eigenen Augen sehen, wo der große Alisarrian die Berge überquert hat.«

Dieser Einwand entschied, und bald machten sich die beiden jungen Männer zu den Hochweiden auf. Übermäßig mit Vorräten beladen – dank Gubadans Sorge –, mußten sie ein Lama als Packtier für all die Kleider, Decken und das Essen mitnehmen. In einem Anflug von Romantik nahm Iraj auch den Krummsäbel mit, welchen ihm sein Onkel geschenkt hatte, als er von Zuhause aufgebrochen war. Zudem trug er auch einen Bogen, Pfeile und einen verzierten Dolch, von dem er sagte, sein Vater habe ihn ihm hinterlassen.

Safar nahm nur seine Schleuder, einige Tongeschosse, die er im Ofen seines Vaters gebrannt hatte, und einen kräftigen Stab mit – mehr brauchte er nicht, um die Wölfe zu vertreiben, die es gelegentlich auf Ziegenfleisch abgesehen hatten. Er lachte, als er sah, wie sich Iraj unter der Last der vielen Waffen abmühte. »Dort oben gibt es zwar nur Bäume und Steine«, scherzte er, »doch falls die uns angreifen, sind wir gerüstet.«

Iraj grinste, sein Blick hingegen war ernst. »Man kann nie wissen«, erwiderte er nur.

Der Himmel strahlte, als sie aufbrachen, und die niedrigeren Wiesen waren frisch ergrünt. Safar sammelte eine Handvoll Kirschblüten für den Tee, den er am Abend in ihrem Lager zubereiten würde. Eine Zeitlang verweilten sie bei einer der oberen Hütten in einem Wäldchen von Pfeilbäumen und tauschten mit den Bewohnern Klatsch aus dem Dorf gegen Mandeln und fette Fasane aus. Die Leute waren froh, sie zu sehen, und aus ihren Blicken konnte Safar schließen, daß sie mehr an diesem fremden Jungen als an den Neuigkeiten aus dem Tal interessiert waren.

Eines der Mädchen begleitete sie ein Stück, und in ihren Augen glänzte Bewunderung für Irajs große und kräftige Gestalt und sein stattliches Aussehen. Sie kehrte um, als sie den Weg erreichten, der zu den Hochweiden führte, auf welchen die Ziegen grasten, und rief ihnen noch hinterher, sie sollten auf dem Rückweg bei ihr vorbeisehen. Dabei lockte sie die Jungen noch mit der Aussicht auf das gute Essen ihrer Mutter.

»Ich glaube, sie ist in dich verliebt«, zog Safar Iraj auf. »Wenn du sie gefragt hättest, wäre sie mit dir in die Büsche gegangen und hätte dich ihr Kleid hochziehen lassen.«

»Ich stand kurz davor, genau das zu tun«, gab Iraj zu. »Ist schon lange her seit meinem letzten Hüfttanz mit einer Frau.«

Safar war überrascht. Die anderen Jungen im Dorf gaben häufig mit ihren Eroberungen an, aber er wußte, daß ihre Behauptungen bloße Aufschneiderei waren. Zu oft hatte er gehört, wie seine Mutter und seine Schwestern sich über die jungen Männer lustig gemacht hatten, die glaubten, ein wohlerzogenes kyranisches Mädchen würde seinen Brautpreis herabsetzen und mit ihnen schäkern - solange nicht die Absicht zu heiraten dahinterstand.

Manchmal wurde eine Karawane auch von Huren begleitet, die sich auf dem Weg zu fernen Stätten des Vergnügens befanden. Aber deren fleischliche Gelüste wurden von fetten Männern mit noch fetteren Geldbeuteln gestillt, und nicht von armen, hageren Jungen.

Doch als Iraj jetzt sprach, wußte Safar, daß er nicht nur prahlte.

»Legen sich eure unverheirateten Frauen zu jedem, der sie darum bittet?« fragte er. »Ich meine, ich will dich nicht beleidigen. Nur, in Kyrania werden solche Dinge doch sehr beargwöhnt. Der einzige Grund, weshalb dieses Mädchen mit dir gegangen wäre, ist, weil sie denkt, du bist reich. Und wenn du ihr die Beine auseinandergeschoben hättest, wäre ihr Vater bald schon bei Gubadan aufgetaucht und hätte sich mit ihm über einen Hochzeitstermin unterhalten.«

»Das gleiche habe ich auch vermutet«, meinte Iraj. »Aus diesem Grunde habe ich das Schwert in der Scheide gelassen. Und unsere Frauen sind keineswegs leichter zu haben. Ich hatte nur einfach stets Dienstmädchen um mich herum, die sich um meine Bedürfnisse gekümmert haben. Meine Mutter hat immer dafür gesorgt, daß ich ein paar ansehnliche Sklavinnen hatte. Bei meinem Volk hält man es für ungesund, einem jungen Mann solche Vergnügungen abzuschlagen.«

»Ich wünschte, meine Mutter wäre ebenso besorgt um meine Gesundheit«, seufzte Safar. »Aber, was ist mit den Kindern? Was macht ihr mit denen?«

Iraj zuckte mit den Schultern. »Wenn sie abgestillt sind, verkaufen wir sie in der Regel«, erzählte er. »Es ist einfacher, neue zu kaufen, als sie selbst großzuziehen.«

Safar war schockiert. »Wie kannst du dein eigenes Kind verkaufen?«

Iraj sah seinen Freund an, als hätte er den Verstand verloren. »Ich habe sie nie als meine eigenen betrachtet«, entgegnete er. »Dann könnte ich auch die Fusseln meiner Bettdecke als meine Kinder betrachten, wenn ich Liebe mit meiner Hand mache. Außerdem, selbst freie Frauen besitzen nicht mehr Seele als, sagen wir, ein Kamel oder ein Pferd. Sie wurden uns von den Göttern zu unserem Vergnügen überlassen, und damit sie uns Nachwuchs schenken. Somit tue ich nichts anderes als das, was das Schicksal bestimmt hat.«

Safar verbiß sich eine hitzige Antwort. Jemanden sagen zu hören, seine Mutter und seine Schwestern seien bloße Zuchtstuten und Huren, verärgerte ihn. Doch Iraj konnte nichts dafür, wie man ihn erzogen hatte, und so schwieg er.

Die beiden setzten ihre Klettertour fort und erreichten bald das Tal, in dem die Herde weidete. Safar löste die Jungen, die sie bisher gehütet hatten, ab, scheuchte die Ziegen zusammen und trieb sie höher in die Berge.

Alles stand in voller Blüte; Blumen und verlockendes Gras wuchsen an jeder flachen Stelle und aus jeder Spalte, und so trottete Safar gemächlichen Schrittes voran und ließ die Ziegen und das Lama knabbern, wo immer es ihnen gefiel. Die jungen Männer schlugen früh ihr Lager auf, ließen die Herde auf einer kleinen Wiese laufen und machten es sich in einer Grotte bequem, wo sie vor dem nächtlichen Wind geschützt waren. Sie brieten die Fasane und füllten die letzten Löcher in ihren Mägen mit gerösteten Mandeln, Käse und hartem Brot – das sie mit Milch von den Ziegen hinunterspülten. Der Sonnenuntergang war kurz, nichtsdestoweniger ein erhabener Anblick, und verwandelte Wiese und Grotte in eine verträumte, goldene Landschaft. Dann zeigten sich der Mond und die Sterne am Himmel. Safar und Iraj betrachteten sie lange Zeit still wie Tempeldiener beim Gottesdienst.

Schließlich brach Iraj das Schweigen: »Hast du gewußt, daß mein Sternzeichen das gleiche ist wie das von Alisarrian?«

Safar schüttelte den Kopf, obwohl er es, wie ihm plötzlich in Erinnerung kam, bereits geahnt hatte. Er versuchte einen Scherz. »Willst du damit sagen, du verspürst auf einmal den Drang, ebenfalls Eroberer zu werden?«

Iraj lachte nicht. Seine Augen funkelten, als hätte die Bemerkung unbeabsichtigt ins Schwarze getroffen.

»Tut mir leid, wenn ich dich beleidigt habe«, entschuldigte sich Safar. »Es war dumm, so etwas zu sagen.«

Iraj nickte. Einen Augenblick später fragte er: »Stellst du dir nicht auch manchmal vor, du hättest ein großes Schicksal zu erfüllen?«

»Nur das eines Töpfers«, antwortete Safar.

Iraj durchbohrte ihn mit seinem Blick. »Glaubst du das wirklich, Safar?«

»Was sollte ich sonst werden? Ich bin ein Timura. Und Timuras machen Töpfe.«

Iraj zuckte mit den Schultern, als wolle er sagen: Behaupte, was du willst, ich weiß es besser. Laut sprach er jedoch: »Habe ich dir nicht erzählt, daß ich von einem Kerl namens Safar geträumt habe?«

»Als wir uns kennengelernt haben«, erwiderte Safar.

»Ich war überrascht, weil du nie mehr darüber wissen wolltest. Die meisten Leute wären neugierig geworden.«

Safar antwortete nicht, erinnerte sich nur an seine Vision von dem König auf dem weißen Elefanten.

Iraj starrte ihn lange an. »Wenn ich dir ein Geheimnis anvertraue, schwörst du mir, es niemandem zu verraten?«

Safar versprach es, erleichtert, daß sich das Gespräch einem weniger prekären Thema zuzuwenden schien.

»Wenn du dein Versprechen brichst«, warnte Iraj, »wird man mich mit großer Sicherheit töten.«

Safar war betroffen. Bis zu diesem Punkt seines jungen Lebens war ihm noch nie ein Geheimnis enthüllt worden, dessen Verrat solch schwerwiegende Folgen haben konnte.

»Es hängt damit zusammen, weshalb ich hier bei euch wohne«, fuhr Iraj fort. »Mein Vater, weißt du, war das Oberhaupt unseres Stammes, und ich sollte ihm nachfolgen.«

»Ist dein Vater vor kurzem gestorben?« fragte Safar.

»Vor wenig mehr als einem Jahr hat er ein Fieber bekommen«, erklärte Iraj. »Sechs Monate hat es gedauert, bis die Krankheit sämtliches Leben aus ihm herausgesaugt hatte. Während dieser Zeit kam es in meiner Familie zum Streit und schließlich zum Bruch – einige zogen mich als Nachfolger vor, während andere hinter meinem Onkel, Fulain, standen. Als mein Vater starb, war dieser Bruch nicht mehr zu kitten.«

Iraj fuhr fort und erzählte, zunächst hätte sich alles zu seinen Gunsten entwickelt, da ihn die Mehrheit der Familie unterstützt habe. Einer seiner Vettern wurde als Regent ausgewählt, bis Iraj das Alter erreicht hätte, um den Herrscherstab zu übernehmen.

»Aber Fulain ließ sich auf einen Handel mit dem verhaßtesten Feind meines Vaters ein«, sagte Iraj. »Mit einem bösen Mann namens Koralia Kan, der meinen Großvater erschlagen hat, als mein Vater noch ein Junge war. Und mein Vater nahm Rache, indem er Kans Erstgeborenen tötete. So ist es nun einmal bei uns, stets wird viel Blut vergossen.«

Iraj berichtete weiter, Fulain habe Kan und seinen Reitern eines Nachts freies Geleit durch sein Land gewährt und sich an einer Reihe von Überraschungsangriffen beteiligt. Viele starben dabei, darunter auch der Vetter, der Regent an Irajs Statt hätte werden sollen. Als Fulain den Rest der Familie unter seine Herrschaft gebracht hatte, verlangte er den Kopf von Iraj, damit ihm niemand mehr den Anspruch auf den Titel des Clanoberhauptes streitig machen konnte.

»Meine Mutter flehte einen meiner Onkel – den Ehemann ihrer Schwester – um Hilfe an«, schilderte Iraj. »Ich war gezwungen, aus meiner Heimat zu fliehen und mich unter seinen Leuten zu verstecken – beim Babar-Clan. Aber es gab zu viele Spione, und so war ich nicht lange sicher. Mein Onkel war voller Scham, als er sich gezwungen sah, mich fortzuschicken. Doch mußte er sich auch um seine eigenen Frauen und Kinder sorgen, und so sandte er mich hierher, um mich vor Fulain und Kan zu verbergen.«

In Safars Ohren klang dies alles wie eine Legende. Er kam sich vor wie ein Kind, das dem Vater lauschte, der eine Geschichte aus der wilden alten Zeit zum besten gab.

»Wirst du jemals zurückkehren können?« fragte Safar.

Iraj stieß mit einem Stock ins Feuer, und die Flammen loderten auf und überzogen sein Gesicht mit einem Wechselspiel aus Licht und Schatten. In diesem Licht sah er erwachsener aus. Und ziemlich entschlossen.

»Der Krieg in meiner Familie geht weiter«, sagte er. »Aber nun ist es ein stiller Krieg mit Spionen und nächtlichen Überfällen. Wenn die Lage sicherer ist, wird mein Onkel nach mir schicken. Und dann werde ich das Oberhaupt des Stammes.«

»Wie kannst du dir da so sicher sein?« wollte Safar wissen. »Was, wenn Fulain und Kan die Oberhand behalten?«

Iraj verfiel in Schweigen. Verdrossen stocherte er im Feuer herum. Schließlich sagte er: »Ich muß einfach fest daran glauben, verstehst du nicht? Sonst könnte ich mir gleich das Leben nehmen.«

Safar begriff nicht. Warum sollte Iraj sterben, nur weil er nicht Oberhaupt seines Stammes werden konnte? Warum sollte er nicht in Kyrania bleiben, wo ihm keine Gefahr drohte? Hier könnte er ein langes, friedvolles Leben führen. Eine der Frauen aus dem Dorf heiraten und in der Schönheit und Fruchtbarkeit von Kyrania glücklich werden. Doch er sprach seine Gedanken nicht aus, denn er sah, wie sehr es Iraj noch weiter aufregen würde – obwohl Safar nicht verstand, weshalb. Statt dessen fragte er ihn über die Sitten seines Volkes aus.

»Es ist dort ganz anders als hier«, erzählte Iraj mit ungewollt verächtlichem Unterton in der Stimme. »Wir beackern keine Felder. Wir sind nicht die Sklaven des Landes. Wir kämpfen um das, was wir brauchen. Und wir kämpfen weiter, um es zu behalten. Was ich dir jetzt erzähle, habe ich schon auf dem Schoß meines Vaters gelernt, Safar: Männer lieben dich entweder, oder sie fürchten dich. Dazwischen gibt es nichts.«

Seine Familie durchstreifte seit Jahrhunderten die Ebene von Jaspar. Sie waren der grimmigste Stamm von allen, die nach dem Auseinanderbrechen von Alisarrians Königreich geblieben waren.

Sie lebten davon, schwächere Stämme zu überfallen und Dörfer und Städte in fernen Ländern zu plündern. In den letzten Jahren – noch bevor sein Vater krank geworden war – schien das Glück sie jedoch verlassen zu haben.

»Unsere Pferdeherden sind nicht mehr so groß wie ehedem«, fuhr er fort. »Und Seuchen haben die Zahl unserer Kamele verkleinert. Andere Stämme haben Abkommen mit den Königen jener Städte geschlossen, die uns einst Tribut zollten. Um uns herum fanden wir plötzlich mächtige Feinde, die unser Land neidisch beäugten.

Mein Onkel Neechan – der einzige, der noch zu mir hält – gibt meinem Vater die Schuld daran.« Iraj seufzte. »Ich glaube, er hat recht, obwohl ich das nicht gerne zugebe. Der Vater meines Vaters war ein großer Kriegsherr, und vielleicht hat ihn das schwach gemacht. Wir lebten in Jurten und blieben an einem Ort, bis das Gras abgeweidet war, dann packten wir zusammen und wanderten weiter. Manchmal zogen wir über die Ebene, weil es uns gerade in den Sinn kam, und wir ließen uns mit dem Wind treiben. Heute leben wir in einer großen Festung, die mein Großvater gebaut hat.«

In dieser Festung, berichtete Iraj, sei das Leben voller Luxus. Es gäbe genug Gold, um zu kaufen, wonach der Familie auch immer der Sinn stand: Wandbehänge, Teppiche, Sklaven. Das Essen würde mit kostbarsten Gewürzen zubereitet, manche so scharf, daß auf die Hauptspeise ein eiskaltes Sorbet von exotischen Früchten aus fernen Ländern folgte. Im Hof von Irajs Heim gab es einen Garten mit einem verzierten Brunnen, und sein Vater hatte es geliebt, daran zu sitzen und den Fischen bei ihren Possen zuzusehen und wie sie an gezuckerten Feigen knabberten, derweil eine sanfte Brise den Duft von Orangen und Rosen heranwehte.

»Ich glaube, dieses reiche Leben hat den Kampfwillen meines Vaters geschwächt«, sagte Iraj. »Wenn er zuviel Wein getrunken hatte – was in seinen letzten Tagen oftmals geschah –, verfluchte er diese Reichtümer und schwor, daß er am nächsten Morgen alles zusammenpacken und wieder auf die Ebene von Jaspar ziehen, in

Jurten leben und raubend durchs Land reiten würde, wie sein Vater als junger Mann. Aber wenn der Morgen kam, nahm das Leben seinen gewohnten Gang.

Ich weiß, er fühlte sich deswegen schuldig. Ja, er gab es selbst einige Male zu und warnte mich vor den verborgenen Gefahren solchen Reichtums. Ich glaube, aus diesem Grunde ließ er mich das Gelübde des Schwertes ablegen. Damit ich vollenden könnte, was ihm versagt blieb. Und nun lastet die Ehre der Familie auf meinen Schultern.«

»Wie schrecklich«, warf Safar ein, weil er glaubte, sein Freund wolle diese Bürde nicht tragen müssen.

»Nein, nein, Safar«, erwiderte Iraj. »Das ist das, was ich will. Und wenn die Götter mir gnädig sind, werde ich meine Familie einst wieder zu ihrer früheren Größe führen.« Er senkte die Stimme, und Safar konnte die folgenden Worte kaum mehr verstehen. »Und darüber hinaus.«

In diesem Augenblick schoß ein flammendes Objekt über den Himmel, und die Jungen rissen die Köpfe ehrfürchtig nach oben. Über ihnen hing eine riesige, sich drehende Kugel, die die Nacht aus den Bergen verbannte. Dann explodierte die Kugel und ging in einem glutroten Schauer auf.

Safar sah mit offenem Munde zu, wie die glühenden Partikel nach unten schwebten und sein Blickfeld mit tanzendem Licht erfüllten. Wie Schnee eines Regenbogens sanken sie auf ihn herab, und instinktiv streckte er die Zunge heraus, um eines der glimmenden Partikel aufzufangen, wie ein Kind nach Schneeflocken schnappt. Zu seiner Überraschung schwebte eins geradewegs in seinen Mund, der sich augenblicklich mit dem Geschmack von warmem, honigsüßem Wein füllte. Safars Körper kribbelte vor angenehmer Energie, und plötzlich fühlte er sich über alle sterblichen Dinge erhaben.

Er hörte Lachen und blickte zu Iraj. Um den wirbelte ein glühender Vorhang von Funken herum, was seine Gesichtszüge auf komische Weise verzerrte, wie ein Topf, der im Brennofen zusammengesackt ist. Er zeigte auf Safar und lachte, und der junge Mann wußte, er mußte genauso aussehen. Dann verschwanden die Partikel, und alles war wie zuvor. Aus irgendeinem Grunde blieb in Safar ein Gefühl der Düsterkeit, der Verdrossenheit zurück, während Iraj noch immer kicherte.

»Du bist ein wahres Glück für mich, Safar«, erklärte er. »Ich erzähle dir meine innersten Geheimnisse und werde dafür sofort mit einem Zeichen vom Himmel gesegnet.«

»Aber was für ein Zeichen, Iraj?« fragte Safar. »Woher sollen wir wissen, ob es etwas mit uns zu tun hat?«

»Es war zu schön, um nicht ein Segen zu sein«, erwiderte Iraj.

In dieser Nacht lag Safar noch lange wach, derweil Iraj friedlich schlief, und grübelte über die Bedeutung dieses himmlischen Schauspiels nach. War es ein Zeichen? Und falls ja, was mochte es bedeuten? Safars Sinne waren geschärft, und er nahm jedes Geräusch deutlich wahr, während sonst immer alles im nächtlichen Einerlei des Tschirpens und Raschelns unterging. Er hörte eine Grille singen, und zuerst glaubte er, es wäre ein Lied, mit dem die Grille ein Weibchen anlocken wollte.

Doch dann hörte er: »Es kommt! Es kommt!«

Eine andere Grille fragte: »Was kommt? Was kommt?«

Und die erste antwortete: »Versteck dich besser! Versteck dich besser!«

Ein leichter Wind erhob sich, und die Grillen verstummten. Die Stille trat so abrupt ein, daß sie Gestalt anzunehmen schien, wie ein Gegenstand, den Safar anfassen und drehen und von allen Seiten untersuchen konnte, vermöchte er ihn nur ergreifen. In Gedanken stellte er sich einen Eimer voll frischem Ton vor. Die Stille, dachte er, war in diesem Eimer, und er begann, den Ton zu säubern, wusch Zweige und Steinchen heraus. Und dann fand er ihn. Er pickte ihn heraus – einen flachen, ungewöhnlich geformten Kiesel. Blutrot.

Sein Geist-Ich blickte in die polierte Oberfläche, sah sein gespiegeltes Auge, und dann fiel er ... fiel ...

Er breitete die Arme aus und ließ sich von den Geist-Winden tragen. Zuerst dachte er, er würde zu der eroberten Stadt zurückkehren, die er schon einmal gesehen hatte. Doch die Winde trugen ihn hoch hinauf, und er schoß über die Ebenen und Wüsten und dann über die Meere. Er flog, wie es ihm schien, unendlich lange, von dunklem Horizont zu dunklem Horizont, bis diese Horizonte grau wurden und dann überraschend blau, als sich die Nacht in Tag verwandelte und unter ihm smaragdgrüne Meere brodelten.

Bestimmt bin ich bis zur anderen Seite der Welt geflogen. Zu jenem Ort, den Gubadans Buch »Weltenende« nannte. Gerade, als er sich fragte, wann er sein Ziel erreicht haben würde, entdeckte er unter sich inmitten eines riesigen Ozeans eine gebirgige Insel.

Er hörte Gesänge und Trommeln und fremdartige Hörner, die traurige Töne hervorbrachten, welche ihn mitrissen wie eine große Welle, die an den Strand brandet. Safar ließ sich von der Woge der Töne bis zu einem großen Wäldchen hochaufragender Bäume tragen, die alle in reifer Frucht standen.

Unter diesen Bäumen tanzten wunderschöne Menschen zum Rhythmus der großen Trommeln, welche mit dünner Rinde bespannt waren. Mehrere Männer stießen in die großen Muschelhörner, die jenen traurigen Klang erzeugten, der Safar angelockt hatte. Die Menschen waren nackt, und ihre von der Sonne bronzebraungebrannten Körper waren mit prächtigen Farben bemalt. Eine große Frau tanzte in der Mitte, ihre üppigen Brüste wippten im wilden, freudigen Rhythmus. Ihre wohlgeformten Hüften wanden sich im uralten Akt der Paarung. Safars junger Körper reagierte, und eine mächtige Erregung zeigte sich.

Plötzlich hielt die Tänzerin inne, die Augen vor solchem Entsetzen weit aufgerissen, daß Safar die Lust augenblicklich verging und von einem Gefühl fürchterlicher Bedrohung abgelöst wurde.

Die Frau schrie etwas in einer Sprache, welche Safar nicht verstand, und zeigte verängstigt in die Ferne. Die anderen Tänzer erstarrten, ihre Augen suchten nach dem, was die Frau dermaßen erschüttert hatte.

Safar folgte ihren Blicken und entdeckte Rauch, der aus einem kegelförmigen Berg aufstieg. Die Menschen begannen zu kreischen und rannten in wildem Durcheinander nach allen Seiten auseinander, wie Ameisen, die von einem Hagelschauer überrascht werden. Safar war von ihrem Schrecken gleichermaßen ergriffen. Sein Herz pochte, und seine Glieder zuckten vor panischem Verlangen zu fliehen.

Dann gab es einen blendendhellen Blitz, dem eine Explosion folgte, die in Safars Ohren dröhnte. Riesige Felsen und Bäume wurden von der Wucht des Knalls in die Luft geschleudert, und Safar duckte sich instinktiv, wenngleich er wußte, daß ihm nichts geschehen konnte. Wallender Rauch versperrte ihm die Sicht.

Als sich der Qualm legte, sah Safar einen Haufen Toter, darunter auch die Tänzerin, die ein entwurzelter Baum erschlagen hatte. Er sah die Überlebenden, wie sie taumelnd auf die Beine kamen und auf das Ufer zuliefen, wo Kanus lagen.

Eine weitere Explosion folgte, wuchtiger noch als die erste. Ein Feuerhagel schlug auf die Flüchtlinge nieder, und ihre Kanus gingen vor Hitze in Flammen auf.

Geschmolzener Stein quoll aus dem Berg, der bald in zwei Teile gespalten war. Der Strom erreichte das Meer, das Wasser begann zu kochen. Tausende toter Fische schwammen auf der Oberfläche zwischen den verkohlten Leichen jener, die es bis hierher geschafft hatten. Beißender gelber Rauch erhob sich aus dem Berg und bedeckte den Himmel, bis die Sonne verschwunden war.

Safars Mund war vom Geschmack der Asche erfüllt.

Die Vision endete, und Safar zuckte zusammen und bemerkte, daß er weinte. Er wischte sich die Augen trocken und blickte hinüber zu Iraj, der noch immer schlief.

Safar wünschte, sein Freund würde aufwachen. Er fühlte sich einsam, und in seinem Bauch hatte sich ein nagendes Gefühl des Verlustes breitgemacht. Und der Angst. Angst vor der Zukunft, obwohl Safar nicht recht wußte, was er zu fürchten hatte. Er versuchte, sich vorzustellen, wie er in zehn Jahren sein würde, ein erwachsener Töpfer, der an der Töpferscheibe sitzt und aus Ton ein perfektes Gefäß formt. Doch jedes Mal blieb das Bild vage, er konnte es nicht festhalten, es verschwand einfach. Safar gab sich alle Mühe, sich überhaupt irgend etwas in der Zukunft vorzustellen. Nicht nur, was ihn selbst betraf, sondern die ganze Welt. Wie mochte diese aussehen, wenn er sein Leben gelebt hatte? Doch jedes Mal umwölkte sich das Bild vor seinem inneren Auge mit gelbem, beißendem Dunst.

Er fühlte sich erbärmlich, und so gab er schließlich auf. Ihm war kalt, und er hüllte sich enger in seine Decke und streckte sich auf seinem Laubbett aus. Während er auf den Schlaf wartete, sah er die ersten Strahlen der Sonne, die sich über den Grat des Gebirges ergossen. Blutrot waren sie, und so grell, daß sich ein fernes Vorgebirge von der Gebirgskette abhob, als wäre es lebendig.

Safar schloß die Augen und flüsterte Gebete für die Seelen jener Menschen, die in seiner Vision gestorben waren – die wunderschönen Menschen, die einst unter fruchttragenden Bäumen auf einer Insel am Weltenende getanzt hatten.

Und endlich fiel er in einen traumlosen Schlaf.

4
Alisarrians Höhle

Als Safar die Augen wieder aufschlug, stand die Sonne höher und tauchte die morgendliche Landschaft in einen friedvollen Glanz. Iraj war schon auf, stocherte im Feuer herum und packte die Sachen fürs Frühstück aus. Als er jedoch Safars Gesicht und das Elend darin sah, fragte er, was denn los sei. Immer noch verwirrt von der Vision, begann Safar ihm von der nächtlichen Erscheinung zu erzählen.

Iraj ließ sich durch keine Geste seine Überraschung anmerken, während Safar sprach, und als die Geschichte zu Ende war, sagte er nur: »Mach dir keine Sorgen, Safar. Du hast nur schlecht geträumt. Vielleicht waren einige der Mandeln, die wir gegessen haben, noch zu grün.«

»Es war kein Traum«, widersprach Safar. »Sondern eine Vision von etwas, das wirklich geschehen ist. Daher kam dieser feurige Schauer, den wir gestern abend gesehen haben.«

Iraj blickte seinen Freund schief von der Seite her an. »Wie kommst du darauf? Hast du schon öfter Visionen gehabt?«

»Ja«, antwortete Safar mit leiser Stimme. »Manchmal über Dinge, die noch geschehen werden. Manchmal über Dinge, die sich gerade ereignen.«

»Und treten diese Ereignisse dann tatsächlich ein?«

Safar hob die Schultern und fühlte sich elend. »Meistens.«

Iraj hockte sich neben Safar. »Seit wir uns kennengelernt haben, hatte ich stets das Gefühl, du würdest etwas vor mir verbergen«, meinte er. »War das alles?«

Safar schüttelte den Kopf. »Nein.«

»Willst du mir nicht auch den Rest erzählen?«

»Noch nicht.«

Iraj nickte. »Wir haben ja Zeit.«

Safar saß nur stumpf da, während Iraj die anstehenden Arbeiten erledigte, ihre Sachen zusammenpackte, die Tiere zusammentrieb und das Lama belud. Als es Zeit zum Aufbruch war, hatte sich Safars Laune gebessert. Im Licht des Tages erschien alles so normal. Visionen und Zauberei hatten inmitten dieser Helligkeit keinen Platz. Die Morgenluft war kühl und reinigte den Geist. Die Vögel pickten Tautropfen zum Frühstück auf. Schmetterlinge saßen auf großen Blättern und ließen ihre Flügel in der warmen Sonne trocknen. Dicke, verschlafene Hummeln spähten aus den Blüten.

Iraj pfiff ein fröhliches Lied, als sie sich aufmachten, und es blieb den größten Teil des Morgens auf seinen Lippen, wenngleich Safar die gelegentlichen Seitenblicke in seine Richtung sehr wohl bemerkte. Iraj schien ihn abzuschätzen. Nach einer Weile verbannte Safar die Erinnerung an die Vision und ließ sie als das gelten, was Iraj ihm vorgeschlagen hatte: als Alptraum. Er kam sich sogar ein wenig albern vor, weil er die Sache überhaupt erwähnt hatte. Hatte ihn sein Vater nicht gewarnt, die Berge könnten eine Melancholie hervorrufen, eine argwöhnische Stimmung? Schließlich entschied er, daß das, was er gesehen hatte, keine Vision war, sondern das Ergebnis seiner lebhaften Phantasie, hervorgerufen durch eben diese Melancholie.

Und natürlich gewann bald die Jugend wieder die Oberhand, und Safar stimmte in Irajs Lied ein. Während sie pfiffen, trafen sich ihre Blicke, ihre Lippen verzogen sich zu einem Grinsen, und die Töne wurden zu leerem Pusten, woraufhin die Jungen in Gelächter ausbrachen. Und dem Lachen folgte das Kichern über dumme Witze. Sie fochten Scheinkämpfe aus, rauften miteinander und benahmen sich wie die Jungen, die sie waren.

Der halbe Tag war verstrichen, als die beiden Freunde ihr Ziel erreichten. Den Boden bedeckte harter Schnee, durch den sich hier und da die ersten Triebe ans Licht gekämpft hatten, um die Frühlingssonne zu begrüßen. Der Tag war warm und windstill, und als der Weg steiler und steiler wurde, begannen sie von der Anstrengung der Kletterei zu schwitzen. Also zogen sie ihre Mäntel aus. Der schmale Pfad wand sich zwischen schneebedeckten Felsen hindurch und brachte sie dem Gipfel immer näher. An vielen Stellen nahmen ihnen Felsvorsprünge und Überhänge die Sicht auf alles außer den Felsen um sie herum und den Pfad unter ihren Füßen. Die Ziegen und das Lama liefen voraus und verschwanden hinter einer scharfen Biegung.

Obwohl Safar wußte, was ihn hinter dieser Wegbiegung erwartete, traf ihn der wunderbare Anblick mit der gleichen Überraschung wie beim ersten Mal.

Sie traten ins helle Licht und fanden sich auf einem breiten Sims, von dem aus man die Nordseite der Gebirgskette überschauen konnte. Unter ihnen lag ein kleines grünes Tal, in dem es Beeren in Hülle und Fülle gab. Aus einem Felsen zu ihren Füßen entsprang eine Quelle. Das Wasser stürzte nach unten und sammelte sich in einem kleinen Tümpel in der Mitte der Senke. Die Ziegen sprangen zwischen den Beeren herum und meckerten vor Vergnügen. Das Lama ignorierte seine weniger würdevollen wollespendenden Vettern und hatte das Maul schon tief in einen der beerentragenden Büsche gesteckt.

Jenseits der grünen Niederung erblickten sie eine märchenhafte Landschaft weißbedeckter Gipfel, die nach Norden hin bis zu den großen Wüsten abfielen. Riesige Wolkengebirge zogen über den blauen Himmel, Inseln in braun und grau und baumwollweiß. Die Sonne strahlte auf den Wüstensand, und ihr Licht wurde in den Himmel zurückgeworfen. Alles glitzerte, als wäre es aus vielfarbigen Juwelen zusammengesetzt.

Jenseits der Wüste gab es nichts, was den Blick hätte stören können. Safar suchte rasch nach dem Horizont, einer dunkelblauen Linie dort, wo sich das Gewölbe des Himmels mit der Erde vereinte.

Er hörte, wie Iraj der Atem stockte, und er wußte, das selbst sein Freund – der in der weiten Ebene des Südens geboren worden war – noch nie so weit hatte blicken können. Die Aussicht war überwältigend, und in der dünnen Luft schien alles noch vergrößert zu sein, so daß der Horizont näher rückte – wenngleich Safar von den Karawanenmeistern wußte, wie lange eine Reise dorthin dauerte.

Er blickte seinen Freund an, auf dessen Gesicht sich ein dümmliches Grinsen breitgemacht hatte. Iraj streckte zögernd die Hand aus, als wolle er den Horizont berühren. Safar lachte, weil er genau dies beim ersten Mal ebenfalls versucht hatte.

»Komm mit«, sagte er, »ich will dir noch etwas zeigen.«

Safar legte sein leichtes Gepäck ab und kletterte neben dem rauschenden Wasserfall die Felsen hinunter. Auf halbem Wege bildete das Wasser einen Vorhang vor dem Höhleneingang. Safar machte Iraj darauf aufmerksam und zeigte ihm, wie man sich zwischen Wasser und Felsen in die Höhle drängen konnte.

Dort hatte er bei seinem letzten Besuch Fackeln zurückgelassen, von denen er jetzt eine mit Hilfe eines Feuersteins zum Brennen brachte. Augenblicklich wurde die Höhle in ein schauriges Licht getaucht. Die Wände, der Boden und die Decke waren aus glattem grünem Stein geschlagen, der alles Licht aufsaugte und als geisterhaftes Glühen zurückwarf.

Als sich Irajs erste Verwunderung gelegt hatte, entzündete er ebenfalls eine Fackel und blickte sich um, wobei er die Stelle entdeckte, an der Safar gelegentlich Feuer gemacht hatte, wenn das Wetter kalt gewesen war. Dann sah er unzählige Pentagramme und magische Symbole und Sternzeichen – manche alt, manche neuer –, die in eine der Wände und den Boden eingeritzt waren.

»Die Höhle eines Zauberers«, entfuhr es Iraj.

Safar nickte und verschwieg, daß die weniger geschickt gezeichneten und neueren Symbole seine Versuche waren, die alten Meister zu kopieren und von ihnen zu lernen. Bislang hatte er, gehemmt durch seine jugendlichen Zweifel, noch nicht gewagt, Magie mit ihnen auszuüben. Doch insgeheim wußte er, daß es nur eine Frage der Zeit war, bis er der Versuchung nachgeben und einen echten Zauberspruch beschwören würde.

Safar zeigte auf eine Reihe verblichener roter Symbole, die in den Boden geritzt waren. Sie führten tiefer in die Höhle, als wollten sie einen Weg zeigen. Iraj hielt den Atem an, als er die Zeichen erkannte – den Dämonenmond und den Kometen des Eroberers.

»Alisarrian ist hier gewesen?« fragte er erstaunt.

»Ich weiß es nicht«, erwiderte Safar. »Aber ich glaube, Menschen, die ihn kannten, haben diesen Ort benutzt.«

Er winkte Iraj mit sich, und sie folgten einem Pfad durch die verschiedenen Kammern der Höhle. In einem Raum fand sich ein Steinregal, in dem noch immer uralte Gefäße standen. Obwohl die magischen Symbole, mit denen sie versehen waren, noch deutlich zu lesen waren, mußte ihr Inhalt seit langer Zeit vertrocknet sein. In einem anderen Raum lag ein kleiner Haufen Waffen, die im Laufe der Jahre zusammengerostet waren. Iraj untersuchte sie interessiert und kommentierte mit Sachverstand ihren Zweck und ihre einstmalige Güte.

Der letzte Raum war leer, von zwei Fackelhaltern an der gegenüberliegenden Wand abgesehen. Safar machte zwei weitere Fackeln an und steckte sie in die Halter.

»Das hier wollte ich dir zeigen«, sagte er und zeigte auf den breiten Raum zwischen den Fackeln.

Iraj betrachtete die Wand angestrengt, konnte zunächst jedoch nichts Bemerkenswertes erkennen.

»Sieh genau hin«, wies ihn Safar an. »Man braucht ein, zwei Minuten, wenn man das erste Mal davorsteht. Danach wird es leichter, weil man weiß, wonach man sucht.«

Iraj kniff die Augen zusammen und drehte den Kopf hierhin und dorthin und versuchte zu erkennen, was Safar meinte. Der junge Töpfer lächelte, als sich der starre Blick seines Freundes in einen Ausdruck der Verwunderung verwandelte, als er das Bild zwischen den Fackeln erkannte.

Unter die durchscheinende Oberfläche des Steins hatte man auf irgendeine Weise ein großes Bild gemalt. Solange die Fackeln nicht brannten, war es kaum sichtbar – und selbst dann nur, wenn man es aus einem bestimmten Winkel betrachtete.

Die Malerei zeigte einen hochgewachsenen, stattlichen Krieger, der die altertümliche Rüstung eines Prinzen trug. Er hatte helle Haut und langes, blondes Haar, und seine grimmigen Augen strahlten in demselben Blau wie das Wasser von Kyranias heiligem See. Der Krieger hielt seinen Helm unter dem rechten Arm, und auf dem Kopf trug er einen einfachen Goldreif als Zeichen seiner königlichen Autorität. In der Linken hielt er ein Schwert erhoben, als begrüße er einen anderen Krieger – oder fordere ihn heraus. Safar hatte sich zwischen diesen beiden Möglichkeiten nie entscheiden können.

Über dem Kriegerkönig war das Symbol des Dämonenmondes und des Kometen angebracht.

»Alisarrian«, stieß Iraj hervor.

»Und kein anderer«, stimmte Safar zu.

Iraj lachte in hellem Entzücken, klopfte dem jungen Töpfer auf die Schulter und dankte ihm überschwenglich.

»Ein Geheimnis für ein Geheimnis«, sagte er. »Wobei ich den größeren Gewinn gemacht habe, mein Freund.«

In diesem Augenblick erkannte Safar, daß sie irgendwann zwischen ihrem Aufbruch und der Ankunft hier oben Freunde geworden waren. Mit diesem Wissen fühlte er sich plötzlich erwachsener als zuvor. Er hatte noch nie einen richtigen Freund gehabt.

Iraj betrachtete das Porträt abermals. »Ich habe alles über Alisarrian studiert«, sagte er, »doch ein solches Bildnis habe ich noch nie gesehen. Jeder Zoll ein Eroberer. Ein Mann, dem die Götter das Schicksal zugedacht haben, ein großes Reich zu regieren.«

Er zog sein Schwert, schwang es, dann nahm er die gleiche Pose ein wie der Eroberer auf der Wandmalerei – das Schwert in die Höhe, den Kopf erhoben und den Blick in die Ferne gerichtet.

Mit großer Überraschung fiel Safar etwas auf, das er zuvor nicht bemerkt hatte. »Du bist Linkshänder«, stellte er fest, »genau wie Alisarrian.«

Iraj nickte mit ernster Miene. »Und groß und hell bin ich auch. Nur meine Augen sind dunkel. Seine Augen sind blau ... wie die deinen.«

Safar errötete. Einer der vielen Gründe, weshalb er diesen Ort vor allen anderen geheimhielt, bestand darin, daß es hier jemanden gab, der wie er blaue Augen hatte. Er fühlte sich dadurch nicht nur weniger fremdartig, sondern sogar überlegen – wenngleich stets nur für eine kleine Weile.

Iraj drehte sich um, behielt aber die Pose bei. »Sag mir, Safar«, fragte er fast ernsthaft, »sehe ich aus wie ein König?«

Safar betrachtete ihn genau. Keine Vision folgte, kein Zeichen des Himmels, doch in ihm selbst reifte die Gewißheit. Und dann wußte er es plötzlich.

Sein Mund wurde trocken, und seine Stimme war nur mehr ein Krächzen. »Du wirst einst König sein, Iraj«, prophezeite er.

»Wie bitte?« fuhr Iraj erschrocken auf. »Ich habe doch nur –« Er brach ab. Und mit grimmiger, scharfer Stimme fügte er hinzu: »Was hast du da gerade gesagt?«

»Du wirst ein genauso großer König wie Alisarrian werden«, antwortete Safar. »Ich sehe es ...« – er tippte sich auf die Brust – »hier.«

Iraj ließ die Schwerthand sinken, die Klinge kratzte über den Stein. »Verspotte mich nicht«, warnte er.

»Das tue ich keinesfalls.«

»Du sprichst von meinem größten Traum«, sagte Iraj. »Ein Königreich zu gründen, das so groß ist wie das von Alisarrian.«

»Ich weiß«, gab Safar zurück.

»Und du hältst mich nicht für verrückt?«

»Vielleicht.« Der junge Töpfer zuckte mit den Schultern. »Vielleicht muß man dazu verrückt sein.«

»Hast du das in einer deiner Visionen gesehen?« wollte Iraj wissen.

»Kurz bevor du bei uns angekommen bist«, erwiderte Safar. »Ich habe dich gesehen ... und du hast eine Krone getragen.«

»Habe ich auf einem weißen Elefanten gesessen?« fragte Iraj weiter, das Kinn weit vorgestreckt.

»Ja«, bestätigte Safar. »Eine große Armee hast du angeführt. Und in der Vision hast du mich zu dir gewinkt.«

Iraj kam näher, wie von magnetischen Kräften angezogen. »Und ich habe dir gesagt, du sollst neben mir Platz nehmen«, sagte er. »Und daß du – Safar – mir zum Sieg verholfen hättest.«

»Es scheint, als hätten wir die gleiche Vision gehabt«, meinte Safar benommen.

»Ich habe geglaubt, es sei nur ein Traum gewesen«, sagte Iraj. »Erst als ich dich kennengelernt habe und deinen Namen hörte, dachte ich, es könnte mehr dahinterstecken.«

»Irgendwie«, befand Safar, »ist jeder von uns in den Gedanken des anderen erschienen.«

Iraj schüttelte den Kopf. »Es war deine Vision«, stellte er fest. »Mir geschehen solche Dinge nie.«

»Mir aber«, seufte Safar.

»Du tust, als wäre das ein Fluch.«

»Und du kannst dir nicht vorstellen, was für ein Fluch es ist«, gab Safar zurück.

»Aber ... falls das, was du sagst, wahr ist –«

»Es ist wahr«, unterbrach Safar ihn. »Nur selten behalte ich nicht recht.«

Iraj legte Safar den Arm um die Schultern und zog ihn zu sich heran. »Wenn ich also König werde, dann sollst du mein engster Berater sein. Du wirst von jenem Moment an, an dem ich meinen rechtmäßigen Platz auf dem Thron einnehme, Lord Timura sein.«

Daraufhin nahm er den Arm zurück und hob feierlich das Schwert. Sanft schlug er Safar die flache Klinge auf den Kopf. »Ich, König Iraj Protarus, verfüge so.«

Aus seinem Gesicht strahlte jugendliche Hingabe. Ergriffenheit ließ seine Stimme schwanken, und Tränen standen ihm in den Augen. Auf seiner Wange zeigte sich verschmierter Schmutz, und so wie er in seinen groben Kleidern dastand und versuchte, eine heroische Gestalt abzugeben, wirkte er schon ein wenig lächerlich.

Aber Safar lachte nicht.

*

Nach der Stegreifzeremonie untersuchte Iraj die Höhle weiter und begutachtete insbesondere alle magischen Symbole und Behältnisse.

»Was, glaubst du, war der Zweck dieser Höhle?« fragte er.

»Meiner Meinung nach«, erwiderte Safar, »wurde sie von einem Traumfänger benutzt, um Alisarrians Zukunft zu deuten.«

Iraj grinste breit. »Wie passend, daß mir an diesem Ort die Zukunft vorhergesagt wurde. Und sogar von meinem eigenen Traumfänger.«

»Ich bin kein Traumfänger«, widersprach Safar, »nur der Lehrling eines Töpfers.«

»Ein Töpferlehrling, der Visionen hat«, meinte Iraj lachend.

Eigentümlicherweise fühlte sich Safar von dieser Bemerkung verletzt. »Vielleicht ist es nicht so großartig, Töpfer zu werden, als wenn man König wird«, sagte er. »Aber es ist ein ehrbares Handwerk. Manche sagen sogar, es wäre eine Kunst – und die Künste sind von den Göttern gesegnet.«

»Es tut mir leid, wenn ich dich beleidigt habe«, entschuldigte sich Iraj. »Die einzigen Handwerker, die ich je kennengelernt habe, waren Schwert- und Rüstungsschmiede. Aber wie du gesagt hast, weiß jeder, daß die Töpfer gesegnet sind, weil sie mit dem gleichen Stoff arbeiten, aus dem die Götter uns geschaffen haben. Hast du jemals daran gedacht, das könnte der Grund dafür sein, weshalb du Visionen hast? Vielleicht haben sie dich deshalb doppelt gesegnet, als du geboren wurdest.«

»Das mag wohl sein«, meinte Safar. »Obwohl meinem Vater nie etwas Ähnliches widerfahren ist.«

»Woher weißt du das?« wollte Iraj wissen.

»Der Art nach, wie er reagierte, als –« Safar hielt inne.

»Was?« bohrte Iraj nach. »Was hat er getan?«

Safar schüttelte den Kopf und verweigerte die Antwort. »Ich würde es lieber für mich behalten.«

»Zwischen uns beiden sollte es keine Geheimnisse geben«, sagte Iraj. »Vor allem nach dem, was passiert ist.«

Er hat recht, dachte Safar. Doch statt die Geschichte zu erzählen, wurde er wütend. »Nichts ist passiert!« fauchte er. »Außer daß ein dummer Junge einem anderen dummen Jungen eine närrische Geschichte erzählt hat. Das war alles.«

Safar stürmte hinaus, drückte sich an dem Vorhang aus Wasser vor der Höhlenöffnung vorbei und krabbelte über die Felsen nach unten, bis er die Wiese erreicht hatte, wo die Ziegen inzwischen weideten.

Klugerweise ließ sich Iraj viel Zeit, bis er ihm folgte. Safar tobte herum, trat gegen unschuldige Steine, riß Pflanzen heraus und schlug nach dem Lama, als sich dieses ihm näherte. Das Tier sprang erschrocken zurück. Safar hatte es immer gut behandelt. Es starrte ihn vorwurfsvoll an, dann drehte es sich um und trabte auf diese übertrieben beiläufige Weise davon, die Lamas an den Tag legen, wenn sie sich beleidigt fühlen.

Eine Ziege kam dem Lama versehentlich in den Weg und erfuhr dafür eine Behandlung, als wäre sie das größte Ärgernis der Welt. Die Ziege jagte davon und ließ die Demütigung an einem kleineren Tier aus, das wiederum das gleiche tat, und ehe Safar sich versah, war die ganze Wiese voll wütender Tiere, die sich gegenseitig stießen und herumsprangen wie die Lehrlinge eines Fakirs, die zum ersten Mal über heiße Kohlen laufen.

Als sich Iraj schließlich zeigte, lachte Safar aus vollem Halse und hatte den Streit vergessen. Iraj seinerseits brachte das Thema nicht mehr zur Sprache, und bald waren die beiden in die rauhen Abenteuerspiele versunken, mit denen sich die Hirtenjungen in den Bergen die Zeit vertreiben.

Doch zwischen den beiden war eine Kluft entstanden.

Als Badawi die breite Karawanenstraße erblickte, die in die Berge führte, ließ er sich von seinem Esel fallen und sank auf die Knie. Er schlug die Hände vor die Brust und dankte dem Himmel für seine Rettung.

An diesem Morgen, als Sarn ihn vorausgeschickt hatte, um den Weg auszukundschaften, hatte der Pferdehändler gewußt, daß es sein letzter Tag werden würde, falls er nicht mit einem Wunder aufwarten konnte. Das Glück schien Badawi verlassen zu haben, nachdem er den alten Timuratopf gefunden hatte. Vierhundert Meilen hatten sie zurückgelegt und nicht einmal einen Ziegenpfad entdeckt, ganz zu schweigen von einer Karawanenstraße über die Schwelle der Götter.

Während er Lobgesänge an alle Heiligen sandte, die er kannte, entdeckte Badawi plötzlich nur wenige Meter entfernt einen Haufen Kameldung. Sein Herz machte einen Sprung, und noch immer auf den Knien, kroch er hinüber, zerbrach den von der Sonne verkrusteten Fladen und begutachtete die noch feuchte Mitte.

In diesem Augenblick kam Sarn angeritten, und die Kolonne der Dämonenbanditen folgte nicht weit hinter ihm. Als Badawi ihn sah, sprang er auf die Beine. »Seht, Meister!« rief er und hob den Dung in die Höhe, als hielte er einen großen Schatz in den Händen.

»Was willst du mir zeigen, du lausiger Mensch?« knurrte Sarn.

»Kamelmist, o Meister«, antwortete Badawi und vollführte einen kleinen Freudentanz, wobei er den Mist auf dem Boden verstreute. »Die Götter haben Euren unwürdigen Sklaven tausend Meilen weit durch die Wildnis geführt, damit er das finden möge, was Ihr ihm zu suchen aufgetragen habt.«

»Bist du verrückt geworden, Mensch?« fuhr Sarn ihn an. »Was soll ich mit Kameldung anfangen?«

Badawi schien ihn nicht zu hören. Er hatte weitere Fladen entdeckt und rannte zu ihnen hinüber, hob sie auf und warf sie in die Luft, indem er rief: »Gelobt seien die Götter!«

In diesem Augenblick kam Giff dazu. »Was ist denn mit dem Menschen los?« fragte er.

»Ich glaube, wir haben ihn zu hart behandelt«, erwiderte Sarn. »Er scheint vollkommen den Verstand verloren zu haben.« Er seufzte. »Ich fürchte, jetzt ist er für uns wirklich nicht mehr zu gebrauchen. Du kannst ihn töten, wenn du willst, Giff. Aber sei ein guter Dämon und verkneif dir jedes: ›Ich habe es dir ja gleich gesagt!‹«

Giff grinste und wollte sein Schwert ziehen. Doch Badawi hatte ihr Gespräch mitangehört. Er raste zu den beiden Dämonen hinüber, und seine Wut übertraf für einen Moment sogar seine Angst.

Er schrie: »Mich töten? Warum solltet Ihr eine solche Dummheit begehen? Ich habe für Euch den Weg über die Berge gefunden, verdammt noch mal!« Badawi deutete auf den breiten Weg, der sich in die Berge hochwand. »Dort liegt Kyrania!« rief er. »Dort liegt das Tal der Wolken!«

Badawis Entdeckung hatte eine übertriebene Aufregung in ihm hervorgerufen, die an gefährliche Hysterie grenzte. »Das hättet Ihr ohne mich nie geschafft!« rief er. »Nur ich, Badawi, konnte das für Euch tun.

Und habe ich Euch nicht dazu auch noch einen Beweis geliefert, daß hier vor drei, höchstens vier Tagen eine Karawane durchgezogen ist?« Er deutete mit der schmutzigen Hand auf die Spuren von Kamelmist. »Oder glaubt Ihr, diese Tiere hätten hier am Ende der Welt nur nach einer Stelle gesucht, an der sie scheißen können?«

Sobald sein Ausbruch abgeklungen war, wurde Badawi bewußt, was er getan hatte. Sein Mut zerfloß zu nichts, und er fiel zu Boden. »Vergebt mir, Herr«, flehte er. Er stieß seine Stirn auf die Erde und warf Staub über seinen Kopf. »Dieser nichtswürdige Käfer von einem Sklaven hat Euch beleidigt, Herr. Schlagt mir eine Hand ab, wenn es Euch gefällt. Schneidet mir diese elendige Zunge heraus, die ohne Sinn und Verstand geplappert hat, als das Hirn durch die Entdeckung in helle Aufregung versetzt war. Nur verschont mich, Herr. Verschont mich. Auf daß ich Euch treu dienen kann, zufrieden mit den Krümeln von Eurem Tisch und Schlägen als Lob, solange mein unwertes Leben andauert.«

Während Badawi bettelte, trieb Giff sein Pferd vorwärts, um die Spuren zu untersuchen.

»Ich gebe es ja nicht gern zu«, erklärte er, als der Pferdehändler verstummt war und als jammerndes menschliches Wrack am Boden lag, »aber der Mensch hat recht. Hier ist vor nicht allzu langer Zeit eine Karawane durchgekommen.«

Badawi wischte sich die Augen und putzte sich die Nase mit dem Ärmel. »Ihr seht, Herr«, frohlockte er, »ich habe die Wahrheit gesprochen. Selbst Giff gesteht das zu. Und wir wissen doch beide, wie sehr er mich haßt. Natürlich verdiene ich seinen Haß, obwohl –«

»Halt dein Maul, Mensch!« fuhr Giff ihn an. »Wenn du meinen Namen noch einmal besudelst, indem du ihn in den Mund nimmst, reiße ich dir den Kopf ab und mache einen Nachttopf daraus.«

Badawi verneigte sich zitternd. »Bitte, Herr«, bettelte er, »ich wollte doch nichts Böses tun.«

Sarn ignorierte ihr Gerede. Er wandte seine Aufmerksamkeit dem Weg zu, der eigentlich eher so breit wie eine Straße war, jetzt, wo er ihn sich richtig besah. Eine Straße, die sich durch Jahrhunderte der Nutzung tief in den Fels geschnitten hatte. Der Dämon starrte hinauf zu den schneebedeckten Bergen und fragte sich, wieviel Beute bei der Karawane vor ihnen wohl zu holen wäre.

Als könnte Badawi seine Gedanken lesen, sagte er: »Ich würde vermuten, die Karawane kommt aus Caspan, Herr.« Er zeigte nach Nordwesten, in die ungefähre Richtung von Caspan. »Und ohne Zweifel ist sie auf dem Weg über die Schwelle der Götter nach Walaria.« Nun deutete er südlich über die Berge hinweg. »Es ist eine Reise von mehreren tausend Meilen, Hin- und Rückweg natürlich. Und wie Ihr Euch bestimmt schon gedacht habt, Herr, würde kein Händler so weit reisen, wenn er sich dabei nicht einen stattlichen Gewinn ausrechnete. Schnappt Euch die Karawane, Herr, und Ihr werdet ein Vermögen gewinnen.«

Giff hatte genau zugehört, und ihm wurde bewußt, daß der

Pferdehändler die Wahrheit sagte. Bei diesen Neuigkeiten kam ihm jedoch noch ein Gedanke, der ihn über alle Maßen entzückte.

Er schnickte mit den Krallen, um Sarns Aufmerksamkeit auf sich zu lenken, und als sich dieser ihm zuwandte, fragte er geradeheraus: »Brauchen wir ihn jetzt noch?«

Badawi gaffte ihn an. »Was soll das heißen: ›Brauchen wir ihn jetzt noch?‹«

Die beiden Dämonen achteten nicht auf ihn. »Eigentlich wüßte ich im Moment nicht, wofür er gut ist«, erwiderte Sarn. »Wir haben gefunden, was König Manacia verlangte, und zudem das, was wir wollten. Und sobald wir uns die Karawane geschnappt haben, machen wir uns auf den Heimweg.«

»Brauchen wir wen noch?« bohrte Badawi weiter. »Was meint Ihr damit, Lords?«

»Du hast mir versprochen, ich dürfte ihn töten«, erinnerte Giff seinen Anführer.

»Meint Ihr mich?« fragte Badawi. Und begann wieder zu jammern. »Nicht mich«, schluchzte er. »Ihr könnt doch nicht mich meinen!«

Sarn zog einen großen edelsteinbesetzten Ring von seinem Finger. Er warf ihn Giff zu, der ihn aus der Luft fing.

»Ich kaufe mein Versprechen zurück«, meinte Sarn. »Ich mußte mich viel mehr als du mit ihm abgeben. Und darüber hinaus mußte ich so tun, als würde ich ihn nicht aus tiefster Seele verabscheuen.« Er knirschte mit seinen Fangzähnen. »Für die Gesundheit eines Dämons ist es nicht gut, solche Dinge in sich hineinzufressen.«

»Ich werde alles für Euch tun, Herr«, wimmerte Badawi. »Alles.«

Giff lachte bösartig grölend auf und schob sich den Ring auf den Finger. »Vergiß das Versprechen.«

Sarn trieb sein Reittier dichter an den schluchzenden Badawi heran. Beim Geruch des Menschen warf es angeekelt den Kopf zurück. Das Tier fauchte vor Angst, aber Sarn preßte die Hacken tiefer in seine Flanken und hielt es so im Griff.

»Sieh mich an, Mensch«, verlangte der Dämon.

»Nein, nein, ich werde Euch nicht ansehen!« heulte Badawi und versuchte davonzukriechen.

»Ich habe gesagt, sieh mich an!« röhrte Sarn.

Badawi sackte zu Boden, als wäre das Brüllen des Dämons ein Schlag gewesen. Dann blickte er langsam auf. Riesige gelbe Augen starrten auf ihn herab. Sarn machte eine winzige Geste, und plötzlich wurde der Körper des Pferdehändlers steif. Badawi hatte keinen Willen mehr, doch seine Gedanken waren ihm geblieben – und seine Angst.

»Tut mir nichts, Herr«, kreischte er.

»Das würde ich nie tun, Mensch«, antwortete Sarn. »Ich werde mir doch meine Hände nicht mit dem Blut eines solchen Feiglings besudeln. Nein, du sollst den Tod erleiden, den du verdient hast, Mensch. Den Tod, den die Götter für dich bestimmt haben, denn sonst wäre mir diese Idee nicht so rasch gekommen.«

»Bitte, Herr!« flehte Badawi.

»Ruhe!« schrie Sarn.

Badawi war mit Stummheit geschlagen.

»Nimm dieses Messer«, befahl Sarn und reichte ihm einen verzierten Dolch. Badawi streckte gegen seinen Willen die Hand aus und nahm das Messer.

Sarn zeigte auf den Boden. »Und jetzt hebe dein eigenes Grab aus. Und mach es tief, damit dich nicht versehentlich irgendein Schakal ausbuddelt und sich an deinem verrottenden Leichnam vergiftet. Und mach es breit genug, wo du doch so aufgeblasen bist.«

Badawi bewegte sich wie eine Maschine, bückte sich und begann zu graben.

»Wenn du damit fertig bist, Mensch«, befahl Sarn, »wirst du hineinklettern und dir die Gedärme herausschneiden. Und laß dir Zeit. Damit es dir genauso viele Schmerzen bereitet, als würde ich es selbst tun.«

Lachend ritt er davon.

Badawis Seele schrie: »Nein, nein, ich werde es nicht tun!«

Dennoch grub er weiter, riß den harten Boden mit dem Messer auf, schaufelte Staub und Steine mit blutenden Fingern zur Seite. Er konnte nicht langsamer arbeiten, geschweige denn aufhören. Und er wußte, wenn er dann schließlich fertig wäre, würde er auch den zweiten Teil von Sarns Befehl ausführen. Wie es ihm aufgetragen worden war, würde er sich das Leben nehmen – so langsam und schmerzhaft wie möglich.

Ein verrückter Gedanke schoß ihm durch den Kopf. Das geschah alles nur wegen dem Kamel. Da hatte ihn sein Glück zum ersten Mal verlassen. Als er sich in das Kamel verliebt hatte und es für sich gestohlen hatte.

Und so dachte er: Aber es war so ein schönes Tier, meine Sava. Und weiß, so weiß ...

So weiß wie der Schnee auf der Schwelle der Götter.

*

Iraj kehrte während der folgenden Tage immer wieder zu der Höhle zurück. Stets ging er allein und verriet seine Absichten auch nicht, wenn er aufbrach. Kehrte er zurück, sprach er ebenfalls nicht darüber. Wenngleich er nie berichtete, was er dort getan hatte, schien er jedesmal ein Stück gewachsen zu sein. Seine Haltung wurde immer aufrechter und der Ausdruck in seinen Augen befehlender.

Safar betrat die Höhle nur noch einmal, gleichfalls allein. Eines Nachts erlebte er den Alptraum der Tänzer, die in dem Vulkanausbruch starben, noch einmal. Nachdem er sich etwas beruhigt hatte und sein Verstand wieder klar geworden war, hatte er sich an etwas erinnert, das er bei einem der letzten Besuche in der Höhle gefunden hatte. Also sah er nach, ob Iraj schlief, machte sich zur Höhle auf und ging in jenen Raum, in dem sich das steinerne Regal und die Gefäße befanden. In einer Ecke lag ein zerbrochener Topf, der ihm wegen seiner altertümlichen magischen Symbole aufgefallen war, die darauf gemalt waren. Safar legte die Scherben auf dem Boden aus und versuchte, sie zusammenzusetzen.

Er hielt die Fackel hoch, damit er seine fast vollendete Arbeit näher betrachten konnte. Dieses Mal interessierten ihn weniger die Symbole als der ursprüngliche Zweck des Gefäßes. Es war rund gewesen, geformt wie die Welt, und hatte oben eine kleine Öffnung gehabt, in der der Pfropfen gesessen hatte. Die wichtigsten Teile der Welt waren darauf dargestellt gewesen, vor allem die Ozeane und die vier Schildkrötengötter, die das Land trugen. Hier, im Mittleren Meer, lag Esmir – was in den alten Sprachen schlicht Land oder Erde bedeutete. Im Norden befand sich Aroborus, der Ort der Wälder. Im Süden fand man Raptor, das Land der Vögel. Und das letzte war Hadin, das Land der Feuer. Safar betrachtete diese Anordnung genau und stellte sich den Topf als Ganzes vor. Auf dem Globus befand sich Hadin auf der anderen Seite der Welt – genau gegenüber von Esmir.

Safar beugte sich noch näher über die große Scherbe, auf die Hadin gemalt war, eigentlich eher eine riesige Inselkette denn eine einzige Landmasse. Auf die größte Insel war ein kegelförmiger Berg mit dem Gesicht eines Ungeheuers gezeichnet. Das Ungeheuer spie Feuer. Die Erinnerung an die Darstellung auf dieser Scherbe hatte Safar in die Höhle gezogen. Er fragte sich nun, ob diese große Insel von Hadin der Ort war, den er in seiner Vision gesehen hatte. Falls es eine Vision gewesen war.

Wie unwissend er sich fühlte. Er war immer so stolz auf seinen Verstand gewesen, doch nun erschien ihm all sein Wissen von der Welt so gering, als wäre er ein Insekt, das den Himmel bestaunt. Safar sehnte sich danach, mehr zu wissen, was eine gewisse Traurigkeit in ihm aufkommen ließ, denn plötzlich erkannte er, daß Gubadan ihm nichts mehr beibringen konnte. Und während er so den zersprungenen Globus betrachtete, deuchte es ihn, daß vieles von dem, was er gelernt hatte, Fehler bergen oder auf Gubadans eigentümlichen Mythen beruhen mochte. Selbst der alte Priester gab zum Beispiel zu, daß die Kontinente eigentlich gar nicht von Schildkröten getragen wurden. Das Land schwebe ohne Hilfe auf dem Wasser, sagte er. Die Schildkrötengötter wären nur Symbole, nicht Wissenschaft. Obwohl solchen Symbolen manchmal verborgene Bedeutungen innewohnten, aus denen Wissenschaft erstehen konnte.

Safar entschloß sich, beim nächsten Mal, wenn er mit seinem Vater nach Walaria reiste, Bücher zu kaufen, mit denen er sein Wissen erweitern konnte – wenngleich er nicht die geringste Ahnung hatte, was für Bücher das sein mochten. Für den Anfang, wie auch immer, könnte er nach etwas über die vier Kontinente suchen. Insbesondere über Hadin.

Er griff nach der Scherbe, auf der Hadin zu sehen war, und sobald seine Finger sie berührten, ging ein warmer, süßer Schauer durch seinen Körper, wie in der Nacht, als die glühenden Partikel vom Himmel gefallen waren. Das Gefühl verschwand rasch, und danach war alles wie zuvor. Er schüttelte sich und überlegte, was wohl geschehen sei. Doch so intensiv er die Scherbe mit dem feuerspuckenden Berg auch anstarren mochte, er bekam keine Antwort. Nach einer Weile gab er auf und steckte die Scherbe in seinen Beutel mit der Absicht, sie später weiter zu untersuchen.

Er kehrte zum Lager zurück und wickelte sich wieder in seine Decke. Bald fiel er in Schlaf, und dieses Mal träumte er nicht.

Während der nächsten Tage wurde ihm die Grotte unheimlich. Obwohl er es nicht zeigte, lag für ihn dort etwas Magisches und Gefährliches in der Luft, und das beunruhigte ihn. Schließlich suchte er eine Entschuldigung, damit sie für eine Weile von hier fortgehen könnten. Er sagte Iraj, sie müßten für frisches Fleisch zum Kochen sorgen. Und Iraj, stets erpicht auf eine Jagd, stimmte begeistert zu.

Sie ließen die Ziegen und das Lama zurück und wanderten stundenlang über Pfade, die an vielen Stellen noch von Schnee bedeckt waren. Safar erlegte mit seiner Schleuder ein paar Berghühner, derweil Iraj mit dem Bogen einen Hasen schoß. Safar zog ihn deswegen auf, weil er schwere Pfeile benutzt hatte, die besser zur Bärenjagd paßten, und das arme Tier so zerrissen war, daß man es kaum mehr braten konnte.

Iraj tat, als wäre er verletzt. »Ich habe uns gerettet, Undankbarer. Hast du nicht den bösen Blick in seinen Augen gesehen? Wenn ich je einen Menschenfresser gesehen habe, dann diesen Hasen.«

»Hilfe!« kreischte Safar. »Ein menschenfressender Hase! Lauf! Lauf!«

Und die beiden rannten den Pfad hinunter, als wäre ihnen ein Tiger auf den Fersen.

Vielleicht eine Stunde später hatten sie einen Berg erklommen, von dem aus man die Karawanenstraße überblicken konnte. Der Weg über die Braut und die Sechs Jungfern war nicht leicht. Die Straße wand sich von der Wüste her nach oben, und bergauf, bergab ging es zum ersten Paß. Dieser mündete in einer morschen Brücke – gebaut, wie manche behaupteten, von Alisarrians Männern –, die zum nächsten Berg hinüberführte. Dort stießen andere Pässe zu der Karawanenstraße, die sich über den breiten Gipfel der sechsten Jungfer zog und sich schließlich mit dem Weg über die Braut selbst vereinte. Von diesem Punkt aus führte die Straße nach Kyrania und darüber hinaus.

Safar hatte auf diesem Berg viele Stunden verbracht und die Karawanen beobachtet. Zum Höhepunkt der Saison, wenn bis zu einem Dutzend Karawanen unterwegs war, bot sich ein wundersamer Anblick. Einmal hatte er gesehen, wie vier verschiedene Karawanen über vier verschiedene Gipfel gezogen waren. Zwar hatte er nie das Meer geschaut, doch für Safar waren die Karawanen wie eine kleine Flotte von Schiffen, die über ein Meer von Wolken und Schneeverwehungen dahinzogen. Die Kyranier nannten die Gegend »Die Hohen Karawanen«, denn es hieß, auf der ganzen Welt gäbe es keine höheren Berge, die von Händlern überquert wurden.

Während die beiden jungen Männer nun dahockten und in die Ferne schauten, erblickte Safar plötzlich mit Freude eine Karawane, die erste des Frühjahrs. Sie befand sich auf dem Weg zum Paß über die Braut. Safar zeigte sie Iraj, der allerdings noch nicht lange genug in den Bergen gewesen war, um etwas so Fernes sofort erkennen zu können. Während er sich noch darüber wunderte, konnten sie beide das Klingen von Glocken hören, das durch die kalte, trockene Luft seltsam zu ihnen herüberhallte. Bald entdeckten sie auch die kleinen Gestalten der Menschen – manche zu Fuß, manche auf dem Rücken von Pferden –, die den schwerbeladenen Lamas und Kamelen folgten, die durch den Schnee stapften. Dazu kamen noch einige Ochsenkarren.

»Wo sie überall gewesen sein müssen«, bemerkte Iraj verträumt, »und wo sie überall noch hinziehen. Allein beim Klang der Glocken möchte man schon mit ihnen ziehen, nicht, Safar?«

»Wieso?« entgegnete Safar ein wenig schroff. »Ich bin doch hier glücklich. Warum sollte ich unter Fremden leben wollen?«

Iraj sah ihn seltsam von der Seite an. »Du hast zwar Visionen«, meinte er, »aber träumst du gelegentlich auch?«

»Nicht von solchen Dingen«, antwortete Safar. »Ich bin vollkommen glücklich dort, wo ich bin. Oh, ein- oder zweimal bin ich auch in der Stadt gewesen. Mein Vater geht manchmal nach Walaria, wo er dann seine besten Töpfe verkauft. Aber wann immer ich ihn begleitet habe, stets wollte ich so schnell wie möglich wieder nach Hause zurückkehren.«

Iraj deutete mit der Hand auf die Karawane und die Aussicht, die sich ihnen bot. »Aber das ist die wahre Welt, Safar«, schwärmte er. »Wo große Männer über die Geschehnisse entscheiden. Wo es alle Arten von geheimnisvollen Menschen und Dingen zu entdecken gibt. Euer Tal ist wirklich wunderschön, das muß ich zugeben. Aber dort passiert nichts, und es wird auch nie etwas passieren. Fühlst du dich nicht manchmal vom Rest der Welt abgeschlossen?«

»Nie«, verkündete Safar. »Ich habe hier alles, was ich mir wünsche. Und was ich mir je wünschen werde.«

Iraj zuckte mit den Schultern und sagte dann: »Laß uns hinunter gehen und sie begrüßen. Ich bin noch nie einem Karawanenmeister begegnet.«

Sie hatten noch fast den ganzen Tag vor sich, daher wußte Safar keinen Grund, warum er Iraj das abschlagen sollte. Und wie jedes

Kind von Kyrania wußte, wurden die ersten, die einer Karawane begegneten, stets mit Leckerbissen und kleinen Geschenken belohnt. Safar ließ den Blick über die Umgebung schweifen und suchte einen Pfad, über den sie die Reisenden auf dem Kamm des Passes über die Braut treffen würden. Er zeigte Iraj den Weg, und die beiden jungen Männer rannten los.

Sie umrundeten gerade ein Wirrwarr von Felsen, als Safar aus den Augenwinkeln eine Bewegung wahrnahm. Er packte Iraj am Arm, hielt ihn zurück und sah genauer hin.

Eine Reihe Gestalten bewegte sich rasch aus einer Schlucht auf die Karawane zu. Sie zogen in weitem Bogen vorwärts, wodurch sie immer Deckung zwischen sich und der Karawane hatten, und Safar wußte, sie taten das mit Absicht, um nicht gesehen zu werden.

Zuerst hielt er sie für Banditen. Er beschattete die Augen, damit er sie besser erkennen konnte, und nun sah er die vordere Gruppe so deutlich, daß er vor Schreck aufschrie.

»Was ist los?« fragte Iraj. Er starrte zu den Gestalten hinüber, konnte sie jedoch immer noch nicht erkennen.

»Dämonen!« rief Safar. »Sie wollen die Karawane angreifen!«

5
Ein Zauberer wird geboren

Während Giff die Karawane beobachtete, wie sie den verschneiten Paß hinaufkroch – die klingelnden Kamelglocken, das Grunzen der Ochsen, die Dampfwolken der Pferde in der kalten Luft –, überkam ihn plötzlich eine dunkle Vorahnung. Er sah zu den anderen neun Dämonen hinüber, die auf ihren Reittieren zum Überfall bereit standen. Sie waren angespannt, doch bei der Sache, und überprüften noch ein letztes Mal ihre Waffen und ihre Ausrüstung. Sie waren die besten von Sarns Dämonen und hatten alle eine Großzahl erfolgreicher Überfälle hinter sich.

Was Giff keinesfalls beruhigte.

Irgend etwas stimmte da nicht so recht, wenngleich es ihm nicht möglich gewesen wäre, mit der Kralle darauf zu zeigen. Vielleicht hätte ich den Menschen mit eigener Hand töten sollen, dachte er. Es war nicht gut gewesen, die Angelegenheit Sarn zu überlassen. Er hätte auf seinem Recht bestehen sollen. Aber dann dachte er sich, er solle nicht so abergläubisch sein. Was sollte schon schiefgehen?

Er beobachtete die berittenen Soldaten, die die Packtiere und die abgedeckten Wagen der Karawane bewachten. Die Menschen waren gut bewaffnet und schienen auf der Hut zu sein, aber das war nicht der Grund für Giffs Sorgen. Sarn hatte ihren besten Kundschafter in der Nacht zuvor ins Lager der Karawane geschickt, um von jedem der schlafenden menschlichen Soldaten ein kleines Besitzstück zu stehlen. Damit hatte Sarn einen Zauber beschworen, der die Soldaten verwirren und sie in Feiglinge verwandeln würde, wenn sie angegriffen wurden.

Der einzige Verteidiger, der davon nicht berührt sein würde, war der Karawanenmeister, ein großer, muskulöser Kerl, dem Giff nicht gern in einem fairen Kampf gegenüberstehen würde. Er hatte, von seinen Männern getrennt, in einem Zelt geschlafen, und der Kundschafter konnte sich ihm nicht nähern, ohne entdeckt zu werden. Aber was soll's, dachte Giff, wenn der Angriff erfolgte, würde der Karawanenmeister ohne die Unterstützung seiner Soldaten rasch zu überwältigen sein.

Die Strategie war simpel: doppelter Angriff. Giff und eine kleine Truppe würden die Karawane als erste angreifen. Sie würden wild und gnadenlos auf sie einstürmen, jedoch mehr, um die Menschen zu erschrecken. »Benehmt euch so furchterregend, wie ihr eben könnt«, hatte Sarn gesagt. »Macht sie richtig weich für mich.«

Und dann würde Sarn aus einem anderen Hinterhalt zuschlagen. Die ganze Sache sollte nicht mehr als ein paar Minuten dauern, dachte Giff. Ja, es war ein guter Plan. Ein schlauer Plan, der Erfolg garantierte. Nur, weshalb fühlte er sich noch immer so unbehaglich?

Als würde er selbst von jemandem beobachtet.

*

»Das können keine Dämonen sein«, wande Iraj ein. »Du mußt dich irren. Es ist ihnen verboten, sich hier herumzutreiben.«

»Also, vielleicht hat es ihnen niemand gesagt!« fauchte Safar. »Sieh es dir doch selbst an.« Er zeigte auf die riesenhaften Gestalten, die sich unten im Hinterhalt verbargen. »Was sollen sie denn sonst sein?«

Benommen beschattete Iraj ebenfalls die Augen, damit er besser sehen konnte. Er fuhr zurück, als ihn die Erkenntnis wie ein Schlag traf.

»Zur Hölle!« entfuhr es ihm. »Du hast recht. Und sieh nur! Da sind noch mehr! Eine zweite Gruppe – die zieht durch die Schlucht.«

Safar entdeckte sie sofort. Diese Gruppe war wesentlich größer als die erste – vielleicht dreißig Dämonen, wenn nicht gar mehr. Er beobachtete, wie sie sich durch die Schlucht mit ihren hohen, schneebedeckten Wänden schlängelten. Zum Ende hin wurde die Schlucht enger, und Safar sah, wie der Anführer sein Reittier zügelte und den anderen das Zeichen zum Anhalten gab. Die Gruppe blieb stehen.

»Ich glaube, ich begreife, was sie vorhaben«, sagte Iraj. Seine Stimme klang eigentümlich beiläufig, als würde er eine interessante Taktik in einem Aufsatz über Militärwesen kommentieren. »Der erste Haufen wird die Karawane angreifen, während sich die anderen noch zurückhalten. Dann, wenn die Soldaten beschäftigt sind, wird der Rest aus der Deckung der Schlucht hervorstürmen und sie von hinten aufrollen.«

Iraj ließ die Hände sinken. »Ein guter Trick«, meinte er. »Ich sollte ihn mir merken.«

*

Sarn versicherte sich, daß seine Dämonen bereit waren, und ließ sie hintereinander aufreiten, damit der schmale Auslaß der Schlucht die Wucht ihres Angriffes nicht mindern würde. Giff hatte gegenüber der Schlucht Position bezogen, hinter einem Haufen großer Felsen. Wenn die Karawane sich zwischen ihnen befände, würde Giff zuerst losschlagen, und dann, wenn die in Panik geratenen Karawanenwächter ihm und seinen Leuten den Rücken zuwandten, würde Sarn angreifen und die Zange schließen.

Der Banditenführer zog das Schwert und schwang es ein paar Mal probeweise durch die Luft. Sein Blut rauschte, sein Dämonenherz pumpte Kampflust in seine Adern. In wenigen Augenblicken würden all die Reichtümer, von denen sein Kundschafter berichtet hatte, ihm gehören. Und dann würde er den Berg hochjagen und dem Paß nach Kyrania folgen. Schwierig würde es bestimmt nicht werden, die Bewohner eines so abgelegenen Dorfes auszulöschen. Sarn ging davon aus, daß die Menschen in Kyrania die Karawane erwarteten. Vielleicht waren einige schon unterwegs, um sie zu begrüßen, und aus diesem Grund würde er nicht genug Zeit haben, seine Spuren im Schnee zu verwischen. König Manacia hatte befohlen, keine Zeugen zurückzulassen. Also mußte Sarn die Sache so drehen, als handele es sich um Banditen – menschliche Banditen –, die die Karawane überfallen hatten. Das gleiche galt auch für Kyrania, wo sie vielleicht noch ein wenig Beute machen konnten. Dann würden er und seine scheußlichen Dämonen sich ohne Sorgen nach Hause aufmachen können.

Sarn stellte sich schon die Begrüßung vor, die ihn bei seiner Rückkehr erwarten würde. Ein Held, beladen mit so großer Beute, daß andere Banditenclans ihn würden anwerben wollen. Und noch besser, der König würde in seiner Schuld stehen. Sarn war inzwischen überzeugt, König Manacia plane eine Invasion der Menschenlande. Eine Invasion, die, wie diese Mission gezeigt hatte, möglich war.

Sarn fragte sich, ob er auf den König eindringen und irgendeinen edelklingenden Titel verlangen sollte, als ihm ein unangenehmer Gedanke durch den Kopf schoß. War es nicht Giff gewesen, der sich die Frage gestellt hatte, ob Manacia betreffs des Schutzes vor dem Fluch der Verbotenen Wüste womöglich gelogen hatte? Hatte Sarn Giffs Vermutung zu schnell zurückgewiesen? Nach dieser Mission würde Sarn ein weitaus wichtigerer Dämon sein als zuvor. Für das Wagnis, die Verbotene Wüste zu durchqueren und die verhaßten Menschen zu überfallen, würde er zu jemand aufsteigen, mit dem zu rechnen war. Und der König wäre nicht schon so lange König gewesen, wenn Dummheit zu seinen hervorstechendsten Eigenschaften gehört und er seine Rivalen am Leben gelassen hätte. Sarn mochte er für einen solchen Rivalen halten. Tatsächlich könnte König Manacia, der ein mächtiger Zauberer war, diese Möglichkeit bei seinen Planungen berücksichtigt haben. In diesem Falle hätte er Sarn von Anbeginn schwächen wollen. Ein Weg, dies zu erreichen, war, ihm über die Fähigkeiten des Schutzschildes gegen den Fluch eine Lüge aufzutischen. Sarn hätte wahrscheinlich das gleiche getan, wäre er an Manacias Stelle gewesen.

Und da war noch eine Sache: Was, wenn der Fluch nicht auf der Stelle tötete? Wenn er Sarn noch lange genug am Leben ließ, um mit dem Wissen, nach welchem der König trachtete, heimzukehren? Und danach würde er eines langsamen, qualvollen Todes sterben, noch dazu von dem Gedanken gepeinigt, Manacia habe überhaupt nicht beabsichtigt, ihn für seine treuen Dienste zu entlohnen. So ähnlich, wie Sarn diesen Menschen, Badawi, behandelt hatte. Zum ersten Mal verspürte er so etwas wie Mitleid für den Pferdehändler.

Dann dachte er: Du bist ein Narr, Sarn. Nervosität vor dem Kampf, das war's. Wenn königlicher Verrat im Spiel gewesen wäre, hätte er es gleich gerochen. Der Banditenanführer hielt sich schließlich für einen der verschlagensten Dämonen, von dem selbst ein König noch das eine oder andere über die Kunst des Verrats lernen konnte.

Sarn verdrängte seine Zweifel, spähte nach vorn und sah, daß sich die Karawane der Schlucht näherte.

Der Angriff würde bald beginnen.

Seine gelben Augen glühten voller Erwartung.

*

Safar sah, wie sich die kleinere Gruppe der Dämonen zum Angriff bereitmachte. Sein Verstand war wie gelähmt, seine Glieder eigentümlich schwer, und als er sprach, brachte er nur ein Krächzen zustande.

»Was sollen wir tun?«

Iraj hingegen zögerte nicht. Die Tragödie, die sich dort unten anbahnte, schien bei ihm den entgegengesetzten Effekt zu haben und in ihm ein inneres Feuer in Brand zu setzen.

»Die Karawane warnen«, erwiderte Iraj mit funkelnden Augen. »Was sonst?«

Ehe Safar die Bedeutung der Antwort zur Gänze erfaßt hatte,

sprang Iraj bereits aus ihrem Versteck und rannte den Berg hinunter. Der Handlungsdrang seines Freundes vertrieb Safars Vorsicht. Sein Blut geriet ins Wallen, und ohne eine Sekunde zu zögern, lief er hinter Iraj her.

Doch während er den steilen Abhang hinter Iraj hinunterkletterte, dachte er: Mein Vater wird mich umbringen.

Es war eine kleine Karawane, weit auseinandergezogen und müde von der beschwerlichen Reise. Als Safar sich ihr näherte, hörte er die scharfe Stimme des Karawanenmeisters, der seine Männer vorwärts drängte.

»Eure Väter waren wohl hirnlose Köter«, schrie er. »Und eure Mütter faule Promenadenmischungen. Los, ihr Hunde! Hört auf Coralean! Ich sag euch, bis Kyrania ist es nur noch ein Tag. Dann könnt ihr euch lausen und eure haarlosen Eier schaukeln!«

Safar hörte ein Kamel blöken, und ein Treiber verfluchte dessen bösartigen Charakter. Auch glaubte Safar, die erregten Stimmen verärgerter Frauen zu vernehmen. Das ist doch nicht möglich, dachte er. Nur selten reisten Frauen mit Karawanen.

Mit schmerzenden Lungen schnappte er nach Luft, und in einem kleinen Spurt schloß er zu Iraj auf. Sie erreichten die Karawane in dem Augenblick, als sie am Ausgang der Schlucht vorbeizog. Drei berittene Männer der Vorhut erspähten sie als erste. Safar und Iraj rannten auf die Soldaten zu.

»Hinterhalt!« rief Iraj. »Hinterhalt!«

Die Soldaten reagierten langsam. Ihre Augen waren getrübt, ihre Münder klaffende Löcher in reifüberzogenen Bärten. Doch als Safar und Iraj auf sie zurannten, kam plötzlich Leben in sie, und voller Furcht zügelten sie ihre Pferde. Mit Schrecken erkannte Safar, daß sie ihn und Iraj für die Bedrohung hielten.

Safar griff verzweifelt nach den Zügeln des Pferdes, welches ihm am nächsten war. »Dämonen!« brüllte er einem der Soldaten ins ausdruckslose Gesicht. »Dort drüben!«

Er drehte sich um und wollte es dem Mann zeigen, als er riesige Gestalten aus dem Dunst stürmen sah, die ausschwärmten, um die

Verteidiger der Karawane auf die Schlucht zuzutreiben, wo die Hauptmacht der Angreifer wartete. Safar hörte zum ersten Mal den Schlachtruf der Dämonen – ein durchdringendes Heulen, das das Blut in den Adern gefrieren ließ.

Eine Reihe verschiedener Bilder drang auf ihn ein. Er sah Schwerter und Äxte in erhobenen, krallenbewehrten Klauen. Armbrüste wurden auf Ziele gerichtet. Bolzen schossen durch die Luft.

Der Soldat trat nach ihm – und riß zur gleichen Zeit die Zügel zurück. Das Pferd stellte sich auf die Hinterbeine, und Safar sprang zur Seite, damit er nicht von den Vorderhufen getroffen wurde. Ein schwerer Armbrustbolzen traf das Tier im Hals. Es kippte um, und Safar hörte den Soldaten schreien, als das Pferd ihn unter sich begrub. Nie zuvor war Safar Zeuge solcher Todesqualen geworden.

Die anderen beiden Soldaten wendeten ihre Pferde und jagten davon.

»Bleibt und kämpft!« schrie Iraj ihnen hinterher. »Bleibt und kämpft!«

Doch diese Rufe schienen ihre Panik nur noch zu verstärken.

»Überfall!« hörte Safar sie rufen. »Überfall!«

Die Söldner stießen zum Hauptteil der Karawane und preschten über Männer und Tiere hinweg. Dann war die Luft von Schreien erfüllt, die von den Frauen stammen mußten – zumindest glaubte Safar, es müsse sich um Frauen handeln. Ihr Kreischen vermischte sich mit dem Brüllen der Tiere und den verzweifelten Schreien fliehender Männer.

Safar und Iraj liefen geradewegs ins Zentrum dieses Durcheinanders. Packtiere zerrten ihre Treiber hinter sich her und verstreuten ihre Last im Schnee. Kamele taumelten in die Wagen und warfen sie um. Ochsen verhedderten sich in ihren Zuggurten. Ein halbes Dutzend Karawanenwächter rannte im Kreis herum und schlug hysterisch nach allem, was sich ihnen näherte, als wären Kamele und Lamas der Feind.

Ein riesiger Mann – der Karawanenmeister – kam auf seinem Pferd angedonnert, schwenkte sein Schwert und brüllte Befehle. Safar hörte das Geheul der Dämonen hinter sich näher kommen und dann das deutliche Geräusch von Stahl, der in Fleisch schneidet, gefolgt von den Schreien verwundeter Männer.

Es war seine erste Schlacht, und eine seltsame Ruhe überkam ihn. Alles schien sich langsamer und dennoch gleichzeitig schneller zu bewegen.

Er sah Blutflecke im Schnee.

Er roch den Gestank der Angst und den durchdringenden Geruch der Dämonen, die sich in rasende Berserker verwandelt hatten.

Er hörte Männer keuchen und sterben.

Ein Dämon erschien vor ihm, richtete sich im Sattel auf, um ihn mit dem Schwert niederzuschlagen. Das Bild kam Safar mehr wie ein Traum vor, und ihn ergriff eine tiefe Neugier, als er die blaßgrünen Schuppen, die Beschläge der Rüstung, die kurze Schnauze mit den scharfen Fängen und die kleinen, spitzen Ohren sah. Und während Safar ihn betrachtete, zahlten sich Gubadans Übungen aus. Sein Kopf wurde klar, sein Atem beruhigte sich.

Er duckte sich unter dem Hieb weg. Der Dämon grunzte vor Überraschung, als er feststellte, daß er sein Ziel verfehlt hatte.

Safar stach mit seinem Stab zu, doch die Klinge des Dämons fuhr zurück, und Safar hielt nur noch einen Haufen Späne in der Hand. Mit offenem Mund starrte er auf seine zerbrochene Waffe. Nur einem Umstand hatte er sein Leben zu verdanken: Der Dämon trieb sein Pferd vorwärts, um sich auf einen ihn attackierenden Karawanenwächter zu stürzen. Er schlug den Mann nieder, wirbelte herum, um sich den nächsten zu suchen, und war aus Safars Blickfeld verschwunden.

Safar hörte schrille menschliche Schreie und wandte sich um. Zwei Dämonen gingen auf einen Ochsenkarren los. Sie ließen ihre Reittiere sich aufbäumen, damit sie mit ihren Krallen die Plane des Wagens zerschnitten. Dahinter kamen mehrere verängstigte, zusammengekauerte Frauen zum Vorschein. Sie kreischten und versuchten, die Dämonen von sich fernzuhalten.

Eine der Kreaturen schnappte sich ein Mädchen bei den langen schwarzen Haaren und zerrte es durch den Schnee davon. Eiskalte Steine zerrissen ihre Kleider, und zum ersten Mal erblickte Safar die Arme und Beine einer jungen Frau, die nicht aus dem Dorf stammte. Sie schrie auf, als sie sich an einem Felsen das Bein aufschürfte, und Safar rannte auf den Dämon zu, mit nichts als einem zerbrochenen Holzstab in der Hand.

Safar war nicht zum Töten geboren. Er war in dem Glauben erzogen worden, alles Leben habe seinen Wert, auch das der Tiere, die zum Essen geschlachtet wurden. Doch in diesem Augenblick erfaßte ihn eine mörderische Rage – ausgelöst eher durch die Demütigung der jungen Frau als durch die Bedrohung ihres Lebens.

Und während er lief, war es, als würden ihm Worte eingegeben – die Worte eines Zauberspruchs. Er intonierte:

Ich bin stark.
Du bist schwach.
Haß soll mein Speer sein.
Soll dein feiges Herz
durchbohren.

Und in seinem Geist wurde aus den Resten des Stabes dieser Speer. Er war vollkommen – schwer, doch ausbalanciert lag er in der Hand. Safar holte aus, dann schleuderte er den Stab mit aller Kraft. Mit eigenen Augen sah er, wie sich das Stück Holz in der Luft verwandelte.

Das hatte er herbeigeführt. Irgendwie hatte er das zersplitterte Holz dazu gebracht, ein Stück hartes, schwarzes Metall zu werden. Er hatte die Waffe dazu gebracht, in geradem Flug ihr Ziel zu suchen. Und er hatte den Speer dazu gebracht, den Lederharnisch und die dicke Haut und das Herz des Dämons zu durchbohren.

Der Dämon fiel und ließ das Mädchen los. Sein Reittier sprang zur Seite, und das Mädchen taumelte vorwärts und stieß mit Safar zusammen. Die Luft wurde dem Jungen aus den Lungen getrieben. Während die beiden in den Schnee fielen, schloß die junge Frau die Arme vor Angst um ihn und hielt sich mit kräftigem Griff an ihm fest.

Safar kam wieder zu Atem, wand sich aus der Umarmung und sprang auf. Die Szene vor ihm war nackter Wahnsinn. Dämonen hackten rechts und links ohne Unterschied auf Mann und Tier ein. In dem ganzen Durcheinander erblickte Safar den Karawanenmeister, der eine kleine Gruppe Männer um sich geschart hatte, die erbitterten Widerstand leistete. Der mächtige Körper des Karawanenmeisters schwankte nach rechts und links, während er Hieben auswich und sein Pferd auf einen der Dämonen zutrieb. Safar keuchte, als ein zweiter Dämon von der Seite her angriff und mit der Schlachtaxt auf ihn losging. Noch ehe der Dämon zuschlagen konnte, sah Safar eine hochgewachsene Gestalt von einem der umgekippten Wagen springen.

Es war Iraj.

Sein Freund schwang sich hinter dem Dämon in den Sattel, dann schloß er mit der Leichtigkeit des geübten Reiters aus der Steppe die Beine in festem Griff um die Flanken des Reittieres.

Iraj legte dem Dämon einen Arm um die Stirn, riß ihm den Kopf zurück – und trieb seinen Dolch in die entblößte Kehle.

In diesem Augenblick lernte Safar, wie zäh Dämonen am Leben hängen.

Helles rotes Blut spritzte aus der Wunde, doch die Kreatur griff unbeeindruckt hinter sich nach Iraj und fuchtelte mit den Krallen herum. Iraj sprang gerade im rechten Moment aus dem Sattel, landete auf den Füßen, zog seinen Säbel und richtete sich auf. Der verwundete Dämon setzte sich in Bewegung und ging auf Iraj los, wobei er den weißen Schnee mit einem Blutregen besudelte.

Iraj trat seinem Feind entgegen, rutschte jedoch aus und fiel, das Gesicht voran. Der Dämon war sofort über ihm und hob die Axt zum tödlichen Hieb, dem letzten, ehe er sein eigenes Leben aushauchen sollte.

Abermals verlangsamte sich die Zeit für Safar. Nur dieses Mal war es nicht nur Magie, die ihm zu Hilfe kam. Plötzlich hielt er seine Schleuder in der einen Hand. Und mit der anderen holte er eine schwere Tonkugel aus seinem Beutel.

Dann machte die Zeit einen Sprung, und die Axt des Dämons befand sich im Niedergehen.

Aber wieder kam die Zeit zum Stillstand, während Safar seine Schleuder lud und sie über dem Kopf schwang.

Er schoß, ehe die Klinge des Dämons ihr Ziel fand. Die Kugel traf die Bestie genau ins Maul, und Safar fluchte, weil er eigentlich auf die tödliche Stelle zwischen den Augen gezielt hatte. Seine Finger wurden taub, ließen ihn im Stich, während er die nächste Tonkugel aus dem Beutel fummelte. Doch er brauchte diese nicht mehr.

Das Ungeheuer sank nach hinten ... langsam, so langsam ... und fiel dann in den Schnee.

Der Dämon versuchte verbissen, sich auf den Ellbogen zu stützen. Safar zog das Messer und rannte hinüber, um die Sache zu Ende zu bringen.

Der Dämon starrte ihn an, und Safar war von seinen seltsamen gelben Augen wie gebannt.

»Ich hätte den Menschen doch selbst töten sollen«, sagte der Dämon. »Hat uns nur Unglück gebracht.«

Aus seinem Mund sprudelte Blut, und tot sank er zurück.

Durch den Kampf zu aufgebracht, um lange zu überlegen, was der Dämon gemeint haben mochte, lief Safar zu Iraj hinüber und wollte ihm auf die Beine helfen. Als er sich bückte, den Rücken ohne Deckung, fiel ein riesiger Schatten über ihn. Er sah auf und glaubte, nun dem Tod ins Gesicht blicken zu müssen. Doch Erleichterung erfüllte ihn, als er einen bärtigen Mann statt eines Dämons hinter sich fand. Und der Mann saß auf einem gewöhnlichen Pferd, keinem Ungeheuer mit Reißzähnen und Krallen.

Der Karawanenmeister sah von Safar zu Iraj.

»Ich werde dir für den Rest meines Lebens dankbar sein, junger

Mann«, sagte er zu Iraj. »Wenn die Götter es gut meinen und Coralean diesen Tag überlebt, wirst du erfahren, wieviel mir meine Haut wert ist.«

Dann spornte er sein Pferd an und trieb es wieder ins Kampfgeschehen. Doch der Wind des Schicksals hatte sich gedreht, und so waren es nun die Dämonen, die gejagt und niedergemetzelt wurden.

Safars Erleichterung dauerte nur so lange an, wie Iraj brauchte, um wieder auf die Beine zu kommen.

»Da sind doch noch welche, Safar!« rief er. »Das Ganze ist noch längst nicht vorüber!«

Und Safar erinnerte sich an die andere – größere – Gruppe, die in der Schlucht wartete.

Doch bis sich die Erinnerung an sie einen Weg durch seine Verwirrung gebahnt hatte, hörte er schon das schrille Heulen, das den zweiten Angriff ankündigte. Safar hob den Kopf und sah, wie die Dämonen aus der Schlucht herausstürmten.

»Halte sie auf!« rief Iraj.

Safar sperrte den Mund auf. War sein Freund verrückt geworden? Wie sollte er das vollbringen?

»Du kannst es!« sagte Iraj. »Ich weiß, daß du es kannst!«

Dann lösten sich alle Fragen und alle Angst in nichts auf, und Safar begriff, daß Iraj recht hatte. Er konnte sie aufhalten.

Abermals langte er nach seiner Schlinge. Abermals griff er in seinen Beutel. Doch anstelle einer schweren Kugel berührten seine Finger die Scherbe, die er aus der Höhle mitgenommen hatte. Die Scherbe mit dem Bildnis von Hadin, dem Land des Feuers. Ein magischer Schock durchfuhr ihn, und seine Finger verkrampften sich darum.

Instinktiv überließ er sich dem Augenblick, kämpfte nicht gegen die Magie an. Er zog die Scherbe hervor und legte sie gewissenhaft in die Schleuder ein. Mit den Augen ein Ziel suchend, schwang er die Waffe über dem Kopf. Er erblickte einen riesigen Dämon, der den Angriff aus der Schlucht heraus anführte. Aber es war nicht der Dämon, auf den er es abgesehen hatte. Der Tod eines von ihnen würde nicht weiterhelfen.

Er mußte sie alle töten.

Sein Blick wurde nach oben gezogen, und Safar bemerkte den hohen Schnee, der zu beiden Seiten der Schlucht aufgetürmt lag. In seinem Kopf sah er auch den Schiefer darunter. Und die vielen Felsen, die über dem Hang hingen, welchen die Schlucht in zwei Teile spaltete. Er wußte, was er zu tun hatte.

Während er die Schleuder um seinen Kopf wirbelte, stellte sich Safar die Scherbe vor und sang:

Wurdest gemacht im Feuer,
und in dir ist Feuer
noch immer bewahrt.
Ein Funken erst,
wird es zur Flamme
und endlich zu des Brennofens heißer Glut.
Und so lasse ich dich los ...
Fliege dahin!
Fliege dahin!

Und er ließ das Geschoß los.

*

Als Sarn seine Dämonen hinaus zum Kampf führte, wußte er bereits, daß die Sache schiefgehen würde.

Augenblicke nachdem Giff angegriffen hatte, war eine Welle der Magie durch die Luft gewogt. Zwar war sie nicht auf ihn gerichtet gewesen, dennoch hatte er sie ihrer enormen Stärke wegen gespürt. Die Angst umklammerte sein Herz wie eine eiskalte Faust, denn mit der Karawane mußte ein Zauberer reisen. Wie hatten sie den nur übersehen können?

Dann hatte er Giff fallen und einen Menschen – eher ein Jüngelchen, was das betraf – über seinem Dämonenfreund stehen sehen. Sarn glotzte ihn an. Das war der Zauberer?

Doch es gab keinen Zweifel, von diesem Bengel ging eine Aura großer Macht aus. Unglaublich stark war sie, und sie fegte Sarns Zauberspruch, der die Karawanenwächter mit Feigheit geschlagen hatte, hinweg. Schon sammelten sich die menschlichen Söldner wieder. Eine Stimme in Sarn bestand darauf, daß dies unmöglich sei. Kein Mensch konnte solche Magie ausüben. Doch eine andere Stimme stellte ganz eindeutig fest – unmöglich oder nicht –, daß dort dieser Junge war, der alle Magie, die er brauchte, zur Verfügung hatte.

Sarn wußte augenblicklich, daß seine letzte Chance nun darin lag, anzugreifen, solange Überraschung ihm wenigstens noch einen kleinen Vorteil bot. Jeden Moment konnten der Karawanenmeister und seine Söldner die Bedrohung in der Schlucht entdecken. Und mit der Hilfe des jungen Zauberers würden Sarn und seine Dämonen in ihrem ach so vollkommenen Hinterhalt selbst gefangen sein.

Wenn er Glück hätte, würde er nur getötet. Wenn nicht, geriete er in Gefangenschaft. Und er wollte verdammt sein, wenn er zuließe, in die verrotteten Hände von Menschen zu fallen.

Also gab er das Signal. Hörte seine Dämonen ihren schrillen Schlachtgesang anstimmen. Und trieb sein Reittier zum Angriff vorwärts.

Während er aus der Schlucht herausritt, bemerkte Sarn, daß das zaubernde Jüngelchen bereits zur Tat geschritten war, daß es eine geladene Schleuder um den Kopf wirbelte und nach einem Ziel suchte. Gerade in diesem Moment sah der Junge Sarn an. Ein kalter Schauder rann dem Dämon den Rücken hinunter. Es war, als würde ihn jemand abmessen, um einen Sarg zu zimmern.

Dann ließ der Mensch los, und Sarn lachte auf, weil der Junge sein Ziel weit verfehlt hatte. Das Geschoß flog in hohem Bogen durch die Luft und keineswegs auf Sarn zu. Zauberer oder nicht, dachte er, der Junge war ein Feigling. Die Angst hatte ihn von seinem Ziel abgelenkt.

Dann segelte das Geschoß über seinen Kopf hinweg und zog einen starken Strom von Magie hinter sich her, und Sarn blieb das Lachen im Hals stecken.

Der Junge war kein Feigling. Und er hatte auch sein Ziel nicht verfehlt.

Sarns letzter Gedanke war, daß Giff recht gehabt hatte. Der König hat gelogen. Und diese Lüge würde Sarn das Leben kosten.

*

Safar lächelte, derweil die Scherbe über den Kopf des Dämonenanführers hinwegsegelte.

Dann, inmitten des Fluges, ging sie in einem riesigen Feuerball auf. Der Hitzeschwall war so stark, daß es ihm das Gesicht versengte. Dennoch wich Safar nicht zurück. Nein, er sah zu, wie der Feuerball zu der großen Schneeverwehung aufstieg, die über dem Ausgang der Schlucht hing. Die flammende Kugel flog weiter, als Safar mit all seiner Kraft je einen Gegenstand hätte schleudern können. Das stellte er jedoch eher mit beiläufigem Interesse denn mit großer Verwunderung fest.

Safar erlebte dies alles, als würde er außerhalb seines Körpers stehen, und betrachtete in vollkommener Ruhe sowohl seine eigene Reaktion als auch den Flug des Geschosses. Sein abgetrenntes Selbst nahm mit eigenartiger Freude zur Kenntnis, wie die magische Feuerkugel in den schneebedeckten Hang einschlug. Und noch erfreulicher war das wilde Vergnügen, welches in den Augen des Jungen loderte, der dies vollbracht hatte.

Eine Explosion erschütterte den Berg, und Safar überlegte, ob die Wucht wohl genügen würde.

Dann begann sich die gefrorene Masse zu lösen, und er dachte: Hm, ja … Aber wird das eintreten, was ich beabsichtigt habe?

Die Masse krachte auf einen Felsvorsprung.

Und Safar dachte: Der Schnee und das Eis werden abbrechen. Aber der Schiefer? Und falls er herunterkracht, wird das Gewicht des Ganzen eine noch stärkere Wucht entfesseln?

Eine Lawine war die Antwort.

Schiefer und Eis und Schnee donnerten hangabwärts und holten die Dämonen inmitten ihres Angriffs ein.

Die brodelnde Welle von Schnee und Eis und Fels schluckte sie von hinten und verschlang sie mit entsetzlichem Hunger. Dann wurde alles von einer riesigen weißen Wolke verhüllt.

Safar stand da und wartete. Dann kam die Lawine zum Stehen, und eine Stille, so undurchdringlich wie die kalte, blendende Wolke, senkte sich um ihn herum nieder.

Der Nebel löste sich auf, und im plötzlichen hellen Schein der Sonne konnte Safar nur noch die breite, weiße Zunge auf dem Hang sehen, wo dieser einst von einer tiefen Schlucht durchschnitten worden war.

Safar nickte zufrieden. Der Versuch ist erfolgreich verlaufen, dachte er. Immer noch wie ein unbeteiligter Beobachter, begann er, sich über sich selbst zu wundern. Über den Jungen, der gerade all diese lebenden Wesen getötet hatte. Natürlich, es waren Dämonen gewesen, und sie hatten den Tod verdient. Dennoch.

Dennoch.

Dann klopfte ihm jemand auf den Rücken, und Safar drehte sich um und sah Iraj hinter sich, der weiter auf seine Schulter klopfte, auf ihn einplapperte, ihn beglückwünschte. Das erste Gefühl, das Safars taubes Inneres auftaute, war Verärgerung.

Er schob Irajs Arm fort. »Laß das«, fuhr er seinen Freund an. »Es tut weh.«

Iraj gehorchte. Safar war überrascht, als er in der Miene seines Freundes neben Freude auch Ehrfurcht entdeckte.

»Du hast es geschafft, Safar!« schrie Iraj. »Du hast sie alle getötet!«

Die Taubheit schmolz mehr und mehr dahin, und plötzlich durchfuhr Safar Angst. »Still«, sagte er. »Jemand könnte dich hören.«

»Wen kümmert das schon?« entgegnete Iraj. »Jeder sollte es hören!«

Safar packte Irajs Arm. »Versprich mir, daß du es niemandem verraten wirst«, bat er.

Iraj schüttelte den Kopf, von der Bitte verwirrt.

»Versprich es mir«, drängte Safar. »Bitte!«

Nach einem Augenblick des Zögerns nickte Iraj. »Ich verspreche es«, sagte er. »Du bist verrückt, mich darum zu bitten, aber ich verspreche es dir.«

Und nun trat bei Safar eine Erschöpfung ein, fast so groß wie die Lawine. Iraj fing ihn auf, als er zusammensackte, und dann verschlang ihn Dunkelheit.

*

Schreckliche Alpträume belebten diese Dunkelheit.

Safar träumte, er würde von Dämonenreitern über eine felsige Ebene gejagt. Er rannte, so schnell er konnte, sprang über Schluchten und selbst Cañons hinweg, wich niedergehenden Felsen aus und sprang über donnernde Lawinen. Über den Himmel zogen Sturmwolken, und die Sonne übergoß das Land mit blutrotem Licht. Egal, wie schnell Safar auch lief, die Dämonenreiter waren schneller.

Plötzlich war er nackt. Noch immer rannte er, und mit dem Schrecken vermischte sich nun auch Scham. Die Dämonenreiter kamen auf ihn zu und umzingelten ihn von allen Seiten. Ihr schrilles Geheul verscheuchte jeden klaren Gedanken aus seinem Kopf, bis nur noch Furcht zurückblieb. Die Dämonen schleuderten ihre Speere, und Safar erkannte, daß die Speere knisternde Lichtblitze waren. Sie trafen ihn, verbrannten seine Haut und schüttelten seinen Körper in furchtbaren, schmerzvollen Schüben.

Dann waren die Dämonen verschwunden, Safar lief auf weichem Gras, die Sonne war fröhlich gelb, und die Brise strich sanft über sein nacktes Fleisch. Er kam zu einem kleinen Tal, wo Naya und die anderen Ziegen herumsprangen und vom süßen Wasser einer Quelle tranken. Auf einmal war Safars Mund wie ausgetrocknet, und der Junge kniete sich zwischen die Ziegen, um seinen brennenden Durst zu löschen.

Und Naya fragte ihn: »Was hast du getan, Junge?«

»Nichts, kleine Mutter«, antwortete Safar.

Die Lüge schmerzte fast mehr, als er ertragen konnte.

Die anderen Ziegen versammelten sich um ihn und brachten meckernd Anklagen vor.

»Er hat getötet«, sagte die eine.

»Unser Safar?« fragte eine zweite.

»Ja«, sagte eine dritte. »Unser Safar hat getötet.«

»Stimmt das, Junge?« fragte Naya angeekelt.

»Es waren doch nur Dämonen, kleine Mutter«, antwortete er.

»Wie schrecklich«, riefen die anderen Ziegen im Chor.

»Sie haben doch die Karawane angegriffen«, verteidigte er sich.

»O Safar«, sagte Naya, »ich schäme mich so für dich.« Sie stieß ihn zu Boden. Spitze Steine stachen in seine Hinterbacken. »Vermutlich hast du auch noch Magie benutzt«, sagte Naya.

»Ich mußte es doch tun, kleine Mutter«, gestand er. »Ehrlich, ich mußte.«

Dann erhob sich Naya auf ihre Hinterbeine und verwandelte sich in Ketera, seine schwangere Schwester. Sie trug ein langes weißes Kleid, und ihr Bauch war von dem neuen Leben in ihr angeschwollen.

»Naya behauptet, du hättest getötet«, sagte seine Schwester. »Und du hättest auch Magie benutzt.«

Er antwortete nicht.

»Sieh mich an, Safar«, verlangte seine Schwester.

»Ich kann nicht«, erwiderte er. »Ich schäme mich.«

Er zeigte nach unten. Zu ihren Füßen lag die Leiche eines Dämons.

»Hast du das getan, Safar?« fragte sie.

»Ich hatte keine andere Wahl, Ketera!« schrie er. »Sie haben Menschen getötet.« Er zeigte auf den Dämon. »Er wollte das Mädchen umbringen.«

Mit einem Mal wurde Keteras Gesicht freundlicher. »Armer Safar«, seufzte sie. »So ein netter Kerl warst du. Aber nun haben Gewalt und Tod ihren Weg zu dir gefunden. Und sie werden dich niemals freigeben.«

Safar stöhnte und brach zusammen. Er hörte, wie seine Schwester nähertrat.

Er roch ihr Parfüm, als sie sich hinkniete, um ihn zu trösten. »Laß mich dich nach Hause bringen, Safar«, sagte sie.

Er versuchte aufzustehen, doch er konnte sich nicht erheben. Seine Glieder waren taub, und alles, was ihm gelang, war ein Stöhnen.

Dann spürte er kühles Wasser an seinen Schläfen. Ein weiches, feuchtes Tuch wischte ihm das Gesicht ab, und er fühlte sich, als würden ihm die Sünden abgewaschen.

Und durstig war er. Bei den Göttern, wie durstig er war! Er öffnete den Mund. Nicht Wasser, sondern kalte Milch tropfte hinein, und er schlappte mit der Zunge danach wie ein hungriges Kätzchen.

»Safar«, hörte er eine Stimme. Sie klang sanft und tat wohl wie die Milch.

»Safar«, sagte die Stimme erneut.

Die Dunkelheit löste sich auf, und er fand ein liebliches Gesicht vor sich, das auf ihn heruntersah. Dunkle Mandelaugen voller süßer Sorge. Langes schwarzes Haar wallte nach unten wie ein Seidenschal. Lippen, rot und voll, zu einem Lächeln verzogen, welches Zähne, weiß wie der Schneemond, enthüllte.

»Wer bist du?« murmelte er schwach.

Das Lächeln wurde sogar noch süßer. »Ich bin Astarias«, antwortete sie.

»Kenne ich dich?« fragte er.

Sie lachte. Es klang wie ferne Musik. »Ja, jetzt schon«, antwortete sie. »Ich bin das Mädchen, dessen Leben du gerettet hast.«

»Dann bist du nicht meine Schwester«, stellte er fest.

Wieder Lachen. Verwirrtes Lachen. »Nein, ich bin nicht deine Schwester. Ich bin Astarias.«

»Den Göttern sei Dank dafür«, ächzte er.

Und er fiel in einen tiefen, friedvollen Schlaf.

6
Das Gelöbnis

Als die Karawane nach Kyrania einzog, erfuhr Safar, wie es war, ein Held zu sein.

Er und Iraj ritten an der Spitze bei Coralean, auf den besten Pferden des Karawanenmeisters. Es waren stolze Rösser, in deren Mähnen und Schweife bemalte Muscheln und Perlen eingeflochten waren. Hinter ihnen folgte, von den überlebenden Soldaten bewacht, die Karawane selbst, unter klingenden Glöckchen und farbenfrohen Bannern. Die Luft war erfüllt vom Duft der wertvollen Waren von fernen Orten. Ein Junge lief vor der Karawane her und trug den aufgespießten Kopf eines Dämons. Dessen große gelbe Augen starrten ins Leere, und die Schnauze klaffte auf und enthüllte viele Reihen blutiger Zähne.

Safar fühlte sich wie in einem seltsamen, barbarischen Traum. Die Ereignisse schienen ihm weit entfernt, unwirklich. Doch da war dieser blutige Kopf, der vor seinen Augen auf und ab wippte. Seine Erinnerungen an den Kampf waren vage, was das Gefühl, sich in einem Traum zu befinden, noch verstärkte. Es war ihm, als hätte nicht er, sondern ein anderer den großen Zauber herbeigeführt, der die Lawine ausgelöst hatte. Von der Macht, die seinen Körper erfüllt hatte, war nichts mehr zu spüren. Am Morgen, bevor die Karawane aufgebrochen war, hatte Safar im stillen versucht, diese Macht hervorzurufen. Doch entweder blieb sie ihm versagt, oder sie hatte, dachte er, überhaupt nie existiert. Vielleicht war die Lawine Zufall gewesen. Möglicherweise hatte eine Laune der Natur die Dämonen getötet, und nicht Safar Timura.

Sie kamen um die letzte Wegbiegung, und was ihn dort erwartete, verscheuchte alle Grübeleien. Safar entdeckte einen der Ubekian-Brüder an dem alten Steinbogen, der den Eingang zum Dorf markierte. Mit großer Genugtuung sah er, wie der Raufbold vor Angst die Augen aufriß, als er den Dämonenkopf erblickte. Dann drehte er sich um und lief davon, wobei er die Nachricht von der Ankunft der Karawane lauthals verkündete.

Iraj lenkte sein Pferd nah an Safars heran. Er strahlte vor Stolz und zeigte auf die bunten Bänder, mit denen die Bäume an der Straße geschmückt waren. Als er zu sprechen begann, schnitt ihm fröhliche Musik das Wort ab.

Coralean trug ein vergnügtes Lächeln im bärtigen Gesicht. »Es ist gut«, dröhnte er, »daß eure Freunde und eure Familie euch den rechten Empfang erweisen. Ein wahres Willkommen für die jungen Helden.«

In den beiden Tagen seit dem Gefecht hatten die Leute der Karawane ihre Verwundeten versorgt, die Schäden repariert, ihre Toten gewaschen und in weiße Leinentücher gehüllt. Die Leichen waren auf einen der Wagen geladen worden, wo man sie bis zur späteren Bestattungszeremonie beließ. Während Safar sich von der Anstrengung der Schlacht durch ausgiebigen Schlaf erholte, hatte Coralean einen Boten nach Kyrania gesandt, der allen versicherte, daß die beiden jungen Männer unversehrt seien. Iraj hatte die Gedanken beisammen gehabt und Coralean von der Herde auf der Bergwiese erzählt, und der Bote hatte diese Nachricht übermittelt, damit ein Junge hochgeschickt werden konnte, um die Ziegen und das Lama zu holen.

Als Safar schließlich aufgewacht war, hatte er von Astarias keine Spur gesehen. Iraj erzählte ihm, sie sei zu dem Wagen mit den anderen Frauen zurückgekehrt. Safar sehnte sich nach ihr, wenngleich es ihn wie ein Schock traf, als Coralean ihm mitteilte, die Frauen wären für die Hurenhäuser von Walaria bestimmt, an die sie verkauft werden sollten.

»Wenn du und dein tapferer Freund nicht gewesen wärt«, sagte er zu Safar, »hätten Coraleans Frauen nun ihren geliebten Gatten verloren und wären noch dazu verarmt – hätten selbst eine Schüssel Gerste, Hafer und Reis nicht mehr bezahlen können und so verhungern müssen. Und was die hübsche Astarias betrifft, so haben ihre Schwestern der Verlockung und sie sich so erhitzt darüber gestritten, wer den guten Safar pflegen dürfe, daß der arme Coralean Kopfschmerzen davon bekam, die er mit einem großen Glas Branntwein lindern mußte.«

Er rieb sich die schmerzenden Schläfen und stöhnte. »Doch die Medizin hat, wie stets, deinen bescheidenen Diener nur von neuem geplagt. Ich fürchte, Coralean muß noch mehr Branntwein trinken, um diese Krankheit zu behandeln.« Er zwinkerte Safar zu. »Astarias überraschte uns alle mit ihrem Feuer«, sagte er. »Sie mag klein sein, mein Junge, doch sie hat gefaucht wie ein Wüstenluchs.«

Daraufhin beugte er sich weiter zu Safar vor und vertraute ihm an: »Coralean machte sich schon Sorgen, daß die Götter ihn dennoch verspotten würden, indem die Mädchen, wo sie den Angriff der Dämonen doch überlebt hatten, sich bei einem dummen Haremsstreit verletzen könnten. Ich habe viel in diese Frauen investiert, weißt du. Nicht nur ihren Kaufpreis, nein, es kostete Coralean auch viel Silber, sie frisch und gesund zu erhalten. Und ich habe einer Hexe einen prallen Beutel gegeben, damit sie einen Zauber spricht, durch den die Mädchen erfinderisch und voller Leidenschaft dem Manne gegenüber sind, der bezahlt, um in ihren Armen zu liegen!«

Safar errötete vor Ärger, als er hörte, wie man Astarias und ihre Schwestern behandelte. Coralean verstand die Röte im Gesicht des Dorfjungen jedoch falsch und nahm sie als Verlegenheit angesichts solch offener Weltlichkeit.

»Diese Dinge wirst du sehr bald kennenlernen, mein Junge«, fuhr er fort. »Und ich glaube, wir sollten deine Ausbildung in dieser Hinsicht vorantreiben. Ich werde die Verantwortung für deine Schulung meinen Bediensteten in die Hände legen. Das schwöre ich, Coralean, bei meinem Namen. Und niemand, der mich kennt, wird bestreiten, daß das Wort von Coralean mehr gilt als jede Münze, die je ein König prägen ließ.«

Sein Versprechen hallte in Safars Kopf wider, während sie sich nun Kyrania näherten. Was der Karawanenmeister im Sinn hatte, wußte Safar nicht. Er hatte aber einige Vermutungen, bei denen er sich wand wie eine Fliege, die im Honig festsitzt. Falls Safar das Richtige vermutete, so beleidigte ihn dies einerseits, weil Coralean offensichtlich so wenig von ihm hielt. Andererseits war er auf verschämte Weise äußerst aufgeregt.

Dann war jeder Gedanke daran vergessen, als Safar die große Versammlung am Rande des Dorfes erblickte. Ganz Kyrania war angetreten. Die Musiker spielten auf Hörnern, Dudelsäcken und Trommeln, und das ganze Dorf jubelte, während die Karawane einzog. Safars Familie stand vorn bei Gubadan und den Ältesten des Dorfes. Alle hatten ihre besten Kleider angelegt. Die Jungen standen stramm, warfen sich in die Brust und versuchten, wie erwachsene Männer auszusehen. Die Mädchen trugen Blumen in den Haaren und warfen Safar und Iraj Kußhände zu.

Wer den blutigen Dämonenkopf erblickte, war so gebannt, daß er die Augen kaum mehr davon abwenden konnte. »Dann ist es also wahr«, sagte ein Mann, »die Dämonen sind tatsächlich herübergekommen.«

»Zu schade für sie, daß sie ausgerechnet auf unsere Jungs treffen mußten, wie?« sagte ein anderer. »Das wird sie lehren, dort zu bleiben, wo sie hingehören.«

Coralean gab den Befehl zum Halt. Er hob die Hand und bat um Ruhe, und die Menge verstummte. Daraufhin stellte er sich in den Steigbügeln auf, damit alle ihn hören konnten.

»Seid gegrüßt, o freundliche Menschen von Kyrania«, begann er. »Ich bin Coralean aus Caspan. Wir haben uns unter Umständen kennengelernt, die gleichermaßen von Freude wie von Furcht gekennzeichnet sind.« Er zeigte auf den Kopf. »Dort seht ihr die Angst. Doch, wie ihr bemerken werdet, ruht sich dieser Dämon gerade aus, und zwar auf einem Stab aus gutem kyranischem Holz.« In der Menge wurde gekichert. »Dieser und seine Gefährten«, fuhr Coralean fort, »trotzten dem Fluch der Verbotenen Wüste. Und haben den Lohn dafür erhalten: Bis in alle Ewigkeit dürfen sie in der Hölle tanzen.«

Gelächter und Nicken folgten diesem Satz.

»Und jetzt möchte ich von der Freude sprechen. Denn diese, nicht die Furcht, erfüllt nunmehr Coraleans Herz. Schon viele Jahre lang hat Coralean andere Karawanenmeister von der Güte und Gastfreundschaft der Menschen von Kyrania sprechen hören. Meine Brüder der Straße sind alle notorische Lügner, wie ihr sicherlich wißt. Dennoch, die Geschichten wiederholten sich so häufig und schienen so wenig übertrieben zu sein, daß Coralean schließlich an ihre Wahrheit glaubte. So war ich denn voller Erwartung, als ich zu dieser Handelsreise aufbrach. Bislang hatten die Geschäfte Coralean nicht auf diese Seite der ›Braut und ihrer Jungfern‹ geführt.

Während der langen, harten Monate der Reise dachte Coralean oftmals an euer friedliches Tal. Wenn wir durstig waren, träumte Coralean vom süßen Wasser eures Sees. Wenn wir hungrig waren, tröstete sich Coralean mit Visionen von eurem fetten Lammfleisch auf gekochter Gerste, gewürzt mit dem Öl aus euren Olivenhainen und Knoblauch aus euren Gärten. Wenn meine Männer verzweifelt waren, wärmte ich ihre Herzen mit Geschichten von eurem lieblichen Dorf. ›Alles wird sich zum Guten wenden‹, so sagte ich, ›wenn wir erst Kyrania erreicht haben.‹ Dennoch, woher sollte Coralean wissen, daß die Geschichten nicht nur wahr sind, sondern von Kyranias Gastfreundschaft noch übertroffen werden?«

Er zeigte auf Iraj und Safar. »Dieses Land besitzt zudem junge Männer, derer es sich rühmen kann. Junge Männer, wie ich sie noch nie gesehen habe. Und Coralean, das solltet ihr wissen, hat in seinem Leben schon viel gesehen. Andere, die ich kennengelernt habe, waren eher Maulhelden denn tapfere Recken. Solche Feiglinge hätten angesichts der sich einschleichenden Dämonen ihr Versteck für Fremde nicht verlassen. Und so hätten Coralean und seine Gefährten ihrem Schicksal nicht entrinnen können.

Aber diese beiden haben sich um ihre eigene Sicherheit nicht geschert. Sie riskierten ihr Leben, als sie sich hervorwagten und uns warnten. Dann wandten sie sich gegen die Dämonen, als diese uns zu überrennen drohten. Nein, niemand von uns wäre heute noch am Leben, wenn sie nicht diese mutige Wahl getroffen hätten.

Dieser hier« – er zeigte auf Iraj – »hat Coraleans Leben gerettet, durch einen tapferen und beherzten Einsatz, wie man ihn selten erlebt. Während dieser hier« – er zeigte auf Safar – »sich wie der geborene Krieger ins Kampfgetümmel stürzte und sich gar nicht wie ein Dorfjunge benahm. Und dann, Wunder über Wunder, schritten die Götter von Kyrania selbst ein. Sie ließen einen großen Berg von Eis und Schnee über den Angreifer niedergehen. Damit bewiesen sie, wie sehr dieses Gebirge und dieses Tal gesegnet sind. Denn hier hat der Fluch der Verbotenen Wüste die dämonischen Eindringlinge eingeholt.

Nachdem wir die Toten geehrt und ihre Seelen zu den Göttern, welche sie einst schufen, zurückgesandt haben, ist es Coraleans dringlichster Wunsch, diese beiden Männer zu belohnen. Und natürlich auch Kyrania zu beschenken. Bei den Göttern, morgen abend soll es ein Fest geben. Ein Fest, wie man es in Kyrania noch nicht gesehen hat. Und alles, was gespeist und getrunken wird, soll mein Dank an euch sein. Ich, Coralean, schwöre das!«

Die Menge spendete rauschenden Beifall und drängte sich um ihn, um ihn lobzupreisen und ihn zu begückwünschen. Im allgemeinen Durcheinander rutschte Safar von seinem Pferd in die Arme seiner Familie. Seine Mutter weinte und tastete ihn überall ab, um sich zu vergewissern, ob er auch unverletzt sei. Sein Vater packte seine Schultern mit jenem festen Griff, mit dem sich die Männer von Kyrania gegenseitig ehren. Seine Schwestern schluchzten und versammelten sich um ihn.

Ketera umarmte ihn, als Safars Mutter zur Seite trat. Als er sich an ihren vom Kind geschwollenen Bauch drückte, lachte sie über seine unbeholfene Umarmung.

»Ich bin so stolz auf dich, Safar«, sagte sie.

Ihre Reaktion überraschte Safar. Sein Traum war so wirklich gewesen, daß er sich innerlich dagegen gewappnet hatte, von ihr gescholten zu werden. Anstatt ihr zu danken, platzte er heraus, wie leid es ihm täte.

»Warum, Safar?« fragte sie. »Warum solltest du dich dafür entschuldigen, wo du doch unserer Familie eine solche Ehre gemacht hast?«

Iraj hatte den Wortwechsel mitangehört und drängte sich durch die Menge zu ihnen. »Er ist nur erschöpft.« Iraj kicherte. »Dämonen aufzuspießen ist eine anstrengende Arbeit.«

Alle lachten, als wäre dies der beste Scherz, den sie je gehört hatten. Seine Worte wurden von einem Gratulanten zum nächsten weitergegeben, und bald fiel die ganze Menge mit ein.

Das lernte Safar an diesem Tag also auch: Erfolg konnte das Wort eines Mannes in reinstes Gold verwandeln. Was kein Zauberer, weder heute noch in alten Zeiten, je zustande gebracht hatte.

*

Am nächsten Tag versammelte man sich im Tempel zu den Bestattungsfeierlichkeiten. Gubadan trug die gelbe Robe der Trauer, während die Dorfbewohner sich gelbe Schärpen umgebunden und sich die Wangen mit Asche bestrichen hatten. Die Leichen der sieben gefallenen Karawanenwächter waren auf einem Floß aufgebahrt, das man mit roten Bändern geschmückt hatte, jener Farbe, die Tristos, der Gott des Reiches der Toten, bevorzugte.

Während auf einer Trommel ein langsamer Takt geschlagen wurde, betete Gubadan für die armen Fremden und besprengte ihre in Weiß gehüllten Leichname mit geweihtem Öl. Als die Sonne ihren höchsten Stand erreichte, trat Coralean – in die wehende, goldfarbene, mit einem scharlachroten Saum versehene

Robe seines Stammes gekleidet – vor und entzündete das ölgetränkte Feuerholz um die Toten. Dann nahmen Iraj und Safar lange, mit Bändern verzierte Stangen in die Hand und stießen das Floß hinaus auf den See. Von der Strömung erfaßt, trieb es in die Mitte des Wassers. Als sich eine dichte schwarze Rauchsäule gen Himmel erhob, beteten die Menschen am Ufer. Der Tag war windstill, und so stieg der Rauch hoch hinauf und verwirbelte unter strahlend weißen Wolken zu blassen, grauen Streifen. Später waren sich alle darüber einig, daß das ein gutes Zeichen gewesen sei.

Derweil Safar den Kopf zum Gebet gesenkt hielt, wagte er einen Seitenblick auf die Frauen der Karawane, die still in einer Gruppe beieinander standen. Sie trugen schwere Gewänder, ihre Gesichter waren mit Schleiern verhüllt, und so konnte Safar Astarias zunächst nicht erkennen. Dann sah er, wie eine kleine Gestalt den Schleier ein wenig beiseite schob, um mit einem Auge herausspähen zu können. Der Blick blieb an ihm haften. Lange, geschwungene Wimpern umrahmten das Auge. Safar lächelte. Eine schlanke weiße Hand winkte ihm zu. Schließlich wurde der Schleier wieder zurückgezogen. Safar wandte sich klopfenden Herzens ab, und seine Lenden brannten von der Verheißung, die er in dem Blick und dem Winken der Hand zu erkennen geglaubt hatte.

Gubadan stieß ihn an. Es war Zeit, mit den anderen das Bestattungslied anzustimmen. Die Dudelsackspieler setzten in getragenem Tempo ein, und ein Instrument nach dem anderen gesellte sich dazu. Safar hob den Kopf und ließ seine Stimme klar und traurig erklingen:

Wo sind unsere Traumbrüder?
Hingegangen zu den Feldern der süßen Blüten.
Wo sind unsere Traumbrüder?
Sie ruhen auf der hohen Wiese der Götter.
Unsere sterblichen Herzen
verlangen danach, ihren Seelen zu folgen.

Die milde Luft trug die Worte weit über den See. Und als die letzte Note ausgeklungen war, standen allen die Tränen in den Augen.

*

Später trafen sich Coralean und die wichtigsten Männer des Dorfes, um das geheimnisvolle Auftauchen der Dämonen zu besprechen. Auch Safar und Iraj wurde die Teilnahme an der Versammlung gestattet, die in dem großen, farbenfrohen Zelt stattfand, das der Karawanenmeister in der Karawanserei hatte errichten lassen.

Safar hatte nie zuvor solchen Luxus gesehen. Der Boden war mit vielen Schichten dicker und wertvoller Teppiche ausgelegt. Um ein Feuer in der Mitte herum lagen Kissen verteilt, während ein Diener einen Topf dampfenden Branntweins umrührte. In diesem Topf schwammen alle Arten von Früchten, und allein von dem Dunst, der ihm entwich, fühlte sich Safar schon ein wenig berauscht. Vorhänge unterteilten das Zelt in mehrere Räume, und an einer Seite sah Safar die Schatten der Kurtisanen hinter dem dünnen Stoff.

»Und so sieht Coralean die Lage«, begann der Karawanenmeister. »Die Dämonen, die uns angegriffen haben, waren Gesetzlose der übelsten Sorte und noch dazu dumm. Doch ihre Tat mag uns am Ende sogar zum Vorteil gereichen, denn wenn sie nicht zurückkommen, werden alle Dämonen den Preis kennen, den man für Verstöße gegen die Gesetze der Götter bezahlen muß.«

Zustimmendes Gemurmel der Ältesten erhob sich.

»Was sollen wir also tun?« fragte Coralean. »Wie wird unser nächster Schritt aussehen? Coralean fragt dies in dem Glauben, gemeinsames Handeln wäre für alle das Beste.«

»Wir sollten natürlich die Obrigkeit warnen«, schlug Gubadan vor.

Coralean zog die Augenbrauen hoch. »Glaubt Ihr das wirklich, heiliger Mann?« fragte er. Er sah von einem zum anderen. »Und wer ist diese Obrigkeit? Coralean hat keinem König die Treue geschworen. Er ist sein eigener Herr.«

Buzal, das Oberhaupt des Dorfes, der mit achtzig Jahren der älteste unter ihnen war, meinte: »Kyrania macht sich seine eigenen Gesetze.« Er zeigte auf Gubadan. »Unser Priester hingegen hat Vorgesetzte, so sind die Dinge nun einmal.« Buzal grinste und zeigte dabei sein dunkles, steinhartes Zahnfleisch. »Aber ich glaube nicht, daß sie oft an ihn denken. Ich glaube eher, sie haben seine Existenz fast vergessen.«

Gubadan strich sich durch den Bart und nickte zustimmend, ohne im geringsten verlegen zu sein. »Wir sind weit von ihnen entfernt«, gestand er zu. »Und der Tempel hier wird nicht als besonders wichtig erachtet. Dennoch, haben wir nicht die Pflicht, andere zu warnen?«

»Wäre das nicht so, als würden wir ihnen ein Fuder Ziegenmist schicken?« warf Foron, der Schmied des Dorfes, ein. »Ich will Euch nicht beleidigen. Aber wovor sollen wir warnen? Die Dämonen sind tot und verfaulen. Und wahrscheinlich werden keine weiteren kommen. Das war es also. Die Geschichte ist vorbei.«

»Aber warum sollten wir die Geschichte anderen dann nicht erzählen?« fragte Gubadan. »Was würde das schaden?«

Coralean räusperte sich, und alle wandten sich ihm zu. »Ich kenne diese Gegend nicht«, meinte der Karawanenmeister. »Die Geschäfte haben Coralean zum ersten Mal über dieses Gebirge geführt, hin zu den Märkten von Walaria und darüber hinaus. Viel Geld hat es mich gekostet, die notwendigen Karten von meinen Händlerbrüdern zu erstehen. Selbst wenn sich diese erste Reise als über alle Schätzungen hinaus gewinnbringend erweist, wird es vieler solcher Reisen bedürfen, damit sich Coraleans Aufwendungen auszahlen.«

Er schüttelte den großen zotteligen Kopf. »Doch selbst unter solchen Gesichtspunkten«, fuhr er fort, »wenn Coralean ein weniger tapferer Mann wäre, würde ihn dieser Vorfall dazu bewegen, seine Handelsbeziehungen abzubrechen. Vielleicht würde ich ein solches Unternehmen nie wieder wagen. Und ich kenne die anderen Karawanenmeister gut genug, um sagen zu können, daß sie sich mit den gleichen Gedanken tragen würden, falls sie diese Berge plötzlich als unsicher erachteten.«

Unter den Männern erhob sich Gemurmel. Es wäre eine Katastrophe, wenn Coralean anderen von der Sache berichten würde. Der Handel über die Schwelle der Götter käme zum Stillstand. Das Leben hier würde sehr eintönig werden. Und nicht nur Kyrania hätte darunter zu leiden.

»Es würden nicht nur keine Karawanen mehr kommen«, meinte Safars Vater zu Gubadan, »auch die Pilger blieben aus.«

Der alte Priester zuckte zusammen. Jedermann wußte, wie sehr er auf die Opfergaben der Gläubigen, die den Tempel der Göttin Felakia und den heiligen See besuchten, angewiesen war.

»Ja«, gab Gubadan zurück, »ich kann die Weisheit in deinen Worten erkennen, Khadji. Aber was mag geschehen, falls wir uns irren und diese Dämonen nicht die einzigen waren? Wir sind hier oben vom Rest der Welt abgeschnitten. Nachrichten brauchen lange Zeit, bis sie uns erreichen. Was wäre, wenn andere den Dämonen schon zum Opfer gefallen sind? Unser Schweigen könnte unnötige und gefährliche Folgen nach sich ziehen.«

Iraj räusperte sich. Alle blickten ihn an. Er errötete, als ihm diese Aufmerksamkeit zuteil wurde, dann faßte er sich ein Herz, vor den Ältesten zu sprechen.

»Vergebt mir, meine Herren«, begann er. »Wie Ihr wißt, habe ich vor wenigen Monaten eine lange Reise hinter mich gebracht, die mich durch Walaria geführt hat. Und dort habe ich auf den Marktplätzen nichts von Dämonen gehört ... oder von irgendeiner anderen Gefahr, was das betrifft. Nur die gewöhnlichen Geschichten von herumziehenden Banditen.«

Die Männer hörten Iraj aufmerksam und voller Respekt zu. Safar dachte, welche Ironie des Schicksals es doch sei, daß viele Dorfbewohner Iraj noch vor wenigen Tagen aus dem Weg gegangen waren, weil sie die Schwierigkeiten fürchteten, die er von außen ins Land bringen könne. Jetzt war er ein Held, weil er eine Bedrohung, die von außen gekommen war, zurückgeschlagen hatte.

Gubadan unterbrach Iraj, um vorsichtig zu erklären, weshalb der Junge hier war – wobei er ausließ, daß er sich vor Angehörigen seines eigenen Stammes verstecken mußte. Jedenfalls begriff Coralean augenblicklich, daß neben den Dämonen, die vielleicht nicht aus eigenem Antrieb herumgezogen waren, noch weitere Schwierigkeiten bedacht werden mußten.

»Der Name von Coralean soll nur noch in der Gesellschaft von Schweinen genannt werden, wenn ich mich irre«, sagte der Karawanenmeister, »aber den weisen Worten eures Priesters zufolge scheint sich der Süden zu einem ständigen Schlachtfeld von kriegführenden Clans zu entwickeln. Und das ist für den Handel genauso schlecht wie die Dämonen.«

»Nicht, falls ich das Sagen hätte«, platzte Iraj heraus. Dann wurde er wegen dieser überheblichen Äußerung so rot wie ein reifer Apfel.

Coralean betrachtete ihn eine Weile. Dann lächelte er. »Nachdem ich gehört habe, woher du stammst, verstehe ich nun auch, woher du dein Feuer hast«, meinte er. »Gelernt hast du das jedenfalls nicht, soviel ist sicher.«

In Richtung der Versammlung machte er eine versöhnliche Geste. »Ich zweifle nicht an dem Mut der Männer von Kyrania«, meinte er. »Euer Safar hat bewiesen, welch starkes Rückgrat sie haben. Doch ich weiß, ihr selbst haltet euch nicht für Krieger. Zu dem jedoch dieser junge Mann« – er zeigte auf Iraj – »sicherlich geboren ist.« Zustimmung wurde laut. »Außerdem glaube ich auch«, fuhr der Karawanenmeister an Iraj gewandt fort, »daß du der Sohn eines Clanoberhauptes bist.«

Iraj neigte den Kopf, sagte jedoch nichts, während Gubadan sich einmischen wollte, um das Geheimnis zu wahren. Doch Coralean lachte nur und zuckte mit den Schultern. »Ihr braucht nicht mehr zu enthüllen«, meinte er. »Da geht etwas vor sich, oder Ihr dürft Coralean den Sohn eines Esels und einer Hündin nennen, der nicht weiß, ob er zuerst iah schreien oder bellen soll.«

Er beugte sich zu Iraj vor. »Ich sage dir folgendes, mein tapferer junger Krieger. Falls du je der Hilfe von Coralean bedürfen solltest, so brauchst du ihn nur zu fragen.«

Als Coralean dies sagte, begriff Safar, daß man keine magischen Visionen haben mußte, um einen zukünftigen König zu erkennen. Ein ausgefuchster Händler konnte das genausogut – und ohne dadurch den Frieden seiner Träume zu stören.

Iraj hob den Kopf und erwiderte Coraleans neugierigen Blick. Seine Lippen verzogen sich zu einem schwachen Lächeln, und dann nickte er. Dieses Versprechen würde er nicht vergessen. Zwischen den beiden hatte sich ein schweigendes Einverständnis gebildet. Wenn die Zeit käme – und das würde sie ohne Zweifel eines Tages –, würde Iraj den Karawanenmeister um Hilfe bitten, und dieser würde dafür überaus reichlich belohnt werden.

Coralean wandte sich an die anderen. »Somit wäre es abgemacht, nicht?« fragte er. »Wir werden niemandem von diesem Vorfall erzählen. Ja?«

Im Flüsterton besprachen sich die Ältesten. Dann sagte Buzal: »Was ist mit Euren Männern?« Er zeigte auf den Vorhang, welcher den Raum vom Harem trennte. »Und den Frauen? Könnt Ihr uns ihres Schweigens versichern?«

»Meine Männer gehorchen mir in allem«, erwiderte Coralean. »Darum braucht Ihr Euch nicht zu sorgen. Und was die Frauen betrifft, nun, so wird Euch Coralean in eines der kleinen Geheimnisse des Kurtisanenhandels einweihen. Bevor ich eines dieser Mädchen seinem neuen Meister aushändige, muß es einen Becher des Vergessens trinken. Dadurch wird es keinerlei Erinnerung an seine Vergangenheit mehr besitzen. Und somit auch keinen Grund, sich nach seinem Zuhause und seiner Familie und seinen Freunden zu sehnen. Weiterhin macht dieser Trank die Mädchen zu willigen und glücklichen Bettsklavinnen. Weinen würde nur die Leidenschaft ihrer Meister dämpfen. Und so werden also keine Geschichten von Dämonen ihre Träume heimsuchen.«

Die Männer kicherten und machten es sich bequem. Witze über fleischliche Gelüste wurden erzählt, und alle brüllten vor Lachen und schlugen sich auf die Schenkel. Nur Safar erschreckte es, wie unbekümmert man Astarias und ihre Schwestern abtat. Er blickte hinüber zu seinem Vater und entdeckte, daß er genauso abweisend dreinblickte wie die anderen Männer und daß seine Miene genauso aufgeblasen war und sein Gesicht ebenso gerötet.

Dann ließ Coralean von seinem Diener Schalen mit heißem Branntwein-Punsch verteilen. Rasch wurden sie geleert und mehrere Male neu gefüllt. Bald nahm das Gespräch an Lautstärke zu, und mit tiefen Stimmen gaben die Männer die kühnen Abenteuer ihrer Jugend zum besten. Coralean riß das Wort für länger als eine Stunde an sich und erzählte in allen Einzelheiten die Geschichte der Auseinandersetzung mit den Dämonen, deren Zeuge er geworden war. Die Männer murmelten beifällig, als er berichtete, wie Safar gegen die Dämonen gekämpft und die Bestie, die Astarias davongezerrt hatte, allein mit einem zerbrochenen Stab besiegt hatte. Doch der Mut, mit dem Iraj Coralean gerettet hatte, indem er wie der mächtigste Krieger der Ebene auf das Reittier eines Dämons gesprungen war, sich gegen einen erheblich stärkeren Gegner in den Kampf gestürzt, diesem schließlich die Kehle durchgeschnitten und dessen Seele zu den Göttern oder wer weiß wohin geschickt hatte, wurde mit lauten Ohs und Ahs bedacht.

Safar blickte hinüber zu Iraj und lächelte ihn dankbar an, weil dieser sein Geheimnis bewahrte. Doch Iraj runzelte die Stirn und machte eine fragende Geste, ob es nicht langsam an der Zeit sei, die Geschichte so zu erzählen, wie sie sich wirklich zugetragen hatte. Safar schüttelte den Kopf. Irajs Augen blitzten auf. Der junge Mann fragte sich, warum Safar ihm das große Lob zukommen ließ, obwohl er selbst es doch viel mehr verdient hatte.

Iraj beugte sich zu ihm vor und flüsterte: »Bist du dir sicher?«

Safar hob zur Antwort nur die Branntweinschale und rief zum Trinkspruch für die Taten seines tapferen Freundes auf. Es war der erste Trinkspruch, den er je in der Gesellschaft von Erwachsenen ausbrachte. Und alle jubelten Iraj Protarus zu, dem jungen Mann, von dem Safar wußte, daß er eines Tages König sein würde.

Danach hatte sich bei allen ein kleiner Rausch eingestellt. Und auch dies war für Safar das erste Mal. Erleichterung mischte sich mit sanfter Benommenheit, und plötzlich fühlte sich Safar sehr glücklich. Und noch glücklicher wurde er, als Coralean anfing, Geschenke zu verteilen.

Zuerst versprach er den Ältesten, er würde für alle Waren, die er bei seinem Aufenthalt in Kyrania kaufen würde, den doppelten Preis bezahlen. Dann ließ er seine Diener überquellende Körbe mit Geschenken hereinbringen. Er fragte die Männer, ob sie die Freundlichkeit hätten, diese unter den Dorfbewohnern zu verteilen. Für jeden der Ältesten hielt er einen Beutel mit Silber bereit. Für jeden Mann im Dorf gab es ein kleines Säckchen mit Tabak und eine Silbermünze. Jede Frau bekam eine Phiole mit Parfüm und kleine Schmuckstücke. Und jedes Kind erhielt Süßigkeiten aus Ingwer und eine Kupfermünze.

Schließlich kam er zu Safar und Iraj.

»Coralean hat lange nachgedacht, meine jungen Freunde«, begann er. »Ich habe noch andere Geschenke, die ich Euch später überreichen werden.« Er schnaubte. »Geld natürlich. Aber was ist schon Geld, Jungs? Münzen besitzen nur einen Wert, weil wir uns alle darauf geeinigt haben, daß es so ist. Ich habe jedoch einige erlesenere Freuden im Sinn – wenngleich ihr in eurem langen Leben noch viele Freuden vor euch habt. Dennoch habe ich etwas Besonderes für euch. Ein Geschenk, das euch stets an Coralean erinnern soll.

Zuerst, mein Freund Iraj …« Er holte einen schwarzen Samtbeutel hervor. Irajs Augen funkelten, als Coralean ein kleines goldenes Amulett zum Vorschein brachte. Es war ein Pferd – ein wundersam geformtes Roß, welches an einer glitzernden Kette baumelte. »Eines Tages«, sagte Coralean, »wirst du das vollkommenste Pferd sehen. Es wird ein Roß sein, wie es kein zweites gibt. Der wahre Traum eines Kriegers und eines jeden, der solche Dinge liebt, mehr wert als ein Königreich. Das Tier wird schneller und tapferer sein, als man sich vorzustellen vermag. Und niemals ermüden. Immer guten Mutes sein und so treu, daß es in die Schlacht zurückkehrt, falls du gestürzt bist, damit du wieder aufsitzen kannst.

Aber leider würde niemand, der ein solches Tier besitzt, bereit sein, es jemand anderem zu überlassen. Selbst als Fohlen wird es schon so rein sein, einen solch feurigen Geist besitzen, daß niemand so blind sein kann, nicht das wunderschöne Tier darin zu erkennen, welches einst aus ihm werden wird.« Er reichte Iraj das Amulett. »Wenn du diesem Mann dieses magische Schmuckstück gibst, wird er dein Angebot nicht ausschlagen können. Aber du wirst ihn damit keineswegs betrügen. Denn er braucht nur ein weiteres Traumpferd zu finden, und der Mann, dem er das Amulett dann gibt, wird sich auf den gleichen Handel einlassen.«

Tränen quollen aus Irajs Augen und rannen ihm über die Wangen, während sich der junge Mann ohne Scham überschwenglich bei dem Karawanenmeister bedankte und ihn umarmte. »Wenn ich dieses Pferd finde«, sagte Iraj, »werde ich ohne Aufenthalt zu Euch reiten, damit Ihr mit eigenen Augen sehen könnt, welch großartiges Geschenk Ihr mir gemacht habt.«

Coralean, dessen Gefühle so groß waren wie sein Umfang, räusperte sich, um einen aufsteigenden Schluchzer zu unterdrücken.

Dann wandte er sich an Safar. Der junge Timura dachte im ersten Augenblick nur: Hoffentlich schenkt er mir nicht ebenfalls ein Pferd. Welchen Nutzen sollte ein Töpfer aus einem so edlen Tier ziehen? Es war ein dummer Gedanke, und Safar schämte sich sogleich dafür. Er schwor, jedes Geschenk mit lautem – wenn vielleicht auch vorgetäuschtem – Entzücken anzunehmen, um die Freude dieses großzügigen Mannes nicht zu schmälern.

»Sie haben mir gesagt, junger Safar«, meinte Coralean, »wie schlau du bist. Manche sagen gar, du seist das klügste Kind, welches je in Kyrania geboren wurde.« Safar wollte protestieren, doch der Karawanenmeister hob die Hand, um seine Einwände zu unterbrechen. »Für dich hat Coralean zwei kleine Geschenke. Zusammen mögen sie jedoch mehr wert sein als das Geschenk für

Iraj. Das hängt nur davon ab, ob du wirklich so schlau bist, wie gesagt wird, und sie richtig zu nutzen weißt.«

Er holte eine Schriftrolle aus seinem Gewand. »Dies ist ein Brief an einen Freund in Walaria. Er ist ein reicher Mann und ein gebildeter dazu. Ein Gönner für alle Künstler und Denker in Walaria. Dieser Brief fordert ihn auf, dich dem Hohepriester der Tempelschule vorzustellen. Er wird den Hohepriester inständig bitten, dich aufzunehmen, und wenn dies geschehen ist, wird Coralean alle Ausgaben für dich bezahlen, bis du der weiseste Mann des ganzen Landes bist.«

Safars Hände zitterten, als er die Rolle entfaltete. Sie wog schwerer als erwartet in seinen Händen, und fast wäre sie ihm entglitten. Dann rutschte ihm ein kleiner silberner Dolch in den Schoß.

Coralean strich sich durch den Bart. »Das ist mein zweites Geschenk an dich«, sagte er. Safar hob das Messer auf, und in dem Wissen, daß es einen verborgenen Zweck haben mußte, fragte er sich, worin dieser wohl bestünde. »Weil du dich unter vielen weisen Männern aufhalten wirst, könnte sich dieses Messer als wertvoller erweisen als die Bildung, die du erhalten wirst. Höre auf einen alten Händler. Wenn ein Gedanke zu schwer ist, mag man ihm vielleicht nicht trauen. Wenn die Worte eines Mannes von verborgenen Bedeutungen nur so strotzen, mag der Sprecher selbst von diesem Wert nichts ahnen. Dieses Messer wird diese schweren Gedanken und beladenen Wörter durchschneiden. Und du wirst leichter zur wahren Antwort finden.«

Er blickte die anderen Männer an, die voller Belustigung die buschigen Augenbrauen hochgezogen hatten. »Zumindest hat die Hexe, von der Coralean es gekauft hat, das behauptet.«

Alle lachten. Safar war wie betäubt, wußte nicht, was er mit seinen Geschenken anfangen sollte, insbesondere mit den geheimnisvollen Eigenschaften, die dem Messer zugeschrieben wurden. Er nahm es an, fühlte ein Prickeln der Macht und erkannte es als magischen Gegenstand, wie die Hexe versichert hatte.

Aus weiter Ferne, wie aus einem Traum, vernahm Safar die

Stimme seines Vaters. »Willst du dich denn nicht bei Coralean bedanken, mein Sohn?« fragte Khadji. »Sonst denkt er noch, man hätte dir kein Benehmen beigebracht.«

Safar murmelte Dank, so taktlos, wie es nur ein junger Mann von siebzehn Jahren konnte, doch Coralean schien dies als Schüchternheit zu verstehen. Er drückte Safar fest an sich und erstickte ihn fast. Safar erwiderte die Umarmung linkisch.

»Und jetzt kommt«, rief der Karawanenmeister, während Safar sich ihm entzog. »Coralean hat den Menschen von Kyrania ein Fest versprochen! Trinkt, meine Freunde, und dann werden wir hinausgehen und mit der Feier beginnen.«

Die Männer jubelten, und die Schalen wurden mit mächtigen Schlucken geleert und darauf abermals gefüllt.

Und nur wenige Dorfbewohner verbrachten die nächsten Tage nicht in einem glückseligen Rausch, von dem man noch lange Zeit erzählen sollte.

*

In dieser ersten Nacht des Festes war der Himmel von heißen Ballons voller Rauch und Drachen mit langen leuchtenden Schwänzen erfüllt. Überall erklang Musik, und Liebende stahlen sich in die Dunkelheit davon. Viele Verlöbnisse wurden besiegelt, und viele Kinder in seufzender Umarmung und kaum unterdrückten Schreien der Lust empfangen.

Coralean zog Safar und Iraj zur Seite, ehe sie zuviel getrunken hatten. Er nahm ihnen die Branntweinschalen aus der Hand und sagte: »Ihr werdet eure Sinne heute nacht brauchen, meine jungen Freunde.« Der Karawanenmeister grinste. »Außerdem werdet ihr unweigerlich in den Armen eines Dorfmädchens landen, wenn ihr euch zu sehr betrinkt.«

Er hob den Zeigefinger. »Schlimm, wenn ihr eure Zukunft mit einer frühzeitigen Heirat verschwenden würdet. Coralean ist jedoch selbst mit einer leidenschaftlichen Natur gesegnet. Da mögt ihr eine jede seiner Frauen fragen.« Er zwinkerte. »Sie nennen mich ihren geliebten Stier. Und ich habe Scharen von Kindern, um diesem Ruf gerecht zu werden. Ich sage euch, selbst wenn Coralean in eine ärmere Familie hineingeboren worden wäre, hätte sein Vater ihn nicht vor seinen jugendlichen Indiskretionen bewahren können.«

Dann legte er den beiden die Arme um die Schultern und führte sie durch eine Reihe mit Vorhängen abgeteilter Räume in die Gemächer der Frauen. Dieser Teil des Zeltes war kniehoch mit Kissen bedeckt. Coralean ließ sich hinplumpsen und klopfte auf die Kissen, womit er die jungen Männer aufforderte, neben ihm Platz zu nehmen.

»Ich habe euch die eine oder andere Vergnügung in Aussicht gestellt, meine Jungen«, sagte er. »Und ich, Coralean, der Stier, weiß über solche Dinge mehr als die meisten anderen Männer. Und dies ist keine Prahlerei, sondern eine schlichte Feststellung.«

Er klatschte in die Hände, und ein breiter Vorhang teilte sich. Safar hörte hohe, angenehme Stimmen, und dann traten die Kurtisanen durch den Vorhang und stellten sich, parfümiert und in Seide gehüllt, in einer Reihe vor den Männern auf.

Safar hatte nie zuvor solche Schönheit gesehen – und bestimmt nicht auf solch verführerische Weise dargeboten. Der weibliche Körper war ihm nicht fremd. Er war schließlich zwischen etlichen Schwestern aufgewachsen. Und er hatte die Mädchen des Dorfes heimlich beim Baden im See beobachtet. Aber die Frauen, die er an diesem Abend zu Gesicht bekam, waren so ... erreichbar. Sein, wenn er sie nur nahm. Das wenige, was sie trugen, war hauchfein und kunstvoll auf solch verführerische Weise drapiert, daß es mehr freigab als verhüllte. Manche der Frauen waren groß, manche klein, manche dunkel, manche hell, manche schlank, manche mollig. Und alle lächelten und bewegten sich mit geübter Anmut. Doch ihre Mienen drückten nicht nur berufsmäßige Freundlichkeit aus. Die Kurtisanen waren von ihren beiden stattlichen jungen Rettern entzückt. Und begierig darauf, sich dankbar zu erweisen.

»Sucht euch eine aus«, sagte Coralean. »Oder auch zwei oder drei, wenn ihr mögt.«

Safar zögerte, doch nicht, weil er sich nicht entscheiden konnte. Was ihm hier angeboten wurde, war die Erfüllung des größten Traumes eines jungen Mannes, mochte man meinen. All jene heißen, unbehaglichen Nächte voller Träume von parfümierten Sirenen würden Vergangenheit sein. Solch flammende Phantasien und Sehnsüchte gehören zur Natur eines jungen Mannes wie der Flaum im Gesicht. Safar wußte – weil er seine Schwestern belauscht hatte –, daß junge Frauen ähnliche Gefühle empfinden. Und nun bot sich ihm hier die Gelegenheit, seine wildesten Phantasien Wirklichkeit werden zu lassen. Doch in diesem Kessel brodelte noch ein weiteres, wenn auch ähnliches Gefühl. Und das war plötzliche blinde und übertriebene Liebe. Welche in jenem Alter das gleiche bedeutet wie Lust, aber oft mit Edlerem verwechselt wird.

Als Safars Blick die Reihe der Kurtisanen entlangwanderte, nahm er all diese Lieblichkeit gar nicht wahr. Er suchte nach einer bestimmten Frau und nur nach dieser. Astarias.

In der Gruppe entdeckte er sie nicht. Er sah sich klopfenden Herzens um. Seine Gedanken wurden ... rein? Zumindest waren sie in seiner Vorstellung rein. Und in diesem Augenblick beschloß er, Astarias nicht durch seine Umarmung zu beschämen. Ganz der dumme junge Mann, der er war, glaubte er, dies wäre sein Geschenk an sie. Und darüber hinaus wollte er Astarias irgendwie aus dem befreien, was er für Sklaverei hielt. Sie sollte bei seiner Schwester Ketera leben und so keusch sein wie alle anderen Jungfrauen des Dorfes. Und sie sollte frei sein, unter den jungen Männern den zu wählen, den sie selbst zum Ehemann begehrte. Doch irgendwie würde ihre Liebe zu ihm – und die Bewunderung seiner freundlichen Geste – alle Gefühle übertreffen, die sie für einen anderen hegen mochte. Sie würden heiraten und viele Kinder haben und ihr Leben Seite an Seite verbringen. Solche Dinge gingen ihm durch den benebelten Kopf. Und er hörte jemanden sagen:

»Du solltest zuerst wählen«, forderte Coralean Iraj auf. »Denn schließlich warst du es, der mein Leben gerettet hat.«

Safar blickte Iraj an. Das Gesicht seines Freundes war vor Wollust gerötet. Dann sah er Safar an und lächelte. Die Röte verschwand und machte einer vorgetäuscht gelangweilten Miene Platz. Iraj ließ den Blick erneut über die Kurtisanen schweifen. Eine nach der anderen nahm er in Augenschein und schüttelte jeweils nur den Kopf. Plötzliche Erkenntnis schnürte Safar die Kehle zusammen. Er wußte, was Iraj vorhatte. Und dann überkam ihn Wut, als er sich ganz sicher war, daß Iraj ihn um das betrügen wollte, was er sich am sehnlichsten erwünschte.

»Eine scheint zu fehlen«, wandte sich Iraj an Coralean. »Eine dunkelhaarige.«

Diese letzten beiden Worte fielen wie schwere Wackersteine in Safars tiefen Brunnen der Verzweiflung.

Coralean runzelte die Stirn. »Meinst du Astarias?« erkundigte er sich.

Iraj bedeckte den Mund, um ein Gähnen zu verbergen. »Ist das ihr Name?« fragte er. »Sehr hübsch.«

Coralean rutschte ein wenig unruhig – und ein wenig verlegen – auf seinen Kissen hin und her. »Ich habe sie zurückbehalten«, erklärte er, »weil sie noch Jungfrau ist. Ich habe einen teuren Freund – einen sehr reichen teuren Freund –, und für den wollte ich sie aufbewahren.«

Iraj zog die Augenbrauen hoch, als wäre er überrascht. Dann zuckte er mit den Schultern. »Nun, ich nehme an, es wäre zuviel, Euch um sie zu bitten«, sagte er. »Ich wollte Euren Gewinn nicht schmälern.« Er blickte Coralean mit milder Miene an. »Wie auch immer, es war ausgerechnet sie – Astarias, sagt Ihr? –, die ich wirklilch schätzen würde. Aber ... Wenn Euch das nicht gelegen kommt ...« Er erhob sich, als wollte er gehen.

Coralean faßte Iraj am Arm und zog ihn wieder auf die Kissen herunter. »Ist denn nicht allen bekannt, daß Coralean in seiner Großzügigkeit von niemandem zu übertreffen ist?« fuhr er auf. »Und diese Großzügigkeit gilt vor allem jenem gegenüber, der seinen wertvollsten Besitz, sein Leben, bewahrt hat. Wenn es Astarias ist, die du am meisten begehrst, mein guter Freund, dann sollst du

Astarias bekommen.« Er klatschte in die Hände und rief ihren Namen.

Astarias kam herein, schien durch die Vorhänge zu schweben. Ihr dunkles Haar wurde von einem weißen Seidenband gehalten. Anders als die übrigen Frauen trug sie ein langes Kleid, das ihren Körper vom schlanken Hals bis zu den Knöcheln verhüllte. Es war ebenfalls aus weißer Seide gefertigt und floß, während sie ging, um ihren Körper – keusch, obwohl es dennoch die aufregenden Stellen ihres Körpers betonte. Mit entzücktem Lächeln trat sie auf Safar zu, da sie glaubte, für ihn bestimmt zu sein.

»Nein, nein«, meinte Coralean. »Nicht Safar! Ich habe dich Iraj versprochen.«

Ihr Gesicht verzog sich für einen Augenblick, und in diesem Moment keimte Haß in Safar auf, der unbändige Wunsch, Iraj sofort umzubringen. Dann kehrte das Lächeln auf ihre Lippen zurück, obwohl Safar glaubte, es sei nicht mehr so strahlend wie zuvor ... und sie ging zu Iraj. Der lachte, legte ihr die Arme um die Taille und zog sie grob zu sich herunter.

Der Karawanenmeister erhob sich. Er grinste die beiden jungen Männer breit an. »Coralean muß sich um seine Pflichten als Gastgeber kümmern«, sagte er. »Such dir aus, welche du möchtest, Safar. Und falls du dich nicht entscheiden kannst, so laß mich dir diese beiden ans Herz legen.« Er zeigte auf zwei dunkelhäutige Zwillinge. »Sie haben mir mehr Freude bereitet als alle anderen Frauen hier.« Er klopfte Safar auf die Schulter und verließ das Zelt.

Die beiden Zwillinge näherten sich erwartungsvoll dem jungen Töpfer. Safar wollte sich abwenden, seine haßerfüllten Gedanken ließen ihn an nichts anderes als Flucht denken.

»Warte«, sagte Iraj.

Safar drehte sich um, und der Zorn stand ihm unverhohlen ins Gesicht geschrieben. Iraj beachtete das nicht und entzog sich Astarias' schüchterner Umarmung.

»Geh zu ihm«, befahl er ihr.

Safar war verwundert. »Aber ich dachte ...«

Iraj lachte. »Ich weiß, was du gedacht hast«, meinte er. »Ich wollte dich nur prüfen, verstehst du nicht?« Er grinste Safar an. »Leider hast du die Prüfung nicht bestanden, fürchte ich. Doch vielleicht war ich unfair. Also verzeih mir, mein Freund.«

Er gab Astarias einen sanften Stoß. »Geh schon«, forderte er sie auf. »Wenn du noch länger bleibst, werde ich dich vielleicht doch für mich behalten.«

Astarias ließ ein glückliches Lachen vernehmen, eilte zu Safar und fiel ihm in die Arme. Dessen edle Absichten waren im gleichen Augenblick, in dem sie sich an ihn drückte, wie fortgeblasen. Dann hörte Safar, wie Iraj seinen Namen rief, und machte sich keuchend frei. Sein Freund stand vor dem offenen Vorhang und hatte in jedem Arm einen der Zwillinge.

»Ich danke dir«, hauchte Safar. »Coralean hätte möglicherweise nicht zugestimmt, wenn ich ihn gebeten hätte.«

Iraj zuckte mit den Schultern. »Nicht der Rede wert«, erwiderte er. »Schließlich wissen wir doch beide, wer der wirkliche Held dieser Nacht ist.« Er ging auf den Ausgang zu und zog die beiden Zwillinge mit sich. Dann blieb er noch einmal stehen. »Merke dir eins, Safar«, sagte er. »Von heute an gehört alles, was mein ist, auch dir.«

Safar grinste. »Und alles, was mein ist und je mein sein wird, gehört dir«, gab er zurück, »wenn du nur danach fragst.«

Iraj wurde plötzlich sehr feierlich. »Meinst du das ernst?«

»Ich schwöre es«, antwortete Safar.

Iraj nickte. »Behalte diese Nacht im Gedächtnis, Safar«, sagte er dann. »Denn eines Tages werde ich vielleicht dich um einen Gefallen bitten.«

»Und der soll dir dann gewährt werden«, versprach Safar.

»Egal, worum es sich handelt?« fragte Iraj mit hartem forschendem Blick.

»Ja«, sagte Safar. »Egal, worum es sich handelt. Und falls du mich je wieder auf die Probe stellen solltest, werde ich nicht versagen.«

Und mit diesem Gelöbnis besiegelte er sein Schicksal.

7
Träume von Königen

Sarn hatte nicht recht gehabt – König Manacia hatte keinesfalls gelogen. Falls die Götter zugesehen hatten, mußte seine Fehleinschätzung sie köstlich amüsiert haben. Sarns letzte Pein, als er glaubte, sein Leben durch königlichen Verrat lassen zu müssen, stellte eine Misere dar, wie sie ganz nach ihrem Geschmack war.

Denn in Wahrheit wartete König Manacia bange auf die Nachricht von der Rückkehr des Banditenanführers. Während die Zeit ins Land ging, befiel den König eine wachsende Ungeduld, und er zollte den Staatsgeschäften weniger und weniger Aufmerksamkeit. Selbst seinen Harem beachtete er kaum mehr, und die Ehefrauen und Kurtisanen fürchteten schon, ihr Meister sei ihrer müde geworden. Um dies zu verhindern, machten sie die schönsten und verführerischsten Dämonenjungfrauen ausfindig. Allerdings war dies vergebliche Mühe, blieb der König doch jede Nacht bis weit nach Mitternacht in seinem Thronsaal, trank bis zur Bewußtlosigkeit und fragte sich, was nur aus Sarn geworden sein mochte.

König Manacia konnte nur schlecht ein Versagen eingestehen – etwas, das während seiner langen Herrschaft selten vorgekommen war. Von Anfang an hatte er sich geduldig der Arbeit gewidmet, hatte die Grenzen seines Reiches ausgedehnt, bis alle Länder unterjocht worden waren, mit Ausnahme der wildesten und rauhesten Gegenden. Und diese wenigen Ausnahmen hatte er zu Bündnissen gezwungen, die Manacia erhebliche Vorteile einbrachten. Bald würden ihn alle als höchsten Monarchen der Dämonenlande ehren. Was dem König keinesfalls genügte. Er wollte mehr.

»Es ist doch nicht so, als würde ich diese Dinge für mich selbst tun, Fari«, pflegte der König oft und gerne zu seinem Großwesir zu sagen. »Die Zukunft aller Dämonen ruht auf meinen Schultern.«

Und Lord Fari, der den König nie daran erinnerte, wie häufig er diese Worte schon gehört hatte, antwortete stets: »Ich danke den Göttern jeden Abend, Majestät, weil sie Eure Schultern breit und stark genug gemacht haben, um diese heilige Bürde zu tragen.«

Der Großwesir war ein weiser alter Dämon, der bald zweihundert Festgelage hinter sich hatte. Während der blutigen Herrschaft von vier Königen auf dem Thron von Zanzair war es ihm durch geschickte Schmeicheleien und rücksichtslose Intrigen gelungen, den Kopf dort zu behalten, wo der seinen angestammten Platz hatte.

Der König freute sich wie so oft über Faris vielfältig dargebotene Lehnstreue und nahm die wiederholte Preisung an, als handele es sich um eine frischgeprägte Münze. Dann runzelte er für gewöhnlich die Stirn, denn ein weiterer düsterer Gedanke ging ihm durch den Sinn. Und so pflegte er zu seufzen: »Dennoch, Fari, ich bin mir sicher, in meinem Königreich wird es immer noch einige Fehlgeleitete geben. Und manche mögen gar denken, ich sei verrückt.«

Daraufhin folgte stets ein weiterer Seufzer, und Manacia strich sich über das lange, gekrümmte Horn und schüttelte den mächtigen Kopf vor Sorge.

»Sagt mir nur die Namen dieser Ketzer, Majestät«, antwortete Fari dann meistens, »und ich werde ihnen die Zungen aus ihren Lügenmäulern reißen und ihre Schlünde mit heißem Sand füllen lassen.«

»Wenn sie mich nur so gut verstehen könnten wie du, mein teurer Freund«, war des Königs formelhafte Erwiderung. »Frieden und Wohlstand wird es für uns nicht geben, solange mehr als ein König in den Dämonenlanden herrscht. Es ist doch nur natürlich, daß ein einziger über alle regiert.«

Und Fari stimmte ein: »Wie sonst, Erhabener, könnten wir uns vom Chaos befreien? Oder die Jahre der Kriege und des Banditentums beenden? Ein einziger Dämon muß herrschen. Und dieser, so haben es die Traumfänger gedeutet, seid Ihr, mein Lord.«

»Aber das ist nicht genug«, würde der König ihn erinnern. »Die Menschen müssen mich ebenfalls anerkennen. Ich muß der König aller Könige werden. Der Herrscher von ganz Esmir.«

»Ich werde die verbleibenden Tage meines Lebens ergeben diesem Ziel widmen«, würde Fari antworten. »Die Geschichte der Dämonen wartet schon seit langem auf einen wie Euch. Welcher andere Dämon besäße Eure Weisheit? Eure Kraft? Eure Güte? Eure Zaubermacht? Die Götter haben uns mit Eurer erlauchten Gegenwart beschenkt, Majestät. Das kann niemand leugnen. Dies ist so offensichtlich wie das mächtige Horn auf Eurer königlichen Stirn.«

Und dann würde Fari seinen Kopf bis auf den Boden neigen, sich hernach mit einiger Mühe wieder aufrichten, seinen alten Drachenknochenspazierstock ergreifen und sich mit seiner Hilfe und mit knackenden Gelenken und Sehnen auf die Beine ziehen. Daraufhin würde er sich verabschieden, und das Klack-Klack seines Stockes auf dem Steinboden würde leiser und leiser werden, bis er schließlich die Türen des riesigen Thronsaals erreicht hätte und hinter ihnen verschwunden wäre. Und so ließ er stets einen zufriedenen König zurück, einen König, der mit neuem Schwung seine Träume träumte und seine Ränke schmiedete.

Bis dahin hatte es erst einen König aller Könige von Esmir gegeben – den Menschen, Alisarrian. Wenn Manacia an etwas glaubte, dann daran, daß die Zeit für eine erneute historische Erscheinung wie den Eroberer gekommen war. Doch dieses Mal würde ein Dämon das Zepter halten. Und dieser Dämon würde ohne Frage er selbst sein. Manacia hatte seine ganze Herrschaft auf dieses Ziel ausgerichtet. Dennoch, während die Jahre ins Land gingen, fürchtete er, er würde vielleicht nicht zur rechten Zeit bereit sein. Irgendwo in den Menschenlanden wuchs vielleicht schon ein neuer Alisarrian heran. Ein Eroberer mit einer Armee hinter sich, der in Bälde an die Türen seines Palastes klopfen würde.

Eines Nachts, als er wieder einmal durch sein Nekromantium schlich und sich fragte, ob die Antwort auf seine sorgenvollen Fragen wohl in der schwärzesten aller magischen Künste verborgen liege, hörte er das Klack-Klack von Lord Faris Stock, des geisterhaften Herolds des Großwesirs, näher kommen. Angesichts des Klack-Klacks wandte sich Manacia von dem großen Glas ab, in dem ein menschlicher Kopf in Salzwasser schwebte. Als er aufsah, trat Fari gerade durch die Tür ein. Die Luft schimmerte wie die Oberfläche von Wasser in einem Becken.

»Was bringt Ihr für Neuigkeiten?« fragte der König mit aufgesetzter Fröhlichkeit. »Ist unser eigenwilliger Bandit doch endlich zurückgekehrt?«

Fari, der in ganz andere Gedanken versunken war, schreckte auf, und sein schuppiges Doppelkinn wabbelte vor Überraschung. »Wie, Majestät?« fragte er. Dann: »Ach. Ihr meint Lord Sarn, Exzellenz. Nein, Majestät. Noch immer keine Nachricht von ihm. Ich bin wegen einer anderen Angelegenheit gekommen, Exzellenz. Eine, die dringend Eure Aufmerksamkeit erfordert.«

Aber Manacia wandte sich ab und verfiel in die schlechteste Laune, die sich seiner je bemächtigt hatte. »Ich habe die Sache noch einmal von allen Seiten betrachtet, Fari«, meinte er. »Und ich weiß immer noch nicht, wo ich etwas falsch gemacht haben könnte.«

»Falsch, Majestät?« erwiderte Fari. »Wie könnt Ihr so etwas nur denken? Es wird eben noch etwas dauern. Jeden Tag kann er mit Beute beladen auftauchen und Euch die Karten bringen, die Ihr ihm zu besorgen aufgetragen habt, nicht jedoch ohne in seiner anmaßenden Art eine unverschämt hohe Belohnung zu verlangen.« Fari schnaubte. »Als wäre er der einzig wahre Dämon im Lande.«

»Nun ist schon bald ein Jahr vergangen«, gab Manacia zu bedenken.

»Soviel Zeit schon, Majestät? Das ist mir ganz entgangen …«

»Ich sollte mich besser mit den Tatsachen abfinden«, fuhr der König fort. »Mit dieser Sache habe ich schon genug Zeit und Kraft verschwendet, die ich wesentlich besser hätte verwenden können. All unseren Anstrengungen, unseren Experimenten und Mühen zum Trotz war der Schild, welchen wir geschaffen haben, um Sarn vor dem Fluch zu schützen, nicht gut genug. Und irgendwo in der Verbotenen Wüste, vielleicht nur gerade außer Sicht, bleichen seine Knochen in der Sonne.«

Fari dachte – und damit lag er ziemlich nahe an der Wahrheit –, daß der Schild vielleicht gar nicht versagt hatte. Dem Anführer der Banditen mochte ein ganz natürliches Unglück widerfahren sein. Doch Fari hatte sein Leben nicht so lange genießen können, weil er seinen Königen die Wahrheit sagte. Sobald er also erkannte, worauf der König hinauswollte, ging er rasch darauf ein.

Er zog ein trauriges Gesicht. »Ich fürchte, ihr mögt recht haben, Exzellenz«, sagte er. »Der Schild wird versagt haben. Ich werde sofort herausfinden, wer dafür die Verantwortung trägt, und diese Versager zuerst foltern lassen, wie sie es verdient haben, und hernach hinrichten lassen.«

Der König entblößte seine Fangzähne, was soviel wie ein freundliches Lächeln bedeutete. »Verschont sie«, befahl er. »Auch ich trage einen Teil der Schuld. Und auch Ihr, mein teurer Dämonenfreund.«

Fari schnappte nach Luft und enthüllte dabei Zähne, die viel weißer und schärfer waren, als sie seinem fortgeschrittenen Alter nach hätten sein dürfen. »Ich, Majestät? Was habe ich –« Weise unterbrach er sich. Er stieß mit dem Knochenstab auf den Boden und verneigte sich. »Mein Name sollte oben auf der Liste der Versager stehen, Exzellenz«, sagte er. »Heute nacht werden meine Eheweiber Euren Namen preisen, wenn ich ihnen erzähle, wie großzügig Ihr einen edlen Narren verschont habt. Natürlich war es meine Schuld! Ich nehme sie ganz auf mich, Majestät. Nie solltet Ihr auch nur daran denken, einen Teil davon auf Euch zu laden, Majestät.«

Manacia winkte mit der Klaue ab und brachte seinen Berater zum Verstummen. »Wißt Ihr, wer dies hier ist, Fari?« fragte er und zeigte auf den menschlichen Kopf, der in dem Glas schwamm.

Der Großwesir betrachtete den Kopf. Der Mensch war ein junger Erwachsener. Vermutlich hatte er einst gut ausgesehen – nach menschlichen Maßstäben. »Nein, Exzellenz, ich kenne ihn nicht.«

»Er war der erste, an dem ich den Schild ausprobiert habe.« Manacia kicherte. »Wir haben ihm ein Seil um die Hüfte gebunden und ihn mit der Peitsche in die Verbotene Wüste getrieben. Er hat nicht mehr als ein Dutzend Schritte geschafft, da schrie er plötzlich auf, griff sich an die Brust und brach zusammen. Als wir ihn zurückgezogen hatten, war er bereits tot, ohne daß wir einen Hinweis auf die Ursache entdeckt hätten. Er war ein gesunder Mann aus den königlichen Sklavenpferchen. Sauber. Wohlgenährt. Ich habe ihn selbst untersucht. Es gab keinen Grund für seinen Tod, außer dem Fluch.«

»Ich kann mich an den Versuch erinnern, Majestät«, sagte Fari, »doch nicht an den Menschen.«

»Wie solltet Ihr auch?« meinte Manacia. »Es waren so viele. Und auch Dämonen. Natürlich nur die übelsten Schwerverbrecher.«

»Natürlich, Majestät.«

Manacia starrte den Kopf an und erinnerte sich an die vier Jahre, in denen er experimentiert hatte. Hart gearbeitet hatte er, hatte alle Winkel und Nischen der magischen Wissenschaften durchforscht, um einen Zauberspruch zu finden, der einen Schutzschild erzeugen konnte, welcher dem uralten Fluch widerstehen würde. Der Fluch war vor Hunderten von Jahren von einem Friedensrat ausgestoßen worden, dem Zauberer der Dämonen und der Menschen gleichermaßen angehört hatten. Sein Zweck war es, für alle Zeiten jeden Kontakt zwischen diesen beiden Spezies zu verhindern und so ebenfalls für alle Zeiten die blutigen Zwiste und verheerenden Kriege zu beenden, die dem Zerfall von Alisarrians Reich gefolgt waren. Jedermann hatte geglaubt, daß selbst der größte Zauberer den Fluch nicht außer Kraft setzen könnte.

Manacia hingegen war nicht davon überzeugt. Er war nicht nur ein mächtiger Zauberer – mächtiger als alle anderen in den Dämonenlanden –, sondern er hatte zudem eine Vorliebe für solche Rätsel, und er war mit allen ihm zur Verfügung stehenden magischen Mitteln gegen den Fluch angegangen. Hunderte waren bei seinen Versuchen umgekommen. Leiche auf Leiche war am Seil aus der Verbotenen Wüste zurückgezogen worden. Doch Manacia hatte Hoffnung geschöpft, nachdem die Opfer bei jedem Versuch ein Stückchen weiter vorangekommen waren. Die letzte Gruppe war so weit gelangt, daß die Bogenschützen des Königs schließlich brennende Pfeile hatten abschießen müssen, um sie tiefer in die Wüste hineinzutreiben. Und endlich waren alle, die ausgeschickt worden waren, unverletzt zurückgekehrt. Der Schild schien zu funktionieren, und deshalb hatte Manacia alle Überlebenden töten lassen müssen, damit sie nicht mit Hilfe des Zauberspruchs durch die Wüste fliehen konnten.

Zu dieser Zeit hatte er seinen Handel mit Sarn gemacht. Der König war beim Aufbruch des Banditen persönlich zugegen gewesen. Er hatte die Räuber großartig gepriesen, einen besonderen Segen über sie ausgesprochen und Sarn und seinen Dämonen zugesehen, wie sie in die Wüste galoppiert waren, um in den Menschenlanden Kyrania zu suchen – und jenen Paß durch das »Tal der Wolken«, von dem das Orakel gesprochen hatte. Dieser Paß war der Schlüssel, mit dem man aus den beiden großen Ländern der Menschen ein einziges Reich schmieden konnte.

An jenem Tag hatte Manacia noch die größten Hoffnungen gehegt. Er träumte bereits davon, wie seine Armeen durch die Wüste marschierten. Visionen von raschen und leichten Siegen über die Menschen erfüllten ihn. Einmal hatte er von einer Hofzeremonie geträumt, bei der sich menschliche Botschafter vor seinem Thron verneigten und ihm Verträge anboten, die ihn zum König aller Könige erklärten. Herrscher von ganz Esmir!

Manacia blickte in die toten Augen des Menschenkopfes. Sicherlich war es der menschliche Teil des Fluches gewesen, der sein Vorhaben vereitelt hatte. Jener Teil, den er irgendwie nicht in seiner Gänze hatte ergründen können. Und aus diesem Grund, nicht aus Sentimentalität, hatte Manacia sein erstes Opfer in seinem Nekromantium aufgestellt. Hier, in dem Gewölbe, wo er seine Sammlungen von Büchern und Gegenständen der Schwarzen Magie aufbewahrte. Hier, wo man Gefäße und Phiolen mit den übelsten Tinkturen, Pudern und Salben finden konnte. Hier, wo in Schriftrollen die scheußlichsten Praktiken und Zaubersprüche festgehalten waren. Hier, wo es seltsame Gegenstände und Götzenbilder gab, deren Bedrohlichkeit selbst den herzlosesten und gleichgültigsten Dämonen Alpträume bereiten würde.

Manacia tippte mit den Krallen an das Glas. Die Flüssigkeit bewegte sich, und der Kopf hüpfte auf und ab. »Wir werden von vorn anfangen, mein Freund«, sprach er den Kopf an. »Und abermals sollst du die Ehre haben, der erste zu sein.«

Er wandte sich an seinen Großwesir. »Morgen früh geht es los«, sagte er. »Meine Zauberer sollen sich beim ersten Licht hier versammeln. Ich werde dieses Rätsel lösen, mag es dauern, solange es will.«

»Das ist der richtige Geist, Majestät«, meinte Fari. »Niemals einer Niederlage nachgeben. Unangenehme Rückschläge muß man hinnehmen, mehr jedoch nicht. Ich werde die königlichen Zauberer sofort benachrichtigen.«

Fari drehte sich um, als wolle er gehen, hielt dann jedoch inne. »Da war noch diese andere Angelegenheit, Exzellenz. Die, wegen der ich Eure Ruhe stören mußte.«

Die Laune des Königs hatte sich erheblich gebessert, und er steckte nun voller Tatendrang. »Ja, ja. Das hatte ich fast vergessen. Worum geht es?«

»Vor vielen Monaten, Majestät«, setzte Fari an, »nicht lange nachdem Sarn und seine Dämonen aufgebrochen waren, ist etwas Eigentümliches geschehen, das mir jüngst wieder in den Sinn gekommen ist. Es war eine atmosphärische Störung, die von unseren Sternensehern übersehen wurde, weil der Himmel über Zanzair in jener Nacht so bewölkt war. Doch ein Hirte weit im Norden, wo der Himmel klar war, berichtete, er habe einen starken Schauer glühender Partikel gesehen. Seitdem sind weitere Berichte eingegangen, die die Beobachtung des Hirten bestätigen. Soweit wir sagen können, hat dieses Schauspiel über den Menschenlanden stattgefunden, über der Schwelle der Götter.«

Manacia zuckte mit den Schultern. »Und weiter?« fragte er. »Es ist nichts Ungewöhnliches, wenn glühende Partikel vom Himmel fallen. Solche Vorkommnisse haben selten etwas mit unseren Angelegenheiten zu tun. Wenn es sich um einen Kometen gehandelt hätte, gäbe es einen Grund zur Sorge. Oder zu eingehenderen Nachforschungen.«

»Das ist im Prinzip richtig, Majestät«, stimmte Fari zu. »Und falls das alles gewesen wäre, hätte ich Euch niemals mit einer solch nebensächlichen Angelegenheit behelligt.«

Der König tippte erneut mit den Krallen gegen das große Glas und verriet so seine Ungeduld. Fari beeilte sich, mit seinem Bericht fortzufahren. »Nachdem man den Zeitpunkt des Vorkommnisses festgestellt hatte«, sagte er, »erinnerten sich Eure Zauberer an andere Zeichen, die zu dieser Zeit beobachtet wurden. Das Wasser unserer Brunnen schmeckte plötzlich faulig und bitter, ein Zustand, der einige Wochen lang andauerte.«

Manacia nickte, während er sich daran erinnerte.

»Am Tag nach der Beobachtung«, berichtete Fari weiter, »wurde bemerkt, daß sich die Flüssigkeit in den Wasseruhren in die andere Richtung bewegte. Und einer der Tempeldiener behauptete, sein Spiegelbild sei an diesem Morgen nach dem Aufstehen verkehrt herum gewesen, er habe sich also so gesehen, wie ein anderer Dämon ihn sieht, die linke Kralle wirklich links, die rechte rechts. Keines dieser ungewöhnlichen Vorkommnisse war von langer Dauer, Majestät, doch alle fanden zur gleichen Zeit statt. Seitdem wurde festgestellt, daß der Boden unter einigen unserer älteren Gebäude sich gefährlich gesenkt hat, wodurch diese abgesackt sind. Und nicht genug damit – Bienen sind zur falschen Jahreszeit ausgeschwärmt, Vögel einer Art, wie sie hier noch nie gesichtet wurde, haben sich plötzlich gezeigt. Und es gab eine große Zahl von Fehlgeburten, zweiköpfige Schweine, gliedlose Hunde, Fische ohne Augen.«

»Dies sind allerdings beunruhigende Nachrichten, Fari«, gab der König zu. »Es war richtig, mich davon in Kenntnis zu setzen. Weiß jemand, was das alles zu bedeuten hat? Könnte es irgend etwas mit dem Versuch, den Fluch zu besiegen, zu tun haben?«

Fari zuckte überrascht zusammen. Er dachte einen Augenblick lang nach und stieß mit seinem Knochenstab auf den Boden. Dann: »Ich weiß es nicht, Exzellenz. Dieser Gedanke ist mir noch nicht gekommen.«

»Aber es wäre möglich«, hakte der König nach.

»Ja, Majestät. Das möchte ich annehmen.«

»Wie lautet Euer Rat?« fragte der König.

Fari spürte die Gefahr sofort und schüttelte traurig den Kopf. »Ich bin beschämt, zugeben zu müssen, Exzellenz, daß ich leider auch nicht weiter weiß. Zu wenig ist bekannt, um sich eine Meinung bilden zu können.«

»Wir müssen es herausfinden«, stellte der König fest. »Es wäre zu gefährlich, vorher mit meinen Experimenten zu beginnen.«

Fari nickte. »Wir sind in einer unglücklichen Lage, Majestät. Die Pläne Eurer Exzellenz, die Menschenlande zu erobern, werden sicherlich einen Aufschub erleiden.«

»Da kann man nichts machen, Fari«, erwiderte der König. »Flüche haben nun einmal die Eigenart, sich über ihren eigentlichen Zweck hinaus auszudehnen. Es gibt so viele Verbindungen, von denen manche sogar den Zauberern, die den Fluch ausgesprochen haben, nicht bekannt sind, daß man unmöglich alle Folgen eines Fluches absehen kann. Aus diesem Grunde habe ich auch zunächst Banditen und nicht meine eigenen Soldaten durch die Verbotene Wüste gesandt.

Wenn es mir auch Kummer bereitet, dies eingestehen zu müssen, Fari, so wäre es doch weise, die Dinge mit äußerster Vorsicht voranzutreiben. Dennoch sollten wir keine Ausgaben scheuen. Die Sterndeuter werden sich damit befassen müssen. Und alle meine Traumfänger. Im Haupttempel sollen den Göttern täglich Opfer gebracht werden, in den weniger wichtigen Häusern der Verehrung wöchentlich.«

»Jawohl, Exzellenz«, meinte Fari, nickte mit dem Kopf und pochte mit seinem Stab auf den Boden. »Sofort, sofort.« Er eilte davon. Wieder einmal war er erleichtert, weil es ihm gelungen war, jegliche Schuld und Verantwortung auf andere abzuwälzen und gleichzeitig das Lob und die Ehre für jeglichen Erfolg einstreichen zu können.

Dennoch ließ er diesmal keinen glücklichen König zurück. Manacia wandte sich in tiefer Sorge wieder dem Kopf zu. Abermals beschlich ihn die alte Angst vor einem Rivalen. Ein Schauder lief ihm über den langen Rücken.

Plötzlich fragte sich Manacia, ob sein Feind wohl ebenfalls gerade an ihn dachte.

Und wenn, ob dieser Feind das Gesicht eines Menschen haben mochte.

Und wenn er dies hatte, war es dann möglich, daß er schon einen Weg über die Schwelle der Götter gefunden hatte?

Hatte er Kyrania schon entdeckt?

*

Nicht lange nachdem Manacia diese Enttäuschung hatte hinnehmen müssen, sagten sich Safar und Iraj auf Wiedersehen. Sie feierten ihren Abschied, indem sie zu Alisarrians Höhle und dem schneebedeckten Paß, an dem sie mit den Dämonen gekämpft hatten, zurückkehrten. Stürme hatten alle Spuren des Gemetzels verweht, und als sie auf Schneeschuhen aus grobem Holz durch den Schnee glitten, erinnerte nichts mehr an die Ereignisse, die sich hier zugetragen hatten.

»Vielleicht war alles nur ein Traum«, meinte Safar. »Vielleicht ist überhaupt nichts geschehen, und jeden Moment wachen wir auf und beginnen einen ganz gewöhnlichen Tag in zwei ganz gewöhnlichen Leben.«

Iraj lachte nur laut. »Ich bin noch nie gewöhnlich gewesen, Safar«, widersprach er. »Und, ob du es eingestehen magst oder nicht, du auch nicht. Ohne Frage würdest du dir einen Haufen Kummer ersparen, wenn du das endlich einmal einsähest.« Er grinste. »Wenn du Astarias nur geträumt hast«, fuhr er fort, »besitzt du die größte Einbildungskraft in Esmir – eine Kurtisane, jung, schön, jungfräulich und ausgebildet in allem, was einem Mann Freude bereitet. Das war kein Traum, mein Freund. Und sie als solchen zu bezeichnen ist die größte Sünde, die sich ein Gott vorstellen könnte. Wenn du einst ein alter Mann sein wirst, werden dir die Erinnerungen an Frauen wie Astarias die Gewißheit geben, das richtige Leben geführt zu haben.«

Safar verzog das Gesicht. »Ich möchte das alles lieber so schnell wie möglich vergessen«, gab er zurück. »Ich fürchte, ich habe mich mit Astarias nur in Verlegenheit gebracht.«

Iraj klopfte ihm auf die Schulter. »Mach dich doch nicht lächerlich«, tröstete er seinen Freund. »Du hast dich eben in eine Kurtisane verliebt. Da bist du nicht der erste. Und wirst auch nicht der letzte sein. Selbst wenn du ihr unsterbliche Liebe geschworen hast. Ihr den Mond und die Sterne vom Himmel versprochen hast, wenn sie nur in deinen Armen bliebe. Das gleiche habe ich auch zu meinen Zwillingen gesagt. Zu jeder von ihnen einzeln. Und zusammen.«

»Du hast es aber nicht so gemeint«, entgegnete Safar. »Ich hingegen schon, und ich schäme mich, das zugeben zu müssen.«

»Natürlich habe ich es so gemeint«, widersprach Iraj. »In jenem Augenblick jedenfalls. Besonders, wenn sich die eine in meinen linken Arm und die andere in meinen rechten schmiegte.«

»Das war doch nur dein Verlangen, das aus dir sprach«, meinte Safar.

Iraj kicherte boshaft, dann schlug er die Arme um sich selbst. »Und bei dir war es unsterbliche Liebe, nicht wahr? Eine Liebe, die niemals enden würde. Komm schon, mein Freund!«

»Sie hat mich ausgelacht«, gestand Safar und errötete.

»Ja, und?« gab Iraj zurück. »Du bist die ganze Nacht und den halben nächsten Morgen auf ihr geritten. Und dann, in einem Moment der Schwäche, hast du sie gebeten, dein Weib zu werden. Sie sagt dir daraufhin auf, wie ich mir vorstelle, sehr liebenswürdige Weise und während sie dich höchst angenehm verwöhnt, daß sie nicht die Absicht habe, den Rest ihres Lebens damit zu verbringen, sich um das Essen und die Kinder eines Dorfjungen zu kümmern. Schließlich ist sie eine Kurtisane, die gleichermaßen Schönheit wie Ehrgeiz besitzt. Du bestehst darauf. Während du dich erneut zwischen diese lieblichen Schenkel legst, wie ich denke« – als Safar bei diesen Worten abermals errötete, wußte Iraj, daß er recht vermutet hatte –, »hat sie gelacht. Du hättest derjenige sein sollen, der lacht. Du hast bekommen, was du wolltest. Und jetzt bist du fertig mit ihr, und sie hat nur dabei verloren, indem sie dich zurückgewiesen hat. Du bist Safar Timura! Ein Mann, der auserwählt wurde, großartige Taten zu vollbringen. Gerade der Mann, für den sie jeden Tag betet, ihn in der Zukunft kennenzulernen.«

»Ich kann die Dinge nicht so kühl betrachten wie du«, entgegnete Safar.

»Dann eben nicht«, tat Iraj seinen Einwand mit einem Schulterzucken ab. »Aber ich glaube, du wirst meinen Standpunkt bald genug verstehen. Lege dich zu einer Frau, wenn du kannst und wann immer du kannst. Das höhnische Lachen einer Kurtisane – nachdem du es getan hast – ist kein Verlust. Die Wahrheit ist doch, daß der nächste Mann, der Astarias besteigt, alt und fett sein wird, und sie wird sich an dich erinnern, während sie diesem alten Sack vormachen muß, er sei ein stattlicher Halbgott.«

Irajs herzlose Worte des Trostes, wenn sie auch in Freundschaft gesprochen waren, linderten Safars Schmerz kaum. So war er dankbar, als Iraj plötzlich mit einem lauten Ruf kundtat, er habe etwas entdeckt.

»Sieh dir das an!« rief er, fiel auf die Knie und begann, im Schnee zu graben.

Safar bückte sich neben ihm. Unter Irajs kratzenden Fingern erschien das Gesicht eines Dämons. Die Züge der Leiche waren blaß und blaugrün. Dolchgroße Fangzähne ragten aus dem zur Grimasse verzerrten Maul. Safar und Iraj konnten es nicht wissen, doch der Dämon war Giff, und der Ausdruck seines Gesichts war noch immer so überrascht wie im Augenblick seines Todes, als Iraj ihm die Klinge durch die Kehle gezogen hatte. Safar wandte sich ab.

»Das ist der Dämon, den ich getötet habe!« verkündete Iraj. »Ich sehe es an den Wunden.« Mit dem Finger fuhr er den klaffenden roten Spalt unter Giffs spitzem Kinn entlang.

»Deck ihn schon zu!« drängte Safar.

»Sofort«, erwiderte Iraj, doch zunächst zog er sein Messer.

Safar sah entsetzt zu, wie sein Freund begann, die Fangzähne mit der Messerspitze herauszubrechen. »Was tust du da?«

»Ich nehme mir seine Zähne«, antwortete Iraj. »Daraus mache ich mir eine Halskette.«

Safar, der sich nie mit der wilden Art der Menschen aus der Ebene hatte anfreunden können, wandte den Blick abermals ab. «Ich dachte, wir hätten uns geeinigt, das Ganze geheimzuhalten«, meinte er. »Damit die Menschen nicht unnötig beunruhigt werden.«

Iraj schnaubte. »Ich werde mein Versprechen Coralean gegenüber halten«, gab er zurück, »doch auf meine Weise.«

Er hielt die blutigen Fangzähne in die Höhe, und Safar konnte nicht anders, er mußte sie anstarren. »Ich werde mir eine Kette daraus machen, die ich trage, wenn ich meine Feinde begrüße. Sie werden nicht genau wissen, was es für Zähne sind. Allerdings wird ihnen der Arsch schwitzen, wenn sie sich fragen, was für eine Bestie ich erlegt habe.«

Trotz seines Abscheus verstand Safar, was Iraj meinte. Irajs Verwandter war erst kürzlich nach Kyrania gekommen und hatte dem jungen Prinzen berichtet, eine Rückkehr nach Hause wäre nun sicher. Anscheinend war Irajs abtrünniger Onkel – Lord Fulain – krank geworden. Seine Soldaten hatten die Moral verloren, und sein Verbündeter, Koralia Kan, hatte um Frieden bitten müssen. Im Zuge dieses Friedens war es Iraj erlaubt worden, zurückzukehren und seinen ererbten Platz als Führer des Clans einzunehmen. Zwar gab es eine Bedingung, damit Iraj nicht erstarken konnte – es durfte die Führerschaft nur dem Namen nach übernehmen –, doch Iraj hatte schon einen Plan, wie er dies umgehen könnte.

Safars Freund verstaute die Zähne in einem Lederbeutel und schob diesen in den Gürtel. Dann bedeckte er Giffs Leiche mit Schnee, bis alles wieder so aussah wie zuvor.

»Könnte ich dich doch nur überreden, in Kyrania zu bleiben«, klagte Safar. »Das alles ist vielleicht nur eine Lüge, um dich aus den Bergen zu locken.«

»Zumindest handelt es sich teilweise um eine Lüge«, stimmte Iraj zu, erhob sich und wischte sich den Schnee von den Knien. »Aber in der nächsten Zeit werden sie etwas anderes vorgeben. Wenn Fulain genesen ist, wird die Blutfehde von vorn beginnen. Doch dann beabsichtige ich, vorbereitet zu sein.« Er legte die Hand auf den Lederbeutel mit den Dämonenzähnen. »Ich bin noch zu jung, werden sie behaupten. Zu unerfahren im Kampf. Nur werden diese Zähne etwas anderes beweisen. Ich werde ein Geheimnis daraus machen, woher ich sie habe, und das wird ihre Macht nur noch erhöhen.«

Safar, der nicht weiter über dieses Thema reden wollte, sagte: »Mir wird kalt. Gehen wir zurück.«

Eine halbe Stunde später saßen sie in der Höhle und wärmten sich die Hände an einem kleinen Feuer. Über ihnen in der Wand leuchtete das Bild von Alisarrian unheimlich.

»Du hast mir noch gar nichts über deine Pläne erzählt«, bemerkte Iraj, während er etwas getrocknetes Ziegenfleisch hervorholte. »Was wirst du machen, nachdem ich aufgebrochen bin? Ich kann mir immer noch nicht vorstellen, daß du als Safar Timura, der Töpfer, zufrieden sein wirst.«

»Wieso nicht?« fragte Safar. »Ich kann mir das sehr gut vorstellen.«

»Du weißt so gut wie ich«, meinte Iraj, »daß du der Wahrheit ins Gesicht sehen mußt. Du bist ein Zauberer, Safar. Die Zähne, die ich mir geholt habe, sind nichts im Vergleich mit dem, was du verdient hättest. Wie kannst du Coraleans Geschenk, dich an der besten Universität von Esmir ausbilden zu lassen, nur ablehnen?«

Safar seufzte. »Ich wünschte, das könnte ich«, sagte er, »aber ich fürchte, meine Familie wird meine Weigerung nicht akzeptieren.«

»Und Gubadan auch nicht«, bemerkte Iraj.

Safar nickte. «Der ist noch schlimmer. Er behauptet, ich wäre eine Schande für ganz Kyrania, wenn ich das Angebot ablehne. Und daß ich soviel Gutes tun kann, wenn ich mit all dem Wissen nach Hause zurückkehre.«

»Mit dem ersten Punkt hat er recht«, sagte Iraj. »Es wäre tatsächlich eine Schande für dein Volk. In der ganzen Geschichte von Kyrania hat vermutlich noch keiner seiner Söhne eine solche Gelegenheit bekommen. Aber was das zweite anbetrifft, irrt Gubadan. Du wirst nicht zurückkehren, Safar. Ich bin zwar kein Traumfänger wie du, aber eins weiß ich: Sobald du Kyrania einmal verlassen hast, wirst du nie wieder zurückkehren. Weil du bei mir sein wirst, nicht?«

»Das war nur eine falsche Vision«, entgegnete Safar.

»Bist du dir da sicher?« fragte Iraj lächelnd.

»Vollkommen«, antwortete Safar. »Du bist der ehrgeizige von uns beiden. Nicht ich.«

»Was ist mit deiner anderen Vision?« fragte Iraj weiter. »Die tanzenden Menschen und der Vulkan? Glaubst du, die war ebenfalls falsch?«

Safar zögerte und erwiderte dann: »Nein, das glaube ich nicht. Und das ist der Hauptgrund, weshalb ich meiner Familie und Gubadan am Ende vielleicht nachgeben werde. Der einzige Ort, an dem ich herausfinden kann, was diese Vision bedeutet, ist Walaria.«

»Aus welchem Grund auch immer, Safar«, meinte Iraj, »ich möchte dich bitten, so rasch wie möglich eine Entscheidung zu treffen. Lerne, so viel du nur kannst. Und so schnell du kannst.

Denn eines kann ich dir versprechen: Eines Tages, wenn du es am wenigsten erwartest, werde ich bei dir erscheinen und dich bitten, mit mir zu kommen.«

»Und ich werde ablehnen«, erwiderte Safar. »Du bist mein Freund. Und dennoch werde ich nein sagen.«

»Warum lassen wir es nicht drauf ankommen?« fragte Iraj. Er zog den Lederbeutel hervor und schüttelte Giffs blutige Zähne in die Hand. Dann sagte er mit spöttischem Unterton: »Wirf diese Knochen, o Meisterzauberer, und sag uns, was die Zukunft für uns bereithält.«

»Mach keine dummen Scherze«, wies ihn Safar zurück, »ich bin kein Knochenleser.«

»Dann brauchst du dir auch keine Sorgen zu machen«, sagte Iraj. »Hier, ich werde sie sogar für dich säubern.«

Er rieb mit dem Lederbeutel einen Teil des Blutes ab und hielt Safar die Zähne hin. Dieser bewegte sich nicht, also nahm Iraj seine rechte Hand, zog sie vor und ließ die vier Fangzähne hineinfallen. Safar gab seinen Widerstand auf und schloß die Hand um die Zähne zur Faust.

»Was nun?« fragte Iraj. »Ich nehme an, wir werden irgend etwas singen und sie dann werfen.«

»Ich will nicht«, meinte Safar.

»Ich sag dir was: Um es dir leichter zu machen, werde ich singen und du wirfst die Knochen. Ja?«

Ohne die Antwort abzuwarten, holte Iraj Luft und begann zu singen:

»Knochen, Knochen, wenn auch des Dämonen Gebein,
sagt uns, was die Zukunft bringt,
welche Wege werden es sein?«

Während Iraj sang, wurden die Zähne des Dämons in Safars Hand plötzlich warm. Unwillkürlich lockerte er den Griff und schüttelte die Fangzähne wie Knochen.

»Im Singen war ich noch nie besonders gut«, sagte Iraj. Er lachte. »Aber wenn ich mich schon zum Narren mache, kannst du doch …« Er verstummte, als er Safars blaue Augen vor Konzentration aufleuchten sah, indes sein Freund die Knochen schüttelte.

Safar warf sie auf den Boden der Höhle, und anstelle eines dumpfen Klickens ertönte ein Klingen, als würde Stahl auf Stahl treffen.

Roter Rauch erhob sich und ringelte sich wie eine Schlange in die Höhe. Die beiden jungen Männer wichen beunruhigt zurück. Der Rauch war dicht, roch nach altem Blut und wirbelte vor ihnen wie die Miniatur eines Wüstenderwisches – ein schlanker Trichter unten, der sich oben zu einen faustgroßen Kopf erweiterte. Dann schien sich ein Mund zu formen, der sich zu einem verführerischen Lächeln verzog.

Die Lippen teilten sich, und sie hörten eine Frau sprechen: *»Zwei werden den Weg wählen, den zuvor schon zwei beschritten. Brüder im Geiste, nicht von Geburt. Zwei Leiber, zwei Seelen, Zwillinge doch im Schicksal. Aber hütet euch vor dem, was ihr sucht, o Brüder. Hütet euch vor dem Pfad, den ihr eingeschlagen habt. Denn diese Geschichte kann ihr Ende erst finden, wenn ihr das Land der Feuer erreicht habt.«*

Der Rauch verschwand, und die beiden jungen Männer starrten die vier kleinen Häufchen Asche an, die von den Dämonenzähnen geblieben waren. Es war, als wären sie von einer heißen Flamme verzehrt worden.

Iraj erholte sich zuerst. »Hast du gesehen?« gluckste er. »Wir haben es persönlich aus dem Mund des Orakels gehört.« Er legte Safar den Arm um die Schultern. »›Brüder im Geiste, nicht von Geburt‹«, wiederholte er. »Was für ein Paar wir abgeben werden! Der König aller Könige und sein Großwesir!«

»Nun, so hat es das Orakel nicht wörtlich ausgedrückt«, widersprach Safar. »Himmel, wer immer sie war, wir wissen nicht einmal, ob sie uns gemeint hat.«

Iraj schnaubte. »Ich kann niemanden sonst in dieser Höhle entdecken«, gab er zurück. »Wen außer uns könnte sie gemeint haben?«

»Und dann war da noch die Warnung«, sagte Safar. »Vergiß das nicht.«

»Sicher, sicher«, meinte Iraj ungeduldig. »Ich habe sie gehört. Und ich bin gewarnt. Aber damit wäre es dann beschlossene Sache. Ich kehre mit meinem Onkel nach Hause zurück und baue meine Streitmacht auf. Und du gehst nach Walaria und lernst soviel wie möglich, bis die Zeit gekommen ist, da wir uns wiedersehen werden.«

»Ich bin nicht davon überzeugt, ob es das war, was das Orakel verausgesagt hat«, zögerte Safar.

»Natürlich war es das«, erwiderte Iraj. »Aber es ist gleichgültig, was wir beide denken. Wir werden es schon herausfinden, in den Tagen, die vor uns liegen. Denke nur manchmal an mich. Wenn du in Walaria bist, stecke deine Nase in staubige Bücher und Schriftrollen und denke daran, wie ich frei über die Ebene des Südens reite, eine Armee Reiter unter meinem Banner hinter mir. Es wird das Banner von Alisarrian sein, unter dem ich von Sieg zu Sieg eile.«

Er tippte Safar auf die Brust. »Und es wird das Banner von Alisarrian sein, welches du in deinem Herzen trägst«, fuhr er fort. »Wir werden eine bessere Welt schaffen, Safar. Ein besseres Esmir für alle.«

Genau in diesem Augenblick fällte Safar endlich eine Entscheidung. Er würde sein geliebtes Kyrania verlassen und nach Walaria gehen. Dort würde er in die Universität beim Großen Tempel eintreten, jedes Buch eifrig studieren und soviel Wissen wie nur möglich in sich aufsaugen.

Dieser Entschluß hatte mit Irajs leidenschaftlicher Rede nichts zu tun. Safar erinnerte sich nur an die letzten Worte des Orakels über das Land der Feuer. Hadin war unter dem Namen Land der Feuer bekannt! Hadin, wo die wunderschönen Menschen seiner Vision getanzt haben, wo der mächtige Vulkan getobt, Feuer und giftige Wolken in den dunklen Himmel gespien hat.

»Jetzt hast du dich entschieden zu gehen, nicht?« hörte er Iraj fragen.

Safar sah auf und blickte in die Augen seines Freundes, die vor Freude leuchteten, als er Safars Entschluß von dessen Gesicht ablas. »Ja«, antwortete er. »Ich habe mich entschieden.«

»Dann wollen wir uns nun auf Wiedersehen sagen, mein Bruder«, sagte Iraj. »Ein großer Traum wartet auf uns. Je eher wir losziehen, desto eher wird er wahr werden.«

Und so umarmten sich die beiden jungen Männer und schworen sich nie endende Brüderschaft und Freundschaft.

Iraj nahm den einen Weg. Safar einen anderen. Doch keiner der beiden zweifelte daran – aus gänzlich unterschiedlichen Gründen –, daß sich ihre Wege eines Tages wieder kreuzen würden.

Und daß sie sich wiedersehen würden.

Zweiter Teil

Walaria

8
Der Dieb von Walaria

Nerisa beobachtete, wie der Scharfrichter seine Klinge schärfte. Die Klinge war lang und breit, und der Scharfrichter strich mit solcher Zärtlichkeit darüber, daß man denken mochte, das Schwert sei seine Geliebte.

Und vielleicht war es das sogar, dachte Nerisa. Sie hatte schon von eigentümlicheren Begebenheiten gehört.

Der Scharfrichter war ein großer Mann, dessen nackter Oberkörper aus weiten Seidenpantalons von reinstem Weiß wuchs. Er hatte dicke Arme und einen breiten, eichenstammstarken Hals. Sein Gesicht war von einer weißen Seidenkapuze verhüllt, durch deren zwei Löcher er seine Opfer mit dunkelglänzenden Augen betrachten konnte. Maskiert oder nicht, jedermann wußte, wer er war – Tulaz, der berühmteste Scharfrichter von ganz Walaria. Fünftausend Hände waren von seinem legendären Schwert abgeschlagen worden. Eintausend Köpfe hatte er vom Rumpf getrennt. Und Tulaz brauchte nie mehr als einen einzigen Hieb, um seine Aufgabe zu erledigen.

An diesem Morgen warteten sieben Verurteilte darauf, ob Tulaz einen neuen Rekord aufstellen würde. Der Platz gleich hinter dem Haupttor war mit Gaffern, Hausierern, Beutelschneidern und Mädchenhändlern zum Bersten gefüllt. Glücksspieler schlossen Wetten ab, ob Tulaz dieser Aufgabe würde Herr werden können, denn bisher hatte er sich noch nie an einer solchen Anzahl Köpfe auf einmal versucht. Die Wetten, was die ersten sechs Opfer betraf – ein mieser Haufen, der seine Lektionen aus früheren Mutilationen nicht gelernt hatte –, standen zu Tulaz' Gunsten. Der siebte Verurteilte allerdings war eine Frau, die wegen Ehebruchs bestraft werden sollte. Ihr wurde große Schönheit nachgesagt, und aus eben diesem Grunde glaubten viele in der Menge, daß Tulaz angesichts eines so zarten Halses seinen Rekord verfehlen könnte.

Nerisa hatte einen Platz gefunden, von dem aus sie die Vorgänge exzellent beobachten konnte. Sie war auf einen Karren geklettert, der gerade vom Markt gekommen war, und hatte einen guten Blick auf die sechs Verbrecher, die an den vergitterten Wagen gekettet waren. Die Ehebrecherin hingegen wurde in einem Verschlag auf dem Wagen verborgen gehalten. Dies war jedoch keinesfalls auf die Menschlichkeit der Kerkermeister zurückzuführen. Denn die wußten um die Schönheit der Frau und hatten die höchsten Wetten abgeschlossen. Außerdem ließen sie, wie Nerisa feststellte, die Leute gegen Entgelt einen Blick auf die arme Verurteilte werfen.

Die Hinrichtungen interessierten Nerisa nicht im mindesten. In den zwölf Sommern ihres Lebens war sie schon oft Zeuge solcher Veranstaltungen geworden. Solange sie denken konnte, war sie ein Straßenkind gewesen. Sie wachte in Gassen neben frischen Leichen auf – Leichen, die keinesfalls so fein säuberlich getötet worden waren wie die von Tulaz für gewöhnlich. Es gab Schlimmeres, als hingerichtet zu werden, soviel hatte sie bereits gelernt. Ihr ganzes junges Leben war sie derartigen Dingen ausgewichen und hatte darin eine solche Fähigkeit entwickelt wie nur wenige andere junge Bewohner von Walaria. Ihre Angst vor Tulaz bestand einzig darin, daß sie eines Tages einen Fehler machen könnte, der sie die Hand kosten würde – die traditionelle Strafe für einen Dieb, der zum ersten Mal erwischt wurde. Nerisa war eine Diebin, die sorgsam darauf achtete, all ihre Körperteile beieinander zu halten.

Bei dieser Hinrichtung ging es ihr eher ums Berufliche, weniger um die Unterhaltung; dennoch verspürte sie einen zusätzlichen Nervenkitzel, wenn sie die Gesetze geradewegs unter der Nase des Scharfrichters brach. Sie spähte aus ihrem Versteck hervor und beobachtete den Standbesitzer gegenüber – das Opfer, welches sie ins

Auge gefaßt hatte. Als er auf eine Kiste stieg, um über die Menge hinwegsehen zu können, mußte sie ein Kichern unterdrücken. Er ist ein fetter alter Sack, dachte sie. Die Kiste würde diesen schmierigen Kerl niemals tragen.

Ganz wie sie vermutet hatte, brach die Kiste zusammen, und der Standbesitzer ging der Länge nach zu Boden. Nerisa krümmte sich, um nicht laut loszuprusten. Weil die Menge so gespannt auf den Richtblock starrte, wurde Nerisa die einzige Zeugin dieser Demütigung, was sie noch lustiger fand. Denn nichts genoß Nerisa – die der Umstände wegen und gleichermaßen von Natur aus eine Einzelgängerin war – mehr als etwas Lustiges, das sie ganz allein bemerkte. Der Händler kam knurrend wieder auf die Beine, entdeckte ein schweres Faß und schob es zu seinem Stand. Er stützte sich auf den Auslagen seiner Waren ab und kletterte vorsichtig auf das Faß. Es hielt ihm stand, und so blickte er sich um, und nachdem er festgestellt hatte, daß niemand seinen Sturz beobachtet hatte, entblößte er mit einem siegerhaften Lächeln seine gelben Zähne. Rülpsend wandte er sich Tulaz zu, der sich auf seine vielgerühmte Arbeit vorbereitete.

Nerisa betrachtete die Auslagen, die sich unter dem Verschlag des Standes befanden. Sie quollen von allen Arten billiger Handelsware über: alte Lampenteile, zerbrochene Spielzeuge, geschmackloser Schmuck, verdorbene Kosmetika, Heilpülverchen und Liebestränke von zweifelhafter Qualität. Es waren eben jene Waren, wie sie hier entlang der alten grauen Stadtmauern gewöhnlich verkauft wurden. Inmitten dieses Tands gab es allerdings einen Gegenstand, der für Nerisa einen großen Wert darstellte. Gestern hatte sie ihn entdeckt, als sie nach etwas Eßbarem gestöbert hatte. Doch als sie den Gegenstand näher hatte untersuchen wollen, war der Händler von seinem breiten Stuhl aufgesprungen und hatte sie mit einem dicken Stock verscheucht: »Verschwinde, Bengel!«

Nerisa, die schlank und für ein Mädchen recht groß war, wurde oft für einen Jungen gehalten. Sie hatte sich angewöhnt, diese Verwechslung nicht aufzuklären. Im Gegenteil, sie hatte sich sogar die Kniebundhose und das weite Hemd eines Straßenjungen besorgt. Bis vor kurzem hatte sie sich große Sorgen darum gemacht, daß sie bald weibliche Formen annehmen könnte, was es schwieriger machen würde, jenen bösartigen Kerlen zu entgehen, die jenen jungen Frauen nachstellten, welche kein anderes Heim als die Straße hatten. Falls einer von ihnen sie eines Tages erwischte, gäbe es niemanden, der ihr eine Träne hinterherweinen würde, außer vielleicht dem alten Buchhändler, der sie in seinem Laden schlafen ließ. Dort hatte sie auch diesen hübschen Jungen kennengelernt, der ihr ganzes Denken auf den Kopf gestellt hatte. Denn nun konnte sie es gar nicht mehr erwarten, möglichst bald erwachsen zu werden.

Das Bild des jungen Mannes, der diese Sehnsüchte in ihr geweckt hatte, drängte sich ihr in den Kopf, und ihr Herz begann, heftig zu klopfen. Sie verdrängte den Gedanken an ihn. Sei keine dumme Kuh, dachte Nerisa. Paß lieber auf diesen fetten Hund von einem Händler auf. Der schnappt dich, wenn er kann.

Die Menge brüllte, und Nerisa fuhr herum und sah, wie die Wärter den ersten Verurteilten losketteten und zu Tulaz' steinernem Podium führten. Kerben im Stein markierten die Stelle, wo sich schon so viele arme Seelen auf Hände und Knie hatten niederlassen müssen, und die Oberfläche des Steins war mit schwarzen Flecken übersät – seit Jahrhunderten wurde hier Blut vergossen. Die plötzliche Erkenntnis, dieses blutverschmierte Podium würde der letzte Blick der Verurteilten auf die Welt sein, ließ Nerisa erschauern.

Die Menge lachte, als der erste Verbrecher auf das Podium kletterte und mit den schweren Ketten rasselte. Der Mann war ein Dieb, ein armer Dieb, was das betraf – er hatte bereits Nase und Ohren sowie beide Hände verloren.

»Nicht mehr viel für dich übrig, Tulaz«, schrie irgendein Witzbold über den Lärm hinweg. »Hast ihm schon das meiste abgeschnitten!«

Die Menge brüllte vor Lachen.

»Womit hat er denn geklaut?« rief jemand anderes. »Mit den Zehen?«

Sofort ließ sich ein altes Weib vernehmen: »Nicht mit den Zehen, du Esel. Mit dem Schwanz! Siehst du nicht, wie uns sein bestes Stück anschaut?«

Das durfte sich Nerisa nicht entgehen lassen. Und tatsächlich entdeckte sie das lange, sehr männliche beste Stück des Diebes, welches aus seinen im Kerker zerrissenen Kleidern heraushing. Die Natur hatte es nicht schlecht mit dem Dieb gemeint, und dieser ging auf das Spiel der Menge ein. Zum größten Vergnügen der Menge hob er seine beiden Armstümpfe in die Höhe, zuckte mit der Hüfte vor und zurück und stieß in die Luft. Die Menge heulte begeistert auf, und ein Regen von Münzen ging auf das Podium nieder, damit Tulaz die Todesangst des Diebes rasch beenden möge, weil dieser eine so unterhaltsame Darbietung geliefert hatte. Tulaz sah die Münzen und verzichtete auf seine übliche Zeremonie, zu welcher beunruhigende Schnitte durch die Luft sowie eine langwierige Suche nach dem besten Stand und dem besten Griff am Schwert gehörten.

»Runter mit ihm«, rief er den Wärtern zu.

Diese warfen den Dieb augenblicklich zu Boden und sprangen zur Seite. Tulaz machte einen mächtigen Schritt vorwärts und schlug zu, als der Kopf des Diebes gerade wieder nach oben zuckte.

Es ging so rasch, daß weder ein Schrei noch ein Keuchen zu hören war. Nur ein kleiner Widerstand, dann spritzte Blut aus dem plötzlich kopflosen Hals. Der Kopf des Diebes, dessen Gesicht noch immer das zahnlose Grinsen zeigte, flog in die Menge, wo sich Schweine, Hunde und Kinder darauf stürzten.

»Gut gemacht, Tulaz! Gut gemacht!« hörte Nerisa den Händler rufen. Er hatte offensichtlich auf den ersten Hieb des Tages gewettet.

Als sie das zweite Opfer herausführten, glaubte Nerisa ihre

Chance kommen zu sehen. Der Händler stellte sich hochinteressiert auf die Zehenspitzen, um besser beobachten zu können. Nerisa begann, vom Wagen zu schlüpfen. Sie brauchte nur einen einzigen Moment der Unachtsamkeit, und sie würde sich ihre Beute schnappen und in der Menge verschwinden, bevor irgend jemand etwas bemerkt hätte. Doch unter ihr kam ein Faß ins Rutschen, und sie mußte sich festhalten. Obwohl es kaum Lärm gemacht hatte, hatte der Händler etwas bemerkt und fuhr herum. Nerisa fluchte und duckte sich gerade noch rechtzeitig wieder in ihr Versteck.

Sie würde warten müssen. Denn nur mit Geduld würde sie ihr Ziel erreichen. Nerisa war stolz auf ihre Geduld und auf ihre sture Konzentriertheit. Man brauchte ihr nur ein Ziel in den Kopf zu setzen, und sie verfolgte es, gleichgültig, wie lange es dauern mochte. Der beste Zeitpunkt, dachte sie, wäre gekommen, wenn die Ehebrecherin aufs Podium geführt wurde. Die Wärter waren bestimmt bestochen worden, der Frau vor ihrem Tode die Kleider herunterzureißen. Der Händler wie auch alle anderen Zuschauer würden nur noch Augen für die der Verdammnis geweihte Blöße haben, und niemand würde Nerisa bei ihrer Tat bemerken.

Während sie dahockte und auf den richtigen Augenblick wartete, dachte Nerisa an die arme Frau, die in dem Verschlag ihrer Hinrichtung entgegensah. Das Entsetzen, das sie verspüren mußte, ließ Nerisas Herz vor Mitleid laut klopfen. Welch ein Preis für etwas so Natürliches wie die Umarmung des Geliebten. Diese Ungerechtigkeit war ergreifend. Einen Moment lang schmerzte es Nerisa zu atmen.

Hör jetzt damit auf, Nerisa, befahl sie sich und rang um ihre Selbstbeherrschung. Es ist doch nicht so, als hättest du so etwas noch nie gesehen.

*

Safar saß in einem kleinen, von alten, großblättrigen Feigen beschatteten Straßencafé und zählte Münzen, die er in einer klebrigen Pfütze Wein gestapelt hatte. Eine verdammte Wespe brachte ihn durcheinander, und er mußte noch einmal von vorn anfangen. Leicht betrunken rieb er sich die trüben Augen und entschied, es würde noch für einen Krug von *Narrensumpfs Bestem* reichen. Welcher, wie man hinzufügen muß, der schlechteste und somit billigste Wein von ganz Walaria war.

Die Hitze des späten Sommernachmittags brütete schwer über der Stadt und erdrückte jeden klaren Gedanken und jeden Wunsch, sich zu bewegen. Die Straßen waren leer, die Fensterläden der Häuser und Geschäfte während der Stunden zwischen Mittagessen und dem Ruf zum Abendgebet geschlossen. Es war so still, daß man sogar aus den fernen Pferchen das einsame Blöken eines Kamels nach seiner Mutter durch die Stadt hallen hören konnte. Die Bewohner von Walaria dösten in der Dunkelheit hinter den Fensterläden, um Kräfte für die Zeit zu sammeln, wenn das Leben von neuem begänne. Es war die Zeit des Schlafes, des Stelldicheins der Liebhaber. Eine Zeit der Besinnung.

Safar klopfte höflich auf das rauhe Holz des Tisches. »Katal«, rief er. »Meine Kraft schwindet. Hol mir noch einen Krug aus dem Brunnen, bitte.«

Aus dem tiefen Schatten im Inneren des Buchladens, der an das Café grenzte, ließ sich ein Murren vernehmen, und einen Augenblick später trat ein alter Mann, nachlässig in die zerschlissene Robe eines Gelehrten gekleidet, heraus. Das war Katal, der Besitzer des *Narrensumpfs,* eines Straßencafés und Buchladens am Ende einer langen Sackgasse im Studentenviertel. Katal hatte ein Buch in der Hand, den Zeigefinger als Lesezeichen zwischen die Seiten geklemmt.

»Du solltest dich ausruhen, Safar«, meinte er, »oder dich deinen Studien widmen. Du weißt so gut wie ich, daß die Prüfungen zum zweiten Examen in weniger als einer Woche beginnen.«

Safar stöhnte. »Verdirb doch einem Betrunkenen nicht den Spaß, Katal. Ich habe das Geld für eine Woche Essen und Wohnen ausgegeben, um in diesen wunderbaren Rausch zu gelangen. Ich brauche nur etwas zu trinken. Also tauch den Kelch in deinen heiligen Brunnen, mein teurer Lieferant der Glückseligkeit. Und tauche ihn tief hinein. So kalt soll er sein, wie es diese Münzen wert sind.«

Katal schnalzte mißbilligend mit der Zunge, legte jedoch sein Buch auf den Tisch und humpelte zu dem alten Steinbrunnen hinüber. Ein Dutzend Seile war an schweren Bolzen im Rande festgemacht und verschwanden in der kühlen schwarzen Tiefe. Katal zog an einem der Seile, bis ein großer Eimer zum Vorschein kam. Er war voller Krüge aus rotem Ton, die alle den Durchmesser einer Handfläche hatten und acht Zoll hoch waren. Katal nahm einen heraus und brachte ihn Safar.

Der junge Mann schob Katal die Münzen zu, doch dieser schüttelte den Kopf und schob sie zurück. »Dieser geht auf meine Rechnung«, sagte er. »Heute bezahlst du mit einem Schwätzchen und nicht mit Kupfer. Auf Kosten des *Narrensumpfs*, wenn es dir recht ist.«

»Aber sicher doch«, erwiderte Safar. »Ich werde mir deine Ratschläge stundenlang anhören, mein Freund, wenn du nur meinen Becher immer wieder füllst.«

Er goß den Wein in einen breiten, angestoßenen Kelch. Danach verstöpselte er den Krug wieder, hielt ihn in die Höhe und betrachtete ihn. »Vor drei Jahren«, sagte er, »habe ich meinem Vater noch dabei geholfen, solche Krüge zu machen. Die waren natürlich viel besser. Glasiert und verziert, für die besten Tische. Keine solche Massenware.«

Der alte Katal machte es sich auf der Bank gegenüber von Safar bequem. »Solchen Luxus werde ich mir niemals leisten können«, befand er. »Wenn ich Eimer voller Timurakrüge in meinem Brunnen hätte, würde ich den Wein wegschütten und die Krüge verkaufen. Denk nur, was für Bücher ich mir mit dem Erlös kaufen könnte.«

»Ich verrat dir ein Geheimnis, Katal«, begann Safar. »Wenn du Timurakrüge hättest, könntest du deinen eigenen Wein machen, oder auch Branntwein, falls dir das lieber wäre. Mein Vater segnet jeden Krug, den er herstellt. Alles, was du dann noch brauchst, ist ein wenig Wasser und das richtige Rezept, für was auch immer du brauen willst, und du hast einen endlosen Vorrat deines Lieblingsgetränks.«

»Schon wieder diese Töpfermagie!« spottete Katal. »Und diesmal wird Wasser zu Wein. Kein Wunder, wenn deine Lehrer an dir verzweifeln.«

»Eigentlich«, erklärte Safar, »hat das mit Magie gar nichts zu tun. Mein Vater würde das zwar bestreiten, aber es stimmt. Ein Teil des Zauberspruchs besteht nämlich darin, weißt du, daß wir Weingeist aus einem alten und bewährten Braugefäß in den neuen Krug schütten, ihn darin schütteln und wieder zurückgießen. Und die kleinen Tiere, die im Ton zurückgeblieben sind, werden bis ans Ende aller Zeit Weingeist produzieren – solange du den Krug nicht ausspülst.«

»Kleine Tiere?« fragte Katal und zog die buschigen grauen Augenbrauen zusammen.

Safar nickte. »Zu klein, um sie mit dem bloßen Auge zu sehen.«

Katal schnaubte. »Woher weißt du das?«

»Wie sollte es denn sonst sein?« fragte Safar. »Ich habe mal ein Experiment damit gemacht. Bei einigen Krügen habe ich nur den Zauberspruch aufgesagt, sie jedoch nicht mit dem Weingeist ausgespült. Andere habe ich ausgespült, doch den Zauberspruch weggelassen. Die letzteren machten guten Wein. In den anderen war nur brackiges Wasser.«

»Das erklärt noch immer nicht die kleinen Weingeist machenden Tiere«, zeigte Katal auf. »Hast du sie gesehen?«

»Ich habe dir doch gesagt, sie sind zu klein, um sie mit bloßem Auge zu sehen. Ich habe mir ihre Existenz theoretisch hergeleitet. Welche Erklärung sollte es sonst geben?«

Katal schnaubte abermals. »Verdammte Theorie«, sagte er. »Wann wirst du es endlich lernen: Nur weil du etwas vermutest, ist es noch lange nicht Wirklichkeit.«

Safar lachte und leerte seinen Becher. »Dann verstehst du nichts von Magie, Katal«, gab er zurück und wischte sich das Kinn ab. »Vermutungen sind das ganze Geheimnis der Magie.« Er rülpste und füllte seinen Becher erneut. »Aber diese Erklärung war Schwindel, ich geb es ja zu. Du hast wissenschaftliche Beobachtung gemeint. Und du hattest recht, mich zu schelten. Aber ich gehe nun einmal von der Existenz dieser Tierchen aus. Und wenn mir jemand Geld gäbe, würde ich ein Glas schleifen lassen, mit dem man sie sehen kann, und so beweisen, daß es sie gibt.«

»Wer würde schon für so etwas Geld ausgeben?« fragte Katal. »Und selbst wenn du deine Annahme beweisen könntest, wen würde es schon interessieren?«

Plötzlich wurde Safar ernst. Er pikste sich mit dem Finger vor die Brust. »Ich«, meinte er. »Und alle anderen sollten es auch. Wenn wir die kleinen Dinge ignorieren, was können wir dann über die große Welt wissen? Wie können wir unser Schicksal bestimmen?«

»Darüber haben wir uns schon einmal gestritten«, entgegnete Katal. »Meiner Meinung nach liegt das Schicksal der Sterblichen in den Händen der Götter.«

»Bah!« fuhr Safar auf. »Die Götter müssen sich um ihre eigenen Angelegenheiten kümmern. Unsere Sorgen sind für sie nicht von Belang.«

Katal blickte sich nervös um und entdeckte niemanden in Hörweite, wenn man von seinem Enkel, Zeman, absah, der während ihres Gesprächs herausgekommen war und auf der anderen Seite der Terrasse die Feigenblätter von den Tischen fegte.

»Paß auf, was du sagst, mein junger Freund«, warnte Katal. »Du weißt nie, ob einer der Spione des Königs in der Nähe ist. In Walaria ist die Strafe für Gotteslästerung sehr unangenehm.«

Safar senkte schuldbewußt den Kopf. »Ich weiß, ich weiß«, gab er zu. «Und es tut mir leid, solche Dinge in deiner Gegenwart auszusprechen. Ich möchte dir mit meinen Ansichten keine Schwierigkeiten bereiten. Manchmal fällt es mir schwer, daran zu denken, daß ich hier meine Zunge im Zaum halten muß. In Kyrania darf ein Mann von zwanzig Jahren offen seine Meinung sagen, und zwar über alles, wonach ihm der Sinn steht.«

Katal beugte sich vor, und sein struppiger Bart teilte sich zu einem freundlichen Lächeln. »Mir kannst du sagen, was du willst, Safar«, beteuerte er. »Aber diskret, mein Junge. Diskret. Und nicht ganz so laut.«

Der alte Mann war Safar so etwas wie ein guter Onkel, seit der junge Töpfer vor mehr als zwei Jahren in Walaria angekommen war. Nun griff der Buchhändler in seine Robe und holte einen kleinen Becher hervor. Er wischte ihn mit dem Ärmel aus und füllte ihn mit Wein.

Nach einem Schluck Wein meinte er: »Nun erzähl mir schon, was los ist, Safar. Wenn deine Familie hier wäre, würde sie sich Sorgen machen. Also laß mich an ihrer Stelle diese Sorgen hegen. Warum trinkst du seit einem Monat so viel? Deine Studien leiden darunter genauso wie dein Geldbeutel. Du hast kein Geld mehr fürs Essen, und vor allem keins mehr für Bücher. Ich will mich nicht beschweren, aber ich habe dich schon seit einiger Zeit durchgefüttert. Nun, ich würde bei den Büchern, die du brauchst, sogar auf die Leihgebühren verzichten, doch du schaust ja doch nicht hinein. Bald ist die Prüfung. Die wichtigste Prüfung deines Studentenlebens. Alle anderen Kandidaten, außer den Söhnen der Reichen, deren Erfolg durch ihren Wohlstand gesichert ist, lernen hart. Sie wollen keine Schande über ihre Familie bringen.«

»Wozu soll das nützen?« fragte Safar. »Gleichgültig, wie gut ich bin, Umurhan wird mich doch durchfallen lassen.«

Katal riß die Augenbrauen hoch. »Wie kann das sein?« wollte er wissen. »Du bist der beste Schüler, den Umurhan seit Jahren hatte.« Umurhan war der Oberste Zauberer von Walaria. Als solcher hatte er die Aufsicht über den Tempel und die angegliederte Universität, in der Gelehrte, Priester, Heiler und Zauberer ausgebildet wurden. Er war niemandem außer König Didima, dem Herrscher über die Stadt und ihre Einwohner, unterstellt.

»Er wird mich eben durchfallen lassen«, erwiderte Safar.

»Es muß doch einen Grund dafür geben«, bohrte Katal weiter. »Was hast du angestellt, um seinen Zorn auf dich zu ziehen?«

Safar verzog das Gesicht. »Er hat mich erwischt«, erklärte er, »als ich in der Bibliothek aus einem verbotenen Buch abgeschrieben habe.«

Katal war erschüttert. »Wie konntest du dein Glück so herausfordern?«

Safar ließ den Kopf hängen. »Ich dachte, es wäre sicher«, sagte er. »Schließlich habe ich mich schon mehrmals in sein Arbeitszimmer geschlichen, ohne erwischt zu werden. Um das Risiko wußte ich Bescheid. Aber ich war etwas Wichtigem auf der Fährte, verdammt! Und ich dachte: Noch ein Besuch dort, dann habe ich das, was ich brauche. Also bin ich vor dem ersten Licht hineingeschlichen. Alle wissen, der alte Umurhan liebt seinen Schlaf, was für eine Gefahr sollte demnach bestehen. Doch diesmal hatte ich gerade das Zimmer betreten und eine Kerze angezündet, als er aus dem Schatten trat. Als hätte er auf mich gewartet.«

»Hat es ihm jemand verraten?« fragte Katal.

»Wer denn?« antwortete Safar. »Ich habe es erst kurz vorher beschlossen. Niemand wußte davon. Ich kann nur vermuten, daß ich bei meinem letzten Besuch irgendwelche Spuren hinterlassen habe. Und seitdem hat er abgewartet, bis er sich auf mich stürzen konnte.«

»Du hast noch Glück gehabt. Er hätte dich gleich hinauswerfen können«, sagte Katal. »Oder schlimmer, er hätte dich an Kalasariz übergeben und dich der Ketzerei bezichtigen können.« Lord Kalasariz war Didimas Oberspion. In seinen Diensten standen so viele Menschen, daß einem Witz zufolge, der in Walaria die Runde machte, selbst die Spione ausspioniert wurden.

»Umurhan hat das gleiche gesagt«, erwiderte Safar. »Er meinte, er könne mich in eine von Kalasariz' Zellen werfen, wo ich bis in alle Ewigkeit vor mich hin faulen könnte. Und nur aus einem Grund hat er Kalasariz' Lakaien nicht gerufen: weil ich so ein guter Schüler bin.«

»Na, siehst du?« munterte Katal ihn auf. »Es gibt also noch Hoffnung. Du hast vier Jahre Arbeit in zweien hinter dich gebracht. Niemand in deinem Alter war je soweit, das Examen zur zweiten Stufe des Tempelschülers abzulegen.« Er zeigte auf den Weinbecher. »Und jetzt machst du all deine Chancen zunichte, den Fehler wiedergutzumachen.«

Safar zog eine Grimasse und erinnerte sich an Umurhans Zorn. »Ich glaube, das wäre sowieso nicht möglich«, sagte er. »Ich bin nur deshalb nicht sofort hinausgeworfen worden, weil Lord Muzine, der reichste Händler der Stadt, mein Wohltäter ist.« Muzine war Coraleans Freund, jener Mann, den der Karawanenmeister um Hilfe gebeten hatte, damit Safar Zutritt zur Universität erhielt. »Umurhan will keinen Skandal, und er will ganz bestimmt Muzine nicht beleidigen. Er wird mich durchfallen lassen und die traurige Nachricht dann Muzine überbringen. So wird er mich am einfachsten los.«

»Nun, ich für meinen Teil werde dich nicht bedauern«, ließ sich eine Stimme vernehmen. Die beiden wandten sich um und entdeckten Zeman, der sich über die Terrasse vorgearbeitet hatte und nun den Tisch neben ihnen abfegte. Zeman war ungefähr so alt und so groß wie Safar. Doch war er mager, fast ein Gerippe. Er hatte eine ungesunde Gesichtsfarbe, sein Gesicht war lang, und mit diesen riesigen Augen und vorstehenden Zähnen erinnerte es an einen Pferdeschädel.

»Blutsauger wie du sind es, die meinen Großvater arm machen«, beschwerte sich Zeman. »Ihr eßt und trinkt auf Pump oder bezahlt überhaupt nie etwas. Ihr leiht euch Bücher und Schriftrollen und behaltet sie, solange ihr wollt, ohne für die Extrazeit zu bezahlen. Und es sind nicht nur die Studenten. Auch diese Hexe Nerisa hat er unter seine Fittiche genommen. Diese kleine Diebin. Nein, ich fürchte nur, mein Großvater ist zu wohltätig, zu seinem eigenen Nachteil. Und zu meinem. Sieh dir nur an, wie ich wegen solcher Leute wie euch herumlaufe.«

Er zeigte auf seine Kleider – eine enge braune Hose, einen grünen, schenkellangen Kaftan und an der Spitze nach oben gebogene Pantoffeln – insgesamt eine billige Imitation dessen, was die modebewußteren Männer trugen. »Ich muß mir meine Kleider auf dem Markt in den Straßen kaufen. Für einen jungen Mann meiner Herkunft, dem sich eine so große Zukunft bietet, ist das eine Beleidigung.«

Katal wurde wütend. »Sprich nicht so mit meinen Freunden! Safar nimmt nur das, was ich ihm anbiete. Er ist mein Freund, und sein junger Verstand gehört zu den hellsten, die ich seit langem kennengelernt habe.«

Safar mischte sich ein. »Er hat recht, Katal. Du bist zu großzügig. Ich wette, du hast die Preise des *Narrensumpfs* nicht erhöht, seit du ihn vor vierzig Jahren eröffnet hast. Aus diesem Grund kommen wir hierher. Du hast doch ein Anrecht auf angemessenen Gewinn, mein Freund. Und in deinem Alter verdienst du auch ein ruhiges Leben.«

Zeman fuhr dazwischen. »Ich danke dir, daß du mich vor meinem eigenen Großvater verteidigst«, knurrte er Safar an. »Als ob ich mich nicht selbst verteidigen könnte. Aus mir spricht doch nur die Vernunft und keinesfalls die Dummheit.«

»Ihr beide sprecht mit der Arroganz der Jugend«, meinte Katal nun. »Und keiner von euch denkt auch nur im geringsten daran, warum ich mein Leben so führe, wie ich es tue.«

Er zeigte auf das verblichene Schild, das über der Tür zum Buchladen hing. »Der Name verkündet es allen: *Narrensumpf.* Ich war noch ein junger Mann, als ich dieses Schild aufgehängt habe. Und den Baum habe ich zur gleichen Zeit gepflanzt. Damals war es nur ein dürrer Strauch mit ein paar Blättern. Heute spendet er uns mit seinen mächtigen Ästen Schatten.« Seine alten Augen leuchteten bei der Erinnerung daran auf. »Ich war ein heller junger Kerl«, erzählte er. »Obwohl vielleicht nicht ganz so hell, wie ich dachte. Dennoch war ich schlau genug, um an der Universität mithalten zu können. Doch hatte ich kein Geld und keinen Einfluß, als daß man mich überhaupt aufgenommen hätte. Bücher und

Wissen liebte ich über alles. Und so flüchtete ich mich in eine Traumwelt und wurde Buchhändler. Ich wollte mit den intelligentesten Studenten die Ideen der Bücher diskutieren. Aus diesem Grund habe ich meine Waren zu den niedrigsten Preisen angeboten und so einen Ort geschaffen, der solche Leute anzieht. Vor euch seht ihr einen armen Mann, einen närrischen Mann, trotz allem jedoch einen glücklichen Mann. Denn mit dem *Narrensumpf* habe ich mir meine Träume erfüllt.«

Safar lachte und nickte; er hatte verstanden. Zeman legte die Stirn in Falten und schien noch unglücklicher zu sein als zuvor. »Und was ist mit mir, Großvater?« protestierte er. »Ich habe nicht um dieses Leben gebeten. Ich habe nicht um die Pest gebeten, die meine Eltern dahingerafft hat. Meine Mutter – deine Tochter – war ansehnlich genug, um sich einen anständigen Ehemann zu angeln. Doch der starb, bevor er noch ein bißchen Wohlstand erarbeiten und mir etwas hinterlassen konnte.«

»Ich habe dir ein Heim gegeben«, wandte Katal ein. »Was hätte ich sonst tun können? Deine Großmutter ist bei der gleichen Pest gestorben, und ich habe meine ganze Familie außer dir verloren.«

»Das weiß ich wohl, Großvater«, gestand Zeman ein. »Und ich bin dir für alle Opfer dankbar, die du meinetwegen auf dich genommen hast. Ich bitte dich nur, versuch es doch einmal. Gib nicht soviel fort. Und wenn ich dann eines Tages dieses Haus erbe, wirst du im Grab deinen Frieden finden, weil du weißt, daß ich versorgt bin.« Zeman blickte sich um und betrachtete kurz die Schäbigkeit seines zukünftigen Erbes. »Es liegt immerhin an einer günstigen Stelle. Genau im Herzen des Studentenviertels. Es sollte mir eine anständige Summe einbringen.«

Safar mußte sich arg zusammenreißen, um nicht aufzufahren. In Kyrania hätte es kein junger Mann gewagt, so kalt und unhöflich mit seinem Großvater zu sprechen. Wenn er auf Zemans Rede nichts antwortete, würde ihn das bis in die Träume verfolgen.

»Wenn ich es wäre«, wandte er ein, »ich könnte all diese Bücher niemals verkaufen. Wie es der Dichter sagt: Was könntest du erwerben, das auch nur halb so wertvoll ist wie das, was du verkaufst?«

»Ein Bordell zum Beispiel«, erwiderte Zeman, »mit einem Salon fürs Glücksspiel.« Er fegte noch einmal ärgerlich über den Tisch und trollte sich von dannen.

»Du solltest ihm so etwas nicht durchgehen lassen«, sagte Safar erhitzt. »Er benimmt sich respektlos.«

»Nimm es ihm nicht übel«, bat Katal. »So ist Zeman nun einmal. Und daran kann man nichts ändern. Vielmehr sollten wir uns um Safar Timura sorgen.«

»Da gibt es auch nichts, was man ändern kann«, meinte Safar.

»Was ist nur in dich gefahren, daß du dich mit Umurhan angelegt hast?« fragte Katal und strich sich niedergeschlagen durch den Bart.

Safar senkte den Blick. »Das weißt du doch.«

Katal kniff die Augen zusammen. »Wieder dieses Hadin?«

»Ja.«

»Warum bist du nur so von einem Ort auf der anderen Seite der Welt besessen?« fragte Katal. »Ein Ort, über dessen Existenz wir uns noch nicht einmal sicher sind. ›Das Land der Feuer‹, so wird es genannt. Es könnte genausogut ›das Gefrorene Land‹ sein, nach allem, was wir wissen. Oder ›das Land der Sümpfe‹.«

»Ich weiß doch, was ich in meiner Vision gesehen habe«, widersprach Safar. »Und ich spüre, von welcher Wichtigkeit es ist, daß jemand herausfindet, was geschehen ist.«

»Also denkst du, die Spur würde in Umurhans private Bibliothek führen«, gab Katal trocken zurück. »Zu seinen verbotenen Büchern.«

Safar nickte, dann beugte er sich vor. »Ich bin über einen Namen gestolpert«, flüsterte er. Er deutete in die Richtung des Buchladens. »Er wird auch in einigen deiner ältesten Schriftrollen manchmal erwähnt. Die Gelehrten beziehen sich alle auf einen der Alten, den sie Lord Asper nennen, ein großer Magier und Philosoph. Er hat die ganze Welt vermessen; und auch die Entfernung von Esmir zum Mond. Zudem hat er vieles vorausgesagt, das wirklich eingetroffen ist, insbesondere den Aufstieg von Alisarrian und den Zusammenbruch seines Reiches.«

Katal zog ein interessiertes Gesicht. »Von diesem Menschen habe ich noch nie etwas gehört.«

»Ich glaube, Asper war kein Mensch«, gab Safar zurück.

»Was sonst?«

»Ein Dämon«, antwortete Safar.

Katal wäre vor Entsetzen fast aufgesprungen. »Ein Dämon?« rief er. »Was soll denn dieser Unfug? Die Dämonen bringen uns kein Wissen, sondern nur Unheil! Wie weise dieser Asper auch gewesen sein mag, bestimmt war er genauso niederträchtig. Wie alle Dämonen. Deshalb gibt es schließlich diese Grenze zwischen unseren beiden Arten. Den Fluch der Verbotenen Wüste.«

»Ach, das« – Safar rümpfte die Nase –, »das ist doch nichts.«

»Wie kannst du den größten Zauberspruch aller Zeiten als nichts bezeichnen?« fuhr Katal bestürzt auf. »Die schlauesten Köpfe – nun gut, auch ein paar dieser Dämonen – haben ihn sich ausgedacht. Niemand kann ihn überwinden.«

Safar zuckte mit den Schultern. »Ich glaube, er kann sogar sehr leicht überwunden werden«, sagte er. »Eigentlich wollte ich nicht sosehr in die Einzelheiten gehen, doch ich weiß, daß der Fluch auf Aspers Arbeiten basiert. Er hatte viele Feinde und viele Rivalen, und aus diesem Grund schuf er einen Zauber der Kompliziertheit. Dadurch erschien der einfachste Zauberspruch so verzwickt und schwierig, daß es selbst den größten Zauberer verwirrte. Wenn ich den Fluch überwinden wollte, würde ich zunächst diesen Zauber der Kompliziertheit angehen, nicht den Fluch an sich. So schwierig kann das, glaube ich, nicht sein. Und ich bin mir sicher, der Schlüssel könnte bereits in meinen Händen liegen, wenn ich nur eines dieser Bücher in die Finger bekommen würde. Nach denen ich gerade gesucht habe, als mich Umurhan überrascht hat.«

»Würdest du so etwas wirklich tun?« fragte Katal schockiert. »Würdest du tatsächlich versuchen, den Fluch aufzuheben?«

»Natürlich nicht«, beschwichtigte Safar Katal zu dessen größter Erleichterung. »Welchen Zweck sollte das haben, abgesehen von der Gefahr, in die es uns alle stürzen würde? Ich halte auch nicht mehr von Dämonen als du.«

Safar hatte sich an sein Versprechen Coralean gegenüber gehalten und niemandem von seinem Erlebnis mit den Dämonen erzählt, selbst Katal nicht. Also hatte er allen Grund, sich mehr vor diesen Kreaturen zu fürchten, als der Buchhändler sich vorzustellen vermochte. Und ihm war die Idee gekommen, die Dämonenreiter hätten, allen vernünftigen Gründen, die Coralean dagegengehalten hatte, zum Trotz, einen Weg gefunden, die Verbotene Wüste zu durchqueren. Falls dies der Fall gewesen war, so hoffte er nur, ihr Wissen sei mit der Lawine begraben worden, eine Bitte, die er häufig in seine Gebete miteinschloß.

Von alldem erzählte er Katal nichts. Statt dessen fuhr er fort: »Mich interessiert nur, was Asper über Hadin zu sagen hatte. Ich glaube, es berührt die Ursprünge unserer Welt. Unser aller Ursprünge. Die der Menschen und die der Dämonen gleichermaßen.«

»Das ist wirklich sehr faszinierend, Safar«, meinte Katal, »doch allenfalls für ein gelehrtes Streitgespräch unter einigen wenigen Ausgesuchten geeignet. Zudem ist es gefährlich, darüber zu sprechen. Deshalb bitte ich dich, um deines Wohlergehens willen und dem deiner Familie, laß das Thema fallen. Vergiß Asper. Vergiß Hadin. Lerne eifrig und bestehe das Examen. Umurhan wird sich erweichen lassen. Du bist zu großen Dingen fähig, mein junger Freund. Gerate jetzt nicht ins Straucheln. Sieh nach vorn in die Zukunft.«

»Das tue ich, Katal«, widersprach Safar leidenschaftlich. »Merkst du das denn nicht? In meiner Vision ...« Er unterbrach sich. So oft schon hatte er sich mit Katal darüber unterhalten. »Ich wollte am Anfang gar nicht nach Walaria«, sagte er. »Meine Familie bestand hingegen darauf, daß ich Coraleans großzügiges Angebot annahm.« Safar hatte es stets im vagen gehalten, weshalb der

Karawanenmeister ihm dermaßen verpflichtet war. Katal, der bemerkt hat, welch wunden Punkt dieses Thema für Safar darstellte, hatte ihn nicht nach Einzelheiten bedrängt. »Der alte Gubadan hat geweint, als ich mich weigerte. Es war, als würde ich ihm seinen ganzen Stolz nehmen.«

»Ich verstehe wohl«, bemerkte Katal. »Du warst schließlich sein bester Schüler. Nicht viele junge Menschen wie du kommen in eine richtige Schule, Safar. Das solltest du zu schätzen wissen.«

»Doch das war es nicht, was meine Entscheidung beeinflußt hat«, fuhr Safar fort. »Ich liebe Kyrania. Niemals wollte ich von dort fortgehen. Ich liebe das Handwerk meines Vaters. Und dennoch habe ich seit drei Jahren kein Stück Ton mehr in der Hand gehabt. Aber diese Vision von Hadin hat mich verfolgt. Ich konnte nicht schlafen. Ich konnte kaum essen. Je mehr ich darüber nachdachte, desto weniger schien ich wirklich zu wissen. Und der einzige Ausweg aus diesem Dilemma war, zur Universität zu gehen und zu studieren. Es war also Hadin, das mich von zu Hause fortgetrieben hat, Katal. Und es ist Hadin, das mich jetzt treibt.«

In Safars blauen Augen glühte der heilige Eifer der Jugend. Katal seufzte innerlich, konnte er sich doch nur noch schwach an seine eigenen Tage solcher Zielstrebigkeit erinnern. Dennoch hatte er den Eindruck, es würde noch etwas viel Komplizierteres hinter der ganzen Geschichte stecken, als Safar ihm anvertraute. Hier waren noch andere Kräfte am Werke. Ein schlimmes Erlebnis. Vielleicht eine Tragödie. Oder könnte es eine Frau sein? Unwahrscheinlich. Safar war viel zu jung.

Gerade legte er sich die Worte zurecht, wie er Safar nochmals um Vorsicht bitten könnte, als laute Stimmen und schnelle Schritte seinen Gedankengang unterbrachen.

Die beiden blickten auf und sahen eine kleine Gestalt mit bloßen Füßen und zerlumpten Kleidern die Gasse hinunter auf sie zurennen.

»Was ist los, Nerisa?« rief Safar, während sie näher kam.

Dann hörten sie laute Stimmen: »Haltet den Dieb! Haltet den Dieb!«

Nerisa rannte an ihnen vorbei und schoß den Feigenbaum hinauf wie der Bolzen einer Armbrust, dann war sie im dichten Laub verschwunden.

Einen Augenblick später taumelten der fette Händler und einige verwegen aussehende Männer in Sicht. Schnaufend verlangsamten sie ihre Schritte.

»Wo ist er?« wollte der Standbesitzer wissen, als er Safar und Katal erreichte. »Wo ist er hin?«

»Wo ist wer hin?« fragte Katal mit einer Miene überraschter Unschuld.

»Der Dieb«, sagte einer der Männer.

»Ein Riese von einem Kerl«, unterbrach ihn der Händler. »Ein wahres Tier, sag ich euch. Ich schäme mich nicht zuzugeben, daß ich Angst um mein Leben hatte, als ich ihn beim Stehlen erwischt habe.«

»Wir haben niemanden gesehen, auf den deine Beschreibung zutreffen würde«, verkündete Safar. »Oder, Katal?«

Katal zog ein tiefbesorgtes Gesicht. »Bestimmt nicht. Und wir sitzen hier schon seit Stunden.«

»Laßt uns die Umgebung absuchen«, befand einer der grobschlächtigen Kerle. »Vielleicht waren diese beiden guten Bürger nur zu sehr mit Weintrinken beschäftigt, um den Dieb zu bemerken.«

»Ich kann dir versichern, hier ist niemand entlanggekommen, auf den die Beschreibung zutrifft«, sagte Katal. »Aber schaut doch selbst nach, wenn ihr wollt.«

Nerisa teilte vorsichtig das Laub und spähte auf die Szene unter ihr. Während die grobschlächtigen Kerle nach ihr suchten, verwickelten Safar und Katal den Händler in eine beiläufige Unterhaltung, um seinen Verdacht zu zerstreuen.

Die junge Diebin war keinesfalls mit sich zufrieden. Ihre Gefühle hatten sie unvorsichtig gemacht, und als die Sache schiefgegangen war, hatte sie in Panik reagiert. Die Hinrichtung war reibungslos über die Bühne gegangen. Tulaz war erhobenen Hauptes vom Podest gestiegen. Die Ehebrecherin nicht. Und die Menge auf dem Platz hatten eine gute Darbietung bekommen. Das Opfer war so schön gewesen, wie angekündigt worden war. Und sie hatte auf höchst unterhaltende Weise gejammert und armselige Versuche gemacht, ihre Blöße mit den gefesselten Händen zu bedecken, als die Wärter ihr die Kleider vom Leib gerissen hatten. Tulaz hatte eine große Schau abgezogen, hatte mehrmals zum Schlag angesetzt, hatte die Klinge wieder und wieder knapp über den lieblichen Locken der Frau stoppen lassen. Schließlich hatte er ihr den Kopf mit leichter Hand abgeschlagen, und selbst ein blinder Narr hatte nicht mehr daran zweifeln können, daß sein Scharfrichterherz aus Stein bestehen müsse.

Aber kurz bevor der Hieb sein Ziel traf, stieß die Frau einen traurigen Seufzer aus, der über den ganzen Platz hallte. Es war ein solch qualvolles Stöhnen, tief aus den verborgensten Gründen menschlichen Elends, daß es Nerisas Mauer der Gefühllosigkeit durchbrach. Zum erstenmal in ihrem Leben waren ihr die Tränen gekommen. Ein unkontrollierbarer Drang, den Ort des Schreckens zu verlassen, und zwar schnell, hatte sie überwältigt.

Dann hatte Tulaz' Klinge den Kopf abgeschlagen. Die Menge brach in donnernden Beifall aus. Nerisa sprang vom Wagen und landete mit dem Gesicht zum Stand. Der Gegenstand, um dessentwillen sie gekommen war, glänzte sie von der Auslage her an. Sie hatte zugegriffen, hatte den Aufschrei des Händlers gehört und war blindlings in der Menge untergetaucht.

»Haltet den Dieb!« hatte der Standbesitzer ihr hinterhergerufen. Trotz des nach der Hinrichtung einsetzenden Durcheinanders auf dem Platz hatten die Wachen den Ruf des Händlers gehört und waren herbeigerannt. Im Angesicht des schwärzesten aller Schicksale teilte sich die Menge vor ihnen. Einer der Männer bekam sie am Arm zu fassen, doch sie grub ihre Fingernägel tief in seine Haut, und so schrie er auf und ließ sie los. Nerisa rannte so schnell wie noch nie in ihrem Leben. Aber die Wachen des Platzes kannten ihre Tricks und blockierten ihre Fluchtwege. Und Nerisa hatte, wie sie zu ihrer Schande gestehen mußte, in ihrer Panik den leichtesten Weg gewählt und ihre Verfolger geradewegs zum *Narrensumpf* geführt – der einzigen Zuflucht, wo sich überhaupt jemand einen Deut um die kleine magere Diebin scherte, die ansonsten keinerlei Erinnerung an Mutter, Vater oder so etwas wie Geborgenheit kannte.

Sie griff nach dem kleinen Gegenstand, den sie unter ihrem Hemd verborgen hielt. Es war ein Geschenk für Safar. Sie spähte durch die großen Blätter des Feigenbaumes und sah ihn, wie er Münzen über den Tisch schob, um dem Standbesitzer einen Krug Wein auszugeben. Hoffentlich würde Safar das Geschenk gefallen. Gestohlen oder nicht, sie hatte einen höheren Preis dafür bezahlt, als er sich vorstellen könnte. Nerisa sah die groben Kerle zurückkommen, die die Köpfe schüttelten und sagten, ihr Opfer müsse sich in Luft aufgelöst haben. Safar bestellte noch mehr Wein. Katal tat ihm den Gefallen. Und während man die Gläser füllte und anstieß, schlüpfte Nerisa von dem Ast auf die Mauer der Gasse.

Dann kletterte sie eine Regenrinne hinauf zum Dach, von dort aus zum benachbarten Gebäude, und war verschwunden.

9
Gute Menschen und fromm

Das Studentenviertel war der älteste Teil von Walaria, ein schmutziges Viertel zwischen der Rückseite des aus vielen Kuppeln bestehenden Tempels und der westlichen Mauer. Das Westtor war schon vor vielen Jahrhunderten erbaut worden. Weil es so selten benutzt wurde, fiel es seit langem dem Zahn der Zeit zum Opfer, und der König hatte es sperren lassen, um die Kosten für die Instandsetzung zu sparen. Das Viertel selbst war ein Gewirr von Kopfsteinpflasterstraßen, die so eng waren, daß man durch die Vordertüren der Häuser geradewegs in den Verkehr trat. Die Wohnhäuser und Geschäfte gehörten zu den ärmsten der Stadt, waren ohne Plan und verwinkelt gebaut, und mancher Giebel neigte sich aufs waghalsigste über die Straße.

Safar wohnte in dem, was vom letzten Wachturm der westlichen Mauer übriggeblieben war. Er hatte ihn von einem alten Stadtwächter gemietet, der sich selbst für den Besitzer hielt, weil der König doch keinen Gebrauch mehr von dem Turm machte. Der Stadtwächter hatte ihm zur Logis auch die Kost angeboten – eine Mahlzeit am Tag, von seiner Frau zubereitet. Der Torturm verfügte über zwei Zimmer, eins davon ohne Dach, und Safar durfte die Stadtmauer zu Spaziergängen nutzen. Es war nicht nur der niedrige Preis gewesen, der Safar an dieser Unterkunft gereizt hatte. Er war ein Kind der Berge, und vom Turm aus hatte er einen ungehinderten Blick über die ganze Stadt auf der einen Seite und die weite leere Ebene auf der anderen. Des Nachts diente er Safar außerdem als ausgezeichnetes Observatorium, von dem aus er den Himmel studieren und mit den Büchern der Traumfänger vergleichen konnte.

Zudem konnte man hier den Sonnenuntergang genießen, und an diesem Tag, ein paar Stunden nachdem er den *Narrrensumpf* verlassen hatte, lehnte Safar an der breiten Steinfensterbank und prostete der sich verabschiedenden Sonne mit der Neige seines Weins zu. Von der anderen Seite des Viertels hörte er einen Priester das letzte Gebet des Tages singen. Es wurde auf magische Weise verstärkt und hallte über die ganze Stadt hinweg. Das Lied war die tägliche Bitte an die Götter, die in der Nacht Wache halten:

Wir sind die Menschen von Walaria, gute Menschen
und fromm.
Euer Segen sei mit uns.
Unsere Frauen sind gesittet, unsere Kinder
voller Respekt.
Euer Segen sei mit uns.
Teufel und Schurken haltet fern von unserer Stadt.
Euer Segen sei mit uns.
Denn Ihr werdet nur wahre Gläubige finden hier.
Euer Segen sei mit uns …

Als das Lied zu Ende war, mußte Safar laut lachen. Er war immer noch ein wenig betrunken und amüsierte sich über die scheinheiligen Lügen. Das Gebet stammte von Umurhan, der es in seiner Jugend geschrieben hatte, als er in der Hierarchie des Tempels die zweite Stelle eingenommen hatte. Von vielen – vor allem Umurhans leidenschaftlichsten politischen Freunden – wurde es für den mächtigsten Zauber gegen das Böse in der Geschichte der Stadt gehalten. Umurhan hatte diese Anerkennung genutzt, um seinen vorgesetzten Zauberer vom Thron zu stoßen. Nachdem er dies vollbracht hatte, war er ein Bündnis mit Didima und Kalasariz – beide zu jener Zeit ehrgeizige junge Fürsten – eingegangen, und schließlich war Didima König und Kalasariz Großwesir geworden. Bis zum heutigen Tag herrschten diese drei mit schonungsloser Härte über Walaria.

In Safars Ohren klang dieses nächtliche Zauberlied wie ein häßlicher Scherz, wie ihn sich nur Harle, der finstere Scherzbold der Götter, ausdenken konnte. Befand sich das Böse außerhalb der Mauern von Walaria? Oder innerhalb?

Zum erstenmal hatte Safar das Lied vor zwei kurzen Jahren gehört. An jenem Tag hatte er, genau wie jetzt, in die untergehende Sonne geschaut ...

*

Es war eine kleine Karawane, eine arme Karawane, die unverkäuflichen Plunder von Ständen weit entfernter Märkte beförderte. Das beste Tier war das Kamel, auf dem Safar saß, ein fliegenumschwärmter, mürrischer Hengst, den er für die Reise gemietet hatte. Er hatte den Sprung von Kyrania – eigentlich eher ein Taumeln – in drei Etappen hinter sich gebracht. Zunächst war er mit einer Reisegesellschaft in die Städte an den Flüssen am Fuße der Schwelle der Götter gezogen. Dort hatte er sich einer Gruppe Viehtreiber angeschlossen, die ihre Herden über die trockene Ebene zu neuen Weidegründen führten. Dann hatte er die Karawane getroffen. Sie hatte Walaria zum Ziel, und so war er mit ihr weitergezogen, was ihm viele Tage und Meilen gespart hatte.

Die Sonne senkte sich rasch, derweil er sich der Stadt näherte und auf seinem Kamel schaukelte wie ein Fischer in unruhigem Wasser. Vor diesem rosafarbenen Schein erschienen die Silhouetten der riesigen Mauern von Walaria wie in Schatten getaucht und wirkten wie eine schwarze, unwirtliche Gebirgskette. Kuppeln von Palästen und Türmen glitzerten über diesen Mauern, und spitze Gebäude ragten in die Lücken dazwischen. Die abendliche Brise wehte die exotischen Klänge und Düfte von Walaria herüber, das Gemurmel einer versammelten Menschenmenge, das Hämmern und Schlagen aus Werkstätten, den Geruch des Rauchs von Koch- und Müllfeuern – guter Knoblauch und verdorbenes Fleisch. Die Atmosphäre war sinnlich und gespannt zugleich – ebenso vielversprechend wie bedrohlich.

Das Haupttor wurde von einem Trupp Soldaten bewacht, die Didimas königliches Banner trugen – vergoldete Feigenblätter, was auf eine Zeit vor Hunderten von Jahren zurückging, als Walaria noch nicht mehr als eine kleine Oase der Nomaden gewesen war. Das Tor war furchteinflößend – es wirkte wie der höhlenartige Schlund eines Riesen. Die Balken des hochgezogenen Fallgitters, die sich, so stark wie die Hüfte eines Mannes, bis zu Speerspitzen verjüngten, bildeten die schwarzen Zähne des Tores. Der Karawanenmeister, ein eingebildeter kleiner Mann mit verschlagenem Blick, handelte mit den Soldaten den Einlaß aus. Doch er konnte oder wollte das Bestechungsgeld nicht bezahlen, und so wurde das Lager vor den Mauern errichtet – nahe einem tiefen Graben, der sich um die Stadt zog. Der Graben diente nicht nur der Verteidigung, sondern auch als Müllplatz; er war mit Abfällen, Aas und selbst den Leichen von Bürgern, die zu arm für ein anständiges Begräbnis waren, gefüllt. Rauchgeschwärzte Gestalten huschten durch den Graben und hielten die vielen Feuer in Gang, in denen der Müll verbrannte. Das waren die Lumpensammler der Stadt, die von so niedrigem Stande waren, daß man sie weder lange ansehen, geschweige denn berühren durfte, damit ihr Fluch nicht auf einen selbst übergriff.

Safar, der eine unbehagliche Nacht an diesem Ort zu vermeiden hoffte, trat schüchtern auf den Unteroffizier der Wachen zu und präsentierte ihm Coraleans Empfehlungsschreiben. Es war auf feines Leinen niedergeschrieben und wurde von einem dicken Goldfaden zusammengehalten, was den Unteroffizier dermaßen beeindruckte, daß er ihn einfach durch das Tor winkte. Safar zögerte und spähte in den Tunnel hinein, der durch die Mauer führte. Er war lang und dunkel, und nur am Ende zeigte sich ein tellergroßer heller Fleck, der den Ausgang auf der anderen Seite ankündigte.

Und in diesem Augenblick hörte er zum ersten Mal das Zauberlied, eine klagende Stimme aus der Ferne, die so nah zu sein schien …

Wir sind die Menschen von Walaria, gute Menschen und fromm.
Euer Segen sei mit uns.

Das Lied erfüllte ihn mit Furcht, und am liebsten hätte er auf dem Absatz kehrtgemacht. Doch der Unteroffizier schob ihn vorwärts. »Setz deine Plattfüße in Bewegung, Junge«, grunzte ihn der Soldat an. »Ich hab einen langen Tag hinter mir, und drüben in der Schenke wartet schon eine Flasche Wein auf mich.«

Safar tat wie geheißen und schritt durch den Tunnel auf den kleinen Lichtkreis zu, während das Zauberlied in seinen Ohren klagte:

… Denn Ihr werdet nur wahre Gläubige finden hier.
Euer Segen sei mit uns …

Mit großer Erleichterung trat er auf der anderen Seite ins Freie. Das Lied war verklungen, was ihm zusätzlichen Auftrieb gab. Er sah sich um und fragte sich, welchen Weg er nehmen sollte, doch die Nacht hatte ihn umschlossen, und in alle Richtungen führten düstere Straßen. Hier und da fiel ein schwacher Lichtschein durch die schweren Fensterläden. Nur die harten Pflastersteine unter seinen Füßen wiesen ihm den Pfad durch die Finsternis.

Dann flackerten vor ihm Fackeln, und er sah das Schild eines nahen Wirtshauses. Darunter pries der Ausrufer des Wirtshauses dessen Qualitäten: »Suppe und Bett für sechs Kupferstücke. Suppe und Bett für sechs Kupferstücke …«

Safar eilte auf den Ausrufer zu, legte die Hand jedoch vorsichtshalber auf den Griff seines Messers. Trotz des billigen Preises stellte sich das Wirtshaus als fröhlicher Rastplatz zahlreicher Reisender heraus, und Safar verbrachte darin eine behagliche Nacht. Am folgenden Tag stellte er sich im Haus von Lord Muzine vor, den Empfehlungsbrief fest umklammert.

Der Majordomus des Lords zeigte sich von dem feinen Leinen und dem Goldfaden weniger beeindruckt als der Unteroffizier. Sein Gesicht war eine versteinerte Maske, als er den Brief nahm und gelangweilt Coraleans Wachssiegel betrachtete.

»Warte hier!« wies er Safar herrisch an.

Safar wartete, und er wartete lange – schritt vor dem Tor von Muzines Haus auf und ab und grub so einen tiefen Pfad in den Staub. Eine Zeitlang bestaunte er die vorbeigehenden Leute und den Verkehr. Er war bereits einmal in Walaria gewesen, damals jedoch in Begleitung seines Vaters, und Safar hatte alles noch mit den Augen eines Kindes gesehen. Eifrig suchte er bei den Leuten nach Anzeichen für die Dekadenz, vor der ihn Gubadan gewarnt hatte. Er fragte sich, was ihm außer dem Zauberlied während seines vorherigen Besuchs noch entgangen war. Doch falls es etwas gab, das einen jungen Mann in Versuchung führen konnte, so blieb es hinter den hohen Mauern der Herrenhäuser, welche die Straße säumten, verborgen. Safar wurde des Wartens überdrüssig und bekam Hunger, wagte sich jedoch nicht von seinem Posten, könnte er doch die Rückkehr des Majordomus verpassen.

Endlich, als der Tag fast vorüber war und die Zeit für das abendliche Zauberlied nahte, trat der Mann heraus. Er schnüffelte in Safars Richtung, als wäre ihm ein schlechter Geruch in die Nase gestiegen.

»Hier«, sagte er und hielt Safar ein zusammengerolltes Stück Papier mit Muzines Siegel, welches so frisch war, daß das Wachs noch weich unter dem Druck des Fingers nachgab, hin. Das Leinen war von schlechterer Qualität als das von Coraleans Empfehlungsbrief, und es war nur mit schwarzem Band statt einem Goldfaden gebunden.

»Der Herr hat angeordnet, daß du dich morgen selbst im Großen Tempel vorstellen sollst. Dies wirst du einem von Lord Umurhans Gehilfen übergeben.«

Der Majordomus rieb die Hände aneinander, als hätten sie zuvor etwas Schmutziges gehalten, dann wandte er sich zum Gehen um.

Safar war verwirrt. »Entschuldigt, Freund«, sagte er. Der Majordomus erstarrte. Er blickte Safar von oben bis unten an und rümpfte angeekelt die Nase. Safar ignorierte es und fragte einfach:

»Ich hatte gehofft, mit deinem Herrn sprechen zu können. Ich habe Geschenke von meinem Vater und meiner Mutter, die ihm außerdem die besten Grüße übersenden lassen und für seine Gesundheit beten.«

Der Majordomus lächelte höhnisch. »Mein Herr hat keinen Bedarf an solcherlei Geschenken. Und was eine Unterredung mit ihm betrifft ... Ich werde meinen Lord nicht mit der Bitte eines Jungen deines Standes beleidigen.«

Safar spürte, wie die Wut in ihm aufstieg, hielt sie jedoch im Zaum. »Aber er hat zugestimmt, sich an der Universität für mich einzusetzen, nicht?« fragte er und zeigte auf den Brief.

»Mein Herr sagte, das liege in seinen Absichten«, antwortete der Majordomus. »Für dich wird eine Summe hinterlegt werden. Mein Herr hat Lord Coraleans Zusage, daß dieser ihm alle notwendigen Auslagen ersetzen wird.« Der Majordomus machte eine Pause, um das Gesagte wirken zu lassen, dann fuhr er fort: »Hingegen sagte er auch, ich solle dich warnen, keine Vorteile aus seiner Gutmütigkeit und seiner Freundschaft mit Lord Coralean zu ziehen. Die Wohltätigkeit meines Herrn hat sich hiermit erschöpft. Also komm nicht noch einmal mit einer Bitte an. Habe ich mich verständlich ausgedrückt?«

Safar hätte dem hohnlächelnden Mann den Brief am liebsten vor die Füße geworfen. Doch er hatte Versprechen geleistet, die er nicht brechen konnte, und so schluckte er seinen Stolz hinunter und ging ohne weitere Worte davon. Und am nächsten Tag, nach einer Nacht verärgerten Zähneknirschens, machte er sich zum Großen Tempel von Walaria auf.

Der Weg führte ihn mitten durch das Herz der Stadt, und das Geschehen, die Gerüche und die Geräusche nahmen ihm den Atem. Die Menschen drängten sich, machten kaum Platz für die mit Waren für den Markt beladenen Wagen, deren Fahrer unaufhörlich fluchten. Die Leute ignorierten ihn bis auf ein gelegentliches gereiztes Grunzen, wenn er jemanden versehentlich angestoßen hatte – und sie hielten die Köpfe gesenkt, damit sich ihr

Blick nicht mit dem eines anderen traf. Der Fluß des Verkehrs trug ihn an Bettlern vorbei, die ihm »Almosen, Almosen, um der Götter willen!« entgegenriefen, und an offenen Fenstern, in denen spärlich gekleidete Damen nach dem »Jungen mit dem roten Gesicht« riefen und ihm anboten, in ihren Armen zu verweilen. Geschäfte mit feinsten Teppichen und wertvollen Juwelen wechselten sich mit Kaffeehäusern und Opiumhöhlen ab. Diebe jeden Alters und beiderlei Geschlechts tauchten in die Menge ein und wieder aus ihr auf und warteten nur auf die richtige Gelegenheit.

Und die ganze Zeit riefen Straßenhändler, die Karren vor sich her schoben, ihre Waren aus, und ihre Stimmen fügten sich mit den Trommeln und Glocken und Flöten der Straßenmusikanten zu einer faszinierenden Musik zusammen: »Erd-nüsse! Erd-nüsse! Gesalzen und geröstet!« Oder: »Rosen-pudding! Rosen-pudding! Süß wie die Knospe!« Und: »Frucht-säfte, kalt wie Eis! Fruchtsäfte, kalt wie Eis!«

Der Große Tempel und die Universität waren riesig und bildeten eine Stadt in der Stadt mit einer eigenen Mauer. In die Steine des gewölbten torlosen Durchgangs waren die furchterregenden Köpfe von Ungeheuern gemeißelt. Wachen waren nicht zu sehen, und Männer in priesterlichen Togen oder groben Studentenroben strömten mit der Zielstrebigkeit von Bienen wie in einen Stock hinein und heraus. Safar fragte nach dem Weg und wurde durch das Durcheinander der Tempelbauten zum Amt der Hohen Verwaltung dirigiert. Dort zeigte er den Brief seines Mäzens und wurde erneut zum Warten aufgefordert.

Dieses Mal war er vorbereitet. Er hatte sich etwas zu essen und zu trinken mitgebracht, dazu das alte Buch eines Sternensehers, um sich die Zeit zu vertreiben. Seine Vorräte und der Tag gingen zur Neige, und er hatte das Buch bereits auswendig gelernt, als ein magerer Priester mit eiligem Gehabe zurückkam und ihm Antwort brachte.

»Komm mit, komm mit«, sagte er. Und drehte sich um und lief davon, ohne weiter auf Safar zu warten.

Der mußte fast rennen, um ihn einzuholen. »Bin ich aufgenommen worden, Meister?« fragte er.

»Nenn mich nicht Meister, nenn mich nicht Meister«, schalt ihn der Priester. »Heiliger genügt, Heiliger ...«

»Verzeiht meine Unwissenheit, Heiliger«, unterbrach ihn Safar. »Bin ich in die Schule aufgenommen worden?«

»Ja, ja. Und jetzt hier entlang. Und jetzt hier entlang.«

Safar wurde in einen großen, leeren Speisesaal geführt, dessen Steinboden mit angetrockneten Essensresten übersät war.

Der Priester trug ihm auf: »Schrubb ihn sauber. Schrubb ihn sauber.« Er zeigte auf einen Holzeimer mit schmutzigem Wasser, in dem eine Bürste schwamm.

Safar betrachtete den Eimer, und als er den Kopf wieder hob, hatte sich der Priester bereits wieder zum Gehen gewandt. »Warte, Heiliger!« rief Safar ihm hinterher. Doch der kleine Priester war schon durch die Tür, die krachend hinter ihm zuschlug.

Safar holte sich den Eimer und die Bürste, ließ sich auf die Knie nieder und begann zu schrubben. Als Junge aus einem Dorf sah er keine Schande in einer notwendigen Arbeit, wie unangenehm sie auch sein mochte. Er schrubbte stundenlang, sah jedoch wenig Erfolg, da das Wasser so schmutzig war wie der Boden. Zur Zeit des Zauberliedes kam ein älterer Tempeldiener zu ihm und führte ihn in einen riesigen Schlafsaal, in dem sich Studenten des ersten Jahres drängten. Er bekam eine Decke und einen Platz, an dem er sich auf dem blanken Fußboden ausstrecken durfte, dazu ein rostiges Metallschälchen mit einer kalten gebackenen Kartoffel, einem Hartweizenfladen und einem gekochten Ei.

Während er das Essen verschlang, erklärte ihm der Tempeldiener mit knappen Worten seine Pflichten, von denen das Schrubben schmutziger Fußböden die allererste darzustellen schien.

»Wann werden meine Studien beginnen?« fragte Safar.

Der Tempeldiener lachte. »Haben sie doch bereits«, gab er zurück. Und ließ Safar ohne weitere Erklärung stehen.

Safar hatte schon vor langer Zeit bei Gubadan gelernt, daß manche Lehrer sich gern unverständlich ausdrückten. Sehr gut, dachte er bei sich, wenn Fußbodenschrubben meine erste Lektion ist, dann soll es so sein.

Er schrubbte einen Monat lang und verweilte immer, wenn er seinen Eimer an Hörsälen und stinkenden Laboratorien vorbeischleppte, aus denen die weisen Reden der Meisterpriester heraushallten.

Dann ließ Umurhan ihn zu sich rufen. Fußböden mußte er nun nie wieder schrubben.

*

Safar erwachte aus seinen Träumereien. Er rieb sich die Augen; vor seinem Fenster funkelten die Sterne am Himmel. Safar entdeckte den Schweif eines Kometen in der Nähe des Hauses des Hofnarren und verlor sich in Betrachtungen darüber, was diese astrale Erscheinung zu bedeuten haben mochte. Dann hörte er ein Geräusch – ein Kratzen an seiner Tür. Und im Nebel seines Unterbewußtseins wurde ihm klar, daß er dieses Geräusch einen Augenblick vorher schon einmal gehört hatte. Und er dachte: Ach, ja … Ich habe gerade über Umurhan nachgedacht, als mich etwas unterbrochen hat. Und dieses Etwas war ein Kratzen an der Tür.

Er hörte eine Stimme fragen: »Safar? Bist du noch wach?«

Es war eine junge Stimme. Safar fragte sich, wessen, dann lächelte er, als er sie erkannte. »Komm herein!«, rief er.

10

Nerisa

Auf der anderen Seite der groben Brettertür kämmte sich Nerisa hastig mit den Fingern durchs Haar und strich sich die Kleider glatt. Sie trug ein kurzes lockeres Hemd, unter dem ihre langen Beine zum Vorschein kamen, und um die Taille hatte sie einen Gürtel geschnallt, um von ihrer jungenhaften Figur abzulenken. Das graue Hemd und die verblichene enge Hose waren alte Kleider, doch der Stoff war von solch guter Qualität, daß man die Flicken kaum sah.

»Wenn das nicht Nerisa ist!« hörte sie Safars Stimme. Er lachte. »Und falls es statt dessen ein Räuber ist, verschwendest du deine Kraft, o Freund der Nacht. Denn ich habe mein ganzes Geld vertrunken oder für andere niedere Freuden ausgegeben.«

Nerisa kicherte und schob die Tür auf. Safar grinste sie von der anderen Seite des Zimmers an; er lümmelte sich auf der Fensterbank, und seine Studentenrobe war über die starken Beine des Mannes aus den Bergen hochgerutscht. Nerisa dachte, sie hätte noch nie einen so hübschen jungen Mann gesehen. Er war groß und schlank, seine Schultern waren breit, seine Taille war schmal und wurde vom roten Gürtel eines Tempeldieners geziert. Seine Haut war olivfarben; seine Nase krümmte sich graziös über den vollen Lippen. Das dunkle Haar war ordentlich geschnitten, doch eine verirrte Locke baumelte über seinen Augen, die so blau waren, daß es ihr das Herz übergehen ließ, wenn sie hineinsah.

Er winkte sie zum Fenster. »Ich habe gerade einen Kometen entdeckt.« Er zeigte hinaus auf den sternenübersäten Himmel.

Sie kam zu ihm und lehnte sich über seine Beine, damit sie hinaussehen konnte.

»Dort«, sagte er. »Im Sternbild Harle – dem Haus des Hofnarren.«

Sie sah die lange, schmale Konstellation von Harle mit seinem unverkennbar spitzen Hut und der schnabelförmigen Nase. Quer über sein Kinn verlief der breite blasse Streifen eines Kometenschweifes.

»Ich sehe ihn«, erwiderte sie mit zitternder Stimme, weil sie Safar so nah war. Besorgt wandte sie sich ab, damit er sie nicht erröten sah. »Ich hoffe, ich habe dich nicht gestört.«

»Unfug«, gab Safar zurück. »Ich sehne mich nach meinen Schwestern. Falls du sie jemals treffen solltest, wag es nicht, ihnen das zu sagen. Das würden sie mich ewig spüren lassen.« Er lachte in sich hinein. »Aber ich vermisse sie tatsächlich. Nun, jetzt ist es raus. Ich bin unter meinen Schwestern aufgewachsen, und jetzt verzehre ich mich nach ihnen. Ich hoffe, es stört dich nicht, wenn ich dich als Ersatz betrachte.«

Und wie es Nerisa störte! Zwar war sie sich keinesfalls im klaren darüber, was sie eigentlich genau von Safar wollte, doch eins wußte sie genau: brüderliche Gefühle gehörten nicht dazu.

Sie legte eine Hand auf die Hüfte und versuchte, so weiblich wie möglich zu wirken. »Wenn du Frauen sosehr vermißt, Safar Timura«, begann sie, über ihre eigene Kühnheit erstaunt, »warum sieht man dich dann nie in Begleitung einer? Abgesehen von mir, natürlich.« Ohne sich dessen gewahr zu werden, fuhr sie sich durchs Haar. »Die anderen Studenten verbringen jede freie Minute im Bordell.«

Zu Nerisas größter Erleichterung errötete Safar und stammelte eine Antwort. »Ich … äh … mag diese Art … Dinge nicht.« Er riß sich zusammen und fuhr fort: »Ich habe mich einmal zum Narren gemacht.«

Nerisa nickte und dachte: Ich wußte doch, es war eine Frau. Offensichtlich eine schlechte Erfahrung. Sie haßte die Frau, die Safar hatte leiden lassen. Gleichzeitig war sie erleichtert, weil ihre Nebenbuhlerin, vermutlich eine schöne und viel reifere Frau als sie selbst, ihre Sache schlecht gemacht hatte.

»Was ist mit ihr geschehen?«

»Mit wem?«

»Mit der Frau?«

Safar verzog das Gesicht. »Ich dachte, ich hätte mich nicht verraten«, meinte er. Dann zuckte er mit den Schultern. »Sie hieß Astarias. Und sie war eine Kurtisane, und ich machte mich zum Narren, als ich mich in sie verliebt habe. Doch sie sagte mir klipp und klar, sie habe keine Lust, ihr Leben mit dem Sohn eines Töpfers zu verbringen. Anscheinend war in ihren ehrgeizigen Plänen kein Platz für mich.«

Während sich Nerisa dies durch den Kopf gehen ließ, bedeutete ihr Safar, sie möge sich auf den Stapel alter Kissen und Teppiche, die einzigen Möbel im Zimmer, setzen. Sie tat wie geheißen, und er ließ sich neben ihr nieder. Dabei fiel seine Robe über den langen Beinen auseinander. Nerisa blickte zur Seite.

»Ich schätze, Katal hat dir die Hölle heiß gemacht«, wechselte Safar das Thema.

»Was?« fragte Nerisa, die in Gedanken noch immer woanders war.

Safar lächelte. »Nachdem, äh, der große Herr und seine … Freunde gegangen sind, wirst du vermutlich behauptet haben, das Ganze sei ein … äh … Mißverständnis gewesen, nicht wahr?«

»Das war es auch!« sagte Nerisa. Erleichtert – und ein bißchen enttäuscht – sah sie, daß er seine Robe wieder ordentlich über seinem Schoß zusammengezogen hatte. »Ich wollte es doch bezahlen. Aber er glaubte, ich wollte es stehlen. Er hat wahrscheinlich das Geld in meiner Hand nicht gesehen.«

»Du mußt zugeben, Nerisa«, wandte Safar ein, »du bist durchaus dafür bekannt, dir manche Dinge für sehr lange Zeit, sagen wir mal, zu borgen.«

Nerisa zuckte mit den Schultern. »So lebe ich nun einmal. Ich weiß, der alte Katal versteht das nicht. Vielleicht glaubt er, ich habe irgenwo eine Familie. Und eines Tages wird sie zurückkommen, und dann muß ich nicht mehr im *Narrensumpf* schlafen, sondern bin wieder bei meinen Eltern. Aber das wird niemals passieren. Und deshalb stehle ich. Sollte ich eines Tages nicht mehr darauf angewiesen sein, höre ich damit auf.«

»Ich kann dich verstehen«, meinte Safar. »Wenn ich auch vollkommen anders aufgewachsen bin als du, sehe ich, daß die Dinge hier in Walaria einen anderen Lauf nehmen. Ich wünschte, ich könnte dir irgendwie helfen. Nur habe ich kaum genug Zeit für meine eigenen Belange.«

»Oh, du hast mir schon genug geholfen«, entfuhr es Nerisa mit unbeabsichtigter Leidenschaft. Sie zwang sich zur Ruhe und holte tief Luft. »Ich meine, du zeigst mir deine Bücher. Und bringst mir Dinge aus ihnen bei. Ich fühle mich fast so, als wäre ich selbst ein Student. Das einzige Mäd-, ich meine, die einzige Frau, die an der Universität studiert.«

Katal hatte ihr Unterricht in Lesen und Schreiben gegeben, doch ihr Interesse daran war erst richtig erwacht, nachdem Safar sie unter seine Fittiche genommen hatte. Nerisa war nicht dumm und gleichzeitig so darauf bedacht, ihm zu gefallen, daß sie rasch alles verstand, was er sie lehrte.

Safar seufzte. »Ich habe auch versucht, dir beizubringen, was Logik ist«, sagte er. »Also, wie war noch einmal die Ausgangsthese? Du bist ein armes Waisenkind und aus diesem Grund gezwungen zu stehlen.«

»Das stimmt«, antwortete sie bestimmt.

»Sehr gut«, fuhr er fort. »Nehmen wir das als gegeben. Aber sag mir doch bitte einmal, was es am Stand dieses alten Schurken so Wichtiges gab?«

»Das hier«, erwiderte Nerisa und schob ihm schüchtern ein kleines Päckchen zu. »Es ist für dich. Ein ... Geschenk.«

Safar riß die Augenbrauen hoch. »Ein Geschenk? Du hast ein Geschenk gestohlen?« In seiner Stimme schwang ein Ton mit, der ihr verkündete, welch ein Greuel ein solcher Akt für alle wohlerzogenen Menschen bedeutete. Dennoch öffnete er das Päckchen sofort. »Das ist nicht recht, Nerisa. Du solltest kein Geschenk stehlen. Himmel, du solltest überhaupt nicht stehlen. Allein die Vorstellung, ich wäre dafür verantwortlich …«

Er verstummte, als er die Verpackung geöffnet hatte und den Gegenstand in Händen hielt.

Es handelte sich um eine kleine Steinschildkröte, die vom Alter schwarz war und deren kleine Stummelbeine unter dem Panzer hervorlugten. Den langen faltigen Hals gereckt, hielt sie das schnabelförmige Maul geöffnet, als würde sie einen Fisch jagen. Alles in allem ein nettes antikes Spielzeug für Kinder.

Dann fuhr Safar zum erstenmal zusammen, weil es kein Spielzeug war, sondern ein uraltes Idol, das einen der Schildkrötengötter darstellte. Mit großer Sorgfalt war die Schnitzarbeit ausgeführt worden, so genau, als wäre die Schildkröte lebendig und würde sich nur im Augenblick nicht bewegen. Dann erschrak er zum zweitenmal und weitaus heftiger, als er die Zeichnung auf dem Rücken der Schildkröte sah. Sie zeigte eine große grüne Insel und eine gezackte blaue Linie drum herum, die das Meer darstellen sollte, welches die Insel umgab. Auf dieser war ein großer roter Berg eingezeichnet, und darauf das Gesicht eines feuerspuckenden Ungeheuers.

»Hadin«, hauchte Safar.

»Du sprichst immer so viel darüber«, erklärte Nerisa, mit der Ehrfurcht in seinem Gesicht zufrieden. »Und du hast mir die Bilder in deinen Büchern gezeigt. Als ich sie gesehen habe, dachte ich, du würdest sie unbedingt haben wollen.« Sie zuckte mit den Schultern. »Also habe ich sie besorgt.«

Safar lächelte und nickte, doch, dem abwesenden Blick in seinen Augen nach zu schließen, hatte er ihr nicht zugehört. Sie verfiel in Schweigen und beobachtete fasziniert, wie seine Hände von der Schildkröte angezogen wurden, als wäre sie magnetisch: Er zuckte zusammen, als seine Finger den Stein berührten, und riß überrascht die Augen auf.

»Sie ist magisch«, flüsterte er.

Er hob das Idol in die Höhe und betrachtete es eingehend von allen Seiten. »Ich wüßte zu gern, woher sie stammt«, sagte er. »Und wie sie hierhergekommen ist.«

Nerisa antwortete nichts darauf, denn Safar sprach nur gedankenverloren vor sich hin. Er war so mit dem Schildkrötengott beschäftigt, daß sie sich fühlte, als würde sie ihn heimlich durch ein Fenster beobachten.

Schließlich verschwand die Verklärung von seinem Gesicht, und sein Lächeln erhellte das Zimmer. »Danke, Nerisa«, sagte er einfach nur. »Für dieses Geschenk werde ich dir ewig dankbar sein.«

Und dann beugte er sich zu ihrer größten Freude – ihr blieb fast das Herz stehen – zu ihr vor, legte den Arm um ihre Schultern und zog sie zu sich heran. Er küßte sie sanft auf die Lippen, und sie erschauerte, aufgeregt und verängstigt zugleich. Doch sofort war der Augenblick vergangen, und er zog sich wieder zurück. Oh, wie sie diesen zärtlichen, brüderlichen Blick in seinen Augen haßte.

Aus Rache zeigte sie auf die Schildkröte und sagte: »Ich habe sie doch gestohlen, schon vergessen? Willst du dir wirklich die Hände daran schmutzig machen?«

»Ist mir gleichgültig«, war alles, was er sagte, doch mit so liebevoller Stimme, daß sie ihm alles verzieh.

Und so fragte sie: »Wofür ist sie gut?«

Safar schüttelte den Kopf. »Ich weiß es nicht«, antwortete er. »Doch welchem Zweck sie auch dienen mag, sie ist ganz bestimmt magisch. Ich kann es spüren!« Er zögerte, dachte nach und fuhr fort: »Ich glaube, so muß sich eine Harfe anfühlen, wenn der Musiker eine Saite anschlägt. Ein Klang, bei dem mein ganzer Körper mitschwingt.«

»Wie finden wir denn jetzt heraus, wozu es gut ist?« bohrte sie weiter und schloß sich beiläufig mit ein.

Safar legte die Stirn in Falten. »Ich muß einen Zauber benutzen, um es herauszufinden«, erklärte er, »und das sollte ich auf keinen Fall hier und mit dir zusammen tun. Lord Umurhan gefällt es nicht, wenn seine Schüler in der Öffentlichkeit Magie ausüben.« Im Falle einer Entdeckung mußte Safar sogar mit unverzüglicher Entlassung als Strafe rechnen, doch das erwähnte er nicht.

»Oh, bitte! Bitte!« quengelte Nerisa. »Ich habe noch nie Magie erlebt.«

Safar zögerte, und sie setzte sich auf seinen Schoß. »Wenn du mir wirklich danken willst«, sagte sie, »dann laß mich dir zusehen. Bitte, es wäre mir so wichtig. Ich habe die Zaubersprüche und das alles in deinen Bücher gelesen. Und manchmal erklärst du mir auch etwas. Aber ich könnte alles viel besser verstehen, wenn ich es mit eigenen Augen gesehen hätte.«

Ihre Lippen verzogen sich zu einem gerissenen Lächeln. »Und ich werde ganz bestimmt niemandem etwas erzählen, das weißt du doch.«

Safar beobachtete sie, während sie sprach. Er hatte sie vom ersten Augenblick an gemocht, seit er sie vor fast zwei Jahren im *Narrensumpf* kennengelernt hatte. Damals war sie in ihrem zehnten Sommer gewesen. Es hatte ihn schockiert, daß ein kleines Mädchen wie sie allein auf der Straße leben mußte. In Kyrania würde das einem Kind niemals passieren. Zudem war sie erstaunlich klug. Sie brauchte sich nur eine Seite anzusehen, und schon kannte sie jedes Wort auswendig. Katal hatte ihm erzählt, sie habe in weniger als zwei Wochen Lesen und Schreiben gelernt. Und wann immer er einen ihrer Fehler beim Sprechen berichtigte, machte sie ihn nicht noch einmal. Safar fand es nicht nur angenehm, mit ihr zu reden, sondern überprüfte manchmal sogar seine neuen Theorien mit ihrer Hilfe. Denn gleichgültig, wie kompliziert das Thema sein mochte, wenn Nerisa es nicht verstand, hatte er es entweder selbst noch nicht begriffen oder konnte es nicht richtig erklären.

Zum Teufel mit Umurhan, dachte er. Er wird mich sowieso rauswerfen. Was habe ich schon zu verlieren?

Also sagte er mit aufgesetzter Höflichkeit: »Euer Wunsch, meine Dame, ist mir Befehl.«

Nerisa klatschte in die Hände und rief: »Ich danke dir, Safar! Du wirst es nicht bereuen. Das verspreche ich dir.«

Von ihrem Entzücken übermannt, ließ sie alle Vorsicht fallen und umarmte ihn und wagte es, ihn auf die Lippen zu küssen. Dann wich sie zurück und errötete fürchterlich. Sie senkte den Kopf und konzentrierte sich auf einen losen Faden, als würde diese Aufgabe ihre ganze Aufmerksamkeit erfordern. Und zum erstenmal fiel es Safar auf, welch ungewöhnliche Kleider das Straßenkind trug. Das jungenhafte Gehabe war verschwunden. Nerisa war so, wie sie neben ihm saß, durch und durch weiblich, von der Haltung ihres Kinns bis hin zum graziösen Schwung ihres Handgelenks, als sie den Faden aufhob. Zudem hatte sie sich so angezogen, wie es ihre Weiblichkeit am besten zur Geltung brachte – ihre langen Beine, die, wenngleich dürr, dennoch Form annahmen. Die weichen Pantoffeln, die ihre kleinen hübschen Füße zierten. Eine schlanke Taille mit einem breiten Gürtel über den knospenden Hüften. Seinen Erfahrungen nach – schließlich war er in einer großen Familie aufgewachsen – mußte sich ihr Busen unter dem weichfallenden Stoff ihres Hemdes gerade entwickeln. Er erinnerte sich daran, wie verlegen seine Schwestern in dieser Zeit gewesen waren. Und wie diese Verlegenheit in etwas ganz anderes umgeschlagen war, als die Jungen des Dorfes sie plötzlich mit anderen Augen betrachteten – als das Alter der tiefen romantischen Seufzer begonnen hatte.

Nerisa hob den Kopf und blickte ihn an. Sie lächelte, doch ihre Unterlippe zitterte. In ihren dunklen Augen konnte er die Gefühle dicht unter der Oberfläche aufwallen sehen. Wenn er jetzt ein falsches Wort sagte, würde sie in Tränen ausbrechen – und mit einem Mal wurde ihm der Grund für diese Tränen klar. Nerisa war in ihn verliebt. Er hatte mitangesehen, wie sich seine Schwestern in viel ältere Jungen verliebt und die gleichen Qualen durchlitten hatten. Doch ging diese Krankheit rasch vorbei, wie er wußte – es war eine Krankheit der Jugend, wenngleich sie ebenso schmerzhaft war wie alles, was einem als Erwachsenen widerfahren konnte. Für Nerisa würde es jedoch härter werden, dachte er, weil sie so allein war – und von niemandem geliebt wurde. Safar, der noch immer die Narben seiner Begegnung mit Astarias trug, wußte, daß er Nerisa tief verletzen konnte, wenn er nicht gut aufpaßte. Er fragte sich, was er bloß anfangen sollte. Dann dachte er: Warum sollte ich überhaupt etwas tun? Sie konnte auch ganz allein aus dieser Verliebtheit herauswachsen, wie seine Schwestern. Er mußte sie von nun an einfach mit Samthandschuhen anfassen.

Safar räusperte sich und nahm die Schildkröte. Nerisa schien angespannt darauf zu warten, zurückgescheucht zu werden.

»Dieser Zauberspruch wäre viel einfacher, wenn du mir hilfst«, sagte er ruhig.

Nerisa blieb fast das Herz stehen. Sie sprang auf die Füße. »Was soll ich tun?« fragte sie voller Eifer.

Er zeigte auf eine abgestoßene Truhe auf der anderen Seite des Zimmers. »Dort drin findest du ein Holzkästchen«, wies er sie an, »mit fast allem, was ich brauche. Dann könntest du, wenn es dir nichts ausmacht, ein Feuer im Kohlenbecken anzünden.«

»Das macht mir ganz und gar nichts aus«, sagte sie mit der gleichen Beiläufigkeit wie Safar.

Sie holte das Kästchen, und während sie das Feuer in Gang brachte, schüttete er verschiedenfarbige Duftöle in ein Gefäß mit breiter Öffnung. Er streute verschiedene geheimnisvolle Pülverchen und strengriechende Kräuter in das Öl und vermischte alles mit einem Stößel. Nerisa hörte ihn dabei singen, doch so leise, daß sie die Worte nicht verstehen konnte. Als das Feuer heiß genug war, trug er das große Gefäß und die Schildkröte zum Kohlenbecken. Er setzte das Gefäß auf den Rost, und während es heiß wurde, malte er mit bunter Kreide ein kompliziertes Muster auf den Boden um das Feuer.

Als er damit fertig war, sagte er: »Wenn du dich hierhin setzt ...« Er zeigte auf einen Punkt innerhalb des Musters.

Sie tat wie geheißen. Safar ließ sich ihr gegenüber nieder. Durch die erhitzten Dämpfe aus dem Gefäß sah sie ihn nur mehr verschwommen.

»Sitzt du bequem?« erkundigte er sich.

Sie nickte.

»Nun, dann wollen wir mal anfangen. Aber du mußt mir versprechen, nicht zu lachen, wenn ich einen Fehler mache. Schließlich bin ich noch Student.«

Nerisa kicherte. Für sie war er, Student oder nicht, der beste Zauberer von ganz Esmir. Dann fiel ihr auf, um wieviel wohler sie sich fühlte, seit er sie um ihre Hilfe gebeten hatte. Vielleicht war das bloß ein Trick von ihm gewesen, um sie zu beruhigen. Falls das so wäre, würde sie ihn dafür nur noch mehr lieben.

Safar schnupperte an den aus dem Gefäß aufsteigenden Dämpfen. »Es ist fertig.«

»Und jetzt?« fragte sie.

Safar reichte ihr einen schmalen Pinsel mit Eberborsten und langem Stiel. »Tauch dies in das Gefäß«, wies er sie an. »Rühr um und tauch die Borsten richtig ein.«

Sie rührte mit dem Pinsel die zähflüssige blubbernde Mixtur um. Bei dem Geruch rümpfte sie die Nase, wenngleich sie sich später nicht mehr dran erinnern sollte, ob es schlecht oder gut, süß oder bitter gerochen hatte. Safar nickte ihr zu, und sie zog den Pinsel heraus. Safar hob die steinerne Schildkröte auf, legte sie genau in die Mitte seiner rechten Handfläche und hielt sie dann über den Rauch.

»Jetzt streich den Rücken der Schildkröte ein«, trug er ihr auf.

Nerisa strich mit dem Pinsel vorsichtig über die Abbildung der grünen Insel. Obwohl die Mixtur in dem Gefäß schwarz wie Pech war, hinterließ sie nur einen grauen Schimmer auf dem Grün.

»Streich es richtig dick ein«, meinte Safar. »Du brauchst dich nicht so zurückzuhalten.«

Nerisa legte die Stirn in Falten und verschmierte die Mixtur eifrig auf dem Stein, bis sie auf Safars Hand tropfte.

»Genauso muß es sein«, lobte er sie. »Jetzt tauche den Pinsel noch einmal ein und bestreiche die Schildkröte noch einmal. So dick du kannst. Doch dieses Mal müssen wir ein bißchen singen, um die Sache in Gang zu bringen. Also hör genau zu, was ich sage, und wiederhole es Wort für Wort.«

Nerisa nickte. Sie hatte verstanden, tauchte den Pinsel ein, und während sie die Mixtur auf den Rücken des Idols schmierte, sangen sie zusammen:

»Die Dämmerung verdrängt die tiefe Nacht,
Welch' Schatz verbirgt sich unterm Stein?
Das Dunkle wird ans Licht gebracht,
Gib Mark dem Knochen, Fleisch dem Bein.«

Nerisa klopfte das Herz, als das steinerne Idol in schwachem Licht zu glühen begann. Sie hätte schwören können, daß sich die Beine der Schildkröte bewegten, und dann stockte ihr der Atem, als das Idol zum Leben erwachte und über Safars Hand kroch. Flüsternd bat er sie um Ruhe und setzte die Schildkröte auf den Boden. Augenblicklich erstarb das Licht, und das Idol erstarrte wieder in seiner vorherigen leblosen Pose. Safar fluchte, dann blickte er auf und lächelte Nerisa verlegen an.

»Das wird doch schwieriger, als ich gedacht habe«, stellte er fest. »Womöglich können wir es die ganze Nacht lang versuchen und finden trotzdem nicht den richtigen Zauberspruch.«

Aus dem Ärmel holte er ein kleines silbernes Messer hervor, dessen Klinge an beiden Seiten scharf und mit ebenso künstlerischen wie geheimnisvollen Mustern verziert war. Mit diesem Hexenmesser, dem Geschenk von Coralean, konnte man komplizierte Probleme lösen.

»Glücklicherweise«, sagte er und zeigte auf das Messer, »habe ich etwas, womit wir ein wenig mogeln können.«

Und wieder bat er Nerisa mit einer Geste um Schweigen und hielt die Spitze der Klinge an den Panzer der Schildkröte – auf die rote Zeichnung des Berges mit dem Gesicht des Ungeheuers.

Er sang:

»Beschwöre den Schlüssel,
der paßt ins Schloß.
Entwirre die Stränge,
den Knoten mach los ...«

Safars Stimme wurde leiser und leiser, und der Rest des Gesangs entging Nerisa. Doch schlug der Spruch sie so in Bann, daß ihr die Worte vielleicht auch dann entgangen wären, wenn Safar sie geschrien hätte. Nie zuvor hatte sie solche Konzentration gesehen. Safars Augen schienen nach innen zu schauen und glommen wie blaues Feuer. Ein weiches Licht umgab seinen ganzen Körper, ein rosafarbenes Band, durchsetzt mit winzigen Farbklecksen. Safars Gesicht glänzte vor Schweiß, was die kantigen Züge noch schärfer wirken ließ. Nerisa roch den schwachen Moschus, der von seinem Körper ausging, und sie spürte, wie eine tiefe Ruhe sie ergriff, als wäre sie in weiche Decken gehüllt. Sie konnte die Augen, als hätten diese einen eigenen Willen, nicht mehr von dem bemalten Gesicht des feuerspuckenden Wesens abwenden.

Schließlich klopfte Safar mit dem Messer hart auf den Stein, und plötzlich löste sich die dämonische Fratze, schwebte nach oben und immer weiter nach oben, dann erwachten die gemalten Augen zum Leben, und der Mund bewegte sich und formte die Worte:

»Halt den Mund! Halt den Mund! Halt den Mund!« hörte Nerisa ihn sagen.

Unter dem Gesicht bildete sich ein Körper, und Nerisa wich überrascht zurück, als das kleine Wesen, vielleicht drei Handbreit hoch, vom Rücken der Schildkröte sprang und auf dem Boden zu stehen kam. Es hatte das Gesicht einer Kröte, riesige Augen und ein breites Maul, das vier nadelspitze Reißzähne entblößte. Doch der Rest des Körpers gehörte einem eleganten kleinen Mann, der von Kopf bis Fuß in feinste Kleidung gehüllt war. Das Wesen war offensichtlich verärgert, denn es hatte die Hände in die Hüften gestemmt und den häßlichen Krötenkopf der steinernen Schildkröte zugewandt.

»Wenn du jetzt nicht den Mund hältst«, fuhr es das Idol an, »werde ich ihn dir eigenhändig stopfen! Wart's nur ab!« Dann blickte das Wesen zu Safar auf und klagte: »Ich bekomme Kopfschmerzen davon! Immer dieses Gerede! Nie wird einem zugehört! Manchmal kann ich selbst meine eigenen Gedanken nicht mehr verstehen!«

»Tut mir leid, daß du in einer solch lauten Gesellschaft leben mußt«, sagte Safar so natürlich wie möglich. »Aber, falls du es nicht bemerkt hast, du bist gerade gerufen worden. Und wenn du mir mein ungehöriges Benehmen verzeihst, dein Streit mit deinem Gefährten, worum auch immer er sich drehen mag, ist für uns nicht von Interesse.«

Das Wesen blickte Safar an, dann Nerisa. »Das ist das Leidige an den Menschen«, beschwerte es sich. »Sie kümmern sich nie um andere.« Es hob den Kopf, als würde es dem Idol zuhören, und nickte. »Diesmal kann ich dir wirklich nur zustimmen, Gundaree«, meinte es zu dem Idol. »Zur Abwechslung spricht mal die Weisheit aus dir.« Dann wandte es sich an Safar: »Gundaree sagt, die Menschen wären alle so selbstsüchtig. Und seit wir uns kennengelernt haben, hast du nichts getan, was das widerlegen würde.«

»Wer ist denn Gundaree?« fragte Safar.

Das Wesen schnaubte, wobei winzige Flämmchen aus seinen Nasenlöchern schossen. »Mein Zwillingsbruder! Wer sonst?« Es klang, als wäre Safar der dümmste Sterbliche der Welt.

»Und du bist?«

Das nächste feurige Schnauben. »Gundara, natürlich!«

»Und warum ist dein Zwillingsbruder nicht erschienen?« wollte Safar wissen. »Sag ihm, er soll herauskommen, damit wir ihn sehen können.«

Gundara zuckte mit den Schultern, eine Geste, die so anmutig war wie die einer Tänzerin. »Er erscheint nie vor Menschen«, sagte er. »Das wäre gegen die Regeln. Ich kümmere mich um deine Art. Und er um die Dämonen.«

»Dann hast du also verstanden, daß du gerufen wurdest«, folgerte Safar, »und daß du mir einen Wunsch erfüllen mußt.«

Gundara hüpfte auf einen dreibeinigen Schemel und setzte sich. Jetzt waren seine Augen auf gleicher Höhe mit Safar. »Sicher, sicher verstehe ich das. Wünsche dir etwas, o Meister der Ungehörigkeit. Aber geht es nicht ein bißchen schneller? Ich habe noch nicht zu Abend gegessen.« Er zeigte auf das Idol. »Mein gefräßiger Zwillingsbruder wird alles verspeist haben, wenn ich nicht bald zurück bin.«

Er wandte sich Nerisa zu; vielleicht hoffte er, bei ihr mehr Verständnis zu finden. »Du kannst dir nicht vorstellen, wie schwierig es ist, etwas Anständiges zu essen zu bekommen, wenn du in einem steinernen Idol wohnst.«

»Oh, das kann ich mir sehr wohl vorstellen«, entgegnete Nerisa. Sie kramte in ihrer Tasche und brachte etwas Süßes zum Vorschein.

Gundaras Augen begannen zu strahlen. »Zucker habe ich bestimmt seit tausend Jahren nicht mehr bekommen«, freute er sich und streckte die Hand nach dem Leckerbissen aus.

Nerisa zögerte und warf Safar einen Blick zu. Der nickte, und so reichte sie die Süßigkeit Gundaras, der sie sich sofort schnappte und in den Mund stopfte. Kauend schloß er die Augen, als wäre er ins Paradies eingetreten. Dann schoß die lange rote Zunge vor und leckte Zuckerkrümel von den Lippen.

Anschließend wandte sich Gundara Safar zu. »Was willst du also, Mensch? Und mach es nicht zu schwierig. Für ein bißchen was Süßes bekommst du nicht die ganze Welt, klar?«

»Erst mal möchte ich etwas über dich wissen«, begann Safar. »Woher kommst du? Und was ist dein Zweck?«

Gundara seufzte. »Warum kriege ich immer die Dummen ab?« klagte er. »Dreimal komme ich in fünfhundert Jahren nach draußen, und einer ist einfältiger als der andere.«

Safar hielt Gundara das silberne Messer vor die Nase, und der wich zurück. Seine Miene zeigte jetzt nicht nur Bockigkeit, sondern auch Furcht. »Ich habe genug von deinem Gerede«, drohte Safar. »Ich habe hier das Sagen.«

»Deshalb brauchst du dich doch nicht gleich so aufzuregen«, gab Gundara zurück.

»Beantworte meine Fragen«, verlangte Safar.

»Ich komme aus Hadin, woher sonst?« sagte Gundara. »Mein Zwillingsbruder und ich wurden vor langer Zeit erschaffen. Vor wie langer Zeit kann ich nicht genau sagen. Aber mindestens vor ein paar tausend Jahren. Wir waren ein Geschenk für eine Hexe, die zur Königin gekrönt wurde.«

»Und euer Zweck?« fragte Safar.

»Wir sind Gehilfen«, antwortete Gundara und verdrehte die Augen wegen der dummen Frage. »Wir helfen Zauberern und Hexen bei ihrer Kunst.«

»Du hast gesagt, du wärst für die Menschen da und dein Bruder für die Dämonen. Warum diese Trennung?«

»Woher soll ich das wissen?« erwiderte Gundara mit unverhohlener Empörung. »So sind die Regeln. Ich kümmere mich um die Menschen, und Gundaree um die Dämonen. Einfacher geht's doch nicht.«

»Sieht dein Zwillingsbruder genauso aus wie du?« fragte Safar.

Gundaras Lachen klang, als würde Glas zerbrechen. »Nicht im mindesten«, sagte er. »Ich bin sehr hübsch, wie du sehen kannst. Gundaree hingegen hat das Gesicht eines Menschen.« Das Wesen erschauerte. »Was könnte häßlicher sein – ich meine, ich will euch nicht beleidigen.«

»Wie seid ihr nach Esmir gekommen?« wollte Safar wissen.

»Also das«, setzte Gundara an, »ist die traurigste aller Tragödien, die sich je abgespielt haben. Wir wurden in die Schatztruhe der Königin verfrachtet, und Piraten griffen unser Schiff an. Seitdem waren wir im Besitz der schlimmsten Kreaturen, die du dir nur vorstellen kannst. Wir wurden von einer schmutzigen Hand in die nächste verkauft. Und vor ungefähr fünfzig Jahren gerieten wir zwischen irgendwelchen Tand und gingen verloren. Unser Leben hat sich seit dieser Zeit nur noch auf Marktständen abgespielt. Niemand hat uns beachtet.«

Er schenkte Nerisa einen dankbaren Blick zu. »Das war ja eine schöne Schau, die du auf dem Markt abgezogen hast«, schmeichelte er ihr. »Ich habe mir schon immer gedacht, daß die Weibchen bei den Menschen klüger sind.« Nerisa errötete, erwiderte jedoch nichts.

Gundara wandte sich wieder Safar zu. »Ich denke, jetzt sitzen mein Bruder und ich eine Weile bei dir fest«, vermutete er. »Bis dich jemand tötet oder du uns weiterverkaufst.«

»Wenn du dir nicht bald ein paar anständige Manieren angewöhnst«, gab Safar darauf zurück, »werde ich euch beide der ältesten, schmutzigsten und häßlichsten Hexe von Esmir schenken.«

»Gut, gut«, lenkte Gundara ein. »Reg dich nicht so auf. Ich wollte doch nur ein bißchen Konversation treiben.«

»Was kannst du außerdem noch«, fragte Safar, »außer mir als Gehilfe zu dienen?«

»Das müßte doch eigentlich genügen«, grummelte Gundara. »Doch scheinbar ist heute niemand mehr mit guter solider Verstärkung von Zauberei zufrieden. Also damals –« Er unterbrach sich, als er Safars warnenden Blick bemerkte. »Einerlei. Ich habe nichts gesagt. Offenbar hat so ein armer Gehilfe nicht einmal mehr das göttergegebene Recht, ein wenig zu murren. Wenn du mehr willst, bitte. Ich kann dir Dinge holen, die kein Sterblicher berühren kann, ohne des Todes zu sein. Zudem kann ich deine Feinde ausspionieren, wenn du willst. Obwohl mir dabei Grenzen gesetzt sind, weil ich mich nur zwanzig Fuß von der Schildkröte entfernen kann. Du müßtest mich also im Hause deines Feindes verstecken, oder was dir sonst in den törichten menschlichen Sinn kommt. Ich bin auch ziemlich gut darin, dich zu warnen, wenn dir jemand etwas Böses will.«

Gundara kicherte wie über einen Witz, den nur er selbst verstand. »Wie die Dinge liegen«, sagte er, »würde ich mir an deiner Stelle sofort den Auftrag geben, dich zu warnen.«

»Was meinst du damit?« wollte Safar wissen.

Wieder das Kichern. »Einerlei«, meinte Gundara. »Meine Loyalität kennt ihre Grenzen, weißt du. Wenn du einen Wink nicht verstehst, so weiser Meister, dann scher dich zum Teufel!«

»Gehilfe!« schrie Safar. »Wache halten! Und zwar ab sofort!«

Das Wesen lachte und hüpfte auf die Füße. »Zu Befehl, Meister! Mach dir keine Sorgen, Gundara ist in der Nähe.«

Und dann wandte er sich an Nerisa: »Ich habe das überhaupt nur aus einem einzigen Grund erwähnt, meine Liebe, weil du so nett zu mir warst. Hast dem armen Gundara etwas Süßes geschenkt. Wenn diese Männer draußen vor der Tür hinter meinem humorlosen Meister her wären, hätte ich nichts gesagt.

Aber sie haben es auf dich abgesehen, Nerisa. Und wenn du so klug bist, wie ich glaube, dann wirst du sofort hier verschwinden.«

Und mit einem scharfen ›Plopp‹ war Gundara verschwunden.

Instinktiv sprang Nerisa auf, und ohne ein Wort warf sie sich aus dem Fenster. Sie verschwand genau in jenem Augenblick, als die Tür aufgestoßen wurde und vier sehr große, sehr bleiche Männer hereinstürmten. Safar hob das Idol auf und versteckte es in seiner Robe, während er aufstand und sich den Eindringlingen entgegenstellte.

»Was hat das zu bedeuten?« verlangte er zu wissen.

Der größte und bleichste Mann antwortete: »Es bedeutet genau das, was mir beliebt, Tempelschüler Timura! Und jetzt sag mir, wo diese Diebin Nerisa ist. Und zwar schnell, wenn dir deine Haut teuer ist.«

Safars Herz schlug ihm bis zum Hals.

Der Mann, der ihm gegenüberstand, war Lord Kalasariz – der berüchtigte Meisterspion von Walaria.

11

Kalasariz

So groß Safar sein mochte, der Meister der Spione war größer, und dabei so dünn und blaß, wie er dort in schwarzer Robe und mit kahlem Kopf vor ihm stand, daß er wie ein Gespenst aussah.

Safar hätte sich erniedrigen sollen – hätte auf die Knie fallen und die Stirn auf den Boden drücken und den Lord um Verzeihung anflehen sollen. Doch mußte er Nerisa Zeit zur Flucht geben, und aus diesem Grunde gähnte er zunächst ausgiebig und reckte und streckte sich, als sei er gerade aus tiefem Schlaf erwacht.

»Vergebt mir, mein Freund«, sagte er, »aber ich habe bis spät studiert. Bald sind die Prüfungen, wißt Ihr.«

»Wie kannst du es wagen, mich deinen Freund zu nennen!« brüllte Kalasariz.

Safar blinzelte ihn spöttisch an, dann zuckte er die Achseln. »Habe mich wohl vertan«, erwiderte er. »So wie Ihr Euch benehmt, werden Euch wohl nur die wenigsten als Freund bezeichnen.«

»Weißt du nicht, wer ich bin?« donnerte Kalasariz ihn an.

»Offensichtlich nicht«, log Safar. »Sonst wüßte ich doch auch, wie ich Euch dazu bringen kann, die Stimme ein wenig zu senken. Ich werde nämlich schnell nervös. Lärm macht mich krank, und dann kann ich mich nicht richtig konzentrieren.«

»Ich bin Lord Kalasariz«, zischte der Meister der Spione. »Hast du diesen Namen schon einmal gehört, du Tölpel?«

Safar kratzte sich den Kopf und tat dann so, als würde er zusammenfahren und nach Luft schnappen. »Vergebt mir, Lord«, sagte er mit heftigem Nicken. »Ich hatte keine Ahnung –«

»Ruhe!« befahl Kalasariz. »Ich habe dir eine Frage gestellt, als ich eingetreten bin. Antworte mir gefälligst – wo ist diese Diebin Nerisa?«

Safar gab sich alle Mühe, verwirrt auszusehen. »Nerisa? Also, woher kenne ich den Namen? Nerisa? Ist das nicht die Frau von dem Bäcker in der Didimastraße? Nein, nein …« Er schnippte mit den Fingern. »Ich hab's! Ihr meint dieses Kind, das sich immer im *Narrensumpf* herumtreibt? Sucht Ihr die?«

»Du weißt sehr wohl, wen ich meine, Tempelschüler Timura«, erwiderte Kalasariz.

Safar nickte. »Ich weiß, Herr. Aber ich habe keine Ahnung, wo sie ist. Außer … Wart Ihr schon im *Narrensumpf*? Manchmal schläft sie dort.«

»Das weiß ich«, knirschte Kalasariz.

»Hab ich mir doch gedacht«, sagte Safar. »Als Oberrspi-, ich meine, als Wächter von Walaria und so.«

»Willst du bestreiten, sie heute gesehen zu haben?« wollte Kalasariz wissen.

»Nein, ich … äh … ich denke, ich kann es nicht bestreiten«, gestand Safar ein. »Aber ich kann es auch nicht sicher sagen.« Er grinste dümmlich. »Wißt Ihr, ich war den größten Teil des Tages betrunken. Deshalb kann ich mich nicht so genau an alles erinnern. Vielleicht habe ich Nerisa gesehen. Vielleicht auch nicht. Leider kann ich Euch nicht weiterhelfen.«

»Dein Benehmen gefällt mir ganz und gar nicht, Safar Timura«, knurrte Kalasariz. »Vielleicht wähnst du dich in Sicherheit, weil du unter dem Schutz von Umurhan stehst. Und weil ich mich in die Belange der Universität nicht einmischen darf.«

»Vergebt mir meine groben Manieren, Herr, ich bin aus den Bergen«, entschuldigte sich Safar. »Manchmal beleidige ich die Menschen in der Stadt, ohne es zu beabsichtigen. Ich weiß recht gut, daß Ihr nur das Gesetz hütet. Und eigentlich schließen diese Pflichten den Tempel und die Universität mit ein.«

Kalasariz achtete nicht auf sein Gerede, sondern sah sich in Safars Zimmer um, wobei seine Nase zuckte wie die eines Frettchens auf der Jagd.

Um seine Aufmerksamkeit abzulenken, wagte sich Safar weiter vor. »Verzeiht mir meine Dummheit, Herr«, sagte er, »aber wieso sucht jemand von Eurem Stande nach einer gemeinen Diebin? Und noch dazu nach einem Kind?«

Kalasariz fuhr herum, und plötzlich wurde Safar fürchterlich kalt, derweil er in die glitzernden Augen des obersten Spions blickte. »Man hat mir gesagt, du seist der klügste Student an der Universität«, fauchte der Meister der Spione. »Vielleicht bist du ein wenig klüger, als dir guttut. Und wie man hört, gibst du nicht allzuviel auf Gesetze und Autoritäten.«

Er wartete ab, ob Safar dumm genug wäre, darauf zu antworten. Zuletzt nickte er befriedigt. »Wenigstens weißt du, wann du deine Zunge im Zaum halten mußt«, sagte er. »Ich biete dir zwei Möglichkeiten, meine Frage zu beantworten, Tempelschüler Timura. Wenn du wirlich so intelligent bist, wirst du sicherlich die richtige Antwort wählen.

Die erste ist: Ich suche nach dem Mädchen, weil mir ein Informant gesagt hat, sie würde für eine Gruppe rebellischer Studenten das Botenmädchen spielen.«

Diesmal brauchte sich Safar keine Mühe zu geben, überrascht zu wirken. »Nerisa?« fragte er erstaunt.

Kalasariz' Augen blitzten mit erneutem Mißtrauen auf. »Willst du vielleicht behaupten, nichts von diesen Studenten zu wissen?«

Safar konnte natürlich nicht etwas leugnen, was in Walaria die Spatzen von den Dächern pfiffen. »Ich habe gehört, Lord«, gab er zu, »daß es an der Universität einige fehlgeleitete Studenten gibt, die die Politik unseres guten Königs Didima in Frage stellen.« Als er sah, wie Kalasariz dieses Häppchen Wahrheit schluckte, wagte er eine Lüge. »Aber ich kenne diese Narren nicht persönlich«, fuhr er fort. »Genauso, wie ich nicht wußte, wer Ihr seid, als Ihr mein Zimmer betreten habt. Ich interessiere mich nicht für Politik, Herr.«

Kalasariz betrachtete Safar von oben bis unten und studierte jede Falte in seinem Gewand und jedes Zucken in seinem Gesicht. Dann: »Die zweite Antwort lautet folgendermaßen: Dieses Mädchen, Nerisa, dient mir nur als Vorwand. Eigentlich bin ich aus einem ganz anderen Grund hier.«

Kalasariz machte eine Pause und fixierte Safar mit einem durchdringenden Blick. »Wie ich gehört habe, bist du ein enger Freund von Iraj Protarus.«

Safar war zu erschrocken, um seine Überraschung verbergen zu können. »Also, ja, schon, das bin ich«, sagte er. »Oder besser, war es, vor einiger Zeit. Ich habe ihn seit Jahren nicht mehr gesehen und auch nichts von ihm gehört.«

»Was, wenn man mir etwas anderes berichtet hätte, Tempelschüler Timura?« wollte Kalasariz wissen. »Wenn ich einen Spitzel hätte, der bezeugen kann, daß du regelmäßig mit Protarus Kontakt aufgenommen hast?«

»Ich würde Euren Spitzel der Lüge bezichtigen, Herr«, erwiderte Safar mit fester Stimme. »Und ich würde hinzufügen: Wen interessiert das? Iraj Protarus hat mit Walaria nichts zu schaffen.«

Kalasariz spitzte die Lippen verächtlich. »Willst du vielleicht Unwissenheit über Protarus' Aktivitäten vortäuschen?« fragte er. »Willst du sagen, du wüßtest nichts über seine vielen Eroberungen?«

Safar zuckte mit den Achseln. »Ich habe gehört, was auf dem Markt geredet wird, Herr. Möglicherweise stimmt sogar einiges davon. Schon damals hat Iraj immer darüber gesprochen, er wolle der Anführer seines Clans werden. Und offensichtlich ist ihm das gelungen. Er ist der unangefochtene Herrscher über die Ebenen des Südens geworden.«

»Nun, seine Ansprüche werden durchaus angefochten, ja?« entgegnete Kalasariz.

»Von seinem Onkel, Lord Fulain, meint Ihr. Und vom Verbündeten seines Onkel – Koralia Kan. Iraj hat mir vor Jahren von ihnen erzählt. Damals hatte er allen Grund, sie zu hassen, schien es mir. Als letztes habe ich jedoch Gerüchte gehört, denen zufolge Fulain und Kan vernichtend geschlagen wurden und sich in Kans Königreich zurückziehen mußten.«

»Du weißt allerdings sehr viel«, meinte Kalasariz, »für jemanden, der behauptet, sich nicht für Politik zu interessieren.«

»Iraj war mein Freund, Herr«, erklärte Safar. »Natürlich interessieren mich alle Nachrichten über ihn.«

»Und wie, Tempelschüler Timura«, wollte Kalasariz mit spöttischem Lächeln wissen, »konnte dir dann entgehen, daß Iraj Protarus zum Staatsfeind von Walaria erklärt wurde?«

Safar war schockiert. »Wann?« fragte er. »Ich habe nichts davon gehört.«

Kalasariz grinste gehässig. »Eigentlich ist es auch noch nicht verkündet worden. Der König ist dem Bündnis von Lord Fulain und Lord Kan beigetreten. Er befürchtet, daß sich Protarus nicht mit den südlichen Gebieten zufriedengeben wird und bald seine Grenzen ausdehnen will. Das Bündnis gegen ihn wird morgen verkündet werden.«

Safar hatte allen Grund, Kalasariz Glauben zu schenken. Er erinnerte sich nur zu deutlich an Irajs Träume von großen Eroberungen – so deutlich, wie er sich an seine eigene Vision erinnerte, in der Iraj eine große Armee angeführt hatte.

Kalasariz' schneidende Stimme riß ihn aus seinen Gedanken. »Willst du weiterhin behaupten, Tempelschüler Timura, daß du keinen Kontakt mit diesem Barbaren hast, der sich seit neuestem mit einem königlichen Titel schmückt?« Er spuckte auf den Boden. »König Protarus«, spottete er. »Welche Überheblichkeit.«

Safar holte tief Luft. »Ich habe weder mit ihm gesprochen noch brieflich mit ihm verkehrt, Herr«, sagte er, ganz der Wahrheit entsprechend, »seit ich meine Heimat in den Bergen verlassen habe. Ich bezweifle sogar, ob sich Iraj noch an mich erinnert. Warum sollte er? Ich bin nicht wichtig. Wir waren nur zwei Jungen, die die Umstände des Lebens zusammengeführt haben.«

Kalasariz bedachte ihn abermals mit einem langen, durchdringenden Blick. Dann nickte er, als wäre er zufrieden. »Du wirst mich benachrichtigen, Tempelschüler«, sagte er, «falls dein alter Freund von sich hören läßt.«

Safar nickte eifrig und antwortete erleichtert: »Sicherlich, Herr, ganz bestimmt.«

Dies war eine Lüge, doch Safar war gewiß, daß dieser Fall nicht eintreten würde. Aus welchem Grund sollte sich Iraj nach so langer Zeit bei ihm melden? Wie er Kalasariz gesagt hatte, war es eben nur eine Freundschaft unter Jungen gewesen – seit langem vergessen.

Der Meister der Spione machte auf dem Absatz kehrt und gab seinen Männern das Signal zum Aufbruch. Safar sank zusammen, als Kalasariz durch die Tür trat. Doch die Erleichterung war nur von kurzer Dauer. Denn Kalasariz drehte sich noch einmal um.

»Vielleicht bist du der Dummkopf, für den du dich ausgibst, Tempelschüler Timura, vielleicht aber auch nicht. Aber sei gewarnt: Ich werde es zu meiner persönlichen Angelegenheit machen, das herauszufinden.«

Und damit verschwand er.

Safar hörte ein trockenes Kichern aus der Innentasche seiner Robe. Es war Gundara.

Er hörte ihn sagen: »Nette Freunde hast du da, Meister. Zu meinem Glück. Wenn sie dich töten, werde ich mich bald in besserer Gesellschaft wiederfinden.«

Und dann fuhr er seinen Bruder an: »Halt den Mund, Gundaree! Heb dir das für die Dämonen auf. Du wirst noch früh genug an die Reihe kommen.«

Safar schlug auf die Wölbung seiner Robe und hörte ein befriedigendes »Aua!« von Gundara.

»Treib keine Späße mit mir«, warnte ihn Safar. »Ich bin vielleicht nur ein Student, doch den Umgang mit Gehilfen habe ich schon im ersten Jahr gelernt. Und laut meinem Meister, dem Lord Umurhan, heißt die erste Regel: Traue niemals einem Gehilfen. Die zweite ist: Behandle sie mit fester Hand. Ich stimme zwar nicht in allem mit Umurhan überein, aber deinem Verhalten nach neige ich dazu, mir diese Lektion zu Herzen zu nehmen.«

Er schlug abermals auf die Wölbung. »Habe ich mich verständlich gemacht?«

»Gut, gut«, antwortete Gundara aus der Tasche. »Was immer du sagst, Meister.« Und dann wandte er sich wieder seinem Zwillingsbruder zu: »Halt den Mund, Gundaree! Halt den Mund, halt den Mund, halt den Mund!«

*

Der Brief, wenngleich auf teures Papier geschrieben, war verwischt und zerknittert, weil er durch so viele Hände gegangen war.

Kalasariz strich ihn auf dem Tisch glatt und zog eine Öllampe heran, damit die beiden anderen Männer ihn lesen konnten.

In dem Brief stand folgendes:

Mein lieber Safar!

Alles, was du vorhergesagt hast, ist eingetreten, und sogar viel schneller, als ich erwartet habe. In dem Augenblick, in dem ich diese Zeilen schreibe, ist mein ganzes Lager vom Wein und von der Freude über den letzten großen Sieg trunken. Und wieder einmal hatten wir geringe Verluste zu beklagen, während unser Feind arg gelitten hat. Meine Armee wächst jeden Tag. Aber eins kann ich dir sagen, mein Freund: Ich habe gelernt, daß der Erfolg gefährlicher sein kann als die Niederlage. Jede Stadt, die ich erobere, jede Grenze, die ich überschreite, erhöht noch den Druck, mehr zu erreichen. Denn sollte ich zögern, werden meine Feinde Zeit haben, ihre Kräfte gegen mich zu vereinigen. Mein größtes Problem besteht darin, daß ich von Beratern umgeben bin, die nur sich selbst dienen. Ich wäre ein Narr, würde ich ihren Worten trauen.

Aber dir, mein Freund, kann ich vertrauen. Wir haben bewiesen, aus welchem Holz wir geschnitzt sind, als wir gemeinsam gegen die Dämonen gekämpft haben. Du kennst meine Seele, meine geheim-

sten Gedanken, besser als jeder andere. Genauso, wie ich deine kenne.
Ich bitte dich daher, Safar, komme sofort zu mir. Um deine Reise zu beschleunigen, habe ich in deinem Namen bei der Gilde der Händler von Walaria eine große Summe hinterlegen lassen.
Ich brauche dich dringend bei mir, mein Freund und Blutsbruder. Mögen die Götter mit Wohlwollen auf dich und deine liebe Familie in Kyrania herabschauen.

Als die Männer den Brief durchgelesen hatten, sagte Kalasariz: »Ich habe die Unterschrift prüfen lassen. Ohne Frage stammt der Brief von Iraj Protarus.«

»Das sind höchst beunruhigende Nachrichten, meine Herren«, befand König Didima. »In der Tat höchst beunruhigend.«

»Schrecklich peinlich für mich«, ließ sich Umurhan vernehmen. »Könnt Ihr Euch vorstellen, wie ich mich fühle? Die ganze Zeit habe ich eine Schlange an meinem Busen genährt.«

»Aber, aber, Umurhan«, beschwichtigte ihn Didima. »Niemand gibt Euch die Schuld. Woher hättet Ihr es wissen sollen? Nachdem Euch dieser junge Mann so herzlich anempfohlen wurde.«

Die drei Männer hatten sich im privaten Arbeitszimmer des Königs versammelt. Sie herrschten schon seit so langer Zeit gemeinsam – hatten die Macht und den Reichtum gerecht verteilt –, daß sie die Gegenwart der anderen nicht störte. Sie waren es gewohnt, Kompromisse zu schließen, und wenn sie sich erst einmal ein Ziel gesetzt hatten, arbeiteten sie Hand in Hand darauf zu. Didima war ein gedrungener Mann mit dicken Beinen und einem faßgleichen Rumpf. Sein Gesicht war rund wie eine Melone und wurde von einem dichten schwarzen Bart mit grauen Strähnen verdunkelt. Umurhan war von Kopf bis Fuß ein Zauberer. Die silberfarbenen Augen glühten unter seinem spitzen Hut. Er hatte kräftige Augenbrauen, die wie Fledermausflügel geschwungen waren, und einen fließenden weißen Bart. Und Kalasariz war die finstere Präsenz, die diese unheilige Trinität vervollständigte.

»Ich danke Euch für Euer Vertrauen, Majestät«, sagte Umurhan. »Obwohl ich gestehen muß, daß ich erst kürzlich Verdacht gegen den jungen Timura schöpfte. Ich wollte ihn schon aus der Schule werfen, doch hatte ich nicht die Absicht, seinen Mäzen Lord Muzine zu beleidigen. Statt dessen wollte ich Timura durch die bevorstehende Prüfung fallen lassen. Dadurch wäre ich ihn ohne viel Aufhebens losgeworden.«

»Ich werde mit Muzine sprechen«, erbot sich Didima. »Er wird dankbar sein, von dem kleinen Verräter Abstand nehmen zu können.«

»Dennoch sollten wir zunächst noch mit niemandem darüber sprechen«, warnte Kalasariz. »Zuerst möchte ich gern abwarten, wohin uns das alles führt.«

»Ein guter Vorschlag«, meinte Didima. »Warum nur einen Unruhestifter ergreifen, wenn man die Chance hat, alle zu erwischen.« Abwesend kämmte er sich mit den dicken Stummelfingern durch den Bart. »Es sind gefährliche Zeiten, meine Herren, wie ich es schon so oft gesagt habe. Zwei Jahre schlechter Ernten. Krankheiten bei Kühen und Schafen. Mehr Banditenüberfälle auf die Karawanen, als wir es seit Jahren erlebt haben. Und dieser wachsende Widerstand unserer Bevölkerung – den ich nur schlechter Erziehung anlasten kann – dagegen, die erhöhten Steuern zu bezahlen, die wir wiederum brauchen, um das Königreich zu schützen und auf den rechten Weg zu führen.

Und nun dieser Emporkömmling, Iraj Protarus, der mit seiner Armee von Barbaren die Reiche unschuldiger, friedliebender Könige überfällt! Gerade erst letzten Monat hat dieser Protarus meinem alten Freund, König Leeman von Shareed, den Kopf abgeschlagen. Nachdem er die Stadt erobert und niedergebrannt hatte, natürlich.«

Didima faßte sich an den Hals und erschauerte. »Es ist einfach nicht recht«, fuhr er fort, »königliche Köpfe abzuschlagen. Es verletzt die Würde aller Throne auf der ganzen Welt.«

»Ich kann Euch nur zustimmen, Majestät«, sagte Umurhan.

»Und ich glaube, wir treffen eine weise Entscheidung, wenn wir uns mit den Feinden von Protarus, Koralia Kan und Lord Fulain, verbünden.«

»Wir werden abermals die Steuern erhöhen müssen«, warnte Didima, »um die Söldner und Waffen zu bezahlen, die wir unseren neuen Freunden versprochen haben.«

»Jede Kupfermünze wird sich lohnen«, erwiderte Umurhan, »falls damit Protarus ein für allemal aufgehalten wird. Eines Tages werden uns unsere Untertanen danken, weil wir sie vor diesem Wahnsinnigen gerettet haben.«

»Ob sie uns danken oder uns verfluchen«, wandte Kalasariz ein, »bezahlen werden sie jedenfalls das gleiche. Aber so gerne ich mich heute abend mit Euch über politische Angelegenheiten unterhalten würde, zunächst müssen wir entscheiden, was mit diesem Safar Timura zu geschehen hat. Wie gehen wir am besten vor?«

Umurhan wies auf den abgefangenen Brief. »Wie ist er Euch in die Hände gefallen?«

»Ich habe einen Spion im *Narrensumpf*«, erklärte Kalasariz, »das, wie Ihr wißt, der beliebteste Treffpunkt der Studenten ist. Safar ist ein enger Freund des Besitzers, und seine Briefe werden stets dort für ihn abgegeben.«

»Ich kenne diese Schenke«, sagte Umurhan. »Ihr Besitzer ist ein verschrobener, doch harmloser alter Mann, der jeder Art von Autorität mißtraut. Katal heißt er, glaube ich. Ich kann mir nicht vorstellen, daß er plötzlich die Gesinnung geändert und sich als Spion der Krone verdingt hat.«

Kalasariz lächelte dünn, wodurch er noch mehr wie ein Skelett aussah. »Es handelt sich um den Enkel des Besitzers, der meinen Lohn empfängt. Er heißt Zeman. Er ist genauso dämlich wie ehrgeizig. Voller List und Tücke. Zeman möchte gern erben, doch leider scheint sein Großvater die Absicht zu haben, noch viele, viele Jahre zu leben. Meine Leute haben den jungen Zeman davon überzeugt, daß wir die Reise seines Großvaters ins Grab beschleunigen würden, wenn er uns ein wenig hilft.«

»Exzellent, exzellent«, lobte König Didima. »Je schwärzer die Seele, desto williger das Fleisch.«

Kalasariz lachte in sich hinein. Er klang, als würde man die Enden eines gebrochenen Knochens aneinander reiben. »In Zemans Fall trifft dies sicherlich zu«, meinte er. »Insbesondere scheint er Safar Timura zu hassen. Ich kenne den Grund nicht – meines Wissens hat der ihm nie etwas getan. Vermutlich ist es bloße Eifersucht, denn sein Großvater hält große Stücke auf den Studenten. Dann ist da noch ein Kind im *Narrensumpf*, eine kleine Diebin namens Nerisa, die Zeman genauso zu hassen scheint wie Timura. Wieder kann ich nicht sagen, weshalb. Aber das interessiert mich auch nicht: Es genügt zu sagen, daß Zeman schon seit einiger Zeit nach Beweisen gegen Timura sucht. Wir hatten keinen Grund, ihm zu mißtrauen, das wissen die Götter. Und dann kam dieser Brief, und Zeman hat uns augenblicklich verständigt.«

Kalasariz lächelte erneut so, wie eine Totenmaske lächeln mußte. »Er hat die Beschuldigungen so hingedreht, daß das Mädchen miteingeschlossen ist.«

»Nein, nein«, entfuhr es Didima. »Zwei Feinde auf einen Schlag. Zeman muß sich sehr glücklich fühlen.«

»Nicht so glücklich, wie er sein wird, wenn diese Angelegenheit den rechten Ausgang nimmt«, meinte Kalasariz. »Ich pflege meine Spione so reich zu machen, daß sie große Träume hegen können, doch so arm zu halten, daß die Erfüllung dieser Träume gerade eben außer Reichweite bleibt.«

»Was hat Timura gesagt, als Ihr ihm diesen Brief vorgelegt habt?« fragte Didima.

»Ich habe ihn mit keinem Wort erwähnt«, sagte Kalasariz, »und mir lieber seine Lügen angehört. Er behauptete, nichts von Protarus gehört zu haben, seit sie noch Jungen waren, und bezweifelte, ob sich sein alter Freund überhaupt noch an ihn erinnere.«

Umurhan schnaubte. »Eine sehr glaubhafte Geschichte. Dieser Brief ist mit Sicherheit nur einer von vielen, in denen Protarus Timura gedrängt hat, ihn bei seinem finsteren Abenteuer zu begleiten. Und seht hier ...« Er pochte mit dem Finger auf einen Satz in dem Brief ... »Protarus sagt, er habe bei der Gilde der Händler Geld für Timura hinterlegt.«

Nun war es an Kalasariz zu schnauben. »Ich habe es mir schon geholt. Einhundert Goldmünzen.«

Umurhans fledermausförmige Augenbrauen schwangen überrascht in die Höhe. »So viel?« fragte er. Dann: »Das sind mehr Beweise, als wir brauchen. Niemand würde eine so hohe Summe einfach so aus den Händen geben.«

Didima beugte sich vor. »Aus welchem Grund, glaubt Ihr, hat sich Timura bislang Protarus' Bitten verweigert?«

»Sehr einfach, Majestät«, erwiderte Kalasariz. »Er versucht, noch mehr herauszuschlagen.«

Umurhan wirkte nachdenklich. Dann sagte er: »Ich glaube, da ist etwas dran. Doch wie auch immer, sicherlich will er mir noch meine wichtigsten Geheimnisse der Magie stehlen, um sie mitzunehmen. Ich habe ihn einmal in meiner privaten Bibliothek erwischt. Das war der Grund, aus dem ich ihn beinahe hinausgeworfen hätte. Die Bücher und Schriftrollen dort sind für alle außer einigen meiner vertrauenswürdigsten Priester und Gelehrten verboten.«

Auf diese Enthüllung folgte langes Schweigen. Schließlich ließ sich Didima vernehmen: »Was für einen Kampf meint Protarus? An der Stelle mit den Dämonen? Was haltet Ihr davon?«

»Irgendein Jungenabenteuer, vermute ich«, antwortete Kalasariz. »Natürlich vollkommen übertrieben.«

Didima nickte. »Ja, ja. Was könnte es auch sonst sein?«

Er dachte einen Augenblick lang nach und fragte dann: »Wie sollen wir mit diesem Tempelschüler Timura verfahren?«

»Vorläufig unternehmen wir gar nichts«, meinte Kalasariz. »Lassen wir ihm noch ein Weilchen seinen Kopf. Zum richtigen Zeitpunkt wird er unserem Scharfrichter dann einen sehr öffentlichen Besuch abstatten und selbigen dabei verlieren.« Er ließ eine Schriftrolle aus seinem Ärmel gleiten und rollte sie auf Didimas

Schreibtisch auf. »Und dazu brauche ich Eure Unterschrift, Majestät, mit der Ihr seine Hinrichtung und die Hinrichtung seiner Mitverräter genehmigt. Wir wollen doch keine langatmigen Prozesse oder andere Zwischenfälle, die ihren Unterstützern Zeit geben, einen Aufruhr zu entfachen.«

Der König lachte bösartig, nahm seinen Federkiel und tauchte ihn in die Tinte. »Wie ich sehe, habt Ihr bisher nur Timuras Namen aufgelistet«, bemerkte er.

»Oh, da werden noch einige hinzukommen, Majestät«, erklärte Kalasariz. »Ich habe eine Menge Platz auf der Seite gelassen.«

Der König nickte beifällig. »Tulaz ist stets begierig darauf, seinen Rekord zu verbessern«, sagte er. »Das wird ein Tag, was? Ein öffentlicher Feiertag. Freies Essen und Trinken. Ein richtiges Volksfest, mit dem dieses Ereignis gefeiert wird.« Er kritzelte seinen Namen unter das Dokument. »Es gibt nichts Besseres als eine Massenhinrichtung, wenn man das Volk beschwichtigen will.«

Kalasariz lächelte dünn und pustete auf die feuchte Unterschrift, dann reichte er das Dokument an Umurhan weiter. »Ich brauche Euch als Zeugen«, sagte er. »Reine Formsache.«

Ohne zu zögern unterschrieb Umurhan. »Wie schade«, meinte er, »ich hatte soviel mit diesem Jungen vor.«

*

Einige Stunden später bereitete sich Kalasariz aufs Schlafen vor. Während seine hübschen Dienstmädchen die Tagesdecken vom Bett zogen und die Kissen aufschüttelten, nahm er seinen heißen Lieblingstrunk zu sich, der mit Weinbrand und einem leichten Schlafpulver versetzt war.

Für gewöhnlich schlief er nicht besonders gut. Doch nicht das Blut, welches er vergossen hatte, vergällte ihm die dunklen Stunden, sondern die ständige Sorge, er könnte etwas übersehen haben. Seine Tricks und Verrätereien waren unzählbar, und wegen seiner vielen Feinde wagte er sich niemals aus der Deckung. Er war der Meister der großen Lüge und aus diesem Grund andauernd damit beschäftigt, seine Unwahrheiten und Halbunwahrheiten voranzutreiben. Tagsüber hatte er nie einen schwachen Moment, doch des Nachts wurde er von Träumen heimgesucht, in denen seine Pläne wegen eines dummen Fehlers oder eines Versehens fehlschlugen. Ohne sein kleines nächtliches Ritual würde er am Morgen, von Alpträumen erschöpft, aufwachen und den neuen Tag voller Zweifel beginnen. Doch so ließ er sich von seinen Mädchen der späten Stunde zum Trotz ein wenig verwöhnen, nachdem er seinen Trunk genossen hatte. Sie badeten ihn und kleideten ihn in ein Nachthemd aus schwarzer Seide.

Nachdem er sie fortgeschickt hatte, griff er nach der schwarzen Seidenmaske, die er trug, um nicht vom Licht gestört zu werden. Gerade, als er sie aufsetzen wollte, erinnerte er sich an den Hinrichtungsbefehl, der auf seinem Ankleidetisch lag. Trotz seines Schlaftrunkes und der Aufmerksamkeiten seiner Mädchen würde er nicht gut schlafen können, solange der Befehl unbewacht dort lag. Natürlich würde es niemand wagen, in das Haus des obersten Spions von Walaria einzubrechen, geschweige denn sein Schlafzimmer auszurauben. Dennoch würde er sich die ganze Nacht im Bett hin und her werfen und im Traum immer wieder durchleben müssen, wie diese unwahrscheinliche Tat plötzlich Wirklichkeit wurde.

Obwohl er schon halb im Schlaf war, stand er noch einmal auf. Es war ihm wichtig gewesen, die Unterschriften seiner Mitherrscher auf Safars Todesurteil zu haben. Sein eigener Name stand nicht darauf – zu seinem eigenen Besten. Kalasariz rollte das Urteil ein, zusammen mit einem anderen Dokument. Dieses andere Schriftstück trug allerdings seine Unterschrift. Dabei handelte es sich um einen offiziellen Protest gegen die Entscheidung, und in diesem Schreiben wurde Timura als ein junger Mann mit bemerkenswerten Fähigkeiten und Tugenden gepriesen. Er verschloß beide Papiere in seinem Versteck hinter dem dritten Brett der Holzverkleidung, von der Tür des Schlafzimmers aus gezählt.

Kalasariz hatte, abgesehen vom Überleben in seiner gegenwärtigen Position als Mitherrscher von Walaria, keine weiteren Ambitionen. Sicherlich verlangte es ihn nicht danach, Didima entthront zu sehen, jedenfalls nicht mehr, als es ihn gelüstete, den Thron selbst zu besteigen. Wie hatte Didima doch gesagt: Es waren gefährliche Zeiten. Wenn es diesem jungen Emporkömmling Iraj Protarus durch irgendeinen Zufall eines Tages gelingen sollte, Rache für den Tod seines Freundes nehmen zu können, dann wollte Kalasariz doch lieber als einer seiner Fürsprecher dastehen. Der Meister der Spione zweifelte nicht an seiner Entscheidung für das Bündnis gegen Protarus. Allerdings mochte das Bündnis, wenngleich dies kaum anzunehmen war, verlieren, und Protarus' Armee könnte eines Tages vor den Toren der Stadt stehen. Didima und Umurhan würden für ihr Verbrechen den Kopf hinhalten müssen. Tulaz würde vermutlich die Ehre haben, denn gute Scharfrichter waren schwer zu finden, und auch der neue König würde Tulaz in seinen Diensten willkommen heißen. Ausgestattet mit Dokumenten, die seine Unschuld bewiesen, würde dieser auch Kalasariz mit offenen Armen aufnehmen. Protarus würde einen Meister der Spione brauchen, und wer war für diese Aufgabe besser geeignet als er, Kalasariz?

Dieser Timura stellte für Kalasariz eine einmalige Chance dar. Auf der einen Seite mußte man ihn als Freund von Iraj Protarus unbedingt beseitigen, da er eine Gefahr darstellte. Auf der anderen Seite konnte man ihm als Fremdling alle Schuld aufbürden. Man würde ihn zum ›Rädelsführer‹ dieser jungen Hitzköpfe erklären, welche gegen Walarias Herrscher aufbegehrten. Ein Dutzend oder mehr seiner »Leutnants« – in Wirklichkeit die eigentlichen Anführer der Opposition – würden gleichfalls in den Genuß einer Strafe ohne Aussicht auf Wiederkehr kommen. Dies würde nicht nur ihre Gefolgsleute und Sympathisanten abschrecken, sondern zudem konnte man fremden Einflüssen die Schuld zuweisen.

Wie hieß dieses Sprichwort doch noch gleich: »Man muß das Zuckerbrot nicht nur bekommen, man muß es auch essen.«

Kalasariz war nicht besonders auf Süßes erpicht. Doch der Gedanke gefiel ihm.

In dieser Nacht schlief der Meister der Spione tief und fest. Nur kurz vor dem ersten Gebet hatte er einen Traum über ein seltsames kleines Wesen mit dem Körper eines Mannes und dem Gesicht eines Dämons. Dieses Wesen verschlang etwas Süßes, und zu beiden Seiten rieselten Krümel aus seinen Mundwinkeln.

Als es fertig war, wischte es sich den Mund ab und blickte Kalasariz geradewegs in die Augen.

»Halt den Mund!« rief es. »Halt den Mund, halt den Mund, halt den Mund!«

Er wußte nicht, was er von diesem Wesen oder seinen Mätzchen halten sollte. Aber aus irgendeinem Grund erfüllte es ihn mit Furcht.

12

Der große Tempel von Walaria

Anders als Kalasariz schlief Safar in dieser Nacht nur wenig. Er spürte jeden Strohhalm in seiner Matratze und jeden Klumpen in seinem Kissen. Bis vor ein paar Tagen hatte seine größte Sorge aus einer vagen und irgendwie theoretischen Angst bestanden, die Welt würde von etwas Großem bedroht. Als junger Mann in seinem zwanzigsten Sommer war er jedoch nicht fähig, diese Sorge auf sich selbst zu beziehen. Zu seinem Ärger mit Umurhan kam nun noch der Besuch des Oberspions hinzu, und plötzlich fühlte sich Safar nicht mehr ganz so unsterblich. Er steckte in Schwierigkeiten; Schwierigkeiten, die aus den kleinen Hügeln von Umurhans Mißfallen zu den rauhen Gipfeln von Kalasariz Mißtrauen angewachsen waren.

Anders ausgedrückt: Er wurde von allen Seiten belagert und war mit sich selbst uneins darüber, was er tun sollte. Und zu dieser Verwirrung trugen Nerisas Geschenk und die Sorge um sie noch bei. Denn irgend jemand, aus welchem Grund auch immer, hatte sie verraten.

Jedermann auf der Straße wußte, daß Nerisa für ein Kupferstück oder zwei Botschaften hin und her trug. Höchstwahrscheinlich hatten einige der jungen Männer, die sie dafür angeheuert hatten, umstrittene Ansichten. Dies allein machte Nerisa jedoch nicht zu einer Verschwörerin. Und das wußte ebenfalls jedermann – diejenigen von Kalasariz' Lakaien eingeschlossen, die sich im *Narrensumpf* herumtrieben. Warum hatte der Spitzel also gelogen? Warum hatte er ausgerechnet Nerisa denunziert?

Dann dämmerte es Safar: Er selbst war das Ziel. Jemand wollte ihn über Nerisa treffen. Und wieder stellte sich die wichtigste aller Fragen: Warum? Da wurde ihm plötzlich klar – ob er die Antwort nun kannte oder nicht –, daß sein eigenes Schicksal vielleicht eine unangenehme Wendung genommen hatte. Das einzig Schlaue, was er jetzt tun konnte, war, aus Walaria zu fliehen, und zwar so schnell wie möglich. Eine solche Tat würde Kalasariz aber als Schuldeingeständnis betrachten. Dennoch, dachte Safar, wäre es viel gefährlicher, von der Gnade des Oberspions geduldet, in Walaria zu bleiben.

Er beschloß zu verschwinden. Er würde nach Kyrania fliehen. Doch was geschah mit Nerisa? Irgendwie mußte er sie gegen die Vergeltung schützen, die seine Flucht zur Folge haben könnte. Nachdem er diese Entscheidung getroffen hatte, fühlte Safar sich erleichtert. Er hatte viel in Walaria gelernt, doch es war ein unangenehmer Aufenthalt in einer unangenehmen Stadt gewesen. Er vermißte seine Familie und seine Freunde, die saubere Luft der Berge und den blauen Himmel, die dahinziehenden Wolken und die schneebedeckten Hänge.

Nur eins hinderte ihn noch – er hatte kein Geld. Um fliehen zu können, bedurfte es einer hohen Summe. Er brauchte ein schnelles Tier und Vorräte für die lange Reise sowie Geld für Nerisa. Wie sollte er das in die Finger bekommen? Es hatte keinen Zweck, seinen Fürsprecher, Lord Muzine, zu fragen. Nicht nur, daß dieser ihm das Geld verweigern würde, dachte Safar, höchstwahrscheinlich würde er außerdem auch sofort Kalasariz von dieser Anfrage in Kenntnis setzen.

Es gab nur eine einzige Person, die ihm helfen konnte.

Doch wenn er diesen Weg einmal einschlüge, gäbe es kein Zurück mehr.

*

Safar stand noch vor dem ersten Licht auf. Er wusch sich und zog sich an, ging rasch in die nahe Bäckerei und kaufte eine klebrige

Teigrolle, die mit Korinthen gefüllt war. Damit lief er zurück nach Hause, kochte sich eine Tasse starken Tee, und während er ihn trank, rief er Gundara.

Der kleine Gehilfe stand mit einem »Plopp« in einer Wolke magischen Rauches, hustete und rieb sich den Schlaf aus den Augen.

»Sag nicht, du bist auch noch Frühaufsteher!« winselte Gundara. »Die Götter müssen mich hassen. Warum haben sie mich sonst in die Hände eines so grausamen Meisters fallen lassen?«

Anstelle einer Antwort gab ihm Safar die klebrige Teigrolle. Der Gehilfe machte große Augen. »Ist die für mich, o weiser und gütiger Meister?«

»Für wen sonst?« erwiderte Safar.

Er hielt dem Gehilfen die Rolle hin, und dieser riß sie ihm aus der Hand und stopfte sie sich in den Mund, wobei er genüßlich grunzte und Krümel und Korinthen auf dem Boden verstreute.

Als er fertig war, leckte er sich jeden seiner mit scharfen Krallen besetzten Finger einzeln ab, schmatzte und sagte dann: »Wenn ich noch eine bekäme, Meister, würde ich für dich töten.« Sein Ton machte Safar klar, daß er keinen Scherz machte.

»Du würdest für ein Stück Pastete töten?« fragte Safar.

Gundara zuckte mit den Schultern. »Mit Geld kann ich nichts anfangen. Oder mit Juwelen und Schätzen. Ich wohne doch in einer Steinschildkröte, schon vergessen? Aber etwas Süßes … mhm … Ja, Meister. Führe mich sofort zu den Opfern, die du ausgewählt hast. Ich kann dir helfen, ein Gift zu mischen, mit dem du die Bevölkerung einer ganzen Stadt auf die eines Weilers vermindern kannst.«

»Ich bringe niemanden um«, erwiderte Safar.

»Schade, schade, schade«, gab Gundara zurück. »Töten ist viel einfacher als die meisten anderen Aufgaben.« Er reckte sich und gähnte. »Wenn ich also niemanden töten soll, Meister, was darf ich dann für dich tun?«

»Mach dich so klein du kannst«, verlangte Safar, »und hüpf auf meine Schulter.«

»Wie langweilig«, beschwerte sich Gundara, doch er klickte die langen Fingernägel aneinader und schrumpfte augenblicklich auf die Größe eines Flohs zusammen. Safar mußte sehr genau hinsehen, um ihn zu erkennen. Gundara rief, wobei seine Stimme nicht leiser war als zuvor: »Was die Sache mit der Schulter betrifft, mußt du mir helfen, Meister. Es ist zu weit zum Springen.«

Safar streckte die Hand aus, und der schwarze Punkt rannte darüber und kletterte über den groben Stoff des Ärmels hinauf bis zur Schulter.

»Ich habe heute morgen etwas sehr Wichtiges zu erledigen«, erklärte Safar. »Achte gut auf alle Gefahren oder verdächtige Leute.«

»Bekomme ich dann noch eine Teigrolle, wenn ich fertig bin, Meister?« fragte Gundara.

»Wenn du deine Sache gut machst«, versprach Safar.

»Und auch eine für Gundaree?« quengelte der Gehilfe.

Safar seufzte. »Ja«, sagte er. »Gundaree bekommt auch eine.«

»Aber nächstes Mal mit Beeren«, forderte der kleine Gehilfe. »Von Konrinthen kriege ich Blähungen.«

*

Die Stadt erwachte gerade zum Leben, als Safar aufbrach. Es gab noch nicht viel Verkehr, doch ein paar Geschäfte hatten schon geöffnet, und das Arbeitsvolk hatte sich davor versammelt und knabberte an Oliven und schwarzem Brot, während es auf seine Arbeitgeber wartete. Safar kam an der Werkstatt eines Stellmachers vorbei, wo man sich bereits mit der Reparatur eines Wagens beschäftigte, der auf dem Weg zum Markt zusammengebrochen war. An der Mauer neben dem Eingang lehnte ein Kerl, der Safar mit hartem Blick fixierte.

Safar brachte den Mund nah an die Schulter. »Irgend etwas nicht in Ordnung hier?« fragte er.

»Nur ein Beutelschneider«, gab der flohgroße Punkt, der auf den Namen Gundara hörte, zurück. »Keine Sorge. Für seinen Geschmack siehst du zu ärmlich aus.«

Safar ging weiter, beeilte sich jedoch nicht zu sehr, damit sein Gehilfe nach Spionen Ausschau halten konnte. Er war sicher, Kalasariz würde ihn beschatten lassen. Obwohl Safar nur ein Junge aus den Bergen war und sich in der Stadt nicht so gut auskannte, hatte er doch in der freien Natur viele Erfahrungen gesammelt. Tier oder Mensch, Jäger verhielten sich immer auf die gleiche Art. Wölfe auf der Pirsch, zum Beispiel, würden in der Nähe ihres Opfers einen Wachposten aufstellen. Wenn die Herde dann weiterzog, würde der Wächter ein Auge auf das kranke Schaf halten, welches zum Abendessen ausgewählt worden war. Und während die Herde von Weide zu Weide zog, würde der Wolf seine Aufgabe an einen anderen weitergeben, um keinen Verdacht zu erregen. Und so würde das erwählte Opfer den ganzen Tag über immer ein wenig hinter der Herde zurückbleiben oder sich zu weit von den Widdern entfernen. Dann schließlich würde der Wachposten laut heulen, und das Rudel würde zuschlagen.

Genauso stellte sich Safar die Vorgehensweise von Kalasariz' Spitzeln vor. Sie hatten vielleicht einen Wachposten in der Nähe seines Hauses aufgestellt, der die anderen alarmierte, wenn Safar ausging. Dann würde er gewissermaßen von Spion zu Spion weitergegeben, bis er nach Hause zurückkehrte.

Als sie sich dem Ende der Straße näherten, erhob sich hinter ihrem Handkarren eine alte Frau in Lumpen und mit einer zerschlissenen Pferdedecke um die Schultern. In einem hölzernen Käfig auf der einen Seite des Karrens gurrten Tauben, in einem Korb auf der anderen dampften heiße Fleischpasteten.

»Frische Taubenpastete?« rief sie Safar zu. »Zwei Kupfermünzen das Stück, Herr.«

»Nein danke, Mütterchen«, gab Safar zurück und ging vorbei.

Die alte Frau packte ihn am Ärmel. »Das ist mein normaler Preis, Herr. Zwei Kupfermünzen für eine Pastete. Und frisch und heiß sind sie, Herr. Und die Tauben wurden erst heute morgen geschlachtet. Doch Ihr seid so ein hübscher Junge, Herr, wenn ich mir das zu sagen erlauben darf. Ihr laßt das Herz einer armen alten Frau hüpfen und singen, als wäre sie wieder ein junges Mädchen. Für Euch, Herr, weil Ihr mich in die Jugend zurückversetzt habt, werde ich nur eine Kupfermünze für zwei Pasteten verlangen.«

Der Spion sah Safar zögern, dann nicken und eine Kupfermünze gegen zwei Pasteten tauschen, welche er in seinen Beutel steckte. Er bedankte sich bei dem Mütterchen, höflich, wie es sich gehört, und setzte seinen Weg fort – an der Ecke bog er ab und ging eine breite Straße hinunter. Die alte Frau wartete, bis er außer Sicht war, dann öffnete sie rasch die Tür des Taubenkäfigs. Sie holte den einzigen weißen Vogel heraus, der auch viel größer und fetter als die anderen war. Liebevoll streichelte sie ihn, flüsterte ihm sanft etwas zu und warf ihn, mit einer überraschenden Behendigkeit für jemanden ihres Alters, in die Luft.

Die Taube stieg auf und auf und kreiste über der Straße, als wolle sie sich orientieren. Dann schoß sie auf den hohen Turm zu, welcher am Anfang des Hauptmarktes stand. Der Vogel war darauf dressiert, den Turm dreimal zu umkreisen. Dies würde sämtliche Spitzel alarmieren, die überall in der Stadt verteilt und auf Safar angesetzt waren. Daraufhin würde die Taube zu dem Handkarren zurückkehren und einen Leckerbissen sowie ein geflüstertes Lob bekommen, weil sie so ein kluger und hübscher Vogel war.

Die alte Frau liebte ihre Taube sehr. Sie hatte sie nach dem Schlüpfen selbst aufgezogen und mehr als jeden anderen Vogel verwöhnt. Stolz beobachtete sie, wie ihr kleiner Liebling auf den Turm zuflog. Dann stockte ihr der Atem, als ein tödlicher schwarzer Schatten über die Dächer hinweg auf ihre kleine Taube zuhielt. Der Falke stürzte sich mit ausgefahrenen Krallen auf ihren Vogel. Die Taube spürte die Gefahr und versuchte auszuweichen, doch der Falke war schneller, und dann spritzten Federn und Blut durch die Luft. Der Jäger segelte davon, die Überreste der Taube in den Fängen.

Bestürzt stöhnte die Spionin auf. Sie hatte nicht nur ihren Lieblingsvogel verloren, sondern auch Safar. Rasch griff sie einen vorbeischlendernden Jungen am Ohr und steckte ihm eine Münze zu, damit er auf ihren Karren aufpaßte, und versprach ihm mehr, wenn sie bei ihrer Rückkehr alles in Ordnung vorfinden würde. Danach eilte sie davon, um ihre Vorgesetzten davon in Kenntnis zu setzen, daß ein Falke ihre Pläne durchkreuzt hätte.

Zwei Straßen weiter rannte Safar um eine Ecke und verfiel dann in schnellen Schritt. Er war in einem Wohnviertel mit hohen, schiefen Häusern gelandet. Niemand war zu sehen, nur gelegentlich leerten Hausfrauen ihre Nachttöpfe verbotenerweise auf die Straße, um das Geld für den Fäkalienwagen zu sparen, der solcherlei Schmutz abholte. Fensterläden wurden aufgestoßen, Unrat auf die Straße gekippt, Fensterläden wieder zugeschlagen, und das alles, bevor jemand von den Behörden es mitbekam. Und wehe dem Vorbeigehenden, der nicht in die richtige Richtung sprang, wenn er hörte, daß ein Fensterladen aufgestoßen wurde.

Safar wich seelenruhig zur anderen Seite aus, als ein trüber Regen vom Himmel fiel, und vermied es, auch nur einen Tropfen auf seine Robe zu bekommen. Er pfiff, und der Falke schoß von einem Dach zu ihm herunter und landete auf seiner Schulter, Schnabel und Brustgefieder mit Blut befleckt. Safar verzog bei dem abscheulichen Anblick die Miene, und der Falke verwandelte sich wieder in den flohgroßen Fleck auf seiner Schulter.

»Sieh dir das nur mal an! Ich bin über und über mit Taubenblut besudelt«, beschwerte sich der Gehilfe. »Die Götter wissen, wie sehr ich den Geschmack von Blut hasse, vor allem den von Taubenblut. Man weiß doch nie, wo diese schmutzigen Dinger gesteckt haben. Sie sind schlimmer als Hühner.«

»Tut mir leid«, sagte Safar. »Aber immerhin hast du deine Aufgabe hervorragend erledigt.«

»Ich habe einen Dummkopf als Meister«, nörgelte Gundara. »Natürlich habe ich meine Aufgabe gut erledigt. Was dachtest du denn? Daß ich gerade erst geschlüpft bin? Ich mache dies schon seit mehr Jahrhunderten, als ich mich erinnern möchte, weil es mich sonst doch nur deprimiert.

Bäh! Jetzt habe ich auch noch Blut im Mund. Und Federn. Hast du eigentlich eine Ahnung, wie es sich anfühlt, wenn du auf eine Feder beißt?«

Safar tat es wirklich leid, und er tröstete seinen Gehilfen, so gut er konnte. Ein paar Straßen weiter kaufte er eine Schüssel Pudding, der in gesüßtem Rosenwasser schwamm. Er aß die Hälfte, dann schob er mit dem Holzlöffel die Reste zur Seite, damit Gundara hineinspringen und in dem Rosenwasser baden konnte.

Dann ging er weiter, und Gundara saß als fetter, nasser Punkt auf seiner Schulter.

Der Gehilfe rülpste. »Vielleicht bist du doch gar nicht so ein schlechter Meister«, gestand er ein. »Ißt du jeden Tag Rosenpudding?«

»Von heute an ja«, versprach Safar.

»Hast du das gehört, Gundaree?« fragte der Gehilfe seinen unsichtbaren Zwilling. »Ich bin durch und durch mit Zuckerwasser getränkt. Das Leben ist wunderbar. Und ich habe den besten Meister der Welt. Also scher dich zum Teufel!«

Safar schnitt angesichts der einseitigen Unterhaltung eine Grimasse. Glücklicherweise hatte er es nur mit einem Gehilfen zu tun. Zusammen hätten sie ihn vermutlich in den Wahnsinn getrieben.

Er ging gerade unter einer Markise durch, die den Eingang eines Teppichgeschäftes beschattete, als er über sich jemanden zischen hörte: »Safar!«

Es war Nerisa. Er verbarg seine Überraschung, sah sich um und vergewisserte sich, ob niemand in der Nähe war. Dann wagte er einen Blick nach oben, wo ein dunkles Auge durch ein Loch in der Markise funkelte.

»Sieh nicht her!« befahl das Mädchen.

»Tut mir leid«, flüsterte Safar zurück. Er fummelte an einem Stapel Teppiche am Eingang herum und gab vor, die Qualität zu prüfen. »Geht es dir gut?« fragte er im Murmelton.

Nerisa schnaubte. »Ich habe mich halb zu Tode geängstigt. Was habe ich nur getan, daß Kalasariz hinter mir her ist?«

»Hast du ihn gesehen?«

»Ich habe mich versteckt, bis er gegangen ist. Mir schien fast, ich hätte Halluzinationen. Oder ich wäre in einem Alptraum und könnte nicht aufwachen. Dann bin ich aus meinem Versteck geschlüpft, konnte ihn sehen und wußte, es war kein Alptraum. Wie soll man auch ein Gesicht wie seins verwechseln können? Er sieht aus, als würde er nicht viel Sonne bekommen. Oder wie ein Geist.«

Safar nickte und befingerte einen anderen Teppich. »Hör zu«, sagte er. »Ich habe keine Zeit, um dir zu erklären, was vor sich geht. Sie haben dich nur vorgeschoben, um mich zu bekommen. Ich weiß nicht, wieso. Aber ich werde mich jetzt darum kümmern. Halte dich nur ein bißchen versteckt. Und bleib vom *Narrensumpf* weg. Heute abend müssen wir uns treffen.«

»Gut, Safar«, stimmte Nerisa zu. »Heute abend. Sagen wir, drei Stunden nach dem letzten Gebet?«

»Wo? Bei mir ist es nicht sicher.«

»Mach dir keine Sorgen«, meinte Nerisa. »Mich wird keiner zu Gesicht bekommen. Sei nur zu Hause. Bis heute abend.«

Er wollte widersprechen, hörte jedoch ein leises Rascheln über sich, und als er aufsah, war das Auge in der Markise verschwunden.

Besorgt setzte er seinen Weg fort. Nerisa riskierte seiner Meinung nach zuviel. Aber jetzt konnte er daran auch nichts mehr ändern, also verdrängte er seine Befürchtungen, so gut es ging, und konzentrierte sich auf sein Vorhaben. Kurz danach erreichte er sein Ziel. Er lächelte in sich hinein, während er sich ihm näherte, und dachte an all die Spione, die überall in der Stadt durch die Straßen huschten und nach ihm Ausschau hielten. Und er befand sich gut sichtbar an einem Ort, wo sie ihn niemals vermuten würden – im Großen Tempel von Walaria.

Der war ein häßliches Bauwerk – eine Reihe plumper Gebäude und Zwiebeltürme, die von einer hohen, festungsähnlichen Mauer umgeben wurden. Der Tempel war urprünglich nur ein einfaches Steinhaus gewesen. Dies hatte der erste Hohepriester vor Jahrhunderten gebaut, als Walaria – was bedeutete: der Ort des Wassers – noch aus ein paar windschiefen Hütten bestanden hatte, die von riesigen Pferchen für die großen Rinderherden umgeben waren. Die Rinderherden hatten den Ureinwohnern ihren Reichtum beschert. Der Legende nach war Walaria von einem Wanderzauberer gegründet worden. Seinerzeit hatte es hier nur eine trockene steinige Ebene gegeben. Doch ebendieser Legende nach hatte der Zauberer seinen Stab in den Boden gestoßen. Und der Stab hatte sich augenblicklich in einen hohen Baum verwandelt, und unter seinen Wurzeln war eine Quelle entsprungen. Im Laufe der Zeit war um diese Quelle herum eine große Stadt entstanden, die von einem König regiert wurde und deren Hohepriester den ersten Tempel gebaut hatte.

Danach hatte jeder Hohepriester ein weiteres heiliges Bauwerk hinzugefügt – mehr um seines eigenen Ruhms willen denn zur Ehre der Götter. So war wohl oder übel ein Tempel nach dem anderen hinzugekommen, wobei jeder Hohepriester den schlechten Geschmack seines Vorgängers zu übertreffen gesucht hatte. Die meisten der Gebäude waren den vielen Göttern gewidmet, welche von den Menschen Esmirs verehrt wurden. Es war Walarias ganzer Stolz, daß es hier so viele Bilder der verschiedenen Götter gab wie Sterne am Firmament.

Safar betrat den Tempel durchs Haupttor und ging an den unzähligen Läden und Ständen vorbei, wo Geschäfte mit der Götterverehrung getätigt wurden. Man fand Weihrauch jeder Art und jeden Preises, heilige Öle, besondere Kerzen und Abertausende von Idolen verschiedener Götter – große für den Hausaltar, winzige, die man als Talisman an einer Kette tragen konnte. Zu beiden Seiten des Durchgangs standen kleine Ställe und Pferche, in denen Opfertiere zu kaufen waren. Desgleichen gab es Segenswünsche und magische Tränke zu erwerben, und ein halbes Dutzend Geldwechsler warteten vom ersten bis zum letzten Gebet auf Pilger mit fremder Münze oder Kreditbriefen.

Als Safar ankam, hatte sich bereits eine große Menschenmenge versammelt, und nur mit Einsatz der Ellbogen konnte er sich hindurchdrängeln. Am Ende der Hauptstraße bog er nach rechts ab, und hier war es deutlich weniger belebt. Nur ein paar Studenten eilten wie er selbst in die Universität, ein zweigeschossiges Gebäude.

Im oberen Geschoß wohnten Umurhan und die anderen Priester – wobei Umurhans Gemächer die Hälfte der Fläche einnahmen. Im unteren Stockwerk waren die Schreibstuben und Hörsäle untergebracht – und die große Aula, in der sich bei besonderen Zeremonien oder Kundgebungen alle versammelten. Zwei Kellergeschosse dienten als Schlafsäle für die armen Studenten, die sich – anders als Safar – kein privates Zimmer oder eine Dachmansarde leisten konnten.

Spöttische Fratzen schmückten das Portal der Universität. Safar erschauerte, als er unter ihnen hindurchging.

»Keine Gefahr«, vermeldete Gundara von der Schulter. »Die sind nur aus Stein.«

Das brauchte er Safar nicht extra zu sagen. Er wußte ganz gut selbst, daß diese leblosen Fratzen nur böse Geister abwehren sollten. Dennoch, obwohl er in den letzten zwei Jahren jeden Tag unter diesen Zerrgesichtern durchgegangen war, konnte er sich einer Gänsehaut nicht erwehren.

Hinter dem Portal lag ein großer Hof, von dem aus steinerne Stufen zu einem Altar hinaufführten. Hier übten die Studenten, wie man den Göttern Blutopfer darbrachte. Aus den Käfigen zur Linken wurde dabei das Tier herausgetrieben. Die Tiere waren zumeist mit Rauschgiften betäubt, so daß sie kaum Widerstand leisteten. Ein Priester betraute daraufhin einen der Jungen mit der grausigen Aufgabe, dem Tier die Kehle aufzuschlitzen. Andere mußten dabei das Blut auffangen, ehe das Tier zusammenbrach. Dann wurden Gebete gesprochen, während man es ausweidete. Das Fleisch und das Blut wurden sodann in Opferbehältern zu Ehren der Götter verbrannt. Safar waren Blutopfer schon immer höchst zuwider gewesen, und je mehr er darüber lernte, desto überflüssiger erschienen sie ihm. Zudem hatte er bemerkt, daß die besten Fleischstücke für Umurhan und seine Priester beiseite gelegt wurden – wohl kaum ein Akt, der eine Gottheit sehr erfreuen würde.

Als er nun am Altar vorbeiging, sah er fünf Tempelschüler, die die Reste des letzten Opfers beseitigten. Sie hatten die schäbigen Roben hochgebunden und schrubbten auf Händen und Knien mit abgenutzten Bürsten die Stufen und das Podest.

Safar erinnerte sich an die Zeit, als diese abscheuliche Aufgabe seine erste und einzige Pflicht gewesen war.

Und während er die arbeitenden Jungen betrachtete, erinnerte er sich an den Moment, an dem er Umurhan zum erstenmal begegnet war.

*

Es war ein trüber Wintertag, und der Himmel war so fahl wie der Altarstein. Safar wußte nicht mehr, seit wie vielen Wochen er nun auf wunden Knien kauerte und Stufen und Podeste putzte. Es war so kalt, daß sich jedesmal, nachdem er seine Bürste in den Eimer getaucht hatte, schon Augenblicke später eine dünne Eisschicht auf dem Wasser bildete.

Er hatte sich jeden Morgen an den Priester gewandt, der stets alles doppelt sagte, und gefragt, wann er am Unterricht teilnehmen dürfe. Die Antwort war ständig dieselbe – »Du bist spät im Jahr angekommen. Spät im Jahr. Arbeite nur weiter. Nur weiter. Sobald es eine freie Stelle … freie Stelle … gibt, werde ich dir Bescheid sagen. Bescheid sagen.«

Und Safar antwortete darauf stets: »Ja, Heiliger«, so zerknirscht er konnte – genau wie es ihm Gubadan eingeschärft hatte, als er von Kyrania aufgebrochen war. Und da jeder Tag ein gleichermaßen miserabler Tag werden wollte, wurde Safar immer ungeduldiger. Er war zum Lernen nach Walaria gekommen, nicht zum Bodenschrubben. Und darüber hinaus bezahlte Coralean viel Geld für seine Ausbildung. Safar sollte hier Student sein, kein Sklave.

An diesem Tag nun war sein Geduldsfaden zum Zerreißen gespannt, und er dachte ernsthaft darüber nach, seine Siebensachen zu packen und sich nach Hause aufzumachen – sollte sich Walaria dorthin scheren, wo der Pfeffer wächst. Er war sozusagen schon dabei, sich von den Knien zu erheben, als plötzlich Bewegung in den Hof kam.

Der ständig alles doppelt sagende Priester rannte, umgeben von einem Pulk anderer Priester, auf den Hof, und eine große Gruppe Schüler aus der Zaubererschule von Walaria folgte ihnen. Es handelte sich um die Gruppe der besten Schüler, weniger als hundert. Dies waren die Studenten, denen man ausreichend Talent für weiterführende Unterweisung in den magischen Künsten zutraute. Safar hatte längst nicht so hochtrabende Ambitionen. Zu jenem Zeitunkt wollte er nichts anderes, als mit den gewöhnlichen Studenten lernen und eine fundierte Allgemeinbildung erlangen. Doch als er die Gruppe betrachtete, ihre überheblichen Blicke und das schwache Summen ihrer Magie bemerkte, durchfuhr ihn die Eifersucht wie ein Stich. Er unterdrückte dieses Gefühl, und während die Musterschüler in den Hof traten, schnappte er sich seinen Eimer und verzog sich in eine Ecke, von wo er unbemerkt zusehen konnte.

Dem Gemurmel der Tempelschüler nach war ein wichtiger Mann an Umurhan herangetreten und hatte ihn um einen Gefallen gebeten. Der Mann mußte eine schwere Sünde begangen haben, wobei die Studenten sich nicht einig waren, ob er einen Verwandten betrogen oder einen Sklaven ermordet hatte. Jedenfalls wollte er mit einem Opfer die Vergebung der Götter erlangen. Allerdings sollte dies in aller Abgeschiedenheit geschehen, und daher hatte er eine große Spende an den Tempel geleistet, um eine nichtöffentliche Zeremonie zu bezahlen. Nach der Seelenreinigung, so hörte Safar die Tempelschüler sagen, würden unter den Studenten reiche Geschenke verteilt, um ihr Schweigen zu erkaufen.

Als er dies vernahm, machte sich Safar noch unsichtbarer und drückte sich hinter eine mit dichten Ranken überwucherte Säule.

Einen Augenblick später erklangen Becken, und zwei Männer schritten in den Hof. Vor ihnen huschten Jungen her, warfen Blüten auf ihren Weg und schwenkten rauchendc Weihrauchgefäße, um die Luft zu parfümieren. Ohne Zweifel war einer der beiden Männer in der fließenden Robe eines Meisterzauberers Umurhan. Selbst wenn er blind gewesen wäre, hätte Safar die Gegenwart des Mannes gespürt, denn die Luft war plötzlich vom Gestank der Zauberei geschwängert. Dann wurde Safar zum zweitenmal überrascht. Denn der reichgekleidete, mit Juwelen beladene Mann an Umurhans Seite war niemand anders als Lord Muzine. Obwohl Safar Muzine nie persönlich vorgestellt worden war, hatte ihm jemand eines Tages den reichen Kaufmann gezeigt, als er in seinem prächtigen Wagen mit vier schwarzen Rössern vorbeigefahren war. Muzine hatte ein Gesicht wie ein auf dem Kopf stehender Doppelhammer. Es war lang und schmal bis zum Kinn, wo es sich zu beiden Seiten auswölbte.

Mucksmäuschenstill war es auf dem Hof, als die beiden Männer auf das Podest traten und sich dem Altar von Rybian, dem König der Götter, der Gottheit, die alles Leben aus dem Heiligen Ton geschaffen hatte, näherten. Umurhan und zwei muskulöse Jungen in reinstem Weiß halfen Muzine voller Eifer beim Niederknien vor dem steinernen Abbild des Gottes mit dem freundlichen Gesicht.

Umurhan wandte sich den Tempelschülern zu. Seine Augen glühten wild unter den Fledermausbrauen.

»Brüder«, begann er, »wir sind heute zusammengekommen, um einem anständigen und wohltätigen Mann beizustehen, der durch unglückliche Umstände auf dem Pfad der Tugend, welchen er sein ganzes Leben verfolgt hat, ins Straucheln gekommen ist. Wir sind nicht hier, um über ihn Gericht zu halten, denn wer von uns könnte über einen Mann richten, der weit und breit für sein aufrichtiges Wesen und seine Mildtätigkeit bekannt ist? Dieser Mann ist mit offenem Herzen und gequälter Seele an mich herangetreten. Ja, er hat gesündigt, doch wer von uns hätte dies nicht? Also wollen wir nicht über ihn urteilen. Statt dessen rufen wir den großen und gnädigen Rybian, unser aller Vater, um Mitleid für diesen armen Sterblichen und um Vergebung seiner vom Schicksal bestimmten Verfehlungen an.

Und so erbitte ich heute von euch, meinen Brüdern im Geiste, eure willige und von ganzem Herzen kommende Unterstützung bei dieser Aufgabe, Gnade zu erflehen. Der Mann, der hier vor euch kniet, verdient es redlich, und es ist eine Ehre für unsere Universität und unseren Tempel, ihm in dieser Angelegenheit behilflich zu sein.«

Während Umurhan sprach, zogen die beiden Jungen in Weiß Muzine behutsam das Gewand über Arme und Schultern aus und entblößten so das weiche, rosafarbene Fleisch des schwergewichtigen Reichen. Dann nahmen sie kleine Peitschen aus dem Gürtel um ihren Bauch.

»Gibt es irgendwelchen Widerspruch?« fragte Umurhan. »Ist jemand hier, der es mit seinem Herzen nicht vereinbaren kann, diesem Manne beizustehen? Falls dem so ist, bitte ich diesen, sich freundlichst aus unserer Gesellschaft zurückzuziehen. Natürlich wird eine solche Entscheidung nicht geringgeachtet. Denn das Gewissen soll stets unser Führer sein.«

Umurhan ließ den glühenden Blick über die Versammlung schweifen, doch niemand regte sich.

Er nickte und fuhr fort: »Seid euch meines Dankes versichert. Die Götter werden euch dafür segnen.«

Safar hörte jemanden in der Nähe murmeln: »Und hoffentlich zahlen sie auch meine Wirtshausrechnung.«

Darauf erhob sich leises Kichern, während Umurhan das Zeichen zum Hinknien gab. Die Tempelschüler ließen sich wie ein Mann nieder, neigten die Köpfe tief und schlugen sich auf die Brust.

Umurhan verkündete: »So soll die Zeremonie denn beginnen.«

Von irgendwoher erschollen Lauten, Glocken und Trommeln. Die Priester stimmten Lied um Lied an, in denen Rybians Aufmerksamkeit erfleht wurde, und die Tempelschüler fielen mit ein.

Als erstes wurde Umurhans berühmtes Letztes Gebet gesungen, das jedermann am Abend zu hören pflegte:

Wir sind die Menschen von Walaria, gute Menschen und fromm.
Euer Segen sei mit uns.
Unsere Frauen sind gesittet, unsere Kinder voller Respekt.
Euer Segen sei mit uns …

Während die Versammlung sang, schlugen die Jungen in Weiß mit wippenden Bewegungen sachte auf Muzines Fleisch ein. Muzine jammerte, als würde er ernstlich gefoltert, denn er glaubte – alle anderen im übrigen auch –, je lauter seine Schreie, je schmerzhafter sein Stöhnen, desto mehr würde der Gott Rybian getäuscht werden und glauben, Muzine erlitte tatsächlich eine harte Strafe.

Endlich gab Muzine seinen schrecklichsten Schrei von sich und brach auf dem Boden zusammen. Seine Peiniger salbten rasch seinen Rücken – auf dem nicht ein einziger Striemen zu sehen war –, küßten ihn und flüsterten ihm Worte des Trostes zu. Als Muzine dachte, es sei ausreichend Zeit vergangen, um sich erholt zu haben, erhob er sich unter viel Getue. Tränen strömten über sein langes Gesicht, das das glückselige Lächeln eines Menschen trug, der zurück ins Licht gefunden hat. Die Jungen halfen ihm mit seinem Gewand und reichten ihm einen Becher Branntwein. Muzine nahm einen tiefen Schluck, rieb sich die Augen und fiel dann in den Gesang ein.

Safar langweilte die Farce, und er sah sich nach einem Weg um, wie er sich unbemerkt davonstehlen könnte. Doch in diesem Moment öffnete sich die Eisentür des Tierkäfigs rasselnd, und sein Blick fuhr herum, um das arme Geschöpf zu betrachten, mit welchem Muzine Rybians Vergebung erkaufen wollte.

Zu seiner Überraschung sah er eine alte Löwin, die an einer dünnen Silberkette herausgeführt wurde. Muzine muß wirklich etwas Frevelhaftes getan haben, dachte Safar. Er war bereits lange genug im Tempel, um zu wissen, daß ein Löwe das seltenste und aus diesem Grund teuerste Opfertier war. Mindestens mußte es sich bei der Sünde um Mord handeln, der vermutlich nicht nur an einem Sklaven begangen worden war.

Er sah sich die riesige Löwin genauer an – sie war fast so hoch wie der Junge in weißer Robe, der sie führte. Mit langsamen, schleppenden Bewegungen bewegte sie sich auf den Altar zu. Ihre Augen waren von den Drogen, die man ihr verabreicht hatte, schwer, nur mehr kleine Schlitze zu beiden Seiten ihres breiten Gesichtes. Trotz der Größe der Löwin tat Safar das Herz weh, denn sie erinnerte ihn an seine Katze in Kyrania, die die Ziegenställe von gefräßigen Nagetieren freihielt. Die Katze hatte manche Stunde auf seinem Schoß gesessen, sich geputzt und ihn getröstet, wenn er sich über seinen Kummer ausgelassen hatte.

Dann bemerkte er den großen schwingenden Bauch der Löwin und ihre schweren Zitzen; sie mußte erst unlängst Nachwuchs bekommen haben. Selbst unter Drogen gesetzt, mußte sie sich vor Sorge um ihre Kleinen verzehren.

Umurhan machte ein Zeichen, und der Gesang hörte auf. Er drehte sich zum Altar und sagte: »O Rybian, Gnädiger Meister von uns allen, habe Mitleid mit diesem armseligen Sterblichen vor Dir. Vergib ihm seine Sünden. Nimm diese bescheidene Gabe, welche er Dir darbringt. Gib ihm dafür nur den Schlaf der Gerechten zurück.«

Umurhan hob die Hand, und einer der Jungen führte Muzine zu der Löwin. Der Junge reichte dem Kaufmann ein großes Opfermesser. Die anderen Jungen versammelten sich ebenfalls mit verzierten Gefäßen um das Tier, damit sie das Blut auffangen konnten. Muzine packte die Löwin behutsam am Genick. Diese verriet mit keiner Regung, ob sie begriff, was vor sich ging. Muzine zog das Messer über ihre Kehle. Blut tröpfelte aus dem Schnitt, doch der Fluß war zu gering. Muzine mußten die Nerven versagt haben, denn er hatte nicht tief genug geschnitten, um das Elend der Löwin zu beenden.

Muzine versuchte es noch einmal, und dieses Mal führte einer der Jungen seine Hand, drückte fest zu und sorgte dafür, daß die Sache anständig erledigt wurde. Die Löwin gurgelte, und Blut schoß in die Schüsseln.

Die Löwin sackte zusammen.

Alle jubelten und sprangen auf, lobpriesen Rybian und hießen den Sünder Muzine neu in der Gemeinde willkommen. Muzine trat vor, Umurhan an seiner Seite, um die Gratulationen der Tempelschüler entgegenzunnehmen. Hinter ihnen begannen die drei Jungen in weißen Roben eifrig, die Löwin auszuweiden, um den nächsten Abschnitt der Zeremonie vorzubereiten.

Dann wurde der Lärm von einem markgefrierenden Brüllen übertönt, und alle richteten den Blick mit Herzklopfen auf den halbgehäuteten Kadaver.

Die Luft über dem toten Tier wurde bedrohlich rot, und jedermann stockte der Atem, als der Geist der Löwin aus dem Kadaver kroch, mit dem Schwanz schlug, die langen gelben Reißzähne fletschte und seinen Haß hinausbrüllte.

Die Geisterlöwin sprang los, und die erstarrte Szene kam wieder in Bewegung. Geschrei erhob sich, und schutzsuchend rannte die Menge auseinander und verstopfte die Ausgänge.

Safar blieb in seinem Versteck und sah, wie ein Dutzend Priester und Tempelschüler trotz der allgemeinen Hysterie Umurhan und Muzine in die Mitte nahmen und durch eine kleine Tür hinter dem Altar in Sicherheit brachten.

Inzwischen war die Geisterkatze auf die Fliehenden zugeschwebt. Sie schlug mit ihren durchscheinenden Krallen zu. Blut spritzte in alle Richtungen, und die Verwundeten erfüllten die Luft mit ihren Schreien. Dann packte sich die Löwin jemanden mit dem Maul und drückte ihn zu Boden, während die anderen davonrannten oder sich an die Mauer drückten.

Die Geisterlöwin stellte sich über ihr Opfer, packte es an den Schultern und schüttelte es wütend hin und her. Der junge Mann, den sie erwischt hatte, lebte noch und wimmerte erbärmlich.

Plötzlich wurde Safar von etwas, das sich wie eine unsichtbare

Hand anfühlte, aus seinem Versteck gedrängt. Langsam schritt er auf die wutentbrannte Löwin zu, ein Teil von ihm zitternd vor Furcht, der andere um die Seele der armen Geistermutter besorgt, die alleingelassen und auf die einzige Weise, die sie kannte, um ihre Neugeborenen rang.

Der Geist sah ihn und ließ den kreischenden Tempelschüler los. Die Löwin fauchte und ging auf ihn los; ihre ausgefahrenen Krallen klickten auf dem Steinboden. Doch Safar ließ sich nicht einschüchtern, sondern trat mit langsamen, gemessenen Schritten weiter vorwärts. Er streckte die rechte Hand aus – zwei Finger und den Daumen gespreizt: die universelle Geste eines Zauberers, der einen Zauber heraufbeschwört.

Mit beruhigender, gesenkter Stimme redete er auf das Tier ein. »Es tut mir leid, dich hier zu sehen, Geistermutter«, sagte er. »Welch ein schrecklicher Ort für einen Geist. So viel Blut. So viel Leid. Deine Milch wird verderben, und deine Jungen müssen hungern.«

Die Löwin trat weiter auf ihn zu. Ihr Blick stand in Flammen, aus dem weitaufgerissenen Maul troff der Geifer. Safar blieb nicht stehen, während er die ganze Zeit weitersprach.

»Böse Männer haben dir dies angetan, Geistermutter«, sagte er. »Sie haben dich gefangen und deine Jungen hingemetzelt. Sie haben dich zum Sterben an diesen Ort gebracht. Doch die Schuldigen befinden sich nicht mehr in diesem Hof, Geistermutter. Dies hier sind nur Menschenjunge. Männliche Junge, Geistermutter. Und ist es nicht deine Pflicht, dich um das Wohl der männlichen Jungen zu sorgen?«

Der Geist fauchte, dennoch schien seine Wut ein wenig besänftigt zu sein. Noch einige wenige Schritte, und die beiden trafen sich – und blieben voreinander stehen.

Safar stählte seine Nerven. Die Löwin, anstatt ihn auf der Stelle zu töten, schnüffelte an ihm herum, während sie nicht aufhörte zu knurren. Als sie fertig war, blickte sie ihm ins Gesicht, und die Augen der Katze suchten tief in Safars Augen nach einer Lüge, die sich dort verbergen mochte. Dann brüllte sie so laut, daß es Safar fast aus den Sandalen geworfen hätte. Doch er hielt stand, und dann hockte sich die Löwin auf die Hinterbeine – ihr Gesicht befand sich auf einer Höhe mit seinem.

»Du verstehst es, Geistermutter«, fuhr Safar fort. »Ich habe deine Traurigkeit nicht verursacht, und dennoch trauere ich um den Verlust.« Er umfaßte die Tempelschüler mit einer Geste. »Und diese männlichen Jungen sind so unschuldig wie ich. Bitte, tu ihnen kein Leid, Geistermutter.«

Der Geist der Löwin gähnte mit weit aufgerissenem Maul, ließ sich jedoch zu Safars Füßen nieder.

»Du mußt jetzt an dich selbst denken, Geistermutter«, fuhr Safar fort. »Deine Jungen sind tot, und ihre kleinen Geister sind hungrig. Du solltest so rasch wie möglich zu ihnen gehen, damit sie nicht leiden. Denk an sie, Geistermutter. Sie kannten sich in dieser Welt noch nicht aus, um wieviel weniger in der nächsten? Hast du sie nicht nach dir rufen gehört?

Hör doch – jetzt rufen sie wieder.«

Safar machte eine Geste, und aus der Ferne ließ sich ein leises Miauen vernehmen. Die Ohren der Geisterlöwin stellten sich auf, und sie hob den Kopf, die Augen vor Sorgen aufgerissen. Safar wiederholte die Geste, und das Miauen wurde lauter und inbrünstiger. Die Löwin winselte.

»Geh zu ihnen, Geistermutter«, sagte Safar. »Verlasse diesen Ort und finde Frieden mit deinen Jungen.«

Die Löwin sprang auf. Safar zwang sich, ruhig zu bleiben. Der Geist brüllte ein letztes Mal und verschwand.

Einen Augenblick lang hallte das Brüllen im Hof nach. Dann setzte ein Durcheinander ein, in dem alle ihre Erleichterung herausschrien und Safar dankten. Und dann, inmitten dieses Chaos, teilte sich die Menge plötzlich und verstummte. Safar, von der Anstrengung noch leicht benommen und erschöpft, sah Umurhan durch einen Nebelschleier auf sich zukommen.

»Wer ist das?« hörte er den Zauberer fragen.

»Safar Timura, Meister. Safar Timura. Ein neuer Tempelschüler. Er ist noch nicht lange da.«

Umurhan musterte Safar abschätzend von oben bis unten. Dann fragte er: »Warum hat mir niemand von deinem Talent berichtet, Tempelschüler Timura?«

»Es ist doch nichts, Meister«, erwiderte Safar, »mein Talent ist klein.«

»Das kann ich selbst am besten beurteilen, Tempelschüler«, entgegnete Umurhan. Er wandte sich an den Priester, der alles doppelt sagte. »Morgen beginnt für Tempelschüler Timura die Ausbildung«, befahl er.

Danach, ohne Safar noch etwas zu sagen oder ihn auch nur eines Blickes zu würdigen, stolzierte er von dannen.

Und wieder entstand ein Durcheinander, als Safars Mitstudenten sich um ihn drängten, ihm auf die Schulter klopften und ihm zur Aufnahme in die Gruppe der Besten der Universität gratulierten.

*

Safar hastete durch den langen Hauptgang des Erdgeschosses. Niemand war zu sehen – die meisten Studenten und Priester würden sich in diesem Moment zum Gebet in der Aula versammelt haben. Die Klassenräume und Amtsstuben, an denen er vorbeikam, waren leer, und gelegentlich konnte er den Gestank alter Magie riechen, der von den gestrigen Übungen seiner Mitstudenten noch in der Luft hing.

Am Ende des Ganges erreichte er das große Treppenhaus, das die verschiedenen Stockwerke verband. Eine Treppe ging nach unten, in die Katakomben der Universität. Die andere führte zum zweiten Stockwerk, wo Umurhan und die Priester wohnten. Safar zögerte, hin und her gerissen zwischen seinem ursprünglichen Ziel und dem plötzlichen Gedanken, daß das Wissen, das er in Umurhans Bibliothek vermutete, in diesem Augenblick höchstwahrscheinlich unbewacht war. Ihm blieb noch eine gute halbe

Stunde, ehe die tägliche Versammlung ihr Ende fand und Umurhan und die anderen Priester in den ersten Stock zurückkehrten.

»Du kannst beide Wege gehen«, flüsterte Gundara auf seiner Schulter. »Beide sind sicher.«

»Vielleicht später«, murmelte Safar, und dann wählte er die Treppe nach unten, ehe ihn seine neue Idee von seiner vornehmlichsten Aufgabe abbringen konnte.

*

Obwohl Safar nach dem Zwischenfall mit der Löwin Umurhan unzählige Male begegnet war, hatte der Zauberer ihm nicht gedankt, ja, das Thema sogar nicht einmal zur Sprache gebracht. Während Safars Ausbildung ihren Lauf nahm und bald für jeden ersichtlich wurde, welch außergewöhnlicher Student der Zauberei er war, hielt Umurhan nicht nur Abstand zu ihm, sein Benehmen schien indes noch abzukühlen – und manchmal, wenn Safar von seinen Studien aufblickte, fiel ihm auf, wie seltsam ihn der Zauberer anschaute. Gubadan hatte ihn bei seinem Aufbruch aus Kyrania vor Umurhan gewarnt. Obwohl er dem alten Priester nie von seinen Fähigkeiten erzählt hatte, bekam er während seiner letzten Unterhaltung mit ihm den Eindruck, daß Gubadan doch Verdacht geschöpft hatte – und Safars Talent für die Magie bemerkt hatte.

»Lord Umurhan hat den Ruf eines eifersüchtigen Mannes«, hatte Gubadan ihm eingeschärft. »Er mag Studenten oder Priester nicht, die mit ihrer Intelligenz oder ihren Fähigkeiten prahlen. Hüte dich also, mein Junge. Nicht jeder Lehrer empfindet es als Belohnung, wenn er einen Schüler in ungeahnte Höhen führt, die er selbst nie erreichen könnte. Verhalte dich in Lord Umurhans Gegenwart umsichtig, das ist der beste Rat, den ich dir geben kann. Und wage es niemals, aber auch wirklich niemals, ihn vor anderen zu blamieren.«

Safar hatte sich Gubadans Ratschlag zu Herzen genommen. Während er im Unterricht und den Übungen der Zauberei Fortschritte machte, bemühte er sich stets, Umurhan nicht in den

Schatten zu stellen – obwohl er dies, wie ihm bald klar wurde, leicht hätte tun können, vor allem, nachdem er schon einiges gelernt hatte und schließlich auf eigene Faust seine Kenntnisse der geheimen Zauberkünste vertiefte. Gelegentlich beging er daher sogar absichtlich Fehler, um Umurhans Mißtrauen zu zerstreuen. Umurhan genoß diese gespielten Fehler, verhöhnte ihn vor allen, nannte ihn einen Tölpel aus den Bergen oder bedachte ihn mit anderen demütigenden Namen.

Umurhan liebte es, sich seinen Schülern gegenüber als großer Meister aufzuspielen. Desgleichen behielt er sein eigenes Wissen gern für sich. Während der Unterricht voranschritt und sich die Kluft zwischen den Studenten und Umurhan langsam schloß, bewahrte er seine Selbstgefälligkeit, indem er seinen Schülern nicht alles beibrachte. War ein Zauberspruch besonders machtvoll, so neigte Umurhan dazu, ihn so verworren zu erklären, daß niemand folgen, geschweige denn ihn wiederholen konnte. Bei heiklen Fragen wich er einer Antwort oft aus. Dann schützte er eine andere Angelegenheit vor, verschwand für kurze Zeit und beantwortete die Frage nach seiner Rückkehr mit einem Selbstvertrauen, an welchem es ihm zuvor noch gemangelt hatte.

Es war kein Geheimnis für die Studenten, wo er während dieser Zeit gewesen war. Sie waren in einem zynischen Alter, in dem ihnen Einzelheiten, die ältere Leute übersehen mochten, nicht entgingen. Umurhan zog sich während dieser Zeiten in seine private Bibliothek zurück und kupferte von alten Meistern ab, um die Fassade zu wahren, das war allen bekannt. Niemand außer Umurhan bekam die Bücher in dieser Bibliothek zu Gesicht, unter dem Vorwand, es befänden sich verbotene Bücher und Schriftrollen über die Schwarzen Künste darunter, die so tödlich, so böse seien, daß nur der Hohepriester von Walaria sie lesen dürfe – und zwar nur in einem Notfall, wenn Schwarze Magie gegen die Stadt gerichtet würde.

Safar hatte in seiner Neugier nicht davon ablassen können, die Bibliothek zu erforschen. Tatsächlich gab es dort Bücher über

Schwarze Magie. Größtenteils bestand sie jedoch aus einer riesigen wirren Ansammlung von Wissen, das Umurhans Vorgänger zusammengetragen hatten – seltene Schriftrollen, Bücher vergessener Meister, Bände in fremden Sprachen und handgeschriebene Wörterbücher dieser Sprachen, denen spätere Leser magische Symbole als Marginalien hinzugefügt hatten. Mit den Büchern, die er im *Narrensumpf* fand, hatte Safar einige dieser Sprachen teilweise entziffern können. Seine nächtlichen Studien und geheimen Besuche hatten ihn auf die Spur von Asper geführt, jenes alten Meisters aller Meisterzauberer, der – wie Safar annahm – ein Dämon gewesen war. Eine der Marginalien gab ihm allen Grund zu glauben, Aspers Werk befände sich irgendwo in dem Chaos, welches Umurhans Privatbibliothek darstellte.

Und nach eben den Werken von Asper hatte er gesucht, als er erwischt worden war.

*

Safar verdrückte sich in die dunkelste Ecke der Bibliothek. Ein Kerzenstumpf war seine einzige Hilfe, während er in aller Eile die von Spinnweben überzogenen Schriftrollen und Bücher mit gebrochenen Buchrücken durchforstete – und nach dem seltsamen vierköpfigen Schlangensymbol suchte, das er als Aspers Siegel kannte.

Dann flammte hinter ihm eine Öllampe auf, und er wirbelte herum: Umurhan stand über ihm, und seine Augen blitzten wie frischgeschmiedete Speerspitzen.

»Was tust du hier, Tempelschüler?« donnerte er.

Safar suchte nach einer Entschuldigung. »Vergebt mir, Meister. Ich habe mir nur Sorgen wegen der Prüfung gemacht und, äh … äh … ich dachte, ich, äh …«

»Wolltest du vielleicht mogeln, Safar Timura?« brüllte Umurhan. »Bist du aus diesem niederträchtigen Grund hier eingedrungen?«

»Ja, Meister, ja, ja«, stotterte Safar.

»Und warum suchst du dann bei den verbotenen Büchern,

Tempelschüler?« schrie Umurhan. Er zeigte auf den schmalen Gang am Anfang der Bibliothek. »Warum habe ich dich elendes Würmchen nicht dort drüben gefunden? Warum hast du deine Antworten nicht aus jenen Schriften gestohlen, die nicht verflucht sind?«

Safar wollte schreien, daß kein Wissen verboten sein sollte. Und daß selbst harmlose Forschungen in dieser Bibliothek allen außer Umurhan versagt waren. Statt dessen gab er Panik vor – da Umurhan bedrohlich über ihm aufragte, war dies nicht schwierig – und stammelte, er habe sich nur vor dem Licht verstecken wollen und sei zufällig hierhergeraten. Halbe Geständnisse, falsche Entschuldigungen und Bitten um Gnade quollen aus ihm hervor, bis Umurhans Verdacht zerstreut war.

»Schweig«, brüllte Umurhan und schnitt Safar das Wort ab. »Du weißt doch, ich könnte dich deswegen der Häresie anklagen?«

»Ja, Meister«, antwortete Safar, so unterwürfig es ihm möglich war.

»Und ich werde nur deshalb darauf verzichten, weil ich dich für nichts Besseres als einen armseligen Schwindler halte.«

»Ja, Meister. Danke, Meister. Es tut mir leid, Meister. Wird nie wieder vorkommen, Meister.«

»Oh, bestimmt wird es nie wieder vorkommen, Tempelschüler Timura. Dafür werde ich schon Sorge tragen. Für den Moment setze ich die Strafe aus. Doch sollst du über deine Sünde nachdenken, während ich über dein Schicksal entscheide.«

»Ja, Meister. Danke, Meister.«

»Der einzige Grund, weshalb ich dich nicht auf der Stelle hinauswerfe ... oder Schlimmeres mit dir mache, denn bei den Göttern, ich könnte dir Schlimmeres antun, das weißt du doch, Tempelschüler?«

»Ja, Meister, das weiß ich.«

»Der einzige Grund dafür besteht darin, daß ich für deinen Mentor, Lord Muzine, großen Respekt hege. Aus einem mir unerklärlichen Grund hat er die Sorge für deine Zukunft und dein Wohlergehen übernommen.«

»Ja, Meister«, murmelte Safar und schlug mit der Stirn auf den Boden. Doch er wußte, in Wirklichkeit dachte Umurhan nur an die Löwin und ihren Geist.

Obwohl Safar niemals zu Muzine gerufen wurde, hatte dieser den Betrag für seine Ausbildung nach dem Zwischenfall erhöht. Dies war Safar von dessen kaltschnäuzigem Majordomus verkündet worden, welcher ihn gleichzeitig davor gewarnt hatte, die Zeremonie und jenes Ereignis jemals zu erwähnen. Safar durchblickte sehr wohl, was Umurhan nun fürchtete. Wenn Safars Vergehen an die Öffentlichkeit drang, würde auch jener Zwischenfall bekannt werden. Dann würden Fragen über die Sünde aufkommen, für welche Muzine Vergebung erfleht hatte. Und noch schlimmer, man würde Umurhans magische Fähigkeiten in Frage stellen. Wie konnte ein so großer Zauberer ein solches Geschehnis zulassen? Oder war Umurhan am Ende gar nicht so mächtig, wie er ohne Unterlaß behauptete?

Safar wurde somit ein Strafaufschub gewährt, doch er wußte, ihm blieb nur mehr eine kurze Galgenfrist – die mit jedem Augenblick immer kürzer wurde.

*

»Pst!« warnte Gundara. »Gefahr!«

Safar blieb stehen. Vor ihm lag die letzte Kehre der Treppe. Sie mündete im tiefsten und am wenigsten glanzvollen Stockwerk der Universität. Es war ein Ort brodelnder Küchentöpfe, stinkender Abfalleimer und riesiger Tonröhren, die Wasser hinein- und Abwässer hinausleiteten. Safar horchte und hörte das Geräusch einer Bürste, die über Stein kratzte.

Er setzte seinen Weg fort, doch langamer. Als er um die Biegung kam, sah er vor sich einen jungen Tempelschüler auf den Stufen knien. Neben ihm stand ein Eimer mit Wasser, in den Händen hielt er eine Bürste. Mit halbherzigen Bewegungen reinigte er die Stufen – wobei er lediglich etwas Wasser auf dem schmutzigen Stein verteilte. Doch sobald er Safars Gegenwart spürte, trat an Stelle trägen Reibens ein kräftiges Schrubben. Der junge Mann blickte auf; er hatte die Stirn in Furchen gelegt, als verlange diese Arbeit große Konzentration. Als er jedoch Safar erkannte, entspannte er sich, hockte sich auf die Hacken, und ein breites freches Grinsen zog auf sein Gesicht.

»Ach, du bist es nur, Timura. Hätte ich mich ja gar nicht so anstrengen müssen. Dachte, es wäre dieser Hurensohn Hunker. Der schleicht hier immer herum, um nachzusehen, ob ich eine kleine Pause einlege.«

Hunker war der Priester, der für die Bestrafungen der Tempelschüler zuständig war. Jeder Student, der je mit ihm zu tun gehabt hatte, haßte ihn. Er verteilte die widerwärtigsten Arbeiten und trieb die Jungen an wie ein Müller die lahmen Ochsen in seiner Mühle.

Safar schnaubte. »Ich bin es, der leibhaftige Hunker. Und ich bin gekommen, um euch sündigen Bastarden ein gutes Beispiel zu geben. Deshalb verbringe ich den ganzen Tag damit, mich über ein Scheißloch zu bücken und es in Brand zu setzen. Ich liebe den Geruch, wenn das Zeug brennt. Und ich liebe es, euch faulen Schweinen zu zeigen, wie ein richtiger Zauberer an die Arbeit geht.«

Der Tempelschüler, dessen Name Ersen war, hatte den Ruf des größten Faulpelzes und Unruhestifters der Universität. Ersen stand ständig auf der Liste der zu bestrafenden Studenten. Nur weil sein Vater zu den Beratern von König Didima gehörte, hatte man ihn noch nicht hinausgeworfen. Trotz seiner adligen Herkunft war Ersen jedoch bei allen beliebt. Er nahm seine Strafen immer mit Humor hin und hatte stets ein offenes Ohr für seine Spießgesellen. Ein Mitgefühl, welches, wie viele hofften, sich für diese Schandtäter als Protektion durch seinen Vater auszahlen würde.

Ersen platzte laut heraus – er wieherte wie ein Esel. Haa, haa, haa, was ebenfalls zu seiner Beliebtheit unter den Studenten beitrug, von den Priestern jedoch gehaßt wurde, da zumeist sie den Gegenstand dieses brüllenden Lachens darstellten.

»Das würde ich zu gerne sehen, Timura«, sagte er, nachdem er sich beruhigt hatte. »Mann, dafür würde ich das Vermögen meines Vaters geben – und zusätzlich noch seine alten, hängenden Eier –, wenn ich dafür dem miesen Hunker beim Ausbrennen der Scheißlöcher zusehen dürfte.«

Safar gluckste. »Was ist mit deinen eigenen Wertstücken?« fragte er. »Würdest du die ebenfalls hergeben?«

Ersen fuhr voller Entsetzen zurück. »Was, damit alle Huren von Walaria Trauer tragen? Die ganze Stadt wäre von Frauen erfüllt, die den Verlust des kleinen Ersen beklagen würden. Außerdem hat mein Vater gar keine rechte Verwendung mehr für die seinen. Er hat mich ja schon gemacht. Und wie sollte er eine solche historische Meisterleistung noch verbessern können?«

Safar belohnte diese Erwiderung mit einem weiteren Lacher. Doch die ganze Zeit dachte er über Gundaras Warnung nach. War Ersen die Quelle der Gefahr? Oberflächlich betrachtet erschien das lächerlich. Ersen war der Narr der Klasse, der die besten Streiche gegen die Lehrerschaft ausheckte. Wenn irgendwo Unfug angestellt wurde, wußte ein jeder sofort, daß nur Ersen dahinterstecken konnte. Sollte er tatsächlich ein Spitzel sein? Dann erinnerte sich Safar an den Kometen im Hause des Hofnarren, und es dämmerte ihm, wie gut diese Tarnung Ersen dienen würde, wenn er tatsächlich ein Spion wäre. In seiner Gegenwart sprach ein jeder seine Gedanken offen aus, denn wieso sollte man sich vor jemandem fürchten, der sich dauernd mit der Obrigkeit anlegte?

Bei dieser kalten Abschätzung befiel Safar ein ungutes Gefühl im Bauch. Genau dies war die Art subtilen Spiels, die Kalasariz so gern trieb. Safar betrachtete Ersen mit neuen Augen und bemerkte das Zucken seiner Wange, das nervöse Trommeln seiner Finger auf den Stufen – kleine Risse in einer ansonsten perfekten Fassade.

Safar seufzte und reckte sich. »Wäre wirklich zu schön, wenn

Hunker meine Strafe übernehmen würde«, seufzte er. »Aber vom Träumen werden die Scheißlöcher auch nicht ausgebrannt.«

»Womit hast du dir diese Strafe denn eingehandelt, Timura?« fragte Ersen. »Hast du Umurhans Bett angezündet?«

Safar kratzte sich am Kopf. »Ich glaube nicht«, antwortete er. »Das letzte, woran ich mich erinnern kann, ist, daß ich betrunken im *Narrensumpf* saß. Hunker ist heute morgen gleich auf mich los, als ich reinkam. Er hat rumgeschrien und mich mit den allseits bekannten Namen betitelt, dann hat er mich zum Scheißloch-Ausbrennen runtergeschickt. Aber, wo ich jetzt drüber nachdenke, er hat gar nicht gesagt, wofür.«

»Muß etwas ziemlich Schlimmes gewesen sein, Timura«, vermutete Ersen. »Aber noch vor dem Abend wird es die ganze Universität wissen.«

Safar zog eine Grimasse. »Sag mir Bescheid, wenn du es herausgefunden hast«, meinte er. »Und ich bete zu den Göttern, daß das – was immer ich getan habe – die Strafe wert war.«

Damit schlenderte er weiter, und Ersens wieherndes »Haa, haa, haa!« hallte ihm noch ein Weilchen hinterher.

Als es sicher war, flüsterte Safar Gundara zu: »War er es?«

»Wie sollte man das übersehen können?« plärrte der Gehilfe. »Ich schwöre, als die Götter die Menschen gemacht haben, muß ihnen die Intelligenz ausgegangen sein.«

Safar hatte im Augenblick keinen Grund zu widersprechen, und daher setzte er seinen Weg schweigend fort und betrat den Gang, der von den Küchen und vom Gestank der Abwasserkanäle fortführte. Der Tunnel mündete schließlich in einem riesigen Raum mit großen Gruben. Die Abwasserrohre endeten in diesen Gruben, und Safar dachte, bei diesem Geruch würde sich selbst ein verhungerndes Schwein übergeben müssen.

Als er den Raum betrat, sah er eine Gruppe von Tempelschülern, die sich mit einer der Gruben auf der gegenüberliegenden Seite beschäftigten. Sie schütteten Öl in die Grube, dann warf jemand ein brennendes Holzstück hinterher, und daraufhin sprangen alle zurück, während rote und gelbe Flammen emporschossen. Rauchwolken folgten den Flammen und hüllten die Tempelschüler ein, die in der rußigen Luft fluchten und husteten.

Nachdem sich der Rauch gesenkt hatte, ging Safar zu ihnen, und einer der Schüler bemerkte ihn. Er rief den anderen etwas zu und schlenderte zu Safar hinüber.

»Das ist Olari«, flüsterte Safar Gundara zu. »Mit dem ich ein Geschäft machen will.«

»Ich kann nicht sagen, ob er ungefährlich ist«, erwiderte Gundara. »Das mußt du selbst beurteilen. Aber auf jeden Fall ist er kein Spion.«

Safar schickte für diese Antwort, mochte sie auch nicht so eindeutig sein, seinen geflüsterten Dank an die Götter und sandte ein kurzes Gebet gen Himmel hinterher, man möge ihm dort bei der Durchführung seines Plans zur Seite stehen.

Olari war der zweitgeborene Sohn des reichsten Mannes von Walaria. Als solcher würde er das Familienvermögen nicht erben, und aus diesem Grunde mußte für ihn eine andere angemessene Betätigung gefunden werden. Seine magische Begabung war ungefähr so groß wie die von Ersen, so klein also, daß man ihn als Normalsterblichen niemals an der Schule der Zauberei aufgenommen hätte. Das wußte jeder, Olaris Vater eingeschlossen. So ging man also davon aus, daß Olari sich mehr der Verwaltungsseite der Zauberei zuwenden würde, wo Intelligenz und gute Kontakte wichtiger als magische Fähigkeiten waren. Safar unterschätzte Olari deswegen keinesfalls. Auch Umurhan war auf diesem Weg an die Macht gekommen. Olari hatte ungefähr den entgegengesetzten Ruf wie Ersen. Wo Ersen sich als Narr und Faulpelz präsentierte, kehrte Olari den Rebellen heraus.

Er war einer jener Rädelsführer, die lautstark und ohne Unterlaß die herrschenden Zustände anprangerten. Oft hatte Safar abends zugehört, wenn Olari und seine verschworenen Brüder, angefeuert durch den reichlichen Konsum starken Schnapses, die großen Themen des Tages debattierten. Sie beklagten die Unterdrückung der *einfachen* Leute, was Safar eher belustigend fand, da die einzigen einfachen Leute, die Olari und seine reichen Freunde kannten, die Sklaven waren, die für sie sorgten, und natürlich die Lieferanten, die ihren ausgefallenen Wünschen nachkamen. Von Olari und den anderen wurden vor allem die hohen Steuern, die Didima erhoben hatte, und die Korruptheit eines Systems angeprangert. Sie bezeichneten die Herrscher der Stadt als alte Männer, feige Männer, gierige Männer, denen sogar schon die Fähigkeit fehle, die neuen Ideen und die großen Reformgedanken ihrer weitblickenden Kinder zu verstehen.

Olari und seine Kumpane hatten versucht, Safar für ihren Verein zu rekrutieren. Er war bei allen anderen Tempelschülern beliebt, und falls er zu ihnen gestoßen wäre, hätte dies ihre Akzeptanz bei den Intellektuellen der Universität stark erhöht. Safar hatte sich stets auf diplomatische Weise aus der Affäre gezogen, hatte gesagt, er wäre kein Bürger von Walaria und wolle auch nicht in der Stadt bleiben, wenn er eines Tages seine Studien beendet habe. Er wäre nicht in Walaria verwurzelt, sagte er, und es wäre falsch von ihm, für eine Seite Partei zu ergreifen. Eigentlich jedoch hielt Safar die Ideale der jungen Rebellen für hohl und leer. Außer bei Olari sah er in ihrem Protest und ihrer belanglosen Verschwörung nichts weiter als die Auflehnung verzogener Kinder gegen ihre Eltern. Olari akzeptierte er, weil Safars Meinung nach durchaus die Möglichkeit bestand, daß der junge Adlige einen Weg fand, bald an die Macht zu kommen. Hauptsächlich weigerte sich Safar jedoch, weil Olari und die anderen Rädelsführer durch ihre adlige Geburt geschützt waren. Sie waren von ihren Eltern verhätschelt worden, welche ganz richtig dachten, ihre Kinder würden bald aus dem Hitzkopfalter herauswachsen. So gesehen brauchte es keinen Mut, seine Ansichten aus voller Brust herauszuschreien. Jemand wie Safar hingegen würde rasch als Verräter vor Kalasariz geschleift werden. Zumindest hatte Safar das vermutet. Aber nun hatte er Kalasariz tatsächlich kennengelernt und wußte, wie schnell der Meisterspion hinter einem her war.

Wieder stiegen Flammen und Rauch aus einer der Abwassergruben auf und gaben dem Augenblick, als Safar und Olari die letzten Schritte aufeinander zugingen, etwas Dramatisches.

»Ich will dich zum Gruß lieber nicht in den Arm nehmen, Timura«, sagte er, »weil du mich dafür doch nur verfluchen würdest.«

»Und ich werde mir das auch nicht antun«, lachte Safar.

»Als ich dich gesehen habe«, sagte Olari, »dachte ich: Ich will in Scheißesoße gekocht werden, wenn das nicht Safar Timura ist! Jedesmal, wenn die ganze Klasse bestraft wird, hat er gerade etwas sehr Wichtiges zu erledigen.«

Safar zuckte mit den Schultern. »Ich bin eben auf dem Land aufgewachsen, und das rettet mich«, erwiderte er. »Ich bin hervorragend, wenn es darum geht, Deckung zu suchen und nicht geschnappt zu werden.«

»Aber du bist doch?« fragte Olari. »Ich meine, geschnappt worden? Und wofür, zum Teufel?«

»Ersen hat mich das gleiche gefragt«, antwortete Safar. »Er war genauso überrascht wie du, mich hier zu sehen.«

»Und was hast du ihm erzählt?« wollte Olari wissen.

»Ich habe gelogen«, gestand Safar, »ich habe gesagt, ich wäre hier, um euch beim Ausbrennen der Scheißlöcher zu helfen. Und daß ich vergessen hätte, was ich angestellt habe, weil ich zu betrunken gewesen wäre.«

Olari neigte den Kopf zur Seite, seine Lippen umspielte ein dünnes Lächeln, und er dachte darüber nach, was Safar damit sagen wollte. Groß und gutaussehend, mit seinen grüblerischen Augen und dem blendend weißen Lächeln, mit dem er alle betörte, was er von Kopf bis Fuß ein Patrizier, mochte er auch hier in Arbeitskleidung und mit Ruß und Schmutz beschmiert vor Safar stehen.

Schließlich nickte er zufrieden, und sein Lächeln wurde noch breiter. »Komm in mein Büro, dort können wir uns unterhalten.«

Er winkte Safar mit sich und führte ihn zu einem Stapel Plunder, hinter dem eine kleine, höhlenartige Öffnung in der Wand versteckt war. Olari ließ sich auf die Knie nieder und kroch hinein, Safar folgte ihm dichtauf. Nach ein paar Fuß öffnete sich das Loch zu einem kleinen Raum. Olari zündete eine Kerze an, deren Licht enthüllte, daß der Raum mit alten Matratzen und Decken eingerichtet war. An der Wand stand ein behelfsmäßiges Regal voller verschlossener Töpfe mit Essen.

Olari zündete weitere Kerzen und ein kleines Töpfchen mit Weihrauch an, der den Geruch des Abwasserkanals überdecken sollte. Dann ließ er sich auf eine der Matratzen sinken, legte die Hände hinter den Kopf und lehnte sich zurück.

»Was hältst du von meinem Empfangszimmer?« fragte er.

»Wenn man den Ort in Betracht zieht, an dem es sich befindet«, antwortete Safar, »bin ich beeindruckt.«

»Wir verziehen uns abwechselnd hier hinein«, erklärte Olari. »Eine Gruppe hält draußen Wache, während die andere hier schläft, ißt oder sogar ...«, er langte in eines der unteren Regalbretter, nahm einen verkorkten Krug heraus und warf ihn Safar zu, » ... trinkt.«

»Man fühlt sich ja fast wie in einem Palast«, bemerkte Safar und zog den Korken aus dem Krug. Er nahm einen langen Schluck und schmeckte guten Wein, dann reichte er den Krug an Olari weiter.

Der junge Mann setzte sich auf, hob den Krug und sagte: »Auf die Lüge.« Und er trank.

Indem er den Krug an Safar zurückgab, äußerte er eine Vermutung: »Ich schätze, du bist gekommen, weil du dir mein Angebot noch einmal durch den Kopf hast gehen lassen.«

»Allerdings«, erwiderte Safar. »Ich habe mich entschieden, es anzunehmen.«

»Und wie kommst du auf einmal dazu, mein Freund?« wollte Olari wissen. »Was hat dich plötzlich dazu gebracht, das Licht zu sehen und dich uns anzuschließen?«

»Um ehrlich zu sein«, gab Safar zurück, »will ich mich euch gar nicht anschließen. Obwohl du jetzt vielleicht nicht mehr so gut von mir denken wirst, Olari, will ich dir lieber reinen Wein einschenken und offen sagen, worum es geht – ich brauche plötzlich einen großen Betrag Geld. Nenn es einen Notfall in der Familie, wenn du willst.«

»Deswegen braucht man sich nicht zu schämen«, meinte Olari. »Wenngleich ich es vorziehen würde, wenn dich dein Herz und nicht dein leerer Geldbeutel zu uns geführt hätte.«

»Ach, mein Herz hat doch immer für euch geschlagen«, erwiderte Safar. »Du weißt, ich stimme mit dem meisten von dem überein, was ihr sagt. Ich wollte mich nur nie beteiligen, weil es um eure Heimat geht und nicht um meine. Wenn wir in Kyrania wären, würdest du genauso fühlen.«

»Vielleicht«, räumte Olari ein. »Vielleicht.«

»Als wir uns das letzte Mal unterhalten haben«, fuhr Safar fort, »hast du mich gebeten, mir ein wenig aufsehenerregende Zauberei für dich einfallen zu lassen.«

Olari zeigte gerade soviel Aufgeregtheit, wie es seine Patrizierherkunft erlaubte – seine dunklen Augen blitzten kurz auf, und er schlug die Beine übereinander. »Kannst du das wirklich noch hinbekommen?« fragte er. »Die Zeit ist knapp geworden, wie du weißt. Das Fest des Gründers findet in zwei Tagen statt.«

»Die Zeit reicht aus«, meinte Safar.

»Bist du dir da sicher? Wir brauchen etwas richtig Großes. Etwas, das sie aus den Pantoffeln wirft. Etwas, das allen klarmacht, von was für Narren wir beherrscht werden.«

»Das weiß sowieso schon jedermann in Walaria, Olari«, wandte Safar ein. »Man spricht nur nicht viel darüber. Besonders nicht in der Öffentlichkeit.«

»Nun, nach dem Gründerfest werden sie darüber sprechen«, entgegnete Olari. »Falls dein Zauberkunststück nur genug Aufsehen erregt. Es kommt allein auf den richtigen Zeitpunkt an.«

»Darüber habe ich mir auch schon Gedanken gemacht«, sagte Safar. »Der Zauberspruch, den ich im Kopf habe, würde seine beste Wirkung beim Letzten Gebet entfalten. Gleich nach den

Glocken, wenn Umurhan, wie jedes Jahr, die Leute mit seiner Magie beeindrucken will.«

»Wo würdest du zuschlagen?« wollte Olari wissen.

»Im Stadion, wo sonst?« antwortete Safar. »Genau vor dem Altar, wo Umurhan und Didima und Kalasariz dem Ganzen beiwohnen werden.«

Olari stieß einen leisen Pfiff aus. »Genau unter ihrer Nase«, meinte er nickend. »Das gefällt mir. Und danach organisiere ich eine spontane Demonstration und Protestzüge in der ganzen Stadt.« Er schlug sich auf den Schenkel. »Dann werden es alle mitbekommen.«

Abwesend trank Olari noch einen Schluck Wein aus dem Krug. »Was genau hast du vor?«

»Falls es dir nichts ausmacht«, erwiderte Safar, »würde ich das lieber für mich behalten. Es ist ein sehr komplizierter Zauberspruch, und er ist sehr empfindlich. Selbst, wenn man nur darüber spricht, können einzelne Teile gestört werden. Am Ende kommt es dann womöglich zur Katastrophe.« Das war gelogen. Er hatte schlicht noch keine Zeit gehabt, sich etwas auszudenken. »Aber eins kann ich dir versprechen«, fuhr er fort, »es wird deine wildesten Träume übertreffen.« Diesmal log er nur teilweise. Safar wollte den Zauberspruch tatsächlich abliefern, er wußte nur noch nicht genau, wie der aussehen würde.

»Das Wort von Safar Timura genügt mir«, sagte Olari.

Bei diesem Satz meldete sich Safars Gewissen, er zögerte, dann sprach er es doch aus. »Was das Geld anbetrifft ...«

Olari winkte abschätzig. »Mach dir keine Sorgen. Das habe ich nicht vergessen. Ich habe dir fünfzig Goldmünzen versprochen. Na ja, vielleicht war ich ein wenig knauserig. Sagen wir hundert.«

Safars Herz machte einen Sprung – *so viel?* »Das ist sehr großzügig von dir«, sagte er. »Meine, äh, Familie wird dir mehr als dankbar sein. Aber, äh, da ist noch etwas, um das ich dich gern bitten würde.«

»Und?«

»Kann ich es im voraus haben?«

Olari starrte ihn lange und durchdringend an.

»Nur, damit du alles weißt und dir dein Urteil bilden kannst«, fuhr Safar fort. »Ich beabsichtige, Walaria gleich nach dem Zauber zu verlassen. Ich weiß, ich verlange großes Vertrauen von dir, aber ich würde dich nicht darum bitten, wenn's irgendwie anders ginge.«

Wie Safar gehofft hatte, fiel Olari die Entscheidung leichter, als er erfuhr, daß sein neuer Verbündeter fortgehen würde.

»Ich glaube, den Betrag kann ich leicht auftreiben«, erwiderte der junge Adlige. »Du bekommst es im voraus. Wir treffen uns heute abend im *Narrensumpf.*«

Safar dankte ihm, und sie tranken auf ihre Abmachung.

»Ich wünschte, ich könnte dich zum Bleiben bewegen«, meinte Olari. »Es wird hier alles ganz anders aussehen, wenn wir diese Schweinehunde erst einmal los sind.«

»Wird es ganz bestimmt«, stimmte Safar zu. »Aber ich mache mir Sorgen um dich. Du hast ihnen in letzter Zeit immer wieder Ärger gemacht. Die großen Demonstrationen haben fast schon das Ausmaß von Aufständen angenommen. Was ist, wenn sie das nicht mehr dulden wollen? Oder noch schlimmer, wenn sie plötzlich glauben, du würdest eine große Gefahr für sie darstellen?«

»Gerade das sollen sie doch«, meinte Olari. »Das ist genau meine Absicht. Wie sonst können wir eine Veränderung erreichen?«

»Ich kann dich wohl verstehen«, wandte Safar ein. »Aber weißt du, die Zeiten waren in den letzten zwei Jahren wirklich schwierig. Und du kannst nicht die ganze Schuld dafür dem Unheiligen Trio, wie ihr sie nennt, in die Schuhe schieben. Die Lage ist zunehmend unvorhersehbar geworden. Genauso wie die Ernten. Die ganzen Heuschreckenschwärme, die rote Ruhr und die anderen Seuchen. Nicht nur in Walaria, sondern in ganz Esmir.«

Olari zuckte mit den Schultern. »Dafür tragen die Götter die Verantwortung«, entgegnete er. »Und da es an ihnen liegt, was kann ich schon tun? Außerdem werden die Zeiten besser werden. Werden sie immer. Das lehrt uns die Geschichte. Und so schlimm, wie du sagst, sieht es doch gar nicht aus. Es hat nur wenige Tote gegeben. Und keine wirkliche Hungersnot. Tatsächlich haben viele Leute sogar einigen Wohlstand angehäuft. Zudem gibt es durchaus auch gute Nachrichten. Zum Beispiel Iraj Protarus. Er ist in unserem Alter. Und alles, was er tut, tut er nur zum Besten von Esmir.«

»Ich würde Kriege und Überfälle auf andere Königreiche nicht als Verbesserungen bezeichnen«, hielt Safar dagegen.

Olari sah ihn ratlos an. »Ich dachte, ihr beiden wärt Freunde?«

»Sind wir auch«, bestätigte Safar. »Oder wir waren es zumindest. Aber deshalb muß ich noch lange nicht in allem mit ihm einer Meinung sein.«

Olari lachte. »Anscheinend geht es Protarus und mir ganz ähnlich mit dir«, sagte er. »Du schenkst uns zwar deine Freundschaft, aber du verfolgst nicht unsere Ziele.«

»Vermutlich hast du damit recht«, gestand Safar ein. »Aber ich habe mich noch nie von solchen Zielen treiben lassen. Politik interessiert mich nicht. Nur die Wissenschaft und die Geschichte der Magie.«

»Bestimmt möchtest du dieses Wissen eines Tages auch anwenden«, vermutete Olari. »Beispielsweise um den Menschen zu helfen. Um ihr Los mit deinen Fähigkeiten zu erleichtern.«

»Zugegeben, ich habe selbst schon an so etwas gedacht«, räumte Safar ein.

»Aber das ist doch ein Ziel, oder etwa nicht?« fragte Olari. »Dein persönliches Ziel, natürlich. Aber es stimmt doch mit unserem Ziel überein.«

»Jedenfalls hat es den Anschein.«

»Warum verurteilst du dann meine Ziele und die deines Freundes Protarus? Wir sind alle im gleichen Alter. Wir haben die gleichen Ideale. Die Veränderungen sind längst überfällig, verdammt. Grundlegende Veränderungen. Schon viel zu lange leben wir unter der Knute dieser alten Säcke.«

Safar hätte sagen können, daß seiner Theorie nach die Veränderungen bereits begonnen hatten. Doch Veränderungen, die über das Bestreben zweier junger Männer, die König werden wollten, weit hinausgingen.

Statt dessen sagte er: »Laß mir doch meine Illusionen, Olari. Sicherlich werden du und Iraj mir schon bald das Gegenteil beweisen und mich als blinden Narren hinstellen. Und ich hoffe, ihr werdet mir vergeben, wenn diese Zeit kommt.«

»Ich habe dir bereits vergeben, mein Freund«, sagte Olari. »Nur überleg dir gut, welchen Weg du einschlagen wirst, wenn die Zeit gekommen ist.«

»Ein kluger Rat«, erwiderte Safar. »Ich werde mich daran erinnern. Doch hoffentlich beherzigst du auch meinen Rat. Hüte dich vor Kalasariz. Ich habe so ein Gefühl, daß er ungeduldig wird.«

»Und wenn schon?« hielt Olari dagegen. »Was kann er mir schon antun? Die schreckliche Wahrheit ist doch, daß es in Walaria zwei Sorten Menschen gibt: Jene, die sich vor Tulaz' Klinge fürchten müssen, und jene, die sich nicht davor fürchten müssen. Und, mein gelehrter Freund, ich gehöre aufgrund meiner Geburt und des Vermögens meines Vaters zur zweiten Kategorie.«

In diesem Augenblick flüsterte Gundara Safar ins Ohr: »Der Spion kommt.«

Safar hob die Hand, um Olari zum Schweigen zu bringen. Einen Herzschlag später ließ sich Ersens ironische Stimme vernehmen: »Höre ich da vielleicht fröhliches Geplauder?«

Ersen kam in den Raum gekrochen und entdeckte den Weinkrug in Olaris Hand. »Was für ein geiziger Haufen von Faulpelzen«, beschwerte er sich. »Wollt ihr den Wein denn ganz allein trinken, derweil euer armer Freund Ersen dem Verdursten nahe ist?«

Olari lachte und reichte ihm den Krug. Ersen nahm einen langen Schluck und ließ sich dann auf eine der Matratzen fallen. »Was treibt ihr Jungs denn hier?« fragte er. »Plant ihr den Umsturz der Welt?«

Ersen gehörte nicht zu Olaris Gruppe. Er spielte viel zu häufig den Narren, um willkommen zu sein. Dennoch befürchtete Safar, Olari würde zuviel verraten. Er warnte ihn mit einer heimlichen Geste und wandte sich dann an Ersen.

»Du hast uns entlarvt, du schlauer Teufel. Wir sitzen hier schon stundenlang und planen eine Revolte. Wir haben gedacht, wir fangen am besten mit Didima an. Ich habe ein Mittel, das wir ihm ins Essen mischen können, durch das er da unten so schlaff wird wie ein nasser Lappen.«

»Kein schlechter Anfang«, meinte Ersen. »Und was ist mit Kalasariz? Der soll doch angeblich gar kein Ding da unten haben.«

»Das habe ich Timura auch gerade erzählt«, fiel Olari ein. »Und wir haben uns gerade etwas anderes für ihn überlegt.«

»Also dann bin ich genau euer Mann«, sagte Ersen. »Falls du vielleicht noch einen Krug Wein für mich erübrigen könntest, Timura? Wenn ich Umstürze plane, werde ich immer so schrecklich durstig.«

13

Zemans Rache

Es war kurz nach dem letzten Gebet, und der *Narrensumpf* füllte sich zunehmend mit durstigen Studenten. Vom Inneren des Ladens aus behielt Zeman die Gasse im Auge, während er Bücher herausgab und Leihgebühren kassierte. Von Kalasariz war die Nachricht gekommen, daß Safar heute abend auftauchen und sich mit Olari und seiner Gruppe Unzufriedener treffen würde. Zeman hatte Befehl, den Zweck dieses Treffens herauszufinden und darüber Bericht zu erstatten.

Zeman war überaus zufrieden mit sich selbst. Sein Großvater war nicht dagewesen, als der Brief von Iraj Protarus für Safar abgeliefert worden war. Sobald Zeman ihn gesehen hatte, war ihm klar geworden, welchen Glücksfall dieser Brief für ihn bedeutete. Und obwohl er begierig darauf gewesen war, ihn an den Meister der Spione weiterzugeben, hatte er sich zuerst die Zeit genommen, seine Möglichkeiten von allen Seiten zu betrachten.

Seit über einem Jahr stand er in Kalasariz' Diensten. Unter seinem Bett bewahrte er eine kleine Kupfertruhe auf, die mit Geld gefüllt war, welches ihm der Meister der Spione für seine Spitzelarbeit gezahlt hatte. Der *Narrensumpf* war der ideale Ort, um Klatsch von den weintrunkenen Studenten aufzuschnappen und etwas über ihre Verbrechen in Erfahrung zu bringen – über die zurückliegenden, über die gegenwärtigen und über die zukünftigen. Für diese Aufgabe fühlte sich Zeman bestens geeignet. Wegen seiner linkischen Art, seinem schlechten Benehmen und seiner Angewohnheit, die Leute übers Ohr zu hauen, machten sich die jungen Kunden dauernd über ihn lustig. Seit Jahren litt er unter ihren spöttischen Bemerkungen. Und wie die meisten gefühlskalten Menschen war Zeman außerordentlich verwundbar, und diese Bemerkungen trafen ihn in tiefster Seele. So war er zunehmend aggressiv geworden und nutzte jede Gelegenheit, jemanden zu betrügen. Nachdem er jedoch sein erstes Geld als Spitzel verdient hatte, ließen ihn diese Spötteleien mehr und mehr kalt. Denn jetzt war er ein mächtiger Mann, der heimlich jede Beleidigung durch einen Bericht zurückzahlen konnte, der den Betreffenden auf die schwarze Liste setzte. Und abgesehen von den Spötteleien schenkte ihm auch niemand je Aufmerksamkeit, wenn er sich näherte. Die Studenten hielten so gut wie nichts von ihm, sprachen in seiner Gegenwart offen über alles und ahnten nicht, daß jedes ihrer Wörter an Kalasariz weitergeleitet wurde.

Safar war einer der wenigen Stammgäste, die niemals auf Zeman herumgehackt hatten. Dafür haßte ihn Zeman besonders. Er hielt Timuras Gebaren für Herablassung, nicht für Freundlichkeit. Zudem glaubte er fest, daß Safar es auf den *Narrensumpf* abgesehen hatte. Man brauchte sich nur anzuschauen, wie er bei Katal gut Wetter machte und vorgab, den alten Mann zu mögen und auf seine Meinung Wert zu legen. Zeman betrachtete seinen Großvater als verrückten, unverantwortlichen alten Mann, der in einer Traumwelt lebte, in der geistige Nahrung wichtiger war als ein gedeckter Tisch. Katal hatte vor einigen Monaten die Dreistigkeit besessen, Zeman zu erzählen, daß er für den Fall seines Todes zwei kleine Legate ausgeschrieben hatte – eins für Timura und eins für diese kleine diebische Hure, Nerisa.

Zeman hatte diese Mitteilung schockiert. Der alte Mann gab das fort, was rechtmäßig seinem Enkelsohn zustand. Zeman war überzeugt, Timura hätte es schon seit langem auf dieses Legat abgesehen. Safar stahl sich in das Herz des alten Mannes, und falls Zeman dem nicht bald einen Riegel vorschob, würde sein Großvater Safar bald alle weltlichen Güter vermachen und Zeman mit leeren Händen dastehen lassen. Und was Nerisa betraf, war es so klar wie der

Mond in einer kalten Nacht, daß diese mit Timura gemeinsame Sache machte. Wie sie die Schwächen des alten Mannes ausnutzte, indem sie ihm die hilflose Waise vorspielte und es doch nur auf einen Platz in seinem Heim und an seinem Tisch abgesehen hatte. Zeman glaubte auch, hinter ihrer Beziehung zu Timura würde sich etwas Schockierendes verbergen. Sicherlich schliefen die beiden zusammen, was Nerisa zu einer Kinderhure und Timura zu einem Hurenbock mache, der sie vermutlich sogar an andere dekadente Männer verkaufte, deren Fleischeslust ganz auf Kinder gerichtet war.

Ja, Zeman hielt es für seine heilige Pflicht, alldem einen Riegel vorzuschieben. Er hatte lange darüber nachgedacht, bis er die Falle hatte aufstellen können, mit der er beide fangen würde. Der Brief und dazu Nerisas Diebstahl auf dem Markt hatten ihm alles in die Hände gegeben, was er brauchte. Dem Brief hatte er schließlich einen Bericht beigefügt, in dem er beide des Hochverrates an Walaria bezichtigte.

Jetzt war es bald an der Zeit, die Früchte seines Tuns zu ernten. Denn da war noch ein Beweis gegen Timura aufgetaucht. Zumindest ließ dies die dringende Botschaft vermuten, die Zeman anwies, Safar heute abend gut im Auge zu behalten und über ihn Bericht zu erstatten. Zeman sah das Gewitter aufziehen, den Sturm, der über Safar und Nerisa hereinbrechen würde. Dann gäbe es nur noch eine Angelegenheit, die alles noch perfekter machen würde: wenn er gleichzeitig seinen Großvater loswerden könnte. Er wußte jedoch nicht, ob er diese Meisterleistung vollbringen konnte. Doch war er zuversichtlich, die rettende Idee zu bekommen, wenn er nur immer schön aufmerksam wäre.

Eine Stimme riß ihn aus seinen Gedanken. »Was ist denn los mit dir, Zeman? Hast du Petersilie in den Ohren?«

Er blickte auf, mitten in das spöttische Gesicht des jungen Kunden. »Ich habe dir schon zweimal gesagt, daß du mir zuviel herausgegeben hast.«

Zeman betrachtete das Leihbuch, welches der Student in Händen hielt, und die Münzen auf dem Tresen. Er war ganz in seine Gedanken vertieft gewesen und hatte so seine ureigenste Absicht vergessen – die Studenten beim Wechselgeld zu betrügen. Er zählte die Münzen rasch durch. Tatsächlich hatte er zuviel herausgegeben.

»Wenn es nur um dich ginge, hätte ich nichts gesagt«, bemerkte der Student. »Die Götter allein wissen, wie oft du mich schon ums Wechselgeld geprellt hast. Aber das hast du immer in deine eigene Tasche gesteckt. Dies hier würde jedoch dem alten Katal fehlen.«

»Du mußt ja nicht herkommen«, fauchte Zeman, während er das zuviel gezahlte Wechselgeld einstrich. »Falls es dir nicht gefällt, wie ich Geschäfte mache, geh doch woandershin. Ich würde dich bestimmt nicht vermissen.«

Der Student reagierte keinesfalls verärgert, sondern lachte nur, »Niemand schert sich darum, was du denkst, Zeman«, sagte er. »Dir gehört dieser Laden nicht, sondern deinem Großvater. Wir lassen uns das nur wegen dem alten Katal bieten.«

Er steckte seine Münzen ein und ging hinaus auf die Terrasse, wo er den anderen die Geschichte erzählte und mit ihnen darüber lachte. Zeman wollte ihm schon eine Beleidigung hinterherrufen, als er Timura in der Gasse entdeckte. Sofort hatte er einen kleinen Korb für Münzen und ein Schild »Bitte bedient euch selbst« auf den Tresen gestellt. Katal hatte dieses auf die Ehrlichkeit der Kunden vertrauende System für die geschäftigsten Stunden des Tages eingeführt. Zeman mochte es nicht und hatte sich schon oft darüber beschwert. Sobald Katal sein stures Festhalten am Leben aufgegeben hätte und den Weg alles Irdischen gegangen wäre, würde das aufhören. Aber jetzt diente es erst einmal Zemans Zwecken.

Während er unterwegs zur Terrasse und zu den dichtbesetzten Tischen mit Weintrinkern war, wollte ihn jemand zurückhalten und Geld für ein Buch geben.

»Was denn – bist du blind?« fuhr Zeman ihn an und zeigte auf das Körbchen. »Tu das Geld dort hinein. Ich habe Wichtigeres zu erledigen.«

Er rannte hinaus, ohne die Antwort abzuwarten. Sein Großvater war am Brunnen, holte Eimer mit kalten Weinkrügen nach oben und stellte sie auf Tabletts. Zeman sah, wie Timura auf den großen Tisch in der entlegensten Ecke zuhielt, wo Olari seine Jünger versammelt hatte. Zeman war fasziniert – die Mitteilung, in der das Treffen vorausgesagt worden war, schien sich offensichtlich zu bewahrheiten.

Er riß Katal ein Tablett aus den Händen. »Komm, ich helfe dir ein bißchen, Großvater«, bot er dem alten Mann an, der ihn voller Verblüffung ansah.

Zeman beachtete die Freude im Gesicht seines Großvaters nicht weiter. Er balancierte das Tablett über dem Kopf und schob sich langsam durch die Menge. Von überallher wurden ihm Bestellungen zugerufen, doch er hörte sie nicht, sondern richtete seine Aufmerksamkeit ganz auf Safar und Olari. Timura wurde laut willkommen geheißen, und Olari erhob sich, um ihn zu begrüßen und ihm auf die Schulter zu klopfen. Danach beugte er sich zu ihm vor und flüsterte ihm etwas ins Ohr. Safar lachte wie über einen guten Witz, doch Zeman sah, wie Olari ihm etwas reichte, das Timura in seiner Robe verschwinden ließ.

Anstatt geradewegs zu Olaris Tisch zu gehen, verteilte Zeman den Wein auf seinem Tablett am Nebentisch. Im Schneckentempo setzte er vor jedem Gast einen Krug ab; dabei konzentrierte er sich ganz auf Timura.

Er konnte nur Fetzen des aufgeregten Schwatzens aufschnappen: »... einmalig in der Geschichte ... wird ihnen eine Lehre sein, die sie nie vergessen ... Umurhan wird sich in die Hose machen ... das wird das beste Gründerfest aller Zeiten!«

Als das Tablett leer war, trat er an Olaris Tisch; wie gewöhnlich beachtete ihn niemand auch nur im geringsten, außer um bei ihm neuen Wein zu bestellen oder ihn für seine Faulheit zu schelten. Zeman lächelte angesichts der Beleidigungen nur milde und bewegte sich langsam auf Timura zu. Er hatte gerade Olaris Ellbogen erreicht und beugte sich näher vor, um das im Flüsterton geführte Gespräch der beiden zu belauschen, als Safar unvermittelt aufblickte und ihn bemerkte. Er riß die Augen auf, ja, es schien, ihm würde gerade jemand etwas Überraschendes mitteilen. Dann kniff er sie zusammen, als würde er plötzlich verstehen.

Zeman konnte seinen Blick nicht von Safars Starren abwenden.

Er weiß es, dachte Zeman. Timura weiß, daß ich ein Spitzel bin. Aber das ist doch unmöglich! Woher soll er es wissen?

Dann wandte Timura den Blick ab und legte seine Hand auf Olaris, wie um ihn zu warnen. Der junge Adlige hielt Timura das Ohr hin, damit dieser ihm das zuflüstern konnte, was ihm auf der Seele brannte. Zeman sah, wie Olari aufschreckte und in seine Richtung blicken wollte, dann jedoch durch eine weitere Warnung von Timura zurückgehalten wurde.

Zeman rief sich zur Ruhe. Seine Phantasie ging mit ihm durch, dachte er. Woher sollte Timura wissen, daß er ein Spitzel war? Safars Verhalten rührte von seinem Schuldgefühl her, nicht von seinem Wissen. Er und Olari planten offensichtlich etwas, und Timura war klug genug, diesen Plan nicht einmal Zeman mitanhören zu lassen. Dennoch fühlte er sich plötzlich unbehaglich. Unter dem Vorwand, Wein zu holen, eilte er davon.

*

Safar beobachtete, wie sich Zeman durch die Menge schob.

»Woher willst du wissen, daß er ein Spitzel ist?« fragte Olari. »Er ist so dumm und faul. Meinst du wirklich, Kalasariz nimmt so einen in seine Dienste auf?«

»Glaub mir«, sagte Safar. »Oder laß mir zumindest freie Hand. Mein Wissen stammt aus einer absolut sicheren Quelle.«

Gundara hatte Safar die Warnung zugezischt, als Olari ihm gerade erzählte, welche Maßnahmen er ergreifen wollte, nachdem Safar die Zeremonie des Gründerfestes unterbrochen hätte. Es hätte Safar fast umgehauen, als er begriff, daß sein kleiner Gehilfe Zeman meinte. Nach der ersten Überraschung hatte er zunächst Mitleid für Katal empfunden. Dann dämmerte ihm, daß nur Zeman mit falschen Beschuldigungen Kalasariz auf seine Spur hatte bringen können. Wut braute sich in seinem Bauch zusammen und drängte nach oben. Nur wegen Zeman waren sein eigenes und Nerisas Leben in Gefahr. Unter diesen Umständen jedoch war Wut von keinem Nutzen, und jeder Gedanke an Rache würde seine Flucht aus Walaria aufschieben.

»Du glaubst vielleicht, ich wäre plötzlich verrückt geworden«, meinte Safar. »Verrückt oder nicht, es kann nicht schaden, wenn du meinen Rat beherzigst und Zeman gegenüber vorsichtig bist.«

»Ich halte dich nicht für verrückt«, entgegnete Olari. »Aber ich frage mich, woher du das wissen willst.«

»Das kann ich dir nicht sagen«, erwiderte Safar.

»Gibt es sonst noch jemanden, vor dem ich mich hüten sollte?« wollte Olari wissen.

Safar wußte, wenn er jetzt Ersen erwähnte, würde ihn Olari doch noch für verrückt erklären. Also sagte er nur: »Betrachte es einfach von dieser Seite – wenn jemand wie Zeman ein Spion sein kann, wem kannst du dann überhaupt noch vertrauen? Jeder, so unwahrscheinlich es auch sein mag, könnte eine Verbindung zu Kalasariz haben. Selbst Ersen – mag er noch so ein Scherzbold sein – könnte dem Feind dienen.«

»Ersen?« grübelte Olari. »Wieso hast du jetzt seinen Namen erwähnt?«

Safar schüttelte den Kopf. »Bitte, sei einfach vorsichtig. Hinterfrage alles. Und jeden.«

»Eigentlich«, meinte Olari, »würde ich Ersen eher für einen Spion halten als Zeman. Sein Vater hatte vor einigen Jahren ziemlichen Ärger mit Kalasariz. Für eine Weile war er in Ungnade gefallen, und plötzlich war alles wieder gut. Und seit Ersen an der Universität ist, hat sein Vater im Rat von Walaria Karriere gemacht.«

Safar erwiderte nichts, und nach einer Weile erkannte Olari, daß das Thema für seinen Freund damit anscheinend abgeschlossen war.

»Für einen Mann, der sich aus Politik nichts macht«, stellte Olari fest, »hast du allerdings ein Talent dafür, in den Sumpf hineinzuwaten und bis zum Hals drin steckenzubleiben.«

*

Eine Stunde später zündete Safar die Öllampen in seinem Zimmer über der alten Stadtmauer an und zog seine Truhe mit dem magischem Gerät hervor. Er hatte eine Idee für den Zauberspruch, den er Olari versprochen hatte, und er wollte eine Weile lang daran arbeiten, während er auf Nerisa wartete.

Die Bindeglieder des Spruchs fielen ihm rasch ein, und er schrieb sie in Stichworten nieder. Dann holte er ein Stück sauberes Zauberpergament hervor, dazu seine Pinsel und die magischen Farben. Gundara beschäftigte sich unterdessen mit den versprochenen süßen Teigrollen und hielt für eine Zeitlang den Mund. Als er an den letzten Brocken knabberte, bemerkte der kleine Gehilfe, was Safar gerade machte, und beobachtete ihn mit einer gewissen Heiterkeit dabei – während er immer noch getrocknete Beeren und Krümel von seiner Robe aufpickte und in den Mund stopfte.

Safar benutzte einen dünnen Pinsel, um die Zaubersymbole auf die rauhe, weiße Oberfläche des Pergaments zu malen und so das Fundament des Zauberspruchs zu errichten.

»Du bist doch tatsächlich noch ein Student«, kritisierte Gundara. »Das sieht man gleich. Viel zu kompliziert. Und willst du das Zeichen des Wassers tatsächlich in die Mitte setzen? Die meisten Zauberer, die ich kenne, schieben es in die Ecke, damit es aus dem Weg ist.«

»Ich bin eben nicht wie die meisten Zauberer«, wandte Safar ein. »Und bei diesem Zauberspruch gehört das Wasser nun einmal in die Mitte.«

»Gut, gut«, meinte Gundara. »Wenn du das so willst. Ich persönlich halte es ja für ziemlich dumm.« Nachdem keine weiteren Leckerbissen in Aussicht standen, sah er nicht ein, wieso er sich noch immer höflich benehmen sollte.

»Bete lieber dafür, daß ich recht habe«, sagte Safar. »Denn du bist derjenige, der den Zauberspruch ausführen wird.«

»Das ist zu schön«, beklagte sich Gundara. »Hier stehe ich, das Produkt der größten Gedanken von Zauberern in der ganzen Geschichte, und werde dazu erniedrigt, die dummen Streiche von Studenten auszuführen.«

»Dies ist jedoch zufällig ein Streich«, wies ihn Safar zurecht, »der deinem Meister das Leben retten könnte.«

»Also in diesem Fall«, meinte Gundara, »laß das Zeichen des Wassers in der Mitte. So bekomme ich schneller einen neuen.«

Safar, dem der Kopf vom Nachdenken über den Zauberspruch schwirrte, wurde langsam gereizt. Doch als er sah, wie der Gehilfe sich die Zuckerreste von den häßlichen Lippen leckte, mußte er lachen.

»Du hast gewonnen«, ergab er sich. Er tupfte weiße magische Farbe über das blaue Zeichen des Wassers. »Wie wäre es denn mit der rechten Ecke, o Weiser?«

Gundara zuckte mit den Achseln. »Tu es hin, wo du willst. Mir ist es ganz und gar und überhaupt vollkommen gleichgültig. Der Meister hat immer recht, das ist von jetzt an mein Wahlspruch.«

»Schön, dann werde ich es hierhin setzen«, meinte Safar. »Und, welches Zeichen würdest du für die Mitte vorschlagen?«

Gundara schaute gegen seinen Willen interessiert drein. »Wie wäre es mit dem Feuer?« sagte er. »Das ist ein gutes Symbol.«

»Also gut, das Feuer«, meinte Safar, tauchte seinen Pinsel erneut in die Farbe und malte rote Flammen in die Mitte.

»Natürlich hätte Lord Asper seine Schlangenzeichen benutzt«, wandte Gundara ein. »Aber ich glaube, die jungen Zauberer heute halten nicht mehr so viel von ihm.«

Bei der Erwähnung des Namens horchte Safar auf. »Asper?« Er glotzte Gundara an. »Du kennst Asper?«

Gundara schnaubte überlegen. »Sicher kenne ich ihn. Man treibt sich schließlich nicht jahrtausendelang in den Laboratorien von Zauberern herum, ohne dabei über Lord Asper zu stolpern.

Natürlich war seine Lehre bei Dämonen immer viel beliebter. Weil er ja auch einer war. Und für Dämonen bin ich nicht zuständig. Das ist Gundarees Aufgabe. Aber über die Jahrtausende hinweg habe ich allerdings doch einiges aufgeschnappt.«

Safar schob das Pergament vor ihn hin. »Zeig es mir«, sagte er und reichte ihm den Pinsel.

Gundara sprang herbei und nahm den Pinsel. So klein der Pinsel war, in den krallenbewehrten Pfoten des kleinen Gehilfen sah er aus wie ein riesiger Speer. Gundara wusch den Pinsel aus und tauchte ihn in die grüne Farbe.

Während er malte, erklärte Gundara, was er jeweils machte. »Vier Köpfe für die Schlange, damit sie in alle Richtungen sehen kann. Vier Giftzähne für jeden Kopf, um die Mitte zu bewachen.« Er zeichnete den langen Körper. »Und das hier ist der Giftstachel am Schwanz, für den Fall, daß die Schlange von oben angegriffen wird. Und hier unten, gleich darunter, wo die Köpfe zusammentreffen, muß man der Schlange Flügel geben, damit sie in die Luft entfliehen kann, falls das notwendig sein sollte.«

Als er fertig war, trat Gundara zurück und betrachtete sein Werk. »Nicht schlecht«, meinte er, »muß ich schon sagen.«

Sein Zwilling hatte offensichtlich etwas Beleidigendes von sich gegeben, denn plötzlich wandte sich Gundara der Schildkröte zu, die in der Nähe des Kohlenbeckens lag. »Halt doch den Mund, Gundaree!« fauchte er. »Halt den Mund, halt den Mund!« Er wandte sich wieder Safar zu. »Er ist so gemein«, beschwerte sich der Gehilfe. »Du glaubst nicht, was er mir alles an den Kopf wirft.«

Safar, der sich inzwischen an die für ihn einseitigen Auseinandersetzungen zwischen den beiden Zwillingsbrüdern gewöhnt hatte, zollte dem keine Aufmerksamkeit. Er betrachtete das Pergament und machte zufrieden eine magische Geste mit dem Zeigefinger. Eine Miniaturwindhose in der Größe von Safars Finger erhob sich und zog über das Papier, wo sie die Farbe rasch trocknen ließ. Anschließend blies Safar darauf, und die Windhose verschwand.

Dann rollte er das Pergament zusammen und reichte es Gundara.

»Bewahr es für mich auf«, befahl er. »Wenn du mich die Worte des Zauberspruchs singen hörst, mußt du ihn erwecken. Verstanden?«

»Was gibt es daran Großartiges zu verstehen?« fragte Gundara zurück. »Ihr Menschen macht euch immer soviel Arbeit mit der Magie. Dämonenzauberer lassen sie aus dem Bauch kommen, nicht aus dem Kopf. Während ihr noch über einen Zauber nachdenkt, haben sie ihn schon lange ausgesprochen.«

Trotz dieser scharfen Erwiderung tat der Gehilfe wie geheißen, ließ die Papierrolle zur Größe eines Kinderfingers zusammenschrumpfen und schob sie sich in den Ärmel. Safar hatte Gundaras Kommentar jedoch tief getroffen.

Er hatte in Walaria soviel gelernt. In seinem Kopf bewahrte er Zaubersprüche für fast jede Gelegenheit auf. Und er besaß das Wissen, mit dem er neue Sprüche für solche Situationen entwickeln konnte, die von den Auswendiggelernten nicht abgedeckt wurden. Verglichen mit anderen Studenten, ja, selbst verglichen mit Umurhan, hatte er eine viel größere Macht inne. Er konnte sie aufbranden spüren, wenn er einen Zauberspruch aussprach – seine Macht war sogar so stark, daß er sie zurückhalten mußte, um seine wahren Fähigkeiten nicht zu enthüllen. Dennoch war diese Kraft nicht mit dem zu vergleichen, was er vor Jahren im Kampf gegen die Dämonen auf dem verschneiten Paß erlebt hatte. Im stillen hatte er es oft versucht, doch nie hatte er diesen gebirgsbachähnlichen Strom erreicht, den er während dieses Augenblicks, als es um Leben und Tod gegangen war, erfahren hatte. Dieses Versagen deprimierte ihn. Zuerst versuchte er sich einzureden, es würde nichts bedeuten. Denn Magie war nicht sein eigentliches Ziel – welches darin bestand, die Antwort auf das Rätsel von Hadin zu finden. Doch je länger er studierte, desto klarer wurde ihm, daß er die Lösung nur durch Magie herausbekommen würde.

»Wenn ich wieder einmal ein bißchen Zeit habe, also vermutlich erst, wenn ich sicher unterwegs nach Hause bin, dann müssen wir beide uns zusammensetzen und über Hadin unterhalten«, sagte Safar.

»Der schönste Ort der Welt«, erwiderte Gundara. »Die klügsten Sterblichen überhaupt wohnen dort. Die haben mich geschaffen, was ja wohl Beweis genug ist. Allerdings haben sie einen ziemlichen Fehler begangen, als sie Gundaree geschaffen haben. War vermutlich ein menschlicher Hilfszauberer. Du weißt ja, wie Menschen sind. Na ja, allerdings werde ich dir nur sehr alte Neuigkeiten erzählen können. Die Götter haben noch Windeln getragen, als wir das letzte Mal da waren.«

»Mir würde alles weiterhelfen«, sagte Safar. »Außerdem würde ich gern etwas über Asper erfahren.«

Gundara gähnte. »Das wird bestimmt eine kurze Unterhaltung«, meinte er. »Alles, was ich über ihn weiß, habe ich von anderen Zauberern.«

»Soviel ich gehört habe, hat er ein Buch über seine Theorien geschrieben«, bohrte Safar. »Hast du es je zu Gesicht bekommen?«

»Nein. Und ich kenne auch niemanden, der das hätte.«

»Ich glaube, in Umurhans Bibliothek gibt es eine Kopie«, erwähnte Safar. »Unter den verbotenen Büchern.«

»Warum hast du es dann heute nicht gestohlen?« fragte Gundara. »Du hättest einfach nach oben gehen können. Ich habe dir doch gesagt, es wäre sicher. Und wenn du erst mal drin gewesen wärest, hätte ich es rasch für dich aufgestöbert. Dafür hätte ich sogar nicht mal noch eine Teigrolle verlangt.«

»Ich hatte eben keine Zeit«, redete sich Safar heraus. »Und jetzt, fürchte ich, werde ich keine Gelegenheit mehr bekommen. Ich traue mich nicht mehr in die Universität. Und nach dem Gründerfest werde ich, so schnell es nur geht, verschwinden. Und ein Haufen verärgerter Bürger von Walaria wird mir auf den Fersen sein.«

Von hinten vernahm er Nerisas Stimme: »Ich kann es für dich holen.«

Safar und Gundara fuhren herum und sahen sie auf der Fensterbank hocken.

»Ich habe mir schon Sorgen um dich gemacht«, meinte Safar.

Gundara kicherte boshaft. »Du solltst dir lieber Sorgen um dich selbst machen, Meister«, sagte er. »Sie ist jedenfalls sehr geschickt. Ich habe gespürt, wie sie vor einer Viertelstunde den Wachturm hochgeklettert ist. Aber du hast sie nicht bemerkt, ehe sie hier drinnen war und sich selbst verraten hat.«

Nerisa lachte. Sie sprang von der Fensterbank, holte etwas Süßes aus ihrer Tasche und ging hinüber zum Gehilfen, um es ihm zu geben.

»Ich habe doch gewußt, das wird mein Glücksjahrhundert«, freute sich Gundara, »gleich, nachdem du mich von diesem Stand gestohlen hast.« Er stopfte sich die Süßigkeit in den Mund, schloß die Augen und kaute mit großem Genuß.

»Warum ruhst du dich nicht eine Weile aus?« schlug ihm Safar vor. Er verscheuchte ihn, und der Gehilfe verschwand in einer kleinen Rauchwolke. Die Steinschildkröte wackelte auf ihren Beinchen, als der Rauch in sie hineinzog. Dann war es still.

»Sein Schmatzen geht mir nach einer Weile ganz schön auf die Nerven«, entschuldigte er sich bei Nerisa.

»Mach dir keine Gedanken«, meinte Nerisa. »Ich habe es ernst gemeint. Was das Buch betrifft. Ich komme in Windeseile in Umurhans Bibliothek rein und wieder raus. Vor allem, wenn Gundara mir hilft.«

»Es ist zu gefährlich«, wandte Safar ein.

Nerisa stemmte die Hände in die Hüften. »Mich hat noch nie jemand erwischt«, entgegnete sie. »Und was soll an einer alten Bibliothek schon so schwierig sein? Gibt mir Gundara mit, und ich bin vorm ersten Gebet wieder zurück.«

Safar schüttelte den Kopf. »Du weißt doch nicht, was du da sagst, Nerisa. Seit letzter Nacht haben sich die Dinge grundlegend verändert.«

Er machte ihr ein Zeichen, sich zu setzen, brühte ihr einen Becher Pfefferminztee auf und erzählte ihr in Kürze, was er in Erfahrung gebracht hatte. Dabei ließ er jedoch die Abmachung mit

Olari aus, weil er, ganz zu recht, vermutete, daß sie dann auch dabei würde mitmischen wollen.

Tränen traten ihr in die Augen, als er ihr seinen Plan, Walaria zu verlassen, mitteilte.

»Es ist für keinen von uns mehr sicher hier«, sagte er. Er zog den schweren Geldbeutel, den Olari ihm gegeben hatte, hervor und nahm eine Handvoll Goldmünzen heraus. »Hier. Das ist für dich.«

Nerisa schlug seine Hand zur Seite. Münzen klimperten über den ganzen Boden.

»Ich will kein Geld«, fuhr sie ihn an. »Geld kann ich jederzeit haben.«

Safar hob die Münzen wieder auf. »Ich will dich doch nicht im Stich lassen«, sagte er. »Das ist nur für alle Fälle. Sollte man mich schnappen oder ... oder für einen anderen Notfall. Wenn alles gutgeht, kannst du mit mir mitkommen, falls du das willst.«

Nerisa grinste durch die Tränen hindurch. »Willst du mich wirklich mitnehmen?«

»Es wird allerdings gefährlich«, warnte Safar sie. »Viele, viele Leute werden hinter mir hersein.«

Nerisa warf die Arme um ihn. »Das macht mir überhaupt nichts aus«, rief sie. »Sollen sie doch kommen. Ich kenne die besten Tricks. Die werden uns nie kriegen.«

Safar befreite sich von ihr und schob sie sanft zurück auf ihren Platz zwischen den Kissen. »Du mußt auch nicht mit nach Kyrania kommen«, meinte er. »Das ist bestimmt ein ziemlich langweiliger Ort für jemanden, der in Walaria aufgewachsen ist.«

»Für mich wird es bestimmt nicht langweilig werden«, erwiderte Nerisa. Ihretwegen konnte Kyrania der ödeste Ort von ganz Esmir sein. Solange sie in Safars Nähe sein durfte, war ihr das gleichgültig.

Safar tätschelte ihre Hand. »Wir werden sehen«, sagte er. »Wenn wir Walaria erst einmal hinter uns haben, können wir uns weiter darüber unterhalten.«

»Wie du meinst, Safar«, stimmte Nerisa verträumt zu.

Dann gähnte sie und reckte sich. »Ich bin so müde. Kann ich nicht eine Weile hier schlafen? Den ganzen Tag über mußte ich mich versteckt halten.«

Safar zögerte. »Sie wissen, daß sie hier nach dir suchen müssen.«

Nerisa gähnte abermals. »Das geht schon in Ordnung. Gundara wird uns schon warnen, wenn jemand kommt.«

Safar wollte erwidern, das Risiko sei trotzdem zu groß. Doch hörte er, wie ihr Atmen gleichmäßiger wurde; sie war bereits in tiefen Schlaf gefallen. Wie sie so dalag, schien sie jünger und verwundbarer zu sein. Ihre Wimpern fächerten sich zart über den sanften Wangen. Er betrachtete ihre ebenmäßigen Züge und dachte, eines Tages würde sie eine große Schönheit werden. Falls sie das Alter einer erwachsenen Frau erreichte. Er hatte nicht das Herz, sie zu wecken. Also schichtete er die Kohlen im Becken um und löschte die Dochte der Öllampen mit den Fingern. Dann suchte er eine zweite Decke, die er über Nerisa legte. Sie seufzte, zog die Decke an sich und murmelte seinen Namen. Safar machte es sich ein Stück von ihr entfernt bequem. So viel war heute geschehen, und er bezweifelte, ob er jetzt überhaupt Ruhe finden könnte. Doch kaum hatte er die Augen geschlossen, trug ihn der Schlaf schon davon.

Es war ein traumloser Schlaf, obwohl er einmal glaubte, Stoff rascheln zu hören und die weiche Berührung von Lippen auf seinen zu spüren.

Als nächstes hörte er dann, wie die Tür aufgestoßen wurde und vier stämmige Männer hereinstürmten.

Er rollte sich aus seiner Decke, doch noch ehe er auf die Beine kommen konnte, waren die vier über ihm. Sie knüppelten auf ihn ein und drückten ihn zu Boden.

Dann traf ihn ein schwerer Stiefel schmerzhaft am Kopf, und er sah nur noch Sternchen. Für einen Augenblick verlor er das Bewußtsein, danach hörte er, wie Stahl auf Flint geschlagen wurde. Als er die Augen öffnete, stand Kalasariz, ein Öllampchen in der Hand, über ihm.

»Tempelschüler Timura«, sagte der Meister der Spione betont, »du wirst des Hochverrats gegen die Krone beschuldigt. Was hast du zu deiner Verteidigung zu sagen?«

Safar war von den Schlägen benebelt. Er versuchte zu sprechen, doch seine Zunge war geschwollen und versagte den Dienst. Er erinnerte sich an Nerisa. Entsetzt blickte er sich nach ihr um. Sofort machte sich Erleichterung in ihm breit – Dank den Göttern, irgendwie war ihr die Flucht gelungen. Daraufhin schoß ihm ein anderer Gedanke durch den Kopf. Warum hatte Gundara ihn nicht vor Kalasariz' Ankunft gewarnt?

Der Meister der Spione hielt Safar einen schweren Geldbeutel vor die Nase. Es war der Goldbeutel, den Olari ihm gegeben hatte, abzüglich der Münzen, die Nerisa bekommen hatte. Kalasariz schüttelte das Säckchen. »Was ist dies?« fragte er. Er öffnete den Geldbeutel und schüttete Münzen in seiner Hand. »Ziemlich viel Geld für einen armen Studenten«, verhöhnte er ihn.

Safar erwiderte nichts.

»Woher hast du soviel Gold, Tempelschüler?« wollte der Meister der Spione wissen. »Und was hast du dafür als Gegenleistung versprochen?«

Safar erwiderte abermals nichts. Worauf wollte Kalasariz hinaus?

Der trat ihn erneut. »Wenn du dich in Schweigen hüllst, Tempelschüler Timura, wirst du deine Lage nur verschlimmern«, sagte er. »Deine Mitverräter haben bereits gestanden.«

Safar hatte die Frechheit zu antworten: »Dann braucht Ihr die Geschichte doch nicht noch einmal von mir zu hören, mein Lord, oder?«

Diese Entgegnung brachte ihm einen weiteren Tritt ein, diesmal in die Rippen. Sie zerrten ihn auf die Beine, während er noch nach Luft schnappte.

Geistesgegenwärtig dachte er dennoch daran, einen Blick neben das Kohlenbecken zu werfen, dorthin, wo er das steinerne Idol gesehen hatte.

Es war verschwunden.

Das einzige, was er denken konnte, war: Nerisa muß es mitgenommen haben.

Dann brüllte der Meisterspion: »Bringt ihn weg! Der Anblick dieses Ketzers ist eine Beleidigung für meine Augen!«

Und sie schleppten ihn zur Tür hinaus.

*

»Pst! Da kommt jemand!«

Ein schwaches Licht erschien, und Nerisa warf sich auf den Boden. Sie drückte sich an den Stein, während eine dunkle Gestalt aus einem der Gänge trat und auf sie zuschlurfte. Umurhans Bibliothek befand sich im Obergeschoß der Universität – kaum hundert Fuß von ihr entfernt, hatte Gundara ihr gesagt. Der Gehilfe saß als flohgroßer Fleck auf ihrem Ärmel – er hatte ihr außerdem erzählt, wie Safar ihn mit sich herumtrug, und sie hatte die gleiche Methode gewählt.

Die schlurfende Gestalt war ein alter Priester. Er murmelte etwas in seinen Bart hinein, verfluchte den kalten Stein unter seinen bloßen Füßen und ließ seiner Mißbilligung über den Teufel, der seine Sandalen versteckt hatte, freien Lauf. Die kleine Öllampe mit niedergebranntem Docht in seiner Hand spendete gerade genug Licht, um Nerisa nervös zu machen. Sie drückte sich flach auf den Boden, während er an ihr vorbeiging, sich dann nach rechts drehte und an einer Tür herumfummelte. Als er laut furzte, vermutete Nerisa, die Tür müsse zu einem Abtritt führen. Der Priester ging hinein und schloß die Tür.

Nerisa erhob sich katzengleich und schlich wie ein Geist den Gang hinunter, bis Gundara ihr mitteilte, sie stünden vor der Bibliothek. Die Tür war verschlossen, doch das hielt sie nur ein paar Sekunden auf. Sie schob einen dünnen Dorn in das Schloß und drückte den Riegel zurück. Im Nu war sie drinnen und schob die Tür leise hinter sich zu.

In der Bibliothek war es so dunkel, daß sie nicht einmal die größten Gegenstände ausmachen konnte. Der staubige Geruch alter Bücher stieg ihr in die Nase, genau wie im *Narrensumpf*, nur mischte sich hier noch der schwere Schwefelgeruch der Magie darunter, der ihr im Hals kratzte.

»Ich kann nichts sehen«, flüsterte sie Gundara zu.

Plötzlich gab es einen Lichtschein, und der Gehilfe stand in voller Größe vor ihr – was bedeutete, er reichte ihr bis zum Knie. Sein Körper verstrahlte ein trübes grünes Licht, und jetzt konnte sie die klobigen Umrisse der Möbel und Bücherregale erkennen.

Gundara drehte sich einmal im Kreis und schnüffelte. Das Steinidol in Nerisas Tasche wurde warm, als der Gehilfe seine magischen Kräfte einsetzte.

Dann sagte er: »Hier entlang« und huschte in die Dunkelheit.

Nerisa folgte ihm, und so zogen sie durch die Gänge zwischen den Regalen, bis sie die gegenüberliegende Seite des Raums erreicht hatten, wo hohe Bücherschränke an dem kahlen Mauerwerk aufgereiht standen. Gundara hüpfte von Regalbrett zu Regalbrett, bis sich seine Augen auf gleicher Höhe mit Nerisas befanden.

»Hier ist es«, sagte er und zeigte mit seiner glühenden Kralle darauf. »Asper – in Fleisch und Blut.« Gundara kicherte bösartig. »Das Buch ist in Leder gebunden«, sagte er. »Hast du verstanden – Fleisch und Blut? Ha, ha. Ich bin wirklich komisch heute nacht.«

»Das muß der Zucker sein«, preßte Nerisa durch die zusammengebissenen Zähne hervor.

Zuerst hatte sie den Gehilfen für ein niedliches kleines Ding gehalten. Er tat ihr leid, weil er in einem Stein leben mußte. Doch nach einigen Stunden in Gundaras Gesellschaft wollte sie nur noch schnell ihr Vorhaben hinter sich bringen und zu Safar zurückkehren. Also wirklich, dieser kleine Kerl stellte so indiskrete Fragen. Oder äußerte vielmehr seine Meinung. Als wollte er ihr vorwerfen, daß sie sich in Safar verliebt hatte. Was ja tatsächlich stimmte, doch was ging es diesen kleinen Kobold an?

Gundara packte den Rücken des schlanken Buches und zog heftig daran. Es löste sich überraschend, und er verlor das Gleichgewicht. Während er vom Regalbrett fiel, quiekte er laut, was Nerisa einen Todesschrecken einjagte. Sie fing ihn in der Luft auf, doch das Buch landete mit lautem, nachhallendem Knall auf dem Boden.

»Gib doch acht«, flüsterte sie. »Du weckst noch alle auf.«

»Ach du grüne Neune«, erwiderte der Gehilfe – mit einer Lautstärke, die er für ein Flüstern hielt. »Du kannst hier herumschreien, so viel du willst, doch diese alten Furzer kriegst du nie wach.«

»Ja, und?« fragte Nerisa. »Ich wünschte nur einfach, du wärst ein bißchen leiser. Normalerweise arbeite ich allein, und laute Geräusche machen mich unruhig.«

»Du bist ein ziemlich guter Dieb, Kleine«, sagte Gundara. »Aber ich möchte wetten, du würdest mich am liebsten immer dabei haben. Wie reich du dann werden würdest! Wir würden alles klauen, was nicht niet- und nagelfest ist.«

»Genn-nau«, gab Nerisa zurück und bückte sich, um das Buch aufzuheben.

Es war dünn und schien nur wenige Seiten zu enthalten. Hoffentlich war Safar nicht enttäuscht. Das Leder war brüchig und alt, doch in dem Licht, das Gundara abgab, konnte sie das abgewetzte Bild einer vierköpfigen Schlange erkennen.

»Das ist also Aspers Buch«, betonte Gundara. »Wahrscheinlich gibt es auf der ganzen Welt nicht mehr als fünf oder sechs Exemplare davon.« Er warf sich in die Brust, voller stolz auf seine Arbeit.

Sie wollte ihn gerade mit etwas Süßem aus ihrer Tasche belohnen, als er plötzlich – und ziemlich laut – sagte: »Du hältst den Mund, Gundaree. Du hättest es doch nicht einmal gefunden, wenn es hell geleuchtet hätte. Also. Und nenn mich nicht so! Halt den Mund, hörst du? Halt den Mund, halt den Mund, halt den Mund, halt de-«

Nerisa legte ihm die Hand über den Mund und würgte den Rest ab.

»Hör sofort auf damit«, fuhr sie ihn zischend an, »oder ich dreh dir den Hals um. Ich schwör's!«

Als sie die Hand fortnahm, ließ Gundara den Kopf hängen. Er trat mit dem kleinen Fuß auf den Boden. »Es tut mir leid«, entschuldigte er sich. »Nur manchmal bringt er mich einfach zum Wahnsinn.«

»Daß du mir das nicht noch einmal machst«, warnte Nerisa. Dann gab sie ihm doch etwas Süßes.

Gundara kaute grinsend. »Ich mag dich, Kleine«, sagte er. »Ich hoffe, Safar wird es dir richtig hübsch besorgen, wenn er das Buch bekommt.«

»Red nicht so was«, fauchte Nerisa. »Das ist nicht schön.«

»Aber das willst du doch, oder?« zog sie der Gehilfe auf. »Einen dicken Schmatz, und es dann die ganze Nacht besorgt bekommen.«

Nerisa steckte das Buch zu dem Steinidol. »Das reicht«, schimpfte sie. »Und falls du nur ein Wort Safar gegenüber erwähnst, werde ich, werde ich ... nie wieder mit dir sprechen.«

Anscheinend war das für Gundara eine größere Drohung, als den Hals umgedreht zu bekommen, denn augenblicklich entschuldigte er sich und versprach, es nie wieder zu tun. Dann führte er sie zurück zur Tür, schrumpfte auf Flohgröße, und sie schlüpften hinaus in den Gang. Nachdem sie schließlich eine Stunde lang in der Dunkelheit herumgeschlichen waren, rannte Nerisa durch das große Haupttor und eilte die große Straße hinunter – wobei sie wie ein Frosch von Schatten zu Schatten hüpfte. Auf diese Weise brachte sie den ganzen Weg zum alten Turm hinter sich.

Gerade als sie ankam, zerrten Kalasariz und seine Männer Safar die Treppe hinunter.

*

Es sollte eine Nacht des Schreckens für Walaria werden. Kalasariz' Männer schwärmten durch die Stadt, brachen Türen auf und zerrten verängstigte junge Männer auf die Straßen, wo sie unter den geschlossenen Fensterläden ihre Familien verprügelt und verhört wurden. Dann wurden sie in die Folterkammer des Oberspions verschleppt, wo man sie weiter verhörte und zwang, Geständnisse zu unterschreiben. Insgesamt waren es ungefähr fünfzig, obwohl nur weniger als die Hälfte von ihnen etwas mit Olari zu tun hatte. Die anderen waren unschuldig, aber dessen ungeachtet von Kalasariz' Spitzeln denunziert worden, welche immense Bestechungsgelder kassiert hatten.

Die Mühlen der Gerechtigkeit mahlten schnell. Es gab kein Gerichtsverfahren, und es war auch keiner der Angeklagten zugegen, als das Hohe Gericht sie zum Tode verurteilte. Die Massenhinrichtung wurde für den folgenden Tag festgesetzt – und das war rein zufällig der Tag des Gründerfestes. Ausrufer verbreiteten die Nachricht von der Hinrichtung in der Stadt und hängten Listen mit den Namen der Verurteilten und ihren Verbrechen aus.

Ganz oben auf der Liste stand der Name des Rädelsführers – eines gewissen Safar Timuras, Fremder.

Und ganz unten auf der Liste fand sich der Name eines der Leichtgläubigen, die auf ihn hereingefallen waren – Olari, Bürger.

*

»Offensichtlich habe ich den Einfluß meines Vaters überschätzt«, meinte Olari.

Safar wrang den Lumpen aus, den er in dem Eimer mit kaltem Wasser ausgewaschen hatte, und wischte das Blut von Olaris Gesicht. Der junge Aufrührer war so übel verprügelt worden, daß sein Kopf um die Hälfte angeschwollen war.

»Du warst schon immer ein Meister der Untertreibung«, erwiderte Safar nur.

Abgesehen von den blauen Flecken, die von seiner eigenen Verhaftung zeugten, war Safar unversehrt. Aus irgendeinem Grunde hatte man ihn nicht gefoltert, und sein »Geständnis« – ein von ihm nicht unterschriebenes Dokument mit Kalasariz' Siegel – hatte dem Hohen Gericht genügt, ihn zu verurteilen.

»Das Bedauernswerteste an der ganzen Sache ist doch«, sagte Olari, »daß ich nicht einmal den Ruhm des Anführers einstreichen darf. Ich werde als dummer Mitläufer in die Geschichte von Walaria eingehen.«

»Und ich als der Hauptmitläufer«, meinte Safar. »Wobei ich die Ehre gern abtreten würde. Doch Kalasariz hat darauf bestanden. Und du weißt, wie überzeugend er sein kann.«

»Mein Vater hat vermutlich eine stattliche Summe gezahlt, damit ich nur als Mitläufer auf dieser Liste erscheine. Damit wollte er die Familienehre schützen und so. Dummheit wird offensichtlich als höher erachtet, als eine Rebellion anzuführen.«

Die beiden befanden sich in der Gesellschaft von sechs weiteren jungen Männern, die genau wie Olari an den Folgen der gründlichen Arbeit der Folterknechte litten. Sie hatten sich in der Mitte der Zelle zusammengehockt und waren kaum noch in der Lage, auch nur die neugierigen Insekten und Ratten zu verscheuchen. Alle acht sollten von Tulaz, dem Meisterscharfrichter, enthauptet werden. Die anderen, die in den benachbarten Zellen einsaßen, würden in Gruppen zu fünfen oder weniger vor andere Henker treten.

»Einen schwachen Trost gibt es ja noch«, sagte Olari.

»Und der wäre?« fragte Safar. »Ich könnte ein bißchen Aufmunterung gebrauchen.«

»Ich gehe als letzter«, meinte Olari. »Egal, ob Tulaz versagt oder nicht, man wird mich in Erinnerung behalten. Wenn er meinen Kopf mit einem Hieb abschlägt, wird er seinen alten Rekord brechen. Falls nicht, werde ich in die Wettbücher als derjenige eingehen, der Tulaz' bemerkenswerte Serie beendet hat.«

Safar lachte. Es war ein verbittertes Lachen. »Ich wünschte, ich könnte dabei sein«, sagte er. »Unglücklicherweise bin ich als erster dran.«

Olari versuchte ein Lachen. Ein stechender Schmerz in seinen Rippen ließ ihn jedoch nur ein Stöhnen hervorbringen. Als er sich ein bißchen erholt hatte, schüttelte er den Kopf. »Ich war schon immer –«

Seine Worte wurden von einem Hustenanfall unterbrochen. Safar hielt Olari fest, bis er vorbei war. Dann spuckte sein Gefährte Blut in den Eimer. Es gab ein »Plopp«, als einer seiner Zähne ins Wasser fiel.

Er blickte Safar an und grinste ein blutiges Grinsen.

»Was ich sagen wollte, bevor die Natur mich so unsanft unterbrochen hat«, fuhr Olari fort, »war, daß ich schon immer ein glücklicher Hund gewesen bin.

Und anscheinend bleibt mir das Glück bis zum Ende treu.«

14
Der Tod hat das Wort

»Du bist einfach zu verspannt«, klagte der Trainer, während er den massigen Körper, der vor ihm ausgestreckt lag, durchknetete. »Ich bekomm die Muskeln nicht locker, solange du dich nicht ein bißchen entspannst.«

»Ich habe beschissen geschlafen«, erwiderte Tulaz. »Weiß auch nicht, was mit mir los ist. Sonst schlafe ich immer fest wie ein Säugling. Besonders vor einem Arbeitstag. Aber letzte Nacht war es richtig schlimm. Ich habe die ganze Zeit von diesem kleinen Dämon geträumt. Hatte einen Körper wie ein Mensch und ein Gesicht wie eine Kröte. Und sagte dauernd nur: ›Halt den Mund, halt den Mund, halt den Mund!‹«

Der Trainer legte besorgt die Stirn in Falten. Die Hinrichtungen – die man in die große Arena verlegt hatte, um den Massenandrang bewältigen zu können – würden in einer Stunde stattfinden. Und er hatte seine gesamten Ersparnisse auf den Ausgang verwettet.

»Ein schlechtes Zeichen, so ein Traum«, fuhr Tulaz fort. »Ich bin vollkommen aus der Form. Dabei weiß ich gar nicht, was ich angestellt habe.«

»Hast du dich denn gereinigt, wie ich es dir gesagt habe?« wollte der Trainer wissen und trommelte auf Tulaz' gewichtigen Körper ein.

Der Meisterscharfrichter von Walaria schnaubte. »Natürlich. Fünf Eimer hab ich vollgemacht, das kannst du mir glauben.«

»Und hast du dich an deine Diät gehalten?«

»Haferschleim und Wein mit Wasser, sonst nichts«, meinte Tulaz. »Es ist diese Eile, die mich nervös macht. Normalerweise bekomme ich vorher schon Bescheid, weißt du. Wenigstens ein paar Tage vorher, damit ich mich in Form bringen kann. Außerdem hab ich erst vor kurzem meinen eigenen Rekord gebrochen.

Sieben Köpfe können einen Mann ganz schön fordern, daran denken die meisten Leute gar nicht. Sie kommen einfach und sehen zu, wie ich die Dinger abschlage. Das Beste entgeht denen doch. Die wissen doch gar nicht, wie hart ich arbeite, damit ich in Form bleibe. Und von den sieben hab ich mich immer noch nicht richtig erholt. Und jetzt soll ich acht erledigen, obwohl ich noch nicht wieder obenauf bin.«

»Denk nicht soviel darüber nach«, riet ihm der Trainer. »Es ist ein Tag wie jeder andere. Behalt das immer im Kopf, dann wirst du das Ding schon schaukeln.«

»Sicher«, sagte Tulaz, »das ist der ganze Trick. Nur ein Tag wie jeder andere. Nichts Besonderes.«

Der Trainer kippte wohlriechendes Öl auf Tulaz' Muskeln und rieb es ein. »Und einen Kopf nach dem anderen«, sagte er. »Betrachte sie alle gleich. Zähl nicht, wie viele noch vor dir liegen. Einer oder acht, was macht das für einen Unterschied? Jeder muß ganz für sich allein ab. Da ist nichts Besonderes dran.«

»Ja, ja«, stimmte Tulaz zu. »So muß ich es machen – jeder muß für sich ganz allein ab. Danke. Langsam fühl ich mich besser.«

Der Trainer lachte leise vor sich hin und erwiderte, Tulaz brauche sich nicht zu bedanken. Er war mit seiner Arbeit fertig, deckte Tulaz mit schweren Handtüchern zu und riet ihm, noch ein bißchen zu schlafen.

»Ich weck dich schon rechtzeitig«, sagte er.

Er verließ den Raum, und kurz bevor er hinaustrat, warf er noch einen Blick auf Tulaz. Der riesige Scharfrichter lag auf dem Rücken, einen muskulösen Arm über die Augen gedeckt.

Und er murmelte in sich hinein: »Halt den Mund, halt den Mund, halt den Mund. Was soll das bloß bedeuten?«

Zum erstenmal in seiner langen und ruhmreichen Karriere war Tulaz offensichtlich nicht recht bei der Sache und litt unter einem Mangel an Selbstvertrauen. Der Trainer fragte sich, wo er wohl schnell noch ein bißchen Geld herbekäme, um auch auf einen möglichen anderen Ausgang der Hinrichtungen Wetten abzuschließen.

*

Die Menge brüllte. Safar wurde als erster herausgeführt, gefolgt von Olari und sechs anderen, alle gefesselt und zusammengekettet. Zweiundvierzig Köpfe waren bereits gerollt, und die Menge war von den miesen Vorführungen der Scharfrichter gelangweilt. Aber jetzt kam der Hauptakt: Tulaz, seines Zeichens Meisterscharfrichter von Walaria, wollte acht Köpfe schaffen und damit seinen eigenen Rekord brechen.

Safar war fast blind von der grellen Morgensonne. Er versuchte, seine Augen zu beschatten, doch die Kette, mit der seine Arme an das dicke Eisenband um seine Hüfte gefesselt waren, war zu kurz. Eine Wache fluchte und stieß ihn mit dem Speerschaft voran.

Als sich seine Augen an das grelle Licht gewöhnt hatten, sah Safar, daß er zu einem großen, eilig errichteten Podium in der Mitte der Arena geführt wurde. Es stand gleich in der Nähe der Tribüne, auf der die Würdenträger, König Didima, Umurhan und Kalasariz, unter einem Baldachin auf Kissen saßen.

Als Kalasariz ihm die Ergebnisse der Verhaftungen mitgeteilt hatte, war Didima gleich entschlossen gewesen, die Massenhinrichtung zu einem Teil der Gründerfestzeremonie zu machen. Der König war stolz darauf, schnelle, harte Entscheidungen zu fällen, auch wenn andere sie für zu gewagt oder für einen Traditionsbruch hielten. Er jedoch glaubte, die Hinrichtungen würden den Appetit seiner Bürger auf die folgenden Festivitäten noch anregen.

»Diese Darbietung ist eine gute Gelegenheit, uns in der Öffentlichkeit zu zeigen«, hatte er Umurhan und Kalasariz mitgeteilt. »Und die Eintracht unter unseren Bürgern zu stärken.«

Umurhan, ein für gewöhnlich vorsichtiger Mann, hatte ohne Widerspruch zugestimmt. Obwohl er es nicht offen aussprach, hatte sich der Hohepriester von Walaria noch vor kurzem ernsthafte Sorgen darüber gemacht, ob sein jährliches Zauberspektakel von der Menge mit dem verdienten respektvollen Enthusiasmus und hinreichender Ehrfurcht aufgenommen werden würde. Fünfzig abgeschlagene Köpfe würden die Menge ohne Frage in die richtige Stimmung bringen.

Kalasariz hielt es ebenfalls für eine ausgezeichnete Idee, wenngleich er dies seinen beiden Kameraden nicht mitteilte. Seinen Zielen konnte es nur dienen, wenn diese politischen Hinrichtungen so schnell wie möglich über die Bühne gingen – ehe die Familien und Freunde und Geliebten Gelegenheit bekämen, schwerwiegende Beschwerden einzureichen. Rasche Hinrichtungen erhöhten die Gottesfurcht und zügelten das Verlangen nach Rache.

Die Menge, die sich zu diesem Ereignis versammelt hatte, war die größte in der Geschichte Walarias. Sie füllte nicht nur die Tribünen, sondern auch das Innere der Arena. Hunderte drängten sich auf den paar Metern vor dem Podium, und immer noch schoben sich weitere über ihr Glück freudestrahlende Menschen herein, die wertvollen Eintrittskarten in der Hand, welche Didimas Soldaten zu Höchstpreisen verscherbelten.

Safars Wachen mußten die Menschen auseinandertreiben, als er und seine Gefährten in all ihrem Elend zum Podium zogen. Die Menschen schrien auf ihn ein und versuchten immer wieder, ihn anzufassen. Vermutlich brachte das Glück, dachte er. Falls dem so war, stellte es jedenfalls eine traurige Art von Glück dar. Manche verfluchten ihn, manche bejubelten ihn. Und manche riefen: »Nur Mut, mein Junge.«

Fliegende Händler mischten sich unter die Menge und verkauften Essen und Andenken. Ein junger Mann hielt kandierte Feigen an Stielen in der Hand. Die Feigen hatte er mit Lebensmittelfarbe so bemalt, daß sie aussahen wie menschliche Köpfe. Die Stiele waren ebenfalls mit blutroter Farbe bestrichen und stellten eine Miniatur der angespitzten Pfähle dar, auf denen Safars Kopf und die der anderen bald landen sollten.

Safar war zu benommen, um Angst zu fühlen. Er konzentrierte sich ganz darauf, einen Fuß vor den anderen zu setzen. Wenn er etwas verspürte, dann nur den Wunsch, daß es rasch vorüber wäre.

Alle acht wurden auf die Plattform geführt und kamen auf den blutigen Bohlen ins Rutschen. Männer mit Eimern und Lappen wischten das Blut von den vorhergehenden Hinrichtungen auf. Andere verstreuten Sand um den Richtblock, damit Tulaz einen guten Stand finden würde. Die Verurteilten wurden am Rand des Podiums in einer Reihe aufgestellt, wo Wachen sie mit kaltem Wasser übergossen und ihnen in Wein getränkte Schwämme reichten, damit sie nicht in Ohnmacht fallen und so die Schau verderben würden.

Dann betrat Tulaz selbst das Podium, und die Menge begrüßte ihn mit donnerndem Beifall. Der Meisterscharfrichter war in weiße Pumphosen aus reinster Seide gekleidet. Sein mächtiger Oberkörper glänzte von teuren Ölen in der Sonne, was seine starken Muskeln wunderbar zur Geltung brachte. Seine weiße Seidenkapuze war ohne Flecken und faltenlos. Dicke Goldreife zierten seine Handgelenke und Bizepse.

Tulaz ging sofort an die Arbeit, ohne der Menge Aufmerksamkeit zu schenken. Zuerst begutachtete er die Stufen, wo die Verurteilten sich hinknien mußten, dann den ausgehöhlten Richtblock, über den sich jeder Mann legen mußte, um in den Genuß der Klinge zu kommen. Als er damit zufrieden war, rief er nach seinem Schwert. Während er darauf wartete, zog er ein Paar Spezialhandschuhe an, die der beste Handschuhmacher von Walaria für ihn gefertigt hatte. Deren Handflächen waren aufgerauht und die Finger abgeschnitten und sollten so besseren Halt gewährleisten. Die Menge verstummte, als ein Gehilfe Tulaz den offenen Kasten mit dem Schwert hinhielt. Tulaz verneigte sich davor und murmelte ein kurzes Gebet. Das Schweigen ging in ein ohrenbetäubendes Brüllen über, als Tulaz den blankpolierten Krummsäbel herausnahm und ihn in die Höhe hielt, um ihn den Göttern zu präsentieren.

Tulaz senkte die Klinge, streichelte sie und bedachte sie flüsternd mit Kosenamen, als wäre sie sein Kind. Dann zog er seinen Lieblingswetzstein aus einer Schlaufe seines breiten Ledergürtels und begann, die Klinge zu wetzen. Jede seiner langsamen, einstudierten Bewegungen rief Bewunderungsrufe aus der Menge hervor, doch Tulaz wendete die Augen nicht ab und richtete seine ganze Aufmerksamkeit auf das Richtschwert.

Nach einigen Augenblicken ging Tulaz hinüber zu den Verurteilten, derweil er weiterhin die Klinge schärfte. Er blieb vor Safar stehen, der aufsah und in die dunkelsten, traurigsten Augen blickte, die ihm je begegnet waren.

»Es wird alles ganz schnell vorüber sein, Junge«, sagte Tulaz, dessen Stimme überraschend beruhigend klang. »Ich meine es ja nicht persönlich, weißt du. Das Gesetz sagt, was es sagt, und ich erledige nur meine Arbeit. Also wehr dich nicht dagegen, mein Sohn. Und lieg einfach still. Ich bin dein Freund. Der letzte Freund, den du haben wirst. Und ich verspreche dir, ich mache es so gut und sauber, wie ich nur kann, und schicke dich ganz schnell zur letzten Ruhe.«

Safar antwortete nicht – was sollte er darauf schon erwidern? Trotzdem schien Tulaz befriedigt zu sein und wandte sich ab, ohne das Wetzen der Stahlklinge zu unterbrechen.

Als der Scharfrichter das Podium betreten hatte, war er noch immer angespannt und nervös gewesen. Doch jetzt, nachdem er zu Safar gesprochen hatte, beruhigten sich seine Nerven. Das ist gut, dachte er. Ist doch immer nett, mit dem ersten Kopf zu reden. Dann wissen die Götter, daß du ernsthaft bei der Sache bist.

Den Soldaten, die die Verurteilten bewachten, befahl er: »Nehmt meinen Köpfen die Ketten ab. Und reibt sie gut ein, damit sie nicht steif werden.«

Safar verspürte plötzlich Erleichterung, als ihm die Ketten abgenommen wurden. Starke Hände massierten seinen Nacken und brachten das Leben in seine tauben Glieder zurück. Dann wurde er nach vorn geführt, und er hörte, wie Olari ihm etwas zurief, konnte seine Worte jedoch im Lärm der Menge nicht verstehen.

»Kopf hoch, Junge«, sagte Tulaz, als man ihn vor dem Richtblock auf die Knie drückte.

Safar richtete sich auf, um einen letzten Blick auf die Welt zu werfen. Vor ihm breitete sich ein Meer von Gesichtern aus, die alle nach seinem Tod schrien. Manche sprangen mit überraschender Klarheit aus der Menge hervor. Der alte, kreischende Mann mit dem zahnlosen Grinsen. Eine Matrone, das Kind an der Brust, die die Vorgänge mit erstaunlicher Ernsthaftigkeit beobachtete. Und dann, gleich vor sich, sah er ein junges Gesicht – das Gesicht eines Mädchens.

Nerisa!

Sie löste sich aus der Menge und stürmte auf das Podium zu. Soldaten griffen nach ihr, doch sie duckte sich unter den ausgestreckten Händen hindurch. Fingernägel hinterließen blutige Streifen auf ihren Armen. Hände packten ihr Hemd, doch sie ließ sich nicht aufhalten, und in den Fäusten blieben nur Stoffetzen zurück.

»Hier, Safar!« rief sie. »Hier!«

Sie warf etwas auf das Podium. Es segelte durch die Luft und landete mit einem lauten Plumps neben dem Richtblock. Safar blickte nicht hin. Statt dessen sah er mit Schrecken zu, wie die Soldaten Nerisa erreichten.

Eine Keule senkte sich auf ihren Kopf – und Blut spritzte in alle Richtungen.

Dann war sie unter einem Dutzend Soldaten begraben.

Der Gebrüll der Menge verebbte, einzig vereinzelte Schreie erhoben sich verwirrt, und dann hörte man nur noch ein leises Summen, als die Menschen sich gegenseitig fragten, was vorgefallen sei.

Tulaz' Stimme dröhnte über das Summen hinweg: »Also wirklich! So kann ich doch nicht arbeiten! So geht es nicht!«

Safar hörte einen anderen Mann eindringlich sagen: »Du kannst jetzt nicht einfach aufgeben, Tulaz! Denk an das ganze Geld, Mann! Die ziehen dir bei lebendigem Leib die Haut ab!« Es war der Trainer, der augenscheinlich genug Geld für seine Wetten aufgetrieben hatte.

Dann donnerte eine laute Stimme: »Bürger! Freunde!«

Es war König Didima, der sich erhoben hatte und an die Menge wandte. Seine Stimme wurde von Umurhan magisch verstärkt.

»Heute ist ein großer Tag in der Geschichte von Walaria«, sagte Didima. »Es wäre falsch von uns und zudem eine Beleidigung der Götter, welche unsere schöne Stadt gesegnet haben, einem Unzufriedenen zu erlauben, diese heilige Zeremonie zu stören. Wir haben uns heute morgen bislang wunderbar amüsiert. Und wir sind Lord Kalasariz zu Dank verpflichtet, weil uns nur durch seine Anstrengungen diese Unterhaltung zuteil wurde, mit der er gleichzeitig einen herben Schlag gegen unsere gesetzlosen Mitbürger geführt hat.

Und jetzt wollen wir uns weiterhin der Unterhaltung widmen, meine guten Freunde und Bürger von Walaria. Unser großer Scharfrichter Tulaz wollte uns gerade mit einer Meisterleistung zum Staunen bringen, wie er sie noch nie versucht hat.«

Der König wandte sich an Tulaz und rief: »Die Hinrichtungen sollen fortgesetzt werden!«

Jemand schnappte sich Safars Haarschopf und drückte seinen Kopf auf den Richtblock. Unter königlichem Befehl trat Tulaz vor und ließ sein Schwert zum Aufwärmen durch die Luft sausen.

»Halt ihn still!«, rief der Scharfrichter.

Die Hand in Safars Haar verstärkte ihren Griff.

In diesem Augenblick zischte eine vertraute Stimme neben Safar: »Halt den Mund, Gundaree! Ich brauche deine Hilfe nicht!«

Tulaz erstarrte, das war sein Alptraum, der ihn immer noch verfolgte. »Wer hat das gesagt? Wer hat gesagt: Halt den Mund?«

Und Gundara sagte: »Halt den Mund! Ich höre dir sowieso nicht zu, Gundaree. Äh, äh. Nein, nein. Ist ganz egal, was du sagst. Halt den Mund, halt den Mund, halt den Mund.«

Die Finger lockerten ihren Griff, und Safar riß sich los. Mit einem Blick nach unten erkannte er den Gegenstand, den Nerisa ihm zugeworfen hatte – das Schildkrötenidol. Er sah auf, dorthin, wo Tulaz turmgleich über ihm aufragte, den Krummsäbel hoch in die Luft gerissen, bereit zuzuschlagen. Doch der Scharfrichter rührte sich vor Angst nicht.

»Der Traum!« stammelte er. »Er wird wahr!«

»Vergiß den Traum«, rief sein Trainer und stieß den muskulösen Scharfrichter an. »Schnell! Schlag ihm den Kopf ab!«

Safar schnappte sich das Idol. »Erscheine, Gehilfe!« befahl er.

Es gab eine Rauchwolke, und Gundara erschien auf dem Podium.

Tulaz glotzte die kleine Gestalt an. »Nein!« schrie er. »Weiche von mir!«

»Warum ist er denn so aufgeregt?« wollte Gundara von Safar wissen.

»Kümmere dich nicht drum«, fuhr ihn sein Meister an, »sondern mach etwas mit dem Schwert, bevor er wieder zu sich kommt.«

»Gut, gut. Wenn du drauf bestehst. Aber es ist doch eigentlich ein ziemlich hübsches Schwert.«

»Los jetzt«, drängte Safar.

Gundara machte eine wegwerfende Bewegung mit der Hand, darauf folgte ein lautes »Knacks«, und das Schwert zerbrach wie Glas.

Tulaz kreischte vor Schreck laut auf und sprang vom Podium.

Gundara rieb sich die Klauen. »Sonst noch etwas, Meister?«

»Der Zauberspruch«, sagte Safar, »hilf mir, ihn jetzt zu beschwören.«

Gundara ließ die Papierrolle aus seinem Ärmel gleiten und warf sie Safar zu. Während des Fluges wuchs sie zu voller Größe heran, und Safar fing sie aus der Luft.

Derweil er sich bereit machte, entfesselte sich um ihn herum das größte Durcheinander. Die Menge brüllte vor Wut über die Unterbrechung. Wetter griffen die Buchmacher an, und die Buchmacher riefen nach ihren Leibwachen. Die Prügeleien breiteten sich wie ein Steppenbrand aus, und das Innere der Arena verwandelte sich in ein Knäuel kämpfender Körper. Didima brüllte donnernd Befehle, und Soldaten stürmten auf Safar und Gundara zu.

Safar sang:

Hier stehen die Scheinheiligen von Walaria,
Euer Fluch sei mit ihnen.
König Didima und Umurhan und Kalasariz,
Die Unheiligen Drei. Die Unheiligen Drei.
Unholde und Schurken sind willkommen in Walaria,
Sagen die drei, sagen die drei.

Das Pergament ging in Flammen auf, und Safar warf es den heranstürmenden Soldaten entgegen. Die brennenden Fetzen explodierten in einer weißglühenden Masse, die die Soldaten, vor Schmerz schreiend und sich windend, zurückwarf.

Safar hob das Steinidol auf, und Gundara hüpfte auf seine Schulter. »Lauf, Meister, lauf!«

Safar sprang vom Podium in die verrücktgewordene Menge. Ein Soldat schlug mit dem Schwert nach ihm, doch Safar duckte sich unter dem Hieb weg und schlug dem Soldaten das Steinidol an den Kopf.

Hinter ihm hatte Olari die anderen Verurteilten aufgerüttelt, und sie alle sprangen nun vom Podium und versuchten, in der Menge unterzutauchen.

Didimas verstärkte Stimme donnerte: »Ergreift die Verräter! Laßt sie nicht entkommen!«

Safar rannte auf die Stelle zu, wo er Nerisa zuletzt gesehen hatte. Gundara beschwor einen Feuersturm herauf, der Speere aus magischem Licht verschoß. Mit einer Hand hielt er sich am Kragen seines Meisters fest, mit der anderen dirigierte er das Feuer und trieb die Menge auseinander. Safar erreichte die Stelle, wo die Soldaten über Nerisa hergefallen waren.

Nichts außer einer trocknenden Blutlache war zu sehen.

»Sie ist tot, Meister«, rief Gundara. »Ich habe sie sterben sehen!«

Wut erfüllte Safar. Er wirbelte herum und faßte die königliche Tribüne ins Auge. Didima und Umurhan wurden gerade von Kalasariz und seinen Leuten in Sicherheit geführt.

In seiner Rage war er hilflos. Doch fühlte er, wie sich in seiner Nähe Kraft ansammelte. Er mußte nur die Hand ausstrecken, sie aufheben und dann zuschlagen. Doch seine Feinde verschwanden, ehe er den Todeszauber formen konnte. Und nun stürmte eine Menge bewaffneter Männer auf ihn zu.

Mit einer Geste bildete er über sich eine weiße Wolke. Ein tödlicher Hagelschauer senkte sich aus dieser Wolke und mähte eine Reihe von Soldaten nieder. Männer schrien auf, fielen zu Boden und klagten über aufgeschlagene Köpfe und zerschmetterte Glieder.

Gundara trat ihm mit dem spitzen Absatz auf die Schulter. »Jetzt lauf, du Dummkopf!« rief er. »Schnell, ehe sie noch mehr Soldaten schicken!«

Safar lief.

Er sprang wie eine Bergziege die leeren Tribünen hinauf, bis er den höchsten Punkt der Mauer erreicht hatte. Auf der anderen Seite befand sich eine breite Straße, die zum Haupttor führte – das kaum hundert Meter entfernt war. Dort unten erwartete ihn die Freiheit. Safar sprang, zog die Beine an und rollte sich ab, als er landete. Dann rannte er auf das unbewachte Tor zu.

Und damit war er verschwunden.

*

Trotz des Durcheinanders, welches Safar hinter sich zurückgelassen hatte, konnte Kalasariz bis zum Abend die Ordnung wiederherstellen. Er ließ die Stadttore beim letzten Gebet schließen und verfügte eine Ausgangssperre von Sonnenuntergang bis Sonnenaufgang. Verstöße dagegen sollten ohne Aufschub mit der Todesstrafe geahndet werden. Dann schickte er seine Männer aus, die jeden ergreifen sollten, der den Thron bedrohte, bevor Didima die Würde seines Amtes wiedererlangt hatte. Nur einer von Safars sieben Gefährten wurde eingefangen. Der Rest, darunter auch Olari, schien sich in Luft aufgelöst zu haben. Kalasariz machte sich wegen der entkommenen jungen Männer keine Sorgen. Er hatte sie nie als tatsächliche Gefahr betrachtet, eher als ein für seine Zwecke nützliches Symbol.

Safar Timura hatte er ebenfalls für ein solches Symbol gehalten. Nun war er sich da nicht mehr so sicher. Umurhan hingegen sah in Timura eine Bedrohung und verlangte, daß sofort Männer ausgeschickt wurden, die Safar einfangen sollten. Fast eine Stunde lang hatte er von den Folterqualen geredet, die der junge Mann für seine Verbrechen erleiden sollte. Hinter dem irren Geschwätz des Hohepriesters sah Kalasariz nackte Angst – eine Angst, die nur von den magischen Fähigkeiten herrühren konnte, die Timura in der Arena entfesselt hatte. Der Oberspion war in diesen Dingen nicht sehr bewandert, doch wenn er Umurhans Furcht und Timuras Freundschaft mit Iraj Protarus zusammennahm, erschienen ihm besondere Vorsichtsmaßnahmen durchaus als angebracht.

Aus diesem Grund hatte er eine Gruppe von handverlesenen, absolut loyalen Männern hinter Timura hergeschickt. Ihnen hatte er den geheimen Befehl erteilt, Safar sofort zu töten, wenn sie ihn fanden. Auch sollten sie, wenn sie Timura nach einer gewissen Zeit nicht erwischt hatten, die Jagd aufgeben und zurückkehren. Auf keinen Fall jedoch sollte er gefangengenommen und zurückgebracht werden, wie König Didima es befohlen hatte.

Der Zwischenfall in der Arena veranlaßte Kalasariz zudem, eine weitere Vorsichtsmaßnahme zu ergreifen. Umurhan hatte, ohne es zu wollen, enthüllt, daß seine Zauberkünste nur Schau waren. Sonst hätte er Safar doch mit seiner eigenen Magie zerstören oder zumindest seinen Zauber abwehren können. Hingegen wußte Kalasariz nun eins: Sollte Walaria je angegriffen werden, war vom Hohepriester wenig Hilfe zu erwarten. Dies stellte eine riesige

Bresche in der Verteidigung der Stadt dar, ein Loch, das nicht geschlossen werden konnte.

Also schrieb der Oberspion einen Brief an Iraj Protarus. Darin beklagte er sich über die Taten von Didima und Umurhan. Er deutete zwischen den Zeilen an, daß er, falls Protarus eines Tages seine Hilfe wünschen sollte, sein ergebener Diener wäre und sich ganz nach ihm richten würde. Diesem Brief legte er die Dokumente bei, die er in seinem Schlafzimmer versteckt hatte: Safars Todesurteil und seine eigene Beschwerde dagegen.

Der Brief wurde an jenem Tag abgeschickt, an dem die Jäger zurückkehrten und die traurige Nachricht brachten, Safar Timura nirgendwo gefunden zu haben.

*

Nerisa hockte in der Ecke ihrer Zelle. Um den Kopf trug sie einen blutverkrusteten Verband. Hunger und der Blutverlust hatten sie stark geschwächt. Sie hatte keine Ahnung, wie lange sie sich schon in dieser Zelle befand oder wie lange sie noch bleiben sollte, bevor man sie holen käme.

Ihrer Schwäche zum Trotz ließ sie der Furcht keinen Raum. So blieb ihr nur der letzte Trost eines Gefangenen: Sie können dich töten, wann sie wollen, aber sie kriegen dich dennoch nicht.

Sie hatte Safar gerettet. Das war ihr Trost genug. Niemand konnte ihr das wegnehmen. Und wenn sie ein Opfer ihrer Liebe werden sollte, also bitte. Safar würde weiterleben, und er besaß das magische Idol und Aspers Buch – das sie Gundara gegeben hatte –, und das würde ihn stets an sie erinnern. Sicherlich hatte er eine große Zukunft vor sich, und egal, was mit Nerisa geschehen würde, sie hatte einen großen Anteil daran.

Nerisa hatte jedoch auch noch eine weitere große Hoffnung. Nachdem man sie gefangengenommen hatte, war sie bewußtlos mit anderen Gefangenen des Arenaaufstandes in eine Zelle geworfen worden. Als sie das Bewußtsein wiedererlangt hatte, war sie so geistesgegenwärtig gewesen und hatte die Goldmünzen verschluckt, die Safar ihr geschenkt hatte. Falls sie je die Gelegenheit bekäme, würde sie diese Münzen benutzen, um sich ihre Freiheit zu erkaufen. Im allerschlimmsten Falle könnte sie den Scharfrichter bestechen, ihr einen raschen und schmerzlosen Tod zu bereiten.

Es war nur ein kleiner Hoffnungsschimmer, aber immerhin etwas, an dem man sich festhalten konnte.

Schlüsselklirren und schwere Schritte rissen sie aus ihren Gedanken. Sie sah, wie der Aufseher die Zellentür aufschloß. Hinter ihm stand ein weiterer Mann.

»Ach, du bist's, Zeman«, schnarrte sie. »Was machst du denn hier? Hast du keine Fliegen mehr, die du quälen kannst?«

Zeman verzog die Lippen zu einem gehässigen Grinsen. »Wie wäre es mit ein bißchen mehr Höflichkeit«, sagte er und wedelte mit einem offiziell aussehenden Dokument herum. »Ich bin dein neuer Besitzer.«

Nerisa spuckte aus. »Ich habe keinen Besitzer.«

Zeman trat in die Zelle. »Jetzt aber doch«, entgegnete er. »Du kannst dir nicht vorstellen, wie weitsichtig und gut das Gesetz in Walaria mit minderjährigen Kindern umgeht. Ich habe gerade eine kleine Summe bezahlt, um dich aus dieser Zelle herauszuholen.

Als Ausgleich für meine Großzügigkeit wurdest du mir als Sklavin geschenkt.«

Nerisa war schockiert. Die Furcht, die sie seit ihrer Gefangennahme erfolgreich bekämpft hatte, legte sich mit eisigem Griff um ihr Herz.

Sie klammerte sich an den einzigen Strohhalm. »Dein Großvater wird das niemals erlauben«, widersprach sie. »Katal ist gegen Sklaverei.«

Zeman lachte böse. »Auf die Hilfe meines Großvaters brauchst du nicht zu hoffen.« Er zog ein trauriges Gesicht. »Der arme gute Alte. Weißt du, er ist gestorben. Irgend etwas, das er gegessen hat, ist ihm nicht bekommen.«

Nerisa war wie gelähmt. Ohne Zweifel hatte Zeman den alten Mann vergiftet. Tränen schossen ihr in die Augen. Sie schüttelte den verwundeten Kopf heftig, und der Schmerz vertrieb die Tränen. Sie wollte verdammt sein, wenn sie Zeman diesen Triumph ließ.

»Du siehst also den alleinigen Besitzer des *Narrensumpfs* vor dir stehen«, höhnte er. »Und natürlich auch deinen Besitzer.«

»Was hast du mit mir vor?« fauchte Nerisa. »Du weißt ganz genau, daß ich bei erster Gelegenheit abhaue. Entweder das, oder ich bringe dich im Schlaf um.«

»Oh, ich habe gar nicht vor, dich lange in meinem Besitz zu behalten«, entgegnete Zeman. »Ich habe mich bereits nach einem Käufer für dich umgesehen. Das wird mir einen schönen Profit einbringen, wie du wissen sollst. Wenngleich nicht so viel, wie dein Käufer machen wird. Augenscheinlich gibt es bestimmte Männer – reiche Männer, wie man mir sagte –, die an kleinen Huren wie dir Gefallen finden.«

Zeman schenkte ihr ein weiteres häßliches Grinsen. »Und nachdem du Brüste bekommen hast und für deinen neuen Besitzer nicht mehr von Nutzen bist, wird er sicherlich etwas anderes für dich finden.«

Der Verräter kicherte hinterhältig. »Das hat er mir jedenfalls hoch und heilig versprochen.«

Nerisa kreischte vor Wut und warf sich auf Zeman – wie eine Katze fuhr sie die Krallen aus und wollte ihm die Augen auskratzen.

Der Aufseher schritt ein und prügelte sie nieder. Bewußtlos fiel sie zu Boden.

Als er erneut mit dem schweren Stock zuschlagen wollte, hielt Zeman ihn zurück. »Wir wollen doch meine Ware nicht beschädigen.«

*

Safar kauerte im kargen Schatten eines großen Kaktus. Seine Robe hatte er sich über den Kopf gezogen, um sich vor der gnadenlosen Sonne zu schützen. Ein heißer Wind blies über die trostlose Landschaft und sog die letzten Tropfen Flüssigkeit aus seinem Körper. Seine Zunge war fürchterlich angeschwollen, seine Lippen waren aufgesprungen und hatten sich über die Zähne zurückgezogen. Mit einem spitzen Stein kratzte er den harten Boden, um an den Wasservorrat bei den Wurzeln des Sukkulenten zu gelangen. Seit Stunden arbeitete er schon daran, doch war er so müde, daß er kaum eine kleine Vertiefung in den Boden geschafft hatte.

Die Sonne hatte gerade den Zenit erreicht. Die heißesten und längsten Stunden lagen noch vor ihm. Wahrscheinlich würde er den Einbruch der Nacht nicht mehr erleben. Obwohl er weder Hoffnung noch Verzweiflung kannte, scharrte er weiter. Wie ein Tier hatte er kein anderes Ziel mehr als bloßes Überleben.

Noch vor ein paar Tagen hatte so viel Leben in ihm gesteckt, daß er sich freuen konnte, als seine Verfolger umgekehrt waren. Seine Jäger aus Walaria hatten ihn hartnäckig eine ganze Woche lang verfolgt und ihn tiefer und tiefer in die Wüste gedrängt. Mit Gundaras Hilfe hatte er Zaubersprüche beschworen, die Kalasariz' Schergen verwirrten, und sie so wieder und wieder abgeschüttelt. Doch sooft er ihnen entkam, sooft hatten sie seine Fährte wieder aufgenommen. Gundara hatte behauptet, das sei nur möglich, weil sie ebenfalls die Hilfe von Magie in Anspruch nahmen.

Die Jäger gaben schließlich auf, als ihnen das Wasser ausging. Safar war das Wasser schon lange ausgegangen. Suchzauber erwiesen sich als nutzlos – er hatte nie genug Zeit, um an der Fundstelle seinen Vorrat zu ergänzen. Schließlich waren ihm selbst Gundaras Hilfe und Gesellschaft versagt worden, denn die Hitze schwächte den kleinen Gehilfen, und so hatte sich dieser in das Steinidol zurückgezogen. Gelegentlich konnte Safar eine Eidechse oder Schlange fangen und sich an deren Körperflüssigkeit laben. Doch stand er auf verlorenem Posten, sogen ihm doch Sonne und Wind die Flüssigkeit schneller aus dem Körper, als er sie von diesen armen Kreaturen bekommen konnte.

Wieder stieß er seinen Stein in das trockene Loch. Dann verließ ihn die letzte Kraft, und der Stein fiel aus seiner Hand. Er sackte in sich zusammen und schnappte nach Luft.

Schließlich schien selbst das Atmen zuviel Kraft zu verlangen. Nun, dachte er, höre ich also einfach damit auf. Doch zu seinem Ärger bestand die Lunge darauf, weiter Luft ein- und auszuatmen. Er dachte: Früher oder später muß es zu Ende sein. Ich bleibe hier liegen, bis es soweit ist.

Er seufzte und schloß die Augen.

Dann hörte er Musik aus der Ferne – Flöten und Glocken. So ist es also, wenn man stirbt, dachte er.

Die Musik wurde lauter, und eine schwache Neugier erfaßte ihn, das Gesicht dieses eigenartigen musikspielenden Todes zu schauen.

Er öffnete die Augen und wurde nicht enttäuscht. Ein riesiges, niedrigfliegendes Wesen glitt durch die Wüste auf ihn zu. Es sah aus wie ein immenser Kopf, der in allen möglichen wunderschönen Farben schillerte. Er sah keine Flügel und auch keinen Körper, doch in seiner Benommenheit erschien ihm dies ganz natürlich. Das Wesen schwebte näher, und jetzt konnte er das Gesicht erkennen.

Trotz seiner Schwäche erfüllte ihn Überraschung. Ich wußte nicht, daß der Tod eine Frau ist, dachte er. Und noch dazu eine so wunderschöne Frau – eine Riesin mit sinnlichen Zügen und prächtigen Farben wie die tätowierte Königin eines Stammes Wilder.

Die Musik schien von ihren vollen Lippen zu kommen, als hätte sie eine Stimme, die wie wundersame Flöten und Glocken und Harfen klang.

Der Kopf der Frau war nun über ihm. Safar lächelte und glaubte, endlich würde ihn der Tod holen. Er schloß die Augen und wartete.

Aber die Musik endete, und er hörte jemanden sprechen. Es war die Stimme einer Frau, doch zarter, als er sie dieser Riesin zugetraut hätte.

»Gnädige Felakia«, sagte die Frau, »verschone mich vor diesem Anblick. Er ist noch ein junger Mann. Und ein hübscher dazu.«

»Hübsch oder nicht, den Geiern ist das gleichgültig«, erwiderte eine andere Stimme – ein tiefer Bariton. »Er ist tot, Methydia. Komm schon! Der Markt in Deming beginnt in zwei Wochen, und wir haben noch einen langen Weg vor uns.«

Safar war enttäuscht. Solches Verhalten hatte er vom Tod nicht erwartet. Würde sie seine Leiche einfach liegenlassen? Seinen Geist dieser Wüstenei übergeben?

Er bewegte die Lippen und wollte sprechen, doch brachte er nur ein Krächzen zustande.

»Warte!« sagte die Frau. »Gute gnädige Felakia – er lebt!«

Nein, ich lebe nicht, wollte Safar sagen. Ich bin tot, verdammt! Laß mich hier nicht allein liegen!

Dann hörte er über sich einen tiefen Seufzer und fühlte, wie eine große Präsenz zu ihm heruntertrieb.

Safar lächelte – der Tod war unterwegs. Safar sehnte sich nach ihrer Umarmung.

Dritter Teil

Zauberer der Lüfte

15
Der Dämonenkönig

»Siehst du etwas, Luka?«

»Nein, Majestät. Ich sehe nichts.«

König Manacias tiefgefurchte Stirn brachte seine Mißbilligung deutlich zum Ausdruck.

»Bist du sicher, Luka?« fragte er seinen ältesten Sohn und Thronfolger. Er zeigte mit der Kralle auf einen Punkt am Horizont. »Da drüben, dieses Etwas oder dieser Jemand, bewegt sich das nicht?«

Prinz Luka beschattete seine gelben Augen mit der Klaue und spähte hinaus in die Verbotene Wüste. Manacia und sein Hof hatten ihr Lager am Rande dieses finsteren Ödlandes aufgeschlagen. Der König saß auf seinem Reisethron, welcher auf dicken Teppichen im Schatten eines vom Wind aufgeblähten Baldachins stand. Dahinter befand sich das Hauptlager – eine Stadt protziger Zelte, in denen der Hofstaat untergebracht war.

Nachdem er lange und angestrengt hinausgeschaut hatte, seufzte der Prinz und schüttelte den knochigen Kopf – und ein Dutzend goldener Amtsketten rasselten an seiner Rüstung.

»Ich glaube nicht, Majestät«, sagte er. Dann, tröstend: »Aber es ist noch früh. Vielleicht ist Eure Hoheit hungrig oder durstig. Warum zieht Ihr Euch nicht in Euer Zelt zurück, und ich schicke die Diener zu Euch. Möglicherweise solltet Ihr ein wenig ruhen. Ihr seht so erschöpft aus, Sire, es bricht mir fast das Herz.

Ich werde Eure Majestät sofort benachrichtigen, wenn Lord Fari zurückkehrt.«

Manacia entblößte die Fangzähne und lächelte breit wie ein stolzer Vater. »Du bist mir ein guter und treuer Sohn, Luka«, sagte er. »Kein König könnte sich einen besseren Prinzen wünschen. Aber es wäre nicht ziemlich. Ein König muß die gleichen Unannehmlichkeiten auf sich nehmen wie seine Untertanen.«

Prinz Luka legte die Klaue vor das gepanzerte Herz, um seine Treue auszudrücken. »Ihr seid eine Inspiration für uns alle, Majestät«, schmeichelte er. »Ich verehre und lerne von Euch, und ich bete, daß ich an jenem höchst betrüblichen Tage, wenn die Götter beschließen, ich solle Euch auf dem Thron nachfolgen, nur die Hälfte von Eurem Mut und Eurer Weisheit mein eigen nennen darf.«

Und während der Kronprinz dies sagte, dachte er bei sich selbst: Ich hoffe, du erstickst an einem Knochen, du garstiger alter Dämon. Ich hoffe, die Sonne brennt dir das Hirn aus und die Hyänen tun sich an deiner Leber gütlich.

Manacia lachte liebevoll in sich hinein. »Wenn ich daran denke, daß ich dir bei deiner Geburt fast den Hals umgedreht hätte«, sagte er. »Ich glaubte, du würdest zu einem verräterischen Wilden wie deine Mutter heranwachsen. Statt dessen bist du zum zivilisiertesten und entgegenkommendsten Untertan meines Reiches herangereift. Nur schade, daß ich deine Mutter nicht so lange leben lassen konnte, damit sie mitansehen konnte, was für einen feinen Sohn sie zur Welt gebracht hat.«

Prinz Luka verneigte sich knapp und bedankte sich ergebenst bei seinem Vater für diese freundlichen Worte. Dabei dachte er: Du alter Narr. Du würdest nicht so selbstgefällig dreinschauen, wenn du wüßtest, wie mich meine Mutter auf ihrem Totenbett Rache hat schwören lassen.

Manacia machte eine Geste, und ein Sklave kroch mit einem Becher kalten Weines herbei. Der König nippte daran und erging sich in Erinnerungen.

»Wenn ich dich so ansehe, mein Sohn«, sinnierte er, »wer würde schon vermuten, daß deine Mutter eine Barbarin war. Du bist meine starke und durchlauchtige rechte Klaue. Und wenn ich bedenke, wie sie mich mit einem Messer erstechen wollte, das sie in ihrem Hüfthalter verborgen hatte, als ich mich das erste Mal zu ihr ins Bett gelegt habe.«

Er lächelte bei der Erinnerung daran. »Verständlicherweise war deine Mutter überreizt«, erzählte er, »denn ich hatte gerade ihren Vater und ihre Brüder getötet. Ich mußte sie ans Bett fesseln, bevor ich sie besteigen konnte.«

»Eure Majestät hat mich schon so oft in den Genuß der Geschichte dieses berühmten Augenblicks gebracht«, sagte Prinz Luka. »Aber ich kann die Geschichte gar nicht oft genug hören.«

Der König lachte und schlug sich aufs Knie. »Habe ich dir je erzählt, was deine Mutter gesagt hat, nachdem ich meinen Spaß gehabt habe?«

»Ja, Majestät«, erwiderte der Prinz. »Doch wäre ich glücklich, wenn Ihr mir noch einmal von diesem köstlichen Ereignis berichten würdet.«

»Sie hat behauptet, ich hätte sie vergewaltigt!« platzte der König heraus. »Kannst du dir das vorstellen? Ich hätte sie vergewaltigt?«

»Sie hätte Euch danken sollen, weil Ihr sie mit Eurem königlichen Samen geehrt habt, Majestät«, erwiderte der Prinz. »Aber sie war jung und stammte von einem wilden Stamm. Mutter wußte nicht, was sie sagte.«

Den König drängte es, seine Geschichte zu Ende zu erzählen. »Ja, ja«, sagte er. »Doch das ist nicht der springende Punkt. Wir wußten ja bereits, daß sie eine Wilde ist. Habe ich das nicht schon erwähnt?

Sie hat mich beschuldigt, sie vergewaltigt zu haben; das ist der springende Punkt. Und weißt du, was ich ihr entgegnet habe?«

»Nein, Majestät. Was denn?«

»Ich habe entgegnet: ›Das war keine Vergewaltigung. Das war‹ – und jetzt kommt's – ›ein Angriff mit einer freundlichen Waffe.‹«

Manacia heulte vor Lachen über seinen Scherz auf. Der Prinz zwang ebenfalls Töne höchster Belustigung hervor.

Dann fragte der Prinz: »Eine Sache habt Ihr mir nie erzählt, Sire … was hat meine Mutter darauf erwidert?«

Das Lachen des Königs verstummte unvermittelt. »Was?« knurrte er, während seine grüne Haut von Wut Flecken bekam.

»Ich habe gefragt, was meine Mutter erwidert hat, nachdem Ihr diesen großartigen Witz mit der Vergewaltigung gemacht habt, die nur ein Angriff mit einer freundlichen Waffe war.«

»Es spielt keine Rolle, was sie erwidert hat«, fauchte der König. »Das war nicht witzig. Der Witz war das mit der freundlichen Waffe. Nicht das, was sie hinterher gesagt hat. Wen schert es, was diese Dämonenhure gedacht hat? Nur was der König zu sagen hat, ist von Belang. Ganze Historien sind den Bemerkungen von Königen gewidmet. In meinem Fall wird auch stets mein Sinn für Humor gewürdigt. Und besonders gut zeigt sich dieser in der Anekdote mit deiner Mutter.«

»Gewiß doch, Sire«, beteuerte der Prinz. »Wie dumm von mir, das nicht gleich zu erkennen.«

Doch die gute Laune des Königs war ein für allemal dahin. Er murmelte Flüche in sich hinein, hielt weiter Ausschau und suchte den öden Horizont nach Zeichen seines Großwesirs ab.

Der Meinung des Königs nach – welche, wie er oft betonte, als einzige zählte – wußten nur wenige zu schätzen, wie hart er in den vergangenen Jahren gearbeitet hatte. Nichts hatte er mit Leichtigkeit erreicht, und jeder Sieg hatte einen bitteren Nachgeschmack gehabt.

Nun hatte er die Dämonenlande vollständig unter seine Herrschaft gebracht. Sein Königreich trug den Namen Ghazban, nach jenem alten Kaiser, der als erster die Dämonenlande vereint hatte. Zanzair war nun die Hauptstadt des mächtigsten Königreiches seit der Zeit von Alisarrian, dem menschlichen Eroberer, der Ghazbans langer und ehrwürdiger Dynastie ein Ende bereitet hatte.

Doch sobald die Feierlichkeiten der Namensgebung beendet gewesen waren, hatte der erste Ärger an Manacias Errungenschaft zu nagen begonnen. Zunächst war eine Dürre über das Land hereingebrochen, die das Königreich immer noch im Griff hielt – es gab nichts als welke Blätter zu ernten. Danach waren die Heuschreckenschwärme aufgetaucht – große Wolken, die zuerst den Himmel verfinsterten und dann die Erde schwarz erscheinen ließen, wenn sich die Insekten niederließen und das wenige vertilgten, was die Dürre überstanden hatte.

Geheimnisvolle Seuchen brachen überall im Lande aus und suchten die Bevölkerung heim – aus Städten wurden kleine Ortschaften, und diese zu verlassenen Dörfern. Berichte von gräßlichen Phantomen, die sich aus Gräbern erhoben, von Riesen, die plötzlich in fernen Marktflecken auftauchten, von Dschinns, die aus dem Hinterhalt über friedliche Reisende herfielen und diese verspeisten, machten die Runde.

Manacia und seine Zauberer hatten im Tempo eines Derwischs damit begonnen, gegen diese Katastrophen vorzugehen. Riesige Zaubermaschinen waren konstruiert und in die betroffenen Regionen verbracht worden. Ganze Wälder von Zimtbäumen waren gefällt worden, um Weihrauch herzustellen, der in diesen Maschinen verbrannt wurde. Tag und Nacht bliesen Öfen riesige Wolken wohlriechenden, heilenden Rauches in die Luft. Die Kosten ließen den König manchmal nostalgisch an die Zeiten zurückdenken, als sein Reich noch kleiner gewesen war und nicht so viel Geld gekostet hatte.

Trotz Manacias Anstrengungen hielt das Ungemach das Land weiter im Griff. Die Untertanen wurden unruhiger und unruhiger und waren nur schwer im Zaum zu halten. Im Flüsterton erzählte man sich, die Götter würden die Dämonen bestrafen, weil sie sich von einem so gierigen Oberpriester beherrschen ließen. Und als seine Experimente mit dem Fluch der Verbotenen Wüste durchsickerten, brachte dies nur weitere Unzufriedenheit und religiöse Ängste auf den Plan.

In der Vergangenheit hatte Manacia solche Probleme gelöst, indem er sofort in ein benachbartes Königreich einmarschiert war.

Dadurch konnte er nicht nur den Druck zu Hause mindern, sondern er bekam zudem einen Monarchenbruder in die Hand, dem er die ganze Schuld zuschieben und den er für seine Sünden büßen lassen konnte. In der guten neuen Welt von Ghazban war dies nicht länger möglich, denn Manacia war zum einzigen Ziel für den Unmut der Untertanen geworden.

Zuerst hatte Manacia sich damit, als König aller Könige über ganz Esmir zu herrschen, einen persönlichen Traum erfüllen wollen. Jetzt war eine Notwendigkeit daraus entstanden. Er mußte seinen Untertanen eine Herausforderung bieten, mußte ihre Gedanken auf eine große Gefahr lenken: ein historischer Feind – die gottlosen Menschen – sollte die Schuld für ihr Leiden tragen.

Um dies zu erreichen, mußte er das Rätsel des Fluches lösen, der Menschen und Dämonen voneinander trennte. Einmal hatte er schon geglaubt, die Antwort zu haben; damals hatte er einen Banditenführer, Sarn, durch die Verbotene Wüste geschickt, um eine Route für die Invasion auszuspionieren. Doch Sarn war niemals zurückgekehrt. Der König hatte fälschlicherweise dem Fluch die Schuld daran gegeben und von da an jede freie Minute mit der Suche nach der Lösung des Rätsels verbracht. Dabei hatte er den ursprünglichen Zauberspruch in seine Einzelteile zerlegt und mehrmals neu zusammengesetzt.

Doch alle Anstrengungen waren zum Scheitern verurteilt. Er schien wieder ganz am Anfang zu stehen, als er Hunderte von Sklaven und Verbrechern in die Wüste hatte treiben lassen, wo sie vor den Augen der Soldaten eines gräßlichen Todes sterben mußten. Und da Manacia seine häuslichen Probleme ablenkten, brauchte es lange Zeit, bis er schließlich auf den Zauberspruch zurückgriff, mit dem er einst Sarn und seine Banditen beschützt hatte. Er fügte einige Verbesserungen hinzu und versuchte es erneut.

Und schon beim ersten Mal hatte er Erfolg. Der Verbrecher, den er für dieses Experiment benutzte, überlebte nicht nur, sondern er konnte sogar bis zu den fernen Hügeln wandern, von wo ihn die

Soldaten an der Leine zurückzogen, an der man ihn festgemacht hatte, damit er nicht floh.

Nach seiner Erfahrung mit Sarn stand Manacia diesem Erfolg skeptisch gegenüber. Er ließ seinen Großwesir, Lord Fari, kommen und bat ihn um Rat.

»Wir brauchen einen Freiwilligen, Majestät«, erwog Fari. »Jemand Loyalen, über jeden Vorwurf Erhabenen.«

»Genau das habe ich mir auch gedacht«, stimmte Manacia zu.

Der alte Dämon ließ sich durch diese Zustimmung betören. »Vielleicht Prinz Luka«, schlug er vor. »Es wäre eine große Ehre für ihn, wenn er diese Heldentat für sich verzeichnen könnte, und es würde ihm die Bewunderung Eurer Untertanen garantieren, wenn er einst den Thron besteigt.«

Der Großwesir haßte den Kronprinzen, und hier bot sich die einmalige Gelegenheit, ihn loszuwerden – jedenfalls, wenn der Zauberspruch des Königs fehlschlug.

Manacia, der seinen Hof sehr wohl kannte, wußte, worauf Fari es abgesehen hatte.

»Was für eine exzellente Idee«, sagte er freudig. Dann legte er die Stirn in Falten. »Unglücklicherweise geht das nicht. In dieser schweren Zeit muß er mir zur Seite stehen.«

Er klopfte klickend mit seinen Krallen gegen die Armlehne seines Throns und gab vor, weiter über einen Freiwilligen nachzudenken. Schließlich lächelte er. »Ich hab's! Und ich muß Euch sehr danken, weil Ihr mich auf die Idee gebracht habt. Wenn ich mir die Frage stelle, wer wohl mein treuester Untertan ist, brauche ich nicht lange nachzudenken. Denn abgesehen von meinem Sohn, wer könnte loyaler sein als Ihr, mein teurer Dämonenfreund?«

Der Großwesir war von Grund auf erschüttert. »Ich, Euer Hoheit? Ich soll die Verbotene Wüste durchqueren?« Seine Stimme zitterte. »So sehr ich die Ehre schätze, Euch dienen zu dürfen, bin ich doch zu alt, Majestät.«

»In diesem Fall«, widersprach Manacia, »ist fortgeschrittenes Alter nur von Vorteil. Zum Beispiel könnt Ihr auf Eure vielen

Jahre Erfahrung mit Zauberei zurückgreifen. Und sollte das Experiment fehlschlagen, was wir ja nicht hoffen wollen, nun ja, Ihr hättet doch sowieso nicht mehr lange zu leben.

Natürlich wäre es tragisch. Aber nicht so tragisch, als ob ein junger Zauberer um das vor ihm liegende Leben gebracht würde.«

Fari sah ein, wie aussichtslos es war, mit dem König zu streiten. Offensichtlich hatte dieser seine Wahl schon getroffen, bevor er seinen Großwesir gerufen hatte. Die Bitte um Rat hatte nur den Schein aufrechterhalten sollen.

Also akzeptierte der Großwesir den Befehl des Königs mit größtmöglicher Würde. Die Vorbereitungen wurden getroffen, detaillierte Instruktionen erteilt, und nach weniger als einem Monat machten sich Fari und eine kleine Begleittruppe auf den Weg durch die Verbotene Wüste. Ihre Befehle waren weitaus einfacher als jene, die Sarn seinerzeit erhalten hatte. Sobald sie die Menschenlande erreicht hätten, sollten sie sofort umkehren und dem König von ihrem Erfolg berichten.

Die Gelehrten der Dämonen schätzten, daß die Durchquerung der Wüste und die Rückkehr nicht länger als acht Wochen dauern dürften. Als der Zeitpunkt nahte, an dem Fari hätte zurückkehren sollen, wuchs König Manacias Aufregung, und er befahl, den ganzen Hof von Zanzair zum Rand der Verbotenen Wüste ziehen zu lassen.

Dort wartete er also, Tag um Tag, biß auf den Krallen herum und hielt nach seinem Großwesir Ausschau. Aus acht Wochen wurden neun. Aus neun Wochen zehn. Den König erfüllte größte Unruhe. Noch vor der Dämmerung stand er auf und schritt bis spät in die Nacht vor seinem Reisethron auf und ab.

Er hatte schon jegliche Hoffnung aufgegeben, als Lord Fari endlich erschien.

Es war gegen Abend, die Sonne verschwand gerade hinter dem Horizont. Der westliche Rand der Wüste bildete einen tiefroten Streifen, der die Blicke des Königs anzog wie die Flamme ein Insekt.

Sein ganzes Denken richtete sich in die Ferne. Er murmelte Gebete und Flüche an die Götter und Teufel zugleich. Dann begann sein Herz heftig zu klopfen. Die Umrisse von Gestalten zeichneten sich am Horizont ab. Sie schienen sich zu bewegen und wurden größer, je näher sie kamen. Abergläubisch, wie er war, fürchtete der König, sein Glück zu vertreiben, wenn er die große Neuigkeit selbst verkündete. Daher wartete er, bis die Wachposten ihm die Nachricht brachten.

Dann hörte er den Ruf, und noch immer sagte der König nichts. Er blieb reglos sitzen, und nichts verriet den inneren Aufruhr, der in ihm brodelte.

Schließlich senkte sich die Nacht über das Land, und draußen in der Wüste flammte eine Reihe von Fackeln auf, die in der Dunkelheit wie Leuchtkäfer flackerten.

Kein Zweifel, es war Fari.

Das Rätsel um den Fluch der Verbotenen Wüste war gelöst.

Prinz Luka rief seinem Vater Glückwünsche zu und klopfte ihm auf die Schulter – im stillen jedoch wünschte er, ein Messer in der Hand zu halten. Offiziere und Höflinge versammelten sich um den König und priesen seine Weisheit und seine Beharrlichkeit.

Manacia war innerlich ungerührt. Seine Aufregung war schon bald erstorben – er hatte zu lange gewartet, um jetzt Ruhe finden zu können.

Als die erschöpfte und staubige Expedition mit Lord Fari eintraf, hatte sich der König schon mit seinen Generälen ins Kommandozelt zurückgezogen.

Prinz Luka bereitete es großes Vergnügen, die Enttäuschung des betagten Dämons angesichts dieses armseligen Empfangs zu sehen. Die Reise hatte ihren Tribut von Lord Fari verlangt.

Im Sattel zusammengesunken, jeder Knochen schmerzend, sah er zunächst Luka an und betrachtete dann die Lichter der Zeltstadt.

»Wo ist der König?« fragte er mit vor Erschöpfung zittriger Stimme. Er schmähte sich selbst, weil er seine Schwäche vor Luka preisgab, aber er konnte nicht anders.

»Mein Vater bat mich, Euch seine Entschuldigung zu überbringen«, antwortete der Prinz. »Er sagte, Ihr würdet sicherlich verstehen, daß er nicht persönlich kommen konnte, um Euch zu gratulieren.

Denn im Augenblick ist er damit beschäftigt, die Eroberung der Menschenlande zu planen.«

16
Das Wolkenschiff

Lange Zeit trieb Safar auf einem ruhigen Meer. Unter ihm, in den geheimnisvollen Tiefen, jagten Alpträume wie Meerungeheuer durch seinen Schlaf.

Er träumte von Kyrania und seinen fruchtbaren Feldern; von Wolken, die in der Schmiede des Sonnengottes schmolzen und in Farbtröpfchen auf das Land niedergingen; von Ton, der sich in die phantastischsten Formen verwandelte, wenn er ihn nur berührte; von im See badenden Jungfrauen, die mit einer Figur wie der von Astarias und einem Gesicht mit gewinnendem Lächeln und blauen Augen wie dem von Nerisa gesegnet waren.

Doch jedesmal, wenn solch wunderschöne Bilder aufstiegen, wurden sie von einem wilden Alptraum verzehrt. Er sah den Vulkan, der über dem Volk von Hadin wütete; die berittenen Dämonen, die die Karawane angriffen; Tulaz, wie er das Schwert in die Höhe riß, und Kalasariz, wie er durch das Gitter in den Kerker spähte. Er sah Katal durch Zemans Hand sterben und Didimas Soldaten die arme Nerisa erschlagen.

Er träumte von Alisarrians Höhle, wo er neben Iraj gekauert und zugesehen hatte, wie sich Rauch zu verführerischen Lippen formte, er sah, wie sich diese Lippen teilten, und er hörte das Orakel sagen:

»Zwei werden den Weg wählen, den zuvor schon zwei beschritten. Brüder im Geiste, nicht von Geburt. Zwei Leiber, zwei Seelen, Zwillinge doch im Schicksal. Aber hütet euch vor dem, was ihr sucht, o Brüder. Hütet euch vor dem Pfad, den ihr eingeschlagen

habt. Denn diese Geschichte kann ihr Ende erst finden, wenn ihr das Land der Feuer erreicht habt.«

Schließlich ließ die Intensität seines Traumlebens nach, und Safar bekam wieder etwas von der Welt um ihn herum mit. Doch war diese ebenso geheimnisvoll wie der Ozean der Träume.

Noch immer fühlte er sich so, als schwebe er auf diesem Meer, nur schien er jetzt auf einem mit Kissen gepolsterten Floß zu liegen. Statt der zischenden Gischt hörte er das Pfeifen des Windes und das Klingeln, wenn Böen durch gespannte Leinen fahren.

Starke, doch zarte Hände hoben seinen Kopf. Ein Löffel wurde ihm an die Lippen gesetzt, teilte sie, und Safar schlürfte Fleischbrühe. Er aß, bis er ein hohles Kratzen auf Holz hörte. Die Schüssel war leer, und er driftete wieder in den Schlaf hinüber.

Beim nächsten Mal, als er das Bewußtsein wiedererlangte, hörte er eine eigentümliche Stimme, die noch eigentümlichere Dinge sagte, wie: »Mach den Karabinerhaken fest!« oder: »Mach die Klappe auf! Die Klappe auf, verdammt! Die Öse da!« und: »Wer kümmert sich um den Brenner? Er ist fast ausgebrannt!«

Einmal hörte er die Frau, die er für den Tod gehalten hatte, einen unverständlichen Zauberspruch intonieren.

»Komm zu uns, Mutter Wind.
Heb uns mit Deinen gesegneten Händen
zur warmen Sonne empor.
Wir sind hoch geflogen.
Wir sind gut geflogen.
So nimm uns in Deine Arme, Mutter Wind.
Und dann
bringe uns sanft auf den Boden zurück.«

Safar fragte sich nach dem Zweck dieses Zaubers. Während er noch darüber nachdachte, fiel er abermals in tiefen Schlaf.

Zeit verstrich. Eine Zeit traumlosen Treibens. Dann wehte ein Strom kalter Luft über ihn hinweg, und er schlug die Augen auf.

Zuerst blendete ihn das grelle Sonnenlicht, doch schließlich konnte er etwas erkennen.

Er schien auf einer festen Oberfläche auf dem Grunde einer phantastischen Schlucht zu liegen, deren glänzende Wände sich aus vielen Farben zusammensetzten. Sie waren nach innen geschwungen, bis sie kaum mehr ein paar Fuß auseinander zu stehen schienen. Durch die Lücke konnte er den Himmel sehen, der so blau war wie das hohe Gewölbe über der Braut und den Sechs Jungfern.

Dann drängte sich durch die Benommenheit sein Verstand vor, und er dachte: Das ist doch keine Felswand. Dafür ist sie viel zu glatt. Und ich habe noch nie Schiefer von solcher Farbe gesehen. Und so hell! Als wäre er bemalt. Dann bemerkte er, daß sich die Wände der Schlucht zu bewegen schienen, als wären sie eine lebendige Haut.

Vielleicht hat mich ein Riese verschluckt, dachte Safar, und jetzt betrachte ich seine Gedärme. Aber dieser Schluß ergab wenig Sinn – der Himmel paßte nicht in dieses Bild.

Ich muß noch immer träumen, dachte er. Dann drohte sich einer seiner Beinmuskeln zu verkrampfen, und er streckte das Glied aus, bis der Schmerz nachließ.

Und er dachte: Ich kann Schmerz fühlen, also bin ich wach. Aber wo bin ich wach? Er dachte nach. Flog er vielleicht? Oder lag er auf etwas, das flog? War er wach, doch mitten in einer Vision, und diese Vision fand vielleicht auf einem mächtigen Adler statt, der dorthin flog, wo auch immer ihn die Vision hinbefohlen hatte?

Nicht besonders schlau. Wo waren die Flügel? Wenn er sich auf einem Adler befand, mußten irgendwo die Flügel sein.

Safar richtete sich auf und wollte sich umsehen.

Jemand schrie etwas. Die Schwäche überfiel ihn von neuem, und er sank zurück. Schwindlig schloß er die Augen.

Jemand in Pantoffeln trat näher.

Ein Hauch von Parfüm, als sich jemand neben ihm hinkniete.

Er schlug die Augen auf und sah, wie sich eine wunderschöne Frau über ihn beugte. Sie hatte Mandelaugen und langes, silberfarbenes und mit schwarzen Strähnen durchsetztes Haar. Es war das

Gesicht jener Frau, die er durch die Wüste hatte schweben sehen; die Frau, die er für den Tod gehalten hatte. Doch jetzt hatte das Gesicht eine normale Größe und war auch nicht mehr in den wildesten Farben bemalt. Ihre Haut war weiß und sehr glatt, wie teuerstes Pergament, in das sich ein feines, kaum sichtbares Netz des Alters gegraben hatte.

»Das ist jetzt schon das zweite Mal«, erklärte Safar ihr. »Ich meine, daß ich vom Tode erwache. Und auch damals hat sich eine so wunderschöne Frau über mich gebeugt.« Er dachte an Astarias.

Die Frau lachte. Es war volltönendes, derbes Lachen. Ein Lachen voller Leidenschaft.

Anstatt ihm zu antworten, wandte sie sich um und rief jemandem zu: »Der Junge ist wach genauso hübsch wie im Schlaf, Biner. Er hat die schönsten blauen Augen. Und du solltest dir seine Komplimente anhören. Zum erstenmal seit dreißig Jahren bin ich rot geworden.«

»Das bringt genug heiße Luft, um noch einmal tausend Fuß steigen zu können, Methydia«, rief Biner zurück. Den Bariton seiner Stimme kannte Safar bereits.

Schwere Füße trampelten in seine Richtung. »Als du das letzte Mal errötet bist«, griff Biner das Thema wieder auf, »war die Göttin Felakia noch Jungfrau.«

Safar reckte den Hals. Der Tiefe der Stimme und dem offensichtlichen Gewicht der Füße nach erwartete Safar einen Riesen.

Biner war allerdings von immenser Statur. Er hatte den Bauch, die kräftigen Arme und Beine eines Riesen, doch was die Größe betraf, so war er anscheinend von der Hand eines befeindeten Riesen auf die Größe von einem Meter zwanzig zusammengestaucht worden. Sein Gesicht war von gewaltigem Bartwuchs überwuchert, und in seinem übermäßig großen Mund zeigten sich breite Zähne.

Biner bemerkte, wie Safar ihn anstarrte. Er entblößte die Zähne zu etwas, das wohl ein freundliches Lächeln darstellen sollte. »Wette, du freust dich, daß nicht ich es war, der dich geweckt hat,

Junge«, strahlte er. »Ich habe ein Gesicht, bei dem einem das Spiegelbild aus dem Spiegel entgegenfällt.«

Safar suchte angestrengt nach einer Antwort. Er wollte nicht unhöflich erscheinen, indem er der allzu offensichtlichen Wahrheit einfach zustimmte.

Methydia tätschelte ihn. »Mach dir keine Gedanken um Biner«, vermutete sie ganz richtig, was ihm gerade durch den Kopf ging. »So häßlich er auch sein mag, so stolz ist er auf sein Gesicht. Die Leute zahlen gutes Geld dafür, um es zu sehen. Fast soviel, wie sie bezahlen, um zu sehen, wie er einen Wagen mit Eisen hochstemmt. Oder einen Stapel Ziegelsteine mit der Faust durchschlägt.

Biner blickte verlegen zu Boden. »Ach, das ist doch nichts Besonderes«, sagte er. »Nur Tricks, mit denen man auf dem Jahrmarkt die Leute unterhält. Außerdem zeigt Methydia immer erst etwas von ihrem Hexenhandwerk, um sie aufzuwärmen.«

Methydia blickte Safar mit erstaunlicher Offenheit an. »Biner ist ein guter Schauspieler«, sagte sie und legte dramatisch die Hand auf ihren wohlgeformten Busen. »Der beste Kerl, den man in ganz Esmir finden kann. Jedenfalls meiner Meinung nach.«

Safar war so durcheinander, daß ihm glatt schwindelig wurde. »Entschuldigt, gute Dame«, fragte er. »Aber würde ich sehr falsch liegen, wenn ich von der Annahme ausginge, daß ich von … äh … Unterhaltungskünstlern gerettet wurde?«

Biner und Methydia lachten. Biner machte sich so groß er konnte und rief: »Hereinspaziert, hereinspaziert! Sehr verehrte Damen und Herren, Jungs und Mädels, ich darf euch vorstellen: Methydias Fliegenden Wunderzirkus!

Die beste Schau von Esmir!«

Methydia applaudierte und rief: »Bravo! Bravo!«

Safar wurde plötzlich mißtrauisch. Er drückte sich mit dem Ellbogen hoch. »Ich bitte nochmals um Entschuldigung«, begann er. »Ich weiß, es ist nicht höflich, wenn man seine Retter mit Fragen bedrängt, doch … Wie war das mit dem Fliegen?«

Biner zeigte sich überrascht. »Natürlich fliegen wir, Junge«, gab er zurück. »Wir sind mindestens zwei Meilen hoch, würde ich schätzen.«

Safar hustete. »Zwei Meilen hoch? In was?«

»In was! In einem Wolkenschiff natürlich!«

Die Angst überwältigte alle Schwächen, und Safar kam taumelnd auf die Beine.

Er ging zum Geländer und blickte nach unten. In der Tiefe sah er ein weites, fruchtbares Tal. Er konnte einen großen Schatten mit zwei Höckern erkennen, der rasch über die Felder dahinflog. Ihm wurde heiß und kalt, als es ihn überkam, daß er womöglich Teil dieses rasch dahinfliegenden Schattens war.

Indem er sich zu seinen Rettern umdrehte, rief er: »Wie hoch sind wir, sagtet Ihr?«

Biner erwiderte: »Zwei Meilen, Junge … ein paar hundert Meter mehr oder weniger.«

Zuerst mußte sich Safar übergeben.

Und dann wurde er ohnmächtig.

*

Als er wieder zu Bewußtsein kam, hatte sich ein kleiner Menschenauflauf um ihn herum versammelt.

Methydia war an seiner Seite und versuchte, ihm Branntwein einzuflößen. Ein Blick auf die Menschenmenge, und Safar riß den Mund weit auf – und hustend und prustend schluckte er den scharfen Alkohol.

Biner bildete den Mittelpunkt der Gruppe. Zu seiner Linken stand ein hochgewachsener, knochendürrer Kerl, der außer einem Lendenschurz und einem Turban nackt war. Um den Hals hatte er eine riesige Schlange drapiert – ein Tier mit dem Gesicht eines Menschen. Gleich dahinter stand ein stämmiger Mann mit den harten Muskeln eines Akrobaten. Er hatte einen zu kleinen Kopf, den er abnehmen konnte und nun in die Höhe hielt, um über die anderen hinweggucken zu können, und dazu einen langen, schlauchähnlichen Hals, der auf der Schulter hing. Was da über der ganzen Gruppe aufragte, mußte ein Drache sein. Ein weißer Drache, mit einer langen Schnauze und stachelbewehrtem Schwanz – der sich hochschwang und den Drachen hinter dem Ohr kratzte. Dann bewegte sich einer von denen, die davorstanden, und Safar konnte erkennen, daß nicht die ganze Kreatur ein Drache war. Sie besaß nämlich den Rumpf einer wohlausgestatteten Frau, die einen Brustgurt und ein dreieckiges Stück Stoff mit einem Lederriemen um die Hüfte trug.

Da gab es einiges zu sehen. Doch die Drachenfrau merkte sofort, wohin Safar starrte.

»Weift du, ich fongliere auch«, lispelte sie. »Fekf Kugeln und fieben Fwerter. Wir ftecken fie in Öl und fetfen fie mit meinem Atem in Brand.«

Sie nahm die Pfote vor die Schnauze und rülpste. Rauch und Flammen hüllten ihre Krallen ein.

»Entfuldige«, sagte sie. »Muff irgendwaf Falfes gegeffen haben.«

Safar nickte. Was für ein höflicher Drache, dachte er. Dann fiel er abermals in Ohnmacht.

Als letztes hörte er.

»Wirklich, Arlain!« schimpfte Methydia. »Kannst du dich nicht beherrschen? Du hast doch schon mal einen Gast halb zu Tode erschreckt!«

»Entfuldige«, jammerte der Drache. »War meine Fuld. Der Kürbif, den wir zu Mittag gegeffen haben, muff flecht gewefen fein.«

*

Mehrere Tage traumlosen Schlafes verstrichen, allein unterbrochen von Mahlzeiten im Dämmerzustand. Dann wachte Safar plötzlich auf und fühlte sich sehr stark und sehr gesund. Er roch Parfüm, und sofort fühlte er sich sehr …

Er schlug die Augen auf. Ein schwaches, flackerndes Licht erhellte seine Umgebung. Über sich sah er das Kabinendach, an dessen dunkler Decke Schatten tanzten. Safar blickte an sich nach unten und sah, daß sich unter seiner Decke ein bestimmter Teil seines Körpers sehr in den Vordergrund gedrängt hatte.

Safar hörte das vertraute kehlige Lachen. Methydias Gesicht erschien vor seinem. Sie hatte die Lippen zu einem Lächeln verzogen, die Mandelaugen blitzten amüsiert. Sie blickte ebenfalls an ihm hinunter und sah ihm dann wieder ins Gesicht.

»Schön zu sehen, daß du wieder unter den Lebenden weilst«, bemerkte sie.

Safar errötete. Er wollte sich entschuldigen, doch Methydia legte ihm den Zeigefinger auf die Lippen.

»Meinetwegen brauchst du dich nicht zu schämen«, sagte sie. »Heißen wir deinen kleinen Emporkömmling doch einfach willkommen.«

Safar öffnete den Mund und wollte abermals etwas sagen, doch erneut spürte er den langen, schlanken Zeigefinger auf seinen Lippen.

»Du bist ein junger Mann«, meinte Methydia. »Und die Jugend hat ihre Vor- und ihre Nachteile. Der Vorteil ist offensichtlich.« Sie betrachtete die Decke. Zu Safars Erleichterung war das Problem kleiner geworden. »Der Nachteil ist – was soll man bloß mit dem Vorteil machen?«

»Oh!« Mehr brachte Safar nicht heraus.

»Also, ich denke mir, du wirst ein paar Fragen haben«, sagte Methydia. »Vorausgesetzt, dein ungeladener Gast erlaubt dir zu denken.«

»Zuallererst«, begann Safar, »sollte ich dir vielleicht etwas über mich erzählen, bevor ich das Recht habe, dir irgendwelche Fragen zu stellen.«

»Also bitte.«

»Mein Name ist Safar Timura«, erzählte er eilig. »Und ich bin gerade erst meiner Hinrichtung in Walaria entflohen. Aber ich kann bei der Seele meiner Mutter schwören, daß ich dieses Schicksal nicht verdient habe. Ich bin kein Verbrecher, nur ein Student –

ich forsche nach der Wahrheit, was noch nie jemandem weh getan hat. Dir ist das vermutlich beides gleichgültig.

Dich interessiert vielleicht eher etwas anderes: Ich werde von sehr einflußreichen Männern gesucht, die dir übel mitspielen werden, wenn sie erfahren, daß du mir geholfen hast.«

Methydia klatschte in die Hände. »Was für eine hübsche Rede«, sagte sie. »Und so nett ausgedrückt. Mein Kompliment an deine Mutter und deinen Vater, die einen so ehrlichen jungen Mann erzogen haben.«

Und wieder einmal spürte Safar, wie er errötete. »Ich wollte dich nur warnen«, sagte er ein wenig verdrießlich.

Methydia küßte ihn und tätschelte ihm die Wange. »Mach dir keine Sorgen, mein Lieber«, sagte sie. »Das war nur das Gerede einer alten Frau.«

Safars Blick schweifte über ihre üppige Figur, die von einem Kleid aus vielen Lagen durchsichtigen Stoffes verhüllt war.

»Du bist doch noch nicht so alt«, murmelte er und mußte seinen Blick losreißen.

»Wenn du weiterhin so redest, mein hübscher Junge«, sagte Methydia, »werden wir wohl noch Ärger miteinander bekommen.

So. Und jetzt muß ich mich erst einmal ein bißchen erholen.«

Methydia, ganz die Schauspielerin, als die Safar sie bereits kennengelernt hatte, fächelte sich mit ihrer zarten Hand Luft zu. »Du kannst eine Frau ganz schön aus der Fassung bringen.«

Safar unterließ die Entschuldigung, die ihm schon auf der Zunge lag. Soviel hatte er begriffen. »Dürfte ich dir ein paar Fragen stellen?«

»Nur raus damit«, erwiderte Methydia.

»Als erstes würde ich gern etwas über das Wolkenschiff erfahren«, sagte er. »Und dann über den Zirkus.«

*

Es dauerte viele Tage und viele Meilen, bis er die Antworten bekam. Eigentlich hörte Safar während der Monate, die er mit Methydia und ihrer Truppe verbrachte, nie die ganze Geschichte – obwohl alle, angefangen mit Biner, dem Muskelzwerg, bis hin zu Arlain, der menschlichen Drachendame, die Gemüse Fleisch vorzog, mehr als bereit waren, ihm Auskunft zu erteilen.

Das Wolkenschiff hatte kein Eigenleben und war von daher, obwohl es sehr kompliziert konstruiert war, einfacher zu erklären.

Im Prinzip war es ein Schiff – ein Schiff ohne Masten und Segel. Es gab ein langes Deck, eine Brücke und eine Kombüse und Kabinen. Die Planken, die man zu seinem Bau verwendet hatte, waren so leicht wie Pergament und so stabil wie Stahl.

Methydia erzählte ihm, das seltene Holz sei das Geschenk eines Waldläufers gewesen – eines vergangenen Liebhabers –, der die Bäume aus einem heiligen Wald gestohlen hatte, um ihr so seine Liebe zu beweisen. Der Rivale des Waldläufers – der magisches Spielzeug herstellte und dafür weit und breit bekannt war – hatte aus den Brettern dieses wundersame Schiff konstruiert, mit dem er die Leidenschaft seines Konkurrenten zu übertreffen hoffte.

»Damals war ich noch sehr jung«, erklärte Methydia. »Doch obwohl ich noch dumm genug war, um mit Männern anzubändeln, von denen ich gar nichts wollte, war ich schon hell genug, nicht nur ihre Geschenke zu behalten, sondern auch eine Heirat zu vermeiden, ohne jemanden zu beleidigen.«

Der Rumpf des Wolkenschiffes hing an zwei Ballons, von denen jeder dreißig Meter hoch war und aus starkem, leichtem Stoff bestand, der nicht nur wasserfest war, sondern auch noch eine bestens geeignete Fläche für die farbenfrohen Malereien bot, die die Truppe als Kulisse benutzte. Methydias Gesicht zierte die Vorderseite, oder besser, den vorderen Ballon. Der Schriftzug »Methydias fliegender Zirkus« prangte am Heck.

Die großen Mengen heißer Luft, die benötigt wurden, um das Schiff in die Höhe zu bringen, wurden von zwei großen Öfen, sogenannten »Brennern«, geliefert, in die magisch betriebene Blasebalge Treibstoff einbrachten – eine Mixtur aus zerstoßenem Tierdung, getrockneten Kräutern und Hexenpülverchen, die schwach nach Ammoniak rochen. Als Ballast dienten gewöhnliche Sandsäcke, die abgeworfen werden konnten, um mehr Höhe zu gewinnen. Wollte man sinken, mußte man »die Klappe aufmachen« – also an den Seilen ziehen, mit denen die Bodenöffnungen der Ballons betätigt wurden, damit die warme Luft entwich. Eine Sache, die man nie aus den Augen lassen durfte, waren die großen Klampen – oder Karabinerhaken –, an denen die Drähte festgemacht waren, die den Rumpf des Wolkenschiffs mit den Ballons verbanden. Sie neigten dazu, sich in starkem Wind zu lösen und mußten ständig nachgezogen werden.

Darüber hinaus schien das Schiff ganz simpel zu funktionieren. Obwohl es Zeiten gab, in denen an Bord starke – und für Safar wundersame – Aktivität herrschte, schien sich das Wolkenschiff ansonsten wie von allein fortzubewegen. Neben den Hauptmitgliedern der Truppe gab es eine Mannschaft von einem halben Dutzend Männern und Frauen, die sich »Handlanger« nannten. Sie hielten für gewöhnlich die Ausrüstung und die Requisiten in Schuß und überließen das routinemäßige Steuern des Schiffes den Schaustellern.

Gesteuert wurde das Gefährt von der Brücke aus, wo es ein großes Steuerrad gab. Das Speichenrad war mit einem ausgeklügelten System von Rudern und Segeln verbunden, die ein Steuern überhaupt erst ermöglichten.

»Wie schnell kann man damit fahren?« wollte Safar eines Tages von Biner wissen. Der stand gerade am Steuerrad, während Safar die Aufgabe hatte, den Kompaß im Auge zu behalten.

»Hängt vom Wind ab«, meinte Biner, »und von der Temperatur. Wir haben schon dreihundert Meilen am Tag geschafft. Manchmal, wenn Flaute ist, macht man jedoch weniger als dreißig in der Woche.«

Safar sah ihm beim Steuern zu. Trotz des ausgeklügelten Systems schien ihm die Richtung doch größtenteils vom Wind bestimmt zu werden.

»Was passiert denn bei Sturm?« fragte Safar.

Biner kicherte glucksend. »In der Hauptsache hilft dann eins: beten. Und Methydia setzt einige ihrer Zaubersprüche ein. Aber am wichtigsten ist das Beten. Wenn keine Berge in der Nähe sind, überläßt man sich am besten dem Sturm. Befinden wir uns jedoch im Gebirge, machen wir irgendwo fest und warten einfach ab. Das dümmste, was du in so einem Fall tun kannst, ist zu landen. Besonders, wenn der Sturm sehr stark ist und du keine ausreichend große Scheune findest, um das Schiff zu verstauen. Der Wind kann es dann wieder in die Luft heben, ehe die Ballons leer sind.«

Eins leuchtete Safar ein, ob Sturm oder nicht: Der beste Ort zum Segeln war hoch über der Erde, wo niemand – König oder Bandit – das Schiff erreichen konnte.

Er dachte an die Schwierigkeiten, die er erst kürzlich in Walaria gehabt hatte. »Schade, daß man überhaupt wieder nach unten muß.«

Biner nickte voller Verständnis. Safar hatte der Mannschaft in Kurzform sein Leid geklagt.

»Leider muß man essen«, sagte er. »Und Essen wächst zwar auch auf Bäumen, aber nicht in der Luft.« Er zuckte mit den massigen Schultern. »Am Boden ist es auch nicht schlecht. Warte nur deine erste Vorstellung ab. Es gibt nichts Besseres als den Applaus des Publikums, dann mag man die Menschen auch wieder. Vor allem die Kinder; das Leuchten in ihren Augen wärmt dich wunderbar von innen auf.«

Safar hatte die Erlaubnis bekommen, eine Weile mit der Truppe zu reisen. Um seinen Unterhalt zu verdienen, wurde ihm gezeigt, wie man die Hunderte von Kleinigkeiten erledigte, mit denen man schließlich, wie man im Zirkus sagte, »die Trottel zum Jubeln brachte«.

»Wie bist du Zirkusartist geworden?« fragte Safar. »Oder bist du als einer geboren worden?«

Biner schüttelte den massigen Kopf. »Meine Eltern waren Schauspieler«, erzählte er. »In unserer Familie gehörte das Bühnenhandwerk zur Tradition. Ich bin schon aufgetreten, als ich noch an der Brust meiner Mutter gehangen habe. Und habe alle möglichen Kinderrollen gespielt. Und habe sie noch gespielt, als ich lange schon kein Kind mehr war. Falls du es noch nicht bemerkt hast, ich bin ein wenig kurz geraten. Meine Mutter und mein Vater waren normal groß, und sie wußten nie so recht, was sie mit mir anfangen sollten. Dann bin ich plötzlich in die Breite und nicht mehr in die Höhe gewachsen. Danach konnte ich keine Kinderrollen mehr spielen.«

Biners Gesicht verdüsterte sich bei dieser schmerzlichen Erinnerung. Dann schüttelte er sie ab und zeigte grinsend seine breiten Zähne.

»Habe Theater gefegt und andere Drecksarbeiten gemacht. Eines Tages dann ist das Wolkenschiff über die Stadt geflogen, Musik tönte herab, und die Leute oben winkten uns wie Götter und Göttinnen zu. Sie riefen, alle sollten ihnen folgen. Also bin ich ihnen gefolgt. Und schon bei der ersten Vorstellung hatte der Zirkus es mir angetan. Ich bat Methydia, es mit mir zu versuchen. Sie gab mir eine Chance, und seitdem bin ich bei ihr. Jetzt schon seit fünfzehn Jahren. Nach einer Weile hat sie mir sogar einen anderen Namen gegeben – Biner, von den Kara*biner*haken, die das Schiff am Ballon festhalten. Sie sagte, sie hätte den Namen ausgesucht, weil von mir genausoviel abhängt wie von ihnen.«

Obwohl jeder an Bord eine andere Geschichte zu erzählen hatte, erfuhr Safar bald, daß allen Mitgliedern der Truppe eins gemeinsam war: Ihr Äußeres machte sie in der normalen Gesellschaft zu Außenseitern. Und so hatten sie ihre eigene gebildet. Methydia hatte ihnen diese Chance gegeben und sie so vor Schlimmerem bewahrt, das ihnen sonst vermutlich in ihrem Leben widerfahren wäre.

»Wenn Methydia nicht gewesen wäre«, erzählte Kairo eines Tages, »würde ich noch immer in meinem Dorf hocken und mit Steinen beworfen werden.« Kairo war der Akrobat mit dem abnehmbaren Kopf. »Hab mich immer im Haus versteckt«, sagte er, »damit sie mich nicht beschmeißen. Haben die Jungs also Steine aufs Haus geschmissen, sind die Fenster kaputtgegangen und hat das Dach Löcher gekriegt. Hat Mutter mich also rausgeworfen, war ihr wohl das Dach wichtiger als ich, glaub ich.«

Rabix und Elgy – der Schlangenbändiger und die Schlange – waren bereits Zirkusartisten gewesen, als sie Methydia kennengelernt hatten. Doch hatten sie Ärger mit ihrem Direktor bekommen, weil dieser ihnen ihre Gage schuldig geblieben war, und dann hatte der Kerl sie am Ende der Welt auf der Straße sitzenlassen.

»Wir hatten nicht mal mehr ein Kupferstück, um mir eine Maus für meine wöchentliche Mahlzeit zu kaufen«, sagte Elgy mit eigentümlich singender Stimme.

Elgy war die Schlange mit dem menschlichen Gesicht. Er war auch der Kopf der beiden. Rabix, der Mann mit Turban und Lendenschurz, war von der Natur nicht gerade mit Verstand gesegnet worden. Er blieb immer genau dort stehen, wo man ihn hingestellt hatte. Nur Elgy konnte sich mit ihm unterhalten und ihn dazu bringen, etwas zu tun.

»Er kann wirklich wunderschön Pfeife spielen«, erzählte Elgy. »So beschränkt er auch sein mag, er ist ein viel besserer Musiker als der letzte Mann, den ich hatte.«

Arlain, die Drachenfrau, war gerade vom rachedurstigen Pöbel gejagt worden, als Methydia sie gerettet hatte.

»Ich hatte mich in einer Feune verfteckt und wollte fie fon in Brand fetfen. Und dann hat ef fich über die ganfe Ftadt aufgebreitet.« Arlain rieb sich die Augen, gerührt von der Erinnerung daran. »Ef war ein Miffgefick«, beteuerte sie. »Ich fagte, ef würde mir fehr leid tun, aber fie haben mir gar nicht fugehört.«

Arlain hatte keine Ahnung, woher sie war. »Ich fätfe, mein Vater hat mich fallenlaffen, alf er daf Neft gewechfelt hat. Die Frau einef Bauern hat mich gefunden und aufgefogen wie ein Hauftier. Aber ich wurde älter und hatte dauernd diefe Miffgeficke, und da hat mich ihr Mann weggefickt. Und daf ift der Grund, warum ich mich in der Feune verfteckt habe.«

Methydia war nicht so mitteilsam wie die anderen. Obwohl sie Safar stets alle Fragen beantwortete, schlich sie um den zentralen Punkt herum wie die Katze um den heißen Brei. Einzelheiten ihrer Vergangenheit ließen sich nur aus versteckten Hinweisen oder beiläufigen Bemerkungen erschließen.

Viel später, nachdem sie Safar zum Liebhaber erwählt hatte, beschwerte er sich einmal über ihre Gewohnheit, nichts über ihre Person preiszugeben.

Methydia war amüsiert. »Ich wurde eben als eine Frau voller Geheimnisse geboren, mein Süßer«, sagte sie. »Und dieser Rolle habe ich mich mein ganzes Leben lang gewidmet. Mit jedem Jahr, das verstreicht, werde ich geheimnisvoller, nicht wahr? Weil ich dann noch mehr habe, über das ich schweigen kann.«

Sie rekelte sich in seinen Armen. »Außerdem, so fürchte ich, wärest du enttäuscht, wenn du alles über mich wüßtest. Was, wenn ich nur ein dummes Mädchen gewesen bin, das mit seinem ersten Liebhaber durchgebrannt ist? Oder eine junge Frau, die ihren alten Ehemann nicht mehr ertragen hat?«

Safar dachte einen Augenblick lang darüber nach. »Ich kann dich mir weder als das eine noch als das andere vorstellen. Du bist niemals jemand Gewöhnliches gewesen, Methydia. Das weiß ich ganz bestimmt.«

»Weißt du das, mein Süßer?« murmelte sie. Dann knabberte sie sich an seinem Hals hinauf. »Weißt ... du ... das ... auch ... ganz ... bestimmt?« Sie hatte seine Lippen erreicht und schnitt ihm so die Antwort ab.

Sie liebten sich, und danach dachte Safar, daß sie nur noch geheimnisvoller geworden war. Ein köstliches Geheimnis, dachte er. Aber vielleicht hatte sie gerade das gemeint?

Alles, was er je über sie in Erfahrung brachte, war, daß sie über einen starken Willen verfügte und eine Anführerin mit gutem Herzen war, der sich andere gern anschlossen.

Außerdem war sie eine Hexe.

Safar hatte es sofort bemerkt, als er zum erstenmal voll zu Bewußtsein gekommen war. Die Atmosphäre hatte mehr als nur von ihrer verführerischen Gegenwart geknistert. Kleine Energiewirbel umgaben sie, bei denen sich die Härchen auf den Händen aufstellten. Und tief in ihren Mandelaugen konnte man magische Sprenkel sehen, die funkelten, wenn das Licht im richtigen Winkel hineinfiel.

Er erzählte ihr nichts über seine eigenen Fähigkeiten, zum einen, weil er ihre Reaktion darauf nicht abschätzen konnte. Würde sie eifersüchtig werden, wie Umurhan? Zum anderen war er von seinen Erfahrungen in Walaria noch immer erschüttert und hatte keine Lust, sich mit der magischen Seite seiner Persönlichkeit zu beschäftigen, ehe er sich nicht von dem Schock erholt hatte.

Offensichtlich erging es Gundara ebenso. Der kleine Gehilfe hatte sich seit langer Zeit nicht mehr gemeldet. Eine Zeitlang fürchtete Safar, die Strapazen der Wüste könnten zuviel für ihn und seinen Zwillingsbruder gewesen sein. Daher holte er die Steinschildkröte gelegentlich aus seinem Geldbeutel. Das Idol fühlte sich kalt an, doch Safar konnte in ihm das schwache Knistern von Magie spüren. Er dachte daran, Gundara zu rufen und zu fragen, ob er etwas brauche, doch dann überlegte er, ob der Zauberspruch, mit dem er den Gehilfen herbeibefehlen konnte, nicht mehr Schaden als Nutzen anrichten würde. Soll er sich ausruhen und erholen, dachte er zuletzt. Und dabei beließ er es.

*

Früh eines Morgens, wenige Wochen nach seiner Rettung, wurde Safar von lauter Musik und aufgeregten Stimmen geweckt. Er kroch aus dem kleinen Lagerraum, der ihm als Kabine diente, rieb sich die Augen und fragte sich, was los sei.

Auf dem Wolkenschiff ging es rege zu. Die Mannschaft holte Truhen mit Ausrüstungsstücken und Requisiten aus den Spinden. Die Mitglieder der Truppe machten Dehnübungen oder gingen ein letztes Mal ihre Nummern durch.

Die Musik kam von Rabix, der mitten auf dem Deck mit untergeschlagenen Beinen saß und Flöte spielte. Es war ein eigentümliches Instrument, das aus zusammengebundenen Röhrchen verschiedener Länge bestand. Diese besaßen Klappen, und Rabix spielte das Instrument, indem er in die Röhrchen blies und seine Finger über die Klappen fliegen ließ. Und so drang eine wunderbare, fließende Musik aus dem Instrument; es klang, als würde ein ganzes Orchester mit Trommeln und Streichern und Trompeten und Flöten spielen. Elgys Kopf, dessen Schwanz sich locker um Rabix' Hals gewickelt hatte, erhob sich einen Meter über Rabix' Turban und wiegte sich zur Musik.

Kairo übte seinen Hochseilakt, balancierte über einen gespannten Draht und gab dann vor, er würde das Gleichgwicht verlieren. Er fand es wieder, dann ließ er seinen Kopf von den Schultern fallen, fing ihn auf, kreischte vor Angst und setzte ihn sich wieder auf die Schultern.

Arlain, die in der Aufregung vergessen hatte, sich anzuziehen, hüpfte nackt auf Deck herum und rief freudestrahlend immer wieder: »Hereinpfafiert! Die Vorftellung fängt an!«

Biner fuhr sie an: »Also, Arlain! Zieh dir etwas an! Es kommen auch Kinder zur Vorstellung!«

Arlain blieb schlitternd stehen und schlug wild mit dem Schwanz. Sie blickte an sich herunter, bemerkte, was sie getan hatte, und ihre Gesichtsfarbe verwandelte sich von blassem Weiß in tiefstes Rot.

Erschrocken legte sie eine Pfote vors Maul. »O verdammter Mift!«

Daraufhin flitzte sie davon und jammerte: »Entfuldigung! Entfuldigung!«

Sie rannte in die Garderobe und wollte gerade mit dem Schwanz die Tür zuziehen, als Biner ihr hinterherrief: »Und paß auf die –«

Feuer und Rauch stoben aus dem Fenster der Garderobe und unterbrachen Biners Ruf. Arlain jammerte etwas Unverständliches vor sich hin, und ein paar Mitglieder der Mannschaft liefen mit Eimern voller Wasser und Sand herbei, um das Feuer zu löschen.

»Wenn sie bloß nicht immer so aufgeregt wäre«, meinte Biner. Dann zuckte er mit den Schultern. »Na ja. Sie ist ein richtiger Publikumsliebling. Was machen da schon ein paar Feuerchen aus?« Er grinste Safar an. »Temperament, mein Junge«, sagte er. »Die besten Talente besitzen es. Wenn man kein Temperament hat, braucht man gar nicht erst mit dem Zirkusgeschäft anzufangen.«

»Damit hast du bestimmt recht«, erwiderte Safar. »Doch könntest du einen Augenblick stillhalten und mir erklären, was zum Teufel eigentlich hier los ist?«

»Wie? Hat dir niemand Bescheid gesagt?« Biner war entgeistert.

Safar schüttelte den Kopf. Man hatte ihm nicht Bescheid gesagt.

»Na, in zwei Stunden erreichen wir den Jahrmarkt von Deming. Die erste Vorstellung findet bei Einbruch der Dunkelheit statt, die zweite um acht Uhr. Wir werden eine ganze Woche dableiben. Jeden Abend zwei Vorstellungen, dazu noch zwei und eine Frühvorstellung am Tag der Götter.«

Er klopfte Safar auf die Schulter und warf ihn damit beinahe zu Boden.

»Du hast doch gehört, Junge, was Arlain gesagt hat: ›Die Vorstellung fängt an!‹«

*

Die Stadt Deming lag im Zentrum eines reichen Bauernlandes, für dessen Fruchtbarkeit ein langer, mäandernder Fluß sorgte. Der Jahrmarkt fand gleich vorm Haupttor der Mauer statt. Eine Menschenmenge drängte sich an bunten Zelten vorbei oder blieb bei Ausstellern und Straßenhändlern jeder Art stehen.

Methydias Fliegender Zirkus hatte einen aufsehenerregenden Auftritt. Das Wolkenschiff sauste in niedriger Höhe über die Stadt und den Jahrmarkt, während Rabix' Musik durch einen Trichter verstärkt wurde. Die Truppe hatte ihre glitzernden Kostüme angezogen, stand an der Reling aufgereiht, winkte den Menschen zu und lud sie zur Vorstellung ein.

Arlain mit ihrem Brustgurt und dem dreieckigen Tuch um die

Hüfte blies Feuerstöße in die Luft und winkte mit ihrem Schwanz. Methydia hatte eine rote Hexenrobe angelegt, die an einer Seite bis zur Taille geschlitzt war. Verführerisch posierte sie neben Arlain, derweil der Wind die hauchdünne Robe hochwehte und ihre langen, wohlgeformten Beine enthüllte.

Einer, dessen Stimme durch einen Zauber von Methydia magisch verstärkt wurde, schrie: »Kommt und seht den feuerspuckenden Drachen! Bewundert die Meisterleistungen von Kairo, dem Mann ohne Kopf! Prüft die Kraft des stärksten Mannes der Welt! Bestaunt den Schlangenbeschwörer mit seiner tödlichen Schlange von Sunyan! Und laßt euch von den Wundern der geheimnisvollen Methydia verzaubern!

Kommt und schaut! Kommt alle! Männer und Frauen, Jungen und Mädchen! Methydias Fliegender Wunderzirkus heißt euch willkommen.

Die beste Schau in Esmir!«

Nachdem sich unter ihnen eine Menschenmenge versammelt hatte, segelte das Wolkenschiff langsam und majestätisch davon und führte die Menschen zu einem weiten Feld neben dem Jahrmarkt. Dort ging das Schiff noch weiter nieder und blieb ungefähr sechs Meter über dem Boden in der Luft schweben. Biner und einige der Handlanger, die sich Taschen mit Werkzeugen um die Schulter geschlungen hatten, ließen sich an Seilen hinunter und hämmerten Eisenpfähle in den Boden, woran sie das Wolkenschiff festmachten.

Einer nach dem anderen ließ sich die Truppe an den Seilen hinabgleiten. Mitten in der Luft hielt jeder inne, um eine Kostprobe seiner akrobatischen Kunststücke zum besten zu geben, wofür sich das Publikum mit donnerndem Applaus bedankte.

Auf der anderen Seite des Wolkenschiffes beschäftigten sich Safar und die verbliebenen Handlanger mit der eher weltlichen Aufgabe, Truhen und Kisten mit Ausrüstungsstücken hinunterzulassen. Doch wie Safar feststellte, fand man selbst bei dieser Arbeit seine Bewunderer. Jungen mit aufgerissenen Augen wandten den

Blick nicht von ihnen ab und standen offenen Mundes da. Die Handlanger machten sich dieses Interesse sofort zu nutze. An die größeren Jungen verteilten sie im Austausch gegen Hilfe Freikarten. Bald hatte eine Anzahl kräftiger junger Männer die Ärmel hochgekrempelt und half beim Aufbau des Zirkuszeltes.

Von der Aufregung über seinen ersten Zirkustag ein wenig benommen, wurde Safar in gebrülltem Befehlston von einer Arbeit zur nächsten gescheucht. Und ehe er sich versah, hatten die Handlanger ein riesiges Zelt errichtet, Tribünen aufgebaut, und Safar wurde in die Bude am Zelteingang geschoben, wo man die Karten verkaufte. Jemand drückte ihm Billetts in die Hand, und noch bevor er darüber nachgedacht hatte, schrie er schon die Werbesprüche heraus, die Biner ihm während der Reise eingebleut hatte.

»Fünf Kupferstücke, Leute! Das ist doch wirklich nicht zuviel!«

Er zählte sich fünf Münzen in die Hand. »Eins, zwei, drei, vier und fünf!«

Dann nahm er eine fort.

»Bringt ihr eure Freundin mit, kostet's nur noch vier!«

Er ließ eine weitere Münze verschwinden.

»Ist sie hübsch, zahlt sie nur drei!«

Die nächste Münze verschwand.

»Zwei für die Oma.«

Und noch eine.

»Und ein Kupferstück fürs Kind!«

Er hielt die letzte Münze für alle sichtbar in die Luft.

»Wer das Glücksstück fängt, bekommt die Karte umsonst.«

Er warf die Münze in die Menge. Die Kinder stürzten sich darauf. Safar sah, wie ein kleines Mädchen umgeworfen wurde und heulend im Dreck saß. Sie tat ihm im Herzen leid, und zum erstenmal, seit er zu der Truppe gestoßen war, fühlte er das Kribbeln von Magie in sich. Er flüsterte einen Zauberspruch, malte mit dem Finger ein Zeichen in die Luft, und das Kind schrie plötzlich mit strahlendem Gesicht auf.

Taumelnd kam das Mädchen auf die Beine und rief: »Ich hab's!

Ich hab's!« Sie hielt die Hand hoch und zeigte das Kupferstück. »Hier!«

Die anderen Kinder maulten enttäuscht, doch die Erwachsenen waren entzückt. Einer hob die Kleine auf und reichte sie über die Köpfe der Leute weiter, bis sie vor Safar stand.

Mit einer übertriebenen Geste übergab er dem Mädchen die Eintrittskarte. Es blickte ihn mit großen Augen an.

Und nun war Safar richtig in Stimmung gekommen. Die Worte gingen ihm flüssig über die Lippen.

»Hier haben wir also die glückliche Dame, die den Anfang macht, Leute!« rief er. »Und, wo ist ihre Mutter, die die zweite wird?« Eine junge Matrone in einem geflickten Kleid meldete sich und drängte sich nach vorn. Safar reichte ihr eine Karte. »Tretet ein, meine Damen«, rief er. »Tretet ein, und wir werden vor euren Augen die größten Wunder von Esmir enthüllen.«

Und während die dankbare Mutter und ihr Kind ins Zelt traten, drängelte sich die Menge um Safar. Die Leute warfen ihm im Eifer des Gefechts sogar die Münzen zu, nur um an eine Karte zu gelangen.

Nach einer halben Stunde war die Vorstellung ausverkauft. Safar nahm die Schachtel mit dem Geld, schloß die Bude und schlüpfte ins Zelt.

Die Vorstellung hatte bereits begonnen. Das Publikum brüllte vor Lachen, während Arlain in einem grellbunten Kleid hinter Biner – der als dicker, dummer Soldat verkleidet war – durch die Manege jagte. Im richtigen Augenblick schickte sie ihm einen Feuerstoß auf seinen gepolsterten Hintern nach. Er sprang, faßte sich mit beiden Händen an den Allerwertesten und schrie mit Fistelstimme auf. Dann rannte er hilferufend weiter, Arlain auf den Fersen.

Safar fand in einer dunklen Ecke einen Platz und genoß die Vorstellung genauso gespannt wie der Rest des Publikums.

Nach drei Stunden war sie zu Ende. Während der ganzen Zeit gab es keine Pause, und die Truppe wechselte so oft die Kostüme, daß man glauben mochte, sie bestünde aus fünfzig verschiedenen Artisten mit fünfzig verschiedenen Kunststücken.

Rabix und Elgy waren für die Musik zuständig. Sie hockten unter einer kleinen Tribüne verborgen, auf der ausgestopfte Puppen als Musiker saßen. Außer seiner Rolle als Clown kostümierte sich Biner noch als ein Dutzend verschiedener furchterregender Tiere. Bei jedem erschrak das Publikum, nur bei einem nicht. Denn bei diesem trat Methydia als mächtige Jägerin auf. Und sie trug bei jedem Auftritt ein knapperes und bunteres Kleid. Biner stellte zudem mehrmals seine Kraft zur Schau, wobei jedes Kunststück größeres Erstaunen hervorrief als das vorangegangene.

Arlain war tatsächlich so gut, wie Biner erzählt hatte. Sie konnte nicht nur mit brennenden Gegenständen jonglieren, sie erwies sich außerdem als phantastische Akrobatin, die sich mit dem Schwanz an einem Trapez festhielt, hin und her schwang und währenddessen Feuerstöße in die Luft schickte.

Neben seinem eigenen Hochseilakt diente Kairo auch als Fänger von Arlain, der sie hoch in die Luft zu einem weiteren Trapez schleuderte. Wenn sie zurückschwang, tat er so, als würde er seinen Kopf verlieren, und fummelte herum, um ihn wieder an Ort und Stelle zu bringen. Gerade noch rechtzeitig erinnerte er sich an Arlain und fing sie wieder auf.

So talentiert alle auch sein mochten, die Direktorin stellte die Hauptattraktion dar. Als Methydia, die Wunderbare, trat sie im Laufe der Vorstellung viermal auf. In ihrer hauchdünnen roten Hexenrobe machte sie jeden Auftritt zu etwas Außergewöhnlichem. Einmal tauchte sie aus einer bunten Rauchwolke auf und ließ es blitzen und donnern. Dann wieder schwang sie an einem brennenden Seil durch eine Feuerwand. Oder schwebte über brodelndem Rauch. Manchmal schien sie direkt aus Blitzen heraus zu erscheinen. Sie ließ große und kleine Gegenstände nach Belieben verschwinden und wiederauftauchen und begleitete dies stets mit einem kleinen Feuerwerkskunststück. Sie rief Freiwillige aus dem Publikum in die Manege und ließ sie über dem Boden schweben.

Zusammen mit Biner führte sie kleine magische Sketche auf, allesamt romantische Possen, bei denen kein Auge trocken blieb. Und sie zersägte Arlain in zwei Hälften, die sie anschließend wieder zu einem Stück zusammenfügte.

Safar erstaunte an Methydias Auftritten am meisten, daß sie – wenngleich er ein leichtes magisches Summen wirklicher Magie vernahm – bei ihren Kunststücken ohne jegliche Zauberei auszukommen schien. Manche dieser Darbietungen waren so schwierig, daß er einen mächtigen Zauberspruch hätte spüren müssen. Statt dessen fühlte er nur dieses schwache Summen. Ein paar ihrer Tricks, wie zum Beispiel das Zersägen von Arlain, waren schlichtweg unmöglich. Kein Zauberer konnte so etwas vollbringen! Je länger Safar zusah, desto geheimnisvoller erschien ihm alles. Wie konnte sie magische Kunststücke vollbringen, ohne Magie anzuwenden?

Schließlich ertönte ein lauter Trompetenstoß, der das Ende der Vorstellung verkündete. Während die Lichter entzündet wurden, pfiff und jubelte Safar wie jeder andere im Publikum.

Während die Menschen nach draußen drängten, begann die Mannschaft mit der Reinigung der Tribünen und bereitete alles für die Abendvorstellung vor. Safar ging bereitwillig an die Arbeit, fegte, wo man ihm zu fegen auftrug, und schleppte, was man ihm zu schleppen auftrug.

Während er fröhlich pfeifend seine Arbeit erledigte, kam Biner auf ihn zu. Der kräftige Zwerg wischte sich die letzten Reste von Schminke aus dem Gesicht.

»Nun, was hältst du davon, Junge?« fragte er.

»So etwas habe ich in meinem ganzen Leben noch nicht gesehen«, äußerte sich Safar. »Vor allem Methydia. Oh, bitte versteh mich nicht falsch. Du warst einmalig! Alle waren einmalig!«

Biner lachte. »Aber Methydia ist noch ein bißchen großartiger als wir anderen, nicht?«

»Viel großartiger«, meinte Safar. »Womit ich dich nicht beleidigen möchte.«

»Hab ich auch nicht so verstanden«, gab Biner zurück. »Sie spielt die Hauptrolle nicht nur deshalb, weil ihr der Zirkus gehört. Sie ist einfach eine große Künstlerin.«

Er half Safar bei einer schweren Truhe und hob seine Seite mit erstaunlicher Leichtigkeit an. »Schätze, du wirst dann doch eine Weile bei uns bleiben wollen, Junge?« fragte er beiläufig. »Reich wird man nicht dabei, aber zu essen gibt's regelmäßig.«

Safar lachte. »Solange du nur keinen Eintritt von mir verlangst«, scherzte er. Dann, ernster, fügte er hinzu: »Ich wollte mich sowieso mal ein bißchen von der Welt draußen ausruhen. Nach dem, was mir widerfahren ist, scheint sie sich nicht sehr zu lohnen.«

»Das ist die richtige Einstellung, Junge!« rief Biner. »Zum Teufel mit ihnen allen!

Und zum Teufel mit allem außer dem Zirkus!«

*

In der Nacht nach der letzten Vorstellung aß die Truppe und zog sich daraufhin in die Zelte zurück, die man am Boden aufgeschlagen hatte. Das Wolkenschiff konnte, wie Safar entdeckt hatte, während der Vorstellungszeit nicht als Unterkunft benutzt werden. Zunächst war er von den vielen neuen Eindrücken so überwältigt gewesen und hatte gar nicht mitbekommen, daß ein Teil des Rumpfes abgebaut und im Zirkus mitverwendet worden war, zum Beispiel für die Zuschauertribünen.

Er wollte gerade hinüber zum Zelt der Handlanger und sich schlafen legen, als Methydia aus einem kleinen, buntgeschmückten Pavillon trat und ihn zu sich winkte.

»Ich glaube, wir sollten uns mal ein bißchen unterhalten, mein Süßer«, begrüßte sie ihn und bat ihn herein.

Der Pavillon wurde von Öllampen erhellt und war mit dicken Teppichen ausgelegt. Auf großen Truhen lagen Kissen und boten so bequeme Sitzmöglichkeiten. Eine aufgespannte Hängematte diente als Bett.

Methydia bot Safar einen Platz an und schenkte ihm ein wenig Wein ein. Sie hob das Glas und intonierte: »Mögen die Winde günstig stehen, die Sterne leuchten uns hell. Die Mannschaft soll ihr Bestes geben, so landen wir sanft und schnell.« Sie tranken.

Nach einem Augenblick begann Methydia: »Ich habe von deinem kleinen Trick mit der Glücksmünze gehört. Wie mir scheint, hast du dem kleinen Mädchen und seiner Mutter eine große Freude bereitet.«

Safar wurde unbehaglich zumute. Mochte Methydia noch so lächeln, mochten ihre Worte noch so freundlich klingen, dieses Treffen war nicht dazu gedacht, ihm Komplimente zu machen, soviel konnte er von ihren Augen ablesen. Es war an der Zeit, sich zu offenbaren.

»Ich habe dir nicht alles über mich erzählt«, gestand er.

»Falls du diese Kleinigkeit meinst, daß du ein Zauberer bist«, sagte Methydia mit übertriebener Milde, »so hast du vermutlich recht.«

»Ich bin nur ein Student der Zauberei«, fügte Safar hastig hinzu.

Methydia kräuselte die Lippen. »Ah, ich verstehe. Nur ein Student. Da fühle ich mich doch gleich wieder besser.«

»Es tut mir leid«, entschuldigte sich Safar und kam sich so tolpatschig vor wie Arlain. »Ich wollte dir nichts vormachen.«

»Oh, du hast mir nichts vorgemacht«, erwiderte Methydia. »Ich habe bei dir sofort eine gewisse Kraft festgestellt. Und nachdem du mir erzählt hast, du wärest von mächtigen Männern verfolgt worden, wollte ich nur sehen, wie lange du warten würdest, bis du mir den Rest erzählst. Aber ich war noch nie sehr bekannt für meine Geduld. Deshalb habe ich dich jetzt danach gefragt.«

»Ich habe mir eigentlich selbst etwas vorgemacht«, sagte Safar. »Die Magie hat mir nur Kummer und Sorgen gebracht. Und nach dem, was in Walaria geschehen ist – nun, ich glaube, ich wollte nur ein bißchen Ruhe. Eine Weile lang ein ganz normales Leben führen.«

»Da war doch dieses Mädchen, nicht?« fragte Methydia. »Nerisa oder so?« Sie bemerkte Safars überraschten Blick. »Du hast viel geredet, während du bewußtlos warst. Ihren Namen hast du am häufigsten erwähnt. Sie ist deine Liebste, nehme ich an?«

Safar schüttelte den Kopf. »Nein, sie war noch ein Kind. Ein Straßenkind, aber sie ist meine beste Freundin geworden. Sie hat mir das Leben gerettet und ihr eigenes dabei geopfert.«

Methydia nippte an ihrem Wein und betrachtete ihn über den Rand des Glases. Dann: »Nach allem, was du in deinem Traum geredet hast, dachte ich schon, ihr müsse etwas Tragisches passiert sein.«

»Ich wünschte nur, du hättest Nerisa in der Wüste gefunden und nicht mich«, sagte Safar.

»Manch einer würde dir raten, bei den Göttern Trost zu suchen und zu beten, weil die Götter sicherlich ihre Gründe haben, den einen dem anderen vorzuziehen. Ich persönlich habe diese Dinge nie als sonderlich hilfreich empfunden. Aber du vielleicht.«

Safar schüttelte den Kopf. »Nein.«

Methydia zog eine kleine Phiole aus dem Ärmel. »Gib mir deinen Wein«, verlangte sie.

Verwirrt gehorchte er. Sie schüttete den Inhalt der Phiole in sein Glas und rührte mit ihrem langen zarten Zeigefinger um.

Danach reichte sie ihm das Glas. »Trink«, befahl sie.

»Was ist das?« wollte Safar wissen.

»Ach, nur ein kleiner Trank. Meine alte Großmutter hat mir beigebracht, wie man ihn macht. Er wird helfen, die Wunden zu heilen, die der Tod deiner Freundin hinterlassen hat.«

Safar zögerte. Methydia hielt ihm das Glas an die Lippen. »Du wirst Nerisa nicht vergessen, mein Lieber«, hauchte sie. »Du wirst nur glauben, das alles wäre vor langer, langer Zeit geschehen. Und dadurch kannst du es leichter ertragen.«

Safar trank. Der Trunk hatte keinen Geschmack, doch als er in seinen Magen kam, schien er aufzuschäumen und ihm die Wirbelsäule hochzusteigen. Er spürte, wie sich zuerst seine Muskeln, dann seine Nerven entspannten.

Er schloß die Augen und sah Nerisas Gesicht und ihr schiefes Lächeln vor sich.

Einen Moment lang stand das Antlitz der kleinen Diebin vor seinem inneren Auge, danach zog es sich zurück – schwebte davon, tief in die Dunkelheit, bis es nur noch ein winziges Bildchen war.

Das legte er in jene Truhe, in der sich die süßen mit den bitteren Erinnerungen vermengen.

17
Der Wurm von Kyshaat

Gar nicht der Jahreszeit entsprechend, gab es zum Ende ihres Aufenthaltes in Deming einen Kälteeinbruch, und mit Wind und Wetter im Rücken machten sie sich in den wärmeren Süden auf.

Die Stürme kamen vom Meer jenseits von Caspan, wie Safar aus eigener Erfahrung wußte. Regelmäßig – wenn auch gewöhnlich nicht so früh – fegten sie über das Land im Norden hinweg, tobten die Schwelle der Götter hinauf und brausten an den südlichen Hängen der Braut hinunter in die weite Ebene bis zu den Bergen jenseits von Jaspar.

Obwohl das Wolkenschiff von dem Sturm nicht behelligt wurde – es segelte vor den starken Winden her –, kam es doch viel schneller voran und legte nun zweihundert Meilen am Tag zurück.

Mit jeder Meile entfernte sich Safar weiter von Kyrania, und bald traten alle Gedanken an seine Heimat – wie das Bild von Nerisa – in den Hintergrund. Ein wunderbares Gefühl der Freiheit überkam ihn. Sie durchsegelten Meere aus kristallklarer Luft und flogen über große flauschige Wolkenfelder und Schwärme von hellgefiederten Vögeln hinweg. Über ihnen befand sich nur der sternenklare Himmel und ein Mond, der so nah zu sein schien, daß man glaubte, mit dem Wolkenschiff zu ihm hinfliegen zu können.

Sie segelten nach dem lockeren Zeitplan, den Methydia im Kopf hatte. Wurde es ein wunderschöner Tag, gab sie plötzlich Befehl, in einer Stadt oder einem Dorf zu landen, wo die Truppe immer genug Leute versammeln konnte, um die Speisekammer und die Geldbeutel zu füllen.

Nach jenem ersten Abend in Deming hatte Methydia augenscheinlich eine Entscheidung getroffen und lehrte Safar ihre Art der Magie. Ihr Unterricht verspottete alle Formalien und Konventionen von Umurhans Schule der Zauberei. Methydias Ansicht nach war die Präsentation wichtiger als der Zauberspruch selbst.

»Vermutlich ist die Zauberei tatsächlich eine Wissenschaft«, meinte sie eines Tages zu Safar. »Es gibt Regeln, und die Gelehrten sagen uns, es gäbe auch Gründe für diese Regeln.«

Derweil sie sprach, durchforstete Methydia eine große Truhe mit Kleidungsstücken nach einem passenden Kostüm für Safar.

»Mich persönlich«, fuhr sie fort, »hat das ganze Wieso und Weshalb nie interessiert. Ich bin Künstlerin. Ich kümmere mich nicht darum, wieso etwas funktioniert. Nur darum, welche Auswirkungen es auf meine Kunst hat.«

Methydia hielt ein dunkelblaues Hemd mit tiefem Halsausschnitt und weiten Ärmeln in die Höhe. Es sah aus wie ein klarer Sternenhimmel; silberfarbene Konstellationen wirbelten im Dämmerlicht ihrer Kabine umher.

»Das ist genau das richtige«, murmelte sie. »Es betont das Blau deiner Augen.« Methydia legte das Hemd beiseite und wühlte weiter.

»Ich habe den Zirkus eröffnet, um meine Kunst vorzuführen. Bis meine Liebhaber das Wolkenschiff möglich machten, habe ich nicht im Traum daran gedacht. Damals war ich Schauspielerin. Wurde engagiert, weil ich eine so schöne und geheimnisvolle Frau bin. Meine ganze Hexenkunst bewahrte ich in einer Kiste auf, wie meine Schminke. Ich benutzte sie nur, um kleine Schönheitsfehler zu berichtigen, um Konkurrenten zu verärgern oder um meine Wirkung noch zu erhöhen, indem ich dem Publikum ein Schluchzen abrang.

Doch als ich das Wolkenschiff sah, hatte ich die Idee mit ›Methydias Fliegendem Wunderzirkus‹. Mein Leben als Schauspielerin – und heimliche Hexe – erschien mir plötzlich zweifelhaft. Erfüllte mich nicht mehr.«

Die Direktorin hielt inne und brachte eine kurze Hose zum Vorschein, die einigermaßen zum Hemd paßte. Sie betrachtete sie, dann rümpfte sie die Nase. »Zuviel ist zuviel«, murmelte sie und warf das gute Stück zurück in die Truhe.

»Wo war ich stehengeblieben?« fragte sie. »Ach, ja. Mein Leben als unerfüllte Schauspielerin.« Ihr Gesicht wurde ernst, und sie gestikulierte dramatisch. »Ich wollte mehr«, sagte sie, »und ja, ich gebe es gern zu, dieses ›Mehr‹ war Applaus. Als Hexe bin ich wohl ziemlich auf mich selbst fixiert, aber ist das nicht jeder wahre Künstler? Der Zirkus gab meiner Kunst einen Sinn. Und durch diesen Sinn habe ich meine Zuversicht, mein Herz gefunden. Dieses Geschenk gebe ich an mein Publikum weiter ...« Sie legte die Hand auf die Brust. »Mein Herz.«

Methydia ließ die Dramatik des Augenblicks wirken, dann fuhr sie fort: »Ich mag es, Menschen zu erfreuen. Sie ihre Sorgen vergessen zu lassen, sie mit Gefahren zu faszinieren, die andere eingehen, wobei sie insgeheim wissen, daß es nicht wirklich gefährlich war. Ich mag es, sie daran zu erinnern, wie es ist, wenn man jung ist, wenn man liebt, und wenn sie noch jung sind – wie es vielleicht einst werden könnte.«

Plötzlich verwandelte sich Methydias Feierlichkeit in Entzückung. Sie klatschte in die Hände, und Safar zuckte überrascht zusammen.

»Das ist es!« rief sie und holte eine schneeweiße Hose aus der Truhe.

Methydia hielt sie hoch und betrachtete sie kritisch von allen Seiten.

Sie überprüfte, wie sie ihm paßte. »Hier werden wir sie wohl ein bißchen enger machen müssen«, sagte sie und grinste. »Damit sie deine Vorzüge für die Damen besser zur Geltung bringt.«

Safar errötete und murmelte etwas wie: »Das ist doch nicht ziemlich.«

»Unfug«, erwiderte Methydia. »Wenn Arlain und ich mit dem Hintern für die Kerle wackeln, dann kannst du den Mädchen doch ein bißchen Freude machen. Das macht eine gute Schau aus. Ein bißchen Erotik, ein bißchen Komik, ein bißchen Klamauk. Das sind die I-Tüpfelchen.«

Sie legte die Hose neben das Hemd. »Jetzt brauchen wir nur noch einen breiten Gürtel und enge Stiefel, und alle Dorfschönheiten werden dir aus der Hand fressen.«

Und nun erteilte ihm Methydia die erste Lektion. Zu seiner Überraschung sollte er ihr zunächst zeigen, wie er den Trick mit der Münze und dem kleinen Mädchen in Deming bewerkstelligt hatte.

»Das ist leicht«, erklärte Safar, »solche Dinge habe ich schon als Kind gemacht – Gegenstände hin und her bewegen.«

»Zeig es mir einfach, mein Süßer«, verlangte sie und reichte ihm eine Münze.

Safar warf die Münze in eine Ecke. Während sie noch rollte, machte er eine Geste, ließ sie verschwinden, machte eine zweite Geste, und die Münze fiel Methydia in die noch immer offene Hand.

»Was war das?« fragte sie, eher mit Verachtung denn mit Bewunderung. »Das nennst du Magie?«

Sie schnippte die Münze hoch. Dann stieß sie mit dem Finger in die Luft. Safars Augen folgten ihrer Bewegung. Er hörte den scharfen Knall einer Explosion. Grüner Rauch wallte auf – Safar konnte die Augen nicht davon abwenden –, und die Münze verschwand in der Wolke. Methydia beugte sich vor, brachte ihr Gesicht so nah vor seines, daß er glaubte, sie wollen ihn küssen. Ihre Lippen strichen über seine, dann lehnte sie sich zurück und grinste.

Sie nahm seine Nase zwischen Zeigefinger und Daumen, drehte sie sachte, einmal, zweimal, dreimal. Und bei jedem Drehen fiel eine Münze auf seine Brust und rollte zu Boden. Sie hob sie auf, warf sie in die Luft, wieder eine Explosion, Rauch, und die drei Münzen wurden zu einer, die sie aus der Luft fing.

»Siehst du, das ist Magie!« sagte sie, während sie die Münze in einer fließenden Bewegung von einem Finger zum nächsten rollen ließ.

»Aber du hast gar keinen Zauberspruch benutzt?« protestierte Safar. »Ich hätte ihn doch gespürt.«

Methydia lachte. »Weißt du denn, wie ich es gemacht habe?«

»Nein«, mußte Safar eingestehen. »Es muß ein Trick sein.«

»Aber es ist ein Trick, der dir viel mehr Applaus einbringt als deine Zauberei«, wandte Methydia ein.

Safar glaubte zu verstehen. »Es ist der Rauch«, sagte er, »aber Rauch kann ich auch machen.«

Er zeigte auf den Boden der Kabine. Ein dünner Strahl Rauch wallte aus einem Loch im Holz auf. Langsam hob Safar den Finger, und der Rauch zog sich zu einer langen Säule auseinander. Er schnippte mit den Fingern, und der Rauch verschwand. »So in etwa?« wollte er wissen.

»Nein, nein, nein«, sagte Methydia. »Es geht nicht darum, was ich gemacht habe, sondern darum, wie. Du hast deinen Rauch mit Zauberei erzeugt. Ich habe das hier benutzt.«

Sie öffnete die Hand und zeigte ihm eine kleine grüne Pille. Dann versteckte sie die Pille, indem sie den Daumen vorschob und so eine Falte zwischen Daumen und Handfläche bildete. Dann drehte sie die Hand um, vollführte eine graziöse Geste mit dem Zeigefinger. Es knallte, und grüner Rauch stieg auf.

»Ich habe ein Hilfsmittel benutzt«, erklärte sie, »um eine Wirkung zu erzielen, die wie Zauberei aussieht. Du hast richtige Zauberei benutzt. Doch weil du dich so täppisch angestellt hast, hat es mehr nach einem Hilfsmittel ausgesehen. Das Publikum hätte – wenn auch fälschlich – geglaubt, du hättest etwas in der Hand. Und damit würdest du die ganze Illusion zerstören.«

»Und wie war das mit den Münzen?« fragte Safar.

»Genauso«, meinte Methydia. »Du hast sie in die Ecke geworfen. Dann denken die Leute, du wolltest sie nur ablenken. Ich habe sie hoch in die Luft geworfen, wo sie anscheinend für jeden zu sehen war, während ich meine Ablenkungsmanöver gestartet habe.«

Er erinnerte sich daran, wie sie mit dem Finger in die Luft gestochen hatte – das hatte seine Aufmerksamkeit auf sich gezogen, und wie sie ihn fast geküßt hatte – da war seine Sicht eingeschränkt gewesen. »Ich glaube, langsam verstehe ich, was du willst. Aber du hättest doch auch richtige Zauberei benutzen können, um das gleiche zu erreichen.«

»Nicht bei zwei Vorstellungen am Tag«, widersprach Methydia. »Und zwei weiteren und einer Frühvorstellung am Tag der Götter. Man muß in diesem Geschäft seinen Rhythmus finden. Für die letzte Nummer der Vorstellung brauchst du genausoviel Kraft wie für die erste. Im Unterhaltungsgeschäft scheidet dies die grünen von den reifen Früchten.«

Aber Safar war noch jung und stur. »Ich finde, ich habe es auch gut gemacht, als ich dem Mädchen die Münze in die Hand zauberte. Die Leute waren richtiggehend beeindruckt. Und schließlich war die Ausstellung auch ausverkauft.«

»Sie haben gedacht, das Mädchen würde zur Truppe gehören«, klärte ihn Methydia auf. »Ich habe mitangehört, wie sich ein paar Leute nach der Vorstellung darüber unterhalten haben.«

»Oh.«

»Es war der Geist dieses Tricks, der sie beeindruckt hat«, sagte sie. »Das arme kleine verlassene Mädchen und ihre junge Mutter.« Sie lächelte Safar an und tätschelte ihm das Knie. »Na und, die Idee war ja trotzdem gut. Sie hat den Leuten gefallen, und ich denke, wir sollten sie ins Programm aufnehmen.«

Safar verspürte plötzlich eine Aufregung, als stamme das Lob von einem Meisterzauberer und nicht von einer Zirkushexe.

»Du hast den rechten Sinn für so etwas, mein Süßer. Und wenn du dir gut merkst, was Tante Methydia dir beibringt, wird aus dir noch ein wunderbarer Schausteller werden.«

*

Die folgende Zeit gehörte zur schönsten in Safars Leben. Sein Herz war so heiter wie der Himmel, durch den sie segelten. Alle Sorgen lagen in weiter Ferne – wie dunkle Wolken hinter dem Horizont.

Als Junge aus den Bergen hatte er viele Stunden auf Gipfeln verbracht und über die Geheimnisse des Himmels nachgedacht. Er hatte weit über sich die Vögel gesehen und davon geträumt, mit ihnen zu fliegen. In Methydias Wolkenschiff hatte sich dieser Traum erfüllt. Obwohl die anderen Passagiere zu Zeiten ein ausgelassener Haufen sein konnten, besonders während der Proben, wo es viel zu lachen gab, schienen sie die Stille zu anderen Zeiten genauso zu schätzen wie er. Manchmal vergingen Stunden, ohne daß irgend jemand etwas sagte.

Jedes Mitglied von Truppe und Mannschaft hatte seine Lieblingsstelle, von der aus es die Welt betrachtete, wie sie vorüberzog. Nur das gelegentliche Zischen des Brenners und das Pumpen des Blasebalgs störten die Ruhe. Doch nach einer Weile vermischten sich diese leisen Geräusche mit dem Lied des Windes, der sie über das Land der armen erdgebundenen Menschen hinwegtrug.

Safar stimmte dieses neue Leben fröhlich. Mit großem Eifer sog er alles in sich auf, was Methydia ihm beibringen konnte. Er lernte Trickkiste und Falltür kennen, Rauch und Spiegel und hauchdünne Drähte, die man gegen einen dunklen Hintergrund nicht sehen konnte, obwohl sich daran Hunderte Pfund Gewicht durch die Arena bewegen ließen. Methydia brachte ihm eine Nummer bei, in der man Gedanken las, und er verblüffte das Publikum in den Pausen mit Einzelheiten aus ihrem Leben, die er in ihren Gedanken gelesen haben mußte. Dabei benutzte er jedoch zwei Handlanger mit scharfen Augen und guten Ohren, die ihm die Informationen brachten, die er für seine Nummer brauchte.

Doch außer den Illusionen lehrte Methydia ihn auch richtige Zauberei. Er lernte Zaubersprüche, die die Wirkung seiner Vorstellung erhöhten. Mit manchen konnte man ein grantiges Publikum zum Lachen bringen. Andere verstärkten die Verwunderung, erhöhten die Spannung oder rührten selbst ein Herz aus Stein romantisch an. Sie zeigte ihm, wie man die magischen Talismane und Tränke herstellte, die nach jeder Vorstellung verkauft wurden. Safar konnte dabei auch seine Töpferkunst einsetzen, und so formte er wunderhübsche kleine Phiolen für die Tränke und Talismane an Ketten aus Tonperlen.

Safar lernte, wie man die Zukunft aus der Hand las, anstatt Knochen zu werfen. Methydia behauptete, diese Art des Weissagens sei persönlicher und deshalb genauer als »mit toten Knochen zu klappern und die Leute halb zu Tode zu erschrecken«. Neben der Handlesekunst lehrte sie ihn zudem, wie er ein einfaches Sternenhoroskop in fünf Minuten und nicht, wie Umurhan und seine Priester, in Stunden, gar Tagen erstellte.

»Diese gelehrten Methoden sind so kompliziert, so häßlich mit ihren ganzen mathematischen Schnörkeln, und nur reiche Männer bestellen eins. Damit wollen sie doch lediglich ihr Geld zur Schau stellen und zeigen, daß sie sich einen weisen Traumfänger leisten können.

Die einfachen Leute wollen das Horoskop sofort, und nicht erst in ein paar Tagen. Und sie wollen es selbst lesen können, damit sie es über den Kamin hängen und ihren Freunden die schönsten Passagen darin zeigen können.«

Auch die anderen Mitglieder der Truppe förderten seine Ausbildung zum Unterhaltungskünstler. Biner, der muskulöse Zwerg, zeigte ihm, wie man mit Schminke seine Gesichtszüge so veränderte, daß man mehrere Rollen spielen konnte. Arlain und Kairo brachten ihm einfache Akrobatikkunststücke bei. Sie machten anstrengende Übungen mit ihm und stopften ihn mit stärkenden Pülverchen voll, bis seine Muskeln vor Kraft zu platzen drohten. Von Elgy lernte er, die richtige zeitliche Abstimmung zu finden; dazu ließ Elgy Rabix rhythmische Musik spielen, während Safar seine Nummern immer und immer wieder übte, bis sie ihm so natürlich von der Hand gingen wie der Rhythmus, den Rabix in seinen Kopf eingepflanzt hatte.

Zu Methydias Verwunderung – und seiner eigenen – wuchsen Safars magische Kräfte mit jedem Tag. Diese Stärkung ging nicht schleichend voran wie bei den Muskeln, sondern Sprung auf Sprung. Zum erstenmal seit seiner Kindheit genoß er die Magie.

Der Jubel der Menge fegte die Schuldgefühle beiseite, die ihm sein Vater unbeabsichtigt eingeimpft hatte. Er liebte die Verwunderung des Publikums, besonders – und das hatte Biner ihm vorausgesagt – die der Kinder.

Indes er nun immer stärker und besser wurde, ließ er mehr und mehr Methydias Tricks beiseite. Er erzeugte seine Illusionen fast ausschließlich mit Zauberei, obwohl er sie weiterhin mit hübschen Effekten »verkaufte«, wie die Direktorin es genannt hatte. Und wie Methydia ihn gewarnt hatte, zerrten diese Vorstellungen an seinen Kräften. Wenngleich nie so sehr, daß er nicht alle Wünsche der Menge nach Zugaben hätte erfüllen können.

Eine Zeitlang hielt sich Methydia ein wenig von ihm fern. Immer noch neckte sie ihn und machte zweideutige Scherze, die ihn erröten ließen. Doch so war sie eben. Hauptsächlich benahm sie sich jedoch wie eine wohlgesonnene Lehrerin oder Mentorin, die ihn korrigierte, wo es notwendig war, und lobte, wenn er es verdiente. Obwohl Safar sich von ihr stark angezogen fühlte, glaubte er nie, sie könne das gleiche für ihn empfinden. Bitte sehr, sie war alt genug, um seine Mutter zu sein. Vielleicht noch älter. Er sollte sich solcher respektloser Gedanken schämen.

Während dieser Zeit bemerkte Safar innerhalb der Truppe und der Mannschaft eine eigentümliche Erwartung, so als sähe man ungeduldig etwas entgegen, daß längst überfällig war. Gelegentlich, wenn er mit Methydia auf Deck neue Nummern entwarf, bemerkte er die Blicke, welche die Mannschaft ihnen zuwarf. Sie lächelten wissend, tuschelten und nickten ihm zu.

Einmal hörte er einen der Handlanger laut sagen: »Vielleicht hat Methydia ihre Vorliebe fürs Süße verloren.« Safar wußte nicht, was das zu bedeuten hatte. Und es verwirrte ihn doppelt, als der Mann sich wie ertappt abwandte, nachdem er Safar bemerkte.

*

Die traumhaften Tage fanden ihr Ende, als sie in Kyshaat ankamen.

Hier legte die Truppe auf ihrer Rundreise regelmäßig einen Halt ein. Über die Jahrhunderte hinweg hatten die Menschen von Kyshaat die große Ebene um die Stadtmauern in weite fruchtbare Getreidefelder verwandelt. Die Zirkusleute hatten sich von dem Besuch der Gegend großen Gewinn erwartet und waren enttäuscht, als sie die Verwüstung auf den sonst grünen Feldern erblickten. Es war, als wäre eine riesige ausgehungerte Bestie hindurchgefegt und hätte das Getreide vertilgt – mitsamt Stengeln und Blättern, bis zum Boden hin.

Hungrige und mitleiderregende Augen hoben den Blick zum Wolkenschiff, als es über die Menschen hinwegsegelte. Die lustige Zirkusmusik bekam für Safar plötzlich einen disharmonischen Beiklang, während die Schausteller der Menge ein Ständchen brachten. Biners marktschreierisches »Kommt alle! Kommt alle!« verpuffte und wurde von einem starken Miasma geschluckt.

»Ich weiß nicht, was hier passiert ist«, murmelte Biner Methydia zu. »Aber vielleicht sollten wir besser weiterziehen.«

Methydia preßte die Lippen aufeinander und schüttelte den Kopf. »Wir haben sie gern besucht, als wir großen Gewinn bei ihnen erzielen konnten«, sagte sie, »und jetzt werde ich mich nicht von ihnen abwenden, weil das Schicksal es schlecht mit ihnen meint.«

Biner nickte und ging wieder an seine Arbeit, doch Safar bemerkte seine Beunruhigung. Am Boden folgten Hunderte von Menschen dem Schatten des Wolkenschiffes, aber sie waren so still, daß Safar kleine Kinder auf den Armen ihrer Eltern wimmern hören konnte.

Wenige Minuten später hatte das Wolkenschiff über einer kahlen Stelle festgemacht, und die Handlanger ließen die Ausrüstung hinunter.

Als Safar festen Boden unter den Füßen spürte, betrachtete er die herbeiströmende Menge. Zu seinem Erstaunen blieb sie am Rand des Feldes stehen, als würde es dort eine unsichtbare Barriere geben. Zwei Stunden verweilten die Menschen dort, bis die

Handlanger die Tribünen aufgebaut hatten. Methydia verzichtete diesmal auf das Zelt – die Manege stand im Freien.

Dann winkte sie Safar zu sich, und die beiden gingen auf die Menge zu. Nach vielleicht zwanzig Schritten veranlaßte ein Ruf sie stehenzubleiben.

»Halt, Methydia! Komm nicht näher!«

Die Direktorin verharrte. Ihre Augen suchten die Menge ab.

»Wer hat gesprochen?« verlangte sie zu wissen.

In der Menge erhob sich Gemurmel, doch niemand antwortete.

»Kommt schon«, drängte Methydia. »Wir sind viele Meilen weit gereist, um unsere Freunde in Kyshaat zu unterhalten. Was ist das für eine Begrüßung? Könnt ihr uns das verraten?«

Das Gemurmel wurde lauter, dann teilte sich die Menge, und ein alter, gebeugter Mann humpelte, auf einen starken Stock gestützt, nach vorn.

»Ich war es, Methydia«, sagte er. »Ich habe die Warnung gerufen.«

Mochte der alte Mann heute betagt und krumm sein, an den Umrissen seines Körpers konnte Safar erkennen, daß er einst breite Schultern gehabt hatte. Die Finger, die den Stock hielten, waren kräftig, die Handgelenke stämmig.

»Ich kenne dich«, erwiderte Methydia. »Du bist Neetan. Der Mann mit den sieben Enkeln; ich habe dir immer freien Eintritt gewährt.«

Neetans faltiges Gesicht sank in sich zusammen wie ein alter, geprügelter Hund. »Jetzt sind es nur noch zwei, Methydia«, rief er. »Den Rest haben die Götter zu sich gerufen.«

Methydia riß die Augen auf. Sie trat einen Schritt vor.

Die Menge rührte sich voller Unbehagen, und abermals rief Neetan: »Komm nicht näher.«

Methydia blieb stehen. »Was ist hier geschehen?« fragte sie.

»Wir sind verflucht, Methydia«, berichtete Neetan. »Ganz Kyshaat ist verflucht. Fliehe, solange du noch kannst, oder der Fluch wird auch auf dich übergreifen.«

Safar sah, wie sich für einen Augenblick Angst auf Methydias Gesicht abzeichnete. Dann schob sie stur das Kinn vor. »Ich werde nicht gehen«, sagte sie, »bevor ich nicht erfahren habe, wer das alles hier angerichtet hat.«

Neetan stieß mit seinem Stock auf. »Es war nicht nur eine Katastrophe, es waren gleich viele. Zuerst wurden wir von König Protarus aufgesucht.«

Safar zuckte erschrocken zusammen. »Iraj war hier?«

»Überlege wohl, wie du von ihm sprichst, Sohn«, warnte der alte Mann. »Führe seinen königlichen Namen nicht auf so vertrauliche Weise im Mund.«

Safar ignorierte die Maßregelung. Er zeigte auf die verwüsteten Felder. »Iraj Protarus hat dies getan?« verlangte er zu wissen.

»Nur zum Teil«, berichtete Neetan. »Und es kam auch nur einer seiner Generäle und nicht der König selbst. Der General traf mit einer kleinen Truppe ein und forderte die Lehenstreue zu König Protarus und Verpflegung für seine Armeen von uns ein.«

»Und? Habt ihr diese Forderungen erfüllt?« fragte Safar. »Ohne dafür bezahlt zu werden?« Er konnte sich nicht vorstellen, daß sein früherer Freund diesen Menschen nicht wenigstens Geld angeboten hatte.

»Welche andere Wahl blieb uns denn?« erwiderte Neetan die Frage. »Man weiß ja, wie wenig freundlich König Protarus mit seinen Gegnern umspringt. Mehrere Städte sind geplündert und dem Erdboden gleichgemacht worden, weil sie ihm Trotz geboten haben. Dann hat er die Männer und die Alten töten und den Rest als Sklaven verkaufen lassen.«

Safar wurde wütend. Methydia legt ihm beruhigend die Hand auf den Arm.

»Du sagst, das wäre nur die erste von vielen Katastrophen gewesen«, wandte sie sich an Neetan. »Was ist noch über euch gekommen?«

»König Protarus ließ uns zumindest genug zum Leben«, erzählte Neetan weiter. »Aber dann suchte uns eine Seuche heim,

Vögel und Heuschrecken fraßen unsere Felder kahl, und wilde Tiere verschlangen unsere Herden.«

Während der alte Mann die Katastrophen aufzählte, die über Kyshaat hereingebrochen waren, fiel Safar eine schemenhafte Gestalt am Rand der Menge auf. Als er direkt hinblickte, war die Gestalt verschwunden. Ein übler Geruch stieg ihm in die Nase, löste sich jedoch sofort wieder auf.

Inzwischen klagte Neetan: »Wir sind das unglücklichste Volk, Methydia. Die Götter haben uns verlassen. Weil wir dich lieben und weil du uns all die Jahre soviel Freude bereitet hast, bitten wir dich, verlasse diesen Ort. Laß uns mit unserem Fluch allein. Bevor du ihn ebenfalls auf dich ziehst.«

»Unfug!« rief Methydia. »Ich fürchte keinen Fluch. Die Vorstellung beginnt in einer Stunde. Alle, die sie besuchen wollen, sind willkommen – ohne Eintritt. Das ist ein Geschenk für meine alten Freunde. Also beleidigt mich nicht, indem ihr fortbleibt.«

Damit drehte sie sich um und marschierte zu den anderen zurück. Neetan und die verängstigten Menschen starrten ihr hinterher.

Safar eilte ihr nach und holte sie ein. »Da ist etwas hier«, sagte er. »Es ist ... so eine Art ...« Ihm fehlten die Worte.

Er gestikulierte mit den Händen, um das Gefühl dieses kalten Atemhauchs im Nacken zu vermitteln, welches ihn befallen hatte. »Eine Präsenz, anders kann ich es nicht beschreiben. Wir werden beobachtet.«

Methydia beschleunigte plötzlich den Schritt. »Ja, ja«, flüsterte sie. »Jetzt spüre ich es auch.

Ich glaube, es war ein Fehler, hierherzukommen. Wir sollten besser verschwinden.«

Safar hörte ein Geräusch, als würden sich Felsbrocken gegeneinander verschieben, und dann erbebte der Boden unter seinen Füßen.

»Lauf!« rief er, schnappte sich Methydias Hand und rannte auf das Wolkenschiff zu.

Hinter sich hörte er die Schreie der Menge und das lange Krachen, als die Erde aufriß. Vor sich sah er, wie Biner und die anderen nach Hämmern, Äxten und anderen Werkzeugen griffen, die man als Waffe benutzen konnte. Sobald er sie erreicht hatte, wirbelte Safar herum, um sich der Bedrohung entgegenzustellen.

Er sah, wie sich der Boden hob, wie Büsche und kleine Bäume entwurzelt wurden, wie Steine und Geröll und Erde niederregneten und sich zu Haufen auftürmten. Vor seinen Augen stieg eine Gestalt mit Armen, einem Kopf und einem von zwei mächtigen Beinen getragenen Rumpf aus der Erde. Dort, wo der Mund sein sollte, öffnete sich ein Loch.

Als das Wesen zu sprechen begann, fielen Steine und Geröll von seinen Lippen.

»Meins!« donnerte es mit rauher, grollender Stimme, die aus einer tiefen Höhle zu kommen schien.

Das Wesen winkte mit dem riesigen Arm, und auf Safar und die anderen gingen Geröll und Erdklumpen nieder.

»Meins!« dröhnte es erneut und deutete auf die Menschenmenge.

Dann bewegte sich der riesige Arm nach vorn, und ein knorriger Finger von Mannesgröße zeigte auf Safar und seine Gruppe.

»Jetzt ihr auch meins!« fuhr das Wesen fort.

Langsam machte es einen Schritt vorwärts, und der Boden erbebte. Büsche und kleine Bäume fielen zu Boden. Augenblicklich erwachten sie zum Leben. Astähnliche Glieder und behaarte Wurzeln krallten sich in den Boden, und um ihre hölzernen Skelette bildeten sich Körper.

»Meins!« heulte das Erdwesen, während sich seine Ableger auf Safar zubewegten, die dornigen Hände ausgestreckt.

Die Wesen verteilten sich im Halbkreis um die Truppe. Ihr irdener Schöpfer trieb sie an: »Meins!«

Biner hob eine große Kiste auf und warf sie den vordrängenden Wesen entgegen. Die Kiste schlug in der Mitte der Reihe ein und zermalmte drei der Ungeheuer. Doch die anderen strebten weiter auf die Truppe zu.

Arlain lehnte sich zurück, holte tief Luft und stützte sich auf ihren Schwanz. Dann warf sie sich vor – lange Flammen schossen aus ihrem Maul. Die Wesen zerplatzten wie Termiten bei einem Waldbrand. Die eine Seite der angreifenden Reihe loderte flammend auf.

Dann ging der ganze Zirkus zum Angriff über – Biner an erster Stelle – und schlug wild mit Äxten und Hämmern auf die Wesen ein.

Safar packte Methydias Hand und hielt die Zauberkünstlerin zurück. Er konzentrierte sich auf den irdenen Riesen.

»Meins!« brüllte der und warf abermals mit Büschen um sich, die sich rasch in neue Ungeheuer verwandelten und die Gefallenen ersetzten.

»Hilf mir, Methydia!« rief Safar und drückte ihre Hand fester.

Er griff nach ihrer Kraft, spürte Widerstand und wich zurück. Dann hob sich der Schild, und er nahm sie – eine starke, schlanke Hand von Energie, die er seiner eigenen hinzufügte.

Safar wandte sich dem irdenen Riesen zu. Der hatte sie schon fast erreicht. Das Ungeheuer streckte die Hand nach Biner aus und riß den Schlund mit den mühlsteingroßen Felsen, den Zähnen, auf.

»Nein!« hörte er Methydia schreien.

Safar verfiel in allertiefste Ruhe. Alles wurde außergewöhnlich langsam, dem Tag gleich, als er gegen die Dämonen gekämpft hatte. Selbst als sich die steinerne Hand des irdenen Riesen um Biner schloß, ließ sich Safar noch Zeit.

Safar schickte seine Sinne los. Er fühlte, wie sie auf den Geröllkörper des Wesens trafen und den Weg des geringsten Widerstandes suchten.

Tief innen fand er den Panzer eines Insekts, einer Heuschrecke, der der Lebenssaft ausgesaugt worden war. Und in dieser Heuschrecke entdeckte er etwas Kleines und Böses. Es wand sich, als Safars Sinne es aufstöberten, erhob sich und brach aus dem Heuschreckenkörper hervor.

Es war ein Wurm, nicht länger als ein Finger. Er war weiß wie eine Made und hatte einen schwarzen Punkt auf dem Kopf, den Safar für ein Auge hielt. Es ernährte sich von Elend und Schmerz. Dennoch handelte es sich nur um die kindliche Gestalt von etwas noch Tödlicherem, stellte er fest, als er es näher erforschte. Er konnte halb ausgeformte Beine unter der Haut des Wurms erkennen, dazu einen halbrunden Schwanz, an dessen Spitze ein Stachel wuchs.

Das kleine Wesen bedrängte ihn mit seinen gefräßigen Gedanken. »Meins!« kreischte es, »ich will … Meins!«

Safar hörte Methydia sagen: »Beeil dich, Safar!«

Doch er ließ sich Zeit. Er formte seine Sinne zu zwei kräftigen Fingern. Er griff nach dem Wurm, diesem sich windenden kleinen Wesen aus Hunger und Haß.

Dann hatte er ihn gefangen. Der Wurm kämpfte, wehrte sich, versengte seine Sinne mit magischen Stößen.

Safar ignorierte den Schmerz und zerdrückte den Wurm.

Im gleichen Augenblick wurde der faulige Gestank des Todes freigesetzt. Safar taumelte zurück und zog sein Geist-Selbst mit sich.

Ein lautes Grollen erhob sich. Benommen blickte er auf und sah den irdenen Riesen zu großen Steinbrocken und Erdklumpen zerbröckeln. Biner sprang rechtzeitig zur Seite, ehe das Ungeheuer in sich zusammenbrach. Eine dichte Staubwolke stieg in den Himmel auf, und Stein und Geröll regneten überall nieder.

Dann senkte sich der Staub, und außer einem großen Haufen Geröll war nichts mehr zu sehen.

Safar fühlte sich plötzlich schwach. Er wandte sich Methydia zu und entdeckte Ehrfurcht in ihren Augen. Auf die gleiche Weise hatte Iraj ihn angesehen, als er damals die Lawine über den Dämonen gelöst hatte.

»Es war nur ein Wurm«, versuchte er zu sagen, brachte jedoch nur ein Murmeln zustande. »Ein dummer, kleiner –«

Und er fiel vornüber zu Boden.

Die Leute von Kyshaat bekamen ihre Vorstellung. Methydia und ihre Truppe gaben die beste Aufführung ihres Lebens. Kinder würden noch ihren ungläubigen Urenkeln von dem Tag erzählen, an dem das Wesen, welches soviel Elend verursacht hatte, vernichtet worden war. Und von dem wilden Fest, das darauf folgte.

Safar, der Held der Stunde, bekam von alledem nichts mit. Er war für fast eine Woche in Bewußtlosigkeit gefallen. Als er wieder erwachte, befand er sich an Bord des Wolkenschiffes – mitten in einem Sturm.

Wieder lag er auf einer Matratze in Methydias Kabine. Es war dunkel, und von draußen hörte er das Ächzen der Leinen im Wind und das Peitschen des Regens auf dem Deck.

Durstig tappte er blind mit der Hand in der Dunkelheit herum, bis er einen Krug fand. Er trank. Es war warmer Wein mit Honig.

Kalte Luft wehte herein, als die Tür aufgestoßen wurde. Er sah auf. Da stand Methydia, von Kopf bis Fuß in einen Kapuzenmantel gehüllt. Blitz folgte auf Blitz und tauchte sie in einen unheimlichen Schein. Sie glühte förmlich in diesem Licht, und eine Aura umfing ihren Körper. Ihre Augen waren glitzernde tiefe Brunnen, die ihn in sich aufsaugten. Eine Sturmbö trieb den Mantel auseinander. Sie trug ein weißes Kleid, welches vom Regen durchnäßt auf ihrer Haut klebte und fast durchsichtig war.

Wild fegte ein Windstoß an ihr vorbei, doch diesmal schien die Kälte ein Feuer in ihm zu entfachen.

»Schließ die Tür«, sagte er.

Zumindest glaubte er, das gesagt zu haben. Seine Lippen hatten die Worte geformt, doch gehört hatte er nichts.

Wie dem auch gewesen sein mochte, Methydia schloß die Tür.

Dann öffnete er die Arme und flüsterte: »Bitte!«

Methydia schwebte durch die Kabine in seine Umarmung.

Er drang tief in ihr warmes Herz ein. Dort fand er den Sturm und entfesselte ihn.

Lange Zeit gab es nichts außer ihrer Liebe und dem Klang ihrer Stimme, die seinen Namen rief.

18

Die Winde des Schicksals

König Manacia – Löwe der Götter, künftiger Herrscher von Esmir, tapferer Beschützer von Ghazban, Präfekt von Zanzair, Seine Gnädigste Majestät – litt unter Alpträumen.

In seinen Träumen wurde er von nackten menschlichen Teufeln verfolgt, die mit ihrer schuppenlosen schaurigen Haut, ihren krallenlosen Klauen und ihren dicken roten Zungen aussahen wie Aale, die vom Aasfressen fett geworden waren.

Wenn er seine königliche Lust an einer seiner Konkubinen gestillt hatte und die Augen schloß, um ins Reich des Schlafes hinüberzugleiten, dann fielen Horden von Menschen über ihn her, stießen ein Geheul aus, welches das Blut gerinnen ließ, und knirschten mit ihren stumpfen, fleischmahlenden Zähnen. Der König versuchte jedesmal davonzulaufen, doch seine Füße versagten ihm den Dienst. So stand er erstarrt da, derweil sich diese häßlichen Kreaturen voranwälzten und ihren Haß herausschrien.

Zwei hochgewachsene Menschen führten die hungrige Meute an. Einer von ihnen hatte helle Haut, einen goldenen Bart und goldene, von einer Krone umfaßte Locken. Der andere war dunkel und hatte keinen Bart, sein Haar war lang und wehte ihm wild in seinem Nacken. Der Dunkle hatte riesige blaue Augen, die sich in Manacias Seele bohrten und seine tiefsten und heiligsten Geheimnisse erkundeten.

Die Träume ließen ihn erschüttert und schwach zurück. Lange Zeit versuchte er, sie schlicht zu ignorieren, und redete sich ein, sie würden lediglich vom Streß seiner königlichen Pflichten herrühren. Seine Vorbereitungen für die Invasion der Menschenlande mußten ihn überanstrengt haben.

Die Vorbereitungen verliefen nicht zu seiner Zufriedenheit, was seinen erregten Zustand noch verschlimmerte. Seine Generäle trieben ihn mit ihren übermäßig vorsichtigen Ratschlägen zur Verzweiflung. Sie wollten eine so riesige Armee aufstellen, daß ihnen kein menschliches Heer Widerstand leisten konnte. Und dazu verlangten sie noch die besten Nachschublinien und ausgezeichnete Ausrüstung.

Zuerst hatte König Manacia keine Einwände gegen diese Strategie gehabt. Eine Übermacht war die einleuchtendste Lösung aller militärischen Probleme. Doch was die Generäle für eine Übermacht hielten, das bemerkte er bald, war die einfache Verdopplung aller Zahlen, die er vorschlug.

Manacia sah natürlich ein, daß der Ausgang der Unternehmung für die Generäle und ihren Stab eine Frage der Karriere, ja, eine Frage auf Leben und Tod war. Der König ließ, was Versagen anbetraf, keine Entschuldigung gelten. Er hatte keine Verwendung für Schwächlinge oder Pechvögel und würde sich ohne zu zögern jedes Mannes entledigen, der einem totalen Sieg im Weg stehen könnte. Dennoch enttäuschte ihn die übertriebene Vorsicht seiner Generäle. Wo war ihr Patriotismus? Wo ihr Pflichtgefühl ihrem König und Ghazban gegenüber? Man mußte in diesem Leben auch manchmal etwas riskieren, dachte Manacia, sonst konnte man auch keine großen Taten vollbringen.

Wenn die Invasion begänne, so beabsichtigte der König tatsächlich, jedes Versagen aufs härteste zu bestrafen. Doch sollten die Belohnungen, die er für den Fall des Sieges in Aussicht gestellt hatte, die Ängste seiner Generäle immerhin besänftigen können.

Aber aus irgendeinem Grunde hatten sie das nicht. Dabei war der Plan schlicht genug. Manacia wollte zuerst das Gebiet nördlich der Schwelle der Götter erobern. Die Gebirgskette bildete eine natürliche Barriere, die seinen Absichten zugute kam. Dann würde er seine Kräfte sammeln und über die Berge hinweg den entscheidenden Schlag führen. Nun gut, auf den alten Karten fand sich kein Hinweis, an welcher Stelle man die Schwelle überqueren sollte. Manacia war dennoch zuversichtlich – mit ausreichend Zeit und der absoluten Herrschaft über die nördlichen Menschenlande würde der Paß gefunden werden. Bei den Göttern, er würde Kyrania entdecken! Sonst müßte er seine Generäle als Faulpelze betrachten, denen sein königlicher Zorn sicher war.

Um den ersten Teil seines Planes durchzuführen – die Unterjochung des Nordens – mußte sein Heer die Verbotene Wüste durchqueren und an deren Rand einen Stützpunkt aufbauen. Dieser war in erster Linie für die Versorgung und den Nachschub gedacht, derweil die Hauptmacht seines Heeres vorstoßen würde, um die Menschen hinwegzufegen.

Manacias Meinung nach würde der Überraschungseffekt den Sieg bringen. Ja, es sollte schon ein großes Heer sein. Doch keinesfalls war eine solche Stärke erforderlich, wie seine Generäle behaupteten, und auch die ausgebauten Nachschublinien waren nicht vonnöten. Niemand in den Menschenlanden hatte auch nur den Schimmer einer Ahnung, daß ein Überfall der Dämonen bevorstand. Manacia stellte dies sicher, indem er alle Bitten, Kundschaftertrupps in die Menschenlande zu entsenden, ausschlug. Er hatte schon zuviel aufs Spiel gesetzt, als er Sarn losgeschickt hatte, und er wollte das Schicksal nicht herausfordern und den gleichen Fehler ein zweites Mal begehen.

Seine Generäle hatten diese Geheimniskrämerei allerdings als zweischneidiges Schwert bezeichnet. Ja, sagten sie, natürlich war es weise, die Menschen in Unwissenheit zu belassen. Aber so wußten die Dämonen auch nicht, was sich in den Menschenlanden zutrug. Wenn der König losschlug, dann würde sein Hieb ins Dunkle gehen. Und niemand könne voraussagen, wer den Schlag erwidern würde und mit welcher Macht.

Somit, befanden seine Heerführer, gab es nur einen sicheren und besonnenen Weg: Man mußte mit einer so gut ausgerüsteten Armee angreifen, daß jeder Widerstand in Grund und Boden gestampft werden konnte.

Manacias Generäle waren ein verschwörerischer Haufen, der hinter den Kulissen ständig Ränke gegen rivalisierende Offiziere schmiedete, doch in dieser Angelegenheit standen sie wie ein Mann zusammen. Und selbst Lord Fari und Prinz Luka hatten sich diesmal zu einer Allianz zusammengeschlossen und standen hinter den Generälen.

Fari, der die Menschenlande gern mit Hilfe der Zauberei ausspioniert hätte, dem dies jedoch verboten war, trug sich mit ähnlichen Bedenken wie das Militär. Desgleichen der Prinz, der als Erbe des Throns die Vorhut der Invasion führen sollte.

»Wenn ich die hohe Ehre habe, Euer Banner in diese ruhmreiche Schlacht zu tragen, Majestät«, äußerte sich der Prinz, »so möchte ich sicherstellen, daß es auf keinen Fall in irgendeiner Weise besudelt oder befleckt wird.

Ich würde bis in den Tod kämpfen, um dies zu verhindern.«

»Recht so«, erwiderte König Manacia. »Mein Vater hat seinerzeit das gleiche von mir erwartet, als ich noch Kronprinz war. Und ich habe mein Leben viele Male für seine Standarte riskiert.«

Prinz Luka legte die Klaue aufs Herz und verneigte sich in Anerkennung der Tapferkeit seines Vaters in dessen Jugend. Derweil er dies tat, dachte er: Du alter Heuchler. Du hast deinem Vater im Schlaf die Kehle durchgeschnitten und ihm das Banner gestohlen. Und wenn ich nur einmal die Gelegenheit bekäme, würde ich nicht zögern, deinem Beispiel zu folgen.

»Ihr seid mir jederzeit ein Vorbild«, sagte der Prinz glattzüngig. »Und ich brauche zehntausend Dämonen für meine Vorhut.«

Der König gab sie ihm.

Nach vielen Beratungen mit seinen Generälen stimmte er schließlich ebenfalls zu, eine Armee von fünfhunderttausend Dämonen auf die Beine zu stellen – das größte Heer in der Geschichte von Esmir. Als Rückenstärkung sollten zudem zweitausend Zauberer unter der Führung von Lord Fari Kriegsmagie ausüben.

Die Vorbereitungen waren somit höchst aufwendig und schienen so langsam voranzukommen wie die Schildkrötengötter, die die Kontinente über die Ozeane trugen.

Was die Aufgabe noch erschwerte, waren die zahlreichen Rebellionen, um die sich seine Armeen zusätzlich zu kümmern hatten. Innerhalb eines einzigen Monats mußten Truppen ein halbes dutzendmal in aufständische Regionen ausgeschickt werden.

Manacia fühlte sich, als würde sein ganzes Reich unter Dampf und kurz vor dem Auseinanderbrechen stehen.

Diese Gefühl wurde durch die Alpträume noch verstärkt. Als eine unruhige Nacht auf die andere folgte, fing der König an, die beiden menschlichen Teufel, die jedesmal den Angriff führten – den mit den goldenen Haaren und seinen Gefährten mit den blauen Augen –, genauer zu betrachten. Sie wurden sehr real für ihn, und er fragte sich, wer sie wohl wären.

Schließlich konnte er es nicht länger aushalten und rief Lord Fari und seine Zauberer um Rat an. Zwar versuchte er, die Träume herunterzuspielen, doch wußte er nur zu gut, daß er in dieser Hinsicht niemandem etwas vormachen konnte, und Fari würde sie ihm als Schwäche auslegen.

Horoskope wurden erstellt, erwiesen sich allerdings als wertlos, da keines von ihnen mit dem nächsten übereinstimmte. Wenn die Götter schliefen, hielt der Himmel keine Antwort bereit, wenngleich die Traumfänger die Gründe ihres Versagens nicht nennen konnten. Knochen wurden geworfen, und der König versuchte es unzählige Male mit Handlesen. Alles vergebliche Liebesmüh.

Schließlich ließ Lord Fari einen menschlichen Sklaven zu sich bringen. Zunächst folterte man ihn, damit seine Schreie die Götter gnädig stimmten, dann wurde ihm, während er noch lebte, der Bauch aufgeschlitzt, und die Zauberer des Königs lasen aus seinen Gedärmen.

Manacia sah mit großem Interesse zu, während sich Fari über das stöhnende Opfer beugte und in der klaffenden Wunde herumschnüffelte.

»Ein gesunder Geruch, Majestät«, berichtete der alte Zauberer. »Das ist ein gutes Zeichen.«

Er hob eine Windung der Gedärme mit der Kralle an.

»Erbarmen!« wimmerte das Opfer.

Fari betrachtete sich das Gewebe genau. »Und noch besser«, fuhr er einen Augenblick später fort. »Dies ist ein starker Darm, der die Vernunft der Ziele Eurer Majestät symbolisiert.«

Der Mensch stieß einen schwachen Schrei aus, während Fari weiter in seinen Innereien wühlte. »Bitte«, flehte das Opfer, »bitte!«

»Aha!« meinte der alte Dämon. »Hier haben wir den Ärger, Majestät.«

Er hielt ein Stück Darm in die Höhe. Ein dicker innerer Muskel ragte hervor, der in zwei kurzen Röhren von einem Zoll Länge endete.

»Ein Krebsgeschwür, Majestät«, erläuterte Fari, »direkt am Hauptzweig. Seht Ihr, wie er sich spaltet?«

Manacia nickte. Tatsächlich sah er es. Fari schlitzte beide Enden mit den Krallen auf. Schwarzes Blut quoll hervor.

»Gnädige Mutter!« kreischte das Opfer. Dann wurde es bewußtlos.

Zufrieden darüber, genug Wissen gesammelt zu haben, ließ Fari die Gedärme fallen. Zwei Sklaven krochen auf Händen und Knien herbei und brachten ihm parfümiertes Wasser und Tücher, mit denen er die Krallen waschen konnte.

Fari schritt auf und ab, fuchtelte mit den Krallen herum und dachte nach. Und während er nachdachte, kamen zwei andere Sklaven und schafften den Menschen fort.

Fari bemerkte sie und hob die Schnauze. »Der König wird das Herz zum Abendessen verspeisen wollen«, wies er die Sklaven zurecht. Dann fuhr er fort, auf und ab zu schreiten.

Endlich, als Manacia glaubte, die Spannung nicht länger ertragen zu können, begann Fari zu sprechen.

»Hört nun, was ich daraus lese, Majestät«, hob er an. »Das

Krebsgeschwür, so fürchte ich, symbolisiert eine Bedrohung. Die beiden Auswüchse, die dem Darm die Kraft nehmen, sind die beiden Menschen, die die Alpträume ihrer Majestät heimsuchen. Einer von ihnen ist ein König. Der andere ein Zauberer.«

»Mag der eine Zauberer sein«, fauchte Manacia. »Die Magie der Menschen ist schwach, sie kann uns nicht bedrohen.«

»Gewiß, Majestät«, meinte Fari. »Doch vielleicht stellt er zusammen mit dem König einen ernstzunehmenderen Widersacher dar. Das vermag ich nicht zu sagen. Die Eingeweide haben darauf keinen Hinweis gegeben.

Aber soviel haben sie mir verraten: In diesem Augenblick sind die beiden Mächte – der König und der Zauberer – noch getrennt. Sie haben zusammen begonnen, sich dann aus irgendeinem Grund getrennt. Nun ist ein jeder unabhängig vom anderen.«

»Wann werden sie wieder zusammenstoßen?« fragte der König.

Fari seufzte und wischte sich das letzte Blut von der Kralle. »Das wurde mir nicht enthüllt, Majestät.« Er ließ das Tuch fallen, und ein Sklave kam herbeigekrochen und hob es auf.

»Wie steht es denn nun um meine Invasion?« bohrte der König nach. »Wie lange darf ich noch warten? Je länger die Verzögerung, desto größer die Chance, daß sich diese beiden Mächte vereinigen, so scheint mir.«

»Ganz recht, Majestät«, stimmte Fari zu.

»Wie lautet dein Rat?« wollte der König wissen. »Wann soll ich mit dem Angriff beginnen?«

Fari zögerte nicht. Der alte Dämon fühlte sich seiner Sache gewiß. Die Eingeweide waren in dieser Hinsicht sehr eindeutig gewesen.

»Im Frühjahr, Majestät«, antwortete er. »Sobald der erste Schnee schmilzt.«

»Und was ist mit diesem König und diesem Zauberer?« fragte Manacia weiter. »Werden sie dann schon zusammen sein?«

»Ich glaube nicht, Majestät«, vermutete Fari. »Sie sind zu weit auseinander. Und solange nicht ein großer Wind aufkommt und den einen dem anderen vor die Füße weht, haben wir nichts zu befürchten.«

*

Der Orkan, der das Wolkenschiff über die Ebene von Jasper trieb, dauerte länger als eine Woche. Der Wind war genauso stürmisch wie die Liebesspiele in Methydias Kabine.

Für Safar war es eine wundersame Reise ins Herz einer Frau. In vielerlei Hinsicht hatte Safar die Gesellschaft von Frauen schon immer vorgezogen. Er war in einer Familie mit vielen klugen Frauen aufgewachsen. Als Kind hatte er oft still bei ihnen gesessen, bis sie seine Gegenwart vergessen hatten, und er hatte ihren Sorgen und Träumen aufmerksam zugehört. Safar glaubte, Frauen träumten besser als Männer. Wo Männer nur gesichtslose Flächen wahrnahmen, sahen sie Nuancen und Räume. Safars erstes Erlebnis als Erwachsener mit Frauen war unglücklich verlaufen. Astarias hatte ihn tief verletzt. Obwohl er dennoch nicht alle Frauen an dieser Erfahrung maß, waren in ihm viele kleine Zweifel und Ängste zurückgeblieben.

Methydia wischte sie alle mit einem Streich fort.

Für sie selbst lagen die Dinge ganz anders. In erster Linie war sie verwirrt. Safar erschütterte ihre Sterblichkeit. Sie hatte viele Liebschaften gehabt; manche des Gewinns, andere des Vergnügens wegen, und vielleicht ein oder zwei aus Liebe – obwohl sie, als sie älter wurde, zu glauben begann, daß alle drei Motive die gleichen waren und der Liebe zu sich selbst glichen. Aber mit Safar war es etwas Besonderes – ein reizvolles Geheimnis, welches sie nicht sofort zu fassen bekam.

Was Methydia an jungen Männern schon immer gefallen hatte, war die Anerkennung, die sie einem entgegenbrachten. Eine Frau brauchte nur eine Frau zu sein und konnte die Führung übernehmen. Junge Männer – guterzogene junge Männer – waren daran gewöhnt, ihren Müttern zu gehorchen, und sie waren ausnahmslos erleichtert, wenn ihnen die Verantwortung abgenommen wurde. Methydia konnte sie mit einem Blick verführen. Mit einer Berührung erregen. Mit einem Stirnrunzeln in Schach halten. Methydia war eine hervorragende Schauspielerin und konnte für Männer alles sein, doch bei jungen Männern war es weniger anstrengend. Sie konnte es mehr genießen. Wie Biner so oft sagte: »Die Chefin mag ihre Spielzeuge. Vor allem junge mit einem Schlüssel zum Aufziehen.«

Safar hätte so ein Spielzeug sein können, wenngleich sie ihn in der Wüste nur aus Menschlichkeit aufgelesen hatte. Seit er sich erholt und sie festgestellt hatte, daß seine Persönlichkeit genauso ansprechend wie sein Äußeres war, hatte sie darüber nachgedacht, mit ihm das Bett zu teilen.

Was Methydia jedoch wirklich an ihn fesselte, war Safars magisches Selbst. Er hatte ein wundervolles Wesen, stark und leidenschaftlich zugleich. Er war potent – nie hatte sie eine solche Manneskraft erlebt –, und obendrein war er im Grunde seines Herzens ein guter Mensch. Safars Geist-Selbst bot stets zuerst die Freundschaft an, bevor er jemanden zum Feind erklärte. Es war jung, dennoch eher elegant als linkisch. Es hatte den Tod kennengelernt – hatte sogar darunter gelitten, dafür verantwortlich zu sein –, weigerte sich deshalb nun, wieder ans Licht zu kommen. Eine Weile lang fühlte sich Methydia von Safars magischem Selbst unter Druck gesetzt. Sie fürchtete sich nicht davor; doch sorgte sie sich, es so tief verletzen zu können, daß alle Freundlichkeit verschwinden würde. Als Schurke, als schwarzer Magier wäre ein erwachsener Safar Timura ein Schrecken für die Menschheit gewesen.

So attraktiv Safar auch sein mochte, sie hatte sich lange Zeit zurückgehalten. Eigentlich hatte sich Methydia sogar bereits entschlossen, sich eine Affäre mit Safar zu versagen.

Die Geschehnisse in Kyshaat hatten diesen Entschluß umgestoßen.

Methydia hatte geglaubt, in ihrem langen Leben schon alles gesehen zu haben. Sie hatte viele Länder besucht, viele Menschen unterhalten. Oft hatte sie mit Gefahren und Bösem zu tun gehabt;

tief in ihrem Herzen glaubte sie jedoch, daß das Gute das Böse überwiegen und es mehr Segen als Unglück geben würde. Sie sah ihre Lebensaufgabe darin, die Menschen an solche Wahrheiten zu erinnern.

Als Hexe war sie sich sehr wohl dessen bewußt, daß die Gefilde der Zauberei mit Magieren und Wesenheiten durchsetzt waren, deren einziges Ziel darin bestand, Schaden anzurichten. Solchen Dingen hatte sie bisher immer aus dem Weg gehen können. Für Methydia kam Magie aus der Erde selbst. Sie glaubte, ihre Kraft geradewegs aus der Natur zu schöpfen, die für sie eine liebende, großmütterliche Präsenz darstellte.

Mit der Kreatur, der sie in Kyshaat begegnet waren, hatte dieses Bild einen Riß bekommen. Als sich dieses Wesen aus dem Boden erhoben hatte, war es ihr, als würde sie von der Erde selbst angegriffen. Als hätte die Natur plötzlich ihr wahres Selbst enthüllt – das Gesicht eines Schakals. In diesem schrecklichen Augenblick, als die Erdbestie vor ihr in den Himmel gewachsen war, hatte sie gedacht, sie würde sowohl ihr Leben als auch ihre Seele verlieren.

Safar hatte beides gerettet.

Sie war Trost und Sicherheit suchend in seine Arme geflohen und hatte sich der reinen Freude am Leben hingegeben. Eine Woche lang war sie vor dem Schrecken davongelaufen, mit dem das Wesen sie erschüttert hatte. Noch immer nagten diese Ängste an ihr. Tief in der Nacht, wenn der stürmische Wind heulte und Safar schlief, ließ Methydia sie einen nach dem anderen heraus. Sie betrachtete sie der Reihe nach. Am Ende kam sie zu dem Schluß, die Bestie von Kyshaat müsse ein Vorbote des Verhängnisses sein, nur das erste von vielen Übeln, die vor ihnen lagen.

Ihr Instinkt sagte ihr, daß allein Safar diese düstere Flut abwehren könne.

Und indem sie zu diesem Schluß gelangte, wurde ihr klar, daß sie Safar verlieren würde. Es war ihm nicht möglich, beim Zirkus zu bleiben. Hier würde er zwar ein glückliches Leben führen können, doch gerade dieses Glück verweigerte ihm das Schicksal.

Darin bestand seine Tragödie. Und eines Tages würde es Methydias traurige Pflicht sein, ihm den düsteren Weg seiner Zukunft zu weisen.

Von alledem erwähnte sie ihm gegenüber nichts. Bei passenden Gelegenheiten fragte sie ihn über Einzelheiten seines bisherigen Lebens aus. Alles, was er ihr erzählte, bestätigte ihre Sicht der Dinge. Sie erfuhr von seiner Vision über Hadin und dessen Zerstörung, seiner Furcht vor zukünftigen Katastrophen, seiner Suche nach Wissen in Walaria, seine Entdeckung des Dämons Asper und davon, wie ihm die Werke des Meisterzauberers vorenthalten worden waren. Er zeigte ihr die Steinschildkröte, die Nerisa ihm geschenkt hatte, und sie trauerte mit ihm darüber, wie schwach der Puls des Lebens darin zu spüren war.

»Ich war ein Narr, weil ich überhaupt versucht habe, die Antwort zu finden«, schalt sich Safar verbittert. »Was würde das schon helfen? Was sollte ein Töpferssohn aus Kyrania schon tun können?«

Dann schwor er ihr, sie ewig zu lieben, ewig bei ihr zu bleiben und niemals wieder in die dumpfe, schwergewichtige Existenz dieser erdgebundenen Sterblichen zurückzukehren, die mit offenem Mund zum Himmel starrten, wenn das Wolkenschiff über sie hinwegflog.

Methydia schwieg. Sie würde ihm nichts Gutes tun, wenn sie ihm jetzt erzählte, was sie bei sich dachte. Aber sie mußte sich vergewissern, ob Safar auf das vorbereitet war, was auch immer ihm bevorstand.

So entschloß sie sich, ihm in der ihnen verbleibenden Zeit alles über die Listen der Magie beizubringen, was sie wußte. Sie wollte ihm all die Liebe schenken, die sie in sich trug – Gefühle, die sie sonst in sich verschloß, um sich gegen die Welt zu rüsten. Sein Selbstvertrauen wollte sie stärken, ihn von seinen selbstauferlegten Schranken befreien.

Und wenn die Zeit käme, würde sie all ihre Kraft zusammennehmen und ihn mit seinem Schicksal konfrontieren.

Die Stürme dauerten fast ohne Unterbrechung an. Der Wind trieb sie voran – über die Ebene von Jaspar.

In dem Lande, über welches das Wolkenschiff hinwegflog, sahen sie viel Elend. Zerstörte Dörfer, niedergetrampelte Felder, wo große Armeen durchgezogen waren. Selbst im heftigsten Regen sahen sie noch Tausende von Flüchtlingen auf den Straßen, die, mochten die Götter wissen wohin, zogen. Sie sahen die Hinterlassenschaften von Schlachten: riesige verschlammte Felder mit Leichen von Menschen und Tieren.

Diese Bilder verbreiteten Mißmut. Man wechselte nur die nötigsten Worte. Safar war von allen am verdrossensten. Er starrte auf die verödete Landschaft unter ihnen. Eines Tages dann überquerten sie eine niedrige Bergkette. Dahinter war der Himmel plötzlich klar.

Sie schwebten über ein großes, friedliches Tal dahin. Das Tal war ein Flickenteppich aus hellgrünen Obstgärten, die von blauen Bächen durchflossen wurden, und farbenfroh bemalten Dörfern mit schattigen Gärten. Alles sah gut und wohlhabend aus, von den Zwistigkeiten, die sie zuvor beobachtet hatten, war hier nichts mehr zu spüren.

Ein frischer Wind trieb das Wolkenschiff voran. Am hinteren Rande des Tales lag eine kleine Stadt mit zinnengekrönten Mauern, hinter denen elegante Gebäude in die Höhe ragten.

Safar beugte sich über die Reling und betrachtete die Stadt genau. Der Anblick brachte ein Lächeln auf seine Lippen.

»Was ist das für ein Ort?« fragte er.

»Das ist Sampitay«, klärte ihn Methydia auf. »Wir haben noch nie dort gespielt. Aber ich habe nur Gutes über diese Stadt gehört. Wie es heißt, ist das hier ein Paradies für Schausteller.«

Safar rief sich Gubadans Geographiestunden in Erinnerung. Dann erkannte er die Obstgärten – weiße Maulbeerbäume. Sampitay war für seine feine Seide und für das gelbe Färbemittel bekannt, welches man aus den Wurzeln der Bäume gewann.

»Sampitay«, meinte Biner, »ist ein glücklicher Ort. Jetzt tut es mir leid, weil ich den Göttern wegen des schlechten Wetters solche Vorwürfe gemacht habe.«

Safar wandte sich um und sah zurück zu den Bergen. Riesige Wolkenfelder, von einem fernen Sturm getrieben, jagten hinter ihnen über den Himmel.

Es war an der Zeit, dachte er, daß es die Winde des Schicksals ein wenig besser mit ihnen meinten.

19

Die Rückkehr von Protarus

Etwas stimmte hier nicht, das bemerkte Safar noch vor ihrer ersten Vorstellung.

Die Menschen begrüßten sie überschwenglich, genauso wie die Soldaten, die ihnen einen Platz auf dem Feld vor den Stadttoren zuwiesen. Die Handlanger bauten den Zirkus in Rekordzeit auf, und die Karten für die erste Vorstellung waren verkauft, ehe die Kartenbude überhaupt errichtet worden war.

Die guten Bürger vom Sampitay hungerten nach Unterhaltung, und derweil das Wolkenschiff noch nicht einmal entladen war, stellten sie sich in Schlangen auf und bettelten darum, daß man ihnen den Eintrittspreis erlassen möge. Methydias Truppe war gezwungen, in aller Eile eine erste Vorstellung zu geben und die Zugaben abzubrechen, um die ungeduldig draußen Wartenden für die zweite Vorstellung einzulassen.

Es bedurfte keiner großen Kunst, das hiesige Publikum zu begeistern. Es brüllte bei der kleinsten Posse vor Lachen, hielt vor Schreck die Luft an, wenn ein Artist nur ein wenig abrutschte, und stöhnte vor Spannung, wenn Methydia und Safar nur die geringste magische Geste vollführten. Doch die Truppe war unzufrieden.

»Ich brauche nur zu furzen, um einen Lacher zu erzielen«, beschwerte sich Biner.

»Ich könnte durch die Zähne pfeifen, und sie wären schon begeistert«, meinte Elgy.

»Ef ift fo leicht mit ihnen, daf ich fpucken möchte«, jammerte Arlain. »Und die Götter wiffen, waf paffiert, wenn ich fpucke!«

Trotz seiner Unerfahrenheit spürte Safar, wie falsch der übertrieben wilde Applaus war, den er für seine erste purpurrote Rauchpille bekam. Er spürte etwas Hysterisches im Jubel der Menge.

Während der Nummer, in der er Gedanken las, verkündete er einem Mädchen namens Syntha, es würde bald heiraten und die Liebe würde ewig halten. Die junge Frau kreischte vor Freude über diese Neuigkeiten – in deren Kenntnis Safar dank eines lauschenden Handlangers gekommen war, und das gesamte Publikum war zu Tränen gerührt.

»Was ist denn mit denen los?« fragte er Methydia zwischen den Auftritten.

Die Direktorin lächelte dünn. Sie war nicht recht bei der Sache und schminkte sich abwesend. »Hast du dich schon so an den Applaus gewöhnt«, hielt sie ihm entgegen, »daß du ihn bereits in Frage stellst?«

»Nun komm schon«, bohrte Safar weiter. »Ich bin nicht der einzige. Elgy sagt, als er das letzte Mal vor einem solchen Publikum aufgetreten sei, habe sich herausgestellt, daß seine Truppe inmitten eines Seuchengebietes gelandet sei.«

»Die Angst vor dem Tode«, erwiderte Methydia darauf, »ruft bei den Menschen ein großes Interesse am Leben wach.«

»Weißt du vielleicht mehr als wir anderen?« fragte Safar. Er wurde langsam gereizt.

»Nur soviel«, antwortete Methydia und reichte ihm eine verzierte Karte mit einem unverwechselbaren Siegel aus goldenem Wachs. »Wir sollen heute abend eine Galavorstellung für Königin Arma und ihren königlichen Gemahl geben.«

Safar betrachtete die Karte, die zu jeder anderen Zeit eine große Ehre verkündet hätte. »Was ist daran so schlimm?«

»Sie wurde von einer Truhe mit Seide begleitet«, berichtete Methydia. »Und diese Seide ist laut Überbringer der Vorschuß, damit wir eine Woche lang kostenlos für die Untertanen der Königin spielen.«

»Als moralische Stütze?« fragte Safar.

»Ich spreche von einem Dutzend Ballen feinster sampitayanischer Seide«, sagte Methydia.

Safar hatte sein Leben an einer Karawanenstraße verbracht und wußte sehr wohl um den Wert dieser Seide. »Wieviel moralische Unterstützung haben sie denn nötig?« fragte er weiter. »Und wofür?«

»Ich weiß es nicht«, antwortete Methydia. »Der Bote war sehr höflich, doch ist er all meinen Fragen geschickt ausgewichen. Es war, als fürchte er, wir würden beim geringsten Anzeichen von Schwierigkeiten zusammenpacken und verschwinden. Eine Stunde lang hat er sich darüber ausgelassen, was für eine wunderbare Herrscherin Arma sei, wie gesund ihre Kinder seien, welche Achtung ihre Untertanen vor ihr verspürten. Und in welch gutem Zustand sich das Königreich befinde.«

Safar zuckte zusammen. In Walaria hatte er gelernt, hinter den Posen der Herrscher Angst zu erkennen. »Vielleicht sollten wir besser verschwinden«, schlug er vor.

»Ich bin zu demselben Schluß gekommen«, erklärte Methydia, »und habe dem Boten gesagt, wir würden dringend an anderer Stelle erwartet. Und wir könnten nicht länger bleiben als die Woche, die sich Ihre Majestät erkauft habe.«

Safar erinnerte sich an die Geschehnisse in Kyshaat. »Was wäre, wenn wir uns heute nacht davonstehlen?«

»Darüber habe ich auch schon nachgedacht«, sagte Methydia. »In einer Woche kann soviel passieren. Aber wir dürfen es nicht wagen, den Besuch zu kurz zu halten, glaube ich. Wir könnten den Zorn von Königin Arma auf uns ziehen, wenn wir uns zu hastig verziehen. Ich denke, wir sollten der Königin ihre Galavorstellung geben und dann in aller Stille den Zirkus auf das Wolkenschiff verladen. Zunächst können wir ja noch einige Teile stehen lassen und vorgeben, wir würden andere Dinge ausladen, während wir in Wirklichkeit alles an Bord bringen. Drei Nächte noch, und dann sind wir wieder unterwegs.«

»Aber die Königin hat im voraus bezahlt«, wandte Safar ein. »Was ist mit der Seide?«

»Ich lasse sie hier zurück«, meinte Methydia. »Es ist verfluchtes Geld, und das nehme ich nicht in die Hand.«

*

Wie sich herausstellte, waren drei Tage zu lang. Der Zirkus stellte sein Glück zu sehr auf die Probe. Es geschah am Abend der Galavorstellung.

Im Wissen, daß sie Sampitay so bald wie möglich verlassen würden, stachelte Methydia ihre Truppe an, so gut zu spielen wie nie zuvor.

Safar hatte auf eine langjährige Erfahrung der Schule von Walaria zurückgegriffen und eine neue Art magischer Beleuchtung erfunden. Und diese wurde nun ausprobiert, als Königin Arma im großen Zelt Hof hielt.

Ein prächtiger Vollmond begrüßte die königlichen Besucher, als sie das Zelt betraten. Safar ließ den Mond als Scheinwerfer während der Nummern leuchten, dann verdunkelte er ihn mit vorbeiziehenden Wolken, derweil sich die Artisten umkleideten. Flammen erhoben sich während der großen Nummern in der Arena und versetzten das Publikum in einen geheimnisvollen Bann.

Zum Abschluß der ersten Hälfte führten Safar und Arlain eine neue Nummer auf, an der sie schon seit einiger Zeit gearbeitet hatten.

Aus der ursprünglichen Idee – es hatte eigentlich nur eine Verbesserung der alten »zersägten Jungfrau« sein sollen – war eine richtige Geschichte geworden. Safar spielte den Schurken, einen bösen Zauberer. Arlain und Biner waren ein seltsames Liebespaar – ein häßlicher Zwerg und ein wunderschönes Wesen, halb Frau, halb Drache.

Die Geschichte ging nun so weiter, daß Safar die Liebenden in fremdartigen Welten voller wirbelnder Lichter, wallendem Rauch und gewaltiger Flammen verfolgt. Er drängt sie in die Enge, tötet scheinbar Biner und nimmt Arlain gefangen. Sie widersetzt sich all seinen Versuchen, sie für sich zu gewinnen, und er bestraft sie am Ende dadurch, daß er sie in eine tödliche Trance versetzt. In dieser Trance zerschneidet er sie dann mit dem Schwert in zwei Teile. Aufsässig bis zum Schluß spuckt Arlain Feuer. Dann erlöschen die Flammen. Plötzlich erhebt sich Biner von neuem. Er macht Arlain wieder gesund. Es kommt zum Kampf. Und schließlich besiegen die Liebenden Safar und fallen sich in die Arme. Zu einer romantischen Melodie von Elgy und Radix wird das Licht gedämpft.

Tränen und Jubel begrüßten die drei Artisten, als sie sich vor dem Publikum verbeugten.

Trotz all seiner Sorgen verspürte Safar große Zufriedenheit, während er die Arena verließ, um sich auf die zweite Hälfte der Vorstellung vorzubereiten. Das hohe Klagen der Fanfare des Herolds hielt ihn zurück. Er drehte sich um, von der plötzlichen Unterbrechung des Programms alarmiert.

In der königlichen Loge erhob sich Königin Arma. Vor ihr stand ein Junge in der verzierten Livree eines Hofherolds. Auf ein Zeichen der Königin setzte er die Fanfare erneut an die Lippen und stieß hinein – und rief damit alle Anwesenden zur Aufmerksamkeit der Königin gegenüber auf.

Arma war eine Frau mittleren Alters, deren Figur langsam die Form verlor. Sie hatte ein nettes, rundes Gesicht, welches durch die hohe Krone noch runder wirkte. Neben ihr saß ihr Gemahl, Prinz Crol, ein gutaussehender Mann mit silbernem Haar in der Paradeuniform eines Generals. Die Königin holte tief Luft, und noch ehe sie das erste Wort aussprach, sah Safar den Soldaten eine Geste machen und spürte das Knistern von Magie. Augenblicklich wußte er, daß der Mann ein Zauberer war, der diesen magischen Spruch benutzte, um die Worte der Königin zu verstärken.

»Bürger von Sampitay«, begann Königin Arma mit schriller Stimme, die das Zelt erfüllte. »Sicherlich erleben wir heute einen wunderbaren Abend, nicht wahr?«

Das reichgekleidete Publikum antwortete mit lautem Applaus. Arma nickte Methydia zu, die in der Nähe des Ausgangs der Arena stand – in ihrem roten Kleid und mit dem zierlichen, mit erlesenen Juwelen geschmückten Diadem auf der Stirn sah sie selbst aus wie eine Königin.

»Wir müssen uns bei Methydia und ihren vollendeten Artisten bedanken, weil sie während dieser Krise ein wenig Freude nach Sampitay bringen«, erklärte die Königin.

Methydia verneigte sich tief, aber angesichts der Überzogenheit dieser Geste sah Safar, daß sie genauso überrascht über die Bemerkung der Königin war wie er selbst. Und was hatte es mit dieser »Krise« auf sich?

»Wie Ihr alle sehr gut wißt«, fuhr Arma fort, »stehen Eure Königin und ihre Vertreter nun schon mehr als einen Monat in ständigem Kontakt mit König Protarus und seinen Gesandten.«

In der Menge machte sich besorgtes Gemurmel breit – und auch Safar war besorgt, als er den Namen seines alten Freundes vernahm.

»Wir haben Euch stets über diese Kontakte in Kenntnis gesetzt«, sagte Arma. »Die erste Botschaft von Protarus bestand in der Forderung, dieses Königreich solle seine lange traditionelle Politik der Neutralität aufgeben. Protarus befahl uns das – es wäre falsch, für diese barbarische Art der Diplomatie ein anderes Wort zu wählen. Auf diese Unverfrorenheit konnte unsere fest, wenngleich höflich formulierte Antwort nur lauten: Die Königin läßt sich von ihm nichts befehlen.«

Donnernder Applaus erhob sich. Safar dachte an Iraj und wußte, daß sein Freund diese Weigerung der Königin bestimmt nicht wohlwollend aufgenommen hatte.

»Kurze Zeit später«, fuhr Arma fort, »trafen Protarus' Emissäre mit neuen Forderungen ein. Er bestand nicht länger darauf, daß wir uns mit ihm gegen seine Feinde verbünden sollten. Statt dessen verlangte er die augenblickliche Unterwerfung. Er hat uns dies gesandt ...« Safar sah, wie sie das vertraute Banner mit dem roten

Dämonenmond und dem silbernen Kometen, dem Zeichen von Alisarrian, in die Höhe hielt –, »... das wir über dem Palast als Zeichen unserer Unterwerfung hissen sollten.«

Die Menge reagierte mit Empörung und trotzigen Erwiderungen.

Königin Arma wartete ab, bis sich der Tumult gelegt hatte, dann sagte sie laut: »Wir haben uns geweigert!«

Wieder erhoben sich Rufe und donnernder Applaus. Die Königin wartete, und genau im richtigen Moment bat sie schließlich mit einer Geste um Ruhe.

»Es wäre unaufrichtig von mir, meine treuen Untertanen«, fuhr Arma fort, »wenn ich verleugnete, daß die Sorgen uns in langen Nächten um den Schlaf gebracht haben, nachdem wir diese Antwort gegeben hatten. König Protarus, dessen Armeen nach Belieben die Ebene von Jaspar durchkreuzen, ist bekannt dafür, daß er von keinem Königreich oder Monarchen Widerstand duldet. Niemand darf ihm in den Weg treten. Aus Furcht vor einem Vergeltungsakt brachten wir unsere Truppen in Kampfbereitschaft. Wir sind bereit, unser Reich bis zum letzten Mann zu verteidigen.«

Minutenlang herrschte aufgeregter Tumult, als die Bürger ihre Zustimmung kundtaten.

Als sich das Zelt wieder beruhigt hatte, sagte Arma: »Heute nacht ist es uns eine große Freude zu verkünden, daß die Götter fest an der Seite der guten und aufrechten Menschen von Sampitay stehen.«

Sie ließ das Banner fallen und hielt nun ein langes, schmales Pergament in die Höhe.

»Dies ist das jüngste Schreiben von Protarus«, erklärte sie. »Es ist erst heute morgen eingetroffen.

Offensichtlich hat der junge König Protarus eingesehen, wie falsch seine Vorgehensweise war. Und nun versteht er offensichtlich den Wert und die Richtigkeit unserer Neutralität. Er hat all seine Forderungen zurückgezogen und bittet uns – in recht höflichem Ton, wie ich hinzufügen möchte – darum, seiner Armee dringend benötigten Nachschub zu angemessenem Preis zu verkaufen.«

Diese Nachricht ließ den Jubel noch anschwellen. Die Menschen gaben ihre Freude kund, bis sie heiser waren, sie klatschten, bis ihre Hände taub wurden.

Dann fragte Arma: »Was sagt ihr also, meine treuen Untertanen? Sollen wir in unserem Siege großmütig verfahren? Sollen wir König Protarus zeigen, wie sich zivilisierte Menschen benehmen?«

Zustimmende Rufe besiegelten den Handel. Die Leute fielen sich in die Arme, weinten und priesen die Götter, die ihnen in dieser Stunde der Not zu Hilfe gekommen waren.

Inmitten dieses Durcheinanders schlich Safar zu Methydia hinüber. »Das hört sich nicht gut an«, meinte er zu ihr. »Ich kenne Iraj. Er würde niemals so leicht nachgeben.«

Methydia nickte. Safar hatte ihr von seiner Freundschaft mit Protarus und von der Vision über Irajs Eroberungsarmee berichtet, wobei er lediglich den Kampf mit den Dämonen ausgelassen hatte.

»Wir bringen die Vorstellung zu Ende und bereiten alles für den Aufbruch vor«, sagte sie, wobei sie sich inmitten des Lärms keine Mühe gab, die Stimme zu senken. »In der Morgendämmerung werden wir losfahren«, fuhr sie fort. »Die ganze Stadt wird vom Feiern so müde sein, daß uns niemand bemerken wird.«

So brachten sie die Vorstellung also zu Ende, obwohl die Stimmung in der Truppe plötzlich sehr gedämpt war. Die Königin dankte ihnen hinterher und belohnte Methydia mit noch mehr feinster sampitayanischer Seide.

Es war nicht eben leicht, die Vorbereitungen zum heimlichen Aufbruch zu treffen. Angesichts der vielen Gratulanten konnte die Truppe nicht viel mehr tun, als ihre Sachen zu packen und sie so nahe wie möglich am Wolkenschiff abzustellen. Die Handlanger bekamen den strikten Befehl, alle eine Stunde vor Tagesanbruch zu wecken, damit man an Bord gehen und fliehen konnte.

In dieser Nacht schliefen sie in Zelten, die wichtigsten Habseligkeiten nahe bei sich, so daß jederzeit eine Flucht in aller Eile möglich war.

»Ich wünschte, ich könnte Iraj eine Botschaft zukommen lassen«, meinte Safar, als er sich mit Methydia für ein paar Stunden zum Schlafen hinlegte.

»Was würdest du ihm mitteilen?« fragte Methydia, die sich gerade die letzten Reste ihrer Schminke mit einem feuchten Schwamm aus dem Gesicht wischte. »Verschone die Stadt? Oder verschone wenigstens uns?« Sie sah ihn zynisch an. »Ich wüßte schon gern, wie man einen blutrünstigen Barbaren um so etwas bittet.«

Safar schüttelte den Kopf. »Iraj ist kein Barbar.«

»Du hast doch die niedergebrannten Städte gesehen«, erwiderte Methydia, »die Flüchtlinge, die in die Tausende zählen. Wenn das keine Barbarei ist, was dann?«

»Die ganze Welt ist barbarisch, so wie ich das sehe«, widersprach Safar verärgert. »Iraj ist nicht mehr ein Wilder als seine Gegner. Walaria sollte zum Beispiel das zivilisierte Zentrum von Esmir sein. Doch auch dort findet man nur Halsabschneider, die nichts als ihren eigenen Vorteil im Sinn haben. Sieh dir Sampitay an. Hier ist es auch nicht viel besser. Königin Arma und ihr Hof sind durch den Seidenhandel reich geworden. Aber was ist mit den einfachen Leuten? Sie sind so arm und werden genauso ausgebeutet wie die Leute von Walaria.«

»Vielleicht wurde König Protarus nur schlecht beraten«, meinte Methydia kühl. »Vielleicht hat er das ganze Elend, das wir auf unserer Reise gesehen haben, nicht bemerkt. Die Not, die seine Armeen verschuldet haben.«

Safar schwieg einen Augenblick lang und dachte über ihre Worte nach; er versuchte, den Unterschied zwischen seiner Kindheit und seinem Erwachsensein herauszufinden.

»Ich habe Iraj seit langer Zeit nicht mehr gesehen«, begann er schließlich, »doch ich glaube, er hat sich nicht viel verändert. Und er hatte ein gutes Herz.«

»Möglicherweise warst du das Gute an ihm«, wandte Methydia ein. »Vielleicht hat deine Gegenwart seine wie auch immer gearteten besseren Gefühle hervorgebracht.«

»Iraj ist sein eigener Herr«, beharrte Safar. »Das Gute, was ich bei ihm gefunden habe, war Teil seines Wesens. Ich brauchte nichts dazuzutun. Er ist jedoch auch ein geborener Krieger, und obwohl ich seinen Methoden nicht zustimmen kann, weiß ich, daß Iraj letzten Endes nur eine bessere Welt schaffen will.

Dieser König ist auch nicht für die Dürren, die Seuchen oder solche Schrecken wie den Wurm von Kyshaat verantwortlich. Er hat auch nicht die alten Könige und Adligen eingesetzt, die für Esmir eine genauso üble Seuche wie die natürlichen sind.«

»Trotzdem«, hielt ihm Methydia entgegen, »willst du ebenso schnell wie ich aus der Reichweite seines Zorns entkommen.«

»Armeen haben kein Herz«, entgegnete Safar. »Und auf Irajs Armee werden wir als erstes treffen. Königin Arma war dumm genug, ihn herauszufordern. Seine Soldaten werden längst Befehl haben, an Sampitay ein Exempel zu statuieren. Und da möchte ich nicht unbedingt dabei sein.«

»Läßt dich die Not dieser Menschen so kalt, Safar?« fragte Methydia. »War ich zu verblendet und habe diese Seite an dir nie wahrgenommen?«

Safar ergriff ihre Hand. Sie ließ es zu, wenngleich er ein gewisses Mißtrauen bei ihr spürte. »Was kann ich schon tun?« fragte er zurück, und in seiner Stimme schwang ein solcher Schmerz mit, daß ihr Mißtrauen dahinschmolz. »Sag es mir, und ich werde es augenblicklich tun.«

»Sprich mit Iraj«, sagte sie. »Bring ihn zur Vernunft.«

Safar dachte eine Zeitlang über ihre Bitte nach. Er fühlte sich, als stünde er am Rande einer Klippe. Unter ihm lag die Welt, der er entkommen wollte. Eine Welt belangloser Könige und Zauberer. Eine Welt, in der Mädchen wie Nerisa aus nichtigen Gründen sterben mußten. Und dann dachte er an all die Mädchen und Jungen in Sampitay, die Nerisas Schicksal oder gar ein schlimmeres erleiden würden, wenn Irajs Soldaten kamen. Methydia drückte seine Hand. Das gab ihm Kraft, und er traf eine Entscheidung.

»Morgen werden wir Iraj suchen«, verkündete er. Er lächelte, doch war es ein sehr trauriges Lächeln. »Es sollte nicht so schwer sein, ihn zu finden. Wir müssen nur nach der größten Armee suchen.«

Methydia schluckte die Tränen hinunter und umarmte ihn. Sie liebten sich und klammerten sich aneinander, als wären sie die letzten Überlebenden der Welt.

Danach schliefen sie ein.

Safar träumte von Hadin. Er tanzte mit den schönen Menschen; der Rhythmus ihrer Trommeln fegte alle Sorgen hinweg.

Doch dann explodierte der Vulkan mit solcher Wucht, daß er weit hinaus aufs Meer geschleudert wurde. Plötzlich wußte er nicht mehr, wie man schwimmt. Er paddelte im Wasser herum und versuchte, oben zu bleiben, während brennende Glutstücke auf ihn niederprasselten.

Bis ihn eine vertraute Stimme drängte: »Wach auf, Meister! Wach auf!«

Safar schlug die Augen auf. Gundara hockte auf seiner Brust und klapperte vor Angst mit den kleinen scharfen Zähnen. Safar blinzelte, glaubte, er sei immer noch in seinem Traum gefangen. Als er das Steinidol – das er stets bei sich trug – zum letzten Mal überprüft hatte, war kaum noch magisches Leben darin zu spüren gewesen.

Doch jetzt spürte er das Gewicht des Gehilfen auf seiner Brust, und trotz seiner Leichtigkeit war er sehr real.

»Wo kommst du her?« fragte er.

Gundara ignorierte seine Frage. »Sie kommen, Meister!« rief er und hüpfte auf den Boden. »Schnell. Bevor es zu spät ist!«

Safar hörte Kampflärm von draußen und wurde vollends wach. Er tastete nach dem Messer, welches er stets unter seinem Kissen liegen hatte, und erhob sich mit Schwung auf die Beine. Dabei fiel ihm auf, daß er nackt war, und hastig zog er sich etwas an. Die

Schildkröte rutschte aus der Tasche seines Gewands und landete auf der Erde. Augenblicklich war Gundara darin verschwunden. Dann hörte er Methydia vom Bett her etwas rufen, und er schrie ihr zu, sie solle bleiben, wo sie sei. Er hob die Schildkröte auf und steckte sie sich gerade in die Tasche, als die Soldaten durch den Zelteingang hereinkamen.

Safar ließ ihnen keine Chance, sich umzublicken, sondern griff sofort an. Er wich einem Hieb aus und versenkte seine Klinge in etwas Weichem. Ein Keuchen ertönte, und Safar wollte die Klinge zurückziehen, doch sie steckte fest. Hinter ihm kreischte Methydia eine Warnung, und er ließ das Messer los und nahm seinem sterbenden Gegner das Schwert ab.

Ohne zu überlegen wirbelte er herum, schlug blindlings zu. Er hatte keine Zeit und keinen Platz, die Waffe richtig zu drehen, und so traf er den Angreifer nur mit der flachen Seite der Klinge. Doch mit solcher Wucht, daß es den Soldaten zurücktaumeln ließ und dieser seinen Bauch nicht mehr decken konnte. Abermals spürte Safar, wie weiches Fleisch seiner Waffe nachgab. Er sah nicht zu, wie der Mann zusammenbrach, sondern drehte sich erneut um, während weitere Soldaten durch den Zelteingang hereinstürmten.

Sein Angriff war von solcher Wut getrieben, daß die Soldaten bei der Flucht vor seinem Zorn übereinander stolperten. Dann sprang er zurück, hievte eine Truhe in die Höhe, die er unter normalen Umständen nie allein hätte heben können, und schleuderte sie durch den Eingang. Schmerzensschreie verrieten ihm, daß er sein Ziel getroffen hatte.

Methydia war inzwischen aus dem Bett und zog sich eilends eine Robe über.

»Hier entlang«, rief er und schlug auf die Rückwand des Zeltes ein. Der Stoff teilte sich, und sie drängten sich durch die Öffnung.

Draußen in der Nacht tobte der Wahnsinn, Schreie und das Klirren von Rüstungen und Waffen waren überall zu hören. Feuer wütete, wohin sie sich auch wandten.

Methydia hielt ihn zurück und zeigte auf etwas. Safar wandte sich um; ihr prächtiges Wolkenschiff ging gerade in Flammen auf.

Eine Explosion folgte, und das Wolkenschiff ging in einem Schauer von brennenden Holzstücken und schwelendem Stoff auf. Methydia sank zusammen, und Safar fing sie in seinen Armen auf.

Reiter in Rüstung tauchten aus dem aufwallenden Rauch auf und schlugen wild mit gebogenen Klingen auf jeden ein, der ihnen in den Weg kam.

Der Anführer der Reiter trug ein wehendes Banner. Es war das alte Zeichen des Dämonenmondes und des silbernen Kometen.

Die Krieger riefen: »Für Protarus!«

Sechs Reiter verließen die Gruppe und hielten auf Safar zu. Er stellte Methydia auf die Füße und faßte den Schwertgriff mit beiden Händen.

Zunächst beschwor er einen Zauber der Stärke, und Kraft durchflutete seinen Körper, bis er sich wie ein Riese fühlte. Sodann beschwor er einen Zauber der Schärfe und zerschnitt die Luft mit seiner Klinge. Unter der Wucht seines Hiebes begann sie zu schimmern.

Dann fielen die Reiter über ihn her. Er schlug dem ersten Roß die Beine ab, metzelte den Reiter nieder und sprang auf den Kadaver des Tieres, um sich den anderen zu stellen.

Ein Speer flog auf ihn zu, doch er duckte sich und wich ihm mit Leichtigkeit aus. Ein hünenhafter Mann mit schwarzem Bart schlug mit dem Krummsäbel auf ihn ein. Safar parierte den Hieb, und die Lippen des Mannes formten ein »O«, als Safars Klinge seine Kehle durchbohrte. Von hinten griff ihn ein weiterer Reiter an, und Safar fuhr herum. Das Tier des Soldaten trampelte über Methydias am Boden liegenden Körper hinweg.

Safar heulte vor Wut auf und stürzte sich auf den Mann. Sein Gewicht warf Pferd, Reiter und ihn selbst zu Boden. Sie waren zu dicht aneinander, als daß Safar die Klinge hätte schwingen können, also hieb er mit dem Heft des Schwertes auf den Gegner ein und zertrümmerte seinen Helm.

Und sofort war er wieder auf den Beinen, parierte den nächsten Hieb, tötete den nächsten Mann.

Er kämpfte, und dieser Kampf schien ihm eine Ewigkeit zu dauern. Aber wie viele er auch niedermachte, immer kamen neue, um ihn anzugreifen.

Schließlich griff niemand mehr an, und seine Klinge pfiff durch die leere Luft. Er schlug hin und her, traf nichts, schlug weiter zu, kämpfte weiter, als wäre er von unsichtbaren Teufeln umgeben.

Dann endlich wurde ihm bewußt, daß keine Feinde mehr in Reichweite war, und er hörte auf.

Safar sah auf, seine Kampfeswut trübte seinen Blick. Er erkannte einen grauhaarigen alten Veteran auf einem Kriegsroß, vielleicht zwanzig Schritt entfernt. Safar fuhr herum. Er war umzingelt, doch nun waren statt Schwertern Pfeile auf ihn gerichtet.

»Du hast dich wacker geschlagen, Junge«, sagte der alte Soldat. »Jetzt leg dein Schwert nieder, und wir verschonen dich.«

Safar grinste. Er war über und über mit Blut besudelt und mußte einen schrecklichen Anblick abgeben.

Anstatt das Schwert niederzulegen, stieß er die Spitze in den Boden und lehnte sich darauf.

»Sagt Iraj Protarus«, rief er, »daß ein Freund auf ihn wartet. Und ihn um das Vergnügen seiner Gesellschaft bittet.«

Der Veteran reagierte überrascht. »Und wer sollte dieser Freund sein, Junge? «

»Safar Timura aus Kyrania«, erwiderte er. »Der Mann, den er einst seinen Blutsbruder genannt hat.

Der Mann, der ihm einst das Leben gerettet hat.«

20

Gepriesen sei der König

Die Dämmerung war längst vergangen, als Iraj endlich kam.

Rauch und Ruß aus der brennenden Stadt waren so dicht, daß sie den Tag fast zur Nacht machten. Über der Stadt lag der Gestank des Todes, und das laute Klagen der Überlebenden, die herausgeführt und ihrem Schicksal überantwortet wurden, erfüllte die Luft.

Safar schritt den Kreis der Bogenschützen ab. Wenngleich sie ihre Waffen gesenkt hatten, bemerkte er ihre Bereitschaft, sie jederzeit wieder zu erheben und auf ihn zu schießen, sobald er nur eine falsche Bewegung machte. Allesamt waren sie wilde Männer aus der Ebene, klein von Wuchs, muskulös gebaut, die Beine von vielen Jahren auf dem Rücken von Pferden gekrümmt. Sie trugen wallende Gewänder, die mit breiten Ledergürteln zusammengehalten wurden. Auf der einen Seite steckten die Krummsäbel im Gürtel, auf der anderen lange Dolche. Ihre Stiefel waren aus Filz gemacht und hatten spitze Sporen. Als Kopfbedeckung trugen sie Turbane, darunter Stahlkappen, und die meisten präsentierten stolz einen langen, herabhängenden Schnurrbart, der ihren dunklen Gesichtern einen grimmigen, entschlossenen Ausdruck gab.

Eine Seite von Safar – die des Kindes, das nach seiner Mutter schreit – erzitterte beim Anblick dieser Männer. Die andere Seite jedoch hatte sich mit kalter Wut gewappnet, die unter dem geringsten Vorwand ausbrechen würde.

Die Soldaten wußten nicht, was sie von Safar halten sollten. Entweder war er der größte Lügner, den man sich vorstellen konnte, oder tatsächlich der Blutsbruder des Königs. Nur eines wußten sie sicher: Safar hatte sich als ein großer Krieger erwiesen. Und aus diesem Grund, mehr als wegen seiner Behauptung, ein Freund des Königs zu sein, hielten sie sich zurück. Safar hatte sich ihren Respekt verdient, indem er die meisten Mitglieder der Truppe gerettet hatte, und er hatte den alten Sergeanten so eingeschüchtert, daß dieser die anderen Schausteller schließlich zu ihm gelassen hatte.

Safar benutzte den Kreis als Schild, schritt ihn ab, um keine Lücke entstehen zu lassen, und richtete das Schwert auf jeden Soldaten, der sich näher heranwagte. In der Mitte der Truppe kümmerte man sich in aller Stille um die bewußtlose Methydia. Safar hatte große Angst um sie – das Kriegsroß hatte sie übel getroffen –, doch wagte er es nicht, den Bogenschützen gegenüber seine Sorge zu zeigen. Er wußte, dies würde ihm als Zeichen der Schwäche ausgelegt werden.

Dann hörte er einen lauten Fanfarenstoß und den dumpfen Schlag von Kriegstrommeln. Befehle wurden gerufen, und der Ring der Bogenschützen teilte sich plötzlich.

Ein großer Krieger ließ seinen feurigen Rappen im Handgalopp durch diese Gasse traben. Er trug das weiße Gewand der Krieger von der Ebene. Um seinen Kopf war ein weißer Turban geschlungen, dessen Ende wie eine Maske über sein Gesicht fiel.

Der Krieger zügelte das Pferd einige Schritte vor Safar. Einen Augenblick lang betrachtete er den jungen Mann aus Kyrania, sein blutbeflecktes Gewand, sein blutiges Schwert, sein verrußtes Gesicht. Safar erwiderte das Starren und grinste dabei, so überheblich er konnte. Schließlich fiel der Blick des Reiters auf Safars Augen.

»Safar Timura, du blauäugiger Teufel«, rief Iraj und zog die Maske beiseite. »Du bist es wirklich!«

»Leibhaftig«, erwiderte Safar, »obwohl du siehst, daß dieser Leib dringend neue Kleider braucht, und noch dringender ein Bad.«

Safar dachte an das erste Mal zurück, als Iraj und er sich begegnet waren, und zeigte auf die Soldaten. »Ich glaube, ich könnte ein wenig Hilfe gebrauchen. Anscheinend bin ich von den Ubekian-Brüdern umzingelt.«

Iraj brach in brüllendes Gelächter aus. »Die Ubekian-Brüder!« rief er. »Was für ein armseliger Haufen sie waren!«

Dann sprang der König zum Erstaunen seiner Soldaten vom Pferd und warf die Arme um Safar, Blut und Schmutz nicht achtend.

»Bei den Göttern, ich habe dich vermißt, Safar Timura«, rief er und klopfte seinem alten Freund auf die Schulter. »Bei den Göttern, und wie ich dich vermißt habe.«

*

Iraj ließ ein Reittier bringen und ritt persönlich neben Safar zu seinem Kommandozelt zurück – dieses stand auf einem Hügel, von dem aus man Sampitay überblicken konnte. Als Safar auf die bewußtlose Methydia und die anderen Mitglieder der Truppe zeigte, stellte Iraj keine Fragen zu dieser eigentümlichen Gesellschaft, er zeigte nicht einmal Überraschung. Sofort gab er Befehl, sich um alle zu kümmern und die besten Heiler rufen zu lassen.

»Und bringt mir stündlich einen Bericht über ihren Zustand«, verlangte Iraj. »Mein guter Freund Lord Timura soll sich nicht unnötige Sorgen machen.«

Lord? dachte Safar. Wie wurde der Sohn eines Töpfers plötzlich zum Lord? Er sah Iraj an, bemerkte den warnenden Blick und wußte Bescheid; es würde einem König nicht geziemen, einen Blutsbruder zu haben, der nicht von edler Geburt war.

Während des Rittes zum Kommandoposten ergötzte Iraj seine Berater und Wachen laut mit übertriebenen Geschichten über seine Jugendabenteuer mit »Lord Timura«.

»Wenn Safar nicht gewesen wäre«, erzählte er, »würde ich heute nicht hier sein. Und ihr müßtet alle einem anderen König dienen, einem inzüchtigen Bastard mit weichen Knien. Eines Tages werde ich euch die Geschichte erzählen, wie er mir das Leben gerettet hat. Wie tapfer er kämpfen kann, habt ihr ja schon mit eigenen Augen gesehen, also freut euch schon auf diese mitreißende Geschichte, die eines langen Winterabends bedarf, um angemessen erzählt zu werden.

Doch eins will ich euch gleich berichten. Nach diesem Kampf waren die Menschen von Kyrania so dankbar, weil wir sie vor diesen Banditen gerettet hatten, daß sie uns fünfzehn ihrer schönsten Jungfrauen zur Entjungferung anboten.«

Er lachte. »Nach fünfen habe ich aufgegeben.«

Der König wandte sich an Safar. »Oder waren es sechs?«

»Eigentlich waren es sogar sieben«, antwortete Safar.

Irajs Grinsen verriet ihm, daß er an der richtigen Stelle gelogen hatte.

»Sieben waren es«, fuhr Iraj fort. »Aber das war nichts im Vergleich zu meinem Freund hier an meiner Seite. Er entjungferte die verbliebenen acht, dann kam er aus seinem Zelt spaziert und verkündete, sein Hunger sei noch nicht gestillt und er könne noch ein paar mehr vertragen.«

Die Berater und Wachen brüllten vor Lachen, drängten sich dichter an Safar heran, klopften ihm auf die Schulter und priesen seine Fähigkeiten als Krieger und Liebhaber.

»Wartet, wartet«, sagte Iraj. »Er hat nicht ganz fair gespielt. Selbst als Junge war Lord Timura schon ein mächtiger Zauberer. Später gestand er mir, er hätte für solche Gelegenheiten einen geheimen Trank.«

Wieder wandte sich Iraj an Safar – ein spöttisch-anklagendes Runzeln auf der Stirn. »Falls ich mich recht entsinne, mein Freund, wolltest du mir ein wenig von diesem Trank schenken. Dieses Versprechen hast du nie eingehalten.«

Safar streckte ihm die offene Hand entgegen. »Ich hatte gehofft, Ihr würdet es vergessen, Eure Hoheit.« Zum erstenmal sprach er Iraj mit seinem Titel an, und man konnte Iraj die Freude darüber ansehen. »Seht, in ganz Kyrania gab es nur noch fünf Jungfrauen. Und ich wollte nicht, daß es ihretwegen zwischen uns zum Streit käme.«

Wieder lachten die Männer – allen voran der König – über diese kluge Erwiderung. Die königliche Gesellschaft setzte ihren Weg fort, begleitet von vielen Männerwitzen und viel Gelächter.

Während sie ihren Weg fortsetzten und weiter scherzten, ritten sie an Szenen von unglaublicher Brutalität vorbei. Die Toten und Verwundeten von Sampitay lagen überall auf dem Schlachtfeld verstreut. Gefangene arbeiteten unter der strengen Aufsicht von Irajs furchterregenden Soldaten und stapelten die Toten zu großen Haufen auf. Öl wurde über die Leichen gegossen und in Brand gesetzt; dichter schwarzer Rauch, der wie der von Opferschafen roch, erhob sich und vermischte sich mit dem Qualm der brennenden Stadt. Andere Soldaten zogen über das Feld und schnitten den stöhnenden Schwerverwundeten die Kehle durch. Tausende Zivilisten wurden in Gruppen von Jungen und Alten, Männern und Frauen geteilt. Baukolonnen hämmerten die Richtblöcke für die Alten und Gebrechlichen zusammen. Scharfäugige Sklavenhändler durchforsteten den Rest, schätzten einen jeden nach dem Preis ein, den er einbringen würde und ob er den Aufwand für Pflege und Essen wert wäre.

Safar fühlte sich im schlimmsten Alptraum gefangen – einem, in dem er inmitten all dieser Schrecken eine Maske der unbefangenen Sorglosigkeit tragen mußte. Und über allem schwebte der düstere Rabe seiner Angst um Methydia.

Obwohl Iraj ihn herzlich begrüßt hatte – als wären sie nur ein paar Monate und nicht Jahre getrennt gewesen –, blieb Safar vorsichtig. Sein alter Freund war noch immer genauso sorglos und offen wie früher. Abgesehen von dem Bart in seinem Gesicht hatte er sich kaum verändert. Zwar benahm er sich in aller Unbefangenheit wie ein König, doch hatte er das schon immer getan. Zudem war er reifer geworden. Mit dem Bart, von dem Safar annahm, Iraj habe ihn sich stehen lassen, um älter zu wirken, sah er aus, als stünde er in seinem dreißigsten Sommer. In seinen Augen fand sich noch immer diese Verschlagenheit, eine Verschlagenheit, die er schon in der Kindheit entwickelt hatte, um die Kriege zwischen den Familien zu überleben. Bosheit und Grausamkeit entdeckte Safar jedoch nicht.

Irgendwie hatte Iraj den Mantel eines Eroberers angelegt, war die Urache für viel Blutvergießen geworden, und schien dennoch davon unberührt geblieben zu sein.

Dies machte Safar, der im Herzen mißtrauisch und verschlossen war, noch argwöhnischer.

Noch immer hatte Iraj den Blick eines Träumers. Ihm haftete etwas Unschuldiges an – die Unschuld aller Träumer. Das verwirrte Safar am meisten. Wie konnte Iraj diese Szenen abscheulichster Grausamkeit – die er befohlen hatte – nur mit diesem Gleichmut ertragen.

Er blickte hinüber zu Iraj, und abermals fiel ihm die bemerkenswerte Ähnlichkeit mit Alisarrian auf.

Zum ersten Mal verstand Safar das Rätsel, das Gubadan ihm unwissentlich gestellt hatte, als er wieder einmal über seine rhetorische Lieblingsfrage gesprochen hatte: »Wer war dieser Mann, dieser Alisarrian? War er ein Ungeheuer, wie seine Feinde behaupteten? Oder war Alisarrian ein Segen der Götter?«

Safar fragte sich, ob er jemals eine Antwort darauf erhalten würde.

Er drängte die Verwirrung beiseite. In erster Linie war er Methydia und seinen Freunden verpflichtet. Danach würde er versuchen, das Versprechen zu halten, das er Methydia gegeben hatte und sehen, ob der das Leid der Menschen von Sampitay lindern könnte.

Zwischen diesen beiden nächsten Zielen lag eine tiefe und breite Kluft. Das Schicksal schien ihn geradewegs auf den Rand dieses Abgrunds zuzutreiben.

Und er konnte nichts dagegen unternehmen.

*

Nachdem Safar gebadet, frische Kleider angelegt und den ersten vielversprechenden Bericht über Methydias Zustand gehört hatte, wurde er in Irajs privates Quartier gerufen.

Abgesehen von seiner Größe und seiner Lage verriet nichts an Irajs Zelt, daß hier ein König wohnte. Es stand inmitten einer Anzahl ähnlicher Zelte, die aus glattem, robustem Stoff gemacht waren. Uniformierte Offiziere, Beamte und Schreiber in sandfarbener ziviler Tracht eilten hin und her. Iraj führte all seine Regierungsgeschäfte von solchen Zelten aus, wie Safar später erfahren sollte – eine Art reisender Hof, der von einem Schlachtfeld zum nächsten zog. Iraj mußte ein riesiges junges Königreich regieren – das sich von der Schwelle der Götter bis zur fernsten Wildnis erstreckte –, und das alles, während er unterwegs war.

Die Einrichtung in Irajs Zeltpalast war spärlich und funktionell. Truhen wurden als Tische benutzt, auf Pfosten gesetzte Sättel dienten als Stühle. Ein einfach gearbeiteter tragbarer Thron, über dem Irajs Banner hing, stand etwas erhöht an der hinteren Wand. Als Safar das Zelt betrat, war der Thron leer. Die beiden ihm zugeteilten Berater führten ihn an über Karten gebeugten oder mit Berichten beschäftigten Offizieren und Sergeanten vorbei.

Schwere Vorhänge teilten einen großen Bereich des Zeltes ab, und als sich Safar ihnen näherte, stieg ihm der Geruch von Parfüm in die Nase. Überrascht über solcherlei Eigentümlichkeit an diesem Ort staunte er noch mehr, als sich der Vorhang teilte und zwei junge Frauen in Uniform heraustraten. Wenngleich beide von bemerkenswerter Schönheit waren, blitzten ihre Augen ebenso furchterregend wie die Klingen, die sie am Gürtel um ihre schlanken Hüften trugen.

Ohne ein Wort zu sagen, durchsuchten sie ihn nach Waffen. Es war ein seltsames Gefühl, von zwei solch schönen, todbringenden Frauen auf so intime Weise berührt zu werden.

Als sie zufrieden waren, begleiteten sie ihn in den dahinterliegenden Raum. In dessen Mitte lag auf weichen Kissen, einen Weinbecher in der Hand, Iraj – von einem Dutzend weiterer Kriegerinnen umgeben.

»Safar«, rief er, »komm zu mir. Lang, lang ist es her, seit wir das letzte Mal zusammen getrunken haben.«

Er klatschte in die Hände, und einige der Frauen liefen los und holten Speis und Trank, während andere die Kissen aufschüttelten, damit Safar bequem saß.

Es war höchst grotesk, von diesen parfümierten Zofen in Rüstung bedient zu werden, und Iraj kicherte über Safars verwirrte Miene.

»Was hältst du von meiner Königlichen Wache?« fragte er.

Safar schüttelte den Kopf. »Ich bin mir nicht sicher, ob ich mit ihnen kämpfen oder sie in mein Bett führen soll«, scherzte er.

»Das frage ich mich selbst oft«, gab Iraj zurück und lächelte. »Manchmal machen wir beides, damit die Nächte nicht langweilig werden.«

Die Frauen lachten über den Scherz des Königs, und ihre Augen und Gesten strahlten eine solche Bewunderung aus, daß Safar nicht an ihrer Aufrichtigkeit zweifelte.

»Du kennst von allen Menschen meine Schwäche Frauen gegenüber am besten«, meinte Iraj.

Safar grinste. »Das ist allerdings wahr.«

»Dann wirst du sicherlich auch meine militärische Lösung, mit dieser Schwäche umzugehen, bewundern«, fuhr Iraj fort. »Statt eines Trosses mit Kurtisanen und ihren Habseligkeiten, der die ganze Armee nur aufhält, habe ich eine handverlesene Abteilung von wunderschönen Frauen zu meiner königlichen Wache gemacht. Sie sind die besten Kämpferinnen – ich habe mich selbst um ihre Ausbildung bemüht, und ich kann dir sagen, an ihnen würde kein Meuchelmörder der Welt vorbeikommen. Und wunderbare Bettgefährtinnen sind sie zudem – ebenfalls dank meiner Ausbildung.«

Safar lachte. »Es ist ein schweres Geschäft, König zu sein«, sagte er. »Aber einer muß die Aufgabe ja übernehmen.« Er hob das Kelchglas, welches man ihm in die Hand gedrückt hatte. »Auf die Opfer, die man als König zu bringen hat.«

Iraj gab laut seiner Zustimmung Ausdruck. Er stieß seinen Kelch gegen Safars – Wein schwappte über den Rand –, dann trank er ihn auf einen Zug leer.

Er zog eine der Frauen auf seinen Schoß und schmiegte sich an sie. »Sag mir, Leiria, was hältst du von meinem Freund Safar? Ist er nicht genauso, wie ich ihn beschrieben habe?«

Leiria blickte Safar aus ihren schwarzblauen Augen an, mit denen sie in jedem Mann loderndes Feuer entfachen konnte – in jedem Mann außer Safar.

»Und mehr, Majestät«, antwortete Leiria, den glühenden Blick noch immer auf Safar gerichtet. »Nur habt Ihr nicht erzählt, daß er so hübsch ist. Und seine Augen! Ich habe noch nie einen Mann mit blauen Augen gesehen. Es ist, als würde man in den Himmel schauen.«

Iraj klopfte ihr auf den wohlgerundeten Schenkel. »Was?« rief er, doch vor Vergnügen, nicht aus Ärger. »Möchtest du ihn haben?«

Leiria strich dem König mit der Hand durch den goldenen Bart. »Nur ein bißchen, Majestät«, sagte sie schmollend. »Damit ich etwas lernen und Euch noch größeres Vergnügen bereiten kann.«

Iraj küßte sie lang und innig, dann schob er sie fort und blickte Safar voller Wonne an.

»Siehst du, mein Bruder?« fragte er. »Es wird immer das gleiche Problem zwischen uns beiden bestehen. Stets wollen die Frauen uns beide. Was sollen wir bloß anfangen?«

Safar spürte, daß er sich auf gefährlichem Grund bewegte. »So sehr ich mich über diese Schmeichelei freue, Majestät«, erwiderte er. »Leiria wollte doch nur höflich sein.«

»Unfug«, sagte Iraj. »Sie will dich. Also gut, du sollst sie haben.«

Er befreite sich aus Leirias Umarmung und schob sie auf Safars Schoß. Leiria ließ es sich gefallen, gurrte, schmiegte sich an Safar und malte mit dem Finger Muster auf seine Brust. Safar setzte sich zurecht – sein Dolch stach ihm in die Seite.

»Ich möchte dich nur bitten, nett zu ihr zu sein«, sagte Iraj. »Und schick sie mir in gutem Zustand zurück. Sie hat bisher noch keinen anderen Mann kennengelernt.« Er deutete auf die anderen. »Das gilt für sie alle. Ich mache meine Frauen normalerweise selbst meinen besten Freunden nicht zum Geschenk.«

Der König lächelte. »Das heißt, einmal habe ich es schon getan. Erinnerst du dich noch, wann, Safar?«

Safar wußte es noch. »Astarias«, antwortete er. »Wie könnte ich das je vergessen?«

»Und wie lautet der Eid, den wir uns damals geschworen haben?« fragte Iraj.

»Daß all Meines dein sei«, erwiderte Safar, »und all Deines mein.«

»Aus freien Stücken und ohne böse Absichten, richtig?« bohrte Iraj weiter.

»Ja, Majestät«, sagte Safar. »Aus freien Stücken. Und ohne böse Absichten.«

»Gut«, meinte Iraj. »Ich bin froh, daß du dich daran erinnerst.

Aus Gründen, die Safar verborgen blieben, war das gerade Gesagte von außerordentlicher Wichtigkeit für Iraj.

»Und noch etwas, Safar«, meinte Iraj. »Wenn wir unter uns sind, titulier mich nicht mit Majestät oder Euer Hoheit oder sonstigen Dummheiten.«

»Das erleichtert mir die Sache allerdings«, lachte Safar. »Beim erstenmal, als ich es gesagt habe – als wir mit deinen Offizieren zusammen waren –, mußte ich denken: Und das ist der gleiche Kerl, den meine Mutter ausgeschimpft hat, weil er mit seinen schmutzigen Stiefeln über ihren frischgewischten Boden getrampelt ist.«

Iraj grinste, als er sich daran erinnerte. »Ich dachte, sie würde mich umbringen«, sagte er. »Ich mußte mich hinknien und alles wieder saubermachen. Das war eine bittere Erfahrung für einen zukünftigen König.«

Plötzlich wurde er ernst, und seine Augen blickten ins Leere. »Aber jetzt bin ich König, genau wie du es mir in Alisarrians Höhle vorhergesagt hast.«

Safar nickte.

»Und du hast mir noch andere, größere Dinge geweissagt«, fuhr Iraj fort.

»Ja«, bestätigte Safar.

»Sag mir, Bruder, siehst du immer noch solche Dinge? Siehst du mich noch immer als König aller Könige, als Herrscher von ganz Esmir?«

Die Antwort kam ungebeten – eine Vision von Iraj auf einem goldenen Thron. »Ja«, sagte Safar leise.

Iraj schwieg einen Augenblick lang und spielte mit seinem Becher. Dann klatschte er in die Hände. »Laßt uns allein!« befahl er den Frauen. »Ich will mit meinem Freund allein sein.«

Leiria kletterte von Safars Schoß und ging mit ihren kriegerischen Schwestern hinaus. Nachdem sie verschwunden waren, schwieg Iraj noch eine Weile, in Gedanken versunken.

Als er schließlich sprach, schwang in seiner Stimme ein scharfer Unterton mit. »Warum bist du nicht gekommen, als ich nach dir geschickt habe? Ich habe dich sozusagen angefleht, und das tue ich für gewöhnlich sonst nicht.«

Safar war verwirrt. »Du hast nach mir geschickt? Wann?«

»Als du in Walaria warst«, erklärte Iraj. »Ich habe dir einen Brief geschickt. Und einen prallen Beutel voll Gold, damit du die Reise bezahlen kannst.«

»Ich habe weder das eine noch das andere erhalten«, sagte Safar. »Sonst wäre ich sofort gekommen.« Er zog eine Grimasse. »Die Dinge haben sich in Walaria für mich nicht zum Besten entwickelt.«

Iraj forschte Safars Gesicht aus, entspannte sich dann, als er überzeugt war, sein Freund habe die Wahrheit gesprochen.

»Ich habe von deinen Schwierigkeiten gehört«, sagte er.

»Diese waren der Grund, weshalb du mich in diesem Zirkus gefunden hast«, berichtete Safar. »Es gibt einige sehr gefährliche Männer in Walaria, die es auf meinen Kopf abgesehen haben.«

»Um sie brauchst du dir keine Gedanken mehr zu machen«, sagte Iraj. »Walaria hat teuer dafür bezahlt, weil es dir diese Schwierigkeiten bereitet hat.«

Safars Herz hämmerte gegen seine Brust. »Was willst du damit sagen?«

»Walaria gibt es nicht mehr«, antwortete Iraj. »Ich habe es wieder zu einer Viehtränke gemacht.« Beiläufig füllte er erst seinen, dann Safars Kelch wieder mit Wein. »Das geschah nicht nur wegen dir. Sie waren Narren. Sie haben sich mir widersetzt, wie die Bürger von Sampitay. Es war in beiden Fällen notwendig, an ihnen ein Exempel zu statuieren.

Wobei mir die Zerstörung von Walaria jedoch eine gewisse Befriedigung bereitet hat. Ich dachte, du wärest tot und ich könnte dich rächen.«

Es erschreckte Safar zutiefst, daß solche Dinge in seinem Namen geschehen waren.

Iraj bemerkte den Ausdruck auf seinem Gesicht. Er zog eine traurige Miene. »Normalerweise bin ich ein Mann mit weichem Herzen, der niemandem gern ein Leid zufügt. Das ist die Schwäche meines Vaters in mir, gegen die ich mich schützen muß. Doch wenn man regiert, muß man Strenge walten lassen. Und man muß viel Blut vergießen, will man ein Königreich gründen.«

Safar sah, wie Iraj die Tränen in den Augen standen, und die Tiefe dieses Gefühls überraschte ihn.

»Aber niemals habe ich soviel Blut vergossen wie in Walaria«, fuhr Iraj mit heiserer Stimme fort.

Dann schüttelte er sich und wischte sich die Tränen aus den Augen.

»Auch das hast du gesehen, als wir in der Höhle waren, nicht wahr, Safar? Als du mir meine Zukunft geweissagt hast, erschienst du mir sehr traurig.«

»Ja«, erwiderte Safar im Flüsterton.

»Aber es ist mein Schicksal, und so kann ich nichts daran ändern«, fuhr Iraj fort. »Wir leben in einer schrecklichen Welt. Und ich bin der einzige, der sie besser machen kann. Wenn die Menschen nur in mein Herz sehen und meine wahren Absichten erkennen könnten, würden sie mir keinen Widerstand leisten. Ich werde diesem Land Frieden bringen. Und die Größe, die es verdient.

Ich wünschte nur, es müßten zuvor nicht so viele Menschen leiden.«

In Irajs Blick flammte Leidenschaft auf, und einen Moment lang sah Safar in diesem Blick den Jungen, den er in seiner Jugend kennengelernt hatte.

»Wirst du mir helfen, Safar?« bat Iraj. »Ich weiß nicht, ob ich es allein schaffen werde.«

Safar zögerte, tausend Gedanken schossen ihm durch den Sinn und wollten bedacht sein. Dann, inmitten dieses Durcheinanders in seinem Kopf, machte sich jemand an der Zelttür bemerkbar.

Iraj sah gereizt auf. »Herein!« befahl er.

Zwei der Wächterinnen führten einen alten, verängstigten Mann in der Tracht eines Heilers herein.

»Was gibt es?« bellte Iraj.

»Vergebt mir, o gnädigste Majestät«, murmelte der Heiler. »Ich armer Wurm zittere in der Gegenwart Eurer Hoheit. Unterwürfigst bitte ich Euch, die Störung zu verzeihen –«

Iraj winkte mit der Hand und schnitt ihm das Wort ab. »Verschon mich mit deinem Gefasel. Was gibt es?«

Der Heiler senkte den Kopf. »Ich komme wegen der Frau, die meiner Obhut übergeben wurde.«

»Methydia!« rief Safar und sprang auf. »Was ist mit ihr?«

»Ich fürchte, sie wird sterben, mein Lord«, sagte er zu Safar, so voller Furcht, daß seine Beine unter ihm nachgeben wollten. »Sie läßt nach Euch rufen, mein Lord. Ihr müßt rasch kommen, ehe es zu spät ist!«

Iraj sah die Qualen auf Safars Gesicht. »Gehe zu ihr«, forderte er ihn auf. »Wir werden später weitersprechen.«

Safar schoß davon wie ein Pfeil, der von der Sehne gelassen wird, und der Heiler wankte ihm so schnell er konnte hinterher.

*

Als er sie auf ihrem Feldbett liegen sah, die Augen geschlossen, das Gesicht so blaß wie verblichenes Pergament, die Truppe in stummen Tränen um sie versammelt, glaubte er, zu spät gekommen zu sein. Und alt sah sie aus, so alt, daß er sie kaum erkannte. Aber als er sich ihr näherte, schlug sie die Augen auf und war wieder seine schöne Methydia.

»Safar«, hauchte sie mit geisterhafter Stimme.

Er kniete an ihrer Seite, nahm ihre Hand und kämpfte gegen die Tränen.

»Ich muß fürchterlich aussehen« – ihre Stimme hatte ein bißchen an Festigkeit gewonnen –, »was für eine schreckliche Art für eine Frau, ihren jungen Liebhaber zu grüßen.«

»Du bist so schön wie nie zuvor, meine Liebe«, murmelte Safar. »Du bist nur von den Schmerzen geschwächt.«

»Safar, du konntest immer so süß lügen«, erwiderte Methydia. »Aber jetzt ist nicht die rechte Zeit für süße Worte. Es ist nicht zu leugnen – ich sterbe.«

Safar drückte ihre Hand fester. »Ich werde es nicht zulassen«, weinte er. Doch indem er dies sagte, spürte er, wie sie ihm entwich. »Bleib bei mir, Methydia!« bettelte er. »Ich schicke nach den Heilern. Ich werde einen Zauber mit ihnen weben, einen so starken Zauber, daß ihn selbst die Götter nicht vereiteln können.«

Sie lächelte, und er spürte, wie sie sich ein wenig aufrichtete, doch sie war so schwach, so schwach.

»Ich möchte dir ein Geheimnis mitteilen, mein süßer Safar«, sagte sie. »Die Götter hören gar nicht zu. Nein, sie verschließen ihre Ohren vor uns. Sie haben schon seit langer Zeit nicht mehr zugehört. Ich weiß das, weil ich dem Tode so nah bin, daß ich ins Jenseits blicken kann.

Und weißt du, was ich dort sehe?«

»Was?« fragte Safar mit bebender Stimme.

»Die Götter schlafen. Sie sind in solch festen Schlummer versunken, daß selbst tausend Stimmen tausendmal rufen könnten, ohne sie zu wecken.«

Safar glaubte, sie würde irrereden, und küßte sie. »Unsinn, Methydia. Es ist nur ein Fiebertraum, nicht das Jenseits.«

»Ich wünschte, es wäre so«, sagte Methydia. »Ich wünschte es wirklich.«

Plötzlich riß sie die Augen auf und versuchte, sich aufzurichten. Safar drückte sie sanft zurück und bat sie, ruhig zu liegen.

»Hör mir zu, Safar«, drängte sie.

»Ich höre dir zu, Methydia«, antwortete Safar.

»Nur du kannst die Götter wecken, Safar«, sagte sie. »Nur du allein!«

»Sicherlich, meine Liebe«, meinte Safar. »Ich werde es tun, sobald es dir wieder besser geht. Wir werden sie zusammen wecken.«

»Ich bin nicht verrückt«, sagte sie mit überraschender Strenge und Kraft in der Stimme. »Ich sterbe nur. Also streite nicht mit einer sterbenden Frau. Das wäre unhöflich. Hör mir zu! Hörst du zu?«

»Ja, Methydia.«

»Du darfst Protarus nicht für das hassen, was mir zugestoßen ist«, sagte sie. »Das war ein Unfall, wie er im Krieg geschieht, nicht mehr. Versprich mir, daß du ihn nicht hassen wirst!«

»Ich verspreche es dir.«

»Gut. Und jetzt möchte ich noch ein anderes Versprechen von dir.«

»Jedes, meine Liebe. Jedes, das du willst.«

»Gehe mit ihm. Schließe dich Protarus an. Hilf ihm. Das ist der einzige Weg!«

»Bitte mich nicht darum, Methydia«, bat Safar. »Bitte! Zu viele Menschen leiden.«

»Lindere das Leid, wo du kannst«, fuhr sie fort. »Aber verhilf Protarus zu seinem Thron. Der Thron selbst ist nicht wichtig. Er ist nur der erste Schritt. Auch Protarus ist nicht wichtig. Er begleitet dich nur ein Stück des Weges, dem du folgen mußt. Ich weiß nicht, was sich am Ende dieses Weges befindet. Aber du wirst wissen, was du zu tun hast, wenn du dort ankommst.

Du wirst es wissen, mein süßer Safar. Du wirst es wissen.«

»Bitte, Methydia!«

»Versprichst du es mir, Safar Timura? Gibst du mir dein Wort?«

»Ich kann nicht«, entgegnete Safar.

Methydia drückte seine Hand, so fest sie konnte. In diesen Griff legte sie all ihren Willen und ihre verbliebene Kraft.

»Versprich es mir!« verlangte sie.

»Nun gut«, weinte Safar. »Ich verspreche es. Wenn du mich nur nicht verläßt!«

Ihre Hand wurde schlaff. Safar starrte sie durch einen Schleier von Tränen an.

Auf ihrem Gesicht stand ein Lächeln.

Ein schreckliches Jammern erhob sich im Zelt, als der Schock sich verbreitete und die anderen Artisten ihrem Kummer freien Lauf ließen.

Methydia war tot.

Safar erinnerte sich an Biners Worte, als sie sich vor langer Zeit kennengelernt hatten:

»Zum Teufel mit allem außer dem Zirkus!«

Und nun gab es den Zirkus nicht mehr.

*

Safar hastete durch das Lager und stieß grob jeden zur Seite, der ihm im Weg stand. Iraj war nicht in seinem Kommandozelt. Safar fauchte den General so furchterregend an, daß der von Narben gezierte Veteran wie ein junger Rekrut mit der Antwort herausplatzte.

Safar fand Iraj auf seinem Reisethron, den man zu einer Stelle am Hang getragen hatte, von wo aus man Sampitay überblicken konnte. Zu beiden Seiten des Throns hatte man zwei angespitzte Pfähle in den Boden getrieben.

An den einen war Königin Arma gefesselt, an den anderen Prinz Crol.

Am Fuße des Hügels wurden lange Reihen Verurteilter zu den Richtblöcken geführt. Nackte Männer waren an Pfähle gebunden und schrien in Todesqualen, während hämische Soldaten sie mit Speeren folterten.

Iraj war von seiner königlichen Wache umgeben, und als die Kriegerinnen Safars Haltung bemerkten, zogen sie das Schwert und traten ihm in den Weg.

»Laßt ihn durch«, befahl Iraj.

Widerwillig gingen sie auseinander, hielten die Schwerter jedoch bereit.

Irajs Gesicht zeigte Grimm, war dabei aber so blaß und blutleer wie das von Methydia. Er bedeutete seinen Frauen, sich ein wenig zurückzuziehen.

»Wir wollen uns allein unterhalten«, bellte er.

Die Frauen wichen zurück, zeigten sich hingegen nicht glücklich darüber.

»Warum bist du hierhergekommen, Safar?« fragte er. »Es ist nicht notwendig, daß du das mitansiehst.«

»Ich wollte dich um einen Gefallen bitten, Iraj.«

Der König reagierte verärgert. »Kann das nicht warten? Hier ist weder der richtige Zeitpunkt noch der richtige Ort für so etwas.« Dann fiel auch ihm Safars Gesichtsausdruck auf. »Was ist mir dir, mein Freund? Was ist geschehen?«

Safar schüttelte den Kopf, er war zu erschüttert, um antworten zu können.

Dann flackerte in Irajs Augen Verstehen auf. »Ach so. Deine Frau ist gestorben, nicht?«

»Ja.«

»Und du hast sie geliebt?«

»Ja.«

»Es tut mir leid. Ich hoffe nur, du haßt mich dafür nicht.«

»Nein.«

»Es war ein Unglücksfall.«

»Methydia hat das gleiche gesagt, bevor sie gestorben ist.«

»Eine weise Frau.«

»Das war sie.«

Iraj erforschte Safars Gesicht und fragte dann: »Was möchtest du von mir? Womit kann ich deinen Schmerz lindern?«

Safar zeigte auf dic schreckliche Szene am Fuße des Berges. »Verschone sie.«

Iraj blickte ihn fragend an.

»Ich werde dir erklären, warum dies nur zu deinem Vorteil wäre«, sagte Safar.

Iraj schüttelte den Kopf. »Du brauchst mir deine Gründe nicht zu erklären. Du hast mich um einen Gefallen gebeten, und so soll er dir gewährt werden. Aus freien Stücken und ohne Zögern.

So lautet doch unsere Vereinbarung. Der Eid, den wir einander geleistet haben.«

Iraj rief seine Berater herbei, die eilends angelaufen kamen. »Laßt diese Menschen frei«, befahl er. »Sie sollen in ihre Häuser zurückkehren.«

»Aber, Majestät«, wandte einer der Berater ein. »Was ist mit ihrem Widerstand? Wir müssen an solchen Leuten ein Exempel statuieren.«

Iraj starrte den Mann finster an, der daraufhin sichtlich in sich zusammensackte. »Falls Ihr meine Befehle abermals in Frage stellen wollt, mein Herr«, fuhr der König seinen Berater an, »wird Euer Kopf auf einem dieser Richtblöcke enden. Tut, wie ich befohlen habe! Sofort!«

Die Berater rannten davon. Augenblicke später erschollen die Hörner, Befehle wurden ausgegeben, und die Menschen von Sampitay wurden von ihren Ketten befreit. Sie fielen auf die Knie, weinten und dankten laut dem Himmel, den Göttern und Protarus für ihre Schonung.

Safar sah dem allen zu und dachte, daß sie eigentlich Methydia hätten danken müssen, nicht dem Eroberer.

»Um es offen zu sagen, mein Freund«, wandte sich Iraj an ihn, »bin ich erleichtert, daß du mich um diesen Gefallen gebeten hast. Massenhinrichtungen zuzusehen oder gar den Befehl dafür zu geben ist eine der Pflichten, die ich am wenigsten liebe.«

»Dann gib den Befehl nicht«, erwiderte Safar.

Iraj zog überrascht die Augenbrauen hoch. Seine Wangen röteten sich. Offensichtlich war er es nicht gewöhnt, daß man auf diese Weise mit ihm sprach. Dann trat ein reuiges Lächeln auf seine Lippen.

»Du sprichst sehr offen mit mir«, sagte er. »Niemand an meinem Hof würde es wagen. Und das fehlt mir am meisten. Ein Freund, der ehrlich zu sagen wagt, was er denkt.«

»Nicht vor einer Stunde«, sagte Safar, »hast du mich gefragt, ob ich mich dir anschließen würde. Bist du noch immer an meinen Diensten interessiert?«

»Bestimmt bin ich das«, antwortete Iraj. »Aber du mußt dich nicht jetzt entscheiden. Ich habe dir einen Gefallen erwiesen. Es wäre nicht recht, einen Gefallen als Gegenleistung zu erbitten. Es würde einen Schatten auf unsere Freundschaft werfen.«

»Meine Antwort wäre die gleiche«, sagte Safar. »Und es ist kein Gefallen, den ich dir tue. Ich werde mich dir anschließen, aus freien Stücken und mit Freude. Ich möchte dich nur bitten, auf meinen Rat zu hören, den ich dir so ehrlich geben werde, wie ich nur kann.«

»Abgemacht!« sagte Iraj, und sein Gesicht hellte sich auf.

Er streckte die Hand aus. »Nimm sie, mein Bruder. Und ich werde dich zu Ruhm und Reichtum führen, wie es in meiner Macht steht.«

Safar ergriff seine Rechte.

Feierlich erklärte Iraj: »Safar Timura, Sohn eines Töpfers, Zauberer der Hohen Karawanen, ich, König Iraj Protarus, ernenne dich hiermit zum Großwesir. Von diesem Augenblick an trägst du den höchsten Rang in meinem Reich.

Und du darfst allen Befehle erteilen, allen außer mir selbst.«

Safar merkte, wie sich die Welt um ihn herum zu drehen begann, als hatte ein berühmter Zirkusmeister am großen Rad des Schicksals gedreht. Safar war darauf festgeschnallt, sein Kopf war die Spitze des Zeigers, und er drehte und drehte und drehte sich. Und er hörte den Zirkusdirektor rufen: »Dreh dich, dreh dich, dreh dich ... und wo du stehenbleibst, wissen nur die Götter!«

Safar faßte Irajs Hand fester, teils, um sich abzustützen, doch hauptsächlich, damit er seine eigene Hand nicht zurückzog. Er wollte nichts von alledem. Sein größter Wunsch war, mit Biner und Arlain und den anderen an Bord des Wolkenschiffes zu gehen und diesen Ort, dieses Schicksal zu fliehen.

Aber das Wolkenschiff gab es nicht mehr.

Und er hatte Methydia ein Versprechen gegeben.

Safar stählte seine Nerven und sagte, so fest es ihm möglich war: »Ich nehme an.«

*

In dieser Nacht rief Iraj seinen Hof zusammen. Es wurde eine kleine Zeremonie veranstaltet, während derer Safar zum Großwesir ernannt wurde.

Safar nahm die Gesichter der Offiziere und Höflinge nur verschwommen wahr. Nun einige wenige fielen ihm auf. Manche waren freundlich. Andere nicht. Die meisten drückten Neugier und Ehrfurcht aus.

Wer war dieser Mann, der aus dem Nichts so weit, so rasch aufgestiegen war?

Ließ seine Gegenwart Schlechtes oder Gutes erhoffen?

*

Spät in der Nacht träumte Safar, daß Methydia zu ihm käme.

In seinem Traum spürte er sanfte Hände, die ihn streichelten. Er öffnete die Augen und sah Methydias Gesicht und ihren schlanken Körper über sich. Er rief ihren Namen und drückte sie an sich. Sie liebten sich leidenschaftlich, als wären sie wieder an Bord des Wolkenschiffes. Dann ging das Wolkenschiff in Flammen auf, fiel der Erde entgegen, und die beiden klammerten sich in endlosem Sturzflug aneinander.

Als er am Morgen erwachte, entdeckte Safar Leiria, die sich an ihn geschmiegt hatte und im Schlaf lächelte.

Er fühlte sich wie ein Verräter und wollte vorsichtig seinen Arm zurückziehen, doch Leiria erwachte, gurrte, blickte ihn mit schwarzblauen Augen an und drängte sich an ihn.

Er befreite sich höflich, aber bestimmt von ihr. »Ich muß mich um meine Pflichten kümmern«, entschuldigte er sich.

Zunächst zog Leiria einen Schmollmund, dann kicherte sie und stand auf. »Ich darf nicht so selbstsüchtig sein und Euch all Eurer Kraft berauben, mein Lord.«

Safar brachte ein schwaches Lächeln zustande.

Sie begann sich anzukleiden. »Ihr habt heute nacht den Namen einer anderen Frau gerufen«, sagte sie leichthin, doch Safar konnte den verletzten Unterton heraushören. »War sie diejenige, die gestorben ist?«

»Ja«, antwortete Safar leise.

Leiria zuckte mit den Schultern. »Das macht mir nichts aus«, sagte sie. »Es ist gut, wenn Euer Herz treu ist.« Sie hielt den Kopf gesenkt und konzentrierte sich darauf, ihre Waffen umzuschnallen. »Der König hat mir befohlen, Euch ein wenig zu trösten und Euch mit meinem Leben zu beschützen.«

Sie hob den Kopf, und Safar entdeckte Tränen in ihren Augen. »Die Befehle des Königs«, sagte sie, »befolge ich mit Freuden. Ich werde Euch beschützen, und ich werde auch diese andere Frau für Euch sein, solange es Euch gefällt.

Und vielleicht werdet Ihr eines Tages dann meinen Namen aussprechen ... statt des ihren.«

Safar wußte nicht, was er sagen sollte. Ihrem Gesicht nach konnte jedes Wort, ganz gleich welches, einen Sturzbach von Tränen auslösen. Und sie würde ihn verachten, falls er sie so demütigte.

So brachte er nur über die Lippen: »Du ehrst mich, Leiria.«

So schwach diese Erwiderung sein mochte, Leiria schien sie zu befriedigen. Sie nickte, kleidete sich zu Ende an, küßte ihn schließlich flüchtig auf die Wange und zog sich zurück.

Safar blickte ihr hinterher und fragte sich, was von ihren Worten aufgesetzt und was ernst gemeint gewesen war.

Und wieviel sie Iraj berichten würde.

*

Es dauerte nicht lange, bis Safar die Antwort auf diese Fragen erhielt. Er hatte kaum die Zeit, ein wenig zu essen und sich anzuziehen, als Iraj ihn schon zu sich rufen ließ.

Leiria diente ihm auf dem eiligen Gang zum König als Führerin und als Wächterin. Mit nichts ließ sie sich anmerken, daß sie die Nacht zusammen verbracht hatten. Ihre Haltung entsprach der eines Soldaten, ihr Benehmen war höflich und voller Respekt.

Als sie die Gemächer des Königs betraten, mußte er sich nicht der Durchsuchung nach Waffen unterziehen und wurde sofort hineingeführt. Iraj saß auf einem einfachen Feldstuhl, vor ihm auf einem kleinen Tisch waren Landkarten ausgebreitet.

Als er Safar sah, begrüßte er ihn: »Anscheinend hat mein kleines Geschenk mehr Sorgen als Freude hervorgerufen, mein Freund.«

Safar mußte sich zwingen, nicht zu Leiria hinüberzuschauen. »Was meinst du, Iraj?« fragte er.

Protarus tippte auf eine der Karten. »Ich plane unseren nächsten Feldzug«, antwortete er zu Safars größter Erleichterung. »Der Winter ist im Anzug, und es bleibt nicht mehr viel Zeit.«

»Wo liegt das Problem?« fragte Safar. »Und wieso bin ich der Grund dafür.«

»Sampitay ist das Problem«, gab Iraj zurück. »Jetzt, nachdem ich es seinen Menschen zurückgegeben habe, wie du von mir erbeten hast, stehen diese Menschen in meinem Rücken, wenn ich weitermarschiere.«

»Warum glaubst du, sie könnten dir gefährlich werden?« wollte Safar wissen.

»Warum glaubst du, sie würden es nicht tun?« erwiderte Iraj und kniff die Augen zusammen.

»Willst du in der Stadt keine Garnison einrichten?« fragte Safar. »Und einem deiner Männer den Befehl übergeben?«

»Garnisonen sind dreifach teuer«, erklärte Iraj. »Sie kosten Geld, Soldaten und gute Offiziere.«

»Gestern wollte ich dir die Gründe für meine Bitte erläutern. Du hast dies freundlich abgelehnt. Ich würde sie dir deshalb gern jetzt erläutern.«

Iraj nickte. »Bitte.«

»Sampitay ist eine der reichsten Städte von Esmir«, zeigte Safar auf. »Die Quelle dieses Reichtums ist, wie du sehr wohl weißt, Seide. Aber um Seide zu erzeugen, braucht man erfahrene Arbeiter mit einer sehr guten Ausbildung – einer Ausbildung, wie sie nur wenige andere außerhalb von Sampitay haben.

Aus diesem Grund sind die Menschen hier lebend und frei mehr für dich wert als tot oder versklavt. Denk an all das Gold, das sie dir als Steuern zahlen werden. Gold, mit dem du deinen Feldzug führen kannst.

Für die Soldaten, mit denen du Sampitay besetzt, kannst du eine gleiche Zahl Soldaten in Sampitay rekrutieren und auf deine Weise ausbilden.

Schließlich mußt du doch auch viele junge Offiziere in deinen Reihen haben, die darauf brennen, mehr Verantwortung zu übernehmen und befördert zu werden. Sie können die älteren Offiziere ersetzen, die du in der Garnison zurückläßt, damit sie den Frieden bewahren und deine Steuern eintreiben.«

Iraj dachte nach. »Ich muß wohl zugeben, daß ich dringend Geld benötige. In all diesen Chroniken wird nie darüber berichtet, wie teuer so ein Krieg ist.

Bislang habe ich mein Geld durch Plünderungen und durch die armseligen Steuern der Städte unter meiner Herrschaft eingenommen. Unglücklicherweise geht beim Plündern mehr Geld in die Taschen meiner Soldaten als in meine eigenen. Das erwarten sie, und das ist auch ihr Recht.

Was die Steuern betrifft, so klagen die Herrscher, die sich mir unterworfen haben, stets darüber, wie schwer sie das aufbringen können, was ich von ihnen verlange. Jedoch habe ich keine Zeit, kann nicht zu ihnen gehen und ihnen einen wirklichen Grund zum Klagen liefern, und so betrügen sie mich ohne Gnade.«

»Dann besetze sie alle so, wie ich es dir für Sampitay vorgeschlagen habe«, sagte Safar.

»Was? Und ich soll mit ihren Soldaten meine eigenen ersetzen?«

»Was ist daran falsch?« fragte Safar.

»Bis zum heutigen Tag«, erklärte Iraj, »habe ich nur Männer aus der Ebene eingesetzt.«

»Das war sicherlich ein weiser Zug, als du aufgebrochen bist«, meinte Safar. »Doch als König aller Könige, als wahrer Herrscher von Esmir, mußt du in den Herzen all deiner Untertanen nach Treue suchen, nicht nur bei den Männern von der Ebene.

Und das ist der eigentliche Grund, dieser Politik des Mordens ein Ende zu machen. Außerdem hast du mir selbst gesagt, wie widerwärtig du das Blutvergießen findest. Vielleicht war dieses Widerstreben nicht nur das Erbe der Schwäche deines Vaters. Vielleicht war dir unterschwellig schon bewußt, daß du das Reich der Reiche, welches einst Alisarrians war, auf andere Weise beherrschen mußt.

Und möglicherweise habe ich nur in Worte gefaßt, was du schon lange in dir getragen hast.«

Iraj dachte eine Zeitlang darüber nach. »Ich werde deinen Vorschlag befolgen. Und wir beginnen mit Sampitay.«

Er zeigte auf die Karten. »Jedenfalls wird es die vor uns liegende Aufgabe sehr erleichtern, soviel steht fest. Ehe der Winter da ist, werde ich den ganzen Süden unter meine Herrschaft gebracht haben. Und im Frühjahr ...« – er fuhr mit dem Finger über die Schwelle der Götter – »werden wir den Norden angehen und durch Kyrania ziehen, genau wie Alisarrian es einst getan hat.«

Er ließ sich in seinen Stuhl zurücksinken. »Ich muß mir den Weg zum Meer freikämpfen. Wie viele Jahre mag es wohl dauern? Ob ich überhaupt lange genug lebe, um es zu erschauen?«

»Das wirst du«, bestärkte ihn Safar.

Iraj lächelte, indes er sich erinnerte. »Das stimmt. Wir haben uns in dieser Vision gesehen, nicht wahr? Die Dämonen unter unseren Stiefeln, während wir durch die Tore von Zanzair marschieren.«

»Ich erinnere mich daran«, sagte Safar.

Der König schwieg einen Moment lang, dann fragte er: »Denkst du oft an die Dämonen? Daran, wie wir ihnen auf dem Paß gegenübergetreten sind?«

»Es ist derjenige von meinen Alpträumen, den ich am meisten hasse«, erwiderte Safar.

»Glaubst du, Coralean hatte recht? Daß es sich nur um eine Gruppe von Banditen handelte, die zufällig in die Menschenlande geraten ist?«

»Ich kenne keinen Beweis, der das Gegenteil belegen würde«, meinte Safar. »Ich habe alle Bibliotheken von Walaria nach einem historischem Vorbild durchforstet.« Er schüttelte den Kopf. »Es gab keins. Aber trotzdem haben sich seitdem seltsame Dinge ereignet. Dürren und Seuchen und Kriege.«

Iraj lächelte reuig. »Nun, wir wissen, wer für die Kriege verantwortlich ist«, sagte er. Er tippte sich auf die Brust. »Die anderen Ereignisse könnten auch natürliche Ursachen haben.«

»Das glaube ich nicht«, entgegnete Safar. Er erzählte Iraj von seinen Forschungen über Hadin. Und er berichtete von dem Zauberwurm in Kyshaat.

Nachdem er geendet hatte, sagte Iraj: »Ich habe oft an jene Nacht in den Bergen zurückgedacht. Und an unsere spätere Vision. Ich bin kein Seher wie du, mein Freund. Aber ich werde dir sagen, was ich davon halte.

Vielleicht ist im fernen Hadin wirklich etwas geschehen. Ich persönlich glaube, es war ein Zeichen des Himmels. Ein Zeichen, das perfekt zu unseren Visionen von mir und Alisarrian paßt.

So wie ich die Welt betrachte, ist sie eine große Wegkreuzung. Der eine Weg führt in die Katastrophe, obwohl man nicht sagen kann, was die Katastrophe mit sich bringt. Der andere Weg führt zur Hoffnung und in eine goldene Zukunft.«

Abermals tippte er sich auf die Brust. »Und diese Hoffnung und Zukunft bin ich. Wenn ich erst meine Ziele erreicht habe, wird wieder Ordnung einkehren.«

»Ich bete dafür, daß du recht hast«, sagte Safar. »Und ich plane, alles in meiner Macht Stehende zu tun, damit es so geschehen wird.«

Iraj lachte. »Gut gesagt, mein Bruder. Gemeinsam werden wir alles erobern. Nichts und niemand kann uns widerstehen.«

Safar antwortete mit einem Lächeln. Doch er dachte: Vergiß die Dämonen nicht, Iraj. Vergiß die Dämonen nicht.

*

Am folgenden Tag verabschiedete sich Safar vom Zirkus. Er ließ Biner einen Beutel Gold in die Hand fallen. Das Säckchen war so schwer, daß der muskulöse Zwerg ihn vor Überraschung fast fallengelassen hätte.

»Wofür ist das?« fragte Biner.

»Das ist ungefähr soviel, als hättet ihr für ein Jahrhundert im voraus Karten verkauft«, meinte Safar lächelnd. »Ich hoffe, bei euch ist immer ein Platz für mich frei.«

»Bestimmt werden wir einen Platf für dich freihalten«, schluchzte Arlain und wischte sich mit einem Tuch eine Träne aus dem Auge.

»Wird nicht mehr das sein, was es mal war«, meinte Biner, »ohne Methydia und das Wolkenschiff.«

»Ich wünschte, ich könnte euch beides zurückgeben«, erwiderte Safar. »Doch das Gold ist alles, was ich für euch tun kann.«

»Wir werden den besten Zirkus machen, den wir auf die Beine stellen können«, versprach Biner. »Du wirst stolz auf uns sein.«

»Das bin ich schon«, sagte Safar. »Und nie im Leben werde ich die Monate vergessen, in denen ich mit euch unterwegs war.«

»Du bist jetzt ein reicher Mann«, begann Biner. »Ein mächtiger

Mann. Aber falls du uns je brauchen solltest ...« Die Gefühle überwältigten ihn, und er drehte sich zur Seite und schneuzte sich in einen Lumpen. Als er sich wieder zusammengerissen hatte, fuhr er fort: »Zum Teufel, du weißt schon, was ich sagen will!«

»Sicherlich«, erwiderte Safar und wischte sich ebenfalls eine Träne von der Wange.

Dann umarmte er einen nach dem anderen.

Und als er damit fertig war, lief er davon, ehe er schwach würde und in der Nacht mit ihnen fortzöge.

*

Als Leiria das nächste Mal in sein Bett kam, hätte er sich ihr beinahe verweigert. Doch schien es ihm am Ende einfacher, ihre Umarmung zu akzeptieren, als sie fortzuschicken. Sie war eine leidenschaftliche Liebhaberin, eine erfahrene dazu. Niemals wieder nannte er sie Methydia, obwohl es die andere Frau war, an die er dachte. Er wußte nicht, was er von Leiria halten sollte. War sie ihm wirklich verfallen? Oder spionierte sie nur für Iraj? Weder für die eine noch für die andere Vermutung bot sie ihm je eine Bestätigung. Des Nachts war sie Glut in seinen Armen, bei Tag die kühle Wächterin, die jeden Mann, der sich ihm näherte, auf böse Absichten hin einschätzte.

Seiner Zweifel wegen wartete er mehrere Nächte, bis er sich auf seine wichtigste Aufgabe stürzte. Dann trug er ihr einen schwierigen Botengang auf, dessen Erledigung sie viel Zeit kosten würde.

Als sie gegangen war, holte er die Steinschildkröte hervor und rief Gundara.

Der kleine Gehilfe war noch immer sehr schwach und konnte kaum seine volle Größe einnehmen. Safar sah die Zeltwände durch seine schmächtige Gestalt.

»Ich hoffe, du möchtest mir keine schwierige Aufgabe übertragen, Meister«, jammerte Gundara. »Mir geht es nicht so sehr gut.«

»Ich habe etwas Süßes für dich«, sagte Safar und bot Gundara die Süßigkeit an, die er vom Abendessen mitgebracht hatte.

Lustlos nahm Gundara es aus seiner Hand. Er leckte an dem Zucker, dann seufzte er und ließ die Süßigkeit zu Boden fallen.

»Es schmeckt nicht mehr so gut wie früher«, beklagte er sich.

»Ich hatte noch keine Gelegenheit, mich für deine Warnung in jener Nacht zu bedanken«, sagte Safar.

Gundara stieß erneut einen schweren Seufzer aus. »Ich wäre beinahe nicht aus dem Stein herausgekommen«, erklärte er. »Gundaree hat geschoben und geschoben, so gut er konnte. Es hätte uns fast beide umgebracht.«

»Das tut mir leid«, meinte Safar. »Doch immerhin habt ihr mir das Leben gerettet.«

Gundara zuckte mit den Achseln. »Ich hoffe nur, ich muß das so bald nicht wieder tun.«

»Das hoffe ich auch«, stimmte Safar zu. »Aber was nun? Bin ich von Feinden umgeben?«

»Sicherlich, Meister«, sagte Gundara. »Überall um dich herum sind Feinde. So viele, daß ich sie gar nicht alle aufzählen kann. Im Augenblick fürchten sie dich jedoch zu sehr, um dich zu hassen. Mein Rat, Meister, lautet: Sei so vorsichtig, wie du kannst.«

»Was ist mit Iraj?« fragte Safar. »Ist er mein Feind?«

»Nein«, antwortete der Gehilfe. »Aber er stellt eine Gefahr für dich dar. Wie alle Könige. Hüte dich vor Königen, Meister, das ist der beste Rat, den ich dir geben kann.«

»Und was ist mit Leiria?« fragte Safar. »Meint sie es gut oder schlecht mit mir?«

»Ich bin zu schwach, und ihre Gedanken sind zu verwirrend, um die Frage zu beantworten, Meister«, erwiderte Gundara. »Wenn sie bei dir ist, betet sie dich an. Aber wenn sie beim König ist, betet sie ihn an. Ich kann dir nur sagen, vertraue ihr nicht … und halte sie nah bei dir.«

Safar verbarg seine Enttäuschung. Er hatte gehofft, mehr von dem kleinen Gehilfen zu erfahren.

»Gibt es etwas, das ich für dich tun kann?« fragte er. »Damit du dich schneller erholst?«

»Ruhe, Meister«, erbat sich Gundara. »Das ist alles, was wir brauchen, und alles, was für uns getan werden kann. Es wird uns schon nach und nach wieder besser gehen.«

Safar dachte, »nach und nach« könnte bei einem Gehilfen hundert Jahre heißen. Hoffentlich dauerte es nicht ganz so lange.

Dann wollte er Gundara zurück in den Stein schicken.

»Warte, Meister«, hielt Gundara ihn zurück. »Ich hätte beinahe etwas vergessen.«

Der Gehilfe machte eine Geste, und ein kleiner Gegenstand erschien in seiner Hand. Er machte eine zweite Geste, und der Gegenstand lag auf Safars Handfläche und wuchs vor dessen Augen.

Es handelte sich um ein dünnes, zerknittertes altes Buch, in Leder gebunden.

»Nerisa und ich haben es aus Umurhans Bibliothek gestohlen«, erklärte Gundara. »Sie hatte es mir gegeben, damit ich es für dich aufbewahre.«

Safar betrachtete es näher. Er holte tief Luft. Auf dem Einband prangte ein bekanntes Zeichen aus abgewetztem Blattgold.

»Es ist das Buch von Lord Asper«, erklärte Gundara. »Das, nach dem du gesucht hast.« Damit verschwand er in den Stein.

Mit zitternden Fingern schlug Safar das Buch auf. Er benötigte ein paar Augenblicke, bis er die kritzelige Schrift übersetzt hatte. Dann sprangen ihm die Worte entgegen, als wären sie lebendig:

Lang, lang, hab ich die Welt betrauert,
Lang, lang, hab ich unser Schicksal beweint.
Gezogene Schwerter, entrollte Banner,
Der Sturm auf die Mauer, im Haß geeint.
›Tötet die Menschen!‹ riefen wir alle.
›Treibt die Teufel aus unserem Land!‹
Mein Schrei war der lauteste, und dennoch Lüge.
Ich fürchtete zu sagen, daß wir alle verdammt.
Dämonen und Menschen, von der gleichen Mutter,
Für Hadin bestimmt, wo ich einst erkannt
Einen gemeinsamen Tod, ein gemeinsames Grab …

Safar grunzte niedergeschlagen. Insekten hatten den Rest der Seite zerstört.

Er blätterte das Buch durch. Einige Seiten waren beschädigt, die meisten jedoch nicht. Der größte Teil des Buches schien aus magischen Formeln und gekritzelten Notizen zu bestehen, dazu kam hier und dort noch ein weiteres Gedicht. Es würde viel Zeit in Anspruch nehmen, die Formeln und Notizen des Zauberers zu entziffern. Aber wenigstens hatte Safar endlich etwas gefunden, das ihm den Weg weisen konnte.

Er dachte an Nerisa. Eigentlich war sie nicht ganz aus seinen Gedanken verschwunden. Kein Tag verstrich, ohne daß ihr Gesicht, ihre großen traurigen Augen, ihr schiefes schwaches Lächeln vor seinem inneren Auge erschien. Er lächelte – dieses Buch, Aspers Buch, war ihr Abschiedsgeschenk an ihn.

Draußen hörte er Leiria näher kommen. Er legte das Buch zur Seite.

Arme Leiria, dachte er. Du hast nicht nur eine tote Frau als Nebenbuhlerin, sondern gleich zwei.

*

Die Armee marschierte eine Woche später weiter, Iraj vornweg und Safar an seiner Seite. Die Bürger von Sampitay säumten die Hauptstraße und jubelten dem guten König Protarus zu.

Nicht lange danach fiel die nächste Stadt, wieder ein Juwel in Irajs Krone. Er verfuhr genauso wie in Sampitay und folgte Safars Ratschlägen, was die Behandlung der Bevölkerung und der Regierung betraf. Ein Monat verstrich, ein Monat voller Eroberungen. Manche forderten viel Blut, manche weniger.

Der Winter kam, und Irajs Armee machte Quartier. Es gab genug Brennstoff fürs Feuer und reichlich zu essen und zu trinken. Boten kamen und gingen, Karawanen krochen durch den Schnee und füllten Irajs Schatztruhen mit dem Gold der tributpflichtigen Städte.

Doch der König war mißmutig, schritt auf und ab, richtete den

Blick hinaus in die Ferne auf die Schwelle der Götter und verfluchte die kalten Tage bis zum Frühjahr.

Und er schwor seinem Freund und Großwesir, Lord Safar Timura, daß er auf die Berge zumarschieren würde, sobald die ersten grünen Knospen durch den Schnee drangen.

Vierter Teil

Die Dämonenkriege

21
Die Invasion beginnt

Es war die größte militärische Ansammlung in der Geschichte von Esmir.

Eine Dämonenarmee – eine halbe Million Krieger stark – marschierte am Rande der Verbotenen Wüste auf. Die Rüstungen glänzten in der bleichen Frühlingssonne. Der Anblick erinnerte an einen riesigen Drachen mit glitzernden Schuppen und ausgebreiteten Flügeln, der im Begriff war, die Menschenlande heimzusuchen. Wälder von Speeren, Lanzen und Langbögen formten seinen Rumpf. Riesige Trosse mit Waffen und Nachschub bildeten seinen Schwanz. Trompetende Elefanten und fauchende Reittiere und das Rasseln der Waffen und das Schreien der Marketenderinnen gaben ihm die Stimme. Und seinen Kopf bildeten zehntausend Reiter unter dem Kommando von Kronprinz Luka.

Es war eine Elitetruppe, die sich aus den besten jungen Dämonen des ganzen Landes zusammensetzte. Alle waren von adligem Geblüt und begierig, dieses Blut für die Götter und den König zu vergießen. Man hatte sie in einen Kampfrausch versetzt, und ungeduldig warteten sie auf das Signal, in die Wüste losstürmen zu dürfen. Laut murrten sie über alle Verzögerungen, knirschten mit den Reißzähnen und blickten aus gelben Augen hinüber zu ihrem verehrten Kronprinzen, der sich im Moment mit seinem Vater König Manacia und dessen Großwesir Lord Fari beriet.

Der Prinz, der vorgab, gänzlich in die letzten Worte seines Vaters vor dem Beginn des Feldzuges vertieft zu sein, hörte ihr Murmeln und haßte sie dafür.

Er konnte sich nicht vorstellen, weshalb sie so begierig darauf brannten, ihren Schöpfern entgegenzutreten. Der Prinz scherte sich nicht darum, ob sie alle des grausamsten Todes sterben würden. Was ihn vielmehr beschäftigte, war, daß man von ihm erwartete, ihr Schicksal zu teilen. Er dachte, sie sind so inzüchtig, man könnte ihre Augen mit einer einzigen Kralle ausstechen. Sie waren nur von Trieben gelenkt und nicht vom Hirn. Auf ihren breiten Hälsen saßen kleine Köpfe, die nur einem Zweck dienten – soweit Luka das jedenfalls feststellen konnte –, nämlich einen Helm zu tragen. Warum, oh, warum nur hassen mich die Götter so?

»Der erste Teil des Feldzugs lastet auf deinen Schultern, mein Sohn«, sagte König Manacia gerade.

»Verzeihung, Majestät?« fragte Luka. »Es tut mir leid, aber ich kann mich kaum konzentrieren. Ich muß gestehen, ich träumte gerade von den Siegen meiner Truppen.«

Manacia entblößte die Reißzähne zu einem stolzen Grinsen. »Was für einen tapferen Prinzen habe ich doch zum Sohn, Fari«, sagte der König zu seinem Großwesir. »Er ist so erpicht darauf, die Menschen zu töten, daß er mir kaum noch zuhören kann.«

Fari nickte heftig und verzog die alte Schnauze zu einem Lächeln. »Wirklich, Euer Hoheit«, sagte er, legte die Klaue an die Brust, während er sprach, und fügte dann eine seiner Lieblingsphrasen hinzu: »Prinz Luka sollte uns allen ein Beispiel sein.«

Luka entging der amüsierte Schimmer in den Augen des alten Dämons nicht. Fari konnte ihm aus dem Herzen lesen und weidete sich an dem Dilemma des Prinzen. Du alter Bastard, dachte Luka. Ich schwöre, ich lasse dich nur leben, damit ich es dir später richtig heimzahlen kann. Mag es kosten, was es wolle, ich werde überleben, damit ich auf dein Grab pissen und auf das meines Vaters scheißen kann.

»Es ist das heiße Blut seiner Mutter in ihm«, sagte Manacia. Dann wandte er sich an Luka: »Habe ich dir je die Geschichte erzählt, als deine arme Mutter mich beschuldigte, ich hätte sie vergewaltigt?«

»Ich glaube nicht, Majestät«, log der Prinz. »Zu gern würde ich die Geschichte hören.«

Manacia platzte lachend heraus, als er sich daran erinnerte. »Es war, nachdem sie versucht hatte, mich zu erstechen, und ich sie gefesselt hatte«, begann er kichernd. »Sie ... sie ...«

Der König brach ab und riß sich zusammen. Er wischte sich über die Augen und rückte seine Krone zurecht, welche ihm beim Lachen über das eine Ohr gerutscht war.

»Nun ja«, sagte Manacia. »Wir haben dringendere Dinge zu erledigen. Ich werde mir die Geschichte aufsparen, bis wir irgendwann um ein Lagerfeuer sitzen und an einer gegrillten Menschenkeule knabbern.«

Er stieß den Finger auf die Landkarte und lenkte ihre Aufmerksamkeit wieder auf die letzte Lagebesprechung.

»Ihr durchquert die Wüste, so schnell ihr könnt, Luka«, erklärte der König. »Reitet wie der Wind. Laßt euch von nichts aufhalten. Und wenn ihr auf der anderen Seite seid, werdet ihr ein befestigtes Basislager errichten.

Säubert die Gegend. Wenn ihr Menschen seht, tötet sie. Am besten kundschaftet ihr das Gebiet in einem Radius von fünfzig Meilen um das Lager herum aus. Zerstört alle Siedlungen, die ihr findet, und laßt keine Menschen entkommen, die die Nachricht von der Invasion verbreiten könnten. Wir wollen uns das Überraschungsmoment solange wie möglich bewahren.

Wenn meine Armee erst aufmarschiert ist und die Nachschublinien gesichert sind, werden wir über sie hinwegdonnern wie ein wildgewordenes Achtergespann über den Marktplatz. Innerhalb von sechs Monaten, so meine Voraussage, werden wir am Meer sein und zum Abendessen Fisch essen.«

Luka verneigte sich. »Und es wäre mir eine große Ehre, Majestät, wenn ich diesen Fisch mit meinen eigenen Klauen zubereiten dürfte.« Währenddessen dachte Luka bei sich selbst: Wenn ich die Gelegenheit bekomme, werde ich den Fisch so mit Gift vollstopfen, daß dir die Schuppen abfallen, du widerlicher alter Feigling.

Manacia rollte die Karte zusammen und reichte sie einem unterwürfigen Berater, der auf die Knie fiel und die Stirn auf den steinigen Boden drücke, ehe er rückwärts davonkroch.

»Nun bleibt uns nichts, als ein letztes Mal die Knochen zu befragen, Fari«, fuhr Manacia fort. »Dann werde ich das Signal zum Aufbruch geben. Vorausgesetzt natürlich, die Zeichen stehen günstig.«

Er blickte den Zauberer finster an, und in diesem Blick stand recht deutlich zu lesen, was Fari widerfahren würde, sollten die Knochen nicht zu seinen Wohlgefallen sprechen.

»Keine Angst, Eure Hoheit«, erwiderte Fari und holte ein Kästchen aus dem Ärmel hervor. »Ich habe ganz besondere Knochen für diesen historischen Augenblick vorbereiten lassen. Der Mensch, aus dessen Eingeweiden wir letztens gelesen haben, erwies sich als ein solcher Glücksfall, daß ich die Knöchel seiner rechten Hand aufbewahrt habe.«

Fari machte eine Geste, und zwei Sklaven krochen herbei und entrollten einen kleinen Teppich zu seinen Füßen. Der Teppich war schwarz wie die Nacht, und darauf waren in Silber die Sternenhäuser eingewoben.

Fari nahm einen Elfenbeinbecher und ein kleines Seidenbeutelchen aus dem Kästchen. Er machte das Bändchen des Beutels los und schüttete den Inhalt in den Becher. Die Knöchel klapperten, als sie in den Becher fielen. Fari schüttelte den Becher, und die Knochen klangen wie das Rasseln einer Wüstenviper.

Und der Großwesir intonierte:

»Enthüllt die Geheimnisse, laßt uns erblicken,
welche Geschichte die Götter uns erzählen,
welche Ereignisse sie uns schicken.«

Er ließ die Knochen auf den Teppich fallen. König, Prinz und Zauberer beugten sich darüber, um das Ergebnis zu studieren.

»Was ist das?« fragte Manacia mit Entzücken in den Augen. »Sie sind über den Dämonenmond gefallen.« Er blickte den alten Zauberer an. »Ich glaube, der Dämonenmond muß bald aufgehen, oder, Fari?«

»So ist es tatsächlich, Euer Hoheit«, antwortete Fari und nickte heftig. »Die Sternengucker sagen, er würde nur einmal alle tausend Jahre erscheinen. Und sie haben vorausgesagt, daß sein Zyklus sich bald wiederholen wird.«

Er zeigte mit der Kralle auf etwas. »Und seht hier, ein Knöchel ist auf einen Kometen gefallen. Der Dämonenmond und der Komet sind, wie Euer Hoheit sehr wohl wissen, das Zeichen von Alisarrian.«

Manacia schlug sich erfreut auf den Schenkel. »Der Eroberer selbst!« rief er. »Nur diesmal wird es ein Dämon sein, kein menschlicher Teufel, der die Welt erobert!«

Fari stieß innerlich einen Seufzer der Erleichterung aus. Er hätte gelogen, um aus diesen Knochen das zu lesen, was der König hören wollte. Aber Manacia war der mächtigste Zauberer der Dämonenlande. Er konnte ebensogut aus den Knochen lesen wie jeder seiner königlichen Zauberer. Solche Dinge langweilten ihn jedoch, und so überließ er es meist einem zaubernden Lakaien, die Knochen und Eingeweide zu studieren.

Von Gefühlen überwältigt, erhob sich Manacia und warf die Arme um den Kronprinzen. »Die Götter sind mit uns, mein Sohn«, rief er aus. »Lassen wir uns auf dieser heiligen Mission von ihrem Willen führen.«

Luka erwiderte die Umarmung täppisch und wünschte sich nichts sehnlicher als einen Dolch in der Klaue, um ihn seinem Vater in den Rücken zu stoßen.

»Ich werde mein Bestes geben, Majestät«, versprach er.

Manacia ließ ihn los. »Steige in den Sattel, mein Sohn«, befahl er, »und ich werde das Signal geben.«

Luka verneigte sich tief, dann ging er zu seinem Reittier hinüber, einem riesigen, gepanzerten Tier mit langem, anmutigem Hals, glitzernden Fangzähnen und polierten Klauen. Als der Prinz aufstieg, trat das Tier mit der Klaue nach ihm aus. Ohne sich davon aufhalten zu lassen, kam der Prinz in den Sattel und stieß dem Tier mit den Sporen so tief in die Flanke, daß das Blut hervortrat.

Das Tier kreischte, bäumte sich auf und schlug mit den Pfoten durch die Luft.

»Was für ein Auftritt!« rief Manacia seinem Sohn zu. »Es gibt doch nichts Besseres als ein richtiges Vollblut, um zum Sieg getragen zu werden.«

Luka kämpfte damit, sich im Sattel zu halten, doch verbarg er diese Demütigung, indem er das Tier mit den Sporen abermals zum Aufbäumen brachte.

»Auf zum Sieg!« rief er und schwenkte sein Schwert.

Seine Krieger beantworteten den Ruf und brüllten wie ein Mann: »AUF ZUM SIEG!«

Luka drückte seinem Reittier das Schwert auf den Nacken, und seine nächsten Worte wurden von den Rufen aus zehntausenden Dämonenkehlen übertönt. »Setz deine verdammten Pfoten auf den Boden, du lausiges Stück Mist«, fauchte er, »oder ich säbel dir die Kehle durch.«

Das Tier verstand sehr wohl und stand flink wie eine Hauskatze wieder auf allen vieren.

Luka trieb es nach vorn an die Spitze des Dämonenheeres.

Wieder rief er: »Auf zum Sieg!«

»AUF ZUM SIEG!« brüllten die Dämonen, zogen die Schwerter und schwenkten sie wild durch die Luft.

»Der Prinz geht doch ein bißchen zu weit«, beschwerte sich Manacia im Flüsterton bei Fari. »Das ist mein großer Augenblick, nicht seiner.«

Fari schüttelte den Kopf und verbarg sein Vergnügen angesichts der Kritik an seinem Widersacher. »Das ist sicherlich nur die Vorfreude, Euer Hoheit«, erwiderte er. »Bestimmt war es nicht beabsichtigt.«

»Vielleicht, vielleicht«, murrte Manacia. »Aber wir sollten besser sofort das gleiche tun.«

Fari gab das Signal, und Dämonensklaven begannen, auf den großen weißen Elefanten einzuschlagen. Er rumpelte vorwärts, und der große Elefantenturm schaukelte vor und zurück. Weitere

Stockschläge brachten ihn auf die Knie, und der König wurde hinaufgehievt, wobei er ins Keuchen kam und sich fragte, ob er womöglich in letzter Zeit ein wenig zu fett geworden sei.

Ach, was soll's? dachte er, während er seinen Platz auf dem Elefantensattel einnahm. Du wirst wieder ganz schlank sein, wenn dieser Feldzug vorbei ist.

Er gab das Zeichen. Trompeten schmetterten, Trommeln wirbelten, und die ganze Armee machte sich mit lautem Rasseln von Rüstungen und Waffen bereit. Eine kurze Pause folgte, vielleicht ein wenig zu lang, als es der dramatische Effekt verlangt hatte.

»Um der Götter willen, Fari«, rief Manacia vom Elefanten hinunter, »beginn mit dem verdammten Zauberspruch.«

Fari wurde aus einer verzückten Tagträumerei gerissen, in der Manacia und Luka sich schreiend an einem Spieß über kleiner Flamme drehten.

»Sofort, Euer Hoheit«, rief er zurück.

Er warf eine gläserne Kugel auf den Boden. Sie zersprang, und eine zähe gelbe Flüssigkeit ergoß sich über den Stein. Die Flüssigkeit begann zu blubbern, dann zu rauchen. Eine schweflige Wolke wallte auf und stieg hoch in den Himmel.

Dann nahm die Wolke die Form eines gigantischen Königs Manacia ein. Riesige Lippen teilten sich und entblößten Fangzähne von gewaltiger Länge.

»AUF, MEINE DÄMONENFREUNDE, AUF!« brüllte der riesige Manacia. »FÜR DIE GÖTTER UND DEN KÖNIG!«

»FÜR DIE GÖTTER UND DEN KÖNIG!« schrien eine halbe Million Stimmen zur Antwort.

Die gesamte Armee setzte sich stockend in Bewegung und erfüllte die Luft mit schmetterndem Kriegsgeschrei.

Die Elefantenführer mußten das Tier des Königs mehrmals mit Hieben antreiben, damit es von anderen nicht überholt wurde. Doch nach ein paar Minuten war alle Schwerfälligkeit vergessen, und die riesige Armee rasselte hinaus in die Verbotene Wüste, ein gewaltiger Moloch, der sich auf die Menschenlande zuwälzte.

Weit vorn sprengten Luka und seine zehntausend Vorreiter über die Wüstenei hinweg und heulten ihre Schlachtrufe in die dünne Luft. Innerhalb von Augenblicken hatten sie die hohen Dünen erreicht, die den Horizont markierten.

Dann verschwanden sie außer Sicht.

*

Trotz seiner aufbrausenden Gefühle war Luka ein fähiger Kommandant. Trieb er seine Dämonen auch hart an, so schonte er sich selbst noch weniger. Nicht lange sollte es dauern, bis die Zehntausend aus der Verbotenen Wüste herausdonnerten und die Menschenlande erreichten.

Alle waren von dem wilden Ritt erschöpft, doch Luka gönnte ihnen keine Rast. Schnell wurde eine Stelle gefunden, die der Armee seines Vaters als Lager dienen konnte. Der Ort lag inmitten sanfter Hügel, in der Mitte standen die Reste von Badawis Hof. Von diesem Gehöft existierte dank Sarn und seiner Banditenhorde nichts mehr außer ein paar verkohlten Balken und einem halben Dutzend Feuerstellen, wo Badawis Familie und das Vieh zubereitet und verspeist worden waren.

Luka schickte Patrouillen aus, die die Gegend erkunden sollten, aber abgesehen von einigen armen Familien in Häusern aus luftgetrockneten Ziegeln waren keine nennenswerten Ansammlungen von Menschen zu entdecken. Teilweise lag dies daran, daß es nur wenige wagten, so nahe der Verbotenen Wüste zu siedeln. Der Hauptgrund war jedoch, daß Sarn seine Pflichten mit Freude erfüllt und alle Siedlungen, die ihm untergekommen waren, dem Erdboden gleichgemacht hatte. Luka wußte dies nicht und schrieb die Tatsache allein dem Aberglauben der Menschen zu.

Mehrere Wochen vergingen, und von Manacia und der Hauptarmee war noch immer kein Zeichen zu sehen. Luka schickte einige menschliche Sklaven, denen er vertraute, tiefer in die Menschenlande, um das Gebiet auszukundschaften und zu kartographieren. Ehe sie aufbrachen, versprach er ihnen reichen Lohn und erinnerte sie an ihre Familien, die in Zanzair als Geiseln gehalten wurden.

»Ich werde jedes eurer Kinder häuten«, warnte er sie. »Ich reiße euren Frauen die Glieder ab und lasse sie lebend über Ameisenhaufen pfählen.«

Sie nahmen sich seine Worte zu Herzen, und als die ersten Teile von Manacias riesiger Armee in Sicht kamen, hatte Luka bereits Landkarten und Nachrichten über Hunderte von Quadratmeilen im Umkreis vorzuweisen.

»Du hast ja viel geschafft«, murrte Manacia, als Luka ihm die Früchte seiner Anstrengungen präsentierte.

Der König war staubbedeckt und von den Strapazen erschöpft. Die Langsamkeit des Marsches, das dauernde Geschrei der Tiere und das Fehlen bestimmter Wesen, die für das Wohlergehen eines Königs unablässig sind, hatte ihn über alle Maßen verärgert. Luka war vorsichtig genug, diese Verdrossenheit nicht noch anzustacheln.

Er entschuldigte sich überschwenglich. »Es tut mir leid, Majestät. Für mein Verhalten gibt es keine Entschuldigung. Ich verspreche, es wird nie wieder vorkommen.«

Manacia war besänftigt, beschwerte sich aber trotzdem, man hätte die Zeit nutzen sollen, das königliche Lager bequemer zu gestalten. Als er genug gemurrt hatte, betrachtete er eingehend die Karten und Berichte, die sein Sohn gesammelt hatte.

»Ich glaube doch, sie werden uns von einigem Nutzen sein«, gestand er zu. Eine der Karten, die er studierte, war eine grobe Übersicht über die wichtigsten Weiler und Städte von der Verbotenen Wüste bis zu der großen Menschenstadt mit Namen Caspan. »Die Schreiber sollen Kopien anfertigen und sie an meine Generäle austeilen. Ich bezweifle zwar, ob wir uns wirklich auf diese Karten verlassen können, aber ich will deine wohlgemeinten Anstrengungen nicht herabwürdigen.«

»Ja, Majestät. Ihr seid zu gnädig, Majestät«, murmelte Luka.

Derweil dachte er: Du uneheliche Totgeburt eines Kamels, ich habe dir gerade den Schlüssel für deinen gesamten Feldzug überreicht. Aber das kannst du natürlich nicht zugeben, du alter Betrüger. Von dir ein Lob zu erwarten ist wie Reißzähne ziehen. Behalte dein Lob für dich. Ich will sowieso nur deinen Thron.

Und kehre mir besser nicht den Rücken zu, du verfaulter alter Dämon, denn sonst werde ich dir die Krone einfach wegnehmen und deinen Kopf über den Toren von Zanzair aufspießen.

*

Der Dämonenmoloch wälzte sich an der Schwelle der Götter entlang und erdrückte jedes Heer, das sich ihm in den Weg stellte.

Meist überkam die Menschen beim Anblick der Dämonenhorde ein solcher Schrecken, daß sie sich sofort ergaben. Im Glauben, die Götter hätten sie verlassen, leisteten sie keinen Widerstand und akzeptierten alle Forderungen, die König Manacia stellte.

Manche ließ er töten, andere versklavte er, doch bei den meisten wandte er jene Methode an, mit der er sein Dämonenreich aufgebaut hatte. Wenn die Menschen die Waffen ohne Kampf niederlegten, neigte er zu Gnade. Er beließ Herrscher auf ihren Thronen und nahm ihnen den Lehenseid ab, wodurch sie ihn als wahren Monarchen – König aller Könige, Meister von Esmir; Herr aller Menschen und Dämonen – anerkannten.

Er ließ sie den Eid besiegeln, indem er sie zwang, die Urkunden mit ihrem eigenen Blut zu unterschreiben, und ihnen sagte, er würde diese Dokumente stets bei sich führen. Falls sie ihn betrögen, würde er einen Zauber beschwören, der einen gefräßigen Wurm in ihren Eingeweiden freisetzte.

Manacia ließ nur kleine Truppen an jedem Ort, den er einnahm, zurück und verließ sich auf die Furcht der Menschen und auf seine Zauberer, die seine neuen Untertanen in Schach halten sollten.

Und er schickte seine Schnüffler aus, damit sie alle Menschen mit magischen Fähigkeiten fanden und töteten.

In den wichtigeren Städten und Weilern ließ Manacia Tempel errichten und übertrug jeweils einem Dämonenzauberer die Aufsicht darüber. Tragbare Zaubermaschinen wurden in den Tempeln installiert und stießen zu jeder vollen Stunde einen Zauber aus, der die Bevölkerung in Angst und Demut hielt und jedem Feind, der versuchen sollte, die Stadt zurückzuerobern, den Schrecken durch Mark und Bein fahren ließ.

Nachdem er die Wirbelsäule der Menschenlande, dieses große Gebirge namens ›Die Schwelle der Götter‹ gesichert hatte, wandte er sich in Richtung Caspan.

Dieses Gebiet war schwieriger zu nehmen. Die Städte waren viel größer, und ebenso die Armeen, die sie verteidigten. Auch hatte er das Überraschungsmoment nicht mehr auf seiner Seite. Die menschlichen Herrscher und Generäle, die ihm widerstanden, verdrängten den Schrecken in ihren Köpfen und kämpften grimmig, um die Invasion zum Stillstand zu bringen.

Die feindlichen Heerführer rekrutierten jeden Mann im kampffähigen Alter und warfen die zerlumpten jammernden Horden gegen Manacias Heer. Die meisten dieser Menschen starben, doch mit ihrem Tod verlangsamten sie Manacias Vormarsch, so daß die eigentlichen Soldaten der Menschen die Schwachstellen attackieren konnten. Nun, zehn Menschen fielen für einen Dämonen. Doch Manacia hatte keine Möglichkeit, seine Verluste zu ersetzen.

Und Manacia trug besorgniserregend hohe Verluste davon. Von der halben Million waren ihm weniger als vierhunderttausend geblieben, als er auf die Tore von Caspan zumarschierte.

Kronprinz Lukas Vorhut hatte die größten Verluste erlitten. Als die menschlichen Horden sie nun angriffen, standen ihm nur noch fünftausend Reiter zur Verfügung.

Hier also, dachte Luka, während er seine Dämonen in die Schlacht führte, hier also werde ich sterben.

Die Menschen waren gräßliche Wesen, häßlich wie die Teufel der Hölle. Flache Gesichter, winzige Schweinsäuglein und widerliche kleine Münder, aus denen sie ihren Haß und während des Kampfes ihre Wut herausschrien.

Sie hatten gute Rüstungen, robuste Waffen, und ihre riesigen, gepanzerten Schlachtrösser bäumten sich im Kampfe auf und droschen mit eisenbeschlagenen Hufen auf die Reittiere der Dämonen ein. Es war ein Kampf Huf gegen Klaue, Schwerter und Äxte pfiffen überall durch die Luft, und Blut spritzte umher.

Bogenschützen und Männer mit Schleudern ließen Geschosse ins Getümmel hageln und kümmerten sich nicht darum, ob sie Freund oder Feind trafen, solange nur die Dämonen vom Tor ferngehalten werden konnten.

Zwei Reiter bedrängten Luka von beiden Seiten. Ein Pikenier tauchte vor ihm auf. Lukas Reittier schlug nach dem Pikenier und schlitzte ihm den Bauch auf. Doch im Sterben stürzte er vorwärts und stieß dem Tier den langen Spieß in die Schulter. Das Tier kreischte vor Schmerz, hielt sich jedoch auf den Beinen. Luka hieb nach links, und sein Schwert biß sich durch das Kettenhemd ins Fleisch des einen Menschen. Sein Gegner fiel vom Pferd, aber ehe Luka sich jedoch dem anderen zuwenden konnte, spürte er einen scharfen Schmerz in der Seite.

Der andere hatte als erster zugeschlagen.

Vor Todesqualen aufheulend, hieb Luka mit dem Schwert auf den Mann ein. Durch einen Schleier vor Augen sah er Blut, fürchtete schon, es könnte sein eigenes sein, dann sah er den Menschen fallen und fühlte, wie ihn trotz des Schmerzes Erleichterung überkam.

Sein Tier taumelte, und Luka sprang von seinem Rücken, gerade als es zusammenbrach. Jetzt stand er inmitten durchgegangener Pferde und Dämonenreittiere und war von allen Seiten Hieben ausgesetzt. Er sah, wie einer seiner Dämonen aus dem Sattel fiel und schnappte sich die Zügel des Reittieres.

»Auf zum Sieg!« schrie er. »Für die Götter und für den König!«

Sein Ruf munterte seine Soldaten auf, und sie beantworteten ihn – »AUF ZUM SIEG! FÜR DIE GÖTTER UND FÜR DEN KÖNIG!«

Mit neuem Kampfgeist gingen sie auf die Menschen los und schlugen und hieben auf sie ein.

Schließlich gaben die Menschen auf und zogen sich durch die Tore zurück.

Luka und seine Dämonen verfolgten sie und hackten sich unnachgiebig durch die Verteidiger des Tores.

Plötzlich war niemand mehr da, den man töten konnte. Luka und seine Soldaten standen auf einem riesigen Platz und keuchten und schnauften und bluteten aus vielen Wunden.

Hinter sich hörten sie Trompeten.

Die Trompeten seines Vaters.

Dann erhob sich ein großes Gebrüll aus den Kehlen vieler Dämonen, und die Flut von Manacias Soldaten ergoß sich durch die Tore.

Aus ihrer Mitte ragte der königliche Elefant seines Vaters empor. Das riesige Tier bewegte sich mit erstaunlicher Geschmeidigkeit über den Platz auf Luka zu.

Manacia grinste seinen Sohn von oben an. Seine Reißzähne glitzerten.

»Dank den Göttern, daß du noch unter uns bist, mein Sohn«, rief er. »Ich habe dich fallen sehen und fürchtete schon das Schlimmste.«

Luka verneigte sich und zwang sich, seine Schmerzen nicht zu zeigen.

»Caspan ist Euer, Majestät!« rief er. »Es ist mein Geschenk an Euch und an die Geschichte der Dämonen!«

Und er dachte: Das ist für dich, Mutter, für dich!

Und Manacia dachte: Wie kann er es wagen, mir das zum Geschenk zu machen, was längst mein ist? Dann erinnerte er sich an jenen Tag vor langer Zeit, als er etwas Ähnliches zu seinem eigenen Vater gesagt hatte.

Wenn Luka das nächste Mal fällt, dachte er, muß ich mich versichern, daß er nicht wieder aufsteht.

Manacia war ein pflichtbewußter, ein hart arbeitender König, und er hatte noch mindestens zwanzig andere Söhne, die Lukas Platz einnehmen konnten.

Ich sollte den jüngsten von ihnen als Erbfolger einsetzen, dachte Manacia. Prinzen werden heutzutage so schnell erwachsen.

Na, ich hatte schon fast dreißig Winter gesehen, als ich meinen Vater umgebracht habe.

*

»Coralean ist verzweifelt«, sagte der Karawanenmeister. »Er ist wie eine Münze ohne Wert. Wie ein verlaustes Kamel mit mehr Flöhen als Verstand.

Doch leider scheint es Coraleans Schicksal zu sein, daß er jedesmal, wenn er Euch begrüßt, mein König, den er Freund zu nennen wagt, Dämonen hinter sich herzieht oder zumindest Nachrichten von Dämonen bringt.«

»Nun kommt schon, Coralean«, protestierte Iraj. »Ich bin doch nicht einer dieser Despoten, die ihre Freunde vergessen, sobald sie den Thron bestiegen haben. Und ich werde bestimmt nicht den Boten töten, nur weil er die schlechte Nachricht bringt.

Das stimmt doch, nicht wahr, Safar?«

Safar rutschte auf seinem Platz hin und her – es saß auf einer kleineren Version von Irajs Reisethron.

»Dem letzten Kerl, der Neuigkeiten über die Dämonen gebracht hat«, sagte Safar mit unbewegter Miene, »hat Iraj von seinem königlichen Foltermeister die Augen ausstechen und die Zunge herausschneiden lassen.«

Iraj legte die Stirn in Falten. »Wie kannst du so etwas sagen, Safar?« wiedersprach er. »Ich habe dem Mann einen Beutel Gold geschenkt. Kannst du dich nicht er-«

Er unterbrach sich und lachte. »Du machst schon wieder Scherze.«

Der König wandte sich an den Karawanenmeister. »Seht Ihr, so ist das, Coralean. Ständig amüsieren sich meine Freunde über mich!«

»König Protarus spricht die Wahrheit«, sagte Safar. »Immerhin bin ich noch im Besitz beider Augen und meiner ganzen Zunge, und ich bringe ihm täglich schlechte Nachrichten.«

Er deutete auf den leeren Hauptraum des Kommandozeltes. »Na, und unser König ist ein so großer Monarch, daß er seinen Freunden sogar erlaubt, ihn bei seinem gewöhnlichen Namen zu nennen, wenn wir unter uns sind. Ist das nicht so, Iraj?«

Wieder lachte der König. »Hört nicht auf ihn, Coralean«, riet er dem Karawanenmeister. »Safar bestraft mich nur, weil ich seinen Rat nicht befolgt habe.«

Er beugte sich auf seinem Thron vor. »Ich mußte meine Männer die letzte Stadt, die wir erobert haben, plündern lassen«, erklärte er. »Mir ist das Gold ausgegangen, und ich habe sie den ganzen Winter nicht bezahlt. Safar war gegen die Plünderung. Er sagte, es wäre ein schlechtes Geschäft.«

Coraleans Händlerlächeln erhellte den dämmerigen Raum. »Ein ehrlicher Disput zwischen zwei aufrechten Männern«, meinte er. »Einer sieht auf die Gewinne der Zukunft. Der andere betrachtet die auf der Hand liegenden Belange. In einem solchen Streit gibt es kein richtig oder falsch.«

Er beugte sein zerfurchtes Gesicht in Irajs Richtung vor und fügte hinzu: »Mein Mitgefühl gilt dem Meister, den es quält, seine Berater zu ignorieren und nach eigenem besten Urteil zu entscheiden.«

Dem erfreuten Blick auf Irajs Gesicht nach verstand Safar nun zur Gänze, wie Coralean in seiner langen und gefährlichen Berufslaufbahn so erfolgreich hatte sein können. Obwohl Iraj sich als umgänglicher Mann gab, hatte er sich als reizbarer Monarch erwiesen. Seine schlechte Laune hatte den Winter noch verlängert. Und das Frühjahr hatte die ersten Nachrichten von der Invasion der Dämonen gebracht und ihn noch tiefer in die Depression gestürzt. Iraj hatte die erste Stadt, die sie eroberten, nicht wegen seiner Männer zur Plünderung freigegeben, sondern um seiner Wut Luft zu machen.

»Was bin ich doch für ein glücklicher Mann mit zwei solch treuen Freunden«, sagte Iraj. »Der eine führt mich mit weisen und wohlgewählten Sätzen, der andere mit amüsanten Spötteleien – was mich stets daran erinnert, daß ich auch nur ein Mensch bin.«

Vergiß das Geld und die Magie nicht, dachte Safar. Das bekommst du auch von uns.

Safar hatte seinen ersten Kriegszauber entwickelt und benutzt, um Iraj bei der Einnahme jener Stadt zu helfen, die er später geplündert hatte. Coralean, dieser umsichtige alte Händler, hatte Irajs Ambitionen von Anfang an unterstützt. Er war dafür mit exklusiven Handelsverträgen stattlich belohnt worden.

Du hast dich auch nicht schlecht gehalten, tadelte sich Safar selbst. In der kurzen Zeit, in der er an Irajs Seite war, hatte sich Safar nach allen Maßstäben zu einem wohlhabenden Mann entwickelt. Als Großwesir hatte er riesige Ländereien und Truhen voller seltener Steine und Metalle geschenkt bekommen.

»Also teilt uns die Neuigkeiten mit, mein Freund«, forderte Iraj Coralean auf. »Und nehmt keine Rücksicht auf meine Gefühle. Ich bin auf das Schlimmste gefaßt.«

»Caspan ist gefallen«, verkündete Coralean.

Aus dem Mund dieses redseligen Mannes wirkte diese kurze Mitteilung wie ein Schock. Iraj zuckte zusammen, dann versuchte er, seine Sorge zu verbergen.

Das Tippen seiner Finger auf die Armlehne des Throns verriet seine Gefühle. »Ich verstehe. Nun, wir haben so etwas erwartet. Nicht wahr, Safar?«

Safar nickte. Sie hatten Gerüchte gehört, denen zufolge Manacia auf Caspan zumarschierte, und der Großwesir hatte daraufhin die Knochen geworfen, die nichts Gutes für die Verteidiger der Stadt offenbart hatten.

»Coralean ist gerade noch mit dem Leben davongekommen«, fuhr der Karawanenmeister fort. »Ich habe meine Frauen versteckt und bin zur rechten Zeit aus der Stadt geflohen.«

Daraufhin beschrieb er die Schlachten, die zur Einnahme von Caspan geführt hatten. Dabei gab er sich Mühe, optimistisch zu klingen, als er in aller Genauigkeit die großen Verluste aufzählte, die Manacia in dem Feldzug erlitten hatte.

Aber Iraj trommelte weiterhin mit den Fingern auf das Holz. »So wenige«, murmelte er. »Ich hatte gehofft, es hätte ihn schlimmer getroffen.«

Er blickte Coralean an. »Ich nehme an, es wird nicht mehr lange dauern, bis er sich auf den Marsch über die Berge macht«, sagte er.

»Das befürchte ich auch«, gab Coralean zurück. »Als letztes habe ich gehört, er würde seine Armee vorbereiten und eine Route nach Kyrania suchen.«

Die Erwähnung von Kyrania traf Safar wie ein Speer ins Herz. Absichtlich oder nicht, Safar beugte sich weiter vor, um besser zu hören, was Coralean zu sagen hatte.

»Das Leben eines Karawanenmeisters ist auf der anderen Seite der Schwelle der Götter kein Kupferstück mehr wert«, erklärte Coralean. »Viele meiner Händlerbrüder wurden ergriffen und unter Folter verhört. Glücklicherweise kennen sich die Dämonen noch nicht so gut mit Menschen aus; sie nehmen stets die falschen Männer gefangen.

Aber sie brauchen nur einen zu finden, der sich auskennt, und das Dämonenheer wird sich auf dem Marsch nach Kyrania befinden.«

Iraj schwieg eine Zeitlang; seine Finger machten tapp, tapp, tapp. Dann wandte er sich mit leiser Stimme wieder an Coralean: »Laßt uns eine Weile allein, mein Freund. Ich muß mich mit meinem Bruder besprechen.«

Der Karawanenmeister verneigte sich, murmelte ein paar Höflichkeiten und ging hinaus.

Sobald er das Zelt verlassen hatte, fragte Iraj, das Gesicht von Kummer gezeichnet: »Du hast gesagt, ich würde der König der Könige sein!«

»Und das wirst du auch«, antwortete Safar.

»Bist du sicher, daß dir deine Fähigkeiten nicht einen Streich spielen?« verlangte der König zu wissen. »Bin ich nicht nur ein Narr, der der Vision eines anderen Narren folgt?«

»Ich will ganz offen mit dir sprechen«, begann Safar. »Ohne Frage bist du ein Narr. Wer außer einem Narren würde König von Esmir werden wollen? Aber ob Narr oder nicht, es ist dein Schicksal.«

»Hüte dich!« fauchte Iraj. »Ich bin nicht in der Stimmung für Beleidigungen, so freundlich sie auch klingen mögen.«

»Wenn du die Wahrheit nicht hören willst«, erwiderte Safar, »dann gebiete mir Schweigen.«

»Ich habe dir Macht gegeben«, stellte Iraj heraus.

»Nimm sie zurück«, antwortete Safar. »Sie ist doch nur eine Bürde, die ich tragen muß.«

»Ich habe dich reich gemacht«, erinnerte ihn Iraj.

»In Kyrania«, erwiderte Safar, »besteht Reichtum aus einer guten Ernte, die alle teilen.«

Der König wurde ärgerlich. »Willst du mir sagen, alles was ich dir gegeben habe, wäre nicht von Wert?«

Safar hatte seine Lektion von Coralean gelernt. »Nicht deine Freundschaft. Die bedeutet mir am meisten, Iraj Protarus.«

Damit war Iraj besänftigt. Er hörte auf, mit den Fingern zu klopfen. »Was soll ich tun, Bruder?« fragte er. »Wie erreiche ich das, was deine Vision vorhergesagt hat?«

»Warum betrachten wir das Problem nicht aus einem anderen Blickwinkel?« entgegnete Safar. »Warum sehen wir nicht, ob die vom Schicksal milchlos gemachte Ziege nicht doch noch Milch gibt?«

»Ich höre«, sagte Iraj.

»Als du angefangen hast, bestand dein größtes Problem in der Familienfehde«, meinte Safar. »Ein Onkel trat deinem Anspruch auf die Führung des Clans entgegen. Einige Männer in deiner Familie waren gierig genug, um diesen Onkel zu unterstützen. Aber die meisten haben – aus Tradition und Verbundenheit der Familie gegenüber – dich unterstützt.«

»Wohl wahr«, befand Iraj. »Obwohl es etwas komplizierter war.«

»Um diese Verbundenheit aufzubrechen«, fuhr Safar weiter fort, »wandte sich dein Onkel an einen Außenseiter. Einen Mann, den alle in deiner Familie haßten.«

»Es bescherte ihm zeitweise einen Vorteil«, erklärte Iraj, »doch am Ende half es mir. Nach ein paar Erfolgen stand meine Familie wieder geschlossen hinter mir.«

»Also legte dein Onkel in der Allianz mit einem Feind«, führte Safar aus, »den Grundstein für seinen eigenen Untergang.«

Iraj dachte einen Augenblick lang nach, dann nickte er. »Ja. So hat es sich zugetragen.«

»Da hast du es«, meinte Safar. »Die Gegenwart eines verhaßten Außenseiters gab dir die Macht, deinen Clan unter deiner Führung zu einen. Und danach hast du Clan auf Clan auf deinem Weg als Eroberer zusammengeführt.

Aber für diese Leute warst du der Außenseiter. Der Barbar aus der Ebene von Jaspar.

Sie stellten sich dir entgegen, bekämpften dich, wagten es, dich einen gierigen Emporkömmling zu nennen, anstatt dich als Retter von Esmir zu betrachten. Als welcher du dich selbst siehst.«

»Aber das bin ich doch«, erwiderte Iraj. »Du hast es in deiner Vision gesehen.«

Safar sagte nicht, daß er so etwas nie gesehen hatte. In der Vision war Iraj ein königlicher Eroberer auf einem weißen Elefanten gewesen, der seine Armee auf Zanzair zuführte. Ob er ein Retter war oder nicht, stand auf einem anderen Blatt.

»Gut«, bemerkte Safar. »Ich bin froh, daß du das glaubst. Denn auf diese Weise wirst du Manacia besiegen.«

Auf Irajs Gesicht machte sich Verwirrung breit. Er verstand nicht.

»Die ganze Welt der Menschen fürchtet die Dämonen«, erklärte

Safar. »Nutze diese Furcht vor Manacia aus. Erhebe dein Banner und erkläre alle Menschen zu Angehörigen deines Clans ... und schlage Manacia.

Vor Einbruch des Winters mußtest du dich auf lange Jahre des Krieges gefaßt machen, um Caspan deinem Reich einzuverleiben. Manacia hat deine Arbeit in weniger als einem Jahr erledigt.

Besiege ihn, und der Norden gehört dir.«

Irajs Gesicht hellte sich auf. »Und die Dämonenlande«, fügte er hinzu. »Die werden mir auch gehören.«

»Zuerst müssen wir die Verbotene Wüste durchqueren«, mahnte Safar.

Iraj winkte ab. »Meinst du den Fluch? Zum Teufel, deswegen habe ich mir nie Sorgen gemacht. Du wirst das schon schaffen, wenn wir erst einmal da sind.

Außerdem hat Manacia es ebenfalls geschafft, warum also nicht du?«

»Du setzt immer noch Vertrauen in mich, und das ehrt mich«, sagte Safar und ließ ein bißchen Demut durchblicken, eine weitere Lektion von Coralean.

»Und wie ich es sehe«, fuhr Safar fort, »stellt Manacias Magie die größte Gefahr für uns dar. Es ist weithin bekannt, daß Dämonen bessere Zauberer als Menschen sind.«

»Ihr Ruf ist weitaus besser, als sie es verdienen«, spottete Iraj, der jeden Augenblick mehr Selbstvertrauen zurückgewann. »Ich habe selbst mitangesehen, wie du diese Lawine über der ganzen Bande hast niedergehen lassen.«

Safar hatte wenig Illusionen, was seine Fähigkeiten betraf. Er hatte den ganzen Winter über seine Kräfte erprobt und war zuerst darüber erstaunt gewesen, was ihm alles möglich war. Doch im Buch von Asper, dem Dämonenzauberer, hatte er eine Macht aufblitzen sehen, die seine bei weitem übertreffen mochte.

»Ich habe sie überrascht«, erwiderte Safar. »Außerdem hatten wir es damals nur mit einer Handvoll Dämonen zu tun – keiner ganzen Dämonenarmee mit einer Legion Zauberer.«

»Dann wirst du dir Gedanken über Manacias Zauberer machen, Safar«, antwortete Iraj. »Und ich kümmere mich um seine verdammte Armee.«

*

Die Sorge ist etwas, was man nicht so leicht in Schach halten kann. Die Gedanken mögen Grenzen errichten, doch sind diese Grenzen erst einmal da, werden sie gleichermaßen mit kleinen und großen Ängsten besetzt. Die Nächte werden zu schlaflosen Landschaften, in denen unzählige Schwierigkeiten und eingebildete Fallgruben selbst die Mächtigsten in Angst und Schrecken versetzen. Große Dinge erscheinen während dieser qualvollen Stunden, in denen andere friedlich schlafen, wie unüberwindliche Gebirge. Kleine Dinge lösen plötzlich Ängste aus, die diesen Gebirgen in nichts nachstehen.

Im Norden fusionierte König Manacia seine Armeen und suchte nach einer Route über die Schwelle der Götter. Doch des Nachts spukten eingebildete Komplotte, in denen sein Sohn, Prinz Luka, eine große Rolle spielte, durch seinen Kopf. Dann sickerte die Nachricht von einem mächtigen Menschenkönig mit wallendem Haar und einem goldenen Bart durch. Dieser Herrscher – König Iraj Protarus – trug das Banner von Alisarrian und einte das Volk in dem Bestreben, Manacia in der Erfüllung seines langgehegten Traums von einem Riesenreich entgegenzutreten.

Zur Rechten dieses Königs, so wurde berichtet, saß ein Menschenzauberer, der es an Macht mit jedem Dämonenfürsten aufnehmen konnte. Und dieser Safar Timura hatte so blaue Augen wie der Sommerhimmel.

Wenn Manacia überhaupt Schlaf fand, so wurde dieser von Alpträumen heimgesucht, in denen sich sein Sohn plötzlich in einen Menschen mit goldenem Bart und himmelblauen Augen verwandelte. In diesen Alpträumen sah sich Manacia gezwungen, seinen Sohn und Erben vor seinem Hof zu umarmen, obwohl er wußte, daß ihm ein Dolch in den Rücken gestoßen werden würde.

Im Süden massierte König Protarus seine Kräfte, zog durch sein Reich und verbreitete die Nachricht von der Invasion der Dämonen. Er hielt donnernde Reden, berichtete über die verwerflichen Greueltaten der Dämonen – von denen manche wahr waren, manche auch erfunden. Er war ein stattlicher junger Prinz, ein mitreißender Redner, der seine Untertanen rasch die Greueltaten vergessen ließ, die er bei der Eroberung seines Königreiches begangen hatte. Die Menschen liefen ihm zu, seine Armeen wuchsen, und der Schrei nach Rache gegen die eindringenden Dämonen wurde lauter und lauter.

Doch Irajs Nächte waren so schlaflos wie die Manacias.

Was, wenn Safar sich geirrt hatte? Was, wenn er nicht ein so großer Seher war, wie Iraj glaubte? Und was, wenn sein Freund kein wahrer Freund war? Wenn er ein so mächtiger Zauberer war, wie Iraj glaubte, würde er dann nicht nach dem Thron von Esmir streben, sobald Iraj ihn erobert hatte? Und wenn nicht, warum nicht? Was ihn wieder zu der eigentlichen Sorge brachte, daß Safar zu schwach wäre und Iraj ein Narr, indem er sich auf ihn verließe.

Safar war kein König, was ihm reichlich Grund gab, vor beiden Monarchen Ängste zu hegen.

Wenn Iraj glaubte, Safar stünde ihm im Weg, würde er ihn ohne einen Gedanken daran zu verschwenden verraten. Safar fragte sich, ob in der Vision über Irajs siegreichen Marsch nach Zanzair vielleicht nur dieser Teil stimmte. Vielleicht war es in Wirklichkeit nur Safars Geist gewesen, der es beobachtet hatte? Er hatte sich während der Vision ja auch wie ein Geist gefühlt. Was, wenn sein Traumfänger-Selbst den Teil, in dem Safar von seinem Blutsbruder verraten und getötet worden war, einfach ausgelassen hatte? Es sorgte ihn, daß er nie über jenen Moment, wenn Irajs Armee nach Zanzair marschierte, hatte hinaussehen können. Und was war mit der anderen Vision – der Vision von Hadin –, in der alles vernichtet wurde und die Welt ihrem Ende zuzugehen schien?

Und dann war da noch die größte aller Ängste.

Für beide Könige – sowohl für Manacia als auch für Protarus – war Kyrania der Schlüssel zum Sieg.

Was, wenn sich die beiden Monarchen in den Hohen Karawanen zur Schlacht träfen?

Was, wenn Safars Tal und alle, die er liebte – Mutter, Vater, Schwestern, Freunde – in dieser Auseinandersetzung den Tod fanden?

Nach einer Weile machte sich Safar darüber mehr Sorgen als über die Zerstörung der Welt selbst.

Es war unmöglich, sich letzteres vorzustellen.

Aber erschütternd einfach, das erstere zu sehen.

Am Ende war es die Angst um Kyrania, die Safar trieb. Er war gewillt, alles zu wagen, wenn er dadurch nur seine Heimat retten könnte.

22

Das Fest der Dämonen

Safar saß in den blühenden Hängen oberhalb von Kyrania. Es war Frühsommer, der Regen war süß gewesen, der Himmel freundlich, und sein Tal lag dunstverhangen in der bleichen Morgensonne. Die Felder strahlten smaragdgrün, der See war ein großer blauer Diamant, der von den Quellen genährt wurde, die sich von den Bergen herab in silberner Pilgerfahrt zur Göttin Felakia ergossen.

»Dies also ist deine Heimat«, stellte Leiria von Ehrfurcht erfüllt fest. »Ich habe noch nie einen so schönen Ort gesehen. Er ist wie ein Traum.«

Safar gebot ihr mit einer Geste Schweigen. Sein magisches Selbst war an Leirias Traum vorbeigeschossen und hatte einen Alptraum entdeckt. In seiner verstecktesten Tasche rief es ihm aus dem Steinidol eine Warnung zu.

Er machte den Männern – fünfzig von Irajs besten berittenen Kriegern – ein Zeichen. Sie stiegen ab, hängten den Pferden die Futtersäcke vor die Mäuler und bereiteten sich innerlich auf den Kampf vor.

Leiria zog die Augenbrauen hoch. »Was ist los?«

»Sieh nur!« sagte Safar.

Er suchte ein Glaskügelchen aus seinem Beutel und warf es auf den Boden. Es zersprang, und blaßgrüner Rauch wallte auf und erhob sich bis in Kniehöhe. Zuerst formte sich aus dem Rauch eine Landschaft, dann bildeten sich in der Landschaft Gestalten. Es waren wenigstens vier Dutzend – winzige Menschen, die sich durch die Felder von Kyrania bewegten. Sie schienen Todesqualen zu leiden, ihre Rauch-Gestalten zuckten vor Schmerz. Größere Rauchsäulen stiegen auf und nahmen die Form der Peiniger an. Diese waren Wesen mit Schnauzen, Reißzähnen und scharfen Krallen.

Leiria schnappte nach Luft. »Dämonen!«

Safar antwortete nicht. Er malte ein magisches Zeichen in die Luft, und das Rauchbild verschwand. Als er sich auf einen Felsbrocken sinken ließ, wirkte er so traurig, daß Leiria nicht wußte, wie sie ihn trösten sollte – wofür sie sich selbst insgeheim als Schwächling beschimpfte.

»Das ändert alles«, sagte sie, kühler als beabsichtigt. »Wir sollten besser sofort zurückkehren und dem König berichten, daß die Dämonen Kyrania gefunden haben.«

Safar nickte abwesend. Seine Gedanken waren jedoch ganz woanders. Er stellte sich die schrecklichen Qualen vor, unter denen seine Familie und seine Freunde leiden mußten.

Safar hatte sein Volk vor der aufziehenden Bedrohung warnen und dann Schutzschilde aufstellen wollen, die die Dämonen verwirren sollten, falls sie durch den Paß kamen und angreifen wollten. Iraj war gerade dabei, eine Truppe aufzustellen, die die Stellung halten sollte, bis die Hauptarmee eintraf. Safar hatte Iraj überzeugt, wie dringend größte Eile geboten sei – deshalb war er auch den Truppen vorausgeeilt und wollte ihnen den Weg bereiten. Jetzt schien seine Mission in Kyrania, die ihn soviel Überzeugungskraft gekostet hatte, ein Fehlschlag zu werden, noch ehe sie recht begonnen hatte.

»Du hast recht«, antwortete er mechanisch wie eine Spieluhr. »Wir müssen den König in Kenntnis setzen.«

Leiria zuckte angesichts seines Schmerzes zusammen. Doch sie sagte nichts. Sie ging zurück zu den Männern, um ihnen den Rückzug zu befehlen. Alles würde schnell vonstatten gehen und doch leise. Waffen und Ausrüstung waren so zusammengebunden, daß sie nicht klapperten. Die Hufe der Pferde waren mit Lumpen und Strauchwerk umwickelt, was ihre Hufschläge dämpfte.

Als alles bereit war, ging Leiria zu ihm und wollte ihm sagen, daß es an der Zeit zum Aufbruch sei. Sie berührte ihn sanft an der Schulter, und plötzlich kam wieder Leben in ihn.

»Ich muß es mit eigenen Augen sehen«, sagte er.

»Das geht nicht«, widersprach Leiria. »Wir könnten entdeckt werden.«

Safar bestand darauf. Er würde sich nur gefesselt, geknebelt und auf den Rücken eines Pferdes gebunden von hier fortbringen lassen.

Solcherlei Demütigung an Lord Timura, dem Großwesir, zu begehen schockierte alle. Doch gleichermaßen schockierte sie sein Plan.

»Der König wird uns die Köpfe abschlagen lassen, wenn du gefangen wirst«, protestierte Leiria.

»Nein, das wird er nicht«, entgegnete Safar. »Hier. Ich werde das sicherstellen.«

Er kritzelte in aller Hast eine Nachricht für Iraj. Niemand solle für sein Handeln zur Rechenschaft gezogen werden. Er fügte einen kurzen Bericht des bisher Erkundeten und Anweisungen für den Fall, daß er nicht zurückkehrte, bei. Die Nachricht wurde Rapton, dem jungen Leutnant, übergeben, der das Kommando über die Krieger hatte. Strikte Befehle wurden gegeben. Falls Safar und Leiria – sie bestand darauf, ihn zu begleiten – nicht bis zur Dämmerung zurück seien, sollten Rapton und die Männer so schnell wie möglich nach Sampitay reiten – wo Iraj und sein Hof gegenwärtig Quartier gemacht hatten – und die Nachricht überbringen.

Als Safar fertig war, bat er um Stille. Er bereitete sich und Leiria vor, indem er ihre Kleider und ihre Haut mit Kräutern abrieb, die die feinen Nasen der Dämonen täuschen sollten. Er beschwor einen Zauber, der ihre menschlichen Auren vor Dämonenzauberern abschirmte. Und zuletzt holte er die Steinschildkröte hervor und trug Gundara auf, er möge nach Gefahren Ausschau halten.

Der kleine Gehilfe und sein Zwillingsbruder hatten sich wieder erholt. Mit Anregungen aus Lord Aspers Buch war es Safar gelungen, den Heilungsprozeß zu beschleunigen – dazu hatte er besondere Pülverchen mit warmem Honig und Wein vermischt. Zwei Wochen lang hatte das Steinidol in diesem Trank gelegen, den Safar täglich erneuerte. Zunächst hatte sich nichts verändert. Wenn überhaupt, war das schwache Knistern noch schwächer geworden.

Dann erwachte Safar eines Morgens von dem bekannten »Halt den Mund, halt den Mund, halt den Muuuuund!« Und damit waren die Dinge in der kleinen Welt der Gehilfen wieder im Lot gewesen.

Safar wandte sich an Leiria. »Ich weiß, du hast es dir zur Angewohnheit gemacht, mich zu führen«, sagte er.

»Es ist mehr als eine Angewohnheit, es ist meine Pflicht«, erwiderte sie. »Ich bin deine Leibwächterin. Ich muß mich um deine Sicherheit kümmern.«

»Ja, ja«, antwortete er ungeduldig. »Und du erfüllst deine Pflicht sehr gut. Aber in diesem Fall müssen wir ein wenig von dieser Ordnung abweichen. Ich bin hier aufgewachsen und schon als Junge durch diese Berge gestreift. Ich kenne all die geheimen Stellen, die nur Jungen kennen. Und ich kenne all die geheimen Wege, die Jungen so schätzen.

Bitte, folge du diesmal mir. Bleib so nahe bei mir, wie du kannst. Wenn möglich, trete in meine Fußstapfen. Tu alles genauso wie ich. Und tue nichts, was ich nicht tue. Verstehst du?«

Leiria schwor ihm, dies zu beherzigen, und kurz danach eilten sie einen alten Wildwechsel hinunter, der so schwach zu erkennen war, als hätten ihn Mäuse ausgetreten.

Sie waren noch keine hundert Meter gegangen, als Safar plötzlich nach rechts abbog und verschwunden war.

Leiria erfaßte beinahe Panik, verzweifelt suchte sie nach einer Spur von Safar. Dann sah sie raschelnde Zweige und tauchte hinter ihm ins Laubwerk ein. Sie hörte ihn etwas zischeln, noch bevor sie ihn sah, und blieb gerade rechtzeitig stehen, um ihm nicht in die Hacken zu treten. Schweigend liefen sie eine Weile einer hinter dem anderen vorwärts, sprangen auf Pfade und verließen sie wieder, gingen nach rechts, dann nach links und wieder geradeaus. Doch das Ziehen in ihren Waden verriet Leiria, daß es in der Hauptsache nach unten ging.

Hinunter – zum großen See und zu den reichen Feldern von Kyrania.

*

Khadji Timura stieß seine Kelle in den Ton. Er spürte, wie sie durch Sand und Kies fuhr, und er stieß sie noch tiefer hinein. Er hob sie hoch, verbarg seine Abneigung gegenüber dieser armseligen Qualität von Ton mit all dem Schmutz darin und schüttete ihn in den Eimer.

»Beeil dich, alter Mann«, sagte der Dämon. »Ich bin müde.«

»Vergebt mir, Herr«, entschuldigte sich Khadji, »wie Ihr mir den ganzen Tag lang gesagt habt, bin ich tatsächlich alt, und meine Gelenke schmerzen. Wenn ich Hilfe hätte, was, wie Ihr mir so weise mitgeteilt habt, nicht möglich ist, würde ich schneller vorankommen.«

Der Dämon, der Trin hieß, bedachte Safars Vater mit einem finsteren Blick. »Glaubst du, nur weil du ein Mensch bist und weil Dämonen aus den Gesichtern der Menschen nicht so recht schlau werden, würde ich es nicht erkennen, wenn man mich verspottet?«

Er schlug Khadji mit seiner Pike. Khadji grunzte und wäre fast zu Boden gegangen. Er stützte sich mit der Hand ab und blinzelte die Tränen fort, die mehr von der Demütigung als vom Schmerz herrührten. Trin hatte mit solchen Dingen Erfahrung. Er wußte, wie stark man einem Menschen auf den Schädel schlagen durfte, um seine Aufmerksamkeit zu gewinnen, ohne ihn dabei jedoch gleich zu enthaupten.

»Wahrscheinlich verfluchst du mich und dein Schicksal gerade«, sagte Trin. »Das ist gut. Es lehrt dich, wo du bei mir dran bist. Ich habe Besseres zu tun, als meine Tage hier bei dir in der Feuchtigkeit und Kälte zu verbringen und dich beim Tongraben zu beaufsichtigen. Wenn ich könnte, wie ich wollte, würde ich dir dein

Hirn herausprügeln und es mir dann mit meinen Kameraden gutgehen lassen.«

»Ihr habt recht, Hochverehrter«, antwortete Khadji. Er hatte sich von dem Schlag erholt und erhob sich mit dem vollen Eimer in der Hand. »Und ich danke Euch für die Erinnerung daran, welch glückliche Person ich doch bin.

Was würde aus meiner Familie werden, wenn Eure Vorgesetzten nicht so weise wären? Was für kluge Dämonen sie doch sind. Ich habe das schon oft meiner Frau Myrna gegenüber erwähnt.

Gute Töpferwaren der Timuras sind auf dem Markt ebensoviel wert wie Gold. Gold, welches Euer König benötigt, um seine Kriege zu führen.«

Trin schnaubte. »Ein Topf ist ein Topf, soweit es mich betrifft«, erwiderte er. »Du tust etwas hinein. Und du leerst ihn wieder. Als ich jung war, habe ich sie zu Dutzenden geformt. Manche zerspringen im Feuer, manche nicht. Wen kümmert das? Der Ton kostet nichts. Und das Feuer braucht nur ein wenig Holz.«

»Wer bin ich, daß ich mich mit einem solchen Fachmann der Töpferei wie Euch zu streiten wage?« gab Khadji zurück.

»Ein Niemand«, stimmte Trin zu. »Ich war Töpfer, bevor ich Soldat geworden bin. Ich kann eine gute Arbeit von einer schlechten unterscheiden.«

Er sah in den Eimer und grub probeweise die Klaue in den Inhalt. »Ein bißchen sandig, nicht?« fragte er.

»Die Tonkuhlen sind fast ausgebeutet, Meister«, log der Töpfer. Den besten Ton fand man auf der anderen Seite des Felakia-Sees, wo er in sandfreien Kuhlen lag. Doch Khadji beabsichtigte nicht, diese den Dämonen zu zeigen. »Das ist das beste, was wir unter diesen Umständen bekommen können.«

Khadji sah zwei Gestalten, die hinter dem Dämon aus dem Gebüsch traten. Als würde er ihre Gegenwart spüren, wollte sich der Dämon umdrehen.

Der Töpfer hob den Eimer und zog so die Aufmerksamkeit des Dämons auf sich.

»Man muß ihn nur ein bißchen saubermachen, Hochverehrter«, sagte er. »Und wenn es kleine Fehler gibt, gleichen wir sie mit der Glasur wieder aus. Wie Ihr sagtet, Meister, ein Topf ist ein Topf. Aber wenn ich meinen Namen hineinritze, gibt es auf dem Markt viele Narren, die den Namen für wichtiger halten als die eigentliche Qualität.«

»Mein Vater«, sagte Trin, indem er sich die Kralle an Khadjis Kittel abwischte, »war ein Töpfer von großem Ruf, und er hat mir immer das gleiche erzählt.«

»Offenbar war er von ebenso großer Weisheit wie sein Sohn«, schmeichelte Khadji.

Der Dämon starrte ihn an. »Spottest du schon wieder über mich, Mensch?« Er hob die Pike. »Sag schon!«

Ein dumpfer Schlag war zu hören. Der Dämon riß die Augen auf, und die Pike fiel ihm aus den Händen. Eine Pfeilspitze ragte aus seiner Kehle.

Trin brach vornüber zusammen, ziemlich tot.

Khadji kippte den Eimer über der Leiche aus und spuckte darauf.

»Ein Topf ist ein Topf, wie?« knurrte er. Dann breitete er die Arme aus und umschlang seinen Sohn. »Willkommen zu Hause, Sohn«, sagte er.

Zu Safars größter Verlegenheit begann sein Vater zu weinen.

»Es ist alles gut, Vater«, murmelte er unbehaglich und klopfte ihm auf die Schulter. »Es ist alles gut.«

*

»Wir haben von all dem Ungemach in Esmir gehört«, erzählte sein Vater und nippte an einem Becher Wein. »Dürren und Seuchen und Kriege. Aber so ist es in der Welt draußen schon immer zugegangen. Und obwohl wir uns Sorgen machten, insbesondere um dich, Safar, dachten wir nicht, daß dieses Ungemach unsere Häuser erreichen würde.«

Leiria und die Soldaten hatten sich um Safar und seinen Vater versammelt, und sie hörten der Erzählung des alten Töpfers aufmerksam zu. Weniger als eine Stunde war vergangen, seit sie den Dämon getötet und seine Leiche im Gebüsch versteckt hatten. Die Gruppe hatte sich an einem sicheren Ort weit oberhalb von Kyrania versammelt. Wachen waren aufgestellt worden, um sie zu warnen, falls sich jemand näherte.

»Vor nicht allzu langer Zeit kam Lord Coralean hier entlang und brachte uns die Nachricht von der Invasion der Dämonen und dem Fall von Caspan.« Er blickte Safar mit blutunterlaufenen Augen an. »Wir konnten uns alle noch an die Dämonen erinnern, mit denen du und Iraj auf dem Paß über der ›Braut und den sechs Jungfern‹ gekämpft habt.«

Khadji seufzte. »Lord Coralean hatte unrecht, nicht wahr, als er damals behauptete, es wären nur Banditen, die versehentlich in die Menschenlande geraten sind?«

Es war eine Frage, die keiner Antwort bedurfte. Safar füllte den Becher seines Vaters aufs neue. Der alte Mann trank abermals von dem Stärkungstrank.

»Jedenfalls war das der Augenblick, in dem wir begannen, uns ernsthaft Sorgen zu machen«, berichtete er. »Es war doch nur zu logisch, daß die Dämonen durch Kyrania ziehen würden, wenn sie die andere Seite angreifen wollten. Wir hier in den Bergen sind stets mit Frieden gesegnet gewesen. Aber jetzt schien dieser Frieden ein Ende gefunden zu haben.

Die Ältesten versammelten sich. Man redete viel über dies und das, aber meistens doch nur Unfug, denn wer von uns hatte je einer solchen Situation gegenübergestanden? Coralean hatte uns versprochen, bei König Protarus um Hilfe für uns zu ersuchen, aber wir wußten nicht, ob diese Hilfe überhaupt und wenn, ob sie rechtzeitig eintreffen würde. Also beschlossen wir, eigene Verteidigungsmaßnahmen zu treffen.«

Khadji lachte bitter. »Die Jungen wurden gedrillt, und wir bauten die Mauern des alten Forts wieder auf. Doch wenngleich die Männer von Kyrania sehr wohl zum Kampf bereit waren, wußten wir doch, daß keiner von uns den Instinkt zum Töten besitzt, wie er Soldaten eigen ist.« Er blickte Leiria und die anderen an. »Ich hoffe, Ihr nehmt dies nicht als Beleidigung. Sicherlich wißt Ihr alle, was Menschlichkeit ist.«

»Wir fassen es keineswegs als Beleidigung auf, Vater Timura«, versicherte Leiria. »Wir alle wissen, was du meinst.«

Khadji sah seinen Sohn gequält an. »Am Ende hatten wir gar keine Zeit, Widerstand zu leisten. Die Dämonen überraschten uns im Schlafe. Und dann trieben sie uns im Fort zusammen, dessen Wiederaufbau uns soviel Arbeit gekostet hatte. Sie töteten einige von uns, um ein Exempel zu statuieren. Die Opfer waren eine große Demütigung für uns.

Doch sie veranlaßten uns dazu, auf der Hut zu sein.«

Khadji wischte sich eine Träne aus dem Auge. »Ich erfuhr, was es heißt, ein schwacher und selbstsüchtiger Sterblicher zu sein«, fuhr er fort. »Sosehr ich den Tod meiner Freunde betrauerte, sosehr freute ich mich darüber, noch am Leben zu sein. Und deine Mutter und deine Schwestern ebenfalls. Ich schäme mich, dies zugeben zu müssen.«

Er leerte den Becher und deckte ihn mit der Hand ab, als Safar ihm noch etwas anbot.

»Und Gubadan?« fragte Safar.

»Vorbei«, antwortete sein Vater. »Er war unter den ersten, die ermordet wurden. Diese Dämonen haben eine Nase für Hexerei, weißt du. Gubadan besaß kaum magische Fähigkeiten. Doch selbst dieses Bißchen reichte ihnen, um ihn zu finden.«

Er legte seine Hand auf Safars, zaghaft, als wäre er überrascht, daß sein Sohn kein Geist war. »Glücklicherweise warst du nicht hier, Sohn«, sagte er. »Wir hatten alle gehört, welch großer Zauberer du geworden bist. Sie hätten das sofort gemerkt.«

»Es überrascht mich, daß sie überhaupt einige von euch am Leben gelassen haben, Vater Timura«, bemerkte Leiria. »Wir müssen den Göttern dafür danken.«

»Nicht den Göttern«, widersprach Khadji, »sondern einem verräterischen Menschen. Und es ist nicht Dank, den wir ihm schulden, sondern alle Flüche, die wir uns nur ausdenken können.«

Safar kniff die Augen zusammen. »Sie wurden von einem Menschen angeführt?«

»Nicht unbedingt angeführt«, antwortete sein Vater. »Doch hören sie mit großem Respekt auf seinen Rat. Augenscheinlich hat dieser Mensch mächtige Freunde unter den Dämonen. Manche behaupten gar, selbst Kronprinz Luka würde ihm sein Ohr leihen.«

»Wer ist dieser Mann?« wollte Safar wissen. »Kenne ich ihn? Habe ich seinen Namen schon gehört?«

»Ich glaube schon«, antwortete Khadji. »Jedenfalls kennt er bestimmt dich.«

Als er den Namen nannte, zuckte Safar zusammen, als hätte ihn etwas gestochen.

*

Kalasariz trat aus dem Tempel der Felakia hinaus ins warme Sonnenlicht. Es war spät am Nachmittag, und der Tempel, den er als Quartier gewählt hatte, war ihm plötzlich zu eng geworden. Also hatte er seinen Schreiber angewiesen, den Bericht an Prinz Luka zu beenden, und war nach draußen geschlendert, um sich zu erfrischen.

Es war ein Tag greller Farben und tiefer Schatten. Die Sonne glänzte wie gediegenes Gold, die Wolken erstrahlten in reinstem Silber, der See und der Himmel schimmerten blau. Kalasariz füllte seine Lungen mit Luft, die vom Duft der Blüten schwer war. Er atmete aus und genoß den fruchtigen Nachgeschmack. Einige Vögel sangen in einem Hain unten am See. Ihr Lied ließ Kalasariz lächeln.

Wieder so ein schöner Tag in Kyrania, dachte er. So anders als das hektische, verrauchte, schmutzige Walaria. Kalasariz, der während seiner gesamten Karriere Überraschungen aus dem Weg gegangen war, zeigte sich nun überrascht darüber, welchen Weg sein Leben eingeschlagen hatte. Es verlief geradewegs in die entgegengesetzte Richtung, dachte er. Nur eins hatte ihn nicht überrascht, daß es ihm nämlich gelungen war, wieder auf den Füßen zu landen, als die große Säuberung begonnen hatte. Kalasariz war ein Meister des Gleichgewichts. Selbst seine Feinde mußten ihm das zugestehen. Er grinste – besonders seine Feinde!

Und noch ein Vogel fiel in das Fest der Lieder ein. Der Chor war einfach bezaubernd.

Kalasariz ließ sich von seinen Schritten zum See führen, wo er das Konzert aus nächster Nähe genießen könnte.

Er dachte, die Dinge waren gerade ziemlich ... anstrengend geworden, als König Protarus sich vor den Toren von Walaria gezeigt hatte. Nein, er weigerte sich, die Gefühle, die er damals empfunden hatte, mit Angst zu bezeichnen. Indes hätte Kalasariz auch Angst nicht überrascht. Um ihn herum war schließlich Panik ausgebrochen. Er jedoch war ruhig geblieben. War mit den Füßen auf dem Boden geblieben. Hatte sich seinen Plan überlegt. Und ihn umgesetzt.

Er war ziemlich ... besorgt gewesen? Nein, nein. Das Wort war zu stark. Enttäuscht vielleicht. Ja, er war enttäuscht gewesen, weil sein Plan, sich Protarus anzuschließen, fehlgeschlagen war. Seine Geheimbotschaften, in denen er behauptet hatte, auf Safar Timuras Seite zu stehen, hatten bei König Protarus nicht angemessen Gehör gefunden. Zuerst war er ... verärgert gewesen. Nicht wütend, aber verärgert. Kalasariz bewunderte Mißtrauen. Es stellte ein Werkzeug dar, ohne welches ein anständiger Herrscher nicht auskam. Doch seiner Ansicht nach hatte es Protarus mit dem Argwohn übertrieben.

Was denn, mochten sich in Kalasariz' Botschaften ein paar Lügen versteckt haben? Dennoch hatte er ehrlich beabsichtigt, seinen Teil der Abmachung zu erfüllen. Hatte er nicht dafür gesorgt, daß ein bestimmtes Tor zur richtigen Zeit unbewacht gewesen war? Hatte er nicht Didima und Umurhan wie vereinbart ausgeliefert? Und hatte er seinem neuen König nicht treue Dienste versprochen?

Kalasariz war ernsthaft verletzt, weil Protarus in ihm nicht den wertvollen Verbündeten sah, den er abgegeben hätte. Gute Spione sind schwer zu finden. Und Kalsariz, der sich mit falscher Bescheidenheit nicht aufhielt, wußte, daß er der beste Spion weit und breit war.

Der einleuchtendste Beweis dafür waren die Spione, die er an Protarus' Hof plaziert hatte. Diese hatten ihn rechtzeitig vor dem Verrat des Königs gewarnt, und also war er gerade noch mit dem Leben davongekommen.

Kalasariz amüsierte sich darüber, wie sich der Verrat des Königs in einen Segen verwandelt hatte. Wenn er bei Protarus geblieben wäre, würde er jetzt keinesfalls hier in Kyrania auf der Seite der Sieger stehen. Die Dämonen besaßen eine, wie Kalasariz es bei sich nannte, aufgekläre Haltung gegenüber den Fähigkeiten der Menschen. Luka hatte sofort erkannt, was in dem Meisterspion steckte. Und Lord Fari ebenfalls. Natürlich würden die beiden ihn nicht mehr so sehr mögen, ihn aber dennoch noch mehr bewundern, wenn sie wüßten, daß er mit beiden seine Vereinbarungen getroffen hatte.

Er blieb am Rande des Wäldchens stehen. Die Vögel unterbrachen ihr Konzert und flogen tiefer in die Schatten hinein. Dort ließen sie sich auf einem alten Nußbaum nieder, dessen Zweige sich unter der Last durchbogen, und nahmen ihr Lied wieder auf. Die Musik war so süß, so ungemein süß. Ich muß schauen, was für Vögel das sind, dachte Kalasariz. Dann hatte er pötzlich die Vision, wie ihm eines dieser Vöglein auf den Finger hüpfte. In dieser Vision trug er das kleine Wesen fort und sperrte es in einen Käfig, wo es die ganze Nacht für ihn sang.

Von dieser Vision angerührt, folgte er den Vögeln tiefer in den Wald.

Kalasariz hatte sich über seine Sicherheit auf Irajs Seite der Schwelle der Götter nichts vorgemacht. Selbst wenn er einen geeigneten Ort zum Untertauchen gefunden hätte, er hatte nicht die Absicht, sein Leben als Mann ohne Einfluß, ohne Macht zu verbringen und sich heimlich durch dunkle Gäßchen zu drücken.

Deshalb hatte er beschlossen, das Gebirge zu überqueren und zu sehen, was ihn in Caspan erwarten würde. Auch in dieser Stadt hatte er in wichtigen Positionen Spione untergebracht, was sich als noch wichtiger erwies als der schwere Beutel mit Edelsteinen, den er bei seiner Flucht hatte mitgehen lassen.

Es war eine aufregende Zeit gewesen, dachte er, so wie man sich später stets gern an Gefahren erinnert, die man erfolgreich bewältigt hat. Als Händler getarnt, war er mit einer Karawane nach Caspan aufgebrochen, hatte das Gebirge bei Kyrania überquert und mit großem Interesse den Reichtum des Tales zur Kenntnis genommen. Er hatte sogar von Khadji Timura ein schönes Service von Weinbechern erstanden und sich heimlich amüsiert, als der alte Mann und seine Frau ihn angelächelt und eine Weile lang mit ihm geschwatzt hatten, während sie die Becher in Filz rollten und in einer Kiste sicher für die Reise verpackten. Fast hätte der Meisterspion laut gelacht, als dieser liebenswürdige alte Mann mit seinem Sohn geprahlt hatte: Safar Timura, ein großer Gelehrter und der Jugendfreund von Iraj Protarus.

Er konnte sich noch an dieses Gespräch erinnern, als hätte es erst gestern stattgefunden.

»Vielleicht habt Ihr von ihm gehört?« fragte Khadji.

»Safar Timura?« erwiderte Kalasariz. »Nein, tut mir leid. Die Ehre ist mir bisher nicht widerfahren.«

»Nein, Iraj Protarus meine ich«, hatte Khadji gesagt.

»Von dem habe ich allerdings gehört«, meinte Kalasariz. »Wer hätte nicht vom großen König Protarus und seinen ruhmvollen Siegen gehört?«

Dann hatte Myrna schüchtern gefragt: »Manche behaupten, er sei grausam. Stimmt das?«

»Nicht im mindesten, gute Frau«, hatte Kalasariz darauf geantwortet. »Nein, nein, er ist der freundlichste aller Könige. Oh, natürlich hat es Opfer gegeben. Aber in welchem Krieg gäbe es die nicht? Nein, er ist ein großer König, dieser Protarus. Und er ist auch gut fürs Geschäft.«

Myrna hatte mit Erleichterung reagiert. »Ich bin froh, das zu hören«, sagte sie. »Er hat eine Zeitlang bei uns gelebt, wißt Ihr. Er war ein guter Junge. Ein wenig wild und starrköpfig allerdings. Aber ein guter Junge. Seine Mutter wäre stolz auf ihn gewesen, die Götter mögen ihre verschiedene Seele zu sich nehmen.«

Kalasariz muß bei dieser Erinnerung lachen. Er blickte auf; die Vögel hatten sich nun auf einem Ast weiter unten niedergelassen. Er fragte sich, was für ein Baum dies wohl war? Ein Zimtbaum vielleicht?

Gerade hatte er sich in Caspan einquartiert – und seine Spione mit viel Geld wieder für sich gewonnen –, als die Dämonen angriffen.

Wieder einmal befand er sich in einer Stadt unter Belagerung, und erneut gab es um ihn herum nur Panik. Aber er hielt den Kopf eingezogen und befahl seinen Spionen, das gleiche zu tun. Erst nachdem die Dämonen die Stadt erobert hatten, steckte er den Kopf wieder hervor. Die Dämonen statuierten wie gewohnt zunächst einmal ein Exempel – in Form von Massenhinrichtungen. Nachdem sie glaubten, die Lektion wäre verstanden worden – und zwar gut verstanden –, bauten sie eine Verwaltung für die Stadt auf. Einige der Beamten stammten noch aus der vorangegangenen Regierung. Natürlich nur solche von niedrigem Rang – jene, die die eigentliche Arbeit erledigen müssen und denen es im Prinzip gleichgültig ist, wer oder was gerade auf dem Thron sitzt. Und unter denen befanden sich Kalasariz' Spione.

Nachdem er nun wußte, wo das Tal der Wolken lag, war Kalasariz an Luka und Fari herangetreten – an jeden der beiden einzeln, versteht sich. Er hatte einiges anzubieten. Das Wertvollste davon war Kyrania. Der Schlüssel zu Protarus' Königreich.

Er blieb unter dem Baum stehen. Die Vögel hockten genau über ihm, waren jedoch verstummt.

Hier stehe ich also, dachte er, und genieße meine Belohnung. Die erste von vielen und großen Belohnungen, die noch kommen werden.

Die Vögel flatterten und erweckten seine Aufmerksamkeit. Einer fiel ihm besonders auf. Sein Gefieder war hellgrün, während die anderen eher olivfarben waren, und er schien einen großen roten Punkt auf der Brust zu haben. Es war ein stämmiges kleines Kerlchen. Köstlich.

Kalasariz erinnerte sich, daß Singvögel das beste Fleisch überhaupt geben sollten. Je süßer sie sangen, so sagte man, desto süßer ihr Fleisch.

Er betrachtete den Baum näher. Ganz bestimmt war es ein Zimtbaum. Ach, dachte er, ein Singvogel, der von einem Zimtbaum gegessen hat. Was für ein Mahl würde das geben?

Kalasariz hielt den Finger in die Höhe. »Flieg herunter, flieg herunter, mein hübscher kleiner Vogel«, rief er. »Komm zu mir. Ich habe einen Leckerbissen für dich.«

Kalasariz war gelinde gesagt überrascht, als der Vogel tatsächlich auf seinen ausgestreckten Finger sprang. Er hatte doch nur Spaß gemacht – in Erinnerung an seine Vision. Doch nun schien sich diese in ein handfestes Abendessen zu verwandeln.

»Sing für mich, kleiner Vogel«, neckte er das Tier. »Sing für Kalasariz. Singe, so süß du kannst, mein Hübscher. Und dann werde ich dir den Hals umdrehen und dich zum Abendessen verspeisen.«

Zu seinem Entzücken öffnete der Vogel den Schnabel, als wolle er singen.

»Halt den Mund, halt den Mund, halt den Muuund!« sprach das Tier.

Kalasariz fiel die Kinnlade herunter. »Wie? Was hast du gesagt?«

»Ich habe gesagt, halt den Mund, Gundaree«, fuhr der Vogel fort. »Ich habe ihn zuerst gesehen, und ich schere mich nicht darum, ob er wie ein Dämon riecht. Er ist ein Mensch. Sieh ihn dir doch selbst an, du dummer Kerl!«

Ich träume, dachte Kalasariz. Ich schlafe im Tempel und habe den Spaziergang nur geträumt. Und jetzt träume ich, daß dieser Vogel spricht. Er hob die Hand und untersuchte den roten Punkt auf der Brust des Vogels. Wie seltsam, dachte er. Sieht aus wie eine Schildkröte.

Plötzlich bohrte der Vogel seine Krallen tiefer in Kalasariz' Finger.

Kalasariz schrie auf und versuchte, das Tier abzuschütteln.

»Geh weg, geh weg!« rief er.

Doch der Vogel krallte sich nur noch fester.

Kreischend versuchte Kalasariz, den Vogel von seiner verletzten Hand zu bekommen.

»Hör auf damit, du dummer Mensch!« rief der Vogel. »Du tust mir weh.«

Dann verwandelte sich der Vogel in einen fauchenden kleinen Dämon mit langen scharfen Zähnen. Er sprang Kalasariz ins Gesicht und bekam dessen Wangen mit seinen Krallen zu fassen. Und dann biß er ihm in die Nase.

Kalasariz erstarrte. Er empfand Schmerz, spürte, wie dieses Wesen an seinem Gesicht hing, fühlte, wie ihm das Blut in den Mund lief, doch er konnte sich nicht bewegen. Er konnte nicht einmal zucken, geschweige denn einen Laut hervorbringen.

Der Meister der Spione hörte Schritte und sah, wie hinter dem Baum eine Gestalt hervortrat.

Und Kalasariz, ein Mann, der sich selbst keinerlei Überraschung und noch weniger schiere Angst zutraute, wurde von beidem übermannt.

»Du solltest ihn besser loslassen«, sagte Safar. »Sonst besudelst du doch deine ganzen Kleider mit Blut. Und du weißt selbst, wie sehr du das haßt.«

Gundara ließ Kalasariz los, dann sprang er zu Boden. Der kleine Gehilfe untersuchte sein blutbeflecktes Gewand.

»Jetzt schau dir nur mal an, was du gemacht hast«, beschuldigte er Kalasariz. »Wenn du still gehalten hättest, wie ich es dir gesagt habe, dann hätte ich dich nur ein bißchen gekniffen. Und es hätte fast nicht geblutet.«

Kalasariz stand da wie gebannt, mit Stummheit geschlagen, und konnte nur ein leises Würgen hervorbringen. Er sah, wie Safar ein Steinidol hervorholte, das die Form einer Schildkröte hatte.

»Warum gehst du nicht und machst dich sauber«, sagte Safar zu Gundara. »Du bekommst später etwas Süßes.«

»Welch guter Meister du doch bist«, erwiderte Gundara. »Welch freundlicher Meister.«

Er hüpfte auf die Schildkröte und schrumpfte zusammen, bis er hineinpaßte. Dann zögerte er. »Aber du hast es doch ganz bestimmt nicht vergessen?« fragte er. »Die Süßigkeiten, meine ich.«

»Ganz bestimmt nicht«, versicherte ihm Safar.

»Versprochen?«

Safar seufzte. »Versprochen!« stöhnte er mit dem letzten Quentchen Geduld.

Gundara quietschte vor Vergnügen. Dann rief er: »Paß auf, Gundaree! Ich komme!«

Und er verschwand in dem Stein.

Safar steckte das Idol ein und trat näher an Kalasariz heran. Er betrachtete ihn von oben bis unten. Der Meister der Spione verspürte abermals einen Schock, als er sah, wie blau Safars Augen waren – so blau wie der Himmel, so blau wie der kalte See, den er noch vor einigen Minuten bewundert hatte.

»Ich vermute, du wunderst dich, weshalb du noch immer am Leben bist?« fragte Safar mit beängstigender Milde.

Kalasariz war in seinen Überlegungen noch nicht so weit vorgedrungen, doch als Safar das Thema anschnitt, leuchtete ihm die Frage sofort ein. Seine Reaktion war heftig. Sein ganzer Körper erzitterte vor Angst, trotz der Erstarrung.

»Gut«, meinte Safar nur. »Ich kann es an deinen Augen ablesen. Und wo du eine so weite Reise hinter dich gebracht hast, wirst du sicherlich auch die Antwort kennen. Nicht wahr?«

Kalasariz brachte lediglich ein Würgen hervor.

Safar verzog angeekelt das Gesicht. Er schnippte mit den Fingern, und augenblicklich fand Kalasariz die Sprache wieder. Obwohl er noch immer so starr wie eine Statue dastand.

»Dank sei den Göttern, daß sie dich geschickt haben, Safar Timura!« platzte Kalasariz heraus. »Du bist gerade rechtzeitig gekommen, um –«

Safar schnippte erneut mit den Fingern und verdammte sein Gegenüber zu abermaligem Schweigen.

»Fall mir nicht mit deinen Lügen auf die Nerven«, sagte Safar. »Ich habe mit meinem Vater gesprochen. Ich weiß, was vorgeht. Und ich weiß auch, wer dafür verantwortlich ist.«

Er beugte sich vor, brachte sein Gesicht bis auf wenige Zoll an Kalasariz' heran. »Um deiner Willen hoffe ich, mich verständlich ausgedrückt zu haben.«

Kalasariz würgte an einer Antwort, die ihm in der erstarrten Kehle steckenblieb. Wieder ein Fingerschnippen, und die Antwort bahnte sich ihren Weg.

»Ja! Sehr verständlich!«

»Ich werde entscheiden, ob ich dich am Leben lasse oder nicht, nachdem du uns gegen die Dämonen geholfen hast«, erklärte Safar. »In wie vielen Teilen du dein weiteres Dasein fristest, hängt ganz allein von dir ab.«

Etwas von seiner Kraft kehrte in Kalasariz zurück, und mit ihr auch die Kühnheit.

Und prompt trat er ins nächstbeste Fettnäpfchen. «Ich kann mehr tun, als Kurania nur von den Dämonen zu befreien, Tempelsch– ich meine, mein Freund.«

Safar grinste amüsiert. »Du hättest mich beinahe Tempelschüler genannt, nicht?« sagte er. »Seltsam, wie sich die Dinge verändern. Der Große wird klein.« Er deutete auf Kalasariz. »Und der Kleine wird groß.« Er tippte sich auf die Brust.

Kalasariz ließ sich von seinem Fehler nicht beirren und lächelte sein gutes, altes dünnes Lächeln.

»Ja, es ist schon seltsam, Lord Timura«, stimmte er zu. »Aber Ihr seht, wie leicht ich mich den Ereignissen anzupassen vermag? Euer neuer Titel geht mir leicht über die Lippen, Herr. Und ich muß sagen, er steht Euch wirklich sehr gut an.«

Safar lachte leise. »Du bist zu gut, Kalasariz. Das muß ich zugeben.«

Der Meister der Spione sah seine Chance. »Gut genug, Lord Timura, um Eurem König von immensem Wert zu sein. Ich kenne den Hof der Dämonen besser als jeder andere. Ich bin mit König Manacia, Prinz Luka und ihrem Großwesir, Lord Fari, bekannt. Ich weiß um ihre Schwächen, welche Legion sind, und zudem habe ich ebenso einige andere wichtige Dinge in Erfahrung gebracht.

König Protarus könnte Euch vielleicht sehr böse sein, wenn mir etwas zustoßen und ihm dadurch ein großer Vorteil entgehen würde.«

»Oh, ganz ohne Frage ist Protarus auf all diese Neuigkeiten erpicht«, stimmte Safar zu. »Und sicherlich hört er lieber aus deinem Mund eine spannende Geschichte als den trockenen Bericht, den ich ihm abliefere, nach dem ich dich gefoltert habe.

Aber merke dir eins, Kalasariz. Der König und ich sind Freunde. Enge Freunde. Falls ich dich töten würde, ginge ich einfach zu ihm und gestände ihm meinen Irrtum. Dann würde ich mich entschuldigen und sagen: ›Ich konnte einfach nicht anders, Iraj!‹«

Er hielt inne, und Kalasariz überkam bei seinem sorglosen Lächeln Ernüchterung. »Ich nenne ihn Iraj, wenn wir unter uns sind, weißt du. Und er nennt mit Safar. So wie damals, als wir als Jungen zusammen gespielt haben.«

Dann fuhr er fort: »Jedenfalls würde ich zu ihm sagen: ›Ich konnte nicht anders, Iraj! Plötzlich verspürte ich diesen Haß. Ich wollte sein Blut sehen, für all die Verbrechen, die er meiner Familie angetan hat.‹ Daraufhin würde ich meinen Kopf schuldbewußt hängen lassen und mich laut fragen, ob mein Fehler so schwer sei, daß er uns weitere Leben kosten würde, um diesen Krieg zu gewinnen.

Und weißt du, was er antworten würde? Er würde sagen« – Safar ahmte des Königs tiefere Stimme nach –, »›nun, dann sei es eben so, Safar. Ich hätte an deiner Stelle nicht anders gehandelt. Wenn das Blut nach Rache schreit, muß man ihm folgen. Komm zu mir, mein Freund. Wir lassen uns Frauen und etwas Starkes zu trinken bringen. Und dann werden wir deinen Fehler so betrauern, wie es eines Mannes würdig ist. Wir betrinken und vergnügen uns, bis der Morgen graut!‹«

Kalasariz‘ Bauch brannte, als hätte sich Lava hineinergossen.

Safar lachte über das Unbehagen des Spions.

»Weißt du nun, wie es um dich steht?« fragte er Kalasariz. »Siehst du, in welcher Lage du steckst?«

»Ja, Lord Timura«, antwortete Kalasariz, wobei er das Zittern in seiner Stimme kaum bändigen konnte. »Ich verstehe sehr gut.«

Er hörte ein Rascheln im Wald und sah etliche Soldaten, die hinter Safar aus dem Unterholz traten. Sie trugen die Uniformen von Protarus.

Dann bemerkte er, wie außergewöhnlich hübsch der Anführer der Gruppe aussah.

Nein … wunderschön! Und es war kein Mann, sondern eine Frau.

Sie trat zu Safar. »Das habt Ihr großartig gemacht, Lord Timura«, sagte sie.

Doch ihre Stimme war tief, und aus der Art, wie sie sprach, konnte man erahnen, mit welch liebevolleren Namen sie Timura ansprach, wenn sie allein waren.

Sie blickte Safar mit einer solchen Hingebung an, daß sie selbst Kalasariz' Taubheit durchdrang und ihm seinen Verstand erhellte.

Hingebungsvolle Frauen, dachte er, können sehr gefährlich sein.

Sowohl für den Feind des Mannes, der das Ziel ihrer Hingabe ist …

… als auch für den Mann selbst.

*

Kalasariz hob seinen Becher zum Trinkspruch. »Meine Freunde«, rief er, »diese Nacht ist ein weiterer Beweis – wenngleich ein sehr kleiner – für König Manacias große Vision von einem vereinten Esmir.«

Er blickte sich um; das Bankett fand unter freiem Himmel statt. Überall auf dem frischgemähten Rasen standen grobgearbeitete Holztische. Diese Tische waren mit Essen und Krügen voller berauschendem Wein aus Kyrania überladen. Dämonen, viele Dämonen, saßen an der Tafel und fixierten Kalasariz mit ihren gelben Augen. Becher wurden gehoben, man wartete darauf, daß er seinen Trinkspruch beendete.

»Selbst hier im fernen Kyrania«, fuhr er fort, »sitzt ein Mensch zwischen seinen Dämonenbrüdern und speist und trinkt mit ihnen. Ein Gleicher unter Gleichen. Ein Sterblicher –«

»Bring deinen verdammten Trinkspruch zu Ende, Kalasariz!« knurrte der große Dämon neben ihm. »Ich bin durstig!«

»Ja, nun, äh«, stockte Kalasariz, »äh – auf König Manacia! Möge seine Herrschaft noch lange andauern.«

Die Dämonen äußerten lauthals ihren Beifall, stürzten den Wein hinunter und wandten sich wieder den Tischen zu, wo sie ihre Kelche erneut füllten und sich dampfendes Essen in die Mäuler stopften.

Nervös schwenkte Kalasariz den Wein in seinem Becher und trank ihn dann auf einen Zug aus. Unter seinem Gewand – auf der Haut – trug er das Steinidol, welches vor Erwartung warm, ja fast heiß war. Dann und wann hörte er – sehr leise – Gundaras aufgeregtes »Halt den Mund, halt den Mund!« Kalasariz war gewarnt worden, daß jede verdächtige Handlung den kleinen Gehilfen hervorrufen würde, um ihn zu bestrafen.

Zwischen den Tischen schlichen Menschensklaven hin und her, die Platten hoch über den gesenkten Köpfen. Sie gingen von Dämon zu Dämon und boten weitere Köstlichkeiten an. Die Dämonen aßen gierig, als hätte das freie Essen, zu dem Kalasariz sie spontan eingeladen hatte, ihren für gewöhnlich schon großen Hunger noch unbändiger gemacht.

»Wünscht der Meister noch Wein?« murmelte eine Stimme neben Kalasariz. Es war Safar, der sich als Sklave verkleidet hatte und einen Krug hielt. Die anderen Menschen waren seine Soldaten, die sich ebenfalls als Sklaven getarnt hatten und nur auf das Zeichen zum Losschlagen warteten.

»Ja, bitte«, gab Kalasariz zur Antwort und hob ihm seinen Becher entgegen. Der Becher wurde gefüllt, und Safar verneigte sich demütig und trat zurück.

»Warum behandelst du ihn so höflich?« wollte der Dämon – dessen Name Quan war – wissen. »Bist du betrunken?«

»Nein, nein, nein, ich bin nicht betrunken«, widersprach Kalasariz.

»Nun, es ist deine Sache«, fuhr Quan fort. »Dann bist du eben von dem bißchen Weingeist schon durcheinander. Aber damit verdirbst du uns die Sklaven. Sie haben Prügel verdient, wenn sie fragen, anstatt einfach nachzuschenken.

Denn dein Becher war leer. Er hätte ihn einfach füllen sollen!«

Quan wande sich an Safar. »Wenn du das mit mir machst, du kleiner menschlicher Wurm«, sagte er, »reiß ich dir den Kopf ab.«

»Ja, Hochverehrter«, antwortete Safar und nickte eifrig. »Danke, Hochverehrter.«

»Siehst du, Kalasariz, so geht das!«

»Ich werde es nicht vergessen, Quan«, beteuerte Kalasariz. »Wirklich ein guter Rat.«

Ein wunderschönes Sklavenmädchen – Leiria in Verkleidung – ging mit einem Tablett voll Kebab an seinem Tisch vorbei. Das Fleisch roch köstlich, und beinahe hätte er die Gefahr vergessen, die sich darin verbarg. Während Leiria sich näherte, zischte das heiße Fett des Kebabs, und Kalasariz lief das Wasser im Munde zusammen.

Er streckte die Hand aus und wollte sich einen Spieß vom Tablett nehmen. Safar trat dazwischen, hob den Krug, beugte sich vor und tat, als würde er Kalasariz' Becher auffüllen.

»Nicht vom Kebab essen«, flüsterte er, dann zog er sich zurück.

Kalasariz spürte, wie sein Mund plötzlich sehr trocken wurde, als er darüber nachdachte, was er beinahe getan hätte.

Neben ihm schmatzte Quan mit großem Appetit. »Das ist köstlich, Kalasariz«, sagte er. »Du solltest es auch versuchen!«

Er schwenkte den Spieß mit wohlschmeckendem Fleisch vor Kalasariz' Nase. Der köstliche Geruch, mit Magie noch verstärkt, war so stark, daß er sich fast erneut vergessen hätte. Im letzten Moment zog er die Hand wieder zurück.

»Ich wünschte, ich könnte«, sagte er und zog ein trauriges Gesicht. »Es riecht wunderbar. Aber diesen Monat darf ich kein Lammfleisch essen. Meine Religion, wißt Ihr.«

Überall an den Tischen verschlangen die Dämonen das Kebab, schmatzten und rülpsten, wischten sich den Mund ab und riefen den Sklaven zu, sie sollten mehr bringen.

»Das ist der Nachteil an Religionen«, meinte Quan mit einem Anflug von Mitgefühl in der Stimme. »Sie verbieten einem dies und versagen einem das. Es gibt so viele Verbote, daß ein armer Dämon gar nicht mehr weiß, was ihm überhaupt noch erlaubt ist.«

Der Dämon zog das letzte Stück Fleisch von dem Spieß und stopfte es sich in den Mund. Er kaute ausgiebig, schluckte, und ein Ausdruck der reinen Glückseligkeit trat auf sein Gesicht.

»Weißt du, was ich als erstes machen würde«, fragte er, »wenn ich König wäre?«

»Was?« fragte Kalasariz zurück.

»Ich würde die Religion abschaffen. Einfach abschaffen. Und meine eigene Religion einführen. Sodann würde ich alle Verbote umkehren. Alles was verboten war, würde Pflicht werden. Und alles, was Pflicht war, würde vom Komitee des Königs erst einmal lange begutachtet.«

Er gab Kalasariz einen freundschaftlichen Klaps mit der Klaue.

»Ich wette, ich wäre ein verdammt beliebter König damit«, sagte er. »Der beliebteste König in der Gesch–«

Und Quan brach mitten im Wort ab, seine Augen verdrehten sich plötzlich, und er sank vornüber.

Kalasariz riß seinen Arm zurück, und Quans Kopf schlug hart auf den Tisch auf.

Von überall hörte man jetzt ähnliche Geräusche, als die Köpfe der Dämonen auf die Tische prallten. Dann kehrte Stille ein.

Kalasariz blickte sich um; die Dämonenwache hatte bemerkt, daß etwas nicht zu stimmen schien, und kam angelaufen.

Leiria stieß einen Schlachtruf aus, riß sich den Umhang herunter und enthüllte ihr Kettenhemd. Sie zog das Schwert und ging auf die Wachen los. Weitere Rufe erschollen, als Safars Soldaten sich ebenfalls zu erkennen gaben und sich in den Kampf stürzten.

Es war eine kurze, blutige Arbeit. Ehe Kalasariz sich versah, waren bis auf drei alle Dämonen tot. Und Leiria, Seite an Seite mit einem halben Dutzend Menschensoldaten, bedrängte diese letzten, um ihnen den Garaus zu machen.

Safar wuchtete Quans Leiche vom Stuhl und setzte sich. Er säuberte den Weinbecher mit dem Ärmel und füllte ihn.

»Ich werde dich nicht bitten, einen Trinkspruch zum besten zu geben«, wandte er sich an Kalasariz. »Dein Freund hatte recht.« Er deutete auf den toten Dämon, der am Boden zusammengesackt lag. »Du redest viel zu weitschweifig.«

Und Safar trank den Wein in einem Zug aus.

23

Vorspiel zur Schlacht

Safar holte das Steinidol aus seinem Beutel. Er streichelte es so sanft, wie ein Kind eine Katze liebkost.

Er beugte sich vor und flüsterte: »Benimm dich jetzt. Wir befinden uns in der Gesellschaft des Königs.«

Während er das Idol noch immer streichelte, ging er hinüber zu Iraj, der gedankenverloren das Bild betrachtete.

Sie waren in Alisarrians Höhle, Fackeln spiegelten sich in den leuchtenden Wänden. Bei dem Bild, in das Iraj versunken war, handelte es sich um die magische Wandmalerei des Eroberers in heroischer Pose.

»Ich komme mir immer noch wie ein kleiner Junge vor«, murmelte Iraj.

Dann drehte er sich um, das Gesicht zu einem schiefen Lächeln verzogen. »Als wir zum erstenmal hier waren«, sagte er, »habe ich mich vor meinem Onkel und seinen Freunden versteckt. Wie sich herausgestellt hat, war keiner von ihnen mehr als ein kleines Stammesoberhaupt. Doch damals schien mir die Aufgabe, die vor mir lag, die schwierigste der ganzen Welt zu sein.«

Der König deutete auf die heroische Gestalt von Alisarrian, der wie Iraj einen goldenen Bart hatte, jedoch so blaue Augen wie Safar. »Als ich das gesehen habe, ließ es meinen Traum, ganz Esmir zu regieren, nicht mehr so unmöglich erscheinen – aus Gründen, die ich nicht in Worte fassen kann. Ich meine, ich brauchte doch nur meinen Onkel zu besiegen, dann würde ich Esmir knacken wie ein Ei. Plötzlich erschien mir alles so leicht.

Heute betrachte ich das Bild mit anderen Augen. Ich sehe einen Mann, dessen Leistungen ich wirklich bewundere. Allein das zu halten, was ich erobert habe, ist schon sehr schwierig, und um wieviel schwieriger muß es sein, noch mehr zu erobern.«

»Ich bin mir sicher, Alisarrian hat ähnliche Zweifel gehegt«, erwog Safar. »Vielleicht hat er sogar noch stärker als du an sich gezweifelt. Schließlich fehlte ihm jedes Vorbild für seinen Plan. Du hingegen weißt, daß es möglich ist, weil er es bereits geschafft hat. Dieser Vorteil blieb ihm versagt.«

»Und die Dämonen«, fügte Iraj hinzu. »Er mußte sich ebenfalls den Dämonen stellen.«

»Genauso ist es«, stimmte Safar zu. »Und nicht nur das, denn vor ihm hatte noch kein Menschenkönig eine Dämonenarmee besiegt. Und du weißt, ebenfalls dank Alisarrian, daß dies möglich ist.«

Iraj runzelte die Stirn. »Jedoch war Alisarrian nicht nur ein großer General, sondern auch ein bedeutender Zauberer. Ich verstehe mich nur auf das Geschäft des Krieges, mit Magie kenne ich mich nicht aus.«

»Aber du hast mich«, meinte Safar.

»Manchmal bereitet mir das Sorgen«, sagte Iraj. »Was, wenn ich dich nicht gehabt hätte?«

»Das ist doch Unfug«, widersprach Safar. »Das Schicksal hat augenscheinlich beschlossen, uns beide zusammenzubringen. Warum machst du dir Gedanken über Dinge, die überhaupt nicht eingetreten sind?«

»Ja«, antwortete Iraj mit glänzenden Augen. »Aber was, wenn du dich entscheidest, mich zu verlassen?«

Safar schnaubte. »Das ist doch lächerlich«, sagte er. »Warum sollte ich das tun? Des Geldes wegen? Du hast mich reich gemacht. Um noch reicher zu werden? Geld bedeutet mir nichts. Also, was noch?

Macht über andere? Du weißt so gut wie ich, daß es mich danach nicht verlangt.«

Irajs Stimmung hellte sich auf. Der gefährliche Glanz in seinen Augen verschwand. »Das ist wahr. Du hast nicht einmal Respekt vor der Macht. Woran ich dich stets erinnern muß, mein Freund, wenn du es einem König wie mir mal wieder schwermachst.«

Safar grinste. »Ich kenne dich einfach als Mensch. Ich war dabei, wie die Ubekian-Brüder auf dich eingeprügelt haben wie auf eine Tempeltrommel.«

Iraj schnitt eine Grimasse. »Damals dachte ich nur: ›Wartet ab, bis ich erst König bin. Dann reiße ich euch die Köpfe ab.‹ Jetzt, wo ich tatsächlich König bin, erscheint mir das allerdings nicht mehr so wichtig.«

Safar lachte schallend. »Kannst du dir ihre langen Gesichter vorstellen«, japste er, »wenn du jetzt zu ihnen gehen würdest und ...« Der Rest ging in Lachen unter.

Iraj fiel in sein Lachen ein, und die Höhle war vom brüllenden Wiehern der beiden Freunde erfüllt. Doch es klang irgendwie nervös, und es hielt zu lange an. Es war jene Art kaum beherrschten Lachens, in das man ausbricht, wenn man vor einer furchtbaren Aufgabe steht.

Und es fand ein abruptes Ende. Die beiden jungen Männer vermieden es verlegen, einander in die Augen zu blicken.

»Wir sollten besser anfangen«, schlug Safar mit dünner Stimme vor.

Iraj nickte. »Ja, das wäre am besten.«

»Setz dich dorthin«, wies Safar ihn an und zeigte auf ein verblichenes Pentagramm, das in den Höhlenboden eingraviert war.

Iraj tat wie geheißen, und Safar ließ sich ihm gegenüber nieder. Innerhalb des Pentagramms gab es viele uralte Symbole, die Safar einst sehr geheimnisvoll erschienen waren. Manche bargen noch immer Geheimnisse für ihn, doch er lernte jeden Tag mehr aus dem Buch von Asper.

Safar plazierte die Schildkröte auf eines der Zeichen. Der Stein begann zu schimmern, doch sehr schwach.

»Das ist der Komet«, erklärte er.

Dann schob er das Idol auf das nächste Symbol. Es erglühte ein wenig heller.

»Das ist der Dämonenmond.«

Er verrückte die Schildkröte zwischen die beiden Punkte.

»Das sind wir«, sagte er. »Ungefähr jedenfalls. Die tatsächlichen Gestirne bewegen sich zur Zeit aufeinander zu. Eigentlich sollten wir den Dämonenmond bald zu Gesicht bekommen.«

Iraj schüttelte bewundernd den Kopf. »Das ist toll, Safar«, sagte er und hörte sich an wie ein Junge, der in einer Zirkusvorstellung sitzt. »Wirklich toll.«

Safar zeigte keine Regung. Er konnte nicht anders, als mit versteinerter Miene den Meisterartisten zu spielen, wie er es in Methydias Zirkus gelernt hatte. Außerdem konnte es nicht schaden, wenn Iraj soviel Ehrfurcht wie nur möglich vor seinen magischen Fähigkeiten hatte.

»Wenn ich den Zauberspruch gesprochen habe«, erklärte er, »mußt du vollkommen stillsitzen. Tue nichts und sage nichts. Du wirst mich hier bei dir sehen. Aber ich werde nicht in meinem Körper sein.«

Er deutete auf den Höhleneingang. »Mein Geist wird irgendwo dort draußen sein.« Nun zeigte er auf das Steinidol. »Halte den Blick darauf gerichtet«, fügte er hinzu, »und du wirst alles sehen, was mein Geist sieht.«

Iraj wand sich. »Bemerkenswert«, stieß er hervor.

»Bist du bereit?« fragte Safar.

Iraj leckte sich die Lippen und nickte. Safar warf eine Handvoll Glaskügelchen auf den Boden. Der König hielt den Atem an. Säulen dichten Rauches kringelten sich in die Höhe, alle von unterschiedlicher Farbe, alle voller glitzernder Teilchen, die in den Säulen auf und nieder schwebten.

Dieser Hokuspokus wäre eigentlich nicht notwendig gewesen, Safar hatte jedoch von Methydia gelernt, wie man seine Vorstellung am wirkungsvollsten gestaltete.

Er atmete tief ein. Mehr und mehr Luft sog er in sich hinein, als besäße er die Lungen eines Riesen. Die Rauchsäulen verwickelten sich miteinander wie Bänder und wurden in seinen Mund hineingesogen.

Dann atmete er aus. Es war ein Geräusch, als würde ein scharfer Wind durch eine schmale Öffnung fegen. Das Rauchband, nun zu einem dunstigen Seil verwoben, schoß heraus und ergoß sich wie ein Wasserfall über das Steinidol.

Safars Blick verschleierte sich, und er sah die Welt wie in einem Traum. Er bemerkte Irajs gebannten Ausdruck, seinen offenen Mund; sah Gundara, der die Ursache für das Erstaunen des Königs war, aus dem Stein springen und sich hinkauern; hörte, wie Gundara »Halt den Mund!« rief. Und wie er unvermittelt schwieg, als er Iraj entdeckte.

Plötzlich wuchsen dem kleinen Gehilfen Flügel aus dem Rücken – große, hauchdünne Schwingen, perlmuttfarben wie die von Schmetterlingen, die sich als erste im Frühjahr nach draußen wagen. Gundara streckte eine Klaue aus. Sie wuchs und wuchs immer weiter, bis sie die Entfernung zwischen dem Gehilfen und dem Meister überbrückte.

Safar hob die Hand. Ein geisterhaftes Bild dieser Hand erhob sich von seinem Körper.

Sein Geist-Selbst ergriff Gundaras Klaue.

Dann schwebte er, flog durch das Gestein, brach aus dem Berg hervor und erreichte die frische Luft. Gundaras Gegenwart war ihm nicht bewußt. Ihm war, als würde er selbst fliegen, mit den Winden aufsteigen, mit den Armen steuern.

Er machte sich nach Norden auf, zum höchsten Gipfel der ›Braut und den sechs Jungfern‹. Weit unter sich sah er einen Jungen, der eine Herde Ziegen zur Weide führte. Er erreichte den letzten Gipfel, flog so dicht darüber hinweg, daß er versucht war, mit seiner geisterhaften Hand in den Schnee zu greifen.

Er segelte die Hänge hinunter, erwischte einen warmen Wind und schwebte hinaus über die große Wüste des Nordens.

Über ihm glitten bauschige Wolken unter einem blauen Himmel

dahin. Unter ihm glitzerte der weiße Sand der Wüste im Sonnenlicht. Vor ihm erstreckte sich ein grenzenloser Horizont.

Safar bewegte die Arme und flog hinauf zu den Wolken. Er fand eine Luftströmung und ließ sich treiben, immer auf die dünne blaue Linie zu, welche den Punkt markierte, an dem sich Himmel und Erde trafen.

So glitt er eine Zeitlang dahin, bis er einen Ort erreichte, wo zwei riesige Felsen aus dem steinigen Boden ragten. Sie waren nach allen Seiten schroff und steil, und jeder schien aus einem einzigen hundert Fuß hohen Stück zu bestehen. Sie waren so groß, daß sie dicht beieinander zu stehen schienen, doch als Safar näher kam, bemerkte er zwischen ihnen einen Abstand von fast einer halben Meile.

Er flog weiter auf den immer noch leeren Horizont zu.

Als er den ersten Blick auf die Armee warf, wußte er zunächst nicht, worum es sich handelte. Das Heer erstreckte sich wie eine lange verwischte Linie am Horizont. Neben der Linie sah er tiefschwarze Streifen. Je näher er kam, desto breiter wurden sie, verblaßten jedoch zu Grau wie ein Kohlestift auf Papier. Langsam wurden in den Streifen einzelne Gestalten erkennbar. Und bei diesen handelte es sich um Soldaten.

Dämonensoldaten.

Safar schoß über sie hinweg, während sein Geist-Herz heftig in seiner Geist-Brust pochte.

Die ganze Wüstenebene war mit Dämonen übersät, die wie eine Kolonne gigantischer Ameisen nach Süden in Richtung der Schwelle der Götter strömten. Breite Reihen von Dämonensoldaten marschierten da, angeführt von Kavallerie. Hunderte von Trossen folgten ihnen, begleitet von riesigen Viehherden, die die Truppe mit frischem Fleisch und frischen Reittieren versorgten.

Es dauerte beängstigend lange, bis er das Ende der Dämonenarmee erreicht hatte. Dort wendete er, flog wieder nach vorn und warf einen Blick ins Herz dieses gigantischen Wurms.

Er entdeckte Manacia und seinen Hof gleich hinter der Hauptmacht der Reiterei. Der Dämonenkönig hockte träge auf einem hin und her wiegenden Turm auf einem prächtigen weißen Elefanten. Safar erkannte das Tier sofort wieder. Es war das gleiche, auf dem er Iraj in seiner Vision hatte reiten sehen.

Safar nahm allen Mut zusammen und flog näher heran. Manacias riesiger Kopf und seine gewaltigen Kiefer waren eben genauer zu erkennen, da spürte Safar den Stachel der Magie. Es war, als würde er nackt durch einen Schwarm Bienen laufen.

Safar schoß nach oben und stieg, so schnell er konnte, dann ließ das stechende Gefühl nach, und er befand sich wieder außerhalb von Manacias Reichweite. Nachdem er sich von dem Schrecken erholt hatte, wurde ihm klar, daß es sich um eine Art Schild oder Warnnetz oder eine Kombination von beidem handeln mußte. Safar überprüfte, ob für ihn Gefahr bestand, doch zu seiner Erleichterung stellte er fest, daß Manacia ihn gar nicht bemerkt hatte. Aufatmend flog er um den Schild herum. Er erkundete Länge und Breite, und nicht nur die Größe offenbarte sich ihm, sondern auch, daß er sich in Sicherheit befand, solange er am Rand blieb.

Aus der Ferne hörte er jemanden seinen Namen rufen: »Safar ... Safar ...«

Ein Loch öffnete sich, und er stürzte hinein, fiel und fiel und fiel, durch Rauch und Hitze und dann Bums! war er zurück in der Höhle, hockte auf seinen Knien und erbrach sich auf den Boden.

Als sein Innerstes nach außen gekehrt zu sein schien, reichte ihm Iraj den Saum seines Mantels, und Safar wischte sich das Gesicht ab, dann drückte ihm der Freund einen Becher mit starkem Branntwein in die Hand. Safar stürzte ihn hinunter wie Wasser. Nach einem zweiten Becher fühlte er sich schon deutlich besser.

»Ich dachte, ich hätte dir gesagt, du solltest dich still verhalten«, beschwerte er sich. »Du hättest mich umbringen können.«

Iraj wirkte überrascht, dann betrübt. »Es tut mir leid«, entschuldigte er sich. »Ich dachte, beim Anblick all dieser Dämonen wäre dir übel geworden. Mir selbst hat sich ja schon der Magen umgedreht.«

»Sicher, ich hätte mir bald in die Hosen gemacht«, gestand Safar ein. »Aber mir ist erst schlecht geworden, als ich so schnell zurückgerissen wurde! Ich weiß, du bist mein Herr und Meister, aber bitte, Iraj, nächstes Mal ein bißchen behutsamer, ja?«

Während Iraj den Kopf hängen ließ und Entschuldigungen murmelte, stärkte sich Safar mit einem weiteren Becher falschen Mutes. Dann hob er das Steinidol auf, versprach dem guten kleinen Gehilfen für später eine Belohnung und steckte die Schildkröte in seinen Beutel.

»Als ich Manacias Armee gesehen habe«, sagte Iraj, »dachte ich, es ist hoffnungslos! Sie sind nicht aufzuhalten! Ich könnte mir genausogut gleich ein tiefes Loch buddeln und mich hineinlegen.«

»So ähnliche Gedanken sind mir auch durch den Kopf gegangen«, stimmte Safar zu. »Ich wußte nur nicht, wie ich ein Loch graben kann, das tief genug ist.«

»In der gesamten Geschichte von Esmir gibt es nichts«, meinte Iraj, »das uns als Beispiel dienen könnte. Nie zuvor hat es eine so große Armee gegeben. Und selbst wenn wir die gleiche Stärke aufbringen könnten, wäre diese Schlacht mit keiner früheren zu vergleichen.«

»Ich würde es mir sehr gut überlegen, ob ich tatsächlich versuchen würde, eine genauso große Streitmacht aufzubauen«, meinte Safar. »Eigentlich kann ich dir davon nur abraten.«

»Dein Rat in allen Ehren«, erwiderte Iraj, »doch dieses eine Mal werde ich ihn nicht beherzigen. Der einzige Weg zum Sieg liegt im Kampf Mann gegen Mann auf dem Schlachtfeld.«

»Nun komm, Iraj!« wandte Safar ein. »Trink erst mal noch ein bißchen Branntwein. Und zwar schnell. Damit du wieder klar im Kopf wirst und wir beide unsere Sinne wieder beieinander haben.«

»Ich pflege in solchen Dingen nicht zu scherzen«, entgegnete Iraj.

»Dessen bin ich mir sehr wohl bewußt«, sagte Safar. »Nur bereitet mir gerade das solche Sorgen. Du sagst so etwas schließlich nicht, wenn es dir nicht ernst damit ist.

Manchmal frage ich mich, wie es um deinen Verstand steht, mein Freund, aber dein Können stelle ich nie in Frage.«

»Nachdem ich nicht mehr zittern mußte«, wechselte Iraj das Thema, »fiel mir etwas auf. Da noch nie eine Armee von solcher Größe aufgestellt wurde hat auch noch nie jemand einen so großen Heerhaufen befehligt.«

Safar nickte. »Ich verstehe, worauf du hinauswillst. Manacia müßte nicht nur der größte General aller Zeiten sein, er müßte sogar wie ein Riese unter all den anderen Generälen aufragen.«

»Fähig genug wäre er«, meinte Iraj. »Das muß ich ihm zugestehen. Ich habe sehr verläßliche Berichte über die bisherigen Schlachten bekommen. Auf keinen Fall ist er ein Narr. Und sein Sohn, Luka, führt jeden Angriff an. Die Dämonenreiter kennen keine Angst – zumindest zeigen sie sie nicht –, was an sich schon äußerst beeindruckend ist.

Lukas Dämonen greifen mit solcher Wucht, mit solcher Entschiedenheit an, daß es dem Feind den Mut nimmt. Mehrere Male brauchte Manacia mit der Hauptstreitmacht nichts weiter mehr zu tun, als hinter ihnen aufzuräumen.«

»Dann mußt du Luka ausschalten«, schlug Safar vor.

»Vielleicht«, erwiderte Iraj. »Doch ich bin mir nicht sicher. Ich denke eher an die große Armee. Die müssen wir schlagen.«

»Vorausgesetzt, wir überleben Luka«, wandte Safar ein.

»Ich sage nicht, es würde leicht mit Luka«, sagte Iraj. »Aber das muß ich im Augenblick außer acht lassen. Darum kümmere ich mich später. Sonst habe ich den Kopf nicht frei, um das große Problem zu lösen.«

»Hast du schon irgendwelche Ideen?« fragte Safar.

»Ein paar«, gab Iraj zurück. »Aber noch sehr vage. Erstens, ich muß die Größe seines Heeres gegen ihn wenden. Zweitens, ich muß seine Zahl deutlich verringern.«

»Vergiß nicht«, erinnerte ihn Safar, »wir stehen nicht nur Dämonensoldaten, sondern auch Dämonenmagie gegenüber.«

Irajs nachdenklicher Blick bekam einen sorgenvollen Zug.

»Nun?« fragte er. »Was hast du gesehen … falls das das richtige Wort dafür ist, wenn ein Zauberer einen anderen ausspioniert.«

»Doch, so kann man es ausdrücken«, meinte Safar. »Jedenfalls kann ich soviel sagen: Die Probleme, die mich als Großwesir erwarten, sind genauso groß wie deine als Feldherr.

Manacia ist sehr stark. Stärker als ich vielleicht. Ich kann es nicht genau einschätzen, dazu fehlt mir die Erfahrung. Ich habe noch nie in der Schlacht gegen einen anderen Zauberer gekämpft.«

»Ich war doch dabei, als du das erstemal mit Zauberkraft gekämpft hast«, erinnerte ihn Iraj. »Und zufällig war es ein Kampf gegen Dämonen!«

Safar wollte etwas dagegenhalten, doch Iraj winkte ab. »Sag mir nicht, es sei nur Glück gewesen«, fuhr er fort. »Natürlich hast du Glück gehabt. Ich auch. Wir waren nicht nur gut, sondern auch glücklich. Und der Glückliche gewinnt.«

»Ich werde mich jetzt nicht mit dir darüber streiten«, sagte Safar. »Wir werden noch früh genug herausfinden, ob das wirklich stimmt.«

»Aber hast du schon irgendwelche Ideen, was Manacia betrifft?« fragte Iraj.

»Bisher nur eine – Manacia mag der größte aller Zauberer sein, aber er kennt die Geheimnisse der Magie nicht.«

Iraj blickte ihn verwirrt an. »Was meinst du damit?«

»Etwas, das ich im Zirkus gelernt habe«, erklärte Safar. »Rauch und Spiegel.

Die Kunst der Großen Illusion.«

*

Während die Dämonenarmee marschierte, trafen die Menschen ihre Vorbereitungen.

Manacia kam nur langsam voran. Die schiere Größe seiner Armee machte sie schwerfällig und ließ kein größeres Tempo als das einer Wüstenschildkröte zu. Außerdem mußten der Nachschub über riesige Entfernungen von Caspan aus herangeholt werden.

Die Menschen nutzten die Zeit. Ausrüstungen wurden repariert, Pferde beschlagen, Waffen gewetzt. Neue Übungen wurden eingeführt, bei denen es vor allem auf Geschwindigkeit und rasche Auffassung ankam. Iraj wollte keine mutigen Todesattacken. Bei der Größe von Manacias Armee konnte er sich keine Verluste leisten. Das Gepäck wurde leichter gemacht; nur das, was man unbedingt brauchte, sollte mit in die Wüste genommen werden. Auch die Vorräte wurden auf das Minimum beschränkt, um Manacia und seine Armee zu erreichen.

Wenn sie unterliegen würden, gäbe es keine Rückkehr. Wenn sie gewinnen würden, konnten sie alles, was sie wollten, von Manacia bekommen.

Während die Vorbereitungen ihren Lauf nahmen, wurden aus Irajs Ideen ausgewachsene Pläne. Er führte neue Taktiken ein und ließ spezielle Ausrüstungsteile anfertigen.

Safar war mit ähnlichen Dingen beschäftigt. Er hatte nur ein paar Zauberer zur Verfügung, die, wenngleich ihre Kräfte schwach waren, doch über Erfahrung in der Schlacht verfügten. Sie berichteten ihm, was er zu erwarten hatte, und er überlegte sich Gegenmittel.

Safar gestaltete alles so einfach wie möglich. Er fertigte kleine Amulette an und verwendete dabei einige Tricks aus dem Buch von Asper, um ihnen große Kraft zu verleihen. Die Zauberer produzierten große Mengen dieser Amulette und verteilten sie unter den Männern.

Er verzichtete auf riesige Mengen magischer Ausrüstungsgegenstände – statt dessen besorgte er sich einige schwere Streitwagen, die von Dreiergespannen gezogen wurden. In jedem verstaute er Fäßchen mit bestimmten Ölen und Pulvern, die er gemischt hatte – weitere Ideen, die er sich von Asper abgeguckt hatte.

Am allerwichtigsten für Safar sollte sich jedoch ein Besuch bei seinem Vater erweisen.

In der Werkstatt des Töpfermeisters sah es noch aus wie ehedem, der Ofen glühte munter, seine Schwester, Ketera, saß an der Töpferscheibe, seine Mutter bereitete Glasuren vor.

Myrna sprach schließlich den Gedanken aus, der allen durch den Kopf ging: »Es ist, als wäre wieder die Zeit der Karawanen gekommen, Khadji. Wie habe ich diese Zeiten geliebt, wenn wir alle zusammen Töpfe und Teller hergestellt haben, um sie an die Karawanenmeister zu verkaufen.«

Ketera stöhnte. »Beim letztenmal«, sagte sie, »war ich schwanger.« Sie hielt sich die Hände weit vor den Bauch. »So dick war ich. Ich bin kaum an die Töpferscheibe gekommen, und wenn, dann hat es mich jedesmal an diesen Teufel von Ehemann erinnert, der für meinen Zustand verantwortlich war.«

»Als hättest du keinen Anteil daran?« meinte Myrna und rümpfte die Nase.

Ketera lachte. »Nun, ich habe bestimmt meinen Spaß daran gehabt. Aber er auch. Damals erschien es mir einfach ungerecht, daß ich für den Rest ganz allein verantwortlich sein sollte. Und so ganz sehe ich das noch immer nicht ein.«

Leiria, die immer in Safars Nähe blieb, selbst wenn er seine Familie besuchte, meldete sich aus der Ecke zu Wort.

»Ich bin froh, meinen Weg anstelle des deinen gegangen zu sein, Ketera«, sagte sie. »Das Kämpfen erscheint mir weniger schmerzvoll als das Gebären.«

»Das mag stimmen«, antwortete Ketera, »aber dafür habe ich jetzt Dmitri.«

Sie lächelte ihren kleinen Jungen an, der sich mit seiner Kindertöpferscheibe beschäftigte und dabei für eine matschige Bescherung sorgte.

»Und am Ende war ich doch sehr glücklich darüber. Es war bestimmt nicht das letzte Mal, daß mein Herr Gemahl mitspielt.«

Ketera lachte plötzlich und legte die Hand vor den Mund. »Na, der kann sich meist gar nicht zurückhalten.«

Alle lachten, sogar Khadji, den sonst solcherlei Reden immer verlegen machten. Da es jedoch Ketera war, die es gesagt hatte, und er ihr humorvolles Wesen liebte, erlaubte er sich diesmal, ebenfalls zu lachen.

In der Ecke war dem kleinen Dmitri der Spaß am Ton vergangen, und er spielte nun mit dem Wischeimer. Er steckte einen Strohhalm in das Seifenwasser, hielt ihn in die Luft und pustete hinein.

Am Ende des Strohhalms bildete sich eine Seifenblase. Hocherfreut blies Dmitri stärker hinein. Die Seifenblase wurde größer und größer, löste sich vom Strohhalm und schwebte durch den Raum.

»Guck mal, Mutter«, rief er. »Ein Ballon! Ich habe einen Ballon gemacht!«

Alle drehten sich um. Die Seifenblase, auf der sich das Licht des Brennofens spiegelte, schwebte langsam hinüber in die andere Ecke. Sie flog über das Werkzeug zum Glasblasen und zerplatzte dann.

Sofort gab ein jeder sein Bedauern kund.

»Macht doch nichts«, krähte Dmitri. »Ich kann noch mehr machen. Viel mehr!«

Und fröhlich steckte er seinen Strohhalm erneut in den Eimer.

Safars Lächeln erstarb. Er wandte sich an Khadji.

»Könntest du etwas für mich anfertigen, Vater?« fragte er.

Khadji legte die Stirn in Falten. Was mochte sein Sohn im Sinn haben?

Safar zog sich ein paar Bögen Skizzenpapier heran und begann zu zeichnen. »Mach es so«, erklärte er währenddessen. »Aber ganz dünn. Und so leicht du kannst. Keine Angst, es wird schon nicht zu zerbrechlich.«

Khadji betrachtete die Skizze. »Natürlich werde ich das für dich anfertigen, Sohn«, sagte er. »Aber wofür soll das gut sein? Was willst du mit einem solchen Ding anfangen?«

»Mit einem einzigen gar nichts, Vater«, erwiderte Safar. »Ich brauche mindestens zwanzig.«

*

»Ihr schickt mich zu Manacia zurück?« fragte Kalasariz mit zitternder Stimme. »Aber weshalb? Was habe ich getan, Euer Majestät, daß ich ein solches Schicksal verdiene?«

Kalasariz stand vor Protarus und Safar. Er trug eine Augenbinde. Seit Iraj in Kyrania angekommen war und die militärischen Vorbereitungen begonnen hatten, sollte der Meisterspion nichts mehr zu Gesicht bekommen.

»Erinnere uns nicht daran, was du wirklich verdienst«, erwiderte Safar. «Wir haben da sicherlich sehr verschiedene Ansichten, was das betrifft.«

»Mach dir keine Sorgen, mein Freund«, ermunterte ihn Iraj. »Manacia wird dich schon nicht töten. Behaupte einfach, du seist geflohen. Du bist doch sonst ein so kluges Köpfchen. Und sicherlich wird man dir eine beherzte Flucht zutrauen. Was wirklich passiert ist, bleibt unser kleines Geheimnis.

Du kannst tun und lassen, was du willst. Du kannst auf ihre Karte setzen und mit ihnen marschieren. Du kannst auf meine Karte setzen und dein Schicksal mit mir teilen. Du kannst selbst auf beide Karten zur gleichen Zeit setzen. Nur überleg dir, welchen Einsatz du machst. Denn wenn du mir noch einmal über den Weg laufen solltest, weißt du, was du zu erwarten hast.

»Ich vertraue absolut in Euern Sieg, Majestät«, äußerte sich Kalasariz. »Ich werde alles tun, was Ihr mir auftragt.«

»Ich habe nur einen einzigen Auftrag für dich«, sagte Iraj. »Du sollst eine Nachricht überbringen. Und sie lautet folgendermaßen ...«

*

Der Dämonenmond ging gerade auf, als Kalasariz seinem Pferd die Sporen gab und donnernd in die Wüste galoppierte.

Der Mond hing tief über der nächtlichen Ebene, rot wie der neue Tod. Die Landschaft war mit tiefschwarzen Schatten übersät. Kalasariz lenkte sein Pferd um diese Schatten herum und betete jedesmal zu den Göttern, er möge das richtige tun, wenn er einen neuen Kurs einschlug und seinem Tier die Hacken erneut in die Flanken stieß.

Niedrig, wie er stand, nahm der Dämonenmond den ganzen

nördlichen Himmel ein und verwischte jede Spur der dortigen Sternenkonstellationen. Direkt über dem Dämonenmond erstrahlte als einziges anderes Licht ein heller Komet.

Das Zeichen von Alisarrian, dachte Kalasariz.

Manacia nahm dieses Zeichen für sich in Anspruch. Protarus ebenfalls. Kalasariz hatte keine Ahnung, wer recht hatte.

In seinem Wahnsinn verfluchte er die Götter, weil sie ihm keine Spione am Hofe des Dämonenmondes erlaubt hatten.

*

Luka starrte Kalasariz erstaunt an.

»Du bist wahnsinnig«, fauchte der Dämonenprinz. »Wie kannst du es wagen, mich heimlich aufzusuchen? Wenn mein Vater davon erfährt, sind wir beide des Todes!«

»Vergebt mir, wenn ich Euch darauf hinweise, Hoheit«, sagte Fari, »aber ich glaube, dieser Mensch hat genau das erwartet ... und schweigt deshalb.«

Er blickte Kalasariz mit glühenden gelben Augen an. Seine Stimme jedoch klang milde. »Entweder aus dummer Absicht oder aus Klugheit hast du uns alle zu Verschwörern gemacht.«

Kalasariz ließ sich nichts anmerken. Dies war nicht der rechte Zeitpunkt, den Arroganten zu spielen. »Ich hoffe, es war eine kluge Absicht, Erhabener«, sagte er. »Zum Besten von uns allen.«

Der Kronprinz war noch nicht besänftigt. »Am meisten ärgert mich«, sagte er, »daß Protarus, dieser Emporkömmling, mich für einen solchen Verräter hält, der dies nicht sofort zur Sprache bringen würde.«

»Und mich ebenfalls, Hoheit«, murmelte Fari.

Wieder starrte er Kalasariz an. Doch abermals klang seine Stimme milde. »Ich nehme an, du hast ihm von den Gepflogenheiten an unserem Hof berichtet«, sagte er. »Und über seine Mitglieder.«

»Ich habe so wenig gesagt, wie ich konnte ... den Umständen entsprechend«, erwiderte Kalasariz.

Faris Kralle schoß vor. Ein brennendes Licht stach Kalasariz, der vor Schmerz aufschrie.

»Du solltest lernen, leiser zu schreien«, sagte der Großwesir und ließ die Kralle sinken. »Man könnte uns hören, und dann wäre die Verschwörung aufgedeckt.«

»Ich habe ihnen alles erzählt«, preßte Kalasariz durch die zusammengebissenen Zähne. »Alles, wonach sie gefragt haben.«

Fari wandte sich an Luka. »Ich glaube, von jetzt an wird er vorsichtiger mit der Wahrheit umgehen, Hoheit.«

Luka nickte. Er wurde ganz ruhig. Überlegte. »Ich nehme an, Protarus weiß, daß Ihr und ich nicht die besten Freunde sind«, erklärte er Fari.

»Davon würde ich ebenfalls ausgehen«, antwortete Fari.

Luka blickte Kalasariz an. »Warum glaubt Protarus, wir beide würden gemeinsam ein Komplott aushecken?« fragte er.

»Ich weiß es nicht, Euer Hoheit«, erwiderte Kalasariz. »Er hat mir nur diese Botschaft gegeben und mir aufgetragen, sie an Euch zu übergeben. Im geheimen.«

»Und wie lautet die Botschaft?«

Kalasariz holte tief Luft, dann sprudelte es nur so aus ihm heraus. »König Protarus läßt seine Grüße übermitteln, sendet die besten Wünsche für die Gesundheit und sagt, er hoffe, daß es Euch in der bevorstehenden Schlacht gut ergehen wird.«

»Er will also kämpfen«, meinte Fari.

»Daran gibt es keinen Zweifel, Erhabener«, sagte Kalasariz. »Protarus wird kämpfen.«

»Aber er kann unmöglich den Sieg erringen«, wandte Luka ein.

»König Protarus vermutete, daß Ihr dies sagen würdet. Und er trug mir auf, als Antwort darauf zu erwidern: Während des Dämonenmondes wäre selbst schon das Unmögliche möglich geworden.«

Fari lachte leise. »Eine liebenswerte Legende. Ich kenne sie, wenngleich sie sehr alt ist.«

»Wenn es zur Schlacht kommt, Euer Hoheit«, fuhr Kalasariz

fort, »bittet er Euch, sorgfältig acht zu geben. Sollte etwas geschehen, das Euch zögern läßt, bedenkt sein Angebot.

Wenn Ihr ihm Manacia aushändigt, wird er Euch dessen Thron geben. Er hält Euch für einen geeigneten Verwalter der Dämonenlande – unter seiner Oberaufsicht, wie sich versteht.«

»Ich glaube, wir sollten diesen Wurm einfach töten«, meinte Luka zu Fari. »Rasch töten. Und so tun, als wäre nichts geschehen.«

»Nicht so hastig, Hoheit«, riet Fari. »Wie Euch sicherlich nicht entgangen ist, ist diese Botschaft an uns beide gerichtet. Er braucht zwei Verräter, sonst gelingt sein Plan nicht. Und ist es nicht merkwürdig, daß er glaubt, wir beide würden Euren Vater mehr hassen als uns gegenseitig?«

Unbehagliches Schweigen machte sich breit.

»Das war alles?« wollte Luka wissen. »Er bittet uns nur, aufmerksam zu sein, und wenn sich das Glück der Schlacht von uns abwendet, sollen wir darüber nachdenken, ob wir nicht ein anderes Bündnis eingehen wollen?«

»Ja, Hoheit«, antwortete Kalasariz.

Wieder langes Schweigen. Welches schließlich von Lukas Lachen beendet wurde.

»Lächerlich«, meinte er.

Fari lachte ebenfalls. »Lächerlicher geht es nicht.«

»Eine Sache noch, o Erhabene«, sagte Kalasariz. »Safar Timura – sein Großwesir – befahl mir, Euch dies zu geben.«

Er reichte Lord Fari eine Schriftrolle. Der alte Dämon öffnete sie und las den Text. Nach einer Weile hob er besorgt den Kopf.

»Das ist ein Zauberspruch, Hoheit«, erklärte er Luka. »Eine Formel, die den Fluch der Verbotenen Wüste aufhebt.«

»Soll das heißen, die Menschen können die Wüste genauso durchqueren wie wir?« fragte Luka.

»Es schmerzt mich, dies zugeben zu müssen, Hoheit«, sagte Fari, »aber ich habe noch nie einen so großartigen und doch so einfachen Zauberspruch gesehen – wir haben Jahre daran gearbeitet.

Er ist ausgesprochen elegant. Und man spürt die Inspiration dahinter. Er ist nicht aus Jahren langwieriger Experimente erwachsen.«

»Rasch oder unter Mühen erarbeitet«, meinte Luka. »Was macht das schon aus?«

»Oh, vermutlich gar nichts, Hoheit«, erwiderte Fari. »Obwohl ich meine Pflichten vernachlässigen würde, wenn ich Euch nicht darauf aufmerksam machte, daß nur ein Meisterzauberer so etwas zustande bringen kann. Ein Meisterzauberer, der Eurem Vater ebenbürtig oder sogar überlegen ist.«

Luka starrte dem alten Dämon in die Augen. Dann wandte er sich ab. Wieder machte sich ein langes, unbehagliches Schweigen breit.

»Wir sollten den König vielleicht mit dieser Angelegenheit nicht belästigen«, befand Luka schließlich.

»Darin stimme ich vollkommen mit Euch überein«, gab Fari mit kaum verhohlener Erleichterung zurück. »Es besteht keine Notwendigkeit, ihn mit solch törichten Belanglosigkeiten zu behelligen.«

»Was ist mit mir?« platzte Kalasariz heraus, verunsichert, welchen Gang die Dinge für ihn nehmen würden.

»Oh, ich würde vorschlagen, du beobachtest die Schlacht«, sagte Fari. Er wandte sich an Luka. »Nicht wahr, Hoheit?«

»Ja, ja, das würde ich auch tun«, sagte der Dämonenprinz. »Die Schlacht beobachten. Und abwarten.«

24
Schlacht und Flucht

König Protarus trieb seine Armee im Eilmarsch zu den beiden Felsen.

Seine Kundschafter berichteten ihm, daß König Manacias Hauptstreitmacht noch zwei Tage entfernt war. Protarus hatte vielleicht fünfzigtausend Krieger, fast alle beritten. Mit diesen Männern würde er nahezu dreihunderttausend Dämonen, manche beritten, die meisten zu Fuß, entgegentreten müssen.

Oberflächlich betrachtet schien ein Sieg unmöglich. Protarus' Generäle wiesen denn auch bei den täglichen Besprechungen darauf hin. Sie verdeutlichten ihm zudem, daß er in seinem Reich verteilt noch weitere fünfundsiebzigtausend Mann unter Waffen stehen hatte, die den Frieden wahrten. Zu diesen würden sich noch weitere zweihunderttausend Mann gesellen, die sich jüngst freiwillig zum Kampf gegen die verhaßten Dämonen gemeldet hatten. Falls Protarus nur einen Monat wartete, würde diese Zahl die Fünfhunderttausend erreichen. Es meldeten sich so viele junge Hitzköpfe und bettelten darum, kämpfen zu dürfen, daß seine Werber mit der Aufnahme kaum mithalten konnten.

»Ich habe die Absicht, jetzt zu kämpfen«, teilte Protarus ihnen mit, »und nicht in einem Monat. In einem Monat ist es zu spät. Einen Monat zu warten bedeutet unsere sichere Niederlage.

Denn uns bleiben keine zwei Tage mehr, um uns auf Manacia vorzubereiten, sondern nur noch einer und ein halber. Ich will ihn früher hier haben. Er soll Zeit finden, ein gemütliches Lager aufzuschlagen. Seine Männer sollen essen und sich ausruhen, und dann überraschen wir sie in der Dämmerung mit unserem Angriff.«

»Wie können wir ihn dazu bewegen, eher hier anzukommen, Euer Majestät?« fragte einer der Berater. »Wir können Manacia doch keine Befehle erteilen.«

»Das ist richtig, doch wir können ihn locken«, sagte Safar.

Und dann erklärten der König und sein Großwesir, wie sie dies bewerkstelligen wollten.

*

Die Wüstenhitze machte Manacia das Leben zur Qual. Gleich zwei Teufeln plagte sie ihn von oben wie von unten. Diese entsetzlichen Unannehmlichkeiten verärgerten ihn, und seine Sklaven hielten sich deutlich außer Reichweite seiner Tritte. Manacia dachte, jetzt würden die Götter doch ein wenig übertreiben. Hatten sie nicht sein Schicksal festgelegt? Hatten sie nicht ihn zum König aller Könige bestimmt? Und wenn dies der Fall war – und Manacia hatte keinen Grund, daran zu zweifeln –, war es dann nicht demütigend, ihn so leiden zu lassen?

So wütend Manacia auf die Götter sein mochte, sein Zorn kannte keine Grenzen, wenn er an seinen Herausforderer, Iraj Protarus, dachte. Den Berichten zufolge teilte Protarus seine Absichten, Esmir zu beherrschen. Wie konnte er es wagen? War er doch nur ein schmutziger Wilder aus der Ebene.

Manacias Bauch ruckte mit jedem Schaukeln des Elefanten unangenehm hin und her. Die Gerüche, die ihn umwehten, der Gestank der Tiere, der ungewaschenen Dämonen, ließen ihn kaum atmen, ohne würgen zu müssen. Dieses lärmende Durcheinander – das Stöhnen über den harten Marsch, die quietschenden Räder in der Sonne, die fernen Schreie der kleinen Dämonenkinder und das unablässige Schwatzen ihrer klagenden Mütter – machte jedes Nachdenken unmöglich.

Und Manacia dachte: Kinder? Schleppen wir jetzt schon Kinder mit uns herum?

Er drehte sich um, und obwohl er sie nicht sehen konnte, wußte er, seiner Armee folgten Tausende und Abertausende Dämonenhuren. Der König schnaubte angewidert. Offenbar dauerte der Feldzug schon so lange, daß sie Nachwuchs bekommen hatten.

Indem er zurückblickte, konnte Manacia den Dämonenmond sehen, der rot am nördlichen Horizont glühte. Darüber stand der Lichtpfeil des Kometen. Als der Dämonenmond zum erstenmal aufgegangen war, hatte der König Mut gefaßt. Er hatte das Zeichen für sich in Anspruch genommen, als Zeichen des Manacia. Ein Dämonenmond für den Dämonenkönig.

Doch während Manacia des langen Marsches zu Protarus überdrüssig wurde, hatte er begonnen, den Mond zu verfluchen. Er stand stets am Himmel, Tag und Nacht. Manacia fühlte sich von ihm verfolgt, als wäre er eine himmlische Macht, die ihn wer weiß wohin trieb.

Manacia spürte ein steinernes Klappern an seinem magischen Schild. Er fuhr herum und blickte nach Süden – in Richtung des Unterschlupfes seines Feindes.

Er hob den großen Dämonenkopf, und die gelben Augen bohrten sich in den fernen Horizont.

*

Das erste, was Luka sah, waren seine Kundschafter, die zurückgaloppiert kamen.

Sodann erblickte er verschwommene Schemen, von denen seine Kundschafter durch die Wüste gejagt wurden. Die Schemen nahmen Gestalt an und wurden zu Reitern in Rüstung – Menschen!

Als erstes schoß ihm durch den Kopf: Es ist so heiß! Wie können sie nur so schnell reiten?

Als zweites: Bei den Göttern, er kommt! Protarus kommt!

Trompetenstöße riefen zur Kampfbereitschaft. Auf sein Zeichen hin würde es losgehen.

Er hob die Hand.

Seine Dämonenbrüder stießen lautes Kriegsgeheul aus und griffen an. Trugen ihren Anführer an der Spitze vor sich her.

*

Fari sah, wie die Windhose auf ihn zuwirbelte. Sie war sechs Fuß hoch, dann zwölf, dann doppelt so groß, bis sie sich zu einer hochaufragenden, fürchterlichen Naturgewalt erhoben hatte.

Um sich herum hörte er die ängstlichen Rufe seiner Kollegen, die von den Wagen der Zaubererkarawane sprangen und das Weite suchten.

Fari wäre am liebsten mit ihnen gelaufen, doch dazu war er zu alt; da mußte er sich schon etwas anderes einfallen lassen.

Die Windhose erreichte die ersten Wagen, hob sie in die Luft und warf sie in alle Richtungen. Fari zwang sich zur Ruhe, und dann entdeckte er ein menschliches Gesicht, das aus der Windhose starrte. Eigentlich waren es viele Gesichter, und doch immer das gleiche – eine verwischte Gleichheit im Wirbel der Windhose. Es war ein bartloses Antlitz mit Hakennase, und Fari hätte schwören mögen, daß er inmitten dieser Staub-und-Schutt-Säule des Wirbelwindes den blauen Himmel schimmern sehen konnte.

Und jetzt kam die Säule auf ihn zu und brüllte seinen Namen: »Fa-ri! Fa-ri!«

*

Safar sah den alten Dämonenzauberer und wußte sofort, um wen es sich handelte. Er rief abermals seinen Namen: »Fa-ri! Fa-ri!«

Mit dem Finger zeigte er auf den alten Dämon, und Gundara hüpfte hinüber auf die andere Seite und »schob« die Windhose auf ihn zu.

Die Windhose und der Dämon waren nur zwei von vielen winzigen, geisterhaften Figuren, die den Kartentisch in Irajs Kommandozelt belebten. Auf Safars Befehl hin bewegte Gundara, der über der lebenden Landkarte wie ein Riese aufragte, die Figuren hin und her.

Safar war höchst konzentriert, bemerkte kaum Irajs Gegenwart und noch weniger die der Generäle und Berater, welche sich um den Tisch drängten. Sein Blick schweifte über das Feld und prägte sich die Schlüsselfiguren ein.

Nicht weit hinter der zerstörten Zaubererkarawane klammerte sich Manacia an den Sattel seines Elefanten, welcher wild mit den Füßen stampfte und in Todesangst trompetete. Dämonensoldaten rannten überall herum und vergrößerten das Durcheinander noch.

Etwas von Manacia entfernt konnte er die winzigen Gestalten von Prinz Luka und seiner Kavallerie der Ungeheuer durch die Wüste jagen sehen.

Safar richtete seine Aufmerksamkeit wieder auf Fari und die Windhose. Er nickte Gundara zu, der den Wirbelwind erneut »anschob«, und mit einem Satz schloß sich die Lücke.

*

Fari erkannte den Trick gerade noch rechtzeitig.

Er spürte, wie die Windhose an ihm zog, sah die wirbelnden Gesichter, hörte sie »Fa-ri!« rufen. Er blickte an der Säule hinunter, bis er das Ende sah: eine kleine hüpfende Schlange, kaum größer als das Handgelenk eines kleinen Dämons.

Fari wußte sofort, dies war die Stelle, von der ihre Kraft herrührte. Er wunderte sich darüber, wie eine so kleine Energie eine solche Macht entwickeln konnte. Dann schnitt er mit der Kralle durch die Luft und teilte die Schlange in zwei Teile.

Die Windhose brach in sich zusammen und ließ überall Steine und Schutt niedergehen. Fari erlitt nur einen kleinen Schnitt an der linken Klaue. Doch er war tief erschüttert.

Er betrachtete das Chaos um sich herum und stieß einen langen Seufzer der Erleichterung aus.

*

Luka nahm seine Angst und kehrte sie in Mut um. Sein Schlachtruf erhob sich zu einem langgezogenen Heulen.

Sie hatten die Menschenkavallerie fast erreicht, die trotz des Anblicks und Geheuls so vieler Dämonen ungebrochen den Angriff fortsetzte.

Luka sah einen großen Reiter mit blondem Bart und langen goldenen Locken, die unter seinem Helm hervorwallten. Neben ihm ritt ein gleichgroßer Mann mit dunklem Gesicht, jedoch bartlos. Trotz des schnellen Ritts konnte Luka die brennenden blauen Augen des Mannes erkennen.

Diese Augen hatten nun ihn fixiert.

Der bärtige Mann drehte den Kopf und entdeckte Luka.

Die beiden Menschen änderten die Richtung und griffen den Dämonenprinzen an.

Luka schlug wild mit dem Schwert zu und stellte sich auf den Aufprall seiner Waffe ein.

Aber keine Klinge parierte seinen Hieb.

Statt dessen schrie und hieb und stach er auf ... nichts ein. Er riß sein Tier herum und sah, wie seine Krieger mit leerer Luft rangen.

Die Menschen waren verschwunden.

Luka blinzelte. Als er schließlich richtig begriffen hatte, daß er nur gegen seine Einbildung gekämpft hatte, sah er einen Menschen – einen Menschen aus Fleisch und Blut, keinen Geist – aus dem Sand aufspringen.

Der Mann schrie auf, als er den Prinz entdeckte. Überall um sich herum hörte Luka ähnliche Rufe. Dann hob der Mensch ein langes Rohr. Luka dämmerte, daß dieses Rohr dem Mann vermutlich zu atmen erlaubt hatte, während er im Sand vergraben gewartet hatte.

Dann sah er, wie der Mann das Rohr mit einem Pfeil lud, es an die Lippen setzte ... und blies.

Das Geschoß traf Lukas Tier ins Auge. Es heulte vor Schmerz auf, dann brach es unter ihm zusammen. Luka wälzte sich herum und suchte hinter dem Körper des Tieres Deckung. Der Pfeil mußte vergiftet gewesen sein, sonst wäre das Dämonenroß kaum so rasch verendet.

Der Prinz hob den Kopf und sah voller Erstaunen, wie der menschliche Angreifer davonlief. Luka sprang auf und wollte hinterherrennen, doch schon nach ein paar Schritten stolperte er über eine Leiche in Rüstung – einer seiner Kriegerbrüder.

Luka rappelte sich wieder auf. Der Boden war mit den Leichen von Dämonen übersät.

Er überwand seinen Schock. Die meisten Dämonen saßen noch immer auf ihren Tieren und waren unverletzt. Verwirrt hielten sie nach ihrem Feind Ausschau.

Luka sah die fliehenden Menschen nach Süden auf eine Gruppe von Dünen zurennen. In ihrer Hast, der überlegenen Dämonenmacht zu entkommen, hatten sie ihre Blasrohre fallengelassen. Hinter der Düne sprengte eine lange Reihe Reiter hervor, von denen jeder ein zweites Tier führte.

Der Prinz rief nach seinen Dämonen. Er hatte keineswegs die Absicht, die Menschen entkommen zu lassen.

Jemand brachte ihm ein Tier. Luka sprang in den Sattel und führte seine Krieger in die nächste Attacke. Doch diesmal hatte er den Rücken der Feinde vor sich.

Er fauchte so wild wie sein klauenbewehrtes Reittier und schloß zu den Menschen auf. Er war schon so nah, konnte schon ihr Keuchen hören.

Er senkte die Schwertspitze, um den ersten Mann vor sich zu erstechen.

*

»Jetzt, Meister?« fragte Gundara.

»Ja, jetzt!« antwortete Safar.

Der kleine Gehilfe stampfte mit dem Fuß auf den Tisch.

*

Es gab eine ohrenbetäubende Explosion, und Lukas Reittier bäumte sich auf, kreischte vor Angst und schlug mit den Pfoten in die Luft.

Eine Wolke, schwarz wie die Nacht, nach Schwefel stinkend, wallte zwischen ihm und den fliehenden Menschen auf.

Monströse Gestalten von furchterregender Häßlichkeit wirbelten aus der Wolke hervor und knirschten mit den stumpfen Zähnen.

Luka hörte seine Krieger vor Schreck aufheulen und wußte, sie sahen das gleiche. Er rief ihnen zu, sie sollten nicht in Panik ausbrechen, sondern weiterreiten, bis sie durch den Rauchvorhang hindurch seien. Doch inmitten des hysterischen Geschreis hörte niemand seine Befehle.

Dann wurde ihm klar, daß er allein war.

Seine Krieger hatten sich zurückgezogen, und er stand allein in dieser schwefligen Dunkelheit, mitten unter den alptraumhaften Gestalten.

Luka wendete sein Tier und zog sich, so ruhig er nur konnte, zurück.

Als er den Rauchvorhang hinter sich gebracht hatte, erwartete ihn schon sein Vater, der sich von seinem großen weißen Elefanten zu ihm herunterbeugte.

»Warum hast du angehalten?« rief sein Vater. »Warum bist du nicht weitergeritten?«

In den Fragen seines Vaters schwang die Beschuldigung mit, er habe sich feige verhalten, und dafür haßte Luka ihn.

»Die Menschen haben uns überrascht, Majestät«, sagte er. «Es erschien mir am besten, die Ordnung wiederherzustellen. Außerdem war es nur eine kleine Truppe, die meisten Feinde waren Illusion.«

Manacia zeigte mit der Kralle auf den sich verziehenden Rauchvorhang. »Willst du vielleicht behaupten, Protarus würde dort draußen nicht auf uns warten?«

»Genau, Majestät«, antwortete Luka. »Ich denke vielmehr, er wartet an der Stelle, die unsere Kundschafter beschrieben haben. In der Nähe der Zwei Felsen. Dies war lediglich ein Ablenkungsmanöver. Er wollte uns auf die Probe stellen.«

»Nun, du bist ein Narr, wenn du das glaubst!« fauchte Manacia. »Er steht gewiß dort draußen. Ich kann es fühlen.« Er tippte sich auf die goldene Rüstung. »Hier drinnen kann ich es fühlen.« Er tippte sich an die Dämonennase. »Und hiermit kann ich es riechen. Und den Menschenzauberer kann ich ebenfalls riechen.«

Lord Fari war hinzugetreten und hatte das letzte mitangehört. »Seid Ihr sicher, Majestät?« fragte er. »Ich spüre auch eine Präsenz dort draußen. Aber vielleicht handelt es sich nur um eine weitere Illusion.«

Manacia schnaubte. »Bah! Ich bin von Narren und Feiglingen umgeben.«

Er rief nach einem Adjutanten. »Laß zum Angriff blasen«, befahl er.

Einen Augenblick war die Luft von einer Kakophonie aus Trompeten und Trommeln und Stiefelschritten und rasselnden Rüstungen erfüllt, während sich Manacias riesige Armee über die leere Ebene ergoß und Menschen suchte, die sie töten konnte.

Um sie zu unterstützen, versammelte Manacia seine besten Zauberer, unter ihnen Fari, und sie beschworen eine mächtige Magie.

Wallende Wolken bedeckten den Himmel. Blitze zuckten, Donner krachten. Schreckliche Untiere, Drachen und geflügelte Löwen, wüteten am Firmament.

Manacia arbeitete bis zur Erschöpfung und beschwor einen Kriegszauber nach dem anderen.

Etliche Stunden vergingen, und die ersten Kundschafter kehrten zurück und berichteten, sie hätten keine Spuren gefunden, weder die von auch nur einer kleinen Horde Menschen – geschweige denn die einer ganzen Armee.

Inzwischen war Manacia auf seinem Reisebett zusammengesunken. Seine Zauberer standen um ihn herum. Gerade hatte er Faris Bericht gehört, demzufolge die Erzeugung des riesigen magischen Hammers vergeblich gewesen war.

Nachdem Fari die Kundschafter angehört hatte, wagte er es, sich dem König zu nähern. »Ich denke, es ist deutlich, Euer Majestät«, sagte er, »daß wir unsere Kräfte vergeudet haben. Dort draußen ist niemand.«

»Willst du mich also als Narren hinstellen?« tobte Manacia.

»Nicht im geringsten, Majestät«, mischte sich Luka ein. »Lord Fari hat das keinesfalls so gemeint.«

Es überraschte den alten Dämon nicht wenig, auf diese nie dagewesene Weise vom Kronprinzen den Rücken gestärkt zu bekommen.

»Protarus ist der eigentliche Narr, Majestät«, sagte Luka. »Wie kann er es wagen, so mit Euch zu spielen? Mit so billigen Ablenkungsmanövern. Ein paar wurden verwundet, einige sogar getötet. Doch es war mehr der Flohbiß am Hinterteil eines Kamels. Nicht mehr.«

Manacias Erschöpfung war verflogen. Er schlug die eine mit Krallen bewehrte geballte Klaue in die andere. »Ich werde ihn lehren, mit mir zu spielen.«

Wieder rief der Dämonenkönig nach seinen Beratern. »Wir brechen in der Dämmerung zu den Zwei Felsen auf«, befahl er. »wir haben Timuras Magie kennengelernt. Sie ist nichts. Jetzt wollen wir doch mal wissen, ob Protarus kämpfen kann!«

*

Safar schnippte mit den Fingern, und das Schlachtfeld verschwand. Gundara hüpfte auf seine Schulter und nahm schweigend die süße Belohnung entgegen. Der Großwesir wandte sich an Iraj.

»Manacia sollte jetzt ausreichend wütend sein«, meinte er.

»Gut«, lobte Iraj. Er nickte. »Dann werden sie also rechtzeitig hier ankommen.«

*

In der Nacht vor der Schlacht liebten sich Safar und Leiria zum erstenmal seit langem wieder.

Am Anfang war Leiria leidenschaftlich, später weinte sie.

Safar hielt sie im Arm und ließ sie weinen. Plötzlich hob sie den Kopf, Tränen strömten über ihr Gesicht.

»Ich würde dich niemals verraten, Safar«, sagte sie heiser. »Niemals!«

Safar schwieg verwundert. Was mochte sie zu diesen Worten bewogen haben?

Aber er hielt sie nur noch fester.

Und sagte nur: »Natürlich nicht.« Murmelte es immer und immer wieder. »Natürlich nicht.«

Bis sie eingeschlafen war.

*

Am zweiten Tag – kurz bevor die Sonne den Zenit erreicht hatte – trafen Manacias Kundschafter bei den Zwei Steinen ein. Dort fanden sie Protarus wartend vor.

Die Streitmacht des Menschen war eigentümlich angeordnet. Die Hauptmacht lag in der Mitte – doch etwas hinter den Felsen, als würden diese einen Schutz bieten und wären nicht nur zwei unglaublich hohe Säulen, die aus der ansonsten leeren Ödnis aufragten.

An den Flügeln stand die Kavallerie, die mit den kleinen Bögen der Krieger von der Ebene gerüstet war. Hinter ihnen reihten sich Männer mit Schleudern auf, alle zu Fuß. Die Männer mit Schleudern wurden von kleinen Kavallerieeinheiten und schwerbewaffneten Fußsoldaten geschützt – letztere waren muskulöse Männer mit kurzen schweren Speeren in beiden Händen und Schlachtäxten an den Gürteln.

Die Kundschafter streiften um das Lager herum und ließen die Hexenschnüffler los, um das magische Zentrum zu suchen. Diese Kreaturen sahen aus wie untersetzte Hunde mit Hyänenschnauzen. Sie jagten herum, scharrten im Boden und schnüffelten in der Luft.

Schließlich kehrten sie mit eingekniffenen Schwänzen zu ihren Dämonenherrchen zurück. Sie hatten nichts gefunden.

Safar beobachtete, wie die Kundschafter davonritten – in Richtung Norden, auf den Dämonenmond zu, dorthin, wo Manacias Truppen langsam voranmarschierten.

Er hockte auf der Krone des westlichen Felsens und hatte einen exzellenten Ausblick. An seiner Seite standen Leiria und vier Zaubergehilfen. Eine gleichgroße Anzahl war auf dem anderen Felsen postiert und wurde von Horvan, seinem fähigsten Magier, geführt.

Die Zauber, mit denen er die Felssäulen vor den Hexenschnüfflern abgeschirmt hatte, waren ein Kinderspiel gewesen. Dagegen hatte es viele Probleme bereitet, auf diese Felsen zu klettern. Die Aufgabe hatte sich als schwierig erwiesen – die schroffen Felsen hätten Safars Plan fast zunichte gemacht, ehe er mit dessen Ausführung beginnen konnte.

Irajs Soldaten waren ohne Ausnahme Männer aus der Ebene. Berge waren ihnen unbekannt. Das höchste, was sie je erklommen hatten, war der Rücken ihrer Pferde.

Safar hatte angespannt verfolgt, wie die von Iraj ausgesuchten Männer die erste Felssäule angegangen waren und ein ums andere Mal Mißerfolge hatten einstecken müssen. Sie kamen nicht höher als drei Meter – allerhöchstens fünf –, dann rutschten sie am glatten Fels mit flatternden Armen und schrillen Rufen wie plumpe Hühner, die aus dem Nest fallen, hinunter.

Glücklicherweise war dabei niemand zu Schaden gekommen, wenn man von aufgeschürften Fingern, Knien und verletztem Stolz absah.

Endlich war nichts anderes mehr geblieben, als daß Safar selbst es versuchen mußte. Alle protestierten, am lautesten Iraj.

»Ich will nicht, daß mein Großwesir noch so kurz vor der Schlacht zu Tode kommt«, wandte er ein.

»Ich bin ein Kind der Berge«, legte Safar dar. »Und der einzige mit Klettererfahrung. Außerdem muß ich ja sowieso hinauf. Die Männer sollten doch nur Seile anbringen, damit sie mich und die Magier nach oben ziehen können.«

Er zuckte mit den Schultern. »Mir erscheint es dumm, all deine

Pläne aufs Spiel zu setzen, wenn es eine so leichte Lösung gibt.«

Schließlich hatte Iraj zugestimmt, und Safar hatte vor der westlichen Säule gestanden und hinaufgeblickt. Er machte ein paar vorsichtige Versuche und ließ die Finger und die nackten Zehen am glatten Fels nach feinen Rissen suchen, die ihm Halt bieten könnten.

Die ganze Armee sah zu – eine Armee, die unter Höhenangst litt –, und jedesmal, wenn er abrutschte und wieder nach unten glitt, hielten sie wie ein Mann den Atem an, als würde er sich zu Tode stürzen.

Sie erinnerten Safar an die nagelkauenden Zuschauer in Methydias Zirkus, wenn die Akrobaten durch die Manege flogen. Dieser Gedanke rief die Fähigkeiten wach, die Arlain und Kairo ihm beigebracht hatten, und bei seinem ersten ernsthaften Versuch kletterte er ohne Pause zehn Meter hoch.

Die Fünfzigtausend-Mann-Armee jubelte und applaudierte wie das größte Publikum, das sich je in einem Zelt versammelt hatte. Für Safar war es ein erhebender Moment. Obwohl er festen Halt hatte, gab er das Gegenteil vor und tat, als würde er abrutschen und fallen.

Durch die ganze Truppe ging ein erschrockenes Raunen. Es war ein furchtbarer, ein beängstigender Laut. Es hörte sich ganz entschieden nicht nach einem Zirkuspublikum an, wo alle tief in ihren Herzen wußten, daß der Akrobat es letztlich doch schaffen würde.

Safar erkannte, wie sehr sie alle ihre Hoffnungen in ihn gesetzt hatten. Ja, sie wußten, Protarus war ein großer König und ein mächtiger General, der sie durch die widrigsten Umstände geführt hatte. Iraj war kein König, der glaubte, die Leben seiner Soldaten verschwenden zu dürfen. Doch fürchteten sie die Dämonen, vor allem ihre Magie, und sie blickten auf zu Lord Timura, dem Großwesir, Zauberer der Zauberer, denn er sollte sie retten. Hatte König Protarus nicht persönlich seine Fähigkeiten gepriesen? Und hatten sie nicht seinen Erfolg mit eigenen Augen gesehen, bei der Befreiung von Kyrania und dem Schattengefecht mit Manacia?

Wenn Safar nun zu Tode stürzte, würde das nicht auch ihren eigenen Tod bedeuten? Der Großwesir wollte sie nicht länger leiden lassen und beendete seine Possen.

Aber er war Artist genug, um eine Hand zu entlasten und ihnen zuzuwinken, während er mit einem Nicken zu verstehen gab, daß alles bestens stehe.

Aufbrandendes, nervöses Lachen trug ihn die nächsten drei Meter hinauf.

Er setzte die Kletterpartie fort, doch mit aller Vorsicht und Nüchternheit. Auf diese Weise war es schwieriger. Ohne die Hilfe dieser Kraft, die der Artist aus der Begeisterung des Publikums zieht, ermüdete er rasch, seine Finger und Zehen wurden taub, und einige Male hätte er fast wirklich den Halt verloren. Und inzwischen befand er sich schon in der Höhe, aus der ein Sturz ihn zum Krüppel gemacht, wenn nicht gar sein Schicksal besiegelt hätte.

Als er die Spitze endlich erreicht hatte, war er erschöpft. Obwohl sich donnernder Jubel erhob, spürte er nur Leere in sich, als er die Seile für die anderen hinunterließ.

Sein ganzes Denken kreiste um die andere Felssäule. Denn nichts führte daran vorbei, daß diese ebenfalls erklommen werden mußte – von ihm, und von ihm ganz allein.

Der einzige wahre Segen, den die alten Götter den Lebenden zugestanden hatten, und dies auch nur mit knirschenden Zähnen, lag darin, daß alle Qualen, aller Schmerz irgendwann ein Ende fanden – auf die eine oder die andere Weise. Das Schicksal meinte es gut mit Safar, und die Kletterei hatte ein gutes Ende genommen. Jetzt hockte er auf der ersten Säule, die er erklommen hatte, und war ein wenig müde, gleichwohl aber bereit für Manacia.

Nach einer Weile sah er, wie sich unter dem Dämonenmond eine Staubwolke erhob, und er wußte, der Feind war im Anmarsch. Mit einem kleinen Spiegel gab er Iraj ein Zeichen. Befehle wurden erteilt, Trompeten schmetterten, und unter ihm erwachte ein Meer von Kriegern zum Leben und rückte in Position.

Die Staubwolke wuchs mit jeder Stunde, und bald verdeckte sie den ganzen Horizont wie eine Wand. Immer noch näherte sie sich, bis Safar schließlich die dunklen Umrisse der berittenen Soldaten erkennen konnte. Dann kam die Bewegung zum Stillstand, und die Staubwand begann zu brodeln. Es war, als würde sich ein alter müder Hund, der einen passenden Platz gefunden hatte, wieder und wieder um die eigene Achse drehen, bis er sich schließlich niederließ und die Schnauze an den Schwanz legte.

Safar gab abermals ein Signal – Manacia schlug das Lager auf.

*

Der Dämonenkönig betrachtete spöttisch die Karte. Ihm war klar, was Protarus vorhatte.

»Er will uns durch die Felssäulen in seine Mitte locken«, sagte er zu Luka. »Dort hat sich seine Hauptstreitmacht versammelt.«

Er zeigte auf die hölzernen Markierungen rechts und links der Truppenmassierung. »Und er wird uns mit seiner Kavallerie von den Seiten her angreifen, damit wir auf dem Kurs bleiben, der ihm angenehm ist.«

Manacia schlug mit der krallenbesetzten Faust so heftig auf den Tisch, daß die Markierungen umfielen. »Nun, ich beabsichtige nicht, den Befehlen dieses Königs demütig zu folgen«, sagte er. »Ich habe diese Schlacht schon einmal geschlagen. Zum Teufel, schon mindestens vier- oder fünfmal habe ich sie für mich entschieden.«

Er tippte sich an den gehörnten Schädel. »Das findet alles hier drin statt«, erklärte er seinem Sohn. »Ein Gedankenspiel. Protarus tut mir richtiggehend leid. Offensichtlich weiß er gar nicht, was ihm bevorsteht.«

Fari räusperte sich, um die Aufmerksamkeit auf sich zu lenken. »Was ist mit dem Zauberer, diesem Timura?« fragte er. »Wo ist sein Platz in Protarus' Plänen?«

Manacia zog ein verdrießliches Gesicht. »Das stimmt, ihn haben wir nicht ausmachen können«, gestand er ein. »Oder überhaupt irgendeine Spur menschlicher Zauberer. Ich vermute, er wird sich abgeschirmt haben. Das ist nicht ganz leicht, also darf man ihn nicht unterschätzen. Dennoch, ich habe die gleichen Schilde, die eine wesentlich größere Zaubermacht beschützen.

Wir warten, bis er zuschlägt und sich selbst verrät. Er hat keine Chance, unsere Antwort zu überstehen.«

Luka und Fari wechselten einen kurzen Blick. Jeder teilte dem anderen dadurch mit, wie beeindruckt er von Manacias Auslegung der Situation war.

Der Kronprinz akzeptierte verbittert die militärische Expertise seines Vaters. Er hatte keinen Zweifel; wenn die Schlacht begann, würde Manacia die Oberhand gewinnen.

»Wir greifen im Morgengrauen an«, verkündete Manacia. »Gerade dann, wenn die Menschen im tiefsten Schlaf an den Lagerfeuern liegen.«

Er deutete auf den Dämonenmond, der am nördlichen Horizont hing. »Den haben wir im Rücken, was sie noch mehr verwirren wird.«

Manacia schlug sich entzückt auf die Schenkel. »Es gibt doch nichts, was ich mehr liebe, als einen Feind anzugreifen, wenn sich das Licht in seinen Augen spiegelt.«

*

Iraj betrachtete seine versammelten Truppen. Durch seinen Bart spielte ein breites Grinsen. »Hier stehen wir wieder einmal, Männer«, sagte er, »bis zum schwieligen Hintern inmitten von Hyänen, und kein Ausweg ist in Sicht!«

In seiner Stimme, durch ein Amulett von Safar magisch verstärkt, schwang mannhafte Heiterkeit mit. Die Krieger brüllten vor Lachen über den Witz ihres Königs.

Iraj zeigte dramatisch mit dem Finger auf die Lücke zwischen den Steinsäulen, die den Dämonenmond einrahmten.

»Wieder einmal«, fuhr er fort, »stehen wir einem Kerl gegenüber, der glaubt, wir seien kaum in der Lage, seinen Nachttopf zu leeren.«

Mißmutiges Murmeln erhob sich.

»Aber wir haben solch königlichen Besserwissern in der Vergangenheit schon das eine oder andere Mal eine anständige Lektion erteilt, nicht wahr, Männer?«

Die Krieger brüllten ihre Zustimmung heraus.

Iraj brachte sie mit einem Wink zum Schweigen. »Und diesmal ist der Besserwisser, dem wir gegenüberstehen, ein Dämon.«

Leises Gemurmel machte sich breit, mannhaftes Gemurmel, doch gezwungen.

Iraj zeigte mit dem Daumen auf seine Brust. »Ich habe schon früher mit Dämonen gekämpft«, berichtete er. »Als Junge. Und es waren die Dämonen, die gefallen sind, und nicht euer König, mag er damals auch noch ein junger Mann gewesen sein.

Diese Geschichte habt ihr noch nie gehört. Sie war ein Geheimnis zwischen Lord Timura und mir, und wir haben es viele Jahre lang gewahrt. Aber jetzt ist die Zeit gekommen, da ganz Esmir sie erfahren soll.«

Iraj schilderte das Ereignis in einer gekürzten, aber dennoch höchstdramatischen Fassung.

»Ihr seht also, Männer«, fügte Iraj hinzu, als er fertig war, »Dämonen bluten genauso wie wir. Sie haben Magie, aber mit Lord Timura sind wir ebenfalls in deren Besitz. Sie sind uns an Zahl überlegen, aber ich habe euch gerade die Geschichte erzählt, wie an Zahl unterlegene Jungen sie besiegt haben. Für Männer wie euch dürfte das erst recht kein Problem darstellen.

Doch will ich euch nichts vormachen. Die Dämonen sind ein gefährlicher Feind. Allerdings, welches Vergnügen bereitet schon der Kampf gegen einen schwachen Gegner?«

Diese Bemerkung gefiel den Kriegern aus der Ebene von Jaspar besonders gut, und abermals erhob sich donnernder Beifall.

»Was sagt ihr also, Männer?« rief Iraj. »Sollen wir warten, bis Manacia den Kampf zu uns trägt?«

Die Antwort war ein laut widerhallendes »NEIN!«

»Sollen wir den Kampf zu ihm tragen?«

Dem folgte ein überwältigendes »JA!«

»Dann werden wir zu ihm gehen, Männer!« brüllte Iraj. »Dann wollen wir ihm eine gelungene Überraschung bereiten, wenn er mit heruntergelassener Hose dasteht, bis zum Heft in eine Dämonenhure versenkt.«

Der Himmel erbebte von aufbrandendem Jubel.

*

Und wie es sich so zutrug, vergnügte sich Manacia tatsächlich gerade mit einer begeisterten Dämonenmaid, als ihn die Nachricht vom Angriff erreichte. Noch hatte er zwar sein »Schwert« nicht bis zum »Heft« in ihr »versenkt«, doch hatte er just genau über solcherlei nachgedacht, als sich jemand am Eingang bemerkbar machte.

Manacia stolperte aus seinem Haremszelt, während er sich noch die Hose zuknöpfte. »Was hat diese Störung zu bedeuten?« brüllte er.

Sein Berater zitterte, zeigte nach Süden. »Vergebt mmm-mmmmir, Mmmm-majestät! Aber Ppppp-protarus greift an!«

Manacias Blick fuhr nach Süden. Es herrschte Dämmerung, die schaurige Dämmerung des Dämonenmondes, und die Gestalten – Menschenkrieger – zeichneten sich groß und blutrot ab.

Der Dämonenkönig wurde nicht hysterisch. Nicht zum erstenmal hatte er es mit einem Überraschungsangriff zu tun. Er unterdrückte seine Furcht und befahl seinen Generälen zurückzuschlagen.

*

Es war ein Blutangriff, wie man ihn nur in Jaspar kannte. Schonung wurde weder gewährt noch erwartet.

Eine heulende Horde von Reitern stürmte heran, doch kein einziger Mann bot sich als Zielscheibe an. Alle ritten ohne Sattel, dicke Lederharnische schützten die Körper der Pferde, und dünne Seile dienten als Zügel.

Sie hängten sich in die Riemen des Harnischs, mal nach links, mal nach rechts, manchmal hingen sie unter den Bäuchen ihrer Pferde. Und währenddessen verschossen sie mit ihren kleinen Bögen einen beständigen Hagel von Pfeilen, so viele, daß die Luft vom Surren erfüllt war, als würde sich ein Schwarm Stechfliegen in einer schwarzen Wolke auf eine Herde Vieh stürzen.

Es war ein wahnwitziger Angriff, ein Angriff, bei dem niemand einen Gedanken an den Tod verschwendete.

Pfeilschauer pfiffen schwarz durch die Dämmerung.

Die Schreie von verwundeten Dämonen zerrissen die Stille der Wüste.

Und dann waren sie mitten unter ihnen, ließen die Bögen fallen und zogen die Krummsäbel. Verteilten Hiebe nach allen Seiten.

Dann drängten sie ins Zentrum des Gegners hinein, erreichten fast Manacia selbst, der gerade auf seinen Elefanten kletterte.

Iraj führte den Angriff. Wie ein nimmermüdes Ungeheuer tobte er, kein Pfeil der Dämonen vermochte ihn zu treffen. Sein Schwert war eine wilde Bestie, dem keine Klinge widerstehen, mit dem sich keine Pike messen, das keine Streitaxt brechen konnte.

Einem Sturmwind gleich brauste er durch die Reihen der Dämonen. Er war die Pfeilspitze, seine Männer deren scharfe Kanten, und der Dämonenmond sein Ziel.

Er fuhr durch die massierten Truppen hindurch, hielt auf den blutroten Mond zu, wirbelte plötzlich herum und attackierte in die andere Richtung.

Iraj sah, wie Manacia auf seinen Elefanten kletterte. Ein Duell König-gegen-König lockte ihn, und er kämpfte sich zu seinem wirklichen Gegner durch.

Doch dann umschwärmten ihn Manacias Leibwachen, Speere, mit tödlicher Magie behandelt, wurden auf ihn geschleudert – und von Safars Amulett an seinem Hals abgewehrt –, und der Menschenkönig brach weise seinen Sturmritt ab.

Er führte seine Krieger aus der Horde der Dämonen hinaus und richtete beim Rückzug noch mehr Schaden an als zuvor.

Gundara rief: »Halt den Mund, halt den Mund, halt den Muuuund!«

Safar unterbrach ihn. »Hör auf, dich mit deinem Bruder zu streiten. Ich versuche, mich zu konzentrieren.«

»Es ist doch nicht meine Schuld, Meister«, jammerte der kleine Gehilfe. »Gundaree stört mich die ganze Zeit.«

Safar kämpfte um Ruhe. Von Methydia hatte er gelernt, daß Kunst und Temperament nur im Doppelpack zu haben waren. Und wenn man sein Temperament nicht im Zaum halten konnte, war es unmöglich, seine Kunst auszuüben.

Er bot ihnen etwas Süßes an.

»Hier, zwei für dich«, sagte er, »und zwei für Gundaree. Und wenn ihr euch anständig benehmt und keine gierigen kleinen Gehilfen seid, bekommt jeder noch zwei, sobald die Arbeit getan ist.«

Leiria stieß ihn an. »Sie kommen.«

Safar blickte nach Norden. Die Nacht hatte sich gesenkt, doch der Dämonenmond schien hell, und es herrschte gute Sicht. Er sah Iraj und seine Männer – ungefähr zweihundert –, wie sie auf ihn zuhielten. Hinter ihnen folgte Manacias Armee. Sie war riesig, ein schwarzes, die Ebene verschlingendes Monstrum, das an Geschwindigkeit zulegte, während es sich näherte.

Wie Manacia vermutet hatte, wollte Iraj seinen Feind durch die Säulen locken, dorthin, wo die Hauptstreitmacht der Menschen wartete. Falls Iraj die Dämonen an den Flanken einzwängen konnte, bis sie sich kaum mehr bewegen könnten, wäre der Vorteil der Überzahl wesentlich geschmälert.

Obwohl Manacia auf Protarus' Falle – Überraschungsangriff und vorgetäuschter Rückzug – hereingefallen war, so war er dennoch kein Narr. Die Verfolgung ging in aller Ordnung vonstatten. Nur eine große Gruppe von Dämonen, an der Spitze Kronprinz Luka, wie Safar vermutete, jagte direkt hinter Iraj her. Der Rest der Armee hatte sich über die Ebene ausgebreitet und rauschte wie eine breite, mächtige Welle auf die Menschen zu und würde diese mit Sicherheit überspülen.

Safar gab seinen Zauberern ein Zeichen. Sie entzündeten einen Haufen mit Reisig und getrocknetem Dung. Feuer loderte auf, schlug hohe Flammen, und die Zauberer sprangen zurück. Die Flamme beruhigte sich, und die Zauberer streuten spezielle Pülverchen ins Feuer. Es zischte und brodelte, und ein Schauer vielfarbiger Funken stieg auf. Safar sah auf der östlichen Säule ein ähnliches Schimmern; Horvan hatte ebenfalls mit dem Zauberspruch begonnen.

Safar ließ seine Gedanken fließen, und dann befand er sich an einem kalten, grauen Ort ohne Oben und Unten und Seiten. Er rief: »Wo steckst du, Geistermutter? Ich bin es, dein Freund Safar Timura, der nach dir sucht.«

Keine Antwort. Safar rief erneut: »Komm zu mir, Geistermutter. Bitte, komm zu mir. Ich bin in Schwierigkeiten und brauche deine Hilfe.«

Plötzlich spürte Safar eine Präsenz. Es handelte sich um ein schweres Tier und roch stark nach Katze. Dann verschwamm das Grau, und er konnte das durchschimmernde Bild der alten Löwin erkennen.

»Ich bin Safar Timura, Geistermutter«, sagte er. »Erinnerst du dich daran, wie ich dir mit deinen Jungen geholfen habe?«

Die Löwin maunzte.

»Wirst du mir helfen, Geistermutter?« fragte Safar. »So, wie ich dir einst geholfen habe?«

Wieder ein Maunzen. Und Safar wußte, die alte Löwin hatte zugestimmt.

»Ich danke dir, Geistermutter«, sagte Safar. »Warte bitte hier, bis ich dich rufe.«

Safar hob den Kopf und befand sich wieder auf der Felssäule, nur wenige Fuß neben den tanzenden Flammen und den herabregnenden Funken des magischen Feuers.

Iraj und seine Truppe hatten fast die Kluft zwischen den beiden Säulen erreicht.

»Macht Euch bereit«, forderte er die Zauberer auf.

Manacia verspürte ein warnendes Brummen feindlicher Magie. Zur gleichen Zeit sah er, wie die magischen Feuer auf den Felssäulen aufflammten.

Der Dämonenkönig knirschte vor Entzücken mit den Reißzähnen. »Da bist du, Timura!« knurrte er. »Hab ich dich!«

Er riß die Klaue zurück und machte sich für einen seelenzermalmenden Zauberspruch bereit.

*

Iraj und seine Kavallerie schwärmten durch die Kluft.

»Los!« rief Safar.

Vier Glaskugeln wurden ins Feuer geworfen.

Draußen auf der rot erleuchteten Ebene entluden sich vier feurige, weiße Explosionen am westlichen Rand von Manacias anstürmender Armee.

Dann erfolgten im Osten vier gleiche Explosionen, als Horvans Zauberer ihre Kugeln ins Feuer warfen.

»Noch einmal!« rief Safar.

*

Manacia wurde von der Wucht der Explosionen fast aus dem Elefantenturm geworfen. Für kurze Zeit war er geblendet, und als er wieder sehen konnte, lautete sein erster Gedanke: zu früh.

Die Explosionen hatten tiefe Breschen in die äußeren Flügel seiner Armee gerissen. Weitere Explosionen folgten, und er hörte Schreckens- und Schmerzensschreie. Dann fielen die Flügel in sich zusammen, weil die Soldaten von den Rändern ins Zentrum drängten, um den Detonationen zu entkommen.

Manacia brüllte Befehle, damit die Soldaten auf ihre Positionen zurückkehrten, doch in all dem Chaos hörte ihn niemand.

Wütend richtete der Dämonenkönig den Blick auf den westlichen Felsturm. Er spürte die Gegenwart eines mächtigen feindlichen Zauberers – Timura!

Manacia kreischte vor Wut und entfesselte seinen Zauber.

Safar war bereit.

Er spürte den bevorstehenden Angriff des Dämonenkönigs, und er rief: »Komm, Geistermutter! Komm!«

*

Manacia stieß einen Fluch aus, als ihm bewußt wurde, daß sein Zauber blockiert wurde.

Sein Angriffszauber wurde zurückgeworfen, und Manacia suchte nach einem Schild und riß ihn im letzten Moment hoch. Eine heiße Welle fegte über den magischen Schild hinweg, heiße Zaubertröpfchen spritzten über Manacias Geist.

Ehe er sich noch erholen und abermals zuschlagen konnte, hörte er ein markerschütterndes Brüllen, und ein riesiger Löwe setzte aus dem Nichts heraus zum Sprung auf ihn an.

Manacia rang mit ihm; der Körper des Löwen war so kalt, es war, als kämpfe man mit dem Tod selbst. Der Dämonenkönig stieß ihn von sich, doch der Löwe rollte sich ab und kam wieder auf die Beine.

In diesem Augenblick erkannte Manacia, daß er es mit einem Geist zu tun hatte. Er konnte durch die Kreatur hindurchsehen, und als sie ihr Maul aufriß und herausfordernd brüllte, hörte er in dem Laut einen unwirklichen, fernen Beiklang.

Die Löwin ging erneut auf ihn los, und Manacia griff, so tief er konnte, in seine magische Trickkiste.

Gerade bevor sich die starken Kiefer um ihn schlossen, hatte er das richtige gefunden.

Die Löwin verschwand – kehrte in ihre Geisterwelt zurück.

Manacia sank zusammen, all seine Kräfte waren erschöpft.

*

Iraj riß sein Pferd herum und machte sich bereit für die Attacke der Dämonen, die, den Dämonenmond im Rücken, durch die Kluft strömten.

Dichtgedrängt ergossen sich die Krieger wie ein schwarzer Fluß herein, behinderten sich dabei jedoch nicht so sehr, wie der König sich erhofft hatte. Er gab der Flanke ein Signal, und die Männer mit den Schleudern zielten auf die Seiten der Dämonenkolonne. Zur gleichen Zeit griffen die Kavallerieeinheiten an. Hinter ihnen her rannten die Fußsoldaten.

Ein schwerer Hagel von Geschossen ging auf die Dämonen nieder, tötete und verwundete viele. Ein zweiter Hagel folgte und rief weiteren Schmerz und Tod hervor.

Die Einheiten der Kavallerie schlugen zu, die eine von Osten her, die andere aus dem Westen. Sie vollführten einen wilden Tanz, drangen tief in die gegnerische Front ein und schossen wieder heraus, ehe die Dämonen einen Kreis um sie schließen konnten. Die Fußsoldaten schlugen gleich darauf in dieselben Breschen, schleuderten ihre schweren Speere, griffen sodann zu ihren Streitäxten und warfen sich in den Kampf.

Teilweise wurde die Armee der Dämonen noch weiter eingeengt, und als sie schließlich durch das Portal zwischen den beiden Felssäulen kam, waren die Krieger dicht aneinandergedrängt und so eine leichte Beute für die Menschen.

Iraj tötete und tötete, bis sein Schwertarm ermüdete, dann brach seine Klinge, und er kämpfte mit einer Axt weiter, die er einem Gefallenen abgenommen hatte.

Er sah Luka, der, von seiner Leibwache getrennt, verzweifelt gegen drei Reiter kämpfte.

Und Iraj sah seine drei Soldaten fallen und Luka in die Reihen der Dämonen zurückpreschen, eine Meisterleistung, die Protarus' Bewunderung verdiente.

Iraj kämpfte weiter, wütete gegen die Dämonenflut.

Dann wandelte sich das Bild. Die schiere Größe der Dämonenarmee glich schließlich ihre Schwachstellen aus.

Iraj und seine Männr wurden zurückgedrängt; Hammerschlag folgte auf Hammerschlag.

Lange würden sie sich nicht mehr halten können, erkannte er, seine Frontlinie bröckelte bereits. Und das wäre das Ende seiner

Armee, seiner Träume und gewiß auch seines Lebens.

Er wagte einen Blick hinauf zur Spitze der westlichen Felssäule.

Und er dachte: Mach schon, Safar!

*

Safar bereitete seine Große Illusion vor.

Es war der letzte Pfeil in seinem magischen Köcher.

Er hatte keine Zeit, die Kunstfertigkeit seines Vaters zu bewundern, als er jetzt den Zauber heraufbeschwor, der die Flotte emporschickte.

*

Lukas Hoffnungen hatten ihren Höhepunkt erreicht.

Sie waren durch die Kluft hindurch, und seine Armee schwärmte aus und gewann so mehr Raum, um ihre Waffen gegen die Menschen einzusetzen.

Der Kronprinz spürte, wie die Front des Feindes nachgab. Noch ein harter Vorstoß, auf keinen Fall mehr als zwei, dann würde der Sieg ihm gehören.

Doch dann hörte er durch den Lärm der Schlacht, wie sich unter seinen Soldaten ein Gemurmel erhob, das von Schreckenslauten und Warnrufen gefolgt wurde. Er sah, wie etliche Dämonen verwundert mit den Krallen in den roterleuchteten Himmel zeigten.

Er blickte hinauf, und es hätte ihm fast die Sprache verschlagen.

Fliegende Kriegsschiffe segelten durch den Himmel in die Schlacht. Es waren die seltsamsten Schiffe, die Luka je zu Gesicht bekommen hatte – Kampfschiffe, die an riesigen Ballons hingen, alle vollbeladen mit Kriegern, die Speere mit glühenden Spitzen hielten. Er hätte nicht sagen können, wie groß sie waren. Die Schiffe erschienen klein, und so nahm er an, sie befänden sich in großer Höhe. Doch sicherlich boten sie Hunderten von Kriegern Platz.

Und nun waren diese Schiffe über ihnen, und die Krieger

schleuderten ihre Speere hinunter in die Reihen der Dämonen. Vor seinen Augen wuchsen die Speere an, während sie fielen, ein jeder erreichte leicht die Größe eines Dämons.

Sie schlugen wie Blitze ein, ihre glühenden Spitzen explodierten in lodernden Flammen.

Ein zweiter Hagel Speere ging nieder. Und noch einer. Schlugen Löcher in die Reihen der Dämonen. Erfüllten die Luft mit Donner und Schwefelgestank.

Dann verlor die Dämonenarmee die Nerven.

Luka spürte, wie das Feuer in seinen Kriegern erlosch, roch den beißenden Gestank ihrer Angst.

Sie drehten sich um und rannten. Erst wie ein Rinnsal, dann wie ein Strom, ein breiter Fluß kreischender Dämonen, die ihre Waffen fallenließen, ihre Schilde fortwarfen und über ihre eigenen Kameraden hinwegstürmten, um dem Schrecken aus dem Himmel zu entkommen.

Luka ging mit ihnen und gab seinem Tier die Sporen, damit er den Anschluß nicht verlor. Er floh nicht aus Angst, obwohl sie ihm sicherlich tief in den Knochen saß. Vielmehr versuchte er, die Ordnung wiederherzustellen. Er brüllte Befehle, tat sein Bestes, um die Flucht aufzuhalten.

Hinter sich hörte er das Krachen und den Donner der fliegenden Schiffe.

Und das Heulen von Protarus' anstürmender Armee.

*

Stunden vergingen, bis Manacia die Ordnung wiederhergestellt hatte. Endlich ließ er ein befestigtes Lager aufschlagen.

In der Ferne schlug Protarus ebenfalls ein Lager auf.

»Die Schlacht ist noch nicht vorüber«, schimpfte Manacia, während er in seinem Kommandozelt auf und ab ging und nach jedem Sklaven schlug, der ihm in die Quere kam. »Er kann sich mir nicht noch einmal entgegenstellen. Ich werde ihn in den Staub treten!«

Iraj schritt in seinem Kommandozelt hin und her, doch seine Schritte waren gemessen, seine Haltung ruhig.

»Ich hoffe, wir müssen nicht noch einmal gegen ihn kämpfen«, sagte er zu Safar. »Falls doch, dann sicherlich in offenem Gelände. Er wird nicht noch einmal auf unsere Tricks hereinfallen.«

»Wir haben wirklich Glück gehabt«, meinte Safar.

Iraj schwieg, dachte nach, nickte schließlich. »Ja«, stimmte er zu. »Jetzt wird sich zeigen, ob das Glück wirklich auf unserer Seite steht.«

*

»Er hat Glück gehabt, das ist alles«, tobte Manacia, noch immer in Rage. »Und darüber hinaus erhielt er Hilfe und Unterstützung von den Feiglingen an meinem eigenen Hof.«

Luka, der bislang in aller Geduld zugehört hatte, wurde kühl.

»Was wollt Ihr damit andeuten, Majestät?« fragte er und gab sich keine Mühe, seine Wut zu verbergen.

Manacia fuhr ihn an: »Ich will gar nichts andeuten, denn es liegt nur allzu deutlich auf der Hand: Mein Sohn ist ein Feigling, der eine Horde von Feiglingen anführt.«

»Aha!« machte Luka, als wäre ihm gerade ein Licht aufgegangen. »Ihr beabsichtigt also, mir die Schuld zu geben, ist es das?«

»Du hast Schande über mich gebracht«, erwiderte der König. »Doch ich werde mich dieser Schande stellen. Der Fehler wird bis zu seiner Ursache zurückverfolgt, und dabei ist es nicht von Belang, ob mein Sohn und Erbe die Verantwortung dafür trägt.«

Luka näherte sich ihm, als wolle er an Manacias Vernunft appellieren.

Statt dessen sagte er: »Vater, erzähl mir doch, wie meine Mutter dich einst der Vergewaltigung beschuldigt hat. Es ist eine so lustige Geschichte, und wir werden alle etwas zu lachen haben.«

Manacia runzelte die Stirn. »Was ist los mit dir?« fauchte er. »Dies ist nicht der rechte Zeitpunkt für lustige Geschichten.«

»Oh, ganz bestimmt ist es das«, beharrte Luka. »Dies ist genau eine jener Situationen, die geradezu nach lustigen Geschichten schreien.«

Manacia holte tief Luft und wollte erneut vor Wut losbrüllen.

Aber Luka zog sein Schwert aus der Scheide und schnitt das Brüllen mitsamt seiner Quelle ab.

Unbeteiligt sah er zu, wie der kopflose Körper seines Vaters zu Boden fiel.

Luka wandte sich an die anderen, derweil er in aller Ruhe seine Klinge abwischte.

»Irgendwelche Einwände?« verlangte er zu wissen.

Die Generäle und Berater standen angesichts dieser Wendung der Ereignisse erstarrt und mit offenem Mund da.

Fari ergriff als erster das Wort. »Nicht den geringsten, Euer Majestät.«

Steif und mit knackenden Gelenken brachte er seine massige Gestalt auf die Knie.

»Lang lebe König Luka!« rief er.

Die Generäle folgten seinem Beispiel, gingen auf die Knie, zeigten Demut und riefen: »Lang lebe König Luka!«

Luka betrachtete den Kopf seines Vaters und die starrenden Augen.

»Was ist denn, Vater?« fragte er. »Du lachst gar nicht!«

*

Einige Wochen später durchquerte Iraj die Verbotene Wüste und zog im Triumph die große Straße entlang auf Zanzair zu.

Kalasariz hatte Lukas Kapitulationsbedingungen überbracht und während der folgenden Verhandlungen als Mittelsmann gedient. Die Armee der Dämonen wurde in kleine Gruppen geteilt und nach Hause geschickt. Luka bot sich als Geisel an und sandte Fari nach Zanzair zurück – Manacias Kopf auf Eis gelegt im Gepäck –, um alles für Irajs Ankunft vorzubereiten.

Zu Safars Mißfallen wurde Kalasariz mit viel Gold und einer hohen Position in Irajs Stab belohnt. Safar hatte dem König davon abgeraten, doch Iraj hatte seinen Rat ausgeschlagen und gesagt, es gäbe stets Bedarf an guten Spionen.

Und endlich war der Tag angebrochen, an dem die Tore von Zanzair in Sicht kommen sollten.

Sie marschierten mit wehenden Bannern und unter Trommelwirbeln die im Dunst liegende Straße entlang.

Der König saß auf Manacias großem Kriegselefanten, Safar an seiner Seite. Eine große Fahne aus feinster Sampitay-Seide hing vom Elefantenturm herab. Darauf war das Wappen des Eroberers zu erkennen, der rote Dämonenmond und der silberne Komet.

Aber es war nicht länger Alisarrians Banner. Iraj hatte es für sich beansprucht.

In einer Woche würde in dem Palast, in dem früher Manacia residiert hatte, eine ausschweifende Zeremonie stattfinden. Würdenträger sowohl der Menschen als auch der Dämonen würden sich im großen Thronsaal versammeln und vor Protarus niederknien.

Dann würde Iraj zum König der Könige, zum obersten Monarchen von ganz Esmir gekrönt werden.

Der Wind nahm zu, und der Dunst lüftete sich. Geradewegs vor ihnen erhoben sich die Tore von Zanzair.

»Sieh!« rief Iraj, so aufgeregt wie ein Kind. »Wir sind fast da.«

Von einem Pfosten über den Toren hing Manacias blutiger Kopf.

Die Tore schwangen auf, und eine riesige Menge von Dämonen lief heraus, um den neuen König zu begrüßen. Iraj winkte mit der gepanzerten Hand zurück.

Die Rufe der Dämonen wurden wilder. »Protarus! Protarus! Protarus!«

Iraj wandte sich mit breitem Lächeln im Gesicht an Safar.

»Mein Freund«, sagte er, »dies alles verdanke ich dir.«

Dann wurde aus dem Lächeln ein lautes, überraschtes Lachen.

»Das habe ich in der Vision gesagt«, erinnerte er Safar.

»Oder so etwas Ähnliches«, gab Safar zurück.

Iraj klopfte ihm auf den Rücken. »Und es ist alles wahr geworden«, sagte er. »Alles, was du vorausgesagt hast.«

Safar lächelte. »So scheint es tatsächlich«, antwortete er.

Doch sein Lächeln versteckte nur die Sorge, die an ihm nagte. Seine Vision hatte ihn bis an die Tore von Zanzair geführt, weiter nicht.

Und jetzt beherrschte nur noch ein Gedanke sein Sinnen … Was wird als nächstes geschehen?

Fünfter Teil

Zanzair

25

Diebin der Herzen

Sie war eine einzigartige Frau, denn sie besaß Schönheit, Geld und Macht gleichermaßen.

Zudem umwitterten sie Geheimnisse, und das machte sie zu einer Frau, wie man sie in der Zeit des Dämonenmondes unter den Menschen selten fand.

Ihr Wappen – das Zeichen des Hauses Fatinah – zeigte einen silbernen Dolch, und es gab viel Gerede darum, wie dieses Wappen entstanden wäre.

Manche sagten, es sei das Wappen ihres letzten, unbetrauerten Ehemannes, des Lords Fatinah, einem Händler, der so hingerissen von seiner jungen Frau gewesen sei, daß er ihr sein Vermögen hinterlassen habe. Lady Fatinah, so erzählte man sich, hatte den Abschied ihres Mannes von dieser Welt mit ihrem eigenen, silbernen Dolch beschleunigt. Seitdem trug die Frau stets nur Kleider im Schwarz der Trauer, und weil auf jedem das Wappen mit dem silbernen Dolch prangte, verlieh dies der Geschichte eine gewisse Glaubwürdigkeit.

Andere spekulierten, sie sei einst die bevorzugte Kurtisane eines Königs gewesen, vielleicht sogar von Protarus selbst. In dieser Version hatte sie den Streit in einem Harem verloren und war vertrieben worden, nicht jedoch ohne viele Truhen voll Gold und seltener Steine, die ihr das Verlassen des Harems versüßen sollten. Manche behaupteten, sie habe ihre Rivalin mit einem silbernen Dolch getötet, doch der Tod habe einen fürchterlichen Skandal nach sich gezogen, was wiederum zu ihrer Verbannung aus dem

Harem geführt habe. Und dann kam erneut die Geschichte mit dem alternden Lord Fatinah ins Spiel. Die Klatschmäuler hielten die arrangierte Hochzeit für einen Versuch, den Skandal zu vertuschen. Sie tuschelten auch, Lord Fatinah sei gestorben, bevor die Ehe vollzogen worden sei. Und wieder sei der sterbende Adlige so von seiner wunderschönen Frau angetan gewesen, daß er ihr all seine weltlichen Güter hinterlassen habe.

Die neugierigen Leute auf den Straßen von Zanzair, unter ihnen fast so viele Menschen wie Dämonen, erzählten sich solcherlei Geschichten und noch andere, als sie in ihrer Kutsche vorbeifuhr, an der jede Tür mit dem silbernen Dolch verziert war.

Lady Fatinah hielt sich berittene Dämonen als Eskorte, die das Volk auseinandertrieben, und einen Menschen als Kutscher, der das Gespann schwarzer Pferde lenkte. Neben ihm saß ein stämmiger Dämonenwächter auf dem Kutschbock und ließ den Blick aufmerksam über die Menge schweifen.

Drinnen schwärmte Lady Fatinahs Repräsentant in Zanzair über all die Arrangements, die er in Erwartung ihres Besuches getroffen hatte.

»Ihr werdet es mit eigenen Augen sehen, meine Dame«, sagte der Mann, »mit Abubensu habt Ihr eine weise Wahl getroffen, wenn es um die Erledigung Eurer Angelegenheiten in Zanzair geht.«

Er deutete aus dem Fenster. Sie fuhren durch den Basar, und draußen bot sich dem Auge eine exotische Szenerie mit Menschen und Dämonen, die mit Händlern feilschten oder sich an fremdartigen Genüssen von Essensständen gütlich taten; Familien spazierten vorbei, Einkäufe in der einen und den Nachwuchs an der anderen Hand.

»Zanzair ist bestimmt die schönste Stadt in der Geschichte von Esmir«, sagte Abubensu. »Seit unser geliebter König, Iraj Protarus, die Stadt vor sieben Jahren zum Mittelpunkt seines Reiches gemacht hat, haben sich hier Wesen aller Art niedergelassen. Und alle trieb die Hoffnung, sie könnten sich an den Mantel des Königs hängen und so Wohlstand erlangen.«

Er hob warnend den Zeigefinger. »Aber Zanzair ist auch der gefährlichste Ort, meine Dame«, fuhr er fort. »Manche von jenen, die kamen, waren ehrliches Volk, so wie ich. Doch auch Diebesgesindel, gleichermaßen in den niederen Ständen wie unter jenen von hoher Geburt, fand sich ein.

Und die Intrigen!« Er erschauerte. »Ich könnte Euch Geschichten über Intrigen und skandalöse Machenschaften am Königlichen Hofe erzählen, daß sich Euch die Haare sträubten.«

»Dessen bin ich mir sicher«, erwiderte Lady Fatinah sanft. »Und ich wäre entzückt, Euren Geschichten ein andermal zuzuhören. Doch habe ich, wie Ihr verstehen werdet, im Augenblick andere Dinge im Sinn. Angelegenheiten, die mehr mein Leben hier betreffen.«

Abubensu strahlte. Was für eine vornehme und wortgewandte Arbeitgeberin er doch hatte. Gar nicht die Frau, der man den Mord an ihrem Ehemann zutrauen würde. Wie wohlgefällig sie ihr teures schwarzes Kleid ausfüllte. Ihre Lippen waren voll, und in ihren dunklen Augen funkelte, wie er zu träumen wagte, eine Verheißung.

»Das Haus, das ich für Euch gefunden habe, wird Euch sehr gefallen«, sagte er. »Es ist auf einem Hügel gelegen und steht ganz für sich. Bei Nacht bietet sich ein überwältigender Blick auf Zanzair. Insbesondere auf Protarus' Palast. Er ist aus reinem Gold, wißt Ihr, und wenn all die Lichter brennen und die Wasserspiele in Betrieb sind, möchte man meinen, es sei der himmlische Palast eines Gottes.«

»Der Ausblick hört sich vielversprechend an«, meinte Lady Fatinah, während sie das Kinn ihres Kindes abwischte – eines Jungen, der das Säuglingsalter hinter sich hatte und bald das erste Wort herausbringen würde. Sein Name war Palimak, was in der Sprache von Walaria »Versprechen« bedeutete.

»Um es frei heraus zu sagen«, fuhr sie fort, »das Kinderzimmer ist für mich das Wichtigste.«

»Es wurde nach Eurer genauen Beschreibung umgestaltet,

meine Dame«, sagte Abubensu, »und ist das größte Kinderzimmer, das man je gesehen hat. Wir haben keine Kosten gescheut.«

»Ich hoffe, es ist nicht zu groß, Herrin«, mischte sich die Amme ein. Sie war eine kleine rundliche Frau und hatte einen großmütterlichen Busen. »Große Räume können Kinder manchmal verängstigen.«

»Für dich gibt es ein separates Zimmer gleich neben dem des jungen Herrn, Scani«, beeilte sich Abubensu der Amme mitzuteilen. »Es ist sehr bequem, und du kannst stets ein Auge auf ihn haben.«

Scani schien da ihre Zweifel zu haben und wollte gerade etwas sagen, doch die Herrin warf ihr einen warnenden Blick zu. Die Amme nahm Palimak aus Lady Fatinahs Armen, neckte und liebkoste den Kleinen und versprach ihm heiß und innig, daß, egal, wo er auch schlafen möge, Scani stets in der Nähe sein würde.

Abubensu setzte seine Ausführungen fort. »Eure Nachbarn sind wohlhabende Leute und haben alle die gleiche gute Erziehung wie Ihr selbst genossen, meine Dame. Ihre Häuser stehen so nah, daß Ihr Euch nicht einsam fühlen werdet, doch weit genug entfernt, um die Privatsphäre zu schützen.«

»Wie ich bereits in meinem Brief erwähnt habe«, sagte Lady Fatinah, »würde ich gern so bald wie möglich ein Bankett geben, um mich in die Gesellschaft von Zanzair einzuführen.«

»Das wurde bereits arrangiert, meine Dame!« antwortete Abubensu mit strahlendem Lächeln. »Tatsächlich habe ich mir die Freiheit genommen, diese Angelegenheit für den übernächsten Abend festzulegen. Dazu habe ich einigen Auserwählten Einladungen überbringen lassen – allesamt Persönlichkeiten von Rang und Namen, wenn Ihr nichts dagegen habt. Und das Personal, welches ich persönlich ausgewählt habe, bereitet im Augenblick schon das Bankett vor.«

»Da war besonders ein Herr, den ich Euch einzuladen bat«, fuhr Lady Fatinah fort. »Wurde das erledigt?«

Abubensu nickte heftig. »Ja, meine Dame. Lord Timura wurde eingeladen.«

»Und hat er zugesagt?«

Er zögerte. »Ach, meine Dame, bisher noch nicht.«

»Erwartet Ihr seine Zusage?« drängte Lady Fatinah.

Der kleine Mann zuckte mit den Schultern. »Ich kann es nicht versprechen, meine Dame. Schließlich ist er der Großwesir, der zweite Mann im Reich nach König Protarus.«

Abubensu versuchte es mit ein wenig Klatsch, um sie von ihrer Enttäuschung abzulenken. »Sie waren Jugendfreunde, wißt Ihr«, erzählte er. »Sie nennen sich sogar bei ihren Vornamen – Safar und Iraj –, wenn sie unter sich sind.«

Er beugte sich ein wenig vor, und in seiner Stimme schwang ein verschwörerischer Unterton mit. »Obwohl es heißt, daß Lord Timura in letzter Zeit nicht mehr in der Gunst Seiner Majestät steht. Er hat Feinde, die dem König böse Dinge ins Ohr flüstern.«

Der kleine Mann zuckte dramatisch die Achseln. »Wer weiß, ob diese Dinge stimmen, meine Dame. Vielleicht wäre es jedoch das beste, wenn Lord Timura nicht erscheinen würde. Warum solltet Ihr Euch politische Unannehmlichkeiten ins Haus holen?«

Lady Fatinah bedachte ihn mit einem strengen Blick. »Ich will, daß er bei dem Bankett anwesend ist«, sagte sie und ließ damit keinen Zweifel an ihrer Entschlossenheit in dieser Angelegenheit.

Abubensu wußte offensichtlich nicht recht, was er darauf antworten sollte. »Ich werde alles versuchen, meine Dame«, sagte er, »doch versprechen kann ich Euch nichts.«

Lady Fatinah lächelte. »Ich habe vollstes Vertrauen zu Euch, Abubensu.«

Sie reichte ihm einen seidenen Geldbeutel mit Münzen. »Damit mögt Ihr beglücken, wen Ihr wollt.« Abubensu wog den Beutel in der Hand und zog angesichts des Gewichts die Augenbrauen hoch. »Und was übrigbleibt, mögt Ihr für Euch behalten.

Aber sorgt dafür, daß Lord Timura erscheint.«

Die Herrin wandte sich ab und sah aus dem Fenster.

Sie hatten einen großen Platz erreicht, und als sie in Richtung

Norden blickte, fielen ihr die blühenden Bäume auf, die am Rande der Königlichen Gärten standen.

Jenseits davon sah sie die Turmspitzen des Großen Palastes, die im Licht des allgegenwärtigen Dämonenmondes schaurig glänzten.

Nerisa stellte sich die Frage, ob Safar sich nach all den Jahren noch an sie erinnern würde.

*

»Letztendlich«, schimpfte König Protarus, »geht es doch immer nur ums Geld.«

Er schnaubte verächtlich, eine Geste, der die versammelten Mitglieder des Königlichen Hofes große Beachtung schenkten. Dieses Schnauben würde von nun an für viele Tage das Thema ihrer Gespräche, ihrer Träume und Alpträume sein. Bündnisse würden bedroht, neu geschmiedet oder zerschlagen werden. Noch Tausende von Meilen entfernt würden hohe wie niedrige Beamte erzittern, sobald die Nachricht von der scharf ausgestoßenen Atemluft des Königs bei ihnen einträfe.

»Jedesmal, wenn ich eine Aufgabe angehen muß«, beschwerte sich Protarus, »sagt man mir, die Kosten seien zu hoch. Und wenn ich, ein einfacher Mann aus der Ebene, der ich nun einmal bin, vorschlage, die Lösung liege darin, daß man mehr Geld beschaffen müsse, dann sagt man mir, es gäbe nichts mehr zu holen!«

Der Blick des Königs wanderte durch den mehrstufigen Saal. Zuerst fiel er auf Safar, seinen Großwesir und zweiten Mann im Reich, auf der nächsten Ebene saß König Luka – dessen formeller Titel Prinz von Zanzair lautete – neben Lord Fari und weiteren wichtigen Dämonen. Darunter hatten Protarus' Generäle und oberste Berater ihren Platz, ein gemischter Haufen, zu dem auch Dämonen und einige verbliebene Stammesbrüder des Königs gehörten. Von dieser Gruppe hielt Kalasariz leichten Abstand; maß er doch täglich die Entfernung und den Höhenunterschied zwischen sich und Safar ab. Dahinter lag der eigentliche Saal, ein weites Areal ohne hierarchische Abstufungen, wo manche Höflinge besonders hohe Absätze trugen, weil sie dann größer erschienen und sich einbildeten, somit auch beim König in größerer Gunst zu stehen.

»Möge mir jemand erklären, wie dies sein kann«, verlangte Protarus. »Ich bin der Herrscher von ganz Esmir. Ich zähle meine Untertanen in Millionen. Von denen alle viel Geld zu verdienen scheinen, während es ihrem König an den einfachsten Dingen fehlt, um das Reich zu regieren, in dem sie ihr ganzes Geld verdienen.«

Protarus schüttelte den Kopf. »Mein Problem ist doch folgendes: Ich bin einfach zu großzügig. Ich mache meine Freunde wohlhabend. Paläste, Ländereien, Geld ... Geld! Da ist dieses Wort schon wieder!«

Er blickte Safar an. »Ihr habt Geld, Lord Timura«, sagte er. »Warum habe ich keins?«

»Ihr müßt es nur sagen, Majestät«, antwortete Safar, »und ich gebe Euch alles zurück.«

Niedergeschlagen klopfte Protarus mit den juwelenbesetzten Knöcheln auf die Armlehne seines Throns. »Darum geht es doch nicht, Lord Timura. Zu dieser Sorte König gehöre ich nicht. Wenn ich etwas verschenkt habe, verlange ich es niemals zurück.«

Leiria, Safars Leibwache und Bettgefährtin, trat unbehaglich von einem Fuß auf den anderen. Einst war sie ein solches Geschenk gewesen.

»Es geht doch darum«, fuhr er fort, »Ihr habt Geld und ich nicht, weil Ihr Euch nur um Euren eigenen Haushalt zu sorgen braucht.«

Protarus machte eine allumfassende Geste. »Und ich muß mich um ein Königreich kümmern. Das ist mein Haushalt! Und wohin geht mein Haushaltsgeld? Nun, für Luxus gebe ich es nicht aus.

Die Götter wissen, ich bin ein Mann mit einfachen Bedürfnissen.«

Niemand wagte einzuwerfen, daß man dies mit Recht eine Übertreibung nennen konnte. Protarus hatte sich schon vor langer

Zeit vom einfachen Soldatenleben verabschiedet und genoß nun die Annehmlichkeiten und die Freuden, die ein Leben als König aller Könige mit sich brachte. Er besaß viele Paläste, weitläufige Stallungen mit edelsten Reittieren jeder Art, riesige Säle, die mit Prunkrüstungen und Zierwaffen vollgestopft waren, überquellende Lagerhäuser und Weinkeller und immense Harems, die laufend mit jungen Schönheiten aufgefrischt wurden.

Der König seufzte und lehnte sich in seinem Thron zurück. Die sieben Jahre Herrschaft waren nicht leicht gewesen, und das sah man ihm an. Obwohl er noch keine dreißig Sommer hinter sich hatte, wirkte er doch schon zehn Jahre älter. Sein ganzer Stolz, seine langen goldenen Locken, hatten sich gelichtet, und so trug er nun unter der Krone stets eine juwelenbesetzte Kappe. Sein Bart war mit grauen Strähnen durchsetzt, und seine Stirn furchten Sorgenfalten.

»Erklärt uns das Problem noch einmal, Lord Timura«, verlangte er. »Legt es uns dar, damit wir alle es verstehen können.«

Safar erhob sich, trat auf Protarus' Stufe und gab ein paar wartenden Männern das Zeichen, den großen Vorhang hinter dem Thron des Königs beiseite zu ziehen.

Die Wand war mit einem enormen Basrelief von Esmir ausgefüllt. Daraus stachen vor allem zwei Dinge hervor: die Schwelle der Götter, die das Land von Osten nach Westen durchschnitt, und die große Wüste, die nicht länger verboten war und einst Menschen von Dämonen getrennt hatte.

Safar legte sich ein paar Kügelchen auf die Hand, drehte diese mit einer theatralischen Geste um, woraufhin es ein paarmal scharf knallte und ein dünner Rauchschleier vom Boden bis zur Decke aufstieg. Hinter diesem Schleier erwachte das Basrelief plötzlich zum Leben, was allgemeines Erstaunen hervorrief. Nun sah man eine lebende Karte von Esmir, mit kleinen Gestalten, die sich bewegten, Wäldern, die im Wind wogten, und Wellen, die an ferne Küsten liefen.

Safar verneigte sich mit dem Schwung des Artisten vor Iraj.

»Seht Euer Königreich, Majestät«, verkündete er.

Fari dachte: Ich frage mich, wie Timura das macht. Nicht die lebende Landkarte ... Das verstehe ich. Könnte ich vielleicht selbst, wenn ich einen Blick in seine Notizen werfen dürfte. Aber diese Explosionen und dieser Nebel, was steckte dahinter? Wo war da die Magie? Ich habe nichts gespürt!

Dieses Geheimnis war nur einer von vielen Gründen, aus denen Fari es für besser hielt, wenn Safar von der Bildfläche verschwände.

Irajs Stimmung hob sich etwas. Er klatschte und sagte: »Oh, sehr schön, Safar. Sehr schön!«

Nun klatschte auch der Hof gemessen Beifall. Luka klapperte verbissen mit den Krallen und gab Anerkennung vor.

Er dachte: Was soll dieses ganze Gehabe und Getue? Man möchte meinen, wir befänden uns im Zirkus und nicht im Thronsaal des Königs. Er will sich nur bei uns einschmeicheln, und vor allem bei Protarus.

Luka nahm es Safar sehr übel, daß dieser soviel Einfluß auf Protarus hatte. Als Prinz von Zanzair hätte ihm der Rang des zweiten Mannes in Esmir zugestanden, befand Luka. Er sollte Protarus beraten, nicht dieser Bürgerliche, dieser Safar Timura.

»Hier befinden sich die Regionen, die uns am meisten Kummer bereiten, Majestät«, erklärte der Großwesir.

Und mit einer weiteren Geste loderten kleine Flammen durch den Schleier auf, wenigstens drei Dutzend, über das ganze Königreich verteilt. Die Flammen hatten verschiedene Größen; dort, wo sie noch leicht flackerten, begannen die Unruhen gerade erst, dort, wo sie hoch aufloderten, war die Lage schon fast außer Kontrolle geraten.

»So viele«, murmelte Protarus.

Er warf Kalasariz einen scharfen Blick zu. »Ihr habt mir nicht gesagt, daß es so viele sind!«

»Äh, ja, äh, ich kann das erklären, Majestät«, wand sich Kalasariz. »Verspätet eingetroffene Berichte ... wegen ... äh ... verschiedener Schwierigkeiten.«

Iraj nickte ihm kalt zu und richtete seine Aufmerksamkeit wieder auf die Karte.

»Dies sind die letzten Nachrichten, die ich von den Tempeln erhalten habe«, erläuterte Safar. »Zum ersten Mal, denke ich, können wir das ganze Ausmaß unserer Probleme erkennen.«

Kalasariz schäumte vor Wut, weil er vom Großwesir derartig vorgeführt wurde. Der Meister der Spione zog es vor, den König nur die Dinge wissen zu lassen, die er für angebracht hielt, damit er selbst die Fäden ziehen konnte. Dieser verdammte Timura und seine verdammten Priester fielen ihm nun in den Rücken.

Und nicht zum erstenmal schwor Kalasariz bei sich, daß er diesen Timura eines Tages loswerden würde.

»Die größten Probleme scheint es in Caspan zu geben, Majestät«, führte Safar aus und zeigte auf die lodernde Flamme am Rand des westlichen Meeres.

»Ja, ja«, stimmte Protarus zu, »deshalb sind wir ja auf das Thema Geld gekommen. Wir müssen Truppen dorthin schicken und die Aufstände niederschlagen. Jedoch hat mir mein Kämmerer mitgeteilt, ich hätte kein Geld, um diese Maßnahmen zu bezahlen. Die Truhen, so scheint es, sind leer.«

Sein Blick suchte erneut die Karte ab, und abermals fiel ihm die große Anzahl von Brandherden auf. Schließlich blieb sein Blick auf Caspan haften, das fast von Feuer umringt war.

»Wir brauchen Geld für Caspan«, sagte er. »Die Frage ist nur, woher wir es nehmen.«

»Steuern«, schlug Luka vor. »Das ist die Antwort. Wir müssen mehr Steuern eintreiben. Wie Ihr schon sagtet, genießen Eure Untertanen ihren Wohlstand nur deshalb, weil Ihr ihn möglich gemacht habt. Sie sollten sich einverstanden zeigen, für diesen Wohlstand einen angemessenen Preis zu bezahlen.«

»Dem kann ich nicht zustimmen, Majestät«, hielt Safar dagegen. »Von allgemeinem Wohlstand kann keine Rede sein. In ein paar Gebieten vielleicht, doch nur dort, wo es keine Dürren und keine Seuchen gegeben hat. Und, wenn ich meinen edlen Freund, König

Luka, daran erinnern darf, haben sich die Bedingungen in den letzten zehn Jahren nicht verbessert, sondern sind schlechter geworden.«

Fari schnaubte. »Jetzt kommt wieder die alte Leier mit Hadin!« murmelte er.

Safar fuhr zu dem alten Dämon herum. »Ich habe Euch Beweise gezeigt«, sagte er. »Wie könnt Ihr die Wahrheit leugnen?«

»Ich leugne gar nichts«, entgegnete Fari. »Sicherlich gibt es diese Probleme. Und möglicherweise werden sie von einem magischen Unheil in Hadin ausgelöst.

Dennoch, besonders in einem Punkt möchte ich Euch aufs heftigste widersprechen: Warum müssen diese Probleme notwendigerweise von langer Dauer sein? Es hat schon immer Schicksalsschläge gegeben. Dürren kommen, Dürren gehen. Seuchen kommen, Seuchen gehen. So will es nun einmal der göttliche Kreislauf der Natur. Damit nur die Besten und Frömmsten überleben und ihre wohlverdiente Belohnung genießen dürfen.«

»Ich will mich nicht mit meinen geschätzten Kollegen streiten, Majestät«, lenkte Safar ein. »Ihr wollt Lösungen hören, keine Debatten.

Und ich habe Euch eine Lösung vorzuschlagen.«

Protarus richtete sich auf. »Tatsächlich?«

»Ich möchte mich der Meinung von König Luka anschließen, Majestät.«

Luka runzelte die Stirn. Worauf wollte der Kerl jetzt hinaus?

»Steuern sind die Antwort, Majestät«, fuhr Safar fort. »Nur sollte man nicht die besteuern, die bereits zahlen. Besteuert die, die noch nichts zahlen.«

Kalasariz kniff die Augen zusammen. So läuft der Hase also, dachte er.

»Besteuert mich, Majestät«, schlug Safar vor. »Ich ziehe nicht nur Nutzen aus Euren Geschenken, ich entrichte zudem auch keine Abgaben.«

Safar zeigte auf Luka, dann auf Fari und schließlich auf Kalasariz und alle anderen im Raum, auf einen Edelmann nach dem anderen.

»Wir haben alle großen Wohlstand erworben, Majestät«, fügte er hinzu, »doch wir haben nichts dafür gezahlt.«

Protarus zeigte sich interessiert. »Wie oft habe ich schon angemerkt, daß meine Großzügigkeit meine größte Tugend und meine größte Schwäche ist. Anscheinend habe ich auf mehr Steuern verzichtet, als gut für mich war.«

»Genau das ist der Fall, Majestät«, stimmte Safar zu. »Und ich bin sicher, daß meine Kollegen mit großer Freude die schwere Bürde, die Euch diese Notzeiten auferlegen, teilen möchten.«

»Ach, eine Notsteuer«, meinte Protarus. »Wenn wir es so nennen, würden sich vielleicht einige der finsteren Gesichter unter den Herren ein wenig aufhellen.« Er lächelte Luka und Fari an. Beide lächelten gezwungen zurück. Protarus wandte sich wieder Safar zu. »Eine zeitlich begrenzte Steuer, die nur solange erhoben wird, wie die Notzeiten andauern. Das könnte, politisch betrachtet, besser aufgenommen werden.«

»Ich fürchte das Opfer keineswegs«, beteuerte Luka. »Doch möchte ich zu bedenken geben, daß dieses Geld bei weitem nicht ausreichen würde. Vielleicht würde es für Caspan genügen.« Er zeigte auf die Ansammlung von Unruheherden auf dem Basrelief. »Aber was wird aus dem Rest?«

»König Luka hat durchaus recht, Euer Majestät«, mischte sich Kalasariz ein. »Obwohl ich durchaus auch meinen Opferwillen und die Bereitschaft, Eure Last zu teilen, bekunden möchte.

Doch muß man sich zunächst fragen, woher dieser Notfall rührt.«

Er zeigte auf das Basrelief. »Es ist die negative Einstellung, die die Wurzel unseres Problems bildet, Euer Majestät!«

Protarus hob interessiert den Kopf.

»Wir versetzen Eure Untertanen, Euer Majestät«, fuhr Kalasariz fort, »mit all diesen schlechten Nachrichten in Angst und Schrecken. So werden Gerüchte genährt, daß die Dinge schlimmer werden. Und auf diese Weise werden dann aus schwachen Männern Rebellen. Unbescholtene ehrliche Untertanen beginnen, unsere Steuereintreiber zu belügen. Und halten riesige Summen Geldes zurück, welches rechtmäßig Euch gehört.

Riesige Summen, Euer Majestät, wahrlich gewaltige Summen.«

»Das ist Diebstahl!« rief Protarus, plötzlich wütend, als er sich hinterhältige Bürger vorstellte, die in ihren Kellern riesige Truhen voller Gold versteckten.

»Genau, Euer Majestät«, bestärkte ihn Kalasariz. »Diebstahl. Kein freundlicheres Wort wäre hier angemessen. Und dem sollten wir ein Ende setzen.«

»Wie wollt Ihr das erreichen?« verlangte Protarus zu wissen.

Kalasariz blickte sich in der Versammlung um, dann sah er wieder den König an.

»Ich glaube, das würde ich lieber unter vier Augen mit Euch besprechen«, sagte er.

*

»Ich werde es nicht tun, Iraj«, weigerte sich Safar. »Vielleicht ist es Kalasariz' Art, so große Lügen von sich zu geben, jedoch nicht meine.«

»Woher willst du wissen, daß es eine Lüge ist?« fragte Protarus.

Die beiden Männer waren allein in den Gemächern des Königs. Vor weniger als einer Stunde hatte Kalasariz mit großer Unterstützung von Luka und Fari seinen Plan umrissen. Safar hatte sich so hitzig dagegen gewandt, daß Iraj die drei schließlich fortgeschickt hatte, damit er sich mit seinem alten Freund allein unterhalten konnte.

»Kalasariz liegt richtig, was die Auswirkungen dieser schlechten Neuigkeiten auf die Stabilität des Königreichs betrifft«, fuhr Iraj fort.

»Lügen machen die Dinge auch nicht besser«, entgegnete Safar.

»Nochmals«, meinte Iraj, »ich verstehe nicht, weshalb irgend jemand lügen sollte. Kalasariz hat lediglich vorgeschlagen, wir sollten einen nationalen Feiertag einführen. Einen Feiertag, der das Positive besser zur Geltung bringt als das Negative.«

»Und was ist mit dem Orakel?« fragte Safar. »Ich als dein Großwesir muß schließlich die Aufsicht beim Orakel übernehmen.«

»Was ist falsch daran, die Götter zu fragen, wann diese Not endlich ein Ende hat?« fragte Iraj.

»So einiges«, erwiderte Safar. »Denn hat Kalasariz nicht schon vorgegeben, welche Antwort ich ganz Esmir verkünden soll?«

Er hob einen Finger in die Luft. »Ein Jahr!« Er schüttelte empört den Kopf. »Ein Jahr ... und alles wird wieder in Ordnung sein.«

»Das ist ein guter Zeitraum«, meinte Iraj. »Wenn die Leute nur glauben, in einem Jahr würde alles besser werden, dann würden sie sich auch mit den Steuergeldern nicht so geizig zeigen. Zum Teufel, ich könnte die Steuern sogar erhöhen. Als Notmaßnahme, wie du selbst vorgeschlagen hast.«

»Aber nur für die Armen«, erwiderte Safar darauf, »nicht für die Reichen.«

Protarus seufzte. »Das war eine gute Idee, Safar. Doch sie würde nicht genug Geld einbringen.

Unglücklicherweise handelt es sich dabei um etwas, was ich nie tun könnte.«

»Weshalb nicht?«

Noch ein Seufzen. »Da gibt es diese Adligen, mit denen ich zu Abend esse, Safar. Wenn ich einlade, sind sie meine Gäste. Wenn ich jage, jage ich mit ihnen. Sie sind schließlich meine Freunde. Ich möchte nicht mit jemandem an der Tafel sitzen, der wütend auf mich ist, weil ich ihm eine fette Steuer aufgebürdet habe.«

Safar antwortete nicht.

Protarus sah ihn an, dann nickte er. »Ich nehme an, du denkst, wenn es Dinge gibt, die ich nicht tue, muß ich auch verstehen, daß du ähnliche Vorbehalte hast.«

»So ungefähr«, stimmte Safar zu.

Eigentlich hatte er jedoch gerade gedacht, wie sehr sich Protarus mit dieser Aussage entlarvt hatte. Er würde lieber den Hungernden den letzten Bissen wegnehmen, als seinen reichen Freunden Grund zur Wut auf ihn zu geben.

»Und wenn wir dieses große öffentliche Orakel abhalten würden«, fragte Iraj, »und du viele schwierige Jahre vor uns liegen sehen würdest – und nicht nur ein einziges –, dann würdest du dich an deine Ehre gebunden fühlen und das verkünden. Habe ich dich recht verstanden?«

Safar versuchte, die Stimmung mit einem Lächeln zu erhellen. »Es wäre nicht nur eine Sache der Ehre, Iraj«, sagte er. »Denn ich muß auch an meinen Ruf als Zauberer denken. Wenn ein Jahr vergeht und die Not nicht zu Ende ist, würde mir niemand mehr vertrauen.«

Protarus betrachtete ihn einen Moment lang. Dann begann auch er zu lächeln, doch in seinen Augen schlug sich dieses Lächeln nicht nieder.

»Ich verstehe. Es ist ein zu großes Opfer für dich«, sagte er.

Mit dieser wenig zufriedenstellenden Bemerkung endete das Gespräch.

Ehe Safar ging, rief ihn der König noch einmal zurück: »Oh, das hätte ich fast vergessen.«

Safar stand an der Tür. »Was?«

»Der Hauptmann meiner Wachen hat gesagt, für Leiria wäre es an der Zeit, sich mal wieder ein bißchen drillen zu lassen.«

»Ich werde es ihr mitteilen«, sagte Safar.

Sobald sich die Tür hinter ihm geschlossen hatte, kam Kalasariz aus einem Nebenzimmer. Ihm folgten Luka und Fari auf dem Fuße.

»Majestät, ich bin froh, daß Ihr uns das habt mitanhören lassen«, bemerkte Kalasariz. »Das war eine sehr aufschlußreiche Unterhaltung.

Und ich muß sagen, Ihr habt ihn sehr vorsichtig angefaßt, Majestät. Sehr vorsichtig.«

Es war Abend, als Safars Kutsche sich der großen Villa näherte. Es regnete in Strömen, und der Dämonenmond hielt sich hinter Wolken verborgen.

»Wer ist diese Lady Fatinah, Safar?« fragte Leiria.

»Ich weiß es nicht genau«, antwortete er. »Jedenfalls ist es eine hartnäckige Frau.«

»Da muß doch etwas dahinterstecken«, meinte Leiria, »wenn sie den Großwesir selbst zu ihrem Willkommensbankett einlädt.«

Safar spähte durch die Vorhänge, doch die Nacht war schwarz, und er konnte nur sein eigenes Spiegelbild im Glas sehen.

»Es ist die Schuld meines Sekretärs«, erklärte Safar. »Der Mann kann einfach einer ordentlichen Bestechung nicht widerstehen. Ich würde ihn ja rauswerfen, doch weil er nebenbei soviel Geld daran verdient, arbeitet er sehr tüchtig. Und deshalb habe ich den bestgeführten Terminkalender aller hohen Beamten in Esmir.«

»Du hättest dich doch weigern können«, widersprach Leiria. Sie lächelte ihn neckend an. »Aber vermutlich bist du so neugierig auf sie, genauso wie jeder andere Mann in der Stadt. Es heißt, sie sei eine sehr schöne Frau.«

»Ich weiß nie genau, ob ein Termin durch Bestechung zustande kam oder tatsächlich wichtig ist«, erklärte Safar. »Da fällt es mir leichter, einfach alle wahrzunehmen. Man bleibt eine Stunde und zeigt sich, dann verschwindet man wieder.«

»Und eine schöne Frau ist dabei natürlich kein Hinderungsgrund«, warf Leiria ein.

Safar lachte. »Und eine hartnäckige Frau. Vergiß das nicht.«

Leiria fiel in sein Lachen ein, und wie sie so neben ihm saß, in ihrer besten Ausgehuniform, war sie ebenso schön wie exotisch.

Doch war es Safar nicht entgangen, wie neugierig sie heute abend war.

Wo sie doch heute morgen erst wieder mit dem Drill begonnen hatte.

Höchst interessant.

Nerisa sah ihn kommen.

Wegen des Regens waren die Gäste etwas später eingetroffen, doch nach einer Weile hatte sie schon alle Hoffnung aufgegeben, daß Safar noch kommen würde. Es war ein schwieriger Abend gewesen, und sie hatte ihr Bestes gegeben, sich als charmante und geistreiche Gastgeberin vor einer Gruppe Fremder zu präsentieren, während sie sich gleichzeitig auf seine Ankunft vorbereitete.

Er sollte bloß nicht denken, sie wäre hier, weil sie etwas von ihm wollte. Lady Fatinah war durchaus in der Lage, für sich selbst zu sorgen und brauchte keinen Mann – selbst nicht den Großwesir –, der sich um sie kümmern mußte. Nein, sie hatte eine Pflicht zu erfüllen. Eine Pflicht, die sie schon viel zu lange aufgeschoben hatte.

Was ihre mädchenhafte Verliebtheit in Safar betraf, nun, das lag Jahre zurück, und war eben, ja, mädchenhaft gewesen. Safar hatte sich damals als nett genug erwiesen, sie deswegen nicht zu demütigen.

Sie hatte beschlossen, sich bei der bevorstehenden Begegnung so ruhig und kühl zu benehmen, wie es jedermann von der Lady Fatinah erwartete.

Dann sah sie ihn an der Tür. In einem Moment war der Eingang noch leer, im nächsten führte ein livrierter Lakai ihn schon herein.

Jemand wies ihm den Weg zu ihr, und er hob den Kopf und lächelte sie an, als sich ihre Blicke trafen.

Die Welt um Nerisa verging.

Seine Augen waren genauso blau, wie sie sie in Erinnerung hatte.

*

Safar war verblüfft, als er die Frau näher kommen sah. Lady Fatinah war tatsächlich so schön, wie die Leute es ihr nachsagten. Vielleicht sogar noch schöner, wie sie da in diesem hinreißenden schwarzen Kleid vor ihm stand, dessen tiefer Ausschnitt viel von ihrem wohlgeformten Busen enthüllte. Ihr Kleid war eng geschnitten und betonte ihre schlanke, hochgewachsene Figur.

Doch ihr Gesicht erschien ihm wie eine kalte Maske, als sie mit ausgestreckter Hand auf ihn zutrat, um ihn zu begrüßen. Diese Kälte stieß Safar ebenso ab wie ihr dünnes Lächeln. Diese Frau war mit Sicherheit stets auf ihren Vorteil bedacht, schoß es ihm durch den Kopf. Sein Sekretär hatte also Bestechungsgelder angenommen.

Dann berührten sich ihre Hände, und Safar spürte, wie sie zitterte. Er blickte in ihre Augen – sah die goldenen, tanzenden Sprenkel. Ihre Lippen verzogen sich zu einem schiefen Lächeln, das ihm nicht unvertraut war.

»Das ist Nerisa, Meister!« zischte Gundara aus Safars Brusttasche. »Nerisa!«

Doch Safar hatte es bereits selbst erkannt. Es traf ihn wie ein Schock, die kleine Nerisa von den Toten auferstanden, als wunderschöne Lady Fatinah leibhaftig vor sich zu sehen.

Nerisa drückte seine Hand fest und herzlich.

Sie flüsterte: »Verrat mich nicht.« Dann sagte sie, laut genug, daß alle es verstehen konnten: »Wie freundlich von Euch, Lord Timura, mein bescheidenes Heim mit Eurem Besuch zu beehren.«

Safar murmelte eine entsprechend höfliche Erwiderung.

»Leider haben wir schon ohne Euch begonnen, mein Lord«, entschuldigte sich Nerisa und deutete auf die Tische mit Speisen. »Warum verzichten wir nicht auf die Förmlichkeiten und gesellen uns zu den anderen, ehe Ihr mir hier verhungert.

Vielleicht, wenn Ihr so großzügig seid, können wir uns später bei einer kleinen Unterhaltung ein wenig kennenlernen.«

Safar brachte immerhin eine linkische Verbeugung zustande. Benommen ließ er sich von einem Diener hinüber zur gedeckten Tafel führen.

Erst als er saß, fiel ihm ein, daß er Leiria ohne weitere Befehle im Eingang hatte stehen lassen. Er drehte den Kopf und sah, wie sie in seine Richtung blickte, das Gesicht hart wie Stein. Er ließ ihr von einem Diener überbringen, sie solle sich zu den anderen Leibwachen im Anrichteraum gesellen. Aber als sie die Mitteilung erhielt, schüttelte Leiria nur heftig den Kopf, zischte dem Diener etwas zu und trat dann in den Sturm hinaus.

Die Erwiderung, die der Diener Safar schließlich brachte, überraschte ihn nicht: »Bitte übermittle Seiner Lordschaft meinen Dank, doch ich werde in seiner Kutsche warten.«

Das war kein gutes Zeichen.

Dann hörte er Nerisa lachen – ein natürliches, rauhes Lachen –, und schon hatte er Leiria vergessen.

*

Wegen des Regens waren die Gäste spät eingetroffen, brachen allerdings aus dem gleichen Grund auch früher auf. Sie strömten hinaus, bedankten sich bei Lady Fatinah für den schönen Abend und baten sie um Verständnis dafür, daß sie bei dem Sturm so eilig nach Hause strebten.

Nerisa verabschiedete sich höflich von allen, doch die ganze Zeit über waren ihre Gedanken bei Safar, der abseits in einer Ecke nahe der Veranda wartete. Die Jahre, die vergangen waren, schmolzen plötzlich zu wenigen Tagen oder Wochen zusammen. Alte Gefühle erwachten und nagten an dem Vorsatz, den die reife Frau gefaßt hatte.

Sie schalt sich eine Närrin und hielt es nur für die Aufregung des Wiedersehens, die solcherlei dumme Emotionen in ihr aufwallen ließ. Und selbst wenn sie noch immer zärtliche Gefühle für ihn hegte, Safar hatte sie nie erwidert. Er war nur freundlich zu einem Waisenkind gewesen. Und Freundlichkeit war keine Liebe.

Abermals beschloß sie, sich nichts anmerken zu lassen, und als sich der letzte Gast verabschiedet hatte, ging sie so beiläufig zu ihm hinüber, wie es jede große Dame getan hätte, die einen alten Freund begrüßt.

Doch als sie dann vor ihm stand, sprang er auf und sagte: »Bei den Göttern, Nerisa, ich habe geglaubt, du seist tot.«

Und er zerdrückte sie fast in seinen Armen.

Draußen hockte Leiria in der Kutsche und spähte durch die Vorhänge. Selbst durch den strömenden Regen konnte sie Safars vertraute Gestalt erkennen, die vor den breiten Glastüren zur Veranda hin und her schritt.

Dann näherte sich eine zweite Gestalt – eine schlanke Frau.

Ein Blitz zuckte vom Himmel und blendete Leiria für einen Augenblick.

Als sie wieder etwas erkennen konnte, sah sie, wie sich Safar und die Frau im Arm hielten.

*

Die letzten Spuren von Methydias Zauber des Vergessens verflüchtigten sich endgültig, als Nerisa auf ihn zuflog.

Tausendundein Gedanken, tausendundein Gefühle stürzten auf ihn ein, während dahinter noch einmal tausendundein Gedanken und Gefühle drängten und um Gehör baten.

Alles, was er sagen konnte, war: »Nerisa, meine kleine Nerisa.«

Er küßte ihr Haar, ihre Wangen, die Tränen, die aus ihren Augen quollen, er drückte sie an sich, als könnte sie nur eine feste Umarmung daran hindern, sich in einen Geist zu verwandeln und davonzuwehen.

Dann trafen sich ihre Lippen, und die Umarmung bekam einen neuen Sinn. Es geschah so plötzlich, daß keine Zeit für Fragen blieb, keine Zeit, überrascht zu sein.

*

Nerisa schmiegte sich an ihn, weinte und murmelte seinen Namen. Sie befand sich in einem Traum, einem alten süßen Traum, und ihr Safar hielt sie fest, küßte sie und flüsterte Zärtlichkeiten. Die Leidenschaft erfüllte beide über alle Maßen.

Sie öffnete die Augen und sah das schockierte Gesicht ihres Majordomus als Spiegelbild im Glas der Verandatür. Doch es war ihr gleich, sie winkte ihn nur mit knapper Geste fort, während Safar ihr Herz im Sturm eroberte.

Und sie sagte: »Ja, ja, bitte, ja«, und irgendwie lenkte sie ihn in ihre Gemächer.

Bis sie in ihrem großen weichen Bett gelandet waren und sich gegenseitig die Kleider vom Leibe rissen.

*

»Nachdem ich aus Walaria geflohen war«, berichtete Nerisa lange Zeit später, »wurde ich Karawanenjunge.«

Sie lächelte bei der Erinnerung daran und schmiegte sich fester in Safars Arme. »Ich hatte schon immer einen guten Jungen abgegeben.«

Safar streichelte sie. »Heute würde dir das nicht mehr so leicht fallen.«

Nerisa kicherte. »Tatsächlich wurde das ziemlich bald zu einem Problem. Ich erblühte plötzlich, wie die alten Mütterchen es so nett nennen. Eines Tages bekam ich meine Hosen nicht mehr über die Hüften. Als nächstes platzte die Naht meines Jungenhemds. Ich umwickelte die Brust und trug nur noch weite Kleidung.«

»Hat nie jemand Verdacht geschöpft?« wollte Safar wissen.

Sie schüttelte den Kopf. »Nie. Oh, manchmal haben mich die Leute seltsam angeguckt. Doch das war's auch schon. Seltsame Blicke, mehr nicht.«

Safar meinte: »Dann hast du ja einen recht großen Sprung gemacht, vom Karawanenjungen zur reichen Lady Fatinah.«

»Ich nehme es doch an«, antwortete Nerisa. »Obwohl es mir zu der Zeit keineswegs so vorkam. Ich hatte etwas Geld. Das Gold, das du mir geschenkt hattest. Ich investierte ein bißchen davon ins Karawanengeschäft, machte gute Gewinne und investierte mehr.«

Nerisa lachte. »Ich fand heraus, daß ich Talent zum Handeln besitze. Die Jahre als Diebin kamen mir dabei zugute.

Nach einer Weile hatte ich genug verdient, um bei einem sehr wohlhabenden Karawanenmeister kleiner Partner zu werden.«

»Nicht zufällig Lord Fatinah?« fragte Safar.

Nerisa verzog das Gesicht. »Es stimmt, er hieß Fatinah. Doch er war kein Lord. Nur ein Händler, mehr nicht. Alt, fett und freundlich. Zumindest dachte ich, er wäre freundlich. Er hat mich wie seinen Sohn behandelt.«

Sie lachte erneut. »Wie sich herausstellte, hatte er eine Schwäche für hübsche Jungen.«

Safar hob den Kopf. »Du meinst, er ...«

»Er ... ach was«, sagte Nerisa. »Fatinah war ein ehrenhafter alter Mann. Er hielt es für unziemlich, eine solche Situation auszunutzen. Ich habe nie bemerkt, was er wirklich für mich empfunden hat ... oder für den Jungen, für den er mich hielt ... jedenfalls nicht bis kurz vor seinem Tod. Da hat er mir alles gestanden. Schwor mir seine Liebe. Und reichte mir ein Testament, demzufolge ich alles erben sollte.

Das war der Moment, in dem ich zur Frau wurde ... und zu seiner Witwe. Das Testament wäre sonst wertlos gewesen. Niemand hätte verstanden und noch weniger geglaubt, daß er einem Jungen ein solches Vermögen vermacht hatte. Also erfand ich unsere Heirat. Ich mußte gewissen Leuten gewisse Sümmchen zahlen, bis ich im Besitz der notwendigen Dokumente war. Daß der alte Mann Narr genug gewesen sei, um sein Geld an eine habgierige junge Frau zu verschenken, stellte nie jemand in Frage.

Trotzdem, plötzlich kam das Gerücht auf, ich hätte ihn umgebracht. Und vor allem, nachdem ich nachträglich eine adlige Herkunft für ihn gekauft hatte.«

»Und den Titel hat nie jemand in Frage gestellt?« erkundigte sich Safar.

Nerisa drückte sich mit einem Ellbogen hoch, und das typische schiefe Grinsen spielte über ihr Gesicht. Es war dieses Lächeln, das Safars Herz vor Liebe übergehen ließ, mehr noch als vor Zärtlichkeit.

»Wenn du dich als Fürst ausgibst«, antwortete sie, »und deine Sache gut machst, wird nie jemand deinen Stand in Frage stellen. Vor allem nicht, wenn du Geld hast.

Außerdem geht es in diesen Zeiten in ganz Esmir überall drunter und drüber. Dieses Chaos nutzte ich aus und zog mit meinen Karawanen an Orte, zu denen sich sonst niemand vorwagte. Ich habe viel Geld mit der Not anderer Menschen verdient. Doch habe ich ihnen stets geliefert, was sie dringend brauchten. Kaufte, was für sie nicht länger von Nutzen war. Und tröstete mich damit, daß ich selbst ein Kind des Elends war.

Damals glaubte ich, das Recht dazu zu haben.«

»Ich denke, das hattest du auch«, stimmte ihr Safar zu. »Früher habe ich dir einmal das Gegenteil erzählt.« Sie lächelte bei diesen Worten. »Aber in dieser Welt gibt es so viel größere Diebe – die dir Träume stehlen und dich brechen. Diebe, die alles töten, was dir lieb und teuer ist, dich dabei zusehen lassen und dich schließlich ebenfalls umbringen.

Und dir dann das Herz aus dem Leib stehlen und daraus einem Zauberer ein Mahl bereiten.«

Nerisa umarmte ihn – mit Armen und Beinen. Sie schmiegte sich, so zart sie konnte, an ihn, um ihn zu trösten und wie ein Schild vor den Teufeln, die ihn quälten, zu beschützen.

Sie war Nerisa, die Diebin von Walaria, und sie würde es niemals zulassen, daß dem Mann, den sie liebte, ein Leid geschah.

*

Später führte sie ihn ins Kinderzimmer und zeigte ihm Palimak. Das Kind war wach, und in seinen braunen Augen spiegelte sich das Licht der Kerze, die Nerisa mitgebracht hatte.

Nerisa hob das Kind hoch und hüllte es in seine Lieblingsdecke. Es war ein pummeliger kleiner Junge mit dunklem Haar, olivfarbener Haut und perlweißen Milchzähnen.

»Das ist Safar«, sagt sie zu dem Kind. »Der, über den ich dir schon soviel erzählt habe.«

Sie lächelte Safar nervös an. »Das ist Palimak«, stellte sie ihn vor. »Mein Sohn.«

Palimak wandte sein pausbäckiges Gesicht Safar zu. Er strampelte vor Freude mit den Füßen und lächelte.

Seine Augen strahlten, und mit einem Schock bemerkte Safar, wie sich das Haselnußbraun in ein glühendes Gelb verwandelte.

Dämonengelb!

Nerisa wurde das Herz schwer, als sie den Blick ihres Geliebten sah.

Safar brachte ein schwaches Lächeln zustande und hielt dem Kleinen die Hand hin. Palimak umfaßte seinen Zeigefinger und drückte ihn.

»Er ist stark!« zerrte Safar ein Kompliment aus der Tiefe seiner Verwirrung.

Nerisa wandte ihr Gesicht Palimak zu und verbarg ihre Gefühle. »Natürlich ist er stark«, erwiderte sie. »Bist du nicht stark, mein Palimak? Der stärkste kleine Junge der Welt!«

Das Kind gluckste vergnügt. Dann sabberte er und besudelte sich und Nerisas Morgenrock.

»Oh, du böser Junge!« schimpfte Nerisa. »Ich will mit dir angeben, und du spielst das kleine Ferkelchen.«

Sie brach in Tränen aus.

Safar setzte sich neben sie und legte die Arme um beide.

»Warum weinst du?« fragte er. »Kinder machen nun mal kleine Bescherungen. So sind sie eben! Wenn sie dich nicht gerade mit Liebe für sie erfüllen.

Du mußt nur einmal meine Schwestern fragen, was für ein kleines Ferkelchen ich war. Wirklich. Sie wissen die schauderhaftesten Geschichten darüber zu erzählen, was für ein Schmuddelchen ich als Junge war.«

Anstatt sie zu beruhigen, brachten die Worte Nerisa nur noch mehr auf. »Deshalb weine ich doch nicht!« gab sie zurück. »Und das weißt du ganz genau!«

Sie griff in ihren Morgenrock, zog einen Gegenstand hervor und warf ihn auf das Bett.

»Hier!« sagte sie. »Hier hast du dein verdammtes altes Messer.«

Safar starrte den Gegenstand an. Es war der silberne Dolch, den er vor langer Zeit von Coralean geschenkt bekommen hatte.

Nerisa wischte sich die Tränen aus dem Gesicht und fand ihre Beherrschung wieder. »Deswegen bin ich hierhergekommen. Um dir den Dolch zurückzubringen. Er gehört dir. Es war falsch von mir, ihn zu behalten. Und ich war eine Närrin, eine dumme, schwache Närrin, ihn dir persönlich übergeben zu wollen, anstatt ihn dir mit einem Boten zu schicken.«

Palimak begann zu greinen, was Nerisa noch wütender machte. »Jetzt sieh dir an, was du angerichtet hast!«

Safar war verwirrt. »Was habe ich falsch gemacht?«

»Ich habe deinen Blick gesehen«, sagte Nerisa. »Du glaubst, er sei ein Ungeheuer! Ein halb dämonisches, halb menschliches Ungeheuer.

Du verdammter Mistkerl. Ich habe meinen Spaß gehabt. Kennst du überhaupt meinen Mädchentraum? Safar Timura, mein großes Vorbild. Der Mann, der in seiner Liebenswürdigkeit für alles und jeden Verständnis hat.« Sie lachte verbittert. »Ich hätte es besser wissen sollen. Und ich habe meine Lektion gelernt.

Palimak und ich werden abreisen. Und zum Teufel mit dir. Und zum Teufel mit dir, weil ich mich auch noch vor dir lächerlich gemacht habe!«

Jetzt keimte auch in Safar Wut auf. »Du bist einfach ungerecht«, fuhr er auf. »Du hättest mich zumindest warnen können. Wenigstens hättest du –«

Eine Stimme mischte sich ein: »Halt den Mund, halt den Mund, halt den Muuund!«

Safar klopfte auf seine Hemdtasche. »Hör auf«, schimpfte er. »Ich bin nicht in der Stimmung, mir deinen Streit mit Gundaree anzuhören.«

Der kleine Gehilfe sprang aus der Tasche aufs Bett und stemmte die Hände in die schmalen Hüften.

»Ich habe auch gar nicht Gundaree gemeint«, sagte er.

Sein Blick suchte Safar, dann Nerisa, dann Palimak. Und kehrte wieder zu Safar zurück.

»Ich habe dich gemeint, Meister«, fuhr er fort. »Und dich auch,

Nerisa.« Er seufzte. »Du warst die erste nach tausend Jahren, die mir Süßigkeiten geschenkt hat«, wandte er sich an Nerisa. Und wieder an Safar: »Und du bist mir immer ein anständiger Meister gewesen. Denn sonst hätte ich überhaupt nichts gesagt.

Warum sollte es mich kümmern, wenn ihr dummen Menschen eure närrischen Fehler macht? Aber irgendwie kümmert es mich doch. Und darum habe ich gesagt: Halt den Mund!«

»Welche Fehler?« fragte Nerisa.

»Er hat gedacht, du hättest einen Ehemann«, erklärte er Nerisa. »Und zwar einen Dämon.

Sie hat gedacht, du wolltest kein kleines Ungeheuer in den Arm nehmen und vor allem keine Frau, die bei einem Dämon geschlafen hat.«

»Ich habe keinen Ehemann«, empörte sich Nerisa. »Keinen Dämon und sonst auch keinen. Palimak ist ein Findelkind. Eine Waise. So wie ich.«

»Und mir ist es vollkommen egal, mit wem du das Bett geteilt hast und mit wem nicht«, äußerte sich Safar. «Das geht mich nichts an. Und wenn du glaubst, ich würde Palimak für ein Ungeheuer halten, nur weil er zur Hälfte ein Dämon ist, dann bist du weit von der Wahrheit entfernt.

Er ist ein Kind. Und ich mag Kinder. Frag meine Mutter. Oder meinen Vater.«

»Na, seht ihr?« meinte Gundara. »War doch ganz einfach.«

Er hüpfte auf dem Bett auf und ab und wurde größer. Dann gab er Palimak einen kleinen Stups unters Kinn. Das Kind lallte vergnügt.

»Warum laßt ihr beide uns nicht ein bißchen allein?« schlug Gundara vor. »Geht zurück ins Schlafzimmer und feiert Versöhnung und tut, was sonst noch dazu gehört.«

Dem Gemurmel zwischen den beiden Liebenden schenkte der kleine Gehilfe keine weitere Beachtung. Er bemerkte auch nicht, wie die beiden sich aus dem Zimmer schlichen. Seine Aufmerksamkeit galt ganz dem Kind mit den glühenden gelben Augen.

»Was für ein hübscher kleiner Junge du bist«, sagte er. »Hast genau die gleichen Augen wie ich. Kannst du denn schon sprechen?«

Palimak plapperte und strampelte mit Ärmchen und Beinchen.

»Offenbar nicht«, beantwortete sich Gundara die Frage selbst.

Er machte sich kleiner und sprang dem Kind auf die Brust. Dabei verzog er sein Krötengesicht zu lustigen Grimassen, und Palimak lachte, wobei seine Augen noch heller glühten.

»Kannst du schon ›Halt den Mund!‹ sagen?« fragte Gundara. »Na los, versuch's. Sag ›Halt den Mund. Halt den Mund. Halt den Muuund!‹«

Und Palimaks erste Worte waren: »Halt den Mund!«

»Du bist mir ein braver Junge«, lobte Gundara. »Da wird sich deine Mutter morgen aber freuen.«

»Halt den Mund, halt den Mund!«, rief der Kleine. »Halt den Mund, halt den Muuund!«

*

»Wenn ich es recht verstanden habe«, sagte Kalasariz, »hält sich Lord Timura schon seit Wochen bei dieser Lady Fatinah auf.«

»So ist es, mein Lord«, bestätigte Leiria. Sie wandte sich Protarus zu. »Lord Kalasariz' Wissen darüber rührt von meinen täglichen Berichten her, Euer Majestät. Die Berichte, die Ihr mir befohlen habt, Sire.«

Protarus lächelte. »Ich möchte es von dir persönlich hören, Leiria.«

»Also habt Ihr schon davon gehört, Euer Majestät«, sagte sie. »Außer für die Stunden der Arbeit haben Lord Timura und Lady Fatinah seit der Nacht, in der sie sich kennengelernt haben, keine Minute voneinander getrennt verbracht.«

»Bekümmert Euch das nicht, Leiria?« fragte Kalasariz. »Ich hatte den Eindruck, Ihr und Lord Timura wäret seit einigen Jahren ein Liebespaar.«

Leiria zuckte mit den Schultern. »Es war meine Pflicht«, erwiderte sie. »König Protarus kann das bestätigen.«

Protarus lachte leise vor sich hin. »Eine unliebsame Pflicht«, erläuterte er Kalasariz. »Mein Freund Safar mag der Großwesir von Esmir sein, aber er ist nicht der Großwesir der Betten.« Er blickte Leiria an. »Stimmt das nicht, meine Teure?«

»Ich habe wenig Erfahrung mit Männern, Majestät«, erwiderte sie. »Aber Ihr seid ein solcher Löwe, Sire, und Ihr habt mich für jeden anderen verdorben.«

Protarus brüllte vor Lachen. »Seht Ihr, Kalasariz?« Er wischte sich die Augen. »Wenn ich eine Frau zu mir ins Bett hole, dann will sie dort bleiben, verdammt! Ihr solltet das Jammern in meinem Harem hören, wenn ich des Abends auswähle, wer in den Genuß der königlichen Umarmung kommt und wer sich noch bis zur nächste Nacht gedulden muß.«

Kalasariz grinste. »Ganz Esmir weiß von Eurer Manneskraft, Euer Majestät.«

Er betrachtete Leiria. In dem Moment, als er zum erstenmal ihren anbetungsvollen Blick auf Safar hatte ruhen sehen, hatte er gewußt, daß ihm dies eines Tages von Nutzen sein würde. Zu seinem größten Glück hatte Safar Leiria betrogen und ihr damit einen Grund zur Rache gegeben. Ansonsten hätte er, königlicher Befehl hin und königlicher Befehl her, ihren Berichten über Safars Aktivitäten kein Vertrauen geschenkt.

»Leiria, ich denke, wir benötigen Eure Anwesenheit jetzt nicht mehr«, sagte er und schickte sie fort. »Ihr könnt mir morgen zur gleichen Zeit wieder Bericht erstatten.«

Leiria legte die Hand auf den Schwertknauf und verbeugte sich soldatisch.

»Sehr wohl, mein Herr«, grüßte sie und ging hinaus.

Der König starrte ihr nachdenklich hinterher. Schließlich meinte er: »Diese Fatinah muß eine erstaunliche Person sein, wenn sie Safar so sehr in ihren Bann geschlagen hat.«

»Sie ist von ausgesprochener Schönheit, Majestät«, erwiderte Kalasariz. »Ich würde sie auch nicht von mir weisen.«

»Ich bezweifle, ob Ihr je die Gelegenheit dazu bekommt«, entgegnete Protarus. »Lord Timura hat mich um die Erlaubnis gebeten, sie zu heiraten.«

Kalasariz zog die Augenbrauen hoch. »Werdet Ihr sie ihm erteilen, Majestät?«

»Ich wüßte keinen Grund, weshalb ich sie ihm verweigern sollte«, antwortete Protarus. »Es ist eine Formsache. Alle meine Höflinge sind dem Gesetze nach dazu verpflichtet, meine Erlaubnis einzuholen, die ich bisher in noch keinem einzigen Fall verweigert habe.«

»Aber wir wissen doch nichts über diese Frau, Euer Majestät«, wandte Kalasariz ein. »Diese Tatsache allein sollte uns zur Vorsicht gemahnen. Meine Spione haben in ganz Esmir nach Informationen über sie gesucht. Ohne Erfolg. Offensichtlich ist sie einfach eines Tages aus dem Nichts aufgetaucht. Eine reiche Adlige, von der noch nie jemand gehört hat.«

»Und sie hat ein Kind«, fügte Protarus hinzu.

»Ja, aber wessen Kind ist das, Majestät? Auch das bleibt ihr Geheimnis.«

»Ich kann mir keinen Mann vorstellen, der eine Frau heiraten will, die bereits einem anderen ein Kind geboren hat«, sagte der König. »Mag sie noch so schön sein.«

»Ebenso empfinde auch ich, Majestät«, stimmte Kalasariz zu. »Und wenn ich es recht bedenke, macht mich dies nur noch mißtrauischer.«

»Glaubt Ihr, sie könnte eine Gefahr darstellen?«

»Ich kenne keine andere Frau wie sie in Esmir«, sagte Kalasariz. »Irgendwie hat sie diesen Reichtum erworben. Allen Berichten nach wird sie von Tag zu Tag mit klugen Geschäften reicher und reicher. Sie hat sich bislang keinem Mann unterworfen, zumindest nicht, bis sie in Lord Timuras Leben getreten ist. Und ich vermute, sie wird sich auch ihm nicht unterwerfen.«

»Glaubt Ihr, sie hat Einfluß auf ihn?«

»Davon können wir mit Sicherheit ausgehen, Majestät. Sie ist eine willensstarke Frau, ehrgeizig noch dazu.«

Protarus rutschte hin und her und trommelte mit seinen Ringen auf die Lehne des Throns.

Schließlich meinte er: »Ja, sie hat meinen Großwesir in ihren Bann geschlagen. Und was mag sie als nächstes vorhaben?«

»Ja, Majestät«, fragte Kalasariz, »was mag sie als nächstes vorhaben?«

26
Wo die Raben warten

Der Große Palast von Zanzair war ein Ort verwunschener Gemächer, ein Ort der Schreie in der Nacht und des verschwörerischen Geflüsters, das wie ein trockener Wind durch die dunklen Gänge wehte. Der Geruch von Jahrhunderten der Intrige und des Verrats lag in der Luft. Viel Blut war über die Jahre vergossen worden, und es gab Orte, an denen der Steinboden noch die schwarzgewordenen Flecken des Mordes barg.

In diesem Palast hatten sich viele Könige erhoben, und etliche waren tief gestürzt, doch gab es keine prunkvollen Denkmäler, die auf ihr Verweilen hinwiesen. Meuchelmörder waren die dunklen Boten des Endes einer Regierungszeit. Ein königlicher Kopf am Haupttor wies auf den Beginn einer neuen Herrschaft hin. Und die ersten, die den Namen des neuen Monarchen priesen, waren die Raben, die zum Festmahl angeflattert kamen.

Jetzt saß Iraj Protarus auf dem Thron, und Intrige und Verrat waren geblieben. Safar konnte die Gefahr riechen, als er durch das große Tor trat und die beiden Wachen salutierten. Der schweflige Gestank von dunkler Magie drang Safar in die Nase, und das Steinidol unter seiner Amtsrobe knisterte warnend.

Es lag nichts Ungewöhnliches darin, daß Safar zu König Protarus gerufen wurde, doch während er durch den Palast schritt – Leiria nur wenige Schritte hinter ihm – wandten sich ihm viele Blicke zu. Aus einigen sprach Neugier, manche blitzten vor Haß, und andere – die Überzahl, wie er hoffte – drückten Zuneigung aus.

Während er auf die Tür von Irajs Privatgemächern zuschritt, öffnete sich diese und drei Wesen verneigten sich, ihm den Rücken zugekehrt, vor »Seiner Gnädigsten Majestät« und verließen rückwärts den Raum.

Eine Wache schloß die Tür hinter ihnen, und sie drehten sich um, wobei jeder auf seine Art reagierte, als er Safar dastehen sah.

Der erste, Kalasariz, gab sich fröhlich. »Guten Morgen, Lord Timura. Ich hoffe, der Tag meint es gut mit Euch.«

»Gut genug, danke«, erwiderte Safar und nickte dem Meister der Spione zu.

Der zweite, König Luka, zeigte sich arrogant. »Großwesir«, sagte er, und dieses eine Wort und ein Nicken des Dämonenkopfes war alles, mit dem er Safars Gegenwart zur Kenntnis nahm.

Safar nickte zur Antwort, sagte jedoch nichts.

Der dritte, Lord Fari, offenbarte Nervosität. »Wie schön, Euch zu sehen, Lord Timura«, sagte er. »Wir haben schon lange das Vergnügen Eurer Gesellschaft vermißt. Vielleicht würdet Ihr mein Haus demnächst einmal zum Abendessen beehren?«

Safar neigte leicht den Kopf. »Es wäre mir eine Ehre, mein Lord«, antwortete er.

Fari erbebte, seine Augen blitzten alarmiert. »Schön, schön«, meinte der alte Dämon. »Natürlich seid Ihr stets mit Euren Pflichten als Großwesir ausgefüllt, wie ich vermute, und so wird Euch leider in nächster Zeit vielleicht kein Besuch möglich sein.«

»Für Euch, Fari« – Safar konnte der Versuchung nicht widerstehen –, »habe ich doch immer Zeit.«

Fari klackte bekümmert mit den Krallen. »Ich werde meinen Sekretär mit Eurem sprechen lassen«, sagte er, »damit sie einen Termin vereinbaren.«

»Ich danke Euch, mein Lord«, sagte Safar und verneigte sich abermals leicht, »und erwarte dann Eure freundliche Einladung.«

Eine Wache trat vor und bat Safar, in die Gemächer des Königs einzutreten. In aller Höflichkeit verabschiedete er sich von den dreien und ging hinein – Leiria ließ er auf dem Gang warten.

Iraj saß an seinem Schreibtisch und sah Berichte durch. Zumindest gab er sich den Anschein. Er hatte den Kopf gesenkt, und vor ihm lag ein Dokument, doch seine Augen waren starr auf einen Punkt gerichtet, anstatt über die Worte oder Ziffern hin und her zu fahren. Demnach gab er nur vor, gänzlich in seine königlichen Pflichten vertieft zu sein.

Safar räusperte sich, und Iraj hob den Kopf. Er lächelte. Doch sein Blick wirkte kalt.

»Ach, da bist du ja, Safar«, begrüßte er ihn. »Nimm dir etwas zu trinken. Mach es dir bequem.«

Safar setzte sich und goß sich von dem Branntwein ein, der auf dem Schreibtisch stand.

Iraj gab vor, sich abermals auf den Bericht zu konzentrieren, doch seine juwelenbesetzten Finger verrieten ihn, wie sie auf die Armlehne des Stuhles klopften.

Schließlich nickte der König, schlug den Bericht zu, hob den Kopf und blickte seinen Großwesir an.

»Das ist ein bißchen schwierig für mich, Safar«, begann er. »Aber ich muß von Mann zu Mann mit dir sprechen – und als Freund.«

Safar spürte, wie das Steinidol in seiner Tasche unangenehm warm wurde.

Er lächelte. »Aber immer doch, Iraj.«

»Es handelt sich um dein Ersuchen, die Lady Fatinah zu heiraten.«

»Was ist damit?«

»Hältst du es für eine weise Entscheidung, alter Freund?« fragte Iraj. »Ich weiß, sie ist sehr schön. Und ich kann dir nur zu deinem Geschmack gratulieren. Aber mußt du sie gleich heiraten?«

»Ich liebe sie, Iraj«, erwiderte Safar. »Und in Kyrania folgt auf Liebe fast immer die Heirat.«

Iraj lachte nervös. »Ach, Kyrania«, sagte er. »Du bist doch nicht mehr der einfache Töpfer, sondern Großwesir – der zweitwichtigste Mann nach mir. Und du kannst jede Frau haben, die du willst.

Als Geliebte oder als Gemahlin, wonach auch immer dir der Sinn steht.«

»Ich weiß, Iraj«, erwiderte Safar. »Und ich habe Lady Fatinah für beides erwählt.«

»Aber vielleicht ist sie nicht die Passende für dich«, wandte Iraj ein, »trotz ihrer Schönheit.«

»Mir ist sie mehr wert, als ein einfacher Töpfer, wie du es nennst, es überhaupt verdienen könnte. Ich meine, sie liebt mich ebenfalls. Was sonst sollte man von einer Frau verlangen können?«

»Ich sage dir, was ich denke.« Iraj beugte sich über den Schreibtisch vor. »Das ist nur eine romantische Schwärmerei. Du hast eine gewisse Schwäche für solche Dinge. Denk nur an Astarias. Damals hast du geglaubt, die Sonne würde mit ihr auf- und untergehen. Du hast deine Liebe zu ihr in die Berge hinausgeschrien. Und hast sie gebeten, deine Braut zu werden.

Sie hat nur gelacht, wie du dich sicherlich noch erinnern kannst.«

»Lady Fatinah hat keinesfalls gelacht«, entgegnete Safar.

Iraj betrachtete Safar einen Moment lang. »Alles, worum ich dich bitte, ist, noch einmal in Ruhe darüber nachzudenken.«

Der Großwesir wollte etwas darauf erwidern. Doch Iraj hob die Hand und gebot ihm Einhalt.

»Ich weiß, du bist stur, Safar«, sagte er. »Also antworte nicht gleich. Denk einen oder zwei Tage lang nach, und dann unterhalten wir uns noch einmal darüber.

Ich bitte dich als Freund, mir diesen Gefallen zu erweisen.«

Safar verbiß sich die Verneinung, die ihm unwillkürlich auf der Zunge lag. »Sehr wohl, Iraj«, sagte er. »Wenn du mich darum bittest, werde ich es auch tun.«

Er würde seine Meinung nicht ändern, aber die Erfüllung dieser Bitte gab ihm Zeit, herauszufinden, was hier los war und wie er damit umzugehen hatte.

Safar versuchte es mit einem Scherz. »Wenn Tante Iraj gern möchte, daß ich mich zwei Tage abkühle, wird ihr Wunsch erfüllt.«

Protarus reagierte mit keinem Wort darauf. Seine Augen waren glasig, als wäre er mit den Gedanken woanders.

Schließlich funkelten sie wieder aufmerksam. »Nun, diese Sache hätten wir hinter uns gebracht«, sagte er und gab sich unbekümmert. »Dann also zur nächsten.«

»Und die wäre?«

»Ich fürchte, diese Angelegenheit ist genauso delikat, mein Freund. Also hör dir erst einmal an, was ich zu sagen habe.«

»Ja, gut.«

»Es geht um das Orakel«, begann Iraj, »mit dem wir die Götter befragen wollen, was die Zukunft bereithält.«

Innerlich stöhnte Safar auf. Nach außen hin ließ er ein schiefes Lächeln über sein Gesicht spielen.

»Deshalb waren meine Kollegen also hier«, sagte er. »Nun, ja, ich habe gedacht, sie hätten sich hier versammelt, um dem König ein Loblied zu singen.«

Iraj runzelte die Stirn. »Niemand hat ein Wort gegen dich gesagt«, antwortete er knapp. »Das würde ich niemals zulassen.«

Safar entging die Lüge nicht. »Natürlich nicht, Iraj. Schließlich sind wir doch Blutsbrüder. Und kein Ehrenmann würde zulassen, daß jemand etwas gegen seinen Blutsbruder sagt.«

Iraj blickte ihn fest an. »Niemals«, stimmte er zu. Sein Wangenmuskel zuckte. Daher fügte er abermals, noch entschlossener, hinzu: »Niemals!«

»Nun, welche neuen Vorschläge haben dir meine Freunde betreffs des Orakels unterbreitet?« fragte Safar.

»Fari schlug einen Kompromiß vor«, sagte Iraj. »Nehmen wir zwei Jahre statt einem. Meine Untertanen werden sich das genauso zu Herzen nehmen. Zwei Jahre sind nicht zu lange, um auf die ›Zeit der Großen Segnungen‹ zu warten.«

»Ach, die Sache hat jetzt einen Namen bekommen, wie?« meinte Safar. »Die ›Zeit der Großen Segnungen‹?«

»Nenn es, wie du willst«, erwiderte Iraj. »Solange es nur positiv klingt. Wir wollen den Bürgern doch nur zeigen – und zwar entschlossen –, daß alles nach und nach besser werden wird, wenn man den Göttern nur angemessene Opfer darbringt und sich in Geduld übt.«

»Ich kann dir darauf nur die gleiche Antwort geben, die ich dir schon einmal gegeben habe, Iraj. Ich werde nicht lügen. Daran ändert auch ein Jahr mehr oder weniger nichts. Oder drei oder gar fünf.«

Protarus riß die Augen auf. »Fünf Jahre!« entfuhr es ihm. »Du glaubst doch nicht etwa, es könnte so lange dauern?«

»Ich habe keine Ahnung«, sagte Safar. »Und darum geht es doch. Niemand weiß es. Keiner, mag er aus Knochen oder Innereien lesen oder in die Sterne schauen, niemand in deinem Königreich kann es sagen. Als würden die Götter uns überhaupt nicht zuhören.«

»Das ist lächerlich«, erwiderte Iraj errötend. »Natürlich hören sie zu. Warum sollte ich sonst auf diesem Thron sitzen? Wer hat mich hierhergeführt, wenn nicht die Götter? Denk an den Dämonenmond. Den Kometen. Deine Vision. All dies deutete doch darauf hin, daß der Himmel es so gewollt hat!«

Safar wußte, es hatte keinen Zweck, darüber zu streiten. Iraj hielt an diesem »göttlichen Schicksal« schon seit ihrer Jugend fest. Jeder Versuch, das anzufechten, wäre sinnlos – und gefährlich.

»Aus welchem Grund auch immer«, stellte er fest, »im Augenblick schweigen die Götter.«

»Dann sprich du für sie«, drängte Iraj. »Sage allen, es würde nur noch zwei Jahre dauern. Diese Schätzung ist so gut wie jede andere.«

»Ich kann es nicht tun«, lehnte Safar ab.

»Es würde deine so überaus wertvolle Ehre kränken«, spottete Iraj.

»So etwas in der Art«, gab Safar zurück.

»Fari hat in dieser Hinsicht keine solchen Bedenken«, meinte Iraj. »Er hat mir erzählt, für Manacia hätte er so etwas andauernd gemacht.«

»Und sieh dir an, welches Ende es mit Manacia genommen hat«, erinnerte ihn Safar.

Iraj starrte ihn an. »Das hat doch nichts damit zu tun. Ich habe über Ehre gesprochen, nicht über Manacia.«

»Nun, wenn Fari eine solche Lüge nichts ausmacht«, meinte Safar, »dann laß es ihn tun. Er kann die Aufsicht übernehmen. Erst über das Fest. Über die Opfer. Über die Gebete. Dann über die große Lüge. Laß mich nur wissen, wann das Ganze stattfinden soll, damit ich nicht in der Nähe bin.«

»Das ist ein verdammter Unsinn!« schrie Iraj. »Du bist mein Großwesir! Jeder wird denken, du wärest nicht meiner Meinung und wolltest mit deiner Abwesenheit dein Mißfallen kundtun.«

»Das stellt ein Problem dar, nicht wahr?« sagte Safar.

»Nun, dann räumen wir es eben aus dem Weg«, schlug Iraj vor. Er beruhigte sich wieder. Über sein Gesicht zuckte ein gewinnendes Lächeln. »Tue das, Safar, worum ich dich bitte. Ein Gefallen für einen Freund.«

»Willst du unsere Freundschaft wegen dieser Sache auf die Probe stellen?« fragte Safar warnend. »Du würdest einen schweren Fehler begehen, wenn du es soweit kommen lassen würdest.«

Iraj bebte vor Wut. Einen Moment lang dachte Safar, er würde die Beherrschung verlieren.

Plötzlich entspannte sich Protarus. Er stieß einen tiefen Seufzer aus, leerte seinen Becher und seufzte abermals.

»Was für ein schwieriger Mann du bist, Safar Timura«, sagte er. »So unbeweglich wie die Berge selbst.«

»Darauf bin ich nicht stolz«, erwiderte Safar. »Ich wurde einfach so erzogen.«

»Dann sei den Göttern Dank«, lachte Iraj, »daß ich nur mit einem Mann in Kyrania Freundschaft geschlossen habe. Andernfalls hättet Ihr mich schon in den Wahnsinn getrieben.«

»Es kann nur eine Erklärung dafür geben, Majestät«, führte Lord Fari an. »Der Großwesir ist wahnsinnig geworden.«

Protarus wirkte überrascht. »Safar wahnsinnig?« fragte er. »Wieso? Er war schon immer der sturste Mensch, den ich kenne. Oh, natürlich hatte er ein paar dumme Flausen im Kopf, wie diese Zwangsvorstellung mit Hadin. Aber Wahnsinn?«

Der König war in Begleitung von Fari, Luka und Kalasariz auf dem Weg durch einen schmalen Korridor zu den Kammern, in denen sich das Nekromantium befand, das einst König Manacia gehört hatte. Die Luft war feucht, roch nach Balsam, und die Stiefeltritte der vier hallten unnatürlich laut von den Wänden wider, was allem einen übernatürlichen Beigeschmack verlieh.

»Wenn ich mir erlauben darf, Majestät«, sagte Fari, »Wahnsinn ist ein Leiden, gegen das sich Zauberer ständig schützen müssen. In meinem Alter weiß man, wovon man spricht. Ich habe viele junge Zauberer gesehen, die von ihren Kräften überwältigt wurden. Man vergißt, daß die wahre Macht dem König gehört und man nur die Geisterwelt zum Wohl des Monarchen beeinflußt. Denn schließlich herrscht der König auf göttlichen Beschluß. Das ist die Natur der Dinge, wie sie uns die Götter vor langer Zeit enthüllt haben.«

Luka schnaubte. »Wie sollte man es sonst nennen, wenn nicht Wahnsinn? Nur ein Verrückter würde ein solch gefährliches Spiel mit Euch treiben. Er hat es doch nicht einfach nur mit irgendeinem König zu tun. Sondern mit dem König aller Könige. Dem absoluten Monarchen von Esmir.«

»Was mir wirklich Sorgen bereitet«, sagte Iraj, »ist diese Ansicht, ich wollte meinen Untertanen irgendwie schaden. Mein ganzes Streben – mein ganzes Leben sogar – habe ich doch dem genauen Gegenteil gewidmet. Ich wollte stets nur das Beste für alle. Ja, ein Zeitalter der wahren Segnungen. Frieden und Wohlstand für Menschen wie Dämonen.

Und ich kann mich genau daran erinnern, wie ich ihm fast das gleiche erzählt habe, als wir noch Jungen waren. Und sicherlich ist mein Vorsatz mit der Zeit nur noch fester geworden.

Ich halte es heute für meine heilige Pflicht.«

»Die Wurzel des Problems, Euer Majestät«, meinte Kalasariz, »liegt darin, daß Lord Timura nicht nur wahnsinnig, sondern zudem auch noch machtverrückt geworden ist.

Immer wieder hat Lord Timura behauptet, er sei beliebter als Eure Majestät. Er glaubt, er würde von all Euren Untertanen verehrt. Und er solle an Eurer Stelle König sein.

Deshalb weigert er sich, Majestät. Er hält seinen eigenen Ruf für wichtiger als den Euren.«

Iraj schäumte vor Wut, als sie das Nekromantium betraten. Doch die drei Verschwörer stachelten diesen Zorn nicht weiter an, sondern zeigten Iraj verschiedene Gegenstände, die von Interesse sein mochten.

Fari, der alte Dämonenzauberer, übernahm diese Aufgabe.

»Seht Ihr dies, Majestät?« fragte er und deutete auf eine Flasche, die mit magischen Symbolen bedeckt war. »Darin befindet sich ein Trank, mit dem selbst Ihr Eure Manneskraft noch stärken könntet. Ein Tropfen davon in einem Glas Wein, und Ihr könntet hundert Frauen beglücken.«

Als nächstes führte er einen kleinen Geldbeutel vor. Er machte ihn auf, und eine Handvoll seltener Edelsteine fiel heraus. »Mit dem richtigen Zauberspruch, Majestät«, erklärte er, »kann man diese Edelsteine vermehren. Ich habe die Existenz dieses Beutelchens Lord Timura mitgeteilt, denn sie könnten doch bei Euren gegenwärtigen finanziellen Schwierigkeiten eine Hilfe darstellen, doch er bezeichnete es als schwarze Magie, böse Magie, und befahl mir, Euch gegenüber nichts davon zu erwähnen.«

Dann nahm er einen Schädel mit der unverkennbaren Form eines Wolfes in die Hand. »Dies ist das Amulett eines Gestaltwandlers, Majestät«, erklärte er. »Weise und umsichtig benutzt, kann es Euch erstaunliche Kräfte verleihen. Magische Kräfte, Majestät. Welche, wie ich zu erwähnen zögere, die einzigen sind, die Eurer Majestät fehlen. Doch mit eigenen magischen Kräften würdet Ihr keines anderen Zauberers mehr bedürfen.«

»Dann wäre ich wie Alisarrian«, murmelte Protarus.

»Ja, Majestät«, stimmte Fari zu. »Ihr wäret der Meister beider Welten. Des Diesseits und der Geisterwelt.«

»Und ich würde der Hilfe von Safar Timura nicht mehr bedürfen«, fügte Iraj hinzu.

Fari zuckte mit den Schultern. »Daran hatte ich noch gar nicht gedacht«, sagte er. »Lord Timura ist ein solch mächtiger Zauberer, daß einem dieser Gedanke nicht in den Sinn kommt.

Aber bestimmt habt Ihr recht. Ihr würdet seiner nicht mehr bedürfen.« Er lachte leise. »Oder meiner, was das betrifft. Wobei ich, wie ich betonen möchte, mehr als bereit wäre, Euer Majestät in den magischen Künsten zu unterrichten.«

»Und Safar nicht?«

Erneutes Achselzucken. »Das solltet Ihr besser selbst beurteilen, Majestät«, äußerte sich Fari vorsichtig. »Denn schließlich seid Ihr mit ihm seit vielen Jahren befreundet.«

Iraj kam auf den springenden Punkt zu sprechen. »Falls dies der Fall wäre«, fragte er, »könnte ich nicht das Zeitalter der Großen Segnungen selbst verkünden?«

Alle drei Verschwörer zeigten sich überrascht.

Dann: »Ich nehme es doch an, Majestät«, vermutete Fari.

»Tatsächlich«, meinte Luka.

»Wieso eigentlich nicht?« warf Kalasariz ein.

»Ich muß darüber nachdenken«, befand Protarus, »denn ich möchte nicht übereilt handeln. Das führt nur zu Fehlern.«

»Das ist allerdings wahr und sollte in Stein gemeißelt werden, Euer Majestät«, schmeichelte Kalasariz. »Angemessenes Überlegen unterscheidet die Guten von den Großartigen.«

In diesem Augenblick ertönte ein schriller Laut. Alle vier Köpfe, zwei menschliche und zwei dämonische, fuhren zu der Quelle des Geräusches herum. Es rührte von einem kleinen Destillierkolben her, einem juwelenbesetzten Kristallgefäß, das an einem Ebenholzständer befestigt war. Der Kolben hatte einen großen, bauchigen Stopfen, welcher in violettem Licht blinkte.

Luka entblößte seine Fangzähne, indem er lüstern grinste. »Wartet nur, Majestät, bis Ihr das gesehen habt.«

Iraj zeigte sich verwirrt. »Was?«

»Wir haben eine kleine Vorstellung für Euch eingeplant, Majestät«, erklärte Fari.

»Eigentlich konnten wir es nicht genau einplanen«, fügte Kalasariz hinzu. »Es hing ein wenig vom Glück ab. Wir haben gebetet, es möge während Eurer Anwesenheit passieren.«

»Ich wiederhole mich nicht gern«, drängte Iraj, »aber was soll ich sehen?«

Leise vor sich hin lachend, führten die Verschwörer den König zu dem Kolben. Sobald sich dieser dem Gerät näherte, hörte der Lärm auf, und das Flackern verwandelte sich in ein beständiges Glühen.

»Seht nur hinein, Majestät«, forderte Fari ihn auf. »Ich kann Euch garantieren, Ihr werdet entzückt sein.«

Iraj starrte in den Kolben. Ein erwartungsvolles Lächeln umspielte seine Lippen.

Dann formte sich ein Bild.

Der König hielt den Atem an. »Bei den Göttern«, entfuhr es ihm, »sie ist tatsächlich wunderschön.«

*

Nerisa meinte Stimmen zu hören. Sie richtete sich auf und reckte den Kopf aus dem heißen Wasser. Indes sie sich umsah, entdeckte sie nichts Ungewöhnliches in dem großen Marmorbadezimmer. Die Luft war von wohlriechendem Dunst erfüllt, der aus der in den Boden eingelassenen Badewanne aufstieg – welche selbst vier Nerisas ausreichend Platz geboten hätte, um bequem die Glieder auszustrecken und das warme Wasser zu genießen.

Nachdem sie sich vergewissert hatte, daß niemand da war – die Stimmen mußten ihrer Phantasie entsprungen sein –, lehnte sie sich wieder zurück und seufzte behaglich.

Lady Fatinah mochte heute eine Frau von unermeßlichem

Reichtum sein, doch sie hatte ihren Reichtum erworben, indem sie über staubige Karawanenstraßen gezogen war. Davor war sie einfach nur Nerisa gewesen – ein schmutziges Waisenkind, das im kalten Wasser von Regenfässern hatte baden müssen.

Abubensu hatte mit dem Ausblick und dem Kinderzimmer der Villa geprahlt, doch er hatte nichts über das Bad verlauten lassen. Als Nerisa zum erstenmal hier hereingekommen war, hatte sie sogleich ein inniges Gebet an denjenigen der Götter gesandt, der, welcher auch immer es gewesen sein mochte, ihr solche Pracht geschenkt hatte.

Nerisa fing sich den großen Schwamm, der auf dem Wasser trieb. Sie langte hinüber zum Sims und nahm das verzierte Fläschchen mit Badeöl – eines der vielen Geschenke, welche sie als Willkommensgruß von ihren Gästen bekommen hatte. Die Flüssigkeit darin war tiefviolett und so ölig, daß sie fast leuchtete.

Sie zog den bauchigen Stöpsel heraus und träufelte Öl auf den Schwamm, steckte den Stöpsel wieder auf die Flasche und verteilte die wohlriechende Flüssigkeit auf ihrem Körper. Abermals stieß sie einen langen Seufzer aus. Nie zuvor hatte sie sich so sauber gefühlt, so verwöhnt, so –

Sie wurde aus ihren Gedanken gerissen, als sie erneut Stimmen zu hören meinte.

Den Schwamm treiben lassend, blickte sie auf. Und wieder war nichts und niemand zu sehen.

Dann hörte sie eine piepsende Stimme und lächelte.

Einen Augenblick später trat Scani ein, Palimak auf dem Arm.

»Lord Timura ist eingetroffen, Lady Fatinah«, verkündete die Amme.

»Danke, Scani«, gab Nerisa zurück. »Sag ihm, ich würde kommen, sobald ich mit dem Bad fertig bin.«

Scani knickste. »Ja, Herrin.«

Nerisa lächelte das Kind an.

»Und wie geht es meinem kleinen Palimak?« fragte sie.

Das Kind streckte den Zeigefinger aus und richtete ihn auf sie.

»Halt den Mund!« sagte er.

Scani war empört. »So spricht man nicht mit seiner Mutter!« schimpfte sie.

Und wieder zeigte Palimak auf etwas, doch diesmal war die Hand nicht so weit erhoben.

»Halt den Mund!« sagte er aufs neue. Er klang verärgert.

»Pst, Kind!« beschwichtigte ihn Scani. »Ob du ein kleiner Herr bist oder nicht, die alte Scani wird dir das Fell über die Ohren ziehen, wenn du weiter solche Sachen sagst.«

»Achte doch einfach nicht darauf«, meinte Nerisa. »Er versucht doch nur, die Aufmerksamkeit auf sich zu lenken. Wenn wir ihn nicht beachten, wird er schon damit aufhören.«

Aber Scani war erschüttert. Dies empfand sie als Makel auf ihrem unbescholtenen Weiß als Kindermädchen. »Ich weiß gar nicht, woher er solche Ausdrücke kennt, Herrin!« entschuldigte sie sich. »Solche Worte nehme ich ganz bestimmt nie in den Mund.«

»Halt den Mund!« unterbrach Palimak sie.

Dann wand er sich und trat so heftig um sich, daß Scani ihn auf dem Boden absetzen und loslassen mußte.

»Hör jetzt auf damit, Palimak!« rief sie.

Doch das Kind gehorchte nicht. Auf Händen und Knien krabbelte es über den nassen Marmorboden. Am Rand der Badewanne hielt es inne.

Seine Augen glühten gelb auf, während es das Fläschchen mit dem Badeöl betrachtete.

»Halt den Mund!« verlangte er.

Er schlug nach dem Fläschchen und brachte es zum Kippen.

»Halt den Mund, halt den Mund, halt den Muuuund!«

Und dann gab er, was die beiden Frauen gleichermaßen schockierte wie überraschte, dem Fläschchen einen solchen Stoß, daß dieses gegen die Kante der Badewanne schlug.

Scherben flogen in alle Richtungen.

Iraj fuhr zurück, als das Bild explodierte.

»Dieser kleine Hurensohn!« rief er. Dann betrachtete er den Kolben. Er war noch heil und wies keinen Schaden auf.

Er lachte mächtig und schlug sich vor Vergnügen auf den Schenkel. »Es war fast, als hätte dieser kleine Bastard gewußt, daß wir seine Mutter ausspionieren«, kicherte er.

Seine drei neuen Freunde lachten mit ihm.

»Sagt mir, Majestät«, fragte Kalasariz, »war sie nicht wirklich so schön, wie man es ihr nachsagt?«

Iraj blickte abermals auf den Kolben. Sein Mund wurde plötzlich trocken, als er sich das Bild der nackten Nerisa in ihrem Bad erneut vor Augen rief. Er meinte fast, er könnte ihren weiblichen Duft aus dem parfümierten Dampf herausriechen.

»Ja«, antwortete er mit rauher Stimme.

»Selbst ich war hingerissen, Majestät«, gestand Luka. »Und ich bin ein Dämon und fühle mich von den Formen menschlicher Frauen wenig angezogen.«

»Sie erschien mir eher wie ein Genuß, der einem König geziemt«, meinte Fari, »und nicht einem gewöhnlichen Mann wie Timura.«

Iraj kniff die Augen zusammen. »Was wollt Ihr damit sagen?«

»Sagen? Nichts, Majestät«, erwiderte Fari. »Ich wollte nur das Offensichtliche in Worte fassen.«

»Lord Timura behauptet doch, er sei Seiner Majestät bester Freund und glühendster Anhänger«, warf Kalasariz ein.

»Das ist sicherlich wahr«, bestätigte Luka. »Oft genug hat er uns das gesagt … wenn es seinen Zielen diente.«

»Vielleicht ist es an der Zeit, Majestät, daß Ihr diese Freundschaft einmal auf die Probe stellt«, schlug Kalasariz vor.

»Findet heraus, wie tief seine Gefühle für Euch wirklich gehen.«

Protarus leckte sich über die trockenen Lippen. Er klopfte gegen den Stöpsel des Kolbens, dachte nach, klopf, klopf, dachte nach.

Dann nickte er heftig. Er hatte eine Entscheidung getroffen.

»So wie ich es sehe«, verkündete er, »läßt mir Safar keine andere Wahl.«

»Früher«, erzählte Safar Nerisa, »hat Iraj immer auf das gehört, was ich ihm gesagt habe. Er hat zwar nicht unbedingt meinen Rat angenommen oder immer so gehandelt, wie ich es mir gewünscht hätte, doch es hat deswegen nie Verstimmungen gegeben. Zumindest hat er es nie gezeigt.«

Es war Nacht, und die beiden hatten es sich in Nerisas Bett gemütlich gemacht. Palimak lag zwischen ihnen und schlief. Das Kind war seit dem Zwischenfall im Badezimmer gestern unruhig gewesen, und noch im Schlaf wurde es von Alpträumen geplagt. Auf Safars Drängen hin hatte Nerisa Palimak in ihr Bett geholt, wo der Kleine, den Daumen im Mund, nun friedlich schlief.

»Wir müssen doch nicht unbedingt heiraten, Safar«, räumte Nerisa ein. »Ich kann auch deine Konkubine, deine Geliebte sein, wenn du damit einverstanden bist. Oder, wo ich eine begüterte Frau bin, kannst du auch meinen Geliebten spielen.«

Safar lächelte, doch dieses Lächeln verblaßte rasch.

»Es geht doch um viel mehr als nur um die Hochzeit«, wandte er ein.

Nerisa nickte. Er hatte ihr berichtet, welch große Lüge Protarus von ihm verlangte, und ihr erzählt, daß er als Drahtzieher hinter dieser Verschwörung Luka, Fari und Kalasariz vermutete.

»War nur ein dummer Scherz«, erwiderte sie.

»Aus irgendeinem Grund«, fuhr Safar fort, »hat er den Weg, den wir so lange gemeinsam beschritten haben, verlassen. Und ich weiß nicht, wie ich ihn wieder darauf zurückführen kann.«

Nerisa erschauerte. »Ich fühle mich, als hätte sich ein Teufel gerade auf mein Grab gehockt«, sagte sie. »Als Mädchen, damals auf den Straßen von Walaria, habe ich das immer als Warnung empfunden. Ich weiß nicht, wie oft ich das Weite gesucht habe, nur auf dieses seltsame Gefühl hin – und dann die Wachen die Straße entlangkommen sah.«

»Gundara heult mir schon etwas von Gefahr vor, seit ich den Palast verlassen habe«, sagte Safar. »Er rät mir zu fliehen.«

»Dann sollten wir es auch tun«, erwiderte Nerisa mit plötzlicher Entschlossenheit. »Lassen wir das alles hier hinter uns und fliehen. An Geld wird es uns nicht fehlen. Ich habe überall in Esmir Gold in sicheren Verstecken hinterlegt.«

»Ich kann nicht«, gab Safar zurück.

Nerisa starrte ihn an. Dann: »Ich nehme an, es ist schwierig für dich, deinen Posten als Großwesir aufzugeben«, vermutete sie. »Ich kann mir gar nicht vorstellen, wie es ist, wenn man solche Macht besitzt.«

»Das bedeutet mir gar nichts, Nerisa. Ich habe mir nie Macht gewünscht und noch weniger danach gestrebt. Mein größter Traum war es immer, eines Tages meinem Vater zu folgen und der beste Töpfer von Kyrania zu werden.«

»Dann gehen wir nach Kyrania«, schlug Nerisa vor. »Du hast mir in Walaria soviel davon erzählt. Dort muß es wie im Paradies sein. Wir gehen zusammen dorthin. Ich werde dein Weib sein, eine einfache Dorffrau, mit Palimak im Arm und seiner Schwester in meinem Bauch.«

Ihre Augen glänzten. »Das war immer mein größter Traum, Safar. Also, warum sollen wir uns nicht unsere Träume erfüllen?«

Er nahm ihre Hand. »Ich wünschte, ich könnte, doch das Schicksal hat anders entschieden.«

Und dann erzählte er ihr die Geschichte von den beiden Frauen – von denen die eine nur eine Vision in Alisarrians Höhle gewesen war, während die andere leibhaftig gelebt hatte, Methydia, eine mächtige Hexe und auch eine Seherin.

Als er fertig war, sagte er: »Beide haben darauf bestanden, daß Iraj und ich den gleichen Weg gehen müssen. Und am Ende dieses Weges würde das liegen, wonach ich suche. Die Antwort auf das Rätsel von Hadin.«

»Nun, ich bin keine Hexe«, entgegnete Nerisa, »und ich bin auch bestimmt nicht eine Vision in einer Höhle. Aber eins ist mir trotzdem klar: Iraj ist von diesem Weg abgewichen. Das hast du selbst gesagt: Er sei von eurem Weg abgewichen, und du wüßtest nicht, wie du ihn darauf zurückführen kannst.

Hast du dir je überlegt, daß dieser Weg zu Ende sein könnte? Und daß du weiterziehen und Protarus hinter dir zurücklassen mußt, wie wahnsinnig er auch immer geworden sein mag?«

»Ja«, antwortete Safar, kaum lauter als ein Flüstern. »Ich habe auch schon daran gedacht.«

Dann fügte er hinzu: »Aber Iraj ist nicht wahnsinnig. Er ist nur König, und das ist ein Wahnsinn eigener Art, möchte ich vermuten. Ich kann mich erinnern, wie er mir das vor langer, langer Zeit einmal selbst gesagt hat.«

»Dennoch«, sagte Nerisa. Und noch einmal, fester: »Dennoch!«

Safar dachte einen Augenblick lang nach. »Ich werde es noch ein einziges Mal versuchen. Für Morgen haben wir sowieso eine Verabredung. Ich schulde ihm diese letzte Chance.«

»Du schuldest ihm gar nichts«, widersprach Nerisa. »Eher das Gegenteil ist richtig, Safar. Ich wünschte nur, du würdest das endlich begreifen.«

Safar zuckte mit den Schultern. »Ich kann nicht gegen meine Gefühle an.«

Er blickte auf Palimak, dann sah er wieder sie an, die Stirn vor Sorgen gefurcht.

»Was mich am meisten beunruhigt«, gestand er, »ist, daß ihr beide wegen mir in Gefahr geraten seid. Wenn Iraj gegen mich vorgeht, wird er auch gegen euch vorgehen.

Ich glaube, ihr solltet morgen früh sofort fliehen.«

Nerisa war eine vernünftige Frau und stimmte ohne nachzudenken zu. Sie war schließlich auch für Palimak verantwortlich.

»Es gibt ein Dorf an der Kreuzung zwanzig Meilen vor Zanzair«, sagte sie. »Ich werde Abubensu die Pferde anspannen lassen und sage ihm, ich wolle in der Gegend etwas Geld investieren, was nicht unwahrscheinlich klingen dürfte. Denn es ist ja ein vielversprechender Ort.«

»Ich kenne das Dorf«, nickte Safar. »Falls alles gutgeht, werde ich euch benachrichtigen, und dann kehrt ihr zurück. Und falls nicht, treffen wir uns dort.«

»Eine meiner Karawanen – mit Ziel Caspan – wird in den nächsten Tagen die Wüste durchqueren«, teilte ihm Nerisa mit. »Mit der können wir ziehen.«

Palimak regte sich. Er schlug die Augen auf, die im schwachen Licht golden glühten.

Plötzlich verzog er das Gesicht und begann zu schreien.

Nerisa tröstete ihn. »Alles ist gut, mein kleiner Liebling«, gurrte sie. »Mutter ist bei dir.

Niemand wird dir etwas tun. Das würde deine Mutter niemals zulassen.«

*

Draußen vor der Villa duckte sich Leiria in die Schatten und beobachtete das Haus.

Sie hörte ein Flattern und sah sich nach der Ursache um.

Es war ein Rabe auf der Jagd, die Flügel in der Abendluft weit ausgebreitet. Der Rabe umkreiste das Grundstück der Villa, dann kehrte er um und flog in Richtung Palast davon.

Höher und höher stieg er auf, bis er im roten Schein des Dämonenmondes verschwand.

Leiria richtete den Blick wieder auf das Haus. Drinnen schrie das Kind.

Sie glaubte, noch nie einen Laut gehört zu haben, der von solcher Einsamkeit erfüllt war.

27
Flucht aus Zanzair

Iraj schritt in seinem Arbeitszimmer auf und ab wie ein Löwe im Käfig. Sein goldenes Haar, das unter der Krone herabwallte, wehte wie eine Mähne, sein Bart ragte vor wie das Maul eines Löwen; die Augen hatte er zusammengekniffen und die Lippen über die Zähne zurückgezogen, als würde er fauchen.

Safar stand in der Mitte des Zimmers, sah ihm zu und spürte, wie die Wut in ihm aufstieg.

»Ich könnte es dir befehlen«, sagte Iraj. »Ich könnte dich dazu zwingen, dieses Orakel zu verkünden.«

»Ja, das könntest du«, erwiderte Safar.

»Würdest du gehorchen?«

Safar holte tief Luft. Dann atmete er aus. »Nein.«

»Selbst nicht unter Androhung härtester Strafe?«

»Auch dann nicht.«

»Ich könnte dir deinen Titel und dein Vermögen nehmen«, drohte Iraj.

»Ich weiß.«

»Ich könnte dir sogar das Leben nehmen«, fuhr Iraj fort. »Bist du so stur, daß du das riskieren würdest?«

»Laß mich diese Frage auf folgende Weise beantworten«, sagte Safar. »Wenn du an meiner Stelle wärest und deine Ehre auf dem Spiel stünde, wie würdest du auf eine solche Drohung reagieren?«

Iraj blieb stehen. »Ich habe dich nicht bedroht«, wiegelte er ab, »sondern nur die Tatsachen aufgezählt.«

»Trotzdem«, bohrte Safar weiter, »wie würdest du antworten?«

»Das ist nicht das gleiche. Ich bin schließlich Iraj Protarus!«

»Und ich bin Safar Timura!«

Diese Antwort war keinesfalls die gewünschte. Protarus starrte Safar an, der hingegen stand ruhig und besonnen da, doch sein Wille war nicht zu brechen. Der König wandte den Blick als erster ab, der seltsame Glanz in Safars Augen war ihm unheimlich.

Er schritt weiter auf und ab. »Ich habe gehört, du würdest dich für beliebter halten als mich.«

Safar zog eine Augenbraue hoch. »Ich würde das als Lüge bezeichnen«, erwiderte er. »Aber eigentlich ist es viel zu dumm, um diesen Namen zu verdienen.«

Iraj fuhr herum. »Was? Nun wagst du es auch noch, mich zu beleidigen?«

»Ich wage gar nichts«, entgegnete Safar. »Aber falls du solchen Behauptungen Glauben schenkst, ist es keine Beleidigung, sondern die Wahrheit.«

Irajs Wut verwandelte sich unvermittelt in Schmerz. Tränen stiegen ihm in die Augen. »Warum kannst du nicht aufhören, mir zu trotzen, Safar?« jammerte er. »Wir sind Freunde. Nein, mehr als Freunde. Mehr selbst als Blutsbrüder. Ich schwöre, ich liebe dich mehr als meine Mutter, mehr als meinen Vater, mehr als jeden Sohn, der mir geboren wurde.«

»Und wieder kann ich nur mit einer Frage antworten«, gab Safar zurück. »Wenn du mich so liebst, warum zwingst du mich dann, etwas zu verletzen, was mir das Heiligste ist?«

Der Schmerz verwandelte sich zurück in Wut. »Weil ich dein König bin!« donnerte Iraj. »Und es ist notwendig, daß ich dich darum bitte, zum Wohle Esmirs!«

Safar sagte nichts – darauf gab es nichts zu antworten. Irajs Benehmen wurde wieder normal. Er schüttelte den Kopf, als hätte ihn all das traurig gestimmt. »Und dennoch weigerst du dich!«

»Ja«, antwortete Safar.

»Was, wenn ich dich als Freund darum bitten würde?« fragte Iraj. »Auch wenn du mich schon beim letztenmal angefleht hast, es nicht zu tun. Aber zwischen uns beiden besteht ein Blutsbund. Wir haben einander geschworen, dem anderen alles zu geben, was er von uns verlangt – freiwillig und ohne zu zögern.

Wenn ich dich als Freund bitten würde, würdest du mir diese Bitte erfüllen?«

»Was immer ich auch tun würde«, meinte Safar, »es wäre das Ende unserer Freundschaft. Stimmte ich zu, wäre es das letzte, was ich für dich als Freund tun würde. Würde ich mich weigern, würdest du unseren Bund für zerbrochen erklären. So oder so, unsere Freundschaft wäre vorbei.

Willst du sie wirklich aufs Spiel setzen, Iraj?«

Protarus lachte verbittert. »Es wäre die einzige Sache, die ich in meinem Leben noch nicht aufs Spiel gesetzt habe«, antwortete er. »Familie? Ha! Ich habe meinen Onkel getötet. Und seine Frauen und Kinder niedergemetzelt, damit mir keine neuen Feinde heranwachsen.

Die Ehre meines Clans? Ha, die habe ich von Anfang an aufs Spiel gesetzt. Denn wenn ich je gestrauchelt und gefallen wäre, hätte der Name Protarus für alle Zeiten einen Makel davongetragen.

Vermögen? Bah! Was das betrifft, bin ich wie du, Safar. Jetzt, wo ich auf dem Thron sitze und alles haben kann, was ich will, weiß ich genau wie du, daß ich mich selbst belüge. Es ist schlicht eine Gewohnheit, als würde man zuviel und zu oft trinken. Aber auf dem Weg nach Zanzair habe ich ein Vermögen nach dem anderen riskiert. Jede Beute, die ich aus der Plünderung eines Palastes gewann, habe ich sofort aufs neue eingesetzt, um den nächsten Palast zu erobern.

Das Leben selbst? Niemand würde leugnen, daß ich stets bereit war, es als Preis für die Herausforderung zu geben. Nun, ich habe es oft genug einfach so riskiert, nur des Nervenkitzels wegen.«

Plötzlich kam Safar in Erinnerung, wie Iraj damals Hals über Kopf den Berg in Kyrania hinuntergerannt war, um sich den Dämonenreitern entgegenzustellen. Zu jener Zeit war es ihm als ein solch reiner Akt erschienen. Die Handlung eines legendenumwobenen Helden. Und wofür? Um eine Handelskarawane zu retten? Eine Karawane, mit der nicht eine Seele reiste, die Iraj kannte oder um die er sich sorgte. Und es waren auch keine Unschuldigen darunter – keine kleinen Kinder, keine Jungfrauen, keine Mütter, Großmütter oder Männer, deren Schicksal einem das Herz schmerzen ließ.

Dann erinnerte er sich, wie er hinter Iraj hergelaufen war. Er sah es ganz deutlich vor sich. Sah die mit vereistem Schnee bedeckten Felsen vor sich auf dem Pfad. Sah die Reißzähne und Krallen und furchterregenden Schwerter der Dämonen. Sah ihre Reittiere, die wie große Katzen kämpften. Und er fühlte alles. Fühlte die Angst, die ihm das Mark gefrieren ließe. Fühlte die Magie der Dämonen, die mit einer Macht knisterte, welche er nie für möglich gehalten hätte. Fühlte die Wut, als er Astarias sah, wie sie an den langen schwarzen Haaren durch den Schnee gezerrt wurde. Fühlte die Kälte, die ferne Befriedigung seines ersten Tötens.

Er blickte Iraj an, und zum erstenmal verstand er den Mann wirklich, dem er all die Jahre gefolgt war. Und mit diesem Wissen begriff er auch sich selbst. Diese Erkenntnis traf ihn wie ein Schlag. Wie Iraj war auch er nur ein Geschöpf der Ereignisse. Eine Kreatur, die heilige Ziele vorschob, wo sie doch im tiefsten Herzen nur an sich selbst dachte. Ein Mann, der sich über andere erhoben glaubte, weil er sich fälschlicherweise durch die Vision von Hadin geadelt fühlte.

Zum erstenmal, seit dieser Streit begonnen hatte, schwankte Safar. Was machte es schon aus? In einer Welt der Lügen, was bedeutete da schon eine Unwahrheit mehr? Magie war nichts Heiliges. Safar war kein Priester mit göttlichem Auftrag. Er hatte weder Tempel noch Altar. Und die Götter selbst schwiegen in dieser Angelegenheit. Warum sollte er Iraj seine Bitte nicht erfüllen und das Zeitalter der Großen Segnungen verkünden? Er könnte es doch einfach versprechen und dann wie der Teufel schuften, damit sich die Verkündung bewahrheitete.

Ihm wurde bewußt, daß er, wenn er anders handelte, vielleicht den Mann vernichtete, den er seinen Freund nannte. Einen Mann, der nur noch eine Sache im Herzen trug, die ihn menschlich machte – seine Freundschaft zu Safar.

Fast hätte er es ausgesprochen, hätte sich erweichen lassen, fast hätte er die Lippen zum Sprechen geöffnet.

Doch Iraj sagte: »Und schließlich ist da noch meine Freundschaft. Meine Liebe zu dir. Die habe ich noch nie aufs Spiel gesetzt. Wäre ich dazu bereit? Ich kann es nicht sagen. Die erste Frage, die sich mir dabei stellt, wäre: Wird diese Freundschaft, diese Liebe erwidert? Gibt es sie wirklich?

Oder hast du mir in all diesen Jahren nur etwas vorgemacht?«

»Du weißt, daß ich das nicht getan habe«, erwiderte Safar.

»Weiß ich das?« fragte Iraj, auf dessen Gesicht sich ein höhnisches Grinsen breitmachte. »Weiß ich das wirklich?«

»Natürlich weißt du es«, entgegnete Safar. »Nun gut, wir streiten uns also. Wir haben uns auch schon früher gestritten. Wir werden uns immer wieder streiten. Wir sind unterschiedliche Männer, und wir haben unterschiedliche Meinungen. Aber das sind lediglich Differenzen zwischen Freunden.«

»Ich habe dich vor langer Zeit auf die Probe gestellt«, erinnerte ihn Iraj. »Wie du sicher noch weißt, hast du diese Prüfung nicht sonderlich gut bestanden.«

Safar zuckte mit den Schultern. »Ich war ein Junge, den die Fleischeslust plagte«, antwortete er. »Es hatte nichts zu bedeuten.«

»Ich habe damals gesagt, es könnte der Tag kommen, an dem ich dich abermals auf die Probe stelle«, fuhr Iraj fort. »Und ich glaube, dieser Tag ist jetzt gekommen.«

»Meinst du das Orakel?« fragte Safar. »Willst du meine Freundschaft mit einer Lüge auf die Probe stellen?«

Er wollte schon erwidern, also gut, dann mache ich es. Doch Iraj schüttelte den Kopf.

»Nein«, antwortete er. »Das hast du zu einer Ehrensache erklärt. Ich werde dich nicht bitten, deine Ehre zu beflecken. Welcher Mann könnte so etwas von seinem Freund verlangen?«

Diese Feststellung überraschte Safar. War es vorüber? Hatte er es überstanden?

»Also hier die Probe, Safar Timura. Für den Mann, der behauptet, mein Freund zu sein. Es ist nur eine kleine Probe. Eine, die zu bestehen dir nicht schwerfallen sollte.«

»Und worin besteht sie?« fragte Safar, erneut alarmiert.

»Ich habe dir einst eine Frau überlassen«, sagte Iraj. »Eine Jungfrau, die ich sehr begehrte. Astarias.

Und jetzt bitte ich dich um den gleichen Gefallen, obwohl sie keine Jungfrau mehr ist und von daher ein viel kleineres Geschenk.«

Iraj blickte Safar tief in die vor Entsetzen weitaufgerissenen Augen.

»Gib mir Lady Fatinah«, sagte er. »Ich möchte sie für mich haben.«

»Wie kannst du mich um so etwas bitten?« fragte Safar benommen. »Du weißt genau, daß ich sie heiraten will.«

Iraj zuckte mit den Schultern. »Du bekommst sie zurück, wenn ich mit ihr fertig bin«, meinte er. »Und dann kannst du sie schließlich immer noch heiraten. Es ist keine Schande, der Nachfolger eines Königs zu sein.

Leiria hast du doch auch gemocht. Und wenn ich recht darüber nachdenke, habe ich dir ja eigentlich sogar zwei Frauen geschenkt. Zwei, Safar!

Und ich will nur eine als Gegenleistung.«

»Das ist närrisch, Iraj!« rief Safar. »Selbst wenn ich deine Bitte ernsthaft in Erwägung zöge – was niemals der Fall sein könnte –, ich könnte sie dir nicht ›schenken‹! Sie gehört mir nicht. Sie gehört sich selbst.«

»Ich könnte mir vorstellen, daß Astarias und Leiria ähnliche Gefühle gehegt haben«, wandte Iraj ein. »Doch das hat dich nicht zurückgehalten.«

Zutiefst getroffen kämpfte Safar um eine Antwort. Doch noch ehe sie ihm in den Sinn kommen wollte, zog Iraj einen Gegenstand aus der Tasche.

»Hier«, sagte er, »ich werde dir den Handel noch schmackhafter machen, obwohl ich nicht wüßte, weshalb wir feilschen sollten. Unserem Eid nach wollten wir alles aus freien Stücken geben und nichts dafür verlangen.«

Iraj ließ Safar den Gegenstand in die offene Hand fallen. Safar betrachtete ihn: ein kleines goldenes Amulett, ein wundersam geformtes Pferd an einer glitzernden Kette.

»Coralean hat mir dies vor langer Zeit geschenkt«, erzählte Iraj, »als Belohnung dafür, daß ich seine Karawane gerettet habe. Du erinnerst dich doch noch daran? Du hast zur gleichen Zeit den silbernen Dolch bekommen.«

Safar erinnerte sich nur zu gut daran. Es war der Dolch, den Nerisa zu ihrem Wappen gemacht hatte, der Dolch, der jetzt in seinem Gürtel steckte.

»Coralean sagte, eines Tages würde ich das vollkommene Pferd finden. Den Traum eines Kriegers von einem Pferd. Und alles, was ich zu tun hätte, wäre, dem Besitzer dieses Amulett zu geben, und dann könne er es mir nicht verweigern.

Nun, ich habe dieses Pferd nicht gefunden, Safar. Aber mach dir nichts draus, ich bin sicher, daß es dieses Tier gibt.«

Er drückte Safars Hand um das Amulett zusammen.

»Jetzt gehört es dir, mein Freund. Ich gebe es dir für die Frau. Auch wenn das ein ungleicher Tausch ist.

Denn welche Frau wäre mit einem so wunderbaren Roß zu vergleichen?«

Stille breitete sich aus. Eine Stille, in der Mordgedanken aus den Schatten krochen. Safar war wütend genug, um diese Gedanken in die Tat umzusetzen. Zudem bot sich ihm die beste Gelegenheit – sie waren allein im königlichen Arbeitszimmer. Und er hatte die Waffen, den Dolch in seinem Gürel, die Magie in seinen Fingerspitzen. Er verdrängte die Gewalt aus seinen Gedanken, erstickte fast daran. Wenn er diese Tat beginge, würde ihr fürchterliche Vergeltung folgen.

In diesem Augenblick müßten Nerisa und Palimak auf dem Weg

zu dem Dorf an der Kreuzung sein und sich in Sicherheit befinden. Wenn Safar Protarus tötete, würden sie das Dorf nie erreichen. Er mußte Zeit gewinnen. Das war der einzige Weg.

Ehe er noch etwas hervorbringen konnte, sagte Iraj: »Ich fürchte, du hast mit deiner Antwort zu lange gewartet, Safar. Du hast die Probe nicht bestanden.«

Protarus wandte sich abrupt von ihm ab und ging auf eine kleine Tür zu.

Dort drehte er sich noch einmal um. »Aber ich bin nicht so ein unbarmherziger Mann, als daß ich dir nicht noch eine Chance geben würde.

Schick mir Lady Fatinah heute nacht. Und alles wird vergeben sein.«

Dann war er verschwunden.

*

Sobald Safar den Palast verlassen hatte, trat er in eine kleine Gasse und zog seine Amtsrobe aus. Das reiche Gewand, das mit dem Wappen des Großwesirs von Esmir verziert war, landete auf einem Misthaufen. Unter der Robe trug er das einfache Gewand eines Soldaten. Daraufhin eilte er mit gesenktem Kopf davon und gab sich alle Mühe, seine Schritte so weit zu zügeln, daß er keine Aufmerksamkeit auf sich zog. Bald gelangte er in das riesige Dämonenviertel der Stadt, das sich an den hinteren Toren von Zanzair ausbreitete. Dämonenfrauen sahen von ihrer Wäsche auf und beobachteten ihn, während er vorbeiging. Dämonenkinder riefen ihm Beleidigungen hinterher oder liefen um ihn herum und bettelten. Und große Dämonenmänner kamen aus Spelunken und riefen diesem menschlichen Wurm, der es wagte, allein durch ihre Straßen zu ziehen, Herausforderungen zu.

Safar beachtete sie nicht weiter, mied die Blicke der Dämonenfrauen, schüttelte die jungen Bettler ab und wich den Herausforderern aus.

Sein Ziel war ein kleiner, schäbiger Stall in der Nähe des hinteren Tores. Er war an diesem Morgen noch vor der Dämmerung aufgestanden, hatte den Plan, den er und Nerisa in der vergangenen Nacht geschmiedet hatten, um ein paar Vorkehrungen erweitert und war dann nach Hause gegangen, um die notwendigsten Dinge zu packen, ehe die Bediensteten aufstanden. Danach hatte er sein bestes Pferd zu dem Stall am Tor gebracht. Dort hatte er es der Obhut eines verschlafenen Stallmeisters anvertraut, dem er genug gezahlt hatte, damit er sich anständig um das Tier kümmerte, jedoch nicht zuviel, als daß es Verdacht erregt hätte.

Die ganze Zeit hatte er gebetet, das Schicksal möge ihm gewogen und all die Vorbereitungen nicht vonnöten sein. Als erstes Zeichen des wohlgesonnenen Schicksals hatte er es angesehen, daß er Leiria weder bei der Villa noch bei sich zu Hause entdeckt hatte. Er nahm an, sie würde sich wieder einmal ihrer »Ausbildung« widmen – diesen leicht zu durchschauenden Vorwand hatten Protarus und Kalasariz gewählt, damit sie die Berichte ihrer Spionin entgegennehmen und ihr Instruktionen geben konnten.

Als er sich dem Stall näherte, dachte er, zumindest in dieser Hinsicht hätte sich das Schicksal als verläßlich gezeigt. Wenn nicht, wäre er gezwungen gewesen, Leiria in dem gleichen Gäßchen, wo er auch seine Robe abgeworfen hatte, außer Gefecht zu setzen. Oder schlimmer noch, er hätte sie vielleicht sogar töten müssen. Safar hatte starke Zweifel daran, ob er zu einer solchen Tat fähig wäre, selbst wenn ihm keine andere Wahl bliebe. Spionin oder nicht, Leiria hatte vor langer Zeit einen Platz in seinem Herzen eingenommen, und den hatte sie noch immer inne.

Als er das heruntergekommene Gebäude betrat, war niemand zu sehen. Er rief nach dem Stallmeister, erhielt jedoch keine Antwort. Also fischte er ein paar Münzen aus der Tasche, legte sie auf eine Werkbank, wo sie gut zu finden wären, und ging nach hinten, wo sein Pferd und Sattelzeug warteten.

Und erstarrte. Sein Pferd war schon gesattelt, die Tasche war hinter dem Sattel festgebunden, und sein Schwert hing in der Scheide vom Sattelknauf. Zu beiden Seiten seines Reittiers stand jeweils ein anderes Pferd – beide gesattelt. Doch für wen? Er trat näher und erschrak aufs neue. Beide Rösser gehörten ihm!

Stroh raschelte; er fuhr herum und zog die einzige Waffe, die er bei sich trug, den kleinen silbernen Dolch.

Da stand Leiria im Harnisch und bis an die Zähne bewaffnet. Er hätte sich fast mit dem Dolch auf sie gestürzt, hielt sich aber im letzten Augenblick zurück. Genau wie er befürchtet hatte, fehlte es ihm am notwendigen Haß.

»Was machst du hier?« wollte er von ihr wissen.

Leiria hob die Hände, um zu zeigen, daß sie leer waren; ihr Schwert steckte in der Scheide.

»Ich bin hier, weil ich dir helfen wollte, Safar«, erwiderte sie.

Safar lachte bellend. »Das kann ich mir vorstellen«, sagte er voller Sarkasmus. »Bloß wobei? Auf meinem Weg ins Grab?«

»Ich kann dir nicht verübeln, daß du so über mich denkst«, meinte sie. »Aber du mußt mir glauben, ich habe nie etwas getan oder gesagt, das dir Schaden zugefügt hätte. Vor langer, langer Zeit habe ich dir versprochen, dich niemals zu verraten, Safar Timura. Und ich habe es niemals getan.«

»Wie nennst du dann dieses Herumspionieren?«

In Leirias Blick lag Flehen. »Wenn nicht ich dem König und Kalasariz geliefert hätte, was sie wollten«, antwortete sie, »dann hätten sie mich durch jemand anderen ersetzt. Jemanden, der dich nicht liebt, Safar. Und du weißt, daß ich dich liebe. Selbst jetzt noch, wo dein Herz einer anderen Frau gehört.«

Safar glaubte, hinter diesen Worten die Wahrheit zu erkennen, und doch erfaßte ihn eine verzweifelte Angst, er könne nur sehen, was er wünschte, nicht, was wirklich vorhanden war.

»Außerdem«, fuhr Leiria fort, »hast du nie etwas Falsches getan. Du bist kein Verräter. Du hast dich mit niemandem verschworen. Was machte es schon, wenn ich ihnen von deinen harmlosen Ausflügen, deinen Treffen mit Freunden oder all den Nächten deiner Studien erzählte? Eine Sache hingegen habe ich ihnen nie berichtet: von dem Kind, Palimak.«

»Was willst du damit sagen?« fragte Safar. »Sie wissen von dem Kind. Das ist kein Geheimnis.«

»Aber sie wissen nicht, daß es zur Hälfte ein Dämon ist«, gab sie darauf zurück. »Du hast es mir verschwiegen, Safar, aber ich habe es bemerkt, als ich seine Augen gesehen habe. Was glaubst du, hätte Iraj gedacht, wenn er davon erfahren hätte? Sein Großwesir in den Armen einer Frau, die ein Ungeheuer als Kind hat? Palimak ist kein Ungeheuer, doch das hätte Iraj nicht gekümmert. Insbesondere, nachdem Kalasariz und Luka und Fari ihn für sich eingenommen hatten. Und ihm alle möglichen widerwärtigen Dinge eingeflüstert haben.«

»Ich danke dir zumindest dafür«, sagte Safar. »Aber das macht jetzt nichts mehr aus. Wenn ich an deiner Stelle wäre, würde ich so schnell wie möglich verschwinden. Iraj und ich sind fertig miteinander!«

»Ich weiß, Safar. Ihr wart schon fertig miteinander, ehe ihr euch heute morgen getroffen habt. Das Ganze war längst beschlossene Sache. Iraj hatte keinen Zweifel daran, daß du dich ihm verweigern würdest. Er brauchte nur einen Vorwand, um dich zu Fall zu bringen. Um Safar Timura zum Verbrecher zu erklären. Um deinen Namen zu beschmutzen. Er hat Angst vor dir, weil er dich für einen Rivalen hält, der es auf sein Königreich und auf die Liebe seiner Untertanen abgesehen hat. Doch am meisten, fürchtet er sich vor deiner Magie. Darauf ist er besonders eifersüchtig.«

Sie hielt einen Augenblick lang inne und sah, wie das Mißtrauen aus seinen Augen schwand, wie sich das eisige Blau dieser Augen in die Farbe des Sees im fernen Kyrania verwandelte.

Er sagte: »Es tut mir nur wegen Nerisa leid.« Er zuckte mit den Schultern. »Ich habe das alles nicht gewollt.«

»Ich weiß«, erwiderte Leiria.

»Ich dachte, sie wäre tot.«

»Das weiß ich ebenfalls.«

»Jetzt schäme ich mich, weil ich dich so herzlos behandelt habe.«

»Es macht nichts«, sagte Leiria. »Und jetzt ist nicht die Zeit für Entschuldigungen oder Reue, mein Liebster.«

Die Kriegerin holte tief Luft. »Jetzt halt dich fest, während ich dir erzähle, was passiert ist. Ich hätte dir gleich davon berichtet, doch ich wußte, du würdest es für einen Trick halten. Für eine Falle.

Nerisa und Palimak haben Zanzair nicht verlassen.«

»Was?« Safar schrie fast.

»Sie wurden von Abubensu verraten«, erklärte Leiria. »Die Kutsche ist nie vorgefahren. Er hat sie mit Lügen hingehalten, bis es zu spät war, einen anderen Wagen zu finden. Und jetzt stehen Wachen vor ihrem Haus. Nicht viele, doch sie weiß um ihre Anwesenheit und wagt es deshalb nicht aufzubrechen.«

»Wieviel Zeit haben wir noch?« fragte Safar.

»Schwierig zu sagen«, antwortete Leiria. »Höchstens ein paar Stunden. Sie wären schon gegen sie vorgegangen, doch vor allem wollen sie dich. Außerdem müssen sie erst ihre Nerven und ihre Kräfte sammeln, bevor sie dir gegenübertreten. Einer Sache darfst du dir gewiß sein – wenn sie kommen, dann nicht nur mit Soldaten, sondern mit Faris besten Zauberern und Hexenschnüfflern.

So sehr fürchten sie dich.«

Leiria zeigte auf die Pferde. »Alles ist bereit. Wir brauchen nur loszureiten.«

*

Und wie sie ritten. Mit donnernden Hufen sprengten sie durch die Straßen. Flüche und Warnrufe gellten hinter ihnen her. Sie galoppierten über den belebten Marktplatz, trieben die Käufer auseinander und warfen Marktstände um. Sie preschten durch Gärten, sprangen über Hecken und ließen Schlamm aufspritzen. Als sie den Hügel erreichten, auf dem Nerisas Villa stand, zügelten sie die Tiere, stiegen so leise wie möglich ab und versteckten die Pferde unter Bäumen.

Sie krochen bei hellichtem Tag den Hügel hinauf, nutzten jeden

Fels, jeden Baumstamm und jedes kleine Gebüsch als Deckung. Ein junges Kindermädchen mit zwei kleinen Schutzbefohlenen sah sie und eilte davon. Ein Gärtner kam auf sie zu, während sie hinter einer Hecke lagen, und Leiria nahm ihn so behutsam wie möglich gefangen und fesselte ihn mit Lederbändern ihres Harnischs.

Vier Männer bewachten das Grundstück. Drei Dämonen und ein Ungetüm von einem Menschen.

Sie töteten alle vier, leise und schnell.

Dann standen sie an der Tür.

»Ich hole die Pferde«, sagte Leiria, drehte sich um und lief den Hügel hinunter.

Die Tür öffnete sich, und Nerisa fiel Safar in die Arme.

»Ich hatte schon Angst, du würdest nie kommen«, seufzte sie. »Und noch mehr Angst, du würdest kommen. Sie sind hinter dir her, nicht hinter mir.«

»Ich wünschte, das wäre wahr«, erwiderte Safar. »Aber als der König mich verbannt hat, hat er dich gleich mitverbannt. Nun, schnell! Hol Palimak. Wir müssen fliehen!«

Bald standen sie auf dem weiten Rasen, und Leiria kam herangaloppiert, die beiden anderen Pferde an den Zügeln hinter sich her ziehend.

Safar hielt Palimak, während Nerisa aufstieg. Das Kind war still, zitterte jedoch. Seine Augen blitzten mal gelb auf, mal schimmerten sie braun.

Dann saß Nerisa im Sattel und langte nach unten, um das Kind entgegenzunehmen.

Safar reichte es ihr hoch, als Gundara plötzlich schrie: »Sie kommen, Meister! Sie kommen!«

Safar wirbelte herum, das Kind immer noch unbeholfen in den Händen haltend. Unten am Hügel sah er Dämonen und Menschen mit Helmen, die ihre Reittiere die Straße hinauftrieben. Er hörte das Gebell der Hexenschnüffler und sah die Teufelshunde vor den Soldaten herhetzen. Er spürte einen magischen Schlag und taumelte zurück, stolperte gegen Nerisas Pferd, das laut wieherte und scheute. Er hörte Nerisas Ruf, ihm das Kind zu geben.

Doch dazu blieb keine Zeit mehr, nein, keine Zeit mehr.

Der nächste magische Angriff, stärker noch als der erste, traf ihn wie ein Sturm und versengte das Gras mit seiner Hitze.

Safar brachte einen Abwehrzauber zustande, doch konnte er nur einen Teil des Angriffs ablenken. Er drehte sich um, schützte das Kind in seinen Armen, und die geballte Macht des Angriffs traf ihn in den Rücken. Er spürte, wie die Hitze durch seine Kleider drang, und biß die Zähne zusammen, um den Schmerz zu ertragen, während er Gundara rufen hörte: »Halt den Mund!« und Palimaks Echo: »Halt den Mund!«, und dann war der Schmerz überstanden.

Er setzte das Kind auf den Boden, drehte sich um und wühlte in seiner Tasche. Die Hexenschnüffler hatten ihn fast erreicht, doch blieb ihm genug Zeit, ihnen die Kügelchen entgegenzuschleudern, und als diese explodierten, ließen sie Feuer und Rauch niedergehen.

Die Teufelshunde wurden auseinandergetrieben und jaulten vor Angst und Schmerz.

Rauchwolken – rot und grün und gelb – wirbelten umher.

Dann hörte er den Donner der anmarschierenden Truppen, und durch den Rauch sah er Leiria, das Schwert in der Hand, wie sie sich in den Kampf stürzte, nach rechts und links Hiebe verteilte und hinter sich die Dämonen heulend und die Menschen schreiend zurückließ. Sie brach auf der anderen Seite durch, riß ihr Pferd herum, schlug sich erneut durch, setzte mit ihrer todbringenden Klinge Ströme von Blut frei.

Und jetzt war Nerisa von ihrem Pferd gesprungen und stand neben ihm, mit nichts bewaffnet als einer Peitsche in der Hand. Ein Hexenschnüffler sprang aus einer der Rauchsäulen auf sie zu, den geifernden Schlund weit aufgerissen. Er war so schnell, daß er Safar fast erwischt hätte, doch Nerisa zog ihm die Peitsche durchs Maul, das Gesicht der Bestie verwandelte sich in blutige Fetzen, und das Tier brach zusammen. Gleich neben Palimak blieb es liegen, der mit seiner winzigen Faust darauf einschlug und rief: »Halt den Mund! Halt den Mund!«

Nerisa riß Palimak vom Boden hoch. Mit der einen Hand hielt sie ihn im Arm, mit der anderen schwang sie die Peitsche.

Dann erfüllte ein Zischen die Luft, und ein dunkler Schwarm Pfeile sauste auf sie zu.

Doch sie waren langsam, so langsam. Sie erreichten die höchste Stelle ihres Fluges, und dann senkten sie sich, immer tiefer und tiefer und tiefer.

In dem Augenblick, als sie einschlugen, warf sich Safar über Nerisa und das Kind. Sein Körper, nicht seine Magie, war ihr einziger Schild. Er hörte, wie sich die Pfeile neben ihm in den Boden bohrten, und dachte für einen Moment, sie drei wären durch ein Wunder oder durch Unfähigkeit verschont geblieben. Dann stöhnte er, als ihn einer der Pfeile im Schenkel traf. Und stöhnte erneut, als ihn ein zweiter in der Schulter erwischte. Es schmerzte, bei den Göttern, wie es schmerzte, doch was kümmerte ihn das, wenn er Nerisas Wärme spüren konnte, wenn er Palimak unter sich weinen hörte. Und er wußte, sie waren in Sicherheit.

Er wälzte sich zur Seite und zerbrach dabei unter Schmerzen die Pfeile.

Dann erhob er sich auf die Beine, ruhig und stark, und mit jedem Atemzug sammelte er mehr Kraft.

Er zog den Dolch aus dem Gürtel. Gelassen, als hätte er alle Zeit der Welt. Mit kaltem Interesse bemerkte er, wie Leiria unter den Soldaten wütete. Sie war hier, dort, überall, schoß hin und her und verteilte den Tod, als wäre er das schönste aller Geschenke. Doch sie ermüdete, und ihr Pferd ebenfalls. Er sah das Pferd straucheln, sah ihren Schwertarm kraftlos herabhängen, sah auf ihrem Gesicht die Anstrengung, mit der sie ihn wieder nach oben brachte.

Und dann kam der große Zauber, auf den er die ganze Zeit gewartet hatte. Safar konnte Fari riechen, diesen verdammten alten Dämon. Ach, und da war ein bißchen Luka. Ein Hauch Arroganz.

Und Kalasariz? Wo steckte der? Er schnüffelte noch einmal und roch den fauligen Gestank der Verschwörung. Da bist du ja, du alter Hurensohn. Aber Fari würde noch mehr für diesen Zauber brauchen.

Iraj!

Safar stellte sie sich vor, wie sie in einer dunklen Kammer des Palastes zusammenhockten. Im Nekromantium, höchstwahrscheinlich. Fari war ein vorsichtiger alter Dämon, und er würde seinen Zauberern nicht zutrauen, Safar zu erledigen. Und aus diesem Grund, nur für alle Fälle, würde er einen mächtigen Zauber erschaffen. Er würde einen Tropfen Blut von jedem nehmen. Und auf die Kraft setzen, die jeder Verschwörung innewohnt. Dann würde er einen Tropfen von Luka nehmen, für den giftigen Haß, den er seinem Vater entgegengebracht hatte. Einen von Kalasariz, um alles zu verwirren. Einen von sich selbst, der Magie wegen. Und schließlich einen von Iraj, denn nichts ist todbringender, als wenn der Freund gegen den Freund kämpft.

Das hatte Safar von Asper gelernt.

Dann würde Fari das Blut einem Trank beimischen, an dem er schon lange und hart gearbeitet hatte, ehe diese Verschwörung überhaupt in Aussicht gewesen war. Und sie würden davon trinken. Jeder würde den Becher an den nächsten weiterreichen.

Armer Iraj, dachte Safar. Der König wußte wahrscheinlich nicht, daß dieser Trank seinen Bund mit den anderen auf ewig besiegelte.

Und dann würde Fari seinen Zauber heraufbeschwören. Aber welcher Zauber würde es sein?

Ach! Welcher schon?

Die Macht der Vier!

Wieder eine Lektion, die er von Asper gelernt hatte.

Er rief nach Gundara, der sofort auf seine Schulter sprang.

Der kleine Gehilfe plapperte einen Zauberspruch, während sein Kopf hierhin und dorthin zuckte, während er Ausschau hielt und Ausschau hielt …

Sein Finger fuhr nach Osten. »Dort, Meister!« rief er.

Zuerst entdeckte Safar nur den grellen Schein des Dämonenmondes über dem Palast. Dann nahm eine Gestalt Form an. Es schien der Kopf eines Wolfes zu sein. Eines Wolfes mit langen Reißzähnen, wie jene der Dämonen. Unheilvolle Augen zuckten hin und her. Suchten.

Dann entdeckte ihn der Wolf. Er bellte vor höllischem Vergnügen und schoß vorwärts. Größer und größer wuchs der Kopf, während er näher kam.

Aber es war nicht der Kopf, den Safar fürchtete. Es war der Todeszauber, der wie ein Wüstensturm dahinter herfegte. So stark, daß es Safar unmöglich war, ihn aufzuhalten.

Er zielte mit dem Dolch auf den Wolfsschädel. Blutrot glitzerte die Spitze im Mondlicht.

Da war die Mitte. Er schnitt einmal zur Seite, für Luka. Ein zweiter Schnitt, für Kalasariz. Und abermals, für Fari. Und dann ein viertes Mal – für Iraj.

Erneut zielte er mit dem Dolch auf die Mitte. Genau zwischen die glühenden roten Augen des Wolfskopfes.

Er spürte die Kraft seines Hasses. Spürte den ersten Schlag der sengenden magischen Winde.

Er legte all seine Macht und all seinen Willen in die Spitze des Dolches.

Und er schrie – »PROTARUS!«

Ein gottloser Donnerschlag erschütterte die Luft, und der Wolf war zerschmettert. Aus der Ferne hörte Safar ein Heulen. Und dann war der Himmel leer und die Luft still.

Er sah sich um. Die Soldaten flohen den Hügel hinunter. Leiria kam zu ihm. Das aus vielen Wunden blutende Pferd führte sie am Zügel.

»Da sind noch mehr, Safar«, berichtete sie. »Du kannst sie vom Rand des Hügels aus sehen. Hunderte von Soldaten. Jetzt laufen sie wie Hühner durcheinander und sammeln ihren Mut. Doch bald werden sie zurückkommen. Es ist noch lange nicht vorbei.«

»Ich konnte ihn nicht töten«, sagte Safar. »Ich habe ihn verletzt, doch töten konnte ich ihn nicht. Dazu fehlte mir die Zeit.«

»Iraj wird dir keine zweite Chance geben«, erwiderte sie.

»Dann wollen wir ihm auch keine geben«, meinte Safar.

Er drehte sich zu Nerisa um. »Wir reiten zu diesem Dorf, genau wie –«

Nerisa lag ausgestreckt auf dem Boden. Aus ihrer Brust ragte ein Pfeil, und ein Blutfleck breitete sich auf ihrem Hemd aus.

Palimak kniete neben ihr und weinte und plärrte – »Halt den Mund, halt den Mund, halt den Mund!«, als wolle er den Tod selbst zum Schweigen bringen. Und vielleicht lag das wirklich in seiner Absicht.

Safar fühlte nichts. Er war zu schockiert, um trauern zu können, zu benommen, um zu denken. So spürte er nur den kalten Stein in seiner Brust, an jener Stelle, an der einst sein Herz geschlagen hatte.

Jemand zerrte an seinem Ärmel. »Wir müssen gehen, Safar«, sagte Leiria. »Es tut mir leid, daß sie tot ist, doch wir können nichts mehr daran ändern.«

Ihre Stimme schien aus großer Ferne zu ihm vorzudringen – wie der Schrei einer Möwe von weit draußen auf dem Meer.

Dann näherte sich die Stimme, wurde klarer. »Safar! Sie können jeden Augenblick hier sein.«

Und immer noch bewegte er sich nicht.

Leiria lief zu Nerisas Leiche. Sanft hob sie Palimak auf und tröstete ihn unbeholfen wie ein Soldat.

Sie trug das Kind zu Safar und drückte es ihm vor die Brust. Der Zauberer reagierte nicht, und so nahm sie einen nach dem anderen seiner beiden Arme und schloß sie um den Jungen.

»Sie werden auch das Kind töten, Safar«, sagte sie. »Nerisas Kind!«

Erst jetzt löste er sich aus seiner Starre und umklammerte den weinenden Palimak.

»Das werde ich nicht zulassen«, sagte er. »Ich bringe diesen Hurensohn um, ich schwöre es!«

»Mit dem Töten wirst du noch warten, Safar«, meinte Leiria. »Zuerst müssen wir fort von hier.«

Und so brachen sie endlich auf. Sie ritten den Hügel hinunter, Leiria vornweg, Safar mit Palimak auf dem Arm hinter ihr. Wie sie entkamen, wußte er später nicht mehr zu sagen. Er erinnerte sich nur an die Rufe von Soldaten. An das Klappern von Fensterläden und Türen, die zugeschlagen wurden, wenn ihr Hufschlag durch die Straßen hallte. An die Schreie und das Blut am Stadttor. An das vorbeirauschende Land. An die bergauf, bergab führenden Wege, an das aufspritzende Wasser von Bächen, an die Verstecke in Wäldern.

Und schließlich erreichten sie das Dorf, wo Safar sich mit Nerisa hatte treffen wollen.

Dort erst kehrte das Leben in Safar zurück. Sein Herz war immer noch aus Stein, doch er spürte in sich eine aufwallende Hitze.

Es war der Haß, der ihn zum Leben wiedererweckte, das Verlangen nach Rache.

Er schickte Leiria mit Palimak weiter. Vielleicht weigerte sie sich zunächst, daran konnte er sich später ebenfalls nicht mehr erinnern. Er wußte nur noch, daß sie zu einem bestimmten Tag zurückkehren würde. Kaum war sie aufgebrochen, hatte er das Datum vergessen.

Durch das Dorf floß ein breiter Strom. An dessen Ufer suchte Safar so lange, bis er eine Lehmgrube mit Ton von reinstem Weiß gefunden hatte.

Er nahm sich soviel, wie er brauchte, und stieg den Hügel hinauf, der sich über dem Dorf erhob. Von dieser Anhöhe aus konnte er Zanzair sehen. Den Palast, in dem König Protarus auf seinem Thron saß und über das Land herrschte.

Safar ging los und besorgte sich, was ihm noch fehlte. Er sammelte Holz und entzündete ein kleines Feuer, und nachdem es ausgebrannt war, zog er sich bis auf einen Lendenschurz aus und bestrich sich mit der Asche.

Er schnitt mit seinem silbernen Dolch ein erstes Stück von dem

Ton ab und begann, ein Modell von Irajs Großem Palast zu formen.

Und da saß er nun – Tag folgte auf Nacht, Nacht folgte auf Tag –, trauerte um Nerisa und plante seine Rache.

EPILOG

Die Abrechnung

Der Zauber war vollendet.

Der Haß war verschwunden. Jetzt war er in dem Modell des Großen Palastes gefangen.

Safar rief seine ganze Verbitterung herbei und verwandelte sie in kleine Ungeheuer. Einige schloß er in die vergoldeten Türmchen ein. Andere in die glatten Kuppeln. Jede Brustwehr barg das Antlitz eines Teufels. Zorn, Verrat, Mord und Begehren, mehr und mehr, bis der ganze Palast von Fratzen des Hasses eingekreist war.

In den Katakomben des Palastes, tief, tief im Innern, hörte man als einziges Geräusch die Schreie der Gefolterten und das Rasseln der Ketten, mit denen sie an ihren Schmerz gefesselt waren. Hierhin legte er den größten Haß. Und der wurzelte in dem, was man Nerisa angetan hatte.

Zufrieden sah er von dem Modell auf. Im Licht des Dämonenmondes konnte er das wirkliche Zanzair, den wirklichen Großen Palast sehen, wo Iraj Protarus auf seinem goldenen Thron saß. Er fragte sich, was Iraj gerade denken mochte, was er sah, während sein Blick über den versammelten Hof schweifte. Wer waren jetzt seine Freunde? Wer seine Feinde? Iraj konnte die größte Armee aufstellen, um dieses Rätsel zu lüften, doch die Antwort würde er nie erfahren. All die Männer in Rüstung, all die gehörnten Dämonen, sie konnten ihm die Antwort nicht bringen.

Safar erinnerte sich an ein Rätsel aus Aspers Buch:

»Zwei Könige herrschen im Lande Hadin,
der eine verdammt, der andere verflucht.

Der eine sieht, was Augen erblicken,
der andre im Traume das Mögliche sucht.
Der eine ist blind. Der andere unwissend.
Wer schon kann sagen, welcher zum Sehenden ward.
Denn wisse, daß Asper am Burgfried klopfte,
doch das Tor war verrammelt, die Götter im Schlaf.«

Safar sah ein letztes Mal zur leuchtenden Stadt und zum glorreichen Palast hinüber, die der Traum eines anderen Mannes gewesen waren. Er wandte sich ab.

Und würde nicht noch einmal hinsehen.

Ihm blieben nur noch die letzten Handgriffe, um den Zauber zu vollenden. Er umgab das Modell mit den getrockneten Ästen eines harzigen Baumes. Sie rochen ölig, nicht angenehm, aber auch nicht abstoßend. Überall verstreute er Pulver in konzentrischen Kreisen: blau, grün, gelb und schwarz. Einen großen Flecken aus allen Farben schüttete er genau vors Tor. Und in diesen Fleck machte er einen tiefen Abdruck von dem silbernen Dolch. Daraufhin preßte er das Amulett in das Pulver, so daß es schien, als würde sich das Roß auf dem Abdruck der Klinge aufbäumen.

Als er damit fertig war, reinigte er den Dolch und das Amulett, scheuerte sie, bis kein Rest von dem Pulver mehr zu sehen war. Dann verstaute er beide Gegenstände sorgsam in seiner Satteltasche.

Auf der Spitze des Berges entsprang eine Quelle unter einem großen Felsbrocken und bildete einen kleinen Tümpel. Safar zog sich aus und wusch sich. Aschfarbene Rinnsale tropften an ihm herab, bis der Tümpel sich schwarz gefärbt hatte.

Er trat hinaus, und seine Haut glänzte in der Morgensonne. Der Tümpel war ein schwarzer Spiegel der Sorgen, die er zurückließ.

Dann zog er sich sorgfältig an, ein frisches Hemd, eine saubere Hose, und schnallte einen breiten Ledergürtel um seine Hüfte. Er schlüpfte in seine Stiefel, legte die Sporen fest an und blickte sich um, ob noch etwas zu erledigen war.

Doch es gab nichts mehr zu tun.

Also setzte er sich auf den Felsen und wartete, obwohl er sich nicht mehr genau daran erinnern konnte, worauf.

Er dachte an Kyrania. Wie ein frischer Wind kam die Vorstellung zu ihm, verwehte den Schleier um die ›Braut‹, die sich rein und voller Versprechen für das Frühjahr zeigte. Er sah, wie der Schnee auf den weiten Feldern des Tales taute und wie die grünen Schößlinge durch das letzte Weiß trieben. Die Obstgärten schüttelten den Winter ab, und er sah die schwelenden Knospen an ihren Zweigen, wo bald schon Trauben von Kirschen, Pfirsichen und Äpfeln erscheinen würden. Er sah die verschlafenen Jungen, die die Ziegen zur Weide führten, die hübschen Mädchen, die kicherten und sich zierten, während die Jungen vorbeigingen. Er sah die wachsamen Großmütter, die grollende Warnungen ausstießen, während sie den Schmutz des Winters am See aus der Wäsche walkten. Draußen auf dem See trafen die Vögel ein und erfüllten die Luft mit ihrem Balzgeschrei. Er sah den Rauch der Herdfeuer von den grauen Schieferdächern aufsteigen und roch den Duft des knoblauchgewürzten Lammbratens, des Brotes aus dem Ofen und das Aroma des knusprigen Käses. Er sah seine Familie am Tisch, Mutter, Vater und all seine Schwestern, wie sie lachten und schwatzten und Mutters dicken Haferbrei löffelten, mit dem sie sich für den Tag rüsteten. Er hörte Naya blöken, daß sie gemolken sein wollte, und seine Mutter rufen –

»Wach auf, du Faulpelz!«

Sein Kopf fuhr hoch. Safar hörte Hufschlag und lächelte, als er Leiria den Berg heraufreiten sah. Hinter sich führte sie ein zweites Pferd. An der Hüfte trug sie ein Schwert, und Palimak hatte sie sich in einem mit Decken gepolsterten Korb auf den Rücken gebunden, wo der Kleine gurrte und auf die Welt einplapperte.

Leiria hatte die Stirn vor Sorge gerunzelt, doch als sie sein Lächeln sah, verschwanden die Falten, und sie strahlte. Süße Hoffnung keimte in ihren dunklen Augen wie die Knospen, die auf den Feldern von Kyrania sprossen.

Mit einem kurzen Galopp erreichte sie ihn, und ihr Lächeln wurde noch breiter.

Dann blickte sie hinüber zum Modell des Palastes, das von Reisig und Pulver umgeben war, und ihr Lächeln schmolz dahin.

»Bist du bereit?« fragte sie mit zitternder Stimme.

Safar antwortete mit einer Frage. »Welcher Tag ist heute?«

»Welcher schon, jener Tag, an dem ich mit Palimak zurückkehren wollte. Der Tag des Festes, bei dem Iraj das Zeitalter der Großen Segnungen verkünden will.« Sie zeigte den Hügel hinab. »Selbst die Dorfbewohner reden über nichts anderes.«

Safar nickte und erinnerte sich daran, welche Anweisungen er Leiria gegeben hatte. Heute war der Tag, an dem sie hatte zurückkehren sollen, falls ihr das möglich war.

»Dann bin ich bereit«, sagte er.

»Das ist sehr gut«, erwiderte Leiria, »denn wenn nicht, würde ich dich niederschlagen und auf den Rücken des Pferdes fesseln.«

Safar wußte, sie scherzte nicht.

»Jagt er mich immer noch?«

»Ganz Esmir ist hinter dir her«, antwortete sie. »Seine Truppen durchkämmen das Land und träumen von dem fetten Geldbeutel, der auf deinen Kopf ausgesetzt ist.«

Safar lachte. »Ich bin die ganze Zeit hier gewesen, zwanzig Meilen vor seinen Toren.«

»Halte dich nicht für zu schlau«, warnte Leiria. »Auf dem Weg hierher habe ich eine Patrouille getroffen. Ich bin ein Stück mit ihnen geritten. Der Sergeant hat mir von Gerüchten erzählt, denen zufolge hier auf dem Berg ein verrückter Priester lebt, der kein anderer als Safar Timura sein soll.«

Sie zuckte mit den Schultern und lächelte erneut. »Glücklicherweise gab er nicht viel auf solche Gerüchte und wollte erst ein paar andere Orte überprüfen, bevor er hierherkommt.«

Safar sah ihr in die Augen und suchte nach etwas – wonach, wußte er nicht zu sagen.

»Bist du sicher, daß du es wirklich tun willst?« fragte er. »Du kannst immer noch gehen. Gib mir einfach das Kind und reite fort in ein besseres Leben.«

»Halt den Mund!« rief Palimak. Er sah Safar an, seine braunen Augen blitzten dämonengelb auf vor Freude darüber, ihn endlich wiederzusehen. »Halt den Mund, halt den Mund, halt den Muuu-und!«

Und Safar hörte Gundara aus den Decken antworten: »Halt doch selber den Mund! Ich bin es leid, dieses ›Halt den Mund‹! Die ganze Zeit höre ich immer nur: ›Halt den Mund, halt den Mund, halt den Muuuund!‹«

Leiria lachte, während das Pferd bei dem Lärm ein wenig scheute.

»Da hast du deine Antwort, Safar Timura!« rief sie.

Und so vergoß er einen Becher Öl über dem Modell des Palastes und dem Reisig. Er zündete die Zweige an und blies in die Flammen, bis sie aufloderten.

Dann sprang er auf das Pferd, und sie ritten davon.

Als sie die entsetzten Dorfbewohner passierten, hörte man vom Hügel einen lauten Knall. Und einen Augenblick später ertönte ein zweiter, ein Donnerschlag – aus weiter Ferne, doch so laut, als wären die Götter selbst gerade aus tiefem Schlaf aufgewacht.

Dann ging der Himmel im Norden in so hellen Flammen auf, daß ihr Lodern selbst den Dämonenmond überstrahlte.

Doch die beiden sahen sich nicht um. Sie säumten nicht, und sie warteten auch nicht, bis sich der Himmel klären und die zerschmolzene Ruine enthüllen würde, die jetzt den Platz einnahm, wo einst der Große Palast von Zanzair gestanden hatte. Wo von alters her Könige gekommen und Könige gegangen waren.

Und wo der jüngste König – der König der Könige – Iraj Protarus, Herrscher von ganz Esmir, mächtiger selbst als der Eroberer Alisarrian, sich auf seinen letzten schicksalhaften Gang begeben hatte.

Die Heimat war tausend Meilen oder mehr entfernt. Doch Safar konnte sie rufen hören und hatte die verschleierte Vision eines Willkommens vor Augen.

Es war ein harter und schneller Marsch durch Wüsten und Steppen und weite felsige Ebenen, die sich bis zu den Bergen seiner Geburt ausbreiteten.

Zum fernen Kyrania.

Wo die schneeverwehten Pässe die Karawanen zum Horizont führen.

Zu jenem Ort, den er nie hätte verlassen sollen.

Zu jenem Ort, wo diese Geschichte endet.

GOLDMANN

Der phantastische Verlag

Allan Coles und Chris Bunchs Saga von den Fernen Königreichen – »Fantasy vom Feinsten – durchdacht und wunderbar erzählt.«
Publishers Weekly

Die Fernen Königreiche 24608

Das Reich der Kriegerinnen 24609

Das Reich der Finsternis 24610

Goldmann · Der Taschenbuch-Verlag

GOLDMANN

Der phantastische Verlag

Drachenlanze – der Fantasy-Welterfolg exklusiv im Goldmann Taschenbuch!

Drachenzwielicht 24510

Drachenjäger 24511

Drachenwinter 24512

Drachenzauber 24513

Goldmann · Der Taschenbuch-Verlag

76, boulevard Pasteur
75015 Paris – France
www.editionscharleston.fr

ISBN : 978-2-38529-323-9

Maquette : Patrick Leleux PAO

Pour suivre notre actualité, rejoignez-nous sur Facebook (Éditions.Charleston), sur Instagram (@editionscharleston) et sur TikTok (@editionscharleston) !

Charleston s'engage pour une fabrication écoresponsable ! Amoureux des livres, nous sommes soucieux de l'impact de notre passion et choisissons nos imprimeurs avec la plus grande attention pour que nos ouvrages soient imprimés sur du papier issu de forêts gérées durablement.